Josef Toman · Miroslava Tomanová
SOKRATES

Josef Toman
Miroslava Tomanová

SOKRATES

Biographie

Langen Müller

Titel der Originalausgabe:
Josef Toman, Miroslava Tomanová · SOKRATES
erschienen bei
Československý spisovatel, Prag 1975
Aus dem Tschechischen von Karl Klausnitzer
Anmerkungen am Schluß des Bandes

Umschlaggestaltung: Christel Aumann, München
Gesamtherstellung: Druck- und Buchbinderei-Werkstätten
May & Co Nachf., Darmstadt
Printed in Germany 1979
ISBN 3-7844-1728-0

VIELES GEWALTIGE LEBT,
UND NICHTS IST GEWALTIGER
ALS DER MENSCH.

SOPHOKLES

Prolog

Das Privileg der Götter
wie der Menschen
ist das Lachen.
Demokritos

DIE GÖTTIN LÄCHELTE.

Sie war eben erwacht, streckte die schlanken Glieder und blickte sich um in dem Hofe, der voll war von Statuen, Torsos und Marmorquadern. Zufrieden nahm sie wahr, daß ihr Festtag mit einem kristallklaren Morgen begann, blinkend wie Tautropfen auf einer fremdartigen Blüte.

Ihr Blick fiel auf Onkelchen Momos, ihren Gefährten. Der Gott Momos schlief noch. Aufmerksam betrachtete sie sein vom Spott gekennzeichnetes Gesicht, das Sophroniskos nicht vollendet hatte: den spöttisch verzogenen Mund, die halbgeschlossenen Augen mit den wulstigen Brauen und das neugierig nach vorn geklappte Ohr – damit ihm ja kein Wörtchen entgehe.

Momos, durch das Klappern von Sandalen wach geworden, öffnete die Augen: Eine junge Frau mit Blumen in den Armen näherte sich. Plötzlich erinnerte sich Momos, was heute für ein Tag war, und er wandte sich der Göttin zu, um eine Glückwunschtirade loszulassen. Aber die junge Frau kam ihm zuvor. Sie fiel auf die Knie und umschlang die Beine der Göttin.

»O Artemis, erhabene Göttin«, begann sie ihre Anbetung.

Die Göttin lächelte ihr zu.

»Ich bringe dir Oleanderblüten zum Geburtstag. Und diesen Honigkuchen opfere ich dir für Phainarete. Hörst du, wie sie jammert? Ich bitte dich sehr, erleichtere ihre Schmerzen.«

Die Frau sprang auf und lief in das Haus, wo die Hebamme Phainarete, die Gemahlin des Bildhauers Sophroniskos, heute selbst die Hilfe der Nachbarinnen bei der Niederkunft nötig hatte.

»Gestern habe ich mir gesagt«, knurrte Momos, »du mußt früh der erste sein, der mit Glückwünschen zu unserer Göttin kommt! Aber dieses Plappermaul hat mir einen Strich durch die Rechnung gemacht!«

Die Göttin lachte und zeigte ihre schneeweißen Zähne. »Schimpf nicht, Momos, gratulier mir lieber!«

»So ein Luder! Mir einfach zuvorzukommen, dieses dickbeinige Scheusal . . .«

»Das genügt!« sagte die Göttin fröhlich und ließ den Blick an ihren wunderschönen schlanken Beinen hinabgleiten. »Ich nehme das als Glückwunsch, den du in deiner Rage völlig vergessen hast und – Zeus allein weiß, wie lange noch – dieses arme Weib weiter beschimpfen wirst, du alter Brummbär, du. Kanzelst irgendeinen Olympier ab, und dann beschwerst du dich, daß du der unbeliebteste aller Götter bist und Väterchen Zeus dich aus dem Olymp geworfen hat.«

Momos brummte: »Zeus ist ein alter Rührmichnichtan, das ist es! Wegen nichts und wieder nichts ist er gleich eingeschnappt.«

»Pst! Schieb es nur nicht auf ihn. Du hast deinen Mund mal wieder nicht halten können, bist mit allem ewig unzufrieden, immer mußt du irgendwas und irgend jemanden kritisieren.«

»Und das ist vielleicht falsch, wie?«

»Lieber Onkel Momos«, sagte die Göttin, »sogar auf der Erde hättest du mit solchen Rüpeleien Schwierigkeiten, was also erst im Olymp, wo es keine Athener Demokratie gibt.«

»Weder eine Athener noch eine göttliche«, polterte Momos los. »Der Olymp und Demokratie! Oligarchie, um nicht zu sagen Tyrannei!«

Die Göttin hob warnend die Hand. »Hüte deine Zunge, Momos!«

Er erinnerte sich, daß ja auch Artemis zur höchsten Himmelsoligarchie gehörte, und begann sich zu entschuldigen: »Du bist eine Ausnahme, meine Teure, und dein Bruder Apollon auch. Aber die anderen? Hera, Athene, Poseidon, Ares, Aphrodite . . .«

Artemis legte die Hand auf das Geweih des marmornen Rehbocks, der sie stets begleitete, und, voreingenommen gegen den Namen der Göttin der Liebe, fragte sie: »Erzähl mir doch, wie das damals war mit deinem – nun, sagen wir – Abgang aus dem Himmel. Du sollst Prometheus, dem Schöpfer des Menschen, vorgeworfen haben, er habe diesem das Herz nicht auf die Brust gelegt. Du hast ihm vorgehalten, wenn das menschliche Herz verborgen sei, vermöge niemand hineinzuschauen, weswegen in der Welt viel Böses entstehen könne. Unschön sollst du auch Athene kritisiert haben, ja selbst Zeus. Mein Bruder Apollon hat mir jedoch verraten, Zeus habe dich aus dem Olymp hinausgeworfen, weil du sogar die Schönheit seiner Tochter Aphrodite verhöhnt hättest.«

»Und warum sollte ich sie nicht kritisieren?« fragte Momos verwundert. »Schließlich bin ich der Gott des Spottes und der Gott der Dummheit in einer Person. Es war so, wie du sagst. Zeus hatte mir befohlen: Schau dir dieses göttliche Wesen sorgfältig an. Ich bin wirklich neugierig, ob du ewiger Meckerer auch nur den kleinsten Makel an meiner Tochter finden kannst. Alles verstummte. Aha, sage ich mir, eine Falle! Warte, mein lieber Zeus! Die Schönheit des Körpers oder die Schönheit der Seele? Aphrodite lachte geringschätzig auf, und Zeus donnerte: Geh mir mit der Seele, Momos! Die haben in Athen diese Dummköpfe von Philosophen eingeführt. Und wie mir Hermes zutrug, verbreitet sich ihr Gerede so, als hätte Aiolos es über die ganze Welt gepustet. Aber mir gefällt das gar nicht, schaut es doch so aus, als wollten sich die Menschen über uns Götter erheben. Ihre aufrührerische Menschlichkeit stinkt bis zu uns herauf. Hier geht es um die Schönheit des Körpers. Sieh und urteile! Also gucke ich hin, sehe mir das Mädchen von vorn bis hinten an und kann an ihr nicht die kleinste Schramme finden. Sie ist weiß und üppig wie Meerschaum, eine Haut wie Seide, ohne Makel, ohne Fehler ...«

Artemis ließ sich zu einem verächtlichen Lächeln herab. »Siehst du, du Gott der Tadelsucht, du ewiger Fehlersucher, daß du unrecht hast? Und was ist mit ihren Proportionen?«

Momos verzog den Mund. »Gerade das, nur das habe ich Aphrodite vorgehalten.«

»Das hast du gut gemacht!« sagte Artemis und setzte prahlerisch hinzu: »Wenn ich eine der drei beim Urteil des Paris gewesen wäre, so hätte bestimmt ich den Apfel von ihm bekommen.«

Bissig antwortete Momos: »Gib nicht so an, Kleine. Ich habe hier schon lange mit meinem unfertigen Gesicht Maulaffen feilgehalten, als Sophroniskos dich zu zeichnen und dann in Stein zu hauen begann. Und damit du's weißt: Deine schönen Beine sind denen einer fünfzehnjährigen Fischverkäuferin vom Markt nachgestaltet – bei Hera, der ganze Hof hier stank nach Fisch, als sie Sophroniskos Modell stand! –, für deinen Busen nahm er ein dreizehnjähriges Blumenmädchen zum Vorbild, und das Gesicht hast du von einer Hetäre, die sich von Sklaven in einer Sänfte hertragen ließ – damit du's weißt!«

»Ich danke dir für die Auskünfte!« sagte Artemis säuerlich. »Und hat mir das vielleicht geschadet? Auf das Ergebnis kommt es schließlich an!« prahlte sie.

In diesem Augenblick schwirrten wie eine Wolke von Pfeilen Sonnenstrahlen auf Artemis zu und blendeten sie. »Was ist das?« erschrak Momos. »Du brennst, du brennst mit weißen Flammen! Du bist aus lauter Glut und Flammen!«

Artemis lächelte glückselig. »Das ist mein Bruder, Phoibos Apollon. Niemals vergißt er unseren gemeinsamen Geburtstag. Er wirft Strahlenblumen auf mich.«

Die Göttin schenkte Phoibos eine Kußhand und winkte ihm zu.

Aus dem Haus stürzte Melissa, die Frau des Schusters Leptinos, und lief zu der Umzäunung. »Noxenios, Noxenios!«

Hinter der Mauer ertönte eine Jungenstimme: »Was ist, Mütterchen?«

»Lauf zum Marktplatz, zu Sophroniskos. Er behaut dort in der Scheuer Marmor. Sag ihm, er soll schnell heimkommen, die Frau stirbt ihm!«

Melissa drehte sich um und kniete vor Artemis nieder.

»Erhabene, Wohltäterin, Reine, erbarme dich der Phaina-

Momos widersprach: »Du hast Einfälle! Der Sohn eines Athener Steinmetzen soll Hasen, Hirsche und Keiler jagen? So ein törichter Gedanke kann nur aus deinem Kopfe kommen. Wer anders als die Göttin der Jagd sollte auch bei der Geburt eines Kindes an die Jagd denken, hahaha!«

Artemis jedoch wies Momos zurecht: »Aber, Onkelchen Momos, jagt man denn nur Wild? Der Mensch jagt sein ganzes Leben lang nach irgend etwas. Jede Stunde, jeder Tag ist seine Jagdbeute, jede Erkenntnis, jedes kleine Stück Schönheit. Der Mensch jagt sogar den Menschen selbst. Das Leben ist eine unaufhörliche Jagd, merk dir das!«

Der wie toll glühende Mittag überschüttete das rosige Köpfchen des Neugeborenen mit goldenem Glanz. Das Kind blinzelte ein paarmal, dann verzog es den kleinen Mund. Was sollte denn das werden? Aha, das übliche Geplärr. Aber nein, das Kind öffnete das zahnlose Mäulchen und begann zu lachen.

Verblüffung. Der Vater starrte sein Kind an wie eine Erscheinung. Und die Frauen plapperten durcheinander:

»Ei, du kleiner Schelm! Kommst auf die Welt mit einem Lachen!«

»Irgendwie gefällt es ihm auf der Welt!«

»Ich habe fünf Kinder geboren, und jedesmal weinten sie als erstes!«

»Meine Kinder plärrten auch, alle!«

»Nein, was für ein Kindchen, kaum ist es aus der Mutter Schoß, schon fängt es an zu lachen.«

»Aus dem wird ein schöner Schelm werden!«

»Welchen Namen wirst du ihm denn geben?« fragte der Schuster.

»Mein Großvater war auch ein Schelm, ich werde ihn nach ihm nennen – Sokrates.«

I

1

DER ILYSSOS WINDET SICH AN DEN MAUERN Athens entlang, umfließt sie von Süden her und ergießt sich in den Kephis.

Der Ilyssos ist nicht tief, seine Ufer sind gesäumt von kleinen Auen mit niedrigem Gras und verstreuten Büschen und Felsbrocken; das Ufer steigt hier zu einer kleinen Anhöhe an. Auf ihr steht eine Platane, unter der ein kleiner Altar mit einer hölzernen, blumengeschmückten Statue des Pan errichtet ist. Das Tal, in das der Ilyssos eintritt, ist wie ein arkadischer Traum, eine Hirtenidylle, und niemand wäre erstaunt, wenn sich auf dieser Seite des Flusses eine Schafherde zeigen und neben ihr Stesichoros Daphnis auf seiner Syrinx aus Schilfrohr spielen würde.

Es war früh am Morgen. Das Wasser plätscherte leise um die Steine. Feine Nebelstreifen lagen über dem Wasser und verwehten. Im Osten, über dem Hymettos, begann es silbrig zu leuchten.

Über den Büschen tauchten die Ohren eines Esels auf, der dort weidete. Sokrates saß auf einem Stein und kümmerte sich kaum um ihn. Perkon war ein kluges Tier, das sich selbst hütete und es Sokrates gönnte, den plätschernden Fluß zu beobachten.

Panta rhei – alles fließt, vergeht; du steigst nie zweimal in denselben Fluß – er erinnerte sich noch anderer Entdeckungen Herakleitos' –, so ist es: Weit entfernt ist schon die Welle, welche die gelbe Narzisse trägt, die ich hier ins Wasser warf! Und schon ist anderes Wasser da, neues, und ihm nach drängt wieder anderes; und das unaufhörlich. Genauso ist es mit dem menschlichen Leben: Jeder Augenblick, jedes Gefühl des Glücks, des Schmerzes, jedes Bild entschwindet den Augen, jeder Ton den Ohren, jeder Duft dem Geruchssinn – alles ist Bewegung, und genauso ist das menschliche Herz in Bewegung, solange der Mensch lebt.

Es war, als läute der Fluß. Seine Wellen vereinten sich mit den Sonnenstrahlen. Das flimmernde Wasser begrüßte den Tag.

Sokrates wartete auf seine Liebste; durch die Zweige spähte er auf den Fußweg, der von der Stadt herführte. Er brauchte nicht lange zu warten.

Korinna, auf der Schulter einen Korb mit Wäsche, näherte sich auf der Zypressenallee. Er bewunderte ihren Gang, der leicht war, als tanze sie daher. Er ließ sie bis zu den Büschen kommen, und kaum hatte sie ihren Korb ins Gras gestellt, trat er heraus.

»Bleib, wo du bist, Korinna! Bewege dich nicht!« bat er sie.

Sie gehorchte, und Sokrates stand voller Staunen vor dem Mädchen, verstummt vor ihrer Schönheit, dem ganzen zarten, morgendlichen Bild.

Korinna trug nichts als einen weißen Überwurf; sie war barfüßig, das glatte gebräunte Gesicht und die ebenso gebräunten Glieder waren wie aus Sandelholz geschnitzt. Das schwarze Haar, von einem Band zusammengehalten, hatte sich da und dort gelöst und flatterte im leichten Wind. Ihre Augen glichen in Glanz, Schwärze und Unruhe ihrem Haar.

»Ein Morgen ist schon vergangen – als die Sonne aufging«, sagte Sokrates, »doch jetzt, als du die Zypressenallee entlangkamst, ging ein neuer Morgen auf.«

Er kniete vor ihr nieder, umfing ihre Beine und küßte sie durch den weichen Stoff des Überwurfes hindurch.

Korinna bückte sich und vergrub ihre Hände in dem Lockengewirr des krausen Jünglingshaars. Sie war ganz betäubt, jeder Kuß ihres Sokrates war wie ein Biß, mit dem Gift in ihr Blut drang, das sie aber nicht tötete, nur ohnmächtig machte vor Glück. Korinna erblickte statt des sonnenhellen Morgens Dunkelheit um sich, eine duftende Nacht umgab sie, ihr ganzer Körper dehnte sich. Ganz und gar im Banne von Sokrates, gab sie sich seinen Küssen hin.

Sie fürchtete nicht das Dunkel vor ihren Augen, im Gegenteil, sie wünschte es herbei.

Doch leider – flußaufwärts und flußabwärts begannen die Mädchen und Frauen aus dem Demos Alopeke ihre Wäsche zu spülen, sie schnatterten wie eine Schar Gänse und kicherten vergnügt. Korinna löste sich nur ungern von Sokrates.

»Ich muß meine Wäsche spülen«, seufzte sie, »und dann gleich nach Hause.«

»Ich weiß, ein zweites Mal würden sie dich nicht allein hierher lassen, wenn sie wüßten, daß ich hier auf dich warte.« Er lachte. »Und wenn schon, du würdest auch auf andere Weise zu mir gelangen, nicht wahr?«

»Ich käme, ich käme. Du ziehst ja jeden an dich. Weshalb also nicht auch mich, ein so dummes Mädchen ...« Korinna, die am Fluß kniete und ihre Wäsche spülte, drehte sich fragend um.

Sokrates begriff. »Du weißt, ich lasse es nicht zu, daß du dich als dumm bezeichnest. Liebst du diesen gräßlich duftenden Färber Egersis, der dich so schnell wie möglich haben will?«

»Ich liebe ihn nicht. Wie kannst du nur so fragen?«

»Also siehst du, das ist der Beweis dafür, wie klug du bist. Dich blenden weder sein Haus noch seine paar Sklaven und seine zusammengerafften Tetradrachmen. Du verkaufst deine Anmut nicht, du willst glücklich sein – und das kannst du eben nur mit mir.«

Korinna schwenkte kräftig ein Stück Leinen, bis das Wasser klar war. Ohne sich nach Sokrates umzusehen, sagte sie: »Ja, nur mit dir kann ich glücklich sein.«

Sokrates bemerkte, wie sich im kalten Wasser ihre Arme röteten.

»Du bist lieblich wie die rosenfingrige Eos und in deinem Peplos hundertmal anmutiger als Eos in ihrem homerisch safrangelben Mantel.«

Verlegen über dieses Lob, stand sie auf. Doch Sokrates, der sie mit dem Blick des Künstlers beobachtete, fügte in anderem Tone noch ein weiteres Lob hinzu: »Ein Elend, daß ich nicht Zeus bin, damit ich dich so lieben könnte, wie er die Töchter der Erde in verschiedenen Verkleidungen geliebt hat!«

Sokrates' »Erdentochter« lachte glockenhell. »Als was würdest du dich denn am liebsten verkleiden?«

»Als Schwan, meine Geliebte. Stell dir vor, dieses Stück Leinwand, das du da schwenkst, wäre ein Schwan. Er umfängt dich ganz mit seinen Schwingen, dreht dich, und du bist in dieser sammetweichen Umschlingung gefangen. Möchtest du das? Oder lieber einen Goldregen? Ich bedeckte dich von Kopf bis Fuß mit Küssen. Was ist schon ein Körnchen Gold gegen einen Kuß – kein Fleckchen, nicht ein einziges würde ich auslassen...«

»Ach du mein Schamloser«, seufzte sie glücklich, und unwillkürlich strich sie über ihre Schulter, als fiele der Regen bereits jetzt darauf – schön wäre es, sich ganz der Liebe ihres Sokrates hinzugeben.

Korinna legte die Wäsche in den Korb. Sokrates richtete sie auf, legte ihre Arme um seinen Hals und suchte ihre Lippen.

Ein Bauer, der Gemüse auf den Markt fuhr, rief ihnen zu: »Aphrodite sei mit euch, ihr Täubchen!«

Und Sokrates rief zurück: »Und mit dir Hermes, der dir den Gang beschleunigen und die Augen verdunkeln möge!« Und er küßte das Mädchen von neuem.

Korinna hob den Wäschekorb hoch. Sie sah sich um. Verwundert fragte sie: »Wo ist dein Perkon?«

Nirgendwo ragten die Ohren des Esels aus dem Gebüsch. Das Tier war verschwunden. Doch Sokrates beunruhigte sich nicht. Er steckte Daumen und Zeigefinger in den Mund und pfiff. Gleich darauf war Perkons »I-a, I-a!« zu hören.

2

Sokrates blieb allein am Ilyssos zurück. Er stand unter einer riesigen Platane, die tausend grüne Arme ausstreckte und mit ihnen die Sonne einfing. Neben der Platane thronte auf einem Altar die hölzerne, wurmstichige Statue des Gottes Pan, von der die Farbe bereits abblätterte und der zudem das linke Ohr und die rechte Hand fehlten. Nachdenklich betrachtete Sokrates den Gott.

Wie oft schon mögen dir die Bauern Böcklein geopfert haben, wenn du ihnen lange keinen Regen geschickt hattest, wenn die Kuh wenig Milch gab oder der Weizen schlecht gedieh. Aber deine Blumen hier sind alle verwelkt oder vertrocknet. Die Leute halten nur noch wenig von dir. Sieh da, ein Blümchen ist noch frisch. Ob es von einer Frau ist? Glaubt sie noch an deine Hilfe? Der Glaube soll ja Berge versetzen, sagt mein Mütterchen, aber wer weiß, wie man's mit diesem Glauben hält, Mütterchen Hebamme.

Sokrates ging ein paar Schritte. Auf einem trockenen Fleck neben dem Felsen wuchs eine stattliche Agave. Ihre saftigen Blätter stachen wie Pfeile nach der Sonne. Der Übergang vom Schatten unter der Platane ins grelle Sonnenlicht war schroff. Sokrates mochte die Sonne lieber als den Schatten. Er blieb stehen.

Gestern, als Phainarete, erschöpft von ihren Hebammenpflichten, und Sophroniskos, müde vom Behauen des Marmors, eingeschlafen waren, hatte Sokrates seine Tragelampe angezündet, den Papyrus entrollt, den er sich von Kriton ausgeliehen hatte, und bis tief in die Nacht hinein gelesen. Er hatte sich in Anaximandros vertieft, der als höchstes Gesetz des Weltgeschehens den ewigen Kreislauf der Materie bezeichnete.

Über diesen ewigen Kreislauf der Materie hatte Sokrates vor dem Eintreffen der Nachbarstochter Korinna nachgedacht, und nun wandte er sich von neuem diesen Überlegungen zu.

Er sah, daß der Schatten der Platane, unter der er stand, langsam weiterwanderte. Die Sonne bewegt sich stets im gleichen Tempo. Es fällt ihr nicht ein, ihren Gang zu beschleunigen, ihn nur für einen Augenblick anzuhalten oder zu verlangsamen. In ihrer Gleichmäßigkeit liegt eine besondere Macht, die beruhigt, aber auch beunruhigt.

Anaximandros hatte nach diesem Schattenwurf eine Sonnenuhr gebaut. Die Zeit zu messen ist für die Menschen notwendig, auch wenn es ihnen nicht immer lieb ist. Vor allem die vergeudete Zeit schneidet uns dabei Grimassen.

Nun, geben wir acht, daß wir sowenig Zeit wie möglich vergeuden!

Kaum war er zu dieser Einsicht gekommen, sagte er sich: Das ist dir wieder prächtig gelungen, du Tunichtgut! Die Neugierde treibt dich unter die Leute auf dem Marktplatz; dort setzt du ihnen einen halben Tag lang mit Fragen zu, doch währenddessen müßtest du am Silen für das Peristyl von Kritons Haus arbeiten. Welch ein Auftrag! Wer kann sich mit siebzehn Jahren eines solchen Auftrags schon rühmen? Doch wer auch kann sich mit siebzehn brüsten, bereits vom sechsten Lebensjahr an den Ton geknetet, den Stein behauen zu haben? Du Faulpelz! So sehr hast du dich darauf gefreut, so fest dir versprochen, einmal richtige Kunstwerke aus Marmor zu schaffen; außerdem hast du mit Kriton vereinbart, den Silen bis zu einem bestimmten Tag zu vollenden – also im Laufschritt nach Hause und gearbeitet!

Vergebens der Rat, vergebens auch die Worte der Selbstkritik. Die Neugierde und der Wissensdurst hafteten Sokrates an wie Zecken und brachten sein Blut in Wallung. Er hob den Blick von dem flächigen Schatten der Platane und sah die so vertraute Landschaft in diesem Tal unweit Athens mit anderen Augen als bisher.

Auch heute bewog der alte Naturbetrachter Anaximandros den jungen Sokrates, Fluß, Bäume, Wiesen, die weidende Schafherde, den Ton der Hirtenflöte nicht länger als reizende Idylle anzusehen. Sokrates dachte darüber nach, woraus eine solche Harmonie entstanden war, die den Menschen und allen anderen Geschöpfen das Leben erst möglich macht.

Nachdenklich schweifte sein Blick durch das Tal, und am anderen Flußufer erspähte er den Philosophen Anaxagoras, seinen Lehrer. Groß, stattlich, vollbärtig – das Zeichen der Philosophen –, stark ergraut, obgleich noch keine fünfzig Jahre, näherte er sich langsamen Schrittes mit ernster Miene. Sein dicht gefältelter Himation aus feinem Stoff reichte ihm bis zu den Sandalen.

Sokrates steckte die Finger in den Mund, pfiff schrill, aber der Esel hatte sich längst satt gefressen, wiederkäute hinter dem Rücken seines Herrn und meldete sich nicht. Sokrates faßte Perkon am Halfter. »Mir scheint, dir würde es auch gefallen, im Kühlen zu ruhen und dich mit Blumen überhäufen zu lassen wie hier der Pan. Beeil dich, du faule Haut, beeil dich! Ich muß schnell zu Anaxagoras, oder aus mir wird ein noch größerer Esel als du es bist.«

Mit diesen Worten zog er das Tier zur Furt und watete mit ihm ans andere Ufer.

»Sei gegrüßt, teurer Anaxagoras!« rief er schon von der Furt aus.

Anaxagoras hob die Hand zum Gruße. »Auch du bist mir teuer, Sokrates! Und besonders heute, da ich sehe, daß du vor lauter Ungeduld nicht einmal auf den Esel gestiegen bist, um trockenen Fußes durch die Furt zu mir zu kommen.«

»Sieh an!« wunderte sich Sokrates und schaute fröhlich an sich hinunter. »Das habe ich überhaupt nicht bemerkt; der ganze Ilyssos läuft ja aus mir heraus.« Er nahm den Chiton ab und wrang ihn aus.

»Die Steinmetzarbeit bekommt dir gut, junger Freund«, sagte Anaxagoras, als er mit Wohlgefallen den Blick über den gutgewachsenen Körper seines Schülers gleiten ließ, einem Brautwerber gleich. »Und was für Sonne du in dir hast!«

Sokrates warf sich den ausgewrungenen Chiton wieder über den sonnenbraunen Körper. Er begann von Anaximandros und dessen Anschauungen zu sprechen: »Aber du hast doch bei der letzten Zusammenkunft erwähnt, wie weit du in deinen Forschungen über die Entstehung der Welt gekommen bist, wie sie sich stufenweise entwickelt hat und weiterentwickeln wird. Ich konnte diese Nacht nicht einschlafen, als ich mir vorstellte, wie sich all das von der Iliade Homers und dem von so vielen Göttern, Halbgöttern und Dämonen bewohnten Himmel, dem Meer, der Welt und der Unterwelt unterscheidet.«

»Wirst du erschrecken und auch heute wieder nicht einschlafen können, wenn ich dir sage, welche Ansichten ich über die Sonne habe?« erwiderte Anaxagoras.

Als ihm Sokrates versicherte, nun würde er vor lauter Neugierde nicht einschlafen können, erzählte ihm Anaxagoras, daß die Sonne nichts anderes sei als ein riesiger glühender Stein.

Sokrates verstummte. Die großen, aufgerissenen Augen begannen zu blitzen, und über sein breites Gesicht rannen ein paar Schweißtropfen.

»Meine Sonne ein Stein!?« rief er in schmerzlicher Enttäuschung aus. »Jeden Morgen verneige ich mich vor ihr! Die Sonne ist meine Geliebte! Ohne ihre Liebe gäbe es kein Leben! Es gäbe keine Menschen, keine Tiere, keine Pflanzen! Die Sonne ist die geliebteste aller Geliebten!«

Anaxagoras legte ihm die Hände auf die Schulter. »Beruhige dich, mein Junge! Ich habe doch deiner Geliebten kein Haar gekrümmt!«

»O doch, das hast du!« erregte sich Sokrates.

»Wenn die Sonne ein Stein ist, dann kann sie nicht Gott Helios mit dem goldenen Haar und einer Krone aus glühenden Strahlen sein! Dann kann er auch nicht Tag für Tag in seinem goldenen, von einem Viergespann geflügelter Pferde gezogenen Wagen auf seine Reise über den Himmel gehen.«

Anaxagoras fragte: »Wie lange vermagst du der Sonne ins Antlitz zu sehen?«

Sokrates vermutete in dieser Frage eine Falle, doch ehrlich bekannte er: »Nur einen kurzen Augenblick.« Und schon war er gefangen.

»Wie also könnte in dieser Glut irgend jemand, und sei es ein Gott, jahrhundertelang leben?«

»Ich fürchte, er würde wie Zunder verbrennen«, sagte Sokrates leise, doch gleich brauste er heftig auf: »Aber das würde ja bedeuten, daß du, Anaxagoras, Helios zu Zunderasche verbrennst!«

»Helios ja, mein Teurer, aber deshalb höre ich nicht auf, mich wie du vor der Sonne zu verneigen. Bedenke auch, daß das, was wir Philosophen behaupten, sich im wesentlichen nicht von den alten Mythen unterscheidet. Wir übertragen oft nur Verse und dichterische Bilder, Prophezeiungen und Visionen ins Prosaische. Anaximandros, den du erwähntest, war der erste, der Prosa zu schreiben begann. Lieh dir dein Freund Kriton aus seines Vaters Bibliothek nicht auch die

Schriften des Herakleitos von Ephesos? Dann hast du sicher auch gelesen, daß Herakleitos das ewige Urfeuer als Grundstoff der Welt bestimmt. Ist das so?«

Sokrates bestätigte es.

Anaxagoras, meistens ernst, lächelte. »Nun, und behauptet Herakleitos nicht, daß die Ursache aller Veränderung das Feuer ist? Daß das Feuer eine Kraft ist? Ja sogar, daß die Kraft des Feuers Träger der Vernunft sei? Ich, lieber Sokrates, halte die Vernunft für den Gipfel des gesamten menschlichen Wirkens. Die Vernunft ist jener große Gott, dem sich die Menschen zu beugen haben! Was also willst du mehr? Wenn ich von der Sonne behaupte, sie sei ein glühender Stein, ehre ich sie da nicht mehr, als wenn ich in ihr nur einen Fuhrmann mit einer glühenden Krone auf dem Haupte sehe?«

»Vielleicht, lieber Anaxagoras«, widersetzte sich noch immer Sokrates, »doch dann ist es nicht mehr so schön.«

»Sprich nicht so«, wies ihn Anaxagoras scharf zurecht. »Das ist völlig gleich, denn Wahrheit ist auch Schönheit!«

Sokrates konnte seine Erregung nicht zügeln und redete stürmisch weiter: »Aber du, mein Lehrer, treibst doch die Götter aus dem Olymp! Sowenig man im Feuer leben kann, so wenig kann man es in Eis und Kälte.«

»Ich vertreibe die Götter aus dem Olymp«, sagte Anaxagoras ernst. »Wie ist das möglich, daß es dort menschliche, tierische Sehnsüchte und lauter Liebesabenteuer gibt, daß sie sich gegenseitig umbringen, einer den anderen rächt, daß sie anderen Göttern und Halbgöttern oder den Menschen Schaden zufügen, anstatt ihnen zu helfen? Als die Menschen sich in ihren engen menschlichen Grenzen die Götter als ihnen gleiche Wesen vorzustellen begannen, mußten sie sich auch vorstellen können, daß das Leben auf dem Olymp mit seinem ewigen Eis gleichbedeutend ist mit Erfrieren. Tatsächlich, mein junger Freund, vertreibe ich sie sowohl aus der Unterwelt, wo es keine Luft gibt und man nicht atmen kann, als auch aus den Meerestiefen. Ich stelle mir manchmal vor, daß ich vollkommen nüchtern unter lauter Betrunkene geraten sei, die stumpfsinnig, aber auch schlauköpfig an die Götter glauben, um alle ihre Vergehen und Untugenden auf sie abwälzen zu können.«

Sokrates schwieg. Er kaute an einem Grashalm – und schwieg weiter.

Der Philosoph blickte ihn von der Seite an: »Was ist, hat dich etwas betrübt?«

»Ich bin Bildhauer«, antwortete Sokrates. »Mein Handwerk ist es, die Götter in Stein zu hauen oder in Bronze zu gießen, die du aus der Welt schaffen willst. Zu Recht vielleicht, aber ich ...«

»Ich habe dir doch nur gesagt, daß Schönheit gleich Wahrheit ist. Du bist ein Künstler, der in Marmor und Metall dichten soll, bist ein Dichter der Masse und der Form. Wer könnte von dir verlangen, daß du die Sonne als einen Weizenfladen darstellst? Warum solltest du es nicht wie Homer tun: als gleißenden Wagenführer oder als Läufer mit olympischem Feuer ...«

»Ach, mein teurer, kluger, großer ...«, rief Sokrates begeistert aus.

»Du übereilst dich immer, mein Junge – möge die Schönheit bleiben, der Glaube an die Götter jedoch schwinden. Gerade in diesen Tagen habe ich darüber zu schreiben begonnen.«

Sokrates war erstaunt. »Eine Schrift gegen die Götter? Und du fürchtest dich nicht?«

»Vor wem? Vor den Göttern vielleicht? Sie existieren nicht!« entgegnete Anaxagoras.

»Aber die Menschen!«

Anaxagoras runzelte die Stirn. »Nun, die Menschen sind allerdings etwas, wovor man sich fürchten könnte. Aber gerade jetzt, dank Perikles' Umsicht und Einfluß scheint es mir, daß von ihnen keine allzu große Gefahr droht. Besonders für mich nicht, seinen vertrauten Freund und Berater. Und wenn auch! Die Wahrheit darf keine Angst kennen.«

»Du bist ein Held, Anaxagoras«, sprach Sokrates voller Bewunderung.

»Schreiben – und Heldentum ...?«

»Ich bin der Meinung, manchmal ist das Schreiben schon

eine Heldentat, vor allem, wenn Dummköpfe darüber zu urteilen haben.«

Sie kamen über eine Brücke. Die Leute grüßten den Philosophen ehrerbietig, ihn, den Freund des Perikles; andere lächelten dem Jüngling zu.

»Als ich dort oben am Fluß aus dem Olivenhain trat, bemerkte ich auf unserem Platz zwei Menschen«, sagte Anaxagoras.

Sokrates schluckte, aber eingedenk der mütterlichen Ermahnung, niemals zu lügen, bekannte er sofort: »Ja, ich war nicht allein dort.«

»War das nicht jene Korinna, von der du mir einmal erzählt hast? Ein sehr schönes Mädchen...«

»Sagtest du ›schön‹?« ereiferte sich Sokrates. »Und Pistias bewundert nur die Rotblonden, weil sie nicht hübsch genug ist. Hatte ich doch recht! Habe ich doch richtig gesehen.«

»In solch einem Falle sieht immer der nicht richtig, der eigentlich recht hat, sondern der, der verliebt ist. So, und wo ist der dritte, der mit am Fluß war, der Esel?«

Sokrates schlug sich gegen die Stirn. »Oje! Verzeih mir, daß ich dich nicht weiter begleiten kann. Ich muß Perkon suchen gehen.«

Und eilends lief er zum Fluß zurück.

3

Der lilienbleiche Ilyssos eilte durch sein steinernes Flußbett und nahm auch Sokrates' Jünglingszeit mit sich.

Die Begegnungen mit Korinna wurden seltener, selten wurden auch die Zusammenkünfte mit Anaxagoras. Sokrates arbeitete fieberhaft an seinem Silen. Unzählige Tage und Wochen. Im Unterbewußtsein hielt er sich vor, er müsse sich beeilen, gleichzeitig aber erinnerte er sich auch der Worte des Anaxagoras: Du bist doch ein Künstler, du sollst in Marmor dichten, du bist ein Dichter der Masse und der Form. Und Eile gereicht der Kunst niemals zum Vorteil.

Sokrates fertigte zunächst Zeichnungen an, unzählige

Skizzen verwarf er, änderte sie ab, unzählige Male knetete er den Ton, um ihn wieder und wieder zu formen.

Bis er eines Tages meinte, erreicht zu haben, was er wollte.

Sein Silen war ein angetrunkener Greis. Schwerfällig vollführt er einen Taumeltanz; sein Schritt jedoch ist bestimmt von der Sorge um den kleinen Dionysos, den er auf dem Arm hält. Hoho, mein Kleiner, das war ein Weinchen, ich wiege dich, schaukle dich, hoho! Die Augen des Silen, von prophetischem Glanze erfüllt, lächeln ein wenig spöttisch.

Die Stirn ist klug, wie dies einem Erzieher der Götter gebührt. Doch was hat er für Ohren? Sie sind spitz wie die eines Ziegenbocks!

Nun, da das Tonmodell fertig war, machte sich Sokrates an den Marmor heran. Hartnäckig rang er dem toten Stein den lebensfrohen Greis ab, den Anführer der Satyrn, und verlieh ihm lebendige Körperlichkeit.

Da sich die Sonne von Osten nach Westen drehte, stand Sokrates abwechselnd im Licht und im Schatten. Jede seiner Adern war blutdurchpulst, doch ihm war, als ströme sein Blut in den Adern des Marmors.

Sophroniskos' Hof blieb heute vor Spannung wie stumm. Sokrates stand auf dem Gerüst und war mit den letzten Arbeiten an seinem Silen beschäftigt. Er bürstete ihm den Bart, glättete ihm Stirn und Nase, umschritt ihn, prüfte, kniete nieder, um ihn von unten zu betrachten – fortwährend ruhte sein Blick auf ihm, waren seine Hände mit ihm beschäftigt.

Die spannungsgeladene Stille glich einem reglos in der Luft stehenden Adler. Sie war um so spürbarer, weil Sokrates von seinen Freunden und Altersgenossen beobachtet wurde. Der junge Kriton, Simon, Pistias, Kyrebos, Xandros und Lauros waren gekommen. Sogar den Atem hielten sie an, um Sokrates in seiner Konzentration nicht zu stören. Sein Atem ging heftig, manchmal schnaubte er sogar. Bei jedem Schritt knarrten und dröhnten die Bretter.

Am aufmerksamsten beobachtete ihn Kriton. Er stand ganz in der Nähe des Freundes. Mit seiner schlanken, zerbrechlich wirkenden Gestalt konnte er sich zweimal hinter der eines Lastenhebers verstecken. Die pastellblaue Chlamys aus edler Seide und ein Ring mit einer Gemme verrieten, daß er der Sohn einer reichen Aristokratenfamilie war. Sein schmales Gesicht mit der hohen Stirn hatte feine Züge, die jetzt erwartungsvoll gespannt waren. Kriton hatte an der Statue ein doppeltes Interesse: Sein Vater sollte das Geschenk für die Mutter rechtzeitig bekommen, und Sokrates, den er zutiefst liebte, sollte keine Enttäuschung erleben.

Pistias, ein langer, dürrer Bursche, der seine Lehrjahre im väterlichen Metallschlägergewerbe beendet hatte, fühlte sich den anderen überlegen; weil er selbst ein geschätzter Handwerker war, kostete er Sokrates' Kunstfertigkeit so recht aus.

Der zukünftige Bäcker Kyrebos, stets zu Späßen aufgelegt, besah sich Sokrates' Silen und wußte nicht, ob es sich lohnte, darüber zu witzeln, daß Sokrates seinem Silen keinen Bocksschwanz ans Hinterteil gemacht hatte. Ändern ließ es sich ja doch nicht mehr.

Die Brüder Xandros und Lauros bauten mit dem Vater an der Stadtmauer Gemüse und Blumen an, die sie auf dem Markt verkauften. Auf der Agora hatten sie vor einiger Zeit auch Sokrates kennengelernt. Die witzigen, fast gassenbübischen Gespräche, die er dort mit den Händlern und Käufern führte, hatten sie bezaubert. Heute hatte sie sein Silen bezaubert. Xandros betrachtete das Rebenlaub in den Kränzen, dessen Formen und Anordnung.

Simon vermochte nicht länger zu schweigen. Er wies auf die Falten im Chiton des Silen und platzte heraus: »Hier hast du noch vergessen ...«

Sokrates fuhr herum, als wollte er sich auf ihn stürzen. »Was? Was soll ich vergessen haben? Und wo?« schrie er. »Ach dort! Dort möchte ich keinen Glanz! Eine Statue ist keine Sandale, die du polierst, bis sie ganz blank ist; eine Statue muß ihre Schatten haben!« Und, schon versöhnlicher, fast nachdenklich setzte er hinzu: »Wie du, wie ich, wie jeder.«

Simon und Sokrates waren Nachbarn. Nur eine niedrige Mauer trennte den Hof seines Vaters, des Schusters Leptinos, vom Hofe Sophroniskos'. Schon von Kindheit an hatte sich Simon Sokrates untergeordnet und dessen Neigungen, besonders die Wißbegier, übernommen. Sokrates pflegte zu ihm zu sagen: »Du wirst der gelehrteste Schuster in Griechenland werden«, und Simon wußte nicht, ob es Spaß oder Ernst war. Deshalb nahm er auch Sokrates' heftige Belehrung nicht übel.

Noch eine Weile schritt Sokrates um den Silen herum, seine Bewegungen wurden immer schneller, sein Blick wanderte hin und her. Aus den unzugänglichen Rillen blies er den feinen Marmorstaub, mit Leder polierte er die Glieder nach; schließlich umarmte er den Silen und flüsterte ihm ins spitze Ohr: »So, mein fröhlicher Kumpan des Dionysos, laß uns gesund bleiben!« Dann wandte er sich von dem Alten ab und den Jünglingen zu. »Mein lieber Kriton«, fragte er, und er täuschte Erschöpfung vor, »wann haben wir den Silen deinem Vater zu übergeben?«

»Übermorgen«, antwortete Kriton. »Schaffst du es nicht?«

Sokrates sang schallend: »Juchhei! Ich habe die Wette gewonnen! Der Silen kann schon heute die Reise zu euch antreten.«

»Juchhei, juchhei!« riefen auch seine Freunde.

Sokrates sprang vom Gerüst herunter, mit weitem Satz bis zu ihnen hin, und vor Lachen fast berstend, frohlockte er: »Und wißt ihr, meine Hähnchen, was diese Wette bedeutet? Kritons Vater hat zu mir gesagt: Übergibst du mir die Statue am vereinbarten Tage, nämlich am Vorabend des Geburtstages meiner Gemahlin, der ich sie zum Geschenk machen möchte, dann bekommst du zusätzlich sechzehn Maß unverdünnten Chiosweines. Sechzehn Maß, ein ganzes Chus! Freut euch mit mir, Jungen! Den Gewinn dieser Wette werden wir uns gemeinsam zu Gemüte führen!«

»Übereile nichts, mein Teurer«, bremste ihn Simon. »Zuerst muß Kritons Vater den Silen sehen, und erst wenn er ihn nimmt, gibt's Wein!«

»Da hast du recht!«

Kriton eilte zu seinem Vater, damit er komme und sich die Statue ansehe.

Plötzlich begann Sokrates in seiner Siegeszuversicht zu schwanken. Für einen Künstler ist es das schlimmste, abzuwarten, wie sein Werk beurteilt wird. Um sich abzulenken, fing er rasch an, das Gerüst abzutragen. Wild schlug er mit dem Hammer darauflos. Die Freunde halfen ihm, die Teile wegzutragen und die Erde rings um den Silen von Marmorresten zu säubern.

Sokrates betrachtete gerade seinen Silen von Kopf bis Fuß mit besorgt-fragendem Blick, als Kritons Vater hereintrat. Der grauhaarige große Mann grüßte mit einer Handbewegung und steuerte auf den Silen zu. Plötzlich wich er verwundert zurück, blieb reglos stehen. Schweigend, die Stirn in Falten gelegt, schaute er ihn an. Dann begann er den Silen langsam zu umschreiten und betrachtete ihn von allen Seiten. Ohne den Blick von ihm zu wenden, sagte er: »Das ist doch nicht möglich! Er tanzt tatsächlich! Und er ist betrunken, der alte Zecher. Bei Gott, er lebt!« Und zu Sokrates gewandt: »Hast du ihn allein gemacht?« Als Sokrates bejahte, schloß Kritons Vater ihn in die Arme. »Ich weiß nicht, Junge, ob du dir darüber klar bist, wie reif deine Kunst schon ist. Ich beglückwünsche dich und sage dir meinen Dank, daß ich meine Frau mit einem solch auserlesenen Geschenk erfreuen kann.«

Sokrates lauschte begierig den Worten des Vaters seines Freundes; doch mitten in dessen Lobpreisung wandte er sich plötzlich um und rannte ins Haus seiner Eltern. Zuerst fand er die Mutter. Er umarmte sie und drückte sie an seine vom Marmorstaub noch weiße Brust, küßte ihren Mund, ihre Hände, stammelte vor Glück und Dankbarkeit zusammenhanglos von Kritons Vater, von seinem Silen: »Ich werde noch verrückt! Er hat gesagt – nein. das mußt du selbst von ihm hören! Und der Vater auch. Wo ist er denn? Vater! Vater!«

»Was ist denn los?« fragte Sophroniskos, der hereinkam, aber da umarmte ihn Sokrates auch schon, küßte ihm die von der schweren Steinmetzarbeit hart gewordenen Hände und zog die Eltern zu seinem Silen und Kritons Vater.

Kritons Vater pries auch vor ihnen Sokrates' Werk, lobte Sophroniskos, seinen Sohn gut ausgebildet zu haben, und schließlich sprach er etwas aus, was für Sokrates größeren Wert hatte als alle Lobesworte, als der Chioswein und auch der Lohn für seine Arbeit: Er würde den einflußreichsten Mann in Athen, Perikles, auf ihn aufmerksam machen. Perikles lud jeden ein, der etwas konnte und der Athen zu Ansehen verhalf; er unterstützte junge Leute, ihre Fähigkeiten zu entfalten. Also konnte gewiß auch Sokrates seine Einladung erwarten.

Sophroniskos war völlig durcheinander. Er selbst hatte sich recht und schlecht durchs Leben geschlagen, und dem Sohne würde sich der ersehnte Weg öffnen! Aufgeregt, ja beinahe grollend, fuhr er den Sohn an: »Hab ich dir nicht immer eingebleut, du Lausejunge, daß du dein Talent von mir geerbt hast? Aber das schätzt du so sehr wie eine vertrocknete Olive!« Dann begann er mit den Händen vor Kritons Vater zu gestikulieren. »Beim Blitze des Zeus, ich freue mich mit meinem Weibe, daß du, ein so gebildeter Mensch und Kunstkenner, ihn lobst. Auch ich habe mir gesagt, daß ihm dieser Silen gelungen ist, aber dein Urteil wiegt schwerer. Ein Vater ist, wenn's um seinen Sohn geht, doch immer ein wenig voreingenommen. Aber, die Dämonen mögen mich in ihrer Wut zerreißen, wenn ich bedenke, was er erst geleistet hätte, wenn er nicht unnütz in Athen herumflaniert, nicht bei jedem stehengeblieben wäre und sich nicht um Dinge gekümmert hätte, um die er sich nicht zu kümmern hat. Aber wie ich sehe, darf ich ihm das jetzt nicht mehr verbieten.«

Kritons Vater sah, wie sich Sokrates' Miene verfinsterte, doch er widersprach Sophroniskos nicht. »Du bist streng zu deinem Sohn, lieber Sophroniskos, und so soll es auch sein. Und sieh, auch ich habe mich über Sokrates zu beklagen. Er hat mit mir keinen Lohn für den Silen ausgehandelt, und jetzt könnte er sonstwas aus mir herauspressen.« Er lächelte Sokrates zu. »Also fordere, lieber Wunderknabe!«

Sokrates zuckte ratlos die Schultern. Vergebens gab ihm Sophroniskos durch Zeichen zu verstehen, er solle den Marmor, das Brechen, Aufladen, den Transport, die Zeit berechnen – Sokrates brachte kein Wort hervor.

Kritons Vater verabschiedete sich damit, daß er ihn nach

Erfahrungswerten entlohnen würde. Der Silen möge am nächsten Morgen in seinem Peristyl aufgestellt werden. Den Lohn aber und den Gewinn der Wette schicke er sofort.

Als nach seinem Weggang sich auch die Freunde zum Aufbruch rüsteten, befahl Sokrates: »Ihr bleibt alle hier! Es gibt ein Fest! Etwas findet sich sicher im Keller, und auf den Chioser warten wir eben!«

Als Sokrates losstürzen wollte, um etwas Eßbares aufzutreiben, hielt ihn Sophroniskos am Lockenkopf fest und schüttelte seinen Kopf hin und her. »Du bist wahrlich ein Esel! Als ich sah, wie sehr diesem Geldsack die Statue gefiel, hätte ich von ihm tausend Drachmen verlangen können. Aber du, Junge, warst ja wie trunken. Nichts, nur große Augen hast du gemacht.«

»Ich habe aber gern daran gearbeitet«, sagte Sokrates leise.

Die Mutter lächelte ihm zu.

»Aber mit meinem Marmor«, polterte Sophroniskos los.

»Glaubst du, Kritons Vater sei ein solcher Geizkragen, daß er mir nicht auch den nackten Stein anständig bezahlen wird?«

»Ich bin nicht auf den Kopf gefallen, möchte ich meinen, aber wo bleibt der Gewinn? Und hier hätte er so fett sein können, daß einem das Herz im Leibe lacht. Ich schinde mich, Mutter schindet sich, wir werden allmählich alt...« Es schnürte ihm die Kehle zu. »Du hättest uns eben ein nettes Sümmchen ins Haus bringen können, und du Tölpel läßt es dir vor der Nase wegfliegen.«

»Verzeih mir, Vater«, sagte Sokrates. »Vor lauter Freude, die mich ganz durcheinanderbrachte, konnte ich einfach nichts hervorbringen.«

Sophroniskos lachte unfroh. »Du machst mir Spaß! Du konntest nichts hervorbringen, aber daß du Speise und Trank zum Munde bringen mußt, das ist wohl Nebensache, wie? Darum wird sich schon irgend jemand kümmern, was?«

Sophroniskos hätte Sokrates wohl noch weiter bearbeitet, wie mit Hammer und Schlegel die Säulenhäupter, an denen er gerade auf der Akropolis arbeitete, aber bei den Worten

»Speise und Trank« bekam er selbst Appetit auf etwas und hielt ein. Doch er tat, als geschehe es wegen Sokrates' Kameraden, die auf Bewirtung warteten. Unter ihnen war derjenige, um den es hier am meisten ging, Kriton, der Sohn des Auftraggebers, und da mußte selbst die Sparsamkeit in den Hintergrund treten.

Nichts, was Sokrates und Phainarete auf den Marmortisch stellten, der auf dem Hofe stand, sah auch nur von weitem nach einem Festmahl aus, es war nur etwas zum Beißen, als Grundlage für den versprochenen Chioswein: Fladen, Ziegenkäse, Zwiebeln, eingelegte Oliven und harter Honigkuchen.

Auch Phainarete hatte sich über den Sohn geärgert. Weshalb hatte er nicht rechtzeitig gesagt, was an diesem Tag noch zu erwarten war, und nun so ein ärmliches Abendbrot, so eine Schande!

»Du bist mir schon ein ungeschickter Kerl, Junge«, ärgerte sie sich, doch dabei leuchteten ihre schwarzen Augen. Sie strich dem Sohn über das krause, vom Marmorstaub überpuderte Haar. »Nur gut, daß du vorher nichts ausposaunt hast. Du hättest das Glück vielleicht nur verscheucht, und statt Freude gäbe es jetzt nur Klagen.«

Der Klopfer! In den Hof zogen die Sklaven von Kritons Vater mit Körben voller Speisen und Leckerbissen, mit dem versprochenen Chioswein und einem Säckchen voll silberner Vierdrachmenstücke. Sokrates mußte vor den Sklaven das Geld zählen und bestätigen, daß er dreitausend Drachmen ausgezahlt bekommen hatte. Am hellenischen Himmel wurde es wieder heller, denn Sophroniskos war nun höchst zufrieden. Deshalb mundeten ihm die zusätzlich geschickten Leckerbissen des freigebigen und im Grunde so edlen Kunstkenners gleich dreitausendmal besser. Auch die anderen ließen die Zähne nicht ruhen. Trüffeln, Langusten, gebackener Fisch, Pasteten, Hammelkeule und all die anderen Herrlichkeiten verschwanden schnell vom Tisch. Die Schmausenden begossen sie mit Wein. Bald hatte der Wein die jungen Leute in einen Taumel versetzt. Sophroniskos als vorausschauender Mann sagte bei sich: Die Frau und ich werden sie nicht hindern. Sollen sich diese Böckchen nur richtig austoben. Je mehr, desto tiefer wird dieser denkwürdige Tag in Sokrates' Erinnerung haftenbleiben. Auf einen großen Erfolg soll ein lustiges Gelage folgen. Das gehört sich so!

4

»Wozu den edlen Chioser Wein mit Quellwasser verdünnen? Wir würden uns versündigen! Gönnen wir doch der Zunge, den echten Geschmack dieses Kleinodes aller Weine zu genießen!« rief Sokrates.

Sie tranken, lärmten und scherzten auf Perikles' Kosten, weil dieser sich in Aspasia von Milet, eine berühmte Hetäre, verliebt hatte.

Perikles hatte seine rechtmäßige Gattin einem anderen Manne gegeben und Aspasia in sein Haus genommen. Dieses Ereignis war so zum Witzereißen geeignet, daß sich nicht einmal Perikles' Freunde zurückhalten konnten, geschweige denn seine politischen Gegner aus den Reihen der Aristokraten und der Komödiendichter, deren Zungen stets spitz waren, einerlei, worum es ging.

An den Mauern Athens erschienen Lobreden, aber auch Schmähungen, eingemeißelt auf so verschiedene Weise, wie eben die Menschen und ihre Ansichten verschieden sind.

»Die Welt dreht sich um Hellas,
Hellas dreht sich um Athen,
Athen dreht sich um die Akropolis,
die Athener drehen sich um Perikles,
Perikles dreht sich um Aspasia, also –
dreht die Welt sich um Aspasia!«

Eine Lobeshymne, die sich die Demokraten ausgedacht hatten, wurde nun von Kyrebos vorgetragen.

»Vor Not braucht niemand Furcht zu haben,
denn Perikles will sich an niemand laben!«

»Ausgezeichnet, dir liegt so etwas, Bäcker!«

Der Bäcker lachte. »Es gibt aber auch andere Inschriften. Hört euch mal diese an, hahaha:

›Kann man, Bürger von Athen,
sich das länger noch ansehn,
wie Perikles dem Bettelweib
kriecht in ihren Hintern rein?‹«

Obgleich sie angeheitert waren, empörten sie sich: »Hör auf! Das ist ja ekelhaft! Zeus mag wissen, wer solche Gemeinheiten schreibt...«

»Ich weiß, wer«, murmelte Kyrebos. »Ich habe ihn nämlich erwischt, als er es gerade anschrieb...«

»Wer, wer?«

»So ein Strolch – haha –, und ich sage zu ihm: ›Verdienst du viel damit?‹ Und er erwidert: ›Thukydides zahlt gut, mir und ihnen auch.‹«

»Wir sehen, die Herren Aristokraten haben einen auserlesenen Geschmack«, sagte Simon und fuhr rasch fort: »Dich, Kriton, betrifft das nicht!«

Der ungemischte Chioswein, dieses wohlschmeckende, aber heimtückische Teufelszeug, begann zu wirken. Immer eifriger erörterten die Jünglinge um den Marmortisch die delikate Aspasia-Geschichte. Einer behauptete, Aspasia habe Perikles mit ihrer Schönheit in die Falle gelockt, ein anderer: mit ihrer Klugheit; ein dritter: mit ihren Beziehungen zu ausländischen und einheimischen Größen. Kriton jedoch beharrte: mit ihren Erfahrungen in der Liebeskunst. »Die Erfahrungen in der Liebeskunst zählen mehr als Ochsenaugen, sie zählen mehr als Aphrodites Busen mit den Himbeerspitzen – glaubt mir das, Freunde, und ich werde mich davon selbst noch gründlich überzeugen.«

»Was werft ihr ihm denn vor?« ließ sich Sokrates vernehmen. »Perikles holt sie zu sich, weil bei ihr all das beisammen ist. Sie ist eben eine wundervolle Frau.«

Kriton warf einen Blick auf den Silen und den danebenstehenden Sokrates. Auch die Jünglinge blickten nun in diese Richtung und – bei allen Olympiern!

»Siehst du das?« flüsterte Simon Pistias erschauernd zu.

Pistias deutete hinter Sokrates' Rücken geheimnisvoll auf die wunderliche Erscheinung. Er bediente sich nur des Zeige- und des kleinen Fingers, um nach altem Brauch den bösen Zauber der Dämonen von sich abzuwenden. Denn das, was sie sahen, war einfach lasterhaft und gottlos.

Sokrates, der merkte, daß alle verstummten, rührte sich nicht vom Fleck, obwohl er als einziger nicht sah, was seine Freunde so erschreckt hatte.

Der tanzende Silen schien nicht aus totem Stein zu sein, sondern zu leben, seine Haut schimmerte rosig in den Strahlen der untergehenden Sonne. Und auch die schweißnasse Haut des jungen Sokrates, die wie sein Haar noch immer von Marmorstaub überpudert war, schimmerte rosig wie die des Silens. In seiner Erstarrung wirkte er sogar eher leblos als lebendig. Wie sie einander glichen!

Die breite Stirn des Silens, die plattgedrückte Nase, die hervortretenden Augen – Sokrates hatte sich selbst geschaffen!

Kyrebos begann zu lachen.

»Was gibt es zu lachen?« fragte ihn Sokrates, selbst dem Lachen nahe. Kyrebos aber konnte vor Lachen kaum sprechen, so sehr schüttelte es ihn. Er wies nur mit der Hand auf den Silen. Die gesamte Gästeschar wurde von seinem Gelächter angesteckt.

»Was habt ihr denn, Kriton?« fragte Sokrates. »Was gibt es zu lachen?« Seine Unwissenheit rief neue Heiterkeitsausbrüche hervor. »Redet doch, zum Donnerwetter! Seid ihr denn stumm?«

Kriton antwortete mit einer Handbewegung: »Schau dich um, mein Lieber, und du siehst es selbst!«

Sokrates gehorchte. »Was soll ich sehen?«

»Dein Ebenbild«, sagte Kriton.

Wütend stieß Sokrates hervor: »Ich? Ich soll dieser alte Bock sein, ewig betrunken und grinsend? Du redest Unsinn, Kriton.«

»Aber nein. Er weiß recht gut, was er sagt«, griff Kyrebos ein. »Warum hast du denn dem alten Bock, der seinem Haufen von Satyrn wie ein Floh dem andern gleicht, warum ...« Kyrebos verschluckte sich vor Lachen, »... warum nur hast du ihm keine Hufe gemacht? Hahaha? Und was soll es bedeuten, daß du ihn an seinem Hinterteil keinen Schwanz tragen läßt? Wohl aus Zartgefühl für dich selbst?«

»Ausgezeichnet!« rief Kriton. »Hier, dieser Silen ist mit den Überresten einer vorzeitlichen Bocksnatur ausgestattet. Und jetzt fällt mir auch ein: Mein Vater hielt den Silen für lebendig, weil du selbst es bist, Sokrates!«

Sokrates rührte sich nicht. Schweigend blickte er Kriton an. Nur seine Hand schloß sich fester um den Becher. Kriton bemerkte sehr wohl, daß seine Rede ausgezeichnet zur Fröhlichkeit der Tischrunde, nicht aber zu Sokrates' finsterer Miene paßte, doch nun mußte er das begonnene Spiel zu Ende führen, egal, wie es ausging. Er wies mit dem Arm auf den Silen, dann auf Sokrates. »Nicht ihm, sondern dir fehlt etwas, damit ihr einander noch ähnlicher wäret: ein Kranz aus Weinlaub, und zwar ein schiefer!«

Kyrebos stand auf, schwankte zur Mauer hinüber, an der sich Weinlaub emporrankte, riß einen Trieb ab, schlang ihn geschickt zu einem Kranz und setzte ihn Sokrates, der sich noch immer nicht rührte, aufs Haupt.

»Tanze, wie er!« forderte Kriton ihn auf.

Fast ohne den Mund zu öffnen, hart und langsam, antwortete Sokrates: »Ihr habt mich bezahlt, überbezahlt habt ihr mich. Also tanze nun auch, damit wir uns belustigen können!«

Kriton hielt weder die Situation noch seinen Zustand für geeignet, um sich für seine Späße zu entschuldigen. Im Gegenteil, er plusterte sich auf. »Was schaust du drein wie ein böser Geist! Warum tanzt du nicht? Lach doch mit mir, lach mit uns!«

Sokrates schwieg finster, und das Lachen der Gästeschar ebbte ab, bis es gänzlich verstummte. Und Kriton, der eben noch krampfhaft gelacht hatte, sagte reuevoll: »Jetzt habe ich dich wohl beleidigt. Wirf mich hinaus! Schlag mich, Sokrates!« Er trat an Sokrates heran und bot ihm die Wange dar.

Sokrates bewegte sich nicht. Kriton wollte ihm den

Weinlaubkranz vom Kopfe nehmen. Doch Sokrates wehrte trocken ab: »Laß!«

Kriton trat ein Stück zurück und sammelte Kraft, er wußte selbst nicht, wofür.

Die Sonne war untergegangen. Die Abendröte schwand, doch die Nacht wurde nicht finster.

Simon stieß plötzlich Kriton an. »Du, mein scharfsinniger Kriton, schau dir doch den Silen genauer an!« Kriton drehte sich um. Der Silen strahlte ihm mit seinem geäderten weißen Marmor entgegen.

»Siehst du denn nichts an ihm?« fragte ihn Simon eindringlich.

»Mehr, als du von ihm erzählt hast, weißt du nicht?«

Das, was Kriton nicht über die Lippen kommen wollte, hätte er Sokrates selbst sagen sollen; doch er tat dies lieber auf dem Umweg über Simon: »Was hätte ich sagen sollen? Ist es denn etwas Schlechtes, daß man dem Wein und der Fröhlichkeit huldigt? Selbst Sokrates ist doch des Weines voll. Hier an der Mauer rankt sich der Wein empor, in Gudi hat er einen Weinberg, im Keller wer weiß wie viele Steinkrüge.« Dann wandte er sich Sokrates zu: »Also schäme dich dessen nicht, du Riese von einem Bildhauer! Wir sind doch Hellenen! Warum sollten wir nicht trinken? Selbst Zeus trinkt seinen Götterschluck, und das ist jedesmal ein ganzer Chus. Der arme Knabe Ganymed läuft sich bald die Hacken ab, um genügend Wein nur für ihn aufzutreiben. Und wieviel erst für all die anderen Götter!« Kriton lächelte Sokrates zaghaft zu. »Wir können nicht glauben, daß du, Sokrates, möchtest, daß wir alle mit Amphoren zur Quelle der Kallirhoe nach Wasser laufen!« Dabei schien ihm an Sokrates etwas aufzufallen, und er fuhr fort: »Hast du denn heute überhaupt schon etwas getrunken? Du machst solch finsteres Gesicht und bist nicht in Stimmung; bei der Jungfrau Athene, du bist ja nicht mal angeheitert! Sagt, Freunde, hat er etwas getrunken? Habt ihr es gesehen?«

Einer nach dem anderen rief, daß Sokrates getrunken hätte, wie alle anderen auch, ja, sogar mehr als sie.

Simon stand auf und trat zu Kriton. »Sokrates verträgt eben mehr als wir, verstehst du?«

Kriton erregte sich: »Mische du dich nicht ein, Simon! Das ist unsere Angelegenheit.«

»Moment!« Simon ließ sich nicht das Wort verbieten. »Das ist nicht nur deine und Sokrates' Angelegenheit. Sokrates ist genauso mein Freund wie deiner. Warum soll ich mich in euren Streit nicht einmischen? Ich kann das sehr wohl, und du wirst es mir nicht verwehren! Gerade du nicht! Wohin blickst du übrigens, ich habe dir doch gesagt, du sollst dir den Silen anschauen! Siehst du nicht, daß er den Knaben Dionysos im Arm hält?«

Kriton war ein scharfsinniger Junge. Auch im Zustand der Trunkenheit wußte er recht gut, daß er manchmal ein wenig übers Ziel hinausschoß.

Bei Simons Worten vom Knaben Dionysos zuckte er zusammen; der Zusammenhang dämmerte ihm: Aus dem Silen kam jener Funke, der auf Dionysos übersprang, aus ihm und seinem Satyrnkult, zu welchem der Gott und sein Begleiter, von Funken umsprüht, jetzt gingen. Aus den Dithyramben wird Musik und Tanz geboren, Gesang und Dichtung. Aus den Funken ist inzwischen ein mächtiges Feuer geworden, aus dem wie Flammen Gedanken, Gefühle, Leidenschaft und enthusiastischer Jubel schlagen, die die Herzen und Hirne der Tausende in den Theatern entzünden, wo zum Ruhme des Silens im Gefolge des Satyrnchores schließlich auch der Tragödiendichter auftritt. Kriton war vor Scham errötet. »Nun, soll ich auf Einzelheiten eingehen?« fragte er rauh und unfreundlich.

»Jetzt gerade«, erwiderte Simon mit Nachdruck. »Wenn es um Wein geht, warum nicht auch um Weisheit? Silen, des Dionysos Pflegevater und treuer Freund, büßte durch den Wein seinen Verstand nicht ein, wie gerade jetzt du, Kriton, sondern er fand Weisheit in ihm. Suche lieber darin eine Ähnlichkeit zwischen diesen beiden: Silen und Sokrates.«

Sokrates, wie aus einem düsteren Traum erwacht, begann auf einmal laut zu lachen: »Simon, Simon! Ich weiß, daß du ein gutes Herz hast, Junge, und mir sagst, was du zu sagen für richtig hältst, damit ich hier in eurer Runde nicht wie ein Betrunkener dastehe, der zu nichts taugt. Ich war Kriton nicht böse wegen irgendwelcher Beleidigungen, sondern weil er so betrunken ist und seine Zunge nicht mehr im Zaume hat; und wenn ich mich des Silens wegen ein wenig aufplusterte, dann wollte er sich eben mit seinen Späßen aufplustern. Mir gefiel nur nicht, daß er immer tiefer und tiefer sank, denn ihr wißt doch alle, wie gern ich ihn habe! Auch mißfiel mir, daß er sich selbst in den gehörnten Bock, in welchen er mich verwandeln wollte, verwandelte.«

An den Marmortisch kehrte die Fröhlichkeit zurück. Kyrebos brach in ein solches Gelächter aus, daß der Wein aus dem Becher schwappte. »Kriton, ein gehörnter Bock, hahahaha!«

Kriton konnte nicht mehr sicher auf den Beinen stehen. Sokrates faßte ihn unter und stützte ihn. »Du hast mir, wie ich schon sagte, Ehre erwiesen, lieber Kriton. Du bist wie dein Vater – er hat mir den Silen überbezahlt, du hast mich überbewertet. Wie könnte ich denn einen Gott schaffen, noch dazu einen so vortrefflichen wie Dionysos. Und wißt ihr denn auch, warum mir der Silen so gut gelang? Weil ich ihn mit so viel Liebe schuf wie keine Statue vor ihm und ich – ich bekenne es euch – bei der Arbeit stets an diesen Götterknaben, diesen Wundertäter dachte, der die Sorgen vertreibt und den Menschen Freude im Rausch bringt.

Gern würde ich den Menschen, wenn ich ihnen die Sorgen vertreiben könnte, etwas Besseres geben. Aber woher soviel Menschenkraft nehmen, da ich keine göttliche habe?«

»Du hast sie, Sokrates! Du hast sie!« rief Kriton aus und küßte den Freund auf den Mund. »Mit jedem Wort gelingt dir, was du gerade willst. Du besitzt eine wunderbare Macht. Du hast das Gefühl von der Mutter und die Kraft vom Vater...«

»Du gibst es mir heute aber, Kriton! Hahaha!« Sokrates lachte. »Und das beste daran ist, daß mir nichts anderes übrigbleibt, als dich nach Haus zu schleppen, anstatt mich aufs Ohr zu legen. Wißt ihr, meine Lieben, daß ich heute schon seit drei Uhr in der Früh auf den Beinen bin?«

5

Helios' Schwester, die zart-silbrige Selene, war heute mit ihrem Zweigespann noch nicht auf der Reise über das Firmament. Sie war nicht so pünktlich wie ihr Bruder, man konnte sie nicht Nacht für Nacht sehen wie Helios Tag für Tag. Eine weibliche Laune. Statt nur in der Dunkelheit zeigte sie sich auch am Tageshimmel; ein wenig bleich zog sie ihre Bahn, krank vor Liebe zum schönen Hirten Endymion. Denn was kann es schon für ein Glück sein, wenn die Götter ihren Geliebten mit ewiger Jugend ausstatteten, doch dafür auch mit ewigem Schlaf! Und Selene befürchtete auch nicht, irgend jemandem in der Nacht zu fehlen, außer den Pilgern und Seefahrern vielleicht.

Selbst die Sterne ärgerte es nicht im mindesten, daß sie nicht hervorkam. Wem ist es schon lieb, dauernd beschattet zu werden?

Im Hof stand Sokrates und wartete, ohne sich zu regen, darauf, daß Korinna, mit der er für heute ein Stelldichein vereinbart hatte, am Olivenbaum erscheine. Die Hände auf dem Rücken, einen Rosenzweig in der einen, blickte er zum Himmel auf, an dessen sattem, dunklem Blau bald hier, bald da Sterne aufsprangen und zu leuchten begannen.

Sieh mal an! dachte Sokrates, die Nacht gehört den Liebenden, und trotzdem strampelt sich solch ein winziges Sternchen vor Neugier ab, reißt seine Äuglein auf, damit ihm nur ja kein Küßchen entgeht. Keine Angst, Sternlein, heute wird es genug davon geben, ich enttäusche dich nicht!

Korinna vermißte die Abwesenheit des Mondes ebenfalls nicht, sie half ihr im Gegenteil, sich unbemerkt aus dem schlafenden Haus zu stehlen. Sie umklammerte den Stamm des Olivenbaumes mit den Armen und den nackten Füßen; die Baumkrone begann zu schwanken und zu rascheln, ein Ästchen brach, und aus dem Laub flüsterte es leise: »Hier bin ich!«

»Ich eile schon«, antwortete ihr der weiße Schatten aus dem Hof, und dieses Eilen bedeutete, daß Sokrates in seinem Chiton zwischen den Steinquadern und Marmorblöcken hindurchkroch, sich an der Mauer hochzog, auf ihr zum Olivenbaum balancierte und Korinna die blühende Rose überreichte. Die Rose leuchtete mit ihren gelben Blütenblättern in die blaue Nacht.

Korinna steckte das Näschen in die Blüte. »Oh«, seufzte sie, denn der Duft der Hundertblättrigen war so frisch und lieblich, wie ihn der berühmteste arabische Parfümeur vergebens herzustellen sich bemühen würde; wie sollte er es auch anstellen, daß der in einer silbernen Flasche eingeschlossene Duft ebenso frisch sei wie der einer lebendigen Blüte?

Aus dem Olivenbaum tönte ein leises Lachen. »Womit habe ich das verdient, mein Sokrates? Solch eine Verehrung wie für die Tochter des persischen Königs der Könige und nicht für Korinna, die Tochter des armen Schusters Leptinos.«

Sokrates saß auf der Mauer, beugte sich zu Korinna hinüber, und mit gleichsam singender Stimme flüsterte er verzückt: »Wenn ich Xerxes wäre, der König der Könige, ließe ich für deine Füßchen den Weg von Sardeis bis Pasargadai mit goldenen Fliesen auslegen.«

Korinna lachte spöttisch, aber er schwärmte liebestrunken weiter. »Wenn ich der Großfürst Baal wäre, würde ich dir, du meine Göttin, Hekatomben von Widdern mit vergoldeten Hörnern opfern.«

Korinna hörte auf zu lachen und ließ sich vorsichtig auf die Mauer hinab.

»Wenn ich der König Sardanapallos wäre, ließe ich dir einen Palast mit hängenden Gärten bauen, wie ihn nicht einmal Semiramis besaß.«

»Wenn ich, wenn ich« – Korinna unterbrach sein verliebtes Schwärmen und überschüttete ihn mit einem Wortschwall, der eher ärgerlich denn poetisch war: »Lauter ›wenn ich‹ – du hast mir schon vor drei Monaten am Ilyssos erzählt, was du, wärest du Zeus, alles verändern würdest, um mich über und über mit Küssen zu bedecken. Und ohne irgendeine Entschuldigung hast du dich seit damals nicht mehr am Ilyssos sehen lassen. Ich spüle dort schon zehnmal gespülte Wäsche, die Hände sind mir klamm davon, ich warte und warte, dem Weinen nahe sage ich mir: Heute muß er doch kommen; und wieder nichts, wieder läßt er lieber Perkon ohne Futter, nur um nicht die Tochter eines pechbeschmierten Schusters treffen zu müssen – und ich, ich kann mir nicht helfen, weine doch wieder...« Korinna begann auch jetzt zu weinen.

Sokrates erinnerte sich nur langsam an alles. Recht hat das Mädchen, wenn es mich schilt, ich hab sie wirklich sträflich vernachlässigt; aber alles, was recht ist – habe ich mich nicht selbst auch vernachlässigt?

Sokrates erklärte Korinna, was ihn in all dieser Zeit gehindert hatte, jene süßen Stunden am Ilyssos fortzusetzen: Morgens in der Dämmerung, wenn der Himmel sich gerade rötete, ritt er mit Perkon Futter holen. Rasch mußte er es mähen, auf den zweirädrigen Karren laden und gleich wieder heimfahren; dort schlug er den Silen aus dem Marmor, um zur vereinbarten Zeit fertig zu sein.

»Ich weiß, ich weiß alles«, schluchzte Korinna, »aber der Silen steht doch schon mindestens vierzehn Tage in Kritons Peristyl.«

Sokrates fuhr zusammen. »Ja, aber gleich darauf spannte mich Vater ein, ihm jeden Morgen auf der Akropolis bei seinen Säulenköpfen zu helfen. Und es ist keine leichte Arbeit, immer mit dem Hammer zuzuschlagen und aufzupassen, daß nicht mehr Marmor als notwendig abspringt. Ich habe die ganze Zeit nach dir gehungert! Perkon hätte das nicht ausgehalten, aber ich mußte es, ich mußte es aushalten, so lange nach dir hungern zu müssen.«

Sokrates stand auf und ging zu Korinna, die sich an einem Zweig festhielt. »Aber nun will ich nicht länger hungern!« sagte Sokrates entschlossen und zog sie in seine Arme.

»Halt!« befahl Korinna. »Noch eine Frage! Und das konntest du mir nicht sagen? Du hast mich nur finster angeschaut, wenn ich mich im Olivenbaum zeigte, und mir mit der Hand bedeutet: Ruhe, Ruhe, nicht stören!«

»Ich habe auch eine Frage!« stieß Sokrates schnell hervor. »Warum bist du ruhig geblieben? Weil du gekränkt warst oder etwa doch, weil du wolltest, daß ich den Silen glücklich zu Ende brächte?«

»Freilich deshalb«, sagte sie.

»Und hast du auch bemerkt, daß ich brannte?«

»Hab ich. Aber weiß ich denn, für wen du gerade jetzt brennst?«

»Für wen?« Sokrates schrie es beinahe.

»Das wirst du besser wissen als ich. Du bist bei Perikles eingeladen, wie mir Simon sagte. Da wird dich sicher auch Aspasia empfangen, und vielleicht bietet sie dir aus ihrer Zucht das schönste Schäfchen an.«

Als ihm Korinna, hingerissen von ihrer Eifersucht, dies prophezeite, glaubte sie nicht allzusehr daran, verhärtete sich aber dann doch mit selbstquälerischen Verdächtigungen. »Ich kann keine Gewänder aus kostbarer indischer Seide tragen, kann mir nicht die Lippen schminken, grünliche Schatten auf die Lider malen und die Brauen schwarz färben! Woher sollte ich Lack für Finger- und Zehennägel nehmen, Goldstaub, um ihn mir ins Haar zu stäuben und diesem Glanz zu verleihen! Womit sollte ich mir die Spitzen meiner Brüste bemalen, wie es die Hetären tun, damit die grelle Farbe durch den Peplos schimmert?« Und dann schloß sie in fast schmerzlicher Ekstase. »Auf der Laute spielen kann ich nicht, Hexameter vortragen kann ich nicht, elegische Distichen auch nicht. Und meine Tanzkünste? Als ob die sich messen könnten mit den Tänzen der ausgebildeten Hetären, die imstande sind, mit ihren Tänzen bei den Männern sinnliche Lust zu erwecken...«

Sokrates hielt es nicht mehr aus. Er fing an zu lachen, nahm die klagende Korinna in die Arme und flüsterte ihr geheimnisvoll ins Ohr: »Du mein Dummchen, ich liebe dich doch gerade deshalb, weil du keine Hetäre bist, nicht einmal einer ähnlich, sondern mein Mädchen, meine Korinna, ohne Schminke und ohne Seide schöner als die ganze so gefeierte Aspasia-Zucht. Glaubst du mir?«

Aber warum sollte er auf Antwort warten! Er küßte Korinna, und da ihr Mund nun schwieg, zürnte er: »Und was ist mit Egersis? Willst du es mir nicht sagen? Ich habe gehört, daß er, während ich mich mit dem Marmor plagte, um dich herumstrich. Hast du ihn inzwischen umarmt, um es mir heimzuzahlen, daß ich dich so vernachlässigt habe?«

»Er gefällt mir nicht, und ich reiße immer vor ihm aus«, erwiderte Korinna.

»Das ist zu wenig! Du mußt ihm sagen, daß du ihn weder magst noch sehen möchtest und daß er auch nicht zu euch kommen soll. Wirf ihn doch zur Tür hinaus! Oder liebst du ihn vielleicht?«

»Dich liebe ich!« Korinna umarmte Sokrates, bot ihm den Mund dar und wartete auf seinen Kuß.

Sokrates hob sie von der Mauer herunter auf den Hof. »Hier unten wird uns die Liebe noch besser schmecken«, entschied er und bettete Korinna auf den dicken Teppich blühender Blumen.

Inzwischen war Selene mit ihrem Zweigespann am Himmel erschienen. Sie ließ ihren traurig verschleierten Blick über Athen schweifen, bis sie endlich auch in Sophroniskos' Hof hineinsah.

Verliebte! seufzte sie. Der Bildhauer Sokrates und die Schusterstochter Korinna. Wie leidenschaftlich er ist. Löst seinen Mund nicht von ihr. Er verschlingt sie ja beinahe. Nun sehe ich sie nicht mehr! Und von Sehnsucht erfüllt: Wenn mich doch mein Endymion so lieben würde! Wenigstens eine Nacht solches Glück auskosten zu können!

Aber wir können nicht alle das gleiche Schicksal haben, dachte sie ergeben. Endymion wurde ewiger Schlaf bei ewiger Schönheit zuteil, mir ewige Sehnsucht. Schönheit sehen zu dürfen ist auch ein Genuß. Und Sehnsucht im Herzen zu tragen kann auch Glück sein.

Der Mond umfing die sich liebenden Erdenbewohner mit seinem silbrigen Schein.

Sokrates sah, daß Korinnas Gesicht glühte.

»Bist du glücklich?«

»Ja – ja.«

»Du warst schön – nun bist du noch schöner.«

6

Die Jugend aus dem Stadtviertel Alopeke promenierte in Palaistra-Gewändern über die Wettkampfbahn des Lykeion-Gymnasions.

Auf der Sandbahn liefen sich einige nackte Jünglinge ein. Unter ihren Füßen sprangen kleine Staubwölkchen auf, ihre Körper glänzten vor Öl. Sie liefen nicht mit voller Kraft, die sparten sie auf für den eigentlichen Wettkampf.

Keuchen, Gelächter – zwei von den fünf waren gleichzeitig ins Ziel gekommen; sie stritten sich munter um die Haaresbreite, die der eine eher im Ziel war, oder war es nicht so? Man machte sich mit den Einheimischen bekannt; die Fremden waren aus dem Demos Kerameikos gekommen, um ihren früheren Gymnastiklehrer Kloibos zu besuchen.

»Dürfen wir zu einem Zweikampf mit euch antreten?« fragte ein blonder Kerameikoser Kriton, der inmitten der Alopeker Jünglinge saß, die, bereits gebadet und eingeölt, sich hier im Schatten der Platanen ausruhten und auf Sokrates warteten. Kriton antwortete: »Vielleicht. Ich weiß nicht. Warten wir, bis Sokrates kommt.«

»Wer ist denn dieser Sokrates? Euer Gymnastiklehrer?«

Die Alopeker zwinkerten einander zu, und Kriton sagte: »Sokrates ist unser Freund, aber er führt uns auch an.«

Simon lachte. »Sokrates führt überall und immer.«

»Wegen seiner Kraft?« erkundigte sich einer der Kerameikoser.

»Wegen seiner Kraft.«

»Wegen seines Mutes.«

»Wegen seiner Klugheit.«

»Und seiner Fröhlichkeit«, ergänzte Kyrebos. »Nach ihm richtet sich jeder.«

»Ach, da ist er ja! Chaire, Sokrates!«

Sokrates war dem Vater von der Arbeit weggelaufen. Er war den ganzen Weg gerannt und kam völlig außer Atem an. »Was wird denn gelaufen? Fünf oder zehn?« stieß er hervor. Der Gymnastiklehrer Kloibos grinste. »Hört ihr das? Echt Sokrates! Nach einem so langen Lauf, noch japsend wie ein Jagdhund, will er schon wieder losrennen!«

Alle lachten. Man machte ihn mit den Kerameikoser Jünglingen bekannt, Kriton flüsterte ihm etwas zu. »Aber natürlich könnt ihr an unserem Wettkampf teilnehmen«, sagte Sokrates, und mit Bildhaueraugen betrachtete er die Gegner. Sie waren alle gut gewachsen.

Er warf den Chiton ab, Pistias reichte ihm das Pulver aus Seifenbaumwurzeln, und Sokrates reinigte sich von Staub und Schweiß.

Sie schauten ihn an. Er war mittelgroß, hatte kräftige Glieder, feste Schultern, eine gewölbte Brust, die Fäuste eines Steinmetzen.

Simon betrachtete ihn voller Liebe und runzelte die Stirn. Muß ich es ihm gleich sagen, noch vor dem Wettkampf, oder verärgere ich ihn dann nur und nehme ihm die Stimmung für den Lauf. Nein, es hat Zeit.

Sokrates spülte und trocknete sich ab, rieb sich mit Öl ein und vollführte einige Überschläge.

»Ihr seid mir noch immer die Antwort schuldig: Was wird gelaufen?«

»Zehn Runden«, sagte Kloibos.

Die Jünglinge traten auf die Laufbahn und beugten sich tief nach vorn. Es liefen zehn auf einmal.

Kloibos schlug auf den Gong.

Sie preschten los. Der langbeinige Metallschläger Pistias kam als erster. Hinter ihm der hübsche blondhaarige Kerameikoser, dem Simon und Kriton auf den Fersen folgten. Sokrates war fünfter.

Der Gymnastiklehrer sah ihm nach, spuckte aus und kratzte sich wütend die Brust. Dieser Faulpelz! Dieser Spitzbube! So ein Liederjan! Ein Graus, wie er läuft! Trödelt über die Bahn, als hätte er Langeweile und hielte nach einem bekannten Läufer Ausschau, der unter der Zypresse mit seinem Liebchen schmust. Allmächtiger Zeus, schicke ihm doch einen Blitz hinter die Fersen!

Schon umrundeten sie das Stadion das dritte Mal. Unter den Sohlen der Läufer spritzte der Sand weg. Gerade wurde Sokrates von Kyrebos und dem schwarzhaarigen Kerameikoser überholt. Er war nun nur siebenter. Als er am Gymnastiklehrer vorbeilief, fauchte der ihn wütend an: »Sokrates, willst du dir beim Wettkampf nicht auch noch ein wenig in der Nase bohren?!«

Sokrates lachte und begann, das Gesicht dem Gymnastiklehrer zugewendet, wie ein Gassenjunge mit dem Finger in der Nase zu bohren.

Doch bei sich dachte er: Ich mache meinem Gymnastiklehrer ja Schande. Ich bin wirklich ein Nichtsnutz. Kloibos prahlt mit mir wie Pharao mit seinem lebenden Panther, erzählt allen, daß ich in Olympia gewinnen werde, und was tue ich? Also, mein lieber Sokrates, nun aber mit aller Kraft vorwärts, wie mein Väterchen immer sagt. Ach, der verflucht mich in diesem Augenblick dafür, daß ich ihm weggerannt bin.

Sokrates konzentriert sich nun auf den Lauf, schaut hinter sich und auf die Fersen des Wettkämpfers vor sich und legt los.

Er überholt Kyrebos und diesen Schwarzen. Noch ist Zeit! Eben wird die sechste Stadionrunde gelaufen. Kriton überholt er leicht. Aber die drei vorn halten sich eisern. Also, noch etwas zulegen! Er beginnt mit geöffnetem Mund zu atmen, setzt die Fußspitzen noch leichter auf, beugt sich weiter nach vorn. In der achten Runde zieht er an Simon und Pistias vorbei. Aber dieser hübsche Blondhaarige aus Kerameikos ist immer noch vor ihm. Hoho! Jetzt wird der Lauf zu einer Ehrensache: Demos Alopeke gegen Demos Kerameikos! Die letzte Runde. Mühsam schon geht sein Atem, pfeifend, aber er legt immer noch zu. Der vor ihm läuft, als hätte er Flügel. Sokrates nimmt alle Kraft zusammen. Er fliegt an dem Blondschopf vorbei wie der Sturmwind über den Kamm des Pentelikon und kommt dreißig Schritte vor ihm ins Ziel.

Kloibos umarmt ihn, küßt ihn, drückt ihn, tanzt um ihn herum, dann küßt er ihn abermals auf die schweißnassen Wangen und schreit, daß es so etwas in Hellas noch nicht gegeben habe: In der sechsten Runde ist dieser Schlingel – dieser Liebling – siebenter, bohrt sich in der Nase, schaut nach rechts und links, nach hinten und vorn, legt los – und gewinnt!

Er weigert sich energisch, Sokrates etwas zu trinken zu

geben, steckt ihm dafür das rosige Fruchtfleisch einer Feige in den Mund und stolziert wie ein Pfau um ihn und seine Freunde herum. Lange Zeit herrscht Stille, nur lautes Atmen ist zu hören.

»Wie hast du das nur gemacht, Mann, daß du noch gewonnen hast?« fragte Pistias verwundert.

Langsam wandte sich Sokrates ihm zu. »Ich wollte gewinnen.«

»Hört euch das an!« sagte Kriton. »›Ich wollte!‹ Und fertig! Du wirst ein Stratege, Sokrates, der muß auch einen eisernen Willen haben. Sonst schlägt man ihm den Kopf ab.«

»Ein Stratege? Ach wo.« Sokrates lachte. »Ich möchte Olivenverkäufer auf der Agora sein. Ich muß immer eine Menge Leute um mich haben.«

»›Ich wollte!‹ Und das genügt!« wiederholte Kyrebos, »Hast du das von deinem Lehrer Anaxagoras?«

»Doch wohl nicht«, erwiderte Sokrates nachdenklich. »Aber wenn ich einmal jemanden etwas zu lehren hätte – dies würde ich ihm bestimmt beibringen.«

Sokrates streckte sich im Gras aus und schloß die Augen. Die anderen schauten ihn an, und der blonde Kerameikoser sagte leise zu Kriton: »Ein erstaunlicher Bursche, was? Aus ihm wird ein Soldat werden wie Achilleus.«

Sokrates hörte über sich eine Stimme. »Ich muß dir etwas sagen.« Er erkannte sogleich, daß Simon bei ihm war, hielt aber die Augen weiterhin geschlossen.

»Egersis«, begann Simon leise.

»Was ist mit ihm?« fragte Sokrates mit matter Stimme.

»Er war schon wieder bei uns.«

Sokrates öffnete die Augen und stützte sich auf die Ellenbogen. »Aber Korinna hat ihn doch hinausgeworfen, nicht wahr?«

Simon erschrak. »Was fällt dir ein, den kann sie nicht einfach hinauswerfen, er ist Vaters ständiger Kunde, und ein guter dazu. Gestern hat er sich bei ihm neue Opanken bestellt und wählte dafür das teuerste Leder. Hat dir denn Korinna gesagt, sie würde ihn hinauswerfen?«

Sokrates richtete sich ganz auf und erinnerte sich. »Ganz

so, denke ich, hat sie es nicht gesagt.« Und rauh stieß er hervor: »Aber sie hat gesagt, daß sie mich liebt.«

Simon drückte Sokrates an der Schulter nieder, um mit diesem Druck die Bedeutung seiner Mitteilung gewichtig zu machen. »Das ist es ja gerade! Korinna hat auch Egersis gesagt, daß sie dich liebt.«

»Ausgezeichnet!« rief Sokrates, »das wollte ich ja.«

»Da hast du aber was Schönes gewollt.«

»War Egersis sehr wütend? Hat er Krach geschlagen? Auch das habe ich gewollt«, entgegnete Sokrates und freute sich.

»Er ist überhaupt nicht wütend geworden.« Simon betonte jedes Wort. »Er prahlte vor dem Vater, daß er sich zu den drei Sklaven einen vierten gekauft habe, daß er sein Färbergeschäft vergrößern wolle.«

»Und in Athen wohl auch den Gestank nach Urin, den er seinen Farben beimischt«, fiel ihm Sokrates höhnisch ins Wort.

»Spotte nur nicht, mein Teurer. Dem Vater hat es sehr gefallen, daß sich Egersis' Verhältnisse so sehr verbessern.«

»Damit er sich bei ihm noch teurere Opanken kaufen kann?« fiel ihm Sokrates von neuem in die Rede.

»Das nicht! Oder eigentlich doch«, korrigierte sich Simon. »Aber schlimmer ist, daß ihm Egersis andeutete, er hätte Interesse an Korinna.«

»Was? So will er das also machen! Über die Sklaven, den Vater und die Opanken will er an Korinna herankommen?« Sokrates explodierte.

»Und was dich angeht, Sokrates«, beendete Simon seine Mitteilung, »so wird er das angeblich mit dir selbst ins reine bringen.«

Sokrates sah Simon von unten her in die Augen. »Und das sagst du mir erst jetzt nach dem Wettkampf, weil du dachtest, ich könnte wütend werden und unseren Demos Alopeke in ein schlechtes Licht setzen? Mein Lieber, ich werde nicht wütend. Ich begrüße es, ich freue mich sogar darüber. Und wann wird das sein? Wann vereinbaren wir, wer wem an den Kragen gehen wird?«

»Das weiß ich nicht.« Simon war sehr besorgt. »Aber du mußt dich auf ihn vorbereiten. Vergiß nicht, er ist um einen Kopf größer als du.«

»Größer, reicher, geriebener, wagemutiger – und doch habe ich Korinnas Herz gewonnen. Also, was soll das alles?«

7

Sokrates und Kriton stiegen zum Meer hinab, zum Athener Hafen Peiraieus. Sokrates hatte eine Botschaft seines Vaters an einen Schiffer zu überbringen, der von den Inseln Marmor herüberholte, und Kriton hatte sich angeboten, ihn zu begleiten. Der Hafen war eine Verlockung.

Das Meer erregte alle Sinne. Die flimmernde Verwandlung der riesigen Wellenfläche in der Ferne, der Glanz und das Rauschen unzähliger kleiner Wellen im Hafen, der eingebettet war in die feste Umfriedung des Landes. Oben erstrahlte der tiefblaue Himmel. Tief war auch das Meer unter dem Himmel, doch noch tiefer der Himmel über dem Meer.

Die Atmosphäre war erfüllt vom Salzgeruch des glitzernden Wassers. in den sich gierig der Geruch von Fisch, geschmolzenem Pech, ranzigem Öl und Menschenschweiß drängte. Peiraieus, ein Brennpunkt der Handelswege, war ein Warenmarkt, der zu dieser Zeit im gesamten Mittelmeerraum nicht seinesgleichen fand. Hier wurde Handel getrieben mit allen Waren, die die damalige Welt kannte; gehandelt wurde sowohl mit Menschen als auch mit Geld. Unaufhörlich ging hier etwas unter Geflüster, Geschrei und auch Schlägereien von Hand zu Hand.

Sklaven und Hafenarbeiter luden Getreide aus, von dem es für Attikas Bedarf zu wenig gab, und schafften Waren des Landes für den Export an Bord: Waffen, Metallerzeugnisse, Keramik, Luxusartikel und Edelsteine.

Peiraieus gliederte sich in die Stadtteile der Schiffer, der Warenlager, der Werkstätten, der Schiffsbauer, es gab einen Kriegshafen und, eng an die Stadt gedrängt, Herbergen, Schenken, Freudenhäuser, die Paläste der Reichen, aber auch Gäßchen mit engbrüstigen Häusern, in denen eine ganze Familie in einem einzigen Kämmerchen ohne Fenster hauste, wie in einer Höhle; doch auf einem Marmortisch, der in die Straße hinausgeschoben wurde, verkaufte man Fleisch, Fisch, Gemüse und Brot.

Die belebtesten Plätze der blutvollen Stadt lagen bei den Kanzleien der Trabzoner Geldwechsler, durch deren raffgierige Hände Hunderte von Mnas und Talantons gingen, es war, als könne man auch aus diesem Silberhaufen die Blutstropfen der erpreßten Zinsen sickern sehen – der Wucher war hier Sinn und Ziel.

Sokrates hatte die Botschaft des Vaters überbracht und ging nun mit Kriton die Mole entlang, wo Schiffe mit dicken Tauen festgezurrt waren. Von Bord und an Bord strömten Menschen aus aller Herren Ländern, Matrosen wie auch vornehme Schiffsbesitzer, Ägypter, Syrer, Perser in seidenen Gewändern, von Sklaven begleitet, und auch die geschäftigen, überall zu findenden Phönizier, deren Geschrei am lautesten war.

Sokrates und Kriton setzten sich auf eine umgekippte Barke. Ein unvorstellbarer Betrieb herrschte hier an Land und auf dem Wasser. Barken schlängelten sich zwischen den großen Schiffen hindurch, und das Geschrei und Geschimpfe in allen möglichen Sprachen flog vom Festland zum Meer und von dort zurück zum Land.

Pausenlos kreischten die Winden, knarrten die Ketten, mit rhythmischen Befehlen wurden die Sklaven auf den Schiffen und in den Lagerräumen angetrieben.

Aus diesem Durcheinander von Stimmen, Lärm und Getümmel, das weder Augen noch Ohren erfassen konnten, tauchte ein schmales, schwarzes Schiff auf, einer kostbaren, mit roter Farbe bemalten Truhe gleich.

Hoch aus dem Wasser ragend, wies es mit seinem großen Schnabel am Bug hinaus aufs offene Meer; an den Rahen blähten sich bunte Segel. Begleitet von schrillen Pfiffen, brachten die beiden Zehnerreihen langer Ruder das Schiff aus dem Schutz des Heimathafens hinaus. Es war eine der prächtigen Athener Trieren, die ihren Kurs auf die Mündung des Nil nahm.

Sokrates' und Kritons bewundernde Blicke begleiteten das prachtvolle Schiff – eine Perle auf dem Rücken der Weltmeere. Der Stolz der Athener erfüllte sie: Attika mit seinem Marmorkopf Athen übernahm von den Barbaren die Herrschaft über das Mittelmeer. Nicht mehr das Tyros der Phönizier, sondern das Peiraieus der Athener hielt diese in der Hand. Seit nunmehr dreißig Jahren verwaltete und vollendete Perikles dieses großartige Werk des Themistokles. Die Ekklesia gab ihm bereitwillig die Gelder für die Anschaffung neuer Seeschiffe, die aufs beste auszustatten die Pflicht des Athener Geldadels war.

Neben Hellas gab es im Weltenkreis nur die Länder der Barbaren, wie die Hellenen sie nannten, und in Hellas wiederum war die Republik Athen die Stätte der höchsten Kultur.

Was woanders nur für Könige, Pharaonen und deren engste Verwandtschaft oder für Großfürsten da war, das gehörte in Attika außer den Sklaven dem ganzen Volk: die Theater, Stadien, und alle nahmen auch teil an den Gastmählern bei Feierlichkeiten.

Nur ein einziger Staat in der gesamten Welt wurde damals demokratisch regiert; und gerade in jenen Jahren erweiterte und vertiefte sich die Demokratie von Tag zu Tag.

Kriton wandte den Blick ab von der Triere, die ihre Fahrt beschleunigte und in der Ferne immer kleiner wurde.

Wenn die Tage kürzer werden, nehmen Kraft und Glanz des Leuchtturms zu. Der sieht aus wie ein auf dem Kopf stehender Komet: Aus ihm schlagen Flammen in die Höhe und kündigen den Schiffen den rettenden Hafen an. Peiraieus ist sicher, auch bei den schrecklichsten Orkanen ist es hier ruhig, hier können Schiffe jeder Größe und jeden Tiefgangs ohne Gefahr anlegen und ankern.

Kriton berührte Sokrates' Ellbogen. »Du bist heute so seltsam, Sokrates. Du, der du sonst doch heiter und gesprächig bist, schaust finster drein und sprichst kaum. Was ist los mit dir?«

»Dir kann ich es ja sagen. Ich bin verstimmt darüber, daß Perikles mich nicht zu sich einlädt. Es sind doch bereits drei Monate vergangen.«

»Er hat eben viele Pflichten und Sorgen. Du weißt doch, daß seine Auseinandersetzungen mit Thukydides, dem Führer der Aristokraten, sich ständig verschärfen. Mein Vater sagt, daß Perikles selbst nicht mehr weiß, was er zuerst...«

»Und da pfeift er auf die Bildhauerkunst. Ich verstehe.«

»Das bestimmt nicht, Sokrates. Es ist schon lange her, das ist wahr – aber weißt du was? Ich werde Vater sagen, er soll Perikles daran erinnern.«

»Auf keinen Fall!« stieß Sokrates hervor. »Das will ich nicht! Ich könnte ja Anaxagoras darum bitten, tu's aber nicht. Ich brauche niemandes Fürsprache.Und nun genug davon, mein Freund.«

Es dunkelte. Die Nacht senkte sich über das Meer, aber in Peiraieus flammten Hunderte Lichter auf, mehr als selbst in Athen bei Dunkelheit. Fackel auf Fackel, Laterne auf Laterne begann zu leuchten.

Sokrates und Kriton erhoben sich und gingen dem verlockenden Schein entgegen, bis sie das Licht in eine kleine Gasse führte, wo vor jedem Haus eine farbige Laterne oder phallusähnliche Gebilde hingen. Riesige gelbe und grüne Kürbisse, übergroße scharlachrote Äpfel schaukelten in der Seebrise und blinkten.

Aus den geöffneten Türen drang Musik in die Gasse: ein Aulos, ein doppelter Aulos, eine Syrinx, eine Gitarre, eine Trommel und das Stampfen eines Tanzes. Alte Kupplerinnen betrachteten die Jünglinge abschätzend, und nachdem sie sofort Kritons aristokratische Kleidung wahrgenommen hatten, strichen sie, um sich zu vergewissern, mit den Fingern über seinen seidenen Mantel, und ehrerbietig oder dreist, unterwürfig oder angeberisch, je nach ihrem Wesen, luden sie die Jünglinge in die Freudenhäuser ein. Sie kamen in noch engere Gäßchen mit noch schmalbrüstigeren Häuschen und sahen die halbnackten Körper der Dirnen, die an den Wänden, vor den Treppen standen und in ihren auseinanderklaffenden Umhängen ihre Brüste sehen ließen. Kriton würgte es in der Kehle. Aber auch der abgebrühte Sokrates, der schon weitaus mehr als Kriton gesehen hatte, blieb nicht unbeeindruckt. Eine nackte, kräftige Thessalierin saß leblos wie ein Gemälde in einem Türrahmen. Ein Mädchen mit aufgelöstem Haar und einer unbedeckten Brust lockte Kriton mit bacchantischen Bewegungen, tänzelte an ihn heran, und kaum hatte ihr Körper den seinen berührt, kam aus ihrem Munde ein wollüstiges Stöhnen.

Als Kriton sie zurückstieß, wandte sie sich Sokrates zu, und als auch dieser sich von ihr abwandte, sagte sie: »Ihr zwei braucht wohl keine Frauen? Er ist wohl dein Geliebter?«

Kaum hatten sie ein Angebot abgelehnt, folgte bereits ein neues. Eine zyprische Syrerin bewegte ihren offenen Peplos wie Schmetterlingsflügel und enthüllte und bedeckte dabei ihren Leib.»Kommt nur herein, meine Schätzchen«, rief sie schmeichlerisch. »Zögert nicht, kommt nur herein!«

Sie gingen weiter an der sich anbietenden Ware entlang und spürten das Gewimmel und Nachstarren im Rücken.

An der Mauer, im Schatten einer Laterne, lag ein altes Weib in einem Peplos aus einst hellem grobem Stoff, der vor lauter Schmutz nun fast schwarz war. Als Kriton an ihr vorbei wollte, umschlang sie mit ihrem dürren Arm sein Bein und hinderte ihn mit unerwarteter Kraft am Weitergehen.

Sie griff höher und höher und küßte das Bein mit Leidenschaft. »Gib mir etwas zu verdienen, Herr«, stieß sie zwischen den Küssen hervor, »das, was ich kann, kann hier keine!«

Kriton wurde sehr verlegen. »Ich suche nichts dergleichen«, sagte er.

Die Alte lachte auf. »Du suchst eine Junge, aber die sind alle unerfahren. Probier erst mal, was ich kann!«

Kriton fühlte, wie sie ihm den Schenkel preßte. Es ärgerte ihn. »Laß mich los!« schrie er. »Ich trete gleich zu!«

»Das wird dir leid tun!«

Sokrates sagte: »Gehen wir, Kriton.«

Kriton fürchtete sich nun nicht mehr, und mit Gewalt befreite er sich von den Knochenfingern und den geifernden Lippen. Die Alte stöhnte schmerzlich auf. »Du hast mich verletzt, ich blute«, log sie. »Gib mir ein Schmerzensgeld.« Kriton griff in die Tasche.

Eine Dirne, die plötzlich aus der Dunkelheit auftauchte, sprang zu Kriton hin und hechelte: »Gib ihr nichts, diesem Luder! Sie erbettelt von dir ein Almosen und hat in ihren Ohren Gehänge, die ihr bis zum Hals hinabbaumeln! Sieh sie dir nur an, sie sind aus Gold.«

Die Alte gab ein kehliges Röcheln von sich, ehe sie verbissen sagte: »Eher würde ich kein Brot essen. Die nehme ich mit ins Grab.«

Kriton warf der Alten eine Drachme zu. Hell klang das Silber, und blitzschnell stürzte sich die Alte darauf, um das Geldstück mit ihrem Körper zu bedecken.

Die Dirne wandte sich Kriton zu, bei dem Geld sichtlich nicht zählte. »Komm mit mir, mein Jungchen! Siehst du dort die gelbe Laterne? Dorthin gehöre ich; dorthin gehörst auch du, das ist nämlich das süßeste Haus von Peiraieus.«

Kriton antwortete ihr nicht. Sie gingen am »süßesten Haus der Liebe« vorbei, aus dessen Innern die schmerzlichsüßen Töne des Aulos erklangen. An seinen Wänden stand mit großen Lettern geschrieben: »Hier gibt es die lieblichsten und jüngsten Freudenbringerinnen. Freudenbringerinnen für vornehme Nauarchen, Steuereinnehmer und für die reichsten der Seeleute.«

Hinter die Mauern dieses Hauses wagte sich die Dirne nicht, dort war nicht ihre Wirkungsstätte. Mit einer müden Bewegung stieß sie sich von der Mauer ab und hielt nach einem neuen Opfer Ausschau.

Durch die Gäßchen spazierten Seeleute aus den Häfen des Attischen Seebundes wie auch aus den barbarischen Ländern des Ostens und Westens, sehr unterschiedlich angezogen, doch alle mit einem Messer im Gürtel.

Drei nebeneinander gehende Syrer füllten das ganze Gäßchen aus, so daß sich Sokrates und Kriton für ein Weilchen an die Hausmauer drücken mußten. »Wo ist es am besten?« fragte einer der Seeleute.

»In der Schenke zur ›Aphrodite von Kallipygos‹«, sagte der zweite.

»Was bedeutet das, Kallipygos?« fragte der dritte, den das Wort neugierig gemacht hatte.

»Daß sie ein prächtiges Hinterteil hat«, erklärte der zweite und nahm die Hände zu Hilfe, um die Ausmaße des erwähnten Körperteils zu beschreiben.

»Also gehen wir dorthin«, entschied der dritte.

Indessen kam ihnen ein großes, schlankes Mädchen entgegen. Bei jedem Schritt klaffte der offene Peplos auseinander. Das blaue Licht der Laterne ließ sie wie ein Phantom erscheinen. Sofort änderte der Seemann seine Entscheidung, ihm genügte der Anblick des Phantoms, er warf sich, geschüttelt wie beim Sturm auf dem Schiff, gegen die Hauswand.

Kriton und Sokrates verstummten.

»Wohin gehen wir?« fragte Kriton.

Sie bemerkten einen großen, roten Apfel, der an einem eisernen Stab über der Straße hing. Einladend leuchtete er ihnen entgegen.

Ein Türvorhang öffnete sich, und auf die Straße trat ein schönes Mädchen, jung, mit kupferfarbener Haut, schwarzem Haar, das wie das Fell eines Stiers glänzte und über der Stirn mit einem purpurroten Band hochgebunden war; ihr zitronengelber Peplos reichte bis an die Waden.

»Komm zu uns, Herr«, umschmeichelte sie Kriton. »Wir sind das allerbeste Haus in Peiraieus. Und du, mein Schöner, hast doch sicher das Geld dazu.«

Kriton wandte sich an Sokrates: »Wollen wir mit ihr gehen?

Sokrates zögerte.

»Dein Sklave« – das Mädchen blickte zu Sokrates hin – »kann draußen warten, oder bezahlst du für ihn mit?«

»Gehen wir, komm!« sagte Kriton kurz.

»Ich bin Ionassa«, stellte sich das Mädchen vor und führte sie unter dem leuchtenden Apfel hindurch in einen kleinen Vorraum, wo ein Neger, den Kopf zwischen den Knien, schlief.

Sie gingen um ihn herum und betraten ein dunkles Zimmer mit niedriger Decke. Der Freudenhausbesitzer, ein verrunzelter Bursche mit bläulichen Säcken unter den Augen, war gerade dabei, einige Öllampen anzuzünden. Jetzt verbeugte er sich, die Arme vor der Brust gekreuzt, vor dem Gast.

»Syndaros steht dir zu Diensten, Herr.«

Er klatschte in die Hände, und eine schwarze Sklavin mit einer Amphora Wein und einem Mischgefäß erschien.

»Oder wünschst du ihn ungemischt?«

Kriton, gewohnt, stets Sokrates zu befragen, wollte einmal selbst entscheiden. »Natürlich ungemischt.«

Syndaros setzte sich an den Tisch, Ionassa verschwand. »Musik!« rief er.

Aus der Ecke ertönte ein schwach sich wiegender Klang von Flöten.

Kriton lächelte Sokrates etwas verlegen zu. »Da sind wir ja in eine schöne Spelunke geraten.«

»Die sind wohl eine wie die andere«, sagte Sokrates. »Man sieht, hier können keine Kritons bleiben.«

Das war aber auch zu hören. Aus dem Dunkel des Raumes vernahm man Gekicher und Geflüster. Wissen die Götter, von wem, wissen die Götter, warum. Doch als die Leuchter angezündet waren, zeigte sich die »Pracht« dieses Hauses: Überall, wohin das Auge fiel, Farben. Wilde, ungebärdige, orientalische Farben: ein leuchtendes Schwefelgelb, ein giftiges Grün, ein Rot, das die Augen aus den Höhlen treten ließ, das Blau des tiefen Meeres, Schwarz auf Gold, Rot auf Silber. Die Flötenspielerinnen, von Kopf bis Fuß mit glänzendem Flitter bedeckt, traten aus dem Dunkel hervor, um ihre Schönheit zu zeigen und auf ihre Kunst aufmerksam zu machen.

Aber da kehrte bereits Ionassa mit einem Mädchen für den zweiten Gast zurück. Das Mädchen näherte sich Sokrates, auf den Lippen ein duldsames Lächeln wie eine Aufforderung zur Barmherzigkeit. »Amyklee«, sagte sie. Ihre hellen Haare schimmerten mit dem Schein der Lampen dieser vielfarbigen Spelunke um die Wette.

Ionassa bot Kriton Leckerbissen an; sie sollten zur Erweckung von Lustgefühlen beitragen. »Dorschleber in Samoswein – für eine Drachme. Teuer, wie? Ja, bei uns gibt es hohe Preise, aber dafür auch seltene Genüsse. Doch dir macht der Preis sicher nichts aus?«

»Darum kümmere dich nicht«, entgegnete Kriton hochtrabend.

Sie aßen und tranken, und der schwere Wein aus Rhodos erfüllte seine Aufgabe in gewohnter Weise.

Nach der Mahlzeit begaben sie sich in ein kleines, dunkles Zimmerchen, wo zwei Liegen standen. Der Wein wirkte auch hier. Die Mädchen entkleideten sich.

»Hier regiert Eros nur für die Vornehmen«, sagte Ionassa. »Bleibt dein Sklave hier?«

Sokrates erwartete schon zum zweiten Male, sein Freund würde das Wort »Sklave« berichtigen. Kriton aber sagte nur: »Er bleibt!«

Sie ergriff Sokrates' Ellenbogen und flüsterte ihm verständnisheischend zu: »Aber freilich. Bei uns bist du wenigstens in Sicherheit, nicht wahr, in anderen Häusern fließt des öfteren Blut.«

Ionassa rief den jetzt unsichtbaren Flötenspielerinnen etwas zu, und diese wechselten zum Gitarrenspiel über. Auf dem winzigen Fleckchen zwischen den Liegen tanzte Ionassa einen bakchantischen Tanz.

Kriton nahm Ionassa in die Arme und setzte sie auf seine Knie. Sie liebkoste ihn langsam und mit geübten Bewegungen. Er nahm nun nichts mehr wahr, nur noch ihren duftenden, straffen Körper, der sich enger an den seinen schmiegte.

Amyklee dagegen hatte keinen Erfolg. Sokrates liebkoste ihre Brüste und fragte sie aus. Woher sie sei. Wessen Tochter. Wann sie von zu Hause fortgegangen sei und warum. Wie es ihr hier gefiele, mit wem sie hier alles . . .

»Ich muß und muß auch nicht, wenn es irgendein Eberrüssel ist, ein Seemann, der schon von weitem stinkt«, gab sie Sokrates ärgerlich zur Antwort. »Laß doch dein Gefrage. Du, selbst ein Sklave, weißt nicht, was es heißt, anderen Menschen dienen zu müssen?«

»Ich bin kein Sklave«, sagte Sokrates.

Amyklee wurde plötzlich freundlicher, schlang die Arme um Sokrates und erzählte ihm, auch sie sei keine Sklavin. Ihr Vater, Besitzer eines Frachtschiffes, hatte sich so lange von einem Geldverleiher Geld für Waren geborgt, bis die Zinsen das Schiff verschlangen und sie an den Bettelstab kamen. »Ich mußte eine Arbeit annehmen, wie sie nur

Sklaven tun«, schloß Amyklee, »und unsere ganze Familie kam ins Elend. Auch ich.«

Er streichelte weiter ihre Brüste. »Und ein Bräutigam hat sich nicht gefunden? Du bist doch hübsch.« Amyklee legte ihre Hand auf Sokrates' Nacken. »Damit er mich ernährt? So stellt sich das jeder vor: Der Gatte als Ernährer. Nein, mich muß jetzt meine Schönheit ernähren. Würdest du mich nehmen? Wahrscheinlich ja, weil du dich so für mich interessierst. Also, dann bring mich hier weg! Nimm mich zur Frau! Du wärst ein Ehemann, wie für mich geschaffen! Vor solch einem barfüßigen armen Schlucker, wie du einer bist, würde ich sogar auf dem Bauche kriechen.« Amyklee schmiegte sich enger an Sokrates.

Sokrates spürte, daß ihm ihre Tränen über seine nackte Brust liefen. Er wußte nicht, ob sie echt oder nur vorgetäuscht waren. »Und warum hast du nicht meinen Freund vorgezogen und dich zu mir gesetzt?«

Amyklee dämpfte ihre Stimme noch mehr. »Auswählen darf sich nur Ionassa, für mich ist, was übrigbleibt.«

Sokrates reichte ihr schweigend drei Drachmen, alles, was er hatte. Blitzschnell schaute sie zu dem Stoffvorhang hin, hinter dem der Freudenhausbesitzer hervorlugte. Gewollt auffällig stieß sie Sokrates' Hand zur Seite und kreischte: »Was kneifst du mich in die Brust?! Das tut weh!«

Syndaros' Kopf verschwand wieder, und Amyklee sagte zu Sokrates : »Jetzt gib mir das Geld. Schnell! Danke!«

Amyklee küßte Sokrates nun inbrünstig. Der wurde mitgerissen, er liebkoste ihren ganzen Körper, als wollten sich seine Handflächen für immer die ausladenden Hüften, die Hügel ihrer Brüste einprägen – und Amyklee zahlte ihm seine Liebesbeweise zurück. Die Geschicklichkeit der Hände eines Bildhauers und der einer Dirne vereinte sich. Sokrates schloß die Augen halb; der Genuß der Berührungen war so stärker.

Plötzlich horchte er auf, ein Gesprächsfetzen drang an sein Ohr. Dann öffnete er die Augen ganz. Ionassa und Kriton saßen nicht mehr, sie lagen. Ionassa versuchte immer noch, den Augenblick hinauszuzögern, mit dem alles endet.

»Was bist du doch für ein feines Kerlchen. Deine Haare und Handflächen duften. Noch nie habe ich solch ein gepflegtes Tierchen, wie du eines bist, gehabt. Ich liebe dich. Du mußt wiederkommen, zu mir, versprichst du das? Nicht wahr, du tust es?«

Sokrates' Ellenbogen stieß an Amyklees Körper. Erstaunt hörte er Ionassa zu und sah Kritons ihm so vertrauten Kopf über sie gebeugt; sein Antlitz jedoch war ihm plötzlich fremd und unbekannt.

Doch noch einen zweiten Kopf sah er, der zwischen den Falten des Vorhangs hindurchlugte, Syndaros' Kopf. Das schweißnasse Haar klebte ihm an der Stirn. Die blauen Tränensäcke unter den Augen waren noch dicker geworden. Er weidete sich am Anblick der beiden; schließlich gab er Ionassa ein Zeichen, sich zu beeilen.

»Ich habe mich gleich in dich verliebt! Auf den ersten Blick!« Sie küßte ihn. »Liebst du mich auch?«

»Ja, ich liebe dich, ich liebe dich!«

»Warum lügst du«, schaltete sich Sokrates lautstark ein. »Warum nimmst du dieses Wort unnützerweise in den Mund? Welche Liebe meinst du denn?«

Ionassa fuhr auf: »Was erdreistet sich da dein Sklave? Du liebst mich, und ich liebe dich.«

Sokrates sah, daß Ionassa Kriton umarmte und dabei mit dem Fuß nach dem Geldbeutel in seinem Mantel suchte. Er hörte, daß sie ihm zuflüsterte: »Noch niemand hat mich gleich so bezaubert wie du.«

»Du lügst«, sagte Sokrates zu ihr, genauso böse wie vorher zu Kriton.

Ionassa wollte aufbegehren, doch da meldete sich Kriton: »Warum beleidigst du sie? Was hast du denn fortwährend mit uns? Laß uns in Ruhe!«

Sokrates traute seinen Ohren nicht. Weniger die Worte als der fast feindliche Ton Kritons erschreckten ihn. Nachdenklich strich er Amyklee übers Haar. Sie flüsterte ihm zu: »Du hast recht. Sie lügt! Schon seit einem Jahr ist sie Syndaros' Geliebte.« Leiser und etwas ängstlich fügte sie hinzu: »Deshalb darf sie auch wählerisch sein, wir nicht.«

Sokrates erblickte das abstoßende Gesicht von Syndaros,

der Ionassas Gespräch mit Kriton verfolgte. Und mit solch einem Scheusal gibt sich mein Kriton ab!

Schon etwas ungeduldig sagte Amyklee zu Sokrates: »Du hast ein Recht auf mich, komm!«

Sokrates jedoch wandte sich Kriton zu. Er war verärgert. »Bist du so auf den Kopf gefallen, daß du die Falschheit nicht bemerkst, mit der dieses Mädchen dich umgarnt? Merkst du denn nicht, weshalb?«

»Tritt ihr nicht zu nahe. Ich verbiete es dir!« schrie Kriton mit wutverzerrtem Gesicht.

»Ich hätte dich nicht mitnehmen sollen, du Flaumfeder! Du legst ja jedes Wort auf die Goldwaage. Komm jetzt! Gehen wir weg von hier«, sagte Sokrates und ging auf ihn zu.

Kriton packte die auf dem Tisch stehende eiserne Laterne und holte aus. »Also, du hörst nicht auf? Du gibst keine Ruhe? Soll ich werfen?«

»Wirf nur!«

Kriton warf. Sokrates fing die Laterne im Fluge auf. Der Docht verlosch, das Öl lief heraus.

Ionassa legte sich auf den Rücken und zog Kriton zu sich herab.

»Nimm mich auch«, lockte Amyklee Sokrates.

Aber da ertönte plötzlich ein Schrei. Ein Paar braune Arme stießen Syndaros beiseite, heftig rissen sie den Vorhang herab, und plötzlich stand ein betrunkener bärtiger Seemann da. Es war Drabolos, der mit der Fähre nach Aigina herübergekommen war und den Tag der Aphrodite bei Ionassa zu verbringen pflegte, bei der er nicht sparte. Vielleicht wußte er gar nicht, daß Ionassa Syndaros' Geliebte war, aber vielleicht wußte er es auch, und es war ihm einerlei. Sicher war, daß er hier ein regelmäßiger und geschätzter Gast war.

Drabolos sah seine Ionassa auf der Liege in den Armen eines schönen Jünglings. Er brüllte auf wie ein Stier, der einen Pfeil ins Auge bekommen hat.

Ionassa bemerkte die Gefahr zu spät, doch sie tat, was sie konnte, um sich zu retten. Sie drehte sich auf die Seite, zum Schein wehrte sie Kriton mit aller Kraft ab und schrie: »Du bettelst umsonst, ich mag dich nicht. Laß mich los, sage ich! Loslassen, oder ich beiße dich!«

»Du elende Hure«, fluchte Drabolos, »wofür bringe ich dir Geld! Und sie gibt es aus mit so einem Säugling! Heute ist mein Tag! Meine Stunde. Ich zerschlage dir das Maul!«

Ionassa ging in ihrer vorgetäuschten Abwehr noch weiter. »Da siehst du, ob ich dich mag oder nicht!« schrie sie und spie Kriton ins Gesicht.

Noch nie hatte Kriton eine solche Schmähung erlebt. Er erbleichte, und da traf auch schon Drabolos' Hand Ionassas Gesicht.

Kriton erhob sich von der Liege; aber der Seemann legte ihm seine sehnigen Arme um den Hals und begann ihn zu würgen. Er röchelte, schnappte nach Luft, schlug um sich, aber Drabolos ließ nicht locker. Sokrates wollte Kriton zu Hilfe kommen; doch da erschien auf einen Wink des Schankwirts der Schwarze, umschlang mit seinen riesigen Armen Kriton und Sokrates, trug sie auf das Gäßchen hinaus, stieß ihre Köpfe ein paarmal gegeneinander und warf sie wie zwei räudige Katzen an die gegenüberliegende Wand.

Mühsam erhoben sie sich, und dann liefen sie so schnell sie nur konnten zur Langen Mauer, um von dort aus zur Stadt hinaufzugehen.

Kriton blieb stehen und, den Kopf an die Mauer gelehnt, erbrach sich. Sokrates dachte bei sich: Schmutz außen – Schmutz innen. Und das will raus. Selbst er würde sich erbrochen haben, hätte er nicht so einen gesunden Magen. Sie stiegen weiter zur Stadt hinauf. Kriton kam nur langsam und mit Mühe voran. Sokrates fragte ihn: »Ist dir noch immer übel?«

»Ja, und vor allem ekle ich mich vor mir selbst. Wie ich mich dir gegenüber benommen habe! Mir ist übel, übel vor mir selbst. Kannst du mir verzeihen, Sokrates?«

»Ist schon geschehen«, antwortete der.

»Du hast diese Zutreiberei wohl gleich durchschaut?«

»Weil ich etwas wußte, was du nicht weißt. Dieses Liebchen pflegt mit ihrer Liebe jede Nacht unter Syndaros zu liegen.« Sokrates schonte Kriton nicht.

Kriton bedeckte das Gesicht mit den Händen, er fand keine Worte für den Ekel, der ihn in der Kehle würgte.

»Hast du gemerkt, Kriton«, sagte Sokrates, »was es für eine Menge Farben in dieser Spelunke gab? Alle Farben des Regenbogens, aber hauptsächlich die grellen und flammenden. Nur eine war nicht dabei – weiß.«

»Weil sie dort nicht hingehört«, sagte Kriton.

»Du hast recht. Aber ich erinnere mich nicht, daß du dort bezahlt hättest.«

Unwillkürlich griff Kriton nach seinem Geldbeutel. Er war verschwunden.

»Ich habe bezahlt«, seufzte er. »Sie haben mir all mein Geld gestohlen! Es waren beinahe dreißig Drachmen. Aber wer kann es mir genommen haben? Die Dirne? Der Kuppler?«

Sokrates begann zu lachen. »Freu dich darüber, was wir heute zusammen erlebt haben, Kriton!«

»Wie kann ich mich darüber freuen, mir brennt ja jetzt noch der Speichel dieser Dirne auf den Wangen.«

»Wir können uns beide freuen.«

»Aber ich bitte dich, wieso?«

»Beide haben wir erkannt, welch fürchterliche Kraft in einem bestimmten Augenblick die menschliche Leidenschaft, der menschliche Geschlechtstrieb sein kann.«

»Eine schreckliche Kraft! Widerwärtig, und doch unbezwingbar. Sag mir, gibt es etwas, was diese Gewalt bezwingen kann?«

»Ich weiß nicht, Kriton, der Verstand und der Wille sind dafür jedenfalls zu schwach. Vielleicht das Gefühl – vielleicht muß man die Liebe in die Harmonie der Schönheit einbeziehen, damit sie reine Glückseligkeit hervorruft, ich weiß es nicht – die Kraft ist sehr stark.«

8

»Da hast du die Opanken. Dort kannst du doch nicht barfuß gehen«, sagte Phainarete. Der Sohn sah sie fragend an, erwiderte aber nichts. In den Tempel gehe ich barfuß, überlegte er, aber dorthin kann ich das wirklich nicht.

»Ich bringe dir noch den Chiton. Vor kurzem habe ich ihn dir gekauft, damit du einen neuen hast und zur Einschreibung wie ein Ephebe gehst.«

Die Mutter entfernte sich, und der Sohn saß auf seinem Lager neben den Opanken. Er sah sich die übereinandergelegten ledernen Riemen an, die kleinen braunen Nattern glichen. Er bückte sich und schloß die Schnallen. Brrr! Das umklammert die Sohlen, drückt auf den Fußrükken, der Fuß ist darin nicht frei. Er erhob sich und stampfte auf.

Die Mutter brachte ihm einen weißen Chiton. »Wie er dir steht, mein Junge!« Sie umarmte ihn. »Möge dich Athene schützen und dir Erfolg schenken. Über die Schwelle schreite nun mit dem rechten Fuß zuerst. Freust du dich?«

»Und wie, Mütterchen! Zu Perikles gehen zu dürfen ist ja nicht jedem vergönnt.«

Perikles' Haus war einfach und bescheiden. Es konnte sich nicht mit den Villen der Aristokraten messen, doch dafür herrschte hier ein Geistesreichtum, den Perikles selbst hineingetragen hatte, und der feine Geschmack Aspasias, Perikles' zweiter Frau. Dieses Haus besuchten die hervorragendsten Männer – Philosophen, Gelehrte, Baumeister und Künstler, die Perikles aus allen Ländern des Attischen Seebundes nach Athen gezogen hatte.

Einer der riesigen Räume war sein Arbeitszimmer, in dem das neue Antlitz Athens geboren wurde. Ganze Tischreihen waren von Plänen bedeckt. Ein großer Stadtplan, auf dem die Männer, die sich hier zusammengefunden hatten, das langsame Aufblühen ihrer Stadt zur einmalig in der Welt dastehenden Schönheit verfolgten, bildete den Mittelpunkt. Um ihn herum lagen einzelne Pläne von bereits vollendeten und noch zu errichtenden Bauwerken, Grundrisse und Zeichnungen neuer Gebäude, Skizzen für ihre innere und äußere Ausschmückung. Der gesamte Raum war mit solchen Bauplänen bedeckt. Wann würde Athen in dieser Schönheit erstrahlen? Nicht einmal die Köpfe, die sich Tag für Tag über die Pläne beugten, wußten es; sie wußten nur, daß Schönheit langsam wächst. Sie brachten Vorschläge, änderten hier, fügten dort etwas Neues hinzu, und eben dieses Neue wollte Perikles immer reicher und prächtiger haben.

Der große, einmalige Schöpfergeist Pheidias, dem Perikles die gesamte Umgestaltung Athens in die Hände zu legen beschlossen hatte, ein Mann von hohem Wuchs und mit Augen wie glühende Kohlen, fuhr mit dem Zeigefinger über den Stadtplan, wies auf die Baustellen und berichtete Perikles, wie die Arbeiten an den Tempeln und den von den Persern einst zerstörten Mauern voranschritten.

Die sich gegen Westen neigende Sonne drang durch die Vorhänge und fiel auf Pheidias' Gesicht. Eine ungewöhnliche Spannung lag darauf. Aspasia, die auf einem geschnitzten Lehnstuhl saß, beugte sich zu Sophokles. »Siehst du sein Gesicht?«

»Ja, es ist verändert. Es ist erregt, und sein Zeigefinger bewegt sich so unruhig auf dem Plan, als hätte er Fieber«, flüsterte Sophokles, und er fügte hinzu: »Brennen ist allerdings schöner als frieren.«

Pheidias erklärte inzwischen, wie die Arbeit an den Kultstätten und Tempeln vorangehe. Dann nahm er einen Papyrus und entrollte ihn auf einem freien Tisch: Der Parthenon! Sein Grundriß, die Gesamtansicht und dazu Skizzen der Einrichtung, von Pheidias selbst entworfen. Ein Säulenwald umgab den Tempel der Jungfrau Athene. Wie eine Königskrone lag er auf dem Scheitel der Akropolis. Über vierzig mächtige Säulen strebten in die Höhe, und sie erschienen dem Betrachter, der sie von unten sah, noch höher. Eine farbige Zeichnung stellte den Zug zu den Panathenäen dar, der in den Fries um den Tempel einbezogen werden sollte. Auch die beiden Giebel waren farbig entworfen worden: blau, rot und gelb. Es herrschte Stille. Niemand wagte, vor Perikles das Wort zu ergreifen.

Perikles' Blick war ernst. Sein großer Mund mit den vollen Lippen war fest geschlossen. Er hatte ein schmales Gesicht und einen hohen Schädel. Hinter seinem Rücken wurde er deshalb auch der »Zwiebelkopf« genannt, ins Gesicht aber nannte man ihn »Olympier«. Aufmerksam, noch immer schweigend, prüfte er Pheidias' Entwurf.

Aspasia sagte leise zu Sophokles: »Welch ein Tempel! Ich

erinnere mich, daß du neulich aus deiner neuen Tragödie vorgelesen hast: ›Vieles Gewaltige lebt, und nichts ist gewaltiger als der Mensch‹.«

Perikles' Antlitz nahm einen sorgenvollen Zug an.

»In deinem Gesicht steht Begeisterung geschrieben, aber auch Zweifel«, sagte Aspasia zu ihm.

»Du meine Kluge«, antwortete er ihr, ohne ein Auge von dem Entwurf zu wenden.

»Erstaunlich«, Sophokles atmete schnell und hörbar.

»Dies ist dein Werk«, sprach Pheidias bescheiden zu Perikles. »Ich war mit den Baumeistern Kallikrates und Iktinos aller deiner Hinweise und Wünsche eingedenk.«

»Das ist bei weitem prächtiger, als ich es mir vorgestellt hatte.«

»Zum überdachten Odeion erhält damit das Volk von Athen einen weiteren Edelstein«, sagte Anaxagoras.

Um Perikles' Mundwinkel zuckte ein leichtes Lächeln, wie es seine Gewohnheit war. »Wie sollte es anders sein, meine Freunde. Thukydides hat es sich zur Aufgabe gemacht, die Athener Aristokraten gegen das Volk zusammenzuschließen; ich dagegen habe gelernt, mit dem Gehirn der Massen zu denken, mit den Zehntausenden ihrer Augen zu sehen und für das Volk zu bauen, für das ich mich zu leben entschied.«

»Es ist dein«, wiederholte Pheidias ängstlich, unglücklich darüber, daß sich Perikles noch immer über den Tempel ausschwieg.

Aspasia nickte zustimmend. »Ja, Perikles versteht es, aus dem Land die Schönheit dieser Stadt zu stampfen, aber die Gewaltigkeit ihrer Schönheit, die ist von dir, Pheidias.«

»Es ist aufregend schön«, begeisterte sich Anaxagoras.

Sophokles stellte fest: »Solche Schönheit weckt im Menschen Sehnsucht, sich ihr zu nähern.«

Noch immer nicht hatte sich Perikles' Antlitz aufgeheitert. Seine großen, grüblerischen Augen glitten unaufhaltsam über den Entwurf und die Skizzen des Frieses und der Querträger, wo blaue Skulpturen auf roten Hintergrund gesetzt waren.

Endlich begann Perikles zu sprechen: »Aufregende Schönheit, sagt ihr. Ja, dieser Anblick muß den Menschen erheben und ihn veredeln. Doch es ist eine aufreizende Schönheit, die Furcht einflößt.«

Pheidias' Arme sanken kraftlos am Körper hinab; er wußte nun, der Parthenon würde gebaut werden. Aber er wußte auch, daß, wenn Athen es schaffte, sich diese Krone aufs Haupt zu setzen, weiterer Haß und Neid bei allen Mitgliedern des Attischen Seebundes entstehen würde. Schon jetzt verurteilten sie die Athener als sündhafte Verschwender, die in ihrer Stadt Kostbarkeiten anhäuften – für ihr Geld. Denn nicht aus Angst vor den Persern, sondern um sie immer gleich zur Hand zu haben, hatte Perikles die Bundeskasse von Delos nach Athen bringen lassen.

Perikles hob den Kopf und sagte laut, als spräche er in der Ekklesia zu vielen tausend Athenern: »Ich weiß, woran ihr denkt und was ihr vor mir auszusprechen euch fürchtet. Und so sage ich es selbst: Kühn werde ich in die Bundeskasse auf der Akropolis greifen. Ja, ich werde es tun, aber bin ich deshalb vielleicht ein Dieb? Gebe ich es für mich selbst aus?«

Unhörbar trat ein Sklave ein und meldete Perikles, daß Sokrates gekommen sei, der heute und für diese Stunde eingeladen worden war.

»Richte ihm aus, er möge ein andermal kommen«, sprach Perikles.

Anaxagoras hielt den Boten mit einer Handbewegung zurück und wandte sich an Perikles: »Wann soll denn dieser arme Junge an dich herankommen, wenn du Tag für Tag über deinen Plänen sitzt? Er wartet nun schon einige Monate.«

»Wer ist dieser Sokrates?« fragte Aspasia. »Mir scheint, ich hätte diesen Namen schon gehört.«

»Ein junger, begabter Bildhauer«, sagte Pheidias. »Ich habe bei Kriton seinen Silen gesehen. Eine ausgezeichnete Arbeit.«

»Ein Bildhauer und mein Schüler«, fügte Anaxagoras hinzu.

»Dann ist es gut«, entschied Perikles mit einem leichten Lächeln.

»Also haben Sokrates und ich den gleichen Lehrer. Nun, teurer Anaxagoras, wenn du aus ihm auch so einen Toren gemacht hast, wie ich einer bin ...«

Er befahl dem Sklaven, Sokrates ins Peristyl zu führen. »Dort soll er warten, ich lade ihn dann zum Abendessen mit uns ein.«

Kaum war der Sklave verschwunden, fragte Aspasia besorgt, was Perikles vorhin so beunruhigt habe.

Perikles fuhr von neuem auf: »Als ob ihr das nicht wüßtet! Sie bringen Unheil über mich.«

Alle wußten, was das bedeutete. Perikles war abergläubisch. Er konnte die Angst vor überirdischen Kräften, die Angst vor der Rache der Götter nicht überwinden. Zu oft hatte er gesehen, wie deren Rache sich erfüllte.

Anaxagoras fand eine Vielzahl überzeugender Worte, um Perikles, wie ein Arzt seinem Kranken, diese abergläubische Furcht auszureden, allein Perikles sah ständig das Blut vor Augen, welches das Geschlecht der Perikleiden, ein Zweig des Geschlechtes der Alkmaioniden, gottlos vergossen hatte.

In der Zeit, als Kylon mit seinen Anhängern die Macht im Staate ergreifen wollte, war der Alkmaionide Megakles Archon. Die Aufständischen waren auf der Akropolis umstellt worden, doch sie konnten noch zum Opferaltar der Athene flüchten, der ihnen nach uraltem Brauch Asyl und Sicherheit verbürgte.

Megakles versprach ihnen Gnade, falls sie das Heiligtum der Athene verließen. Kaum waren sie jedoch herausgekommen, brach Megakles sein heiliges Versprechen und ließ die Anhänger Kylons ermorden. Dieser Eidbruch trug seinem Geschlecht einen ewigen Fluch ein.

Zwei Jahrhunderte lang wurde nun jedes Unglück, das einem Angehörigen des Geschlechtes widerfuhr, als Rache der Götter angesehen; dieser Fluch diente auch den Feinden der Alkmaioniden, ihre Raubzüge gegen sie zu bemänteln.

»Und deshalb bin auch ich verflucht, muß auch ich diesen blutigen Frevel und die Schändung Athens büßen«, schloß Perikles düster.

»Mit Schmerzen höre ich dir zu, mein Perikles. In der

neuen Tragödie des Oidipus, an der ich gerade arbeite, werde ich neben anderen nebelhaften Schicksalen auch die Taten eines Menschen beschreiben, zu denen er sich selbst entschlossen hat.«

»Ich lobe dich dafür, Sophokles. Es ist höchste Zeit, daß sich der Mensch mit einem angemessenen Teil seines Verstandes und seiner Taten von dem veralteten Aberglauben abwendet«, sagte Anaxagoras, und dabei überlegte er, daß es doch gerade Perikles gewesen war, der Sophokles dazu inspiriert hatte, die menschliche Persönlichkeit in den alten Sagen und Mythen hervorzuheben.

Sokrates saß im Peristyl vor einer Schale mit Früchten. Zu seinen Füßen sprudelte die Fontäne eines Springbrunnens, und aus dem großen Saal drangen Stimmen zu ihm. Sokrates bemühte sich zu verstehen, was sein Lehrer sagte.

Anaxagoras fuhr fort: »Erinnern wir uns daran, was der Prometheus des Aischylos sagt: ›Ich glaube an den Haß der Götter.‹ Und auch ich hasse sie, meine Freunde. Sie sind überall, überall haben sie ihre Finger drin, sie gängeln uns, wo sie doch selbst zügelloser sind als wir; die Luft verpesten sie mit dem Gift der Drohung und des Schreckens – und dabei existieren sie gar nicht!«

Perikles begriff, daß ihn seine Freunde von den bösen Geistern befreien wollten, doch er bestand darauf, daß die geheimen Mächte des Schicksals existierten.

Anaxagoras sprach weiter: »Ich bin überzeugt, daß du, mein Perikles, der erste wärst, der jedwede Macht des Schicksals – räumen wir ein, es gäbe eine solche – brechen würde.«

»Aber wie und womit, Anaxagoras?« fragte Aspasia.

»Du, Perikles, machst unsere Stadt Athen so mächtig und schön, daß du dabei mit allen Mächten des Himmels und der Erde im Bunde sein mußt. Und mit dieser Tat« – der Philosoph zeigte auf den Parthenon und den Stadtplan – »löschst du nicht nur jeden Fluch aus, sondern gewinnst auch die Gunst aller Mächte.«

»Ja, ja.« Aspasias Augen glänzten vor lauter Liebe zu Perikles. »Wie unser Philosoph es sagt, so wird es geschehen.«

Pheidias' Zeigefinger wies auf den Grundriß des Parthenons und tippte auf das Heiligtum der Athene.

»Ich hatte einen Traum, teurer Perikles: Du wolltest zu diesen Aufrührern sprechen, doch auf einmal wurde es so hell, daß ich vor unsagbarem Erstaunen erwachte. Und dieser Traum wiederholte sich jede Nacht, bis ich das, was mich im Traum so bewegte, zu zeichnen und zu modellieren begann.«

Perikles sah, wo Pheidias' Fingerspitze anhielt. »Dir ist im Traume Pallas Athene erschienen?«

»So ist es«, verkündete Pheidias geheimnisvoll. »Sie leuchtete, und dieses Leuchten drang mir ins Hirn, ins Herz, in die Hände – es hat mich völlig durchdrungen.«

Auf Perikles machte die Erscheinung der Göttin in Pheidias' Traum tiefen Eindruck. »Sage mir genauer, wie sie aussah!«

Pheidias, als wiederholte sich eben sein Traum, schilderte verzückt: »Athene war gänzlich aus Elfenbein, ihr Gewand aus reinem Golde, ihre Augen glichen blitzenden Edelsteinen. Die Linke schloß sich um einen goldenen Stab, in der rechten Hand hielt sie die kleine Göttin Nike – den Sieg.«

»Den Sieg?« Perikles atmete schwer.

»Ja, den Sieg für Athen und für dich, Perikles.«

Doch da riß sich Perikles aus seiner Verzauberung. »Halt ein, Pheidias! Du willst mich wohl betrügen? Nicht die Göttin schilderst du mir, sondern die Statue, an der du bereits arbeitest.«

Pheidias begrüßte Perikles' Einwand. »Ja, und ich freue mich schon darauf, was du zu meinem Modell sagen wirst.«

Perikles unterdrückte seine Erregung, war doch Anaxagoras zugegen, der ihn immer davor warnte, seinen Gefühlen allzu freien Lauf zu lassen. Und doch hatte ihn bei der Schilderung des Pheidias eine innere Erregung erfaßt. »Was sagst du da, eine Statue aus lauter Elfenbein, Gold und Edelsteinen? Und die soll hier im Heiligtum stehen?!«

»Ich meine, daß solche Schönheit dorthin gehört«, sagte Pheidias.

»Dir, Pheidias, genügt wohl nicht« – Perikles' Ärger wuchs unaufhaltsam –, »daß ich hier von der Schönheit spreche, die unsere Verbündeten und Thukydides mitsamt seinen Aristokraten so reizt? Weißt du nicht, welch harter Kampf es ist, die Macht im Staate zu behalten, und welche Anschläge auf die demokratische Regierung verübt werden?«

Pheidias, als hätte er nichts gehört, sagte verträumt: »Das Antlitz der Göttin ähnelte deinem Antlitz, teure Aspasia. Es hatte deinen Ausdruck, deine kluge Stirn, deine leuchtenden Augen.«

»So nicht, Pheidias!« polterte Perikles los. »Das kannst du mit mir nicht machen! Aspasia ist klug und schön, doch es gehört sich nicht, daß du das ausnutzt.«

»Sicherlich, mein Teuerster«, sagte Aspasia. »Das darfst du nicht zulassen! Schon einige Male schien es mir, daß einige der Götter und Heroen des Pheidias deine und meine Züge hätten.«

»Wäre das denn verwunderlich, da ich jeden Tag bei euch bin und euch beide schätze und liebe?« verteidigte sich Pheidias und zugleich auch sein künftiges Werk.

Perikles fragte, wie groß denn die Göttin Nike, die Athene im Arm hielt, gewesen sei.

»Überlebensgroß, etwa sieben oder auch acht Fuß.«

»Dann muß deine Athene geradezu riesenhaft gewesen sein«, donnerte Perikles.

»Ja, sechsmal größer«, erwiderte Pheidias ruhig. »Kleiner würde sie sich ja im Parthenon völlig verlieren.«

»Du bist ein schrecklicher Mensch, Pheidias! Du willst mich wohl vernichten? Aber diesmal gewähre ich es dir nicht! Wenn ich mir nur vorstelle: ein Gewand bis zu den Knöcheln, ein Gewand, das für sechs weibliche Gestalten ausreichen würde – und dazu aus reinem Gold! So eine Verschwendung! Solche Vergeudung! Nein, nein, Pheidias, diesen Fehler werde ich nicht begehen!«

Sokrates wartete. Er bewunderte die Statuen, Bronzen, den Marmor, den Alabaster auf dem Vorplatz wie auch in der geschlossenen Säulenhalle. Zwischen Rhododendronbüschen, die übervoll von blaßvioletten und rosaroten Blüten waren, stolzierten weiße Pfauen mit Schwanzfedern so groß wie Windmühlenflügel umher, und in jeder Feder leuchtete ein grünliches Auge. Die schmalen Köpfe trugen Krönchen. Sokrates beobachtete die stolzen Vögel mit den Krönchen auf dem Kopf. Ihre gelegentlichen Schreie erschwerten es ihm, den erregten Stimmen im Saale, wo über die zukünftige Krone Athens entschieden wurde, zu lauschen.

Er freute sich, als er wieder Anaxagoras' Stimme hörte. Daß er da war, nahm Sokrates ein wenig das Gefühl der Beklemmung. Neben der ruhigen Rede seines Lehrers klangen die drei anderen Stimmen sehr laut.

Auch Pheidias' Stimme erkannte Sokrates. Wenn er mit dem Vater auf der Akropolis arbeitete, hatte er dessen Anordnungen und Erklärungen schon oft gehört. Sie klang sicher und deutlich durch Hammerschläge, das Knarren der Räder und das Geschimpfe in allen möglichen Sprachen hindurch. Pheidias' Stimme wurde fast ausschließlich von Befehlsgewalt und Begeisterung getragen. Sie bewegte sich zwischen diesen beiden Tonlagen, nur die Lautstärke veränderte sich.

Sophokles hörte er zum ersten Male sprechen. An seiner Stimme war nicht zu erkennen, daß sie in einem prall gefüllten Theater ertönen konnte. Auch im einfachen Dialog klang sie, als rezitiere er Verse.

Als Sokrates merkte, daß Perikles sprach, erbebte er. Er hatte sich eine große, beherrschte Stimme vorgestellt, rhetorisch fast, doch diese hier vergewaltigte den Zuhörer nahezu. Ein Alkmaionide. Dieses Geschlecht hatte seine Wurzeln in grauer Vorzeit. Ruhm und Fluch begleiteten es bis ins Heute. Sokrates spürte in Perikles' Stimme dessen Bewunderung für den Parthenon und Pheidias' Athene, aber auch einen Ausdruck schaudernden Entsetzens, als liefere er sich den Händen der Freinde aus.

Auch Sokrates' Herz zog sich zusammen, als er die scharfen und doch schmerzlichen Worte hörte: Nein, nein, Pheidias, diesen Fehler werde ich nicht begehen!

Und zwischen die Stimmen der beiden Männer, die vergessen hatten, daß sie nicht vor einer tausendköpfigen Versammlung sprachen, mischte sich warm und weich die Stimme Aspasias. Sokrates kam es wie ein Altarraub vor, daß er hier heimlich lauschte – aber wie könnte er nicht lauschen. Er würde sich deshalb nicht fürchten, ihnen nachher in die Augen zu sehen.

Unbewußt strengt er sein Gehör an. Jetzt spricht mit gedämpfter Stimme Perikles. Sokrates versteht nichts, immer noch versteht er nichts, aber dann schwillt Perikles' Stimme an, wird lauter, färbt sich durch seine innere Empörung.

»Ist es vielleicht Diebstahl? Könnte das jemand so auslegen? Mögen alle Athener meine Zeugen sein! Bis an mein Lebensende würde ich keine Drachme für mich selbst aus der gemeinsamen Kasse nehmen! Die eigene Familie brächte ich um, wenn sie darüber murren würde. Mit einem Almosen hält mein Verwalter sie knapp. Warum? Warum? Ihr wundert euch manchmal. Nun, ich sage es euch. Ich habe mich auf die Seite des Volkes gestellt; ich gebe der besitzlosen Mehrheit den Vorzug vor der reichen Minderheit. Habe ich das deshalb getan, um mich auf Kosten der Armen zu bereichern? Oder um meine Erfahrung zu nutzen, daß im Volke Kraft steckt, die Athen Macht und Ruhm bringen kann? Wofür soll ich mich einsetzen? Ein kleines, erbärmliches Ziel kann sich ein Perikles nicht stellen. Wer das von mir behauptet, ist ein Lügner. Für einen gestohlenen Apfel bestimmten Drakons Gesetze den Tod! Was für eine Strafe verdiente dann erst ich?!«

Sokrates spürte Perikles' ungeheure innere Erregung. Zum ersten Male konnte er sich davon überzeugen, daß ihm mit Recht nachgesagt wurde, er trüge auf der Zunge einen fürchterlichen Blitz.

»Der Tod wäre zu wenig dafür, denn ein Verbrechen, begangen am Athener Volk, ist so abscheulich, daß es kein Gesetz gibt, um es zu bestrafen. Das Volk? Eine imaginäre Masse ohne Augen, vielleicht auch ohne Herz? Nein, nein. Das sind Augen, die zu einem einzigen großen Auge vereint sind, Tausende Herzen, verschmolzen zu einem einzigen großen Herzen, wenn sie im Dionysos-Theater sitzen. Ein aufgeblasener Geizhals lädt sich zum Gelage einige Freunde ein, füttert sie bis zum Platzen, läßt sie sich mit Wein vollaufen, und schließlich präsentiert er ihnen ein Schauspiel: einen Gaukler, einen Flötenspieler, dazu eine nackte Tänzerin, und die Gäste sind überwältigt. Aber dem großen Auge des Volkes und seinem großen Herzen genügt solch Schauspiel nicht. Das Volk braucht ein Theater, wo Tausende Platz nehmen können, und in diesem Augenblick sind seine Ansprüche tausendmal größer als die eines Tischgastes beim Gastmahl. Dem Volk genügt nicht ein Schauspieler auf der Bühne, ein Sänger – es will einem ganzen Chor lauschen, Rezitatoren hören, Gesang, Tänze sehen, in Dialogen den Widerstreit großer Ideen erleben.«

Perikles blickte Sophokles an. »Ja, lieber Sophokles, du weißt das genau. Das Volk will nicht nur ein bißchen gekitzelt werden. Es will dabeisein beim Kampf des freien Menschenwillens gegen das blinde Schicksal, es will ergriffen sein vom Sturm der Leidenschaften und von der Schönheit. Ja, das will das große Auge und das große Herz des Volkes! Blut, Tränen, Tod, Strafe, Erlösung und dazu Lachen und Freude. Es will mit seinen Helden leben, mit ihnen leiden und siegen. Aufgehen will es in ekstatischer Begeisterung über die Allmacht der Schönheit, über die Tiefe der Gedanken, die einen Glückstaumel auslösen. Kein Einzelwesen der Welt, sondern nur die Herrschaft des Volkes kann den anspruchsvollsten Zuschauer, das Volk, sein großes Auge und sein großes Herz, befriedigen.«

Gebannt hörten die Freunde ihm zu. Pheidias quälte die Spannung; er fühlte, daß Perikles, während er vom Theater sprach, eigentlich den Parthenon und seine Athene meinte. Anaxagoras hatte ihn angesteckt mit seinem Unglauben an die Götter. Würde Perikles seine Pläne verwerfen? Sokrates hörte mit geöffnetem Munde gespannt zu: Was würde Perikles für dieses große Auge und große Herz tun?

Perikles ließ den Blick nicht von Sophokles. »Ein Theater für Tausende vertreibt Schlaffheit und Traurigkeit, ein Theater kraftvollen Geistes und ebensolcher Worte erhöht die Bildung Tausender. Nicht wie bei den Barbaren: Oben der göttliche Gebieter und tief unter ihm ein Wesen, halb

Tier, halb Mensch. Weshalb greifen mich meine Gegner an, ich sei ruhmsüchtig? Weshalb tun sie das? Es geht ihnen nicht um mich. Dem Volke gönnen sie nicht, daß es aus meinen Händen die Demokratie empfängt, und der Demokratie wiederum gönnen sie nicht, daß das Volk sie empfängt! So ist das. Und dabei bleibe ich!«

Perikles sah zu Anaxagoras hinüber. »Ich schäme mich der Zeit meiner Schwäche. Sie ist schuld, daß ich mich nicht schon längst von bösem Schicksal und Fluch befreit habe.« Er blickte auf den bleichen, bebenden Pheidias. »Die Größe und Schönheit des Parthenon haben mich überwältigt, Pheidias. Heute gehört Athen dem ganzen Volke, und deshalb wird ihm auch dessen Königskrone, der Parthenon, gehören, und dazu die großartige Athene. Du bist ein großer Künstler, Pheidias, ein großer Bildhauer, Baumeister und Beherrscher von Raum und Stoff. Für all dies gebe ich dir so viele Mna, wie du nur brauchst. Ich gebe dir Mna und Talanton, und schon jetzt weiß ich, daß die Ekklesia allem begeistert zustimmen wird. Die Ekklesia fühlt mit dem Herzen, daß die Schönheit den Menschen über sich hinaushebt und, wenn ihn schon etwas blendet, es die blendende Schönheit, die Schönheit der ganzen Welt sein soll.«

Sokrates lauschte atemlos dem Bekenntnis des Perikles, daß die Schönheit der ganzen Welt die Menschen umgeben soll, damit sie über sich hinauswachsen ...

»All dies, womit wir unserer Stadt zu Ansehen verhelfen wollen, muß von einem einzigen Geist ausgehen. Ich habe lange darüber nachgedacht und finde dafür keinen besseren schöpferischen Geist als den deinen, Pheidias.«

»Ich habe befürchtet, daß du meinen Namen aussprechen würdest, teurer Perikles, aber gleichzeitig wünschte ich es mir.«

Perikles trat zu Pheidias und umarmte ihn innig.

»Freuen wir uns«, sagte Sophokles, »das Heute ist schön.«

»Warum schweigst du, lieber Anaxagoras?« fragte ihn Aspasia.

»Ich habe erwartet, meine Verehrte, daß du so fragen

würdest: Warum sprichst du nicht gegen den Tempel und die Statue, wo du uns doch lehrtest, es gäbe keine Götter?«

»Bist du nicht mit uns einverstanden?«

»Natürlich bin ich mit euch einverstanden. Ich bin nur dagegen, daß der Mensch den Glauben an die Götter, die er sich selbst geschaffen hat, mit sich herumschleppt. Doch wie könnte ich dagegen sein, daß die alten Mythen anregen, Kunstwerke zu schaffen? Und besonders solch prachtvolle, wie es der Parthenon und Pheidias' Athene sein werden. Die alten Götter in der Maske ewiger Jugend sind doch dem hellenischen Land entsprossen wie der Feigenbaum oder der Olivenbaum. Wenn Pheidias' Marmorgötter unsere Welt verschönen helfen, werde selbst ich an ihre Macht, die sich in solcher Schönheit widerspiegelt, glauben.«

»Ausgezeichnet, teurer Anaxagoras«, sagte Sophokles.

»Unser Leben ist durchdrungen von Mythen, die die Phantasie unseres Homer, unseres Hesiodos weckten, und auch wir, die Tragödiendichter, schöpfen aus ihnen.«

Sokrates vernahm nun jedes Wort und dachte daran, daß ein Künstler, auch wenn er weiß, daß die Sonne ein glühender Stein ist, sie sich vorstellen kann als Helios im goldenen Wagen, der über das azurblaue Hippodrom des Himmels dahinfährt. Ja, die Götter sind eine Schöpfung des Menschen, und die Phantasie der Künstler macht sie in ihren Werken gegenständlich.

Die Abenddämmerung ging bereits in Dunkelheit über, als ein Sklave die Reihen der Öllampen, die in Kandelabern hingen, entzündete. Sokrates fürchtete sich, jenen ins Auge zu schauen, die er unbeabsichtigt belauscht hatte. Es fiel ihm schwer, Perikles, dessen Beichte und Bekenntnis er vernommen hatte, ansehen zu müssen. Sokrates ließ eilig seinen Blick zu Anaxagoras schweifen. Er wollte sich von dem Gefühl, ausgeschlossen zu sein, befreien.

Anaxagoras lächelte. »Ich bin ein alter Freund von Sokrates. Wir machen frühmorgens Spaziergänge entlang dem Ilyssos und weiden dort seinen Esel Perkon. Und weil wir dabei philosophieren, vergessen wir gelegentlich den Esel am Fluß und gehen ohne ihn nach Hause, nicht wahr?«

Aspasia und Sophokles lachten. Sokrates errötete. »Und

dann« – Anaxagoras deutete mit dem Kopf auf Sokrates – »jagt er dem Esel im Wettlauftempo nach, und ich muß allein heimgehen.«

Noch immer lachend, sagte Aspasia: »So heiterst du wenigstens unseren viel zu ernsten Weisen auf, Sokrates. Und mit ihm zusammen zu sein ist dir doch sicherlich ein Genuß.«

»Wenn du ein Genießer bist«, ergänzte Sophokles.

»Ich bin einer«, sagte Sokrates mutig. »Und der heutige Abend ist für mich der größte Genuß, den ich je hatte.«

»Übertreibst du nicht, junger Mann?« Aspasia lächelte.

»Sokrates übertreibt immer. Stets muß ich ihm Mäßigung anraten; aber ich bin sicher, daß er heute nicht übertreibt«, sagte Anaxagoras.

Sokrates sah Aspasia zum erstenmal. Er schaute in ihre tiefen, asiatischen Augen, in denen das Licht gelb wie ein Löwenfell schimmerte. Er wagte nicht, seine forschenden Blicke für längere Zeit auf sie zu richten. Zwischen den vollendet geformten, karminrot geschminkten Lippen blitzten alabasterweiß die Zähne.

»Zu übertreiben ist ein Vorrecht der Jugend – oder der Kunst. Auch in der Forderung nach Mäßigung muß Mäßigung herrschen.« Während sie sprach, wandte sich Aspasia erst Anaxagoras und dann Sokrates zu. Bei dieser Bewegung blitzte ein goldener Stirnreif mit kostbaren Rubinen auf, ihr in feine Falten gelegter safrangelber Peplos und der Überwurf, an der Schulter mit einer goldenen Spange gehalten, raschelten. Unter dem schmiegsamen Gewebe ahnte Sokrates die anmutigen Formen ihres Körpers. Schön, freundlich, klug. Was Wunder, daß sie Perikles bezauberte! Ein Gongschlag ertönte, und gleich darauf klirrten Scherben. Aspasia blickte zur bedienenden Sklavin hin. Diese verschwand, und einen Augenblick später trat der Verwalter des Hauses, Euangelos, ein und meldete seiner Herrin, die Sklavin Phaya habe die Schale fallen lassen, auf der die Göttin Iris dargestellt war.

»Meine schönste Schale«, seufzte Aspasia betrübt.

»Oh, die prächtige Iris«, murmelte Pheidias, »um die ist es wirklich schade.«

»Eine strafwürdige Unvorsichtigkeit. Phaya verdient harte Bestrafung«, sagte Euangelos.

Sokrates beobachtete Aspasias Gesicht, das sich aufhellte. »Phaya kämmt mich gern«, sprach Aspasia und sah den Verwalter an. »Einen ganzen Monat wird sie mich nicht kämmen dürfen.«

Euangelos ging hinaus.

»Und diese Strafe reicht aus?« erkundigte sich Pheidias.

Von draußen war das Weinen des Mädchens zu hören.

»Es ist eine grausame Strafe. Wenn Aspasia mir verboten hätte, zu ihr zum Abendessen zu kommen, wäre ich wohl genauso verzweifelt wie dieses Mädchen«, sagte Sophokles.

Sokrates blickte wie verzaubert auf Aspasia. Sie lächelte ihm zu und wandte sich an Pheidias. »Du lobtest Sokrates' Silen, Pheidias. Verrate uns doch, welche Arbeit du Sokrates anvertrauen willst.«

Pheidias zögerte. Die Arbeiten am Parthenon hatte er in Gedanken bereits verteilt. Wies er Sokrates inzwischen einem bewährten Bildhauer als Gehilfen zu, so konnte er selbst verfolgen, wie der Junge sich entwickelte. Doch was dann? Was sollte man ihm anvertrauen, um sich von seinen Fähigkeiten zu überzeugen? Gleich eine selbständige Arbeit? Wenn der Parthenon vollendet ist, will Perikles mit dem Bau neuer Propyläen beginnen. Er wandte sich an Sokrates. »Zuerst würdest du kleinere Hilfsarbeiten machen. Später, wenn du mir brauchbare Entwürfe und Modelle in Ton bringst, vertraue ich dir eine große Sache an.«

»Richtig, Pheidias«, bemerkte Perikles. »Ein junger Mensch soll eine große Aufgabe bekommen, um daran Kraft und Begabung beweisen zu können. Und du, Sokrates, wirst darüber nicht erschrecken?«

Bescheiden antwortete Sokrates: »Seit meinem sechsten Lebensjahr halte ich den Meißel in der Hand. Ich würde mir schon wünschen, eine große Sache zu übernehmen.«

»Gut«, sagte Pheidias, »du wirst in den Marmorfries für die neuen Propyläen die drei Erinnyen meißeln: Alekto, Tisiphone und Megaira.« Er bemerkte Aspasias erschrokkenen Blick.

Sokrates stieß aufgeregt hervor: »Die Erinnyen? Verzeih, das kann ich nicht. Ich würde gern ... ich würde sehr gern ... aber das kann ich nicht!«

»Sokrates«, rief Anaxagoras ungehalten, »du wagst es, Pheidias' Auftrag abzulehnen?«

Doch Sokrates blieb starrköpfig. »Die drei Erinnyen, alte Weiber in zerrissenen Lumpen, mit Flügeln und Krallen wie Geier, statt Haaren ein Geflecht von Nattern, die Augen blutunterlaufen – nein, das kann ich nicht. Verzeih mir, verehrter Pheidias, ich kann es nicht.«

Pheidias war verärgert und beleidigt. »Das ist doch unerhört! Ich habe dir eine Arbeit herausgesucht, bei der du Phantasie und deine ganze Kunst beweisen könntest. Du hast keinen Mut! Du bist kein Künstler!«

Perikles stieß die Schale mit dem in Rotwein getauchten Nußkonfekt von sich.

»Halt ein, Pheidias!« rief er aus. »Gerade das hat mir an Sokrates gefallen. Jeder andere an seiner Stelle, auch ein schon bewährter Künstler, würde sich für solch ein Versprechen bis zur Erde vor dir verneigen. Sei nicht unwillig, Pheidias! Ich glaube nicht, daß jemand, der den Mut besitzt, dir offen ein solches Angebot abzulehnen, nicht auch den Mut eines Künstlers hat.«

Pheidias blieb unnachgiebig. »Aber dieser Flaumbart widersetzt sich nicht nur mir, sondern auch dir, teurer Perikles. Du selbst hast doch gewünscht, in den Giebel der Propyläen sollen die drei Erinnyen gemeißelt werden, damit jeder, der sie durchschreitet, vor blutigen Verbrechen gewarnt sei.«

»Ja«, sagte Perikles. Er dachte an die Blutschuld der Alkmaioniden, die ihn noch immer bedrückte. »Ich möchte, daß niemand ein gegebenes Versprechen bricht, ich möchte, daß niemand den alten griechischen Sitten Schande bereitet.« Er blickte Sokrates an. »Und warum, Sokrates, willst du die Erinnyen nicht übernehmen?«

Sokrates' Blick suchte Anaxagoras. »Nicht nur blutige Verbrechen und Rechtsbrüche verfolgen die Erinnyen. Sie verfolgen und bestrafen auch Unschuldige, und das nur, weil das Blut dieser Unglücklichen verflucht ist. Doch was bedeutet verfluchtes Blut? Du, teurer Anaxagoras, lehrtest mich etwas anderes. Von dir weiß ich, daß der Mensch sein gutes oder böses Schicksal selbst gestaltet und nicht für ein Verbrechen seiner Vorfahren büßen darf. Du stellst über den Aberglauben den menschlichen Verstand.«

Aspasia strahlte. »Du bist ein guter Schüler deines Lehrers, junger Freund. Was also erwiderst du ihm nun, teurer Pheidias?«

»Es war Perikles' Wunsch, möge er sich dazu äußern.« Mit diesen Worten lehnte Pheidias jedes weitere Gespräch über das Thema ab.

Perikles hüllte sich in tiefes Schweigen.

Eine Sklavin räumte die Reste des Lammbratens, der mit Leberstückchen garnierten Drosseln und des Honiggebäcks vom Tisch. Sie reichte jedem eine kupferne Waschschüssel zum Händespülen.

Eine zweite Sklavin stellte ein Tischchen mit Birnen und großen blauen Trauben vor jeden, eine dritte steckte frische Rosen in die Vasen. Lieblicher Duft erfüllte den Speisesaal.

In dem Bemühen, den schlechten Eindruck zu tilgen, den er auf alle hier gemacht haben mußte, verschlechterte Sokrates seine Lage noch mehr. Stets liefen seine Ansichten denen Perikles' zuwider. »Ich mag die Erinnyen nicht. Ihre schreiende Unversöhnlichkeit widert mich an. Und so etwas soll über dem Eingang zu Athens größtem Stolz und größter Schönheit thronen?«

Aspasia sah die umwölkten Mienen ringsum. Sie spielte mit der Rosenknospe, atmete ihren Duft ein, dann lächelte sie Sokrates freundlich zu.

»Und was würdest du für diesen Giebel entwerfen, lieber Sokrates?«

Sokrates erwiderte Aspasias Lächeln und sagte dann entschlossen: »Die drei Chariten.«

Ein jeder zeigte Überraschung.

»Ja! Die wohlgesinnten Chariten, und nicht diese rachsüchtigen Ungeheuer! Das wäre schön«, rief Aspasia aus. »Jeden würden dort Euphrosyne, die Göttin der Anmut und der Glückseligkeit, die blühende Thaleia und die strahlende

Aglaia begrüßen. Perikles, mein Geliebter, änderst du deinen Wunsch?«

Noch immer verharrte Perikles in Schweigen.

»Darf ich noch etwas sagen?« fragte Sokrates leise.

»Hast du noch nicht genug?« fuhr ihn Anaxagoras an.

»Nein, lieber Anaxagoras.« Perikles erwachte aus seiner Nachdenklichkeit. »Lassen wir Sokrates gewähren. Er soll alles sagen, was er auf dem Herzen hat. Ich schätze seine Aufrichtigkeit.«

Sokrates wagte einen letzten Angriff gegen die Erinnyen, gegen Pheidias und Perikles: »Am Himmel leuchtet die Sonne, der Sonne entgegen wird die goldene und marmorne Schönheit der Akropolis leuchten. Und jenes Leuchten auf der Erde unter dem Leuchten des Himmels ist dem Glanze des Lebens gleich. Nicht ihre blutrünstige Vergangenheit würde ich den Athenern vor Augen halten, sondern ihre helle und freudvolle Zukunft: die drei tanzenden Chariten, die sich an den Händen halten, zum Zeichen dafür, daß Wohlwollen, leuchtende Pracht und das Aufblühen der Stadt untrennbar miteinander verbunden sind.«

Perikles nahm Aspasias Hand, zog sie an sich, sog den Duft der Rosenknospe ein. Dann seufzte er tief auf und küßte Aspasia auf die nackte Schulter. »Mein lieber Pheidias«, fragte er, »vertraust du Sokrates die drei Chariten an?«

»Wenn du es erlaubst, gern«, sagte Pheidias.

Beim Abschied sprach Aspasia zu Sokrates: »Ich freue mich, daß du uns nun öfters besuchen wirst, junger Freund.«

»Ich werde bald achtzehn. Der Heeresdienst wartet auf mich«, verkündete Sokrates.

»Schade.« Aspasia nahm es zur Kenntnis. »Also dann in zwei Jahren.«

»Ja«, fügte Perikles hinzu, »in zwei Jahren sei dein erster Weg hierher zu uns.«

»Und Skizzen für die Chariten kannst du in deiner freien Zeit schon vorbereiten«, verabschiedete ihn Pheidias. Er schlug ihm kräftig auf die Schulter, wie auch Sokrates' Vater es zu tun pflegte, und mit bärbeißiger Freundlichkeit fügte er hinzu: »Du Rotznase bist zwar ein Frechdachs, aber in dir steckt was.«

Der Pförtner reichte ihm eine brennende Fackel. »Chaire!«

Flink trat er auf die Straße hinaus, doch nach ein paar Schritten blieb er stehen. Was war das? In seinem Kopfe drehte sich alles. Wieso das? Vom Wein? Unsinn. Wegen der Chariten! Wegen der Chariten!

Er schlüpfte aus den Opanken, hängte sie an seinen Gürtel und eilte im Dauerlauf nach Hause. Alles ringsum drehte sich; mag es sich drehen! Dreh dich nur, mein Köpfchen, du hast allen Grund dazu!

Die Flamme seiner Fackel schlug nach hinten bei seinem stürmischen Lauf. Jetzt war ihm, als drehe sich die Straße um ihn. Das gefiel ihm. Gut. Alles dreht sich um Perikles, um meine Chariten. Jahrhundertelang werden diese drei Schönheiten über den Propyläen dahintanzen, jahrhundertelang werden die Menschen sie betrachten und sagen: Die sind von Sokrates!

Doch was mache ich mit Vater? Was wird er wohl sagen? Du Tölpel, da hast du dir ja eine schöne Sache eingebrockt, wird er sagen. Auf einen Fries tanzende Figuren meißeln! Wer soll dir dafür Modell stehen?

Sokrates stellte sich vor, sein Vater ginge mit ihm durch die Straßen. »Eine Kleinigkeit, Vater. Schau mal! Ich führe dir vor, wie ich mir diese Hopserei vorstelle.« Er stieß die Fackel in die Erde und begann zu tanzen und zu singen.

Ihm war, als vernehme er deutlich seines Vaters Stimme. »Hör auf, du Tunichtgut! Solch ein eckiger Klotz und die Chariten! Das ist wie ein Ziegenbock und eine Wasserjungfer!«

»Ich bestell mir Korinna in den Hof, Vater«, rief Sokrates, »und ziehe ihr den Peplos aus. Sie wird mir bestimmt gern Modell stehen und tanzen.«

»O du Klotz«, zürnte der Vater in Sokrates' Vorstellung. »Die Sache mit den Chariten hast du dir nicht zum Wohl Athens ausgedacht, sondern wegen dieses Schustermädchens, damit du sie stets zur Hand hast und ausziehen kannst.«

»Ich schwöre bei Hera! Niemals, Vater! Ich habe dabei nur an die Stadt gedacht, aber deine Einwände riefen mir sogleich Korinna in den Sinn. Sie wird wundervoll sein im Tanz.«

Und während er mit seiner kräftigen Stimme sang, drehte er sich im Tanz der Euphrosyne wild um die Fackel.

Am Straßenrande tauchten zwei Skythen auf, die Wächter über Athens Ruhe und Ordnung.

»Was geht hier vor?« donnerte der eine los.

»Ich bin Euphrosyne, die Charis der guten Gedanken, und ich tanze.«

Im Schein der Fackel erkannte ihn einer der Wächter. »Da schau einer an, das ist ja Sokrates. Wo kommst du denn her?«

»Ich kehre eben heim. Ich war bei Perikles zum Weine.«

»Den Wein merkt und sieht man dir auch an!« Der Skythe lachte.

Sokrates zog die Fackel aus der Erde und warf sie ihm zu. »Ich schenke euch das Licht, Männer, hier kenne ich mich auch im Dunkeln aus.« Er rannte los wie bei einem Wettkampf, um den Eltern die große Neuigkeit zu überbringen, wobei er vorerst lieber Korinnas Teilnahme an dieser großen Sache verschweigen wollte.

Nach einer Weile öffnete er die Tür zum Hofe, wo ihn der heimatliche Geruch von Lavendel, Salbei und Ziegenmilch begrüßte.

9

Sokrates lief barfuß neben dem leichten zweirädrigen Wägelchen, das von Perkon gezogen wurde, den holprigen, steinigen Weg entlang. Auf dem Wägelchen saß Korinna in einem weißen, um die Hüfte gegürteten Peplos. Dahinter gingen Sokrates' Freunde, die sich für heute frei genommen hatten. Am frühen Morgen waren sie aufgebrochen, um den Ilyssos entlang nach Agrai zu wandern. Der Weg führte stetig bergan. Bis hierher schickte der Hymettos seine Ausläufer, und er ist recht hoch. Der Morgen hatte die Farbe von Bernstein. Die Luft war voller Bienen und Honigduft, wofür dieses Paradies auch außerhalb der Grenzen Hellas' berühmt war.

In Gudi, einem Dörfchen am Westhang des Hymettos, unweit von Athen, hatte Sophroniskos von seinen Vorfahren ein winziges Stück Boden mit etwa fünfhundert Weinstöcken, vierzig Olivenbäumen und einigen Feigenbäumen geerbt.

Zweck dieses Feldzuges war, die reifen Oliven von den Bäumen zu schütteln und in Körben nach Hause zu fahren. Wer half, sollte mit Oliven belohnt werden. Und daß eingelegte Oliven vorzügliche Leckerbissen waren, brauchte man niemandem zu versichern.

Sokrates schritt kräftig aus, die Eselshufe neben ihm klapperten lustig, das zweirädrige Wägelchen polterte über den Weg, und um den Lärm noch zu verstärken, begann Sokrates aus voller Kehle ein improvisiertes Loblied auf die Reize des Dörfchens Gudi zu singen.

»O Gudi, du zauberhafter Ort,
alt wie ein arkadisches Märchen,
o Gudi, so traut umrahmt von Wiesen,
im kühlen Schatten deiner Olivenbäume,
schon lange trank ich nicht
von deinen sprudelnden Quellen
das alles heilende Wasser,
dein alles heilendes Wasser,
aufgefangen in der Schale meiner Hände,
der Schale, die stets bei mir ich trage.«

Simon, Kriton, Pistias und Kyrebos schritten im Takt zu Sokrates' Singsang aus.

Durch ein Tor von Honigduft gelangten sie in Sophroniskos' Garten am Rande von Gudi. An der oberen Grenze hatte der Nachbar, dessen Sohn genauso alt war wie Sokrates, eine kleine Wirtschaft. Am Garteneingang stand ein offener Schuppen, wo sich jeder Teilnehmer des Feldzuges mit einer Stange zum Herabschlagen der Oliven und einem Korb bewaffnete. Als sie aus dem Schuppen traten, sahen sie aus wie Krieger, wie Hopliten mit Lanzen und Schilden.

Und da kam auch schon der junge Glaukios herbeigerannt und rief voller Freude: »Endlich wieder einmal, Sokrates!« Er fiel ihm um den Hals, beide wälzten sich auf der Erde, rangen miteinander, und dazwischen mengte sich ein Hirtenhund, auch ein alter Bekannter, der mit seinen weichen Lefzen nach Sokrates und Glaukios schnappte.

Nachdem sich die zwei lachend und völlig außer Atem wieder erhoben hatten, stellte Sokrates Glaukios seine »Heerschar« vor.

»Mein lieber Glaukios, gleich lernst du die Helden des Troianischen Krieges kennen, der hier vorbereitet wird. Also dieser hier (er zeigte auf Kriton) ist Agamemnon, der König der Mykener und Oberbefehlshaber des achaischen Heeres im Feldzug gegen Troia, dir sicher bekannt. Schau, der hier (er wies auf Pistias) ist sein Bruder, der Spartanerkönig Menelaos, der deshalb so mager ist, weil er zum Frühstück, zum Mittag und auch zum Abendessen nur schwarze Suppe mit Essig genießt. Ihm hat dieser Nichtsnutz Paris, der Sohn des troianischen Königs Priamos, die Frau entführt, Helena, die Schöne. Daß sich besagte Helena nicht allzusehr gewehrt hat, hängt wohl mit erwähnter Essigsuppe zusammen, nach der man aus dem Munde nicht gerade duftet, denn Helena war eine wohlerzogene Jungfrau. Glaukios, mein Lieber, höre nun weiter: Dieser hier (er zeigte auf den Bäcker Kyrebos) ist der wohlbekannte Held Achilleus, welcher neben seiner berühmten Ferse auch wegen seiner einzigartigen Tapferkeit und Blutrünstigkeit gerühmt wird. Hier (er schob Simon vor) ist Achilleus' Freund Patroklos, der brutal erschlagen und ebenso brutal gerächt wurde. Und diese Schönheit hier ist zwar nicht Helena, wegen der der brudermordende Troianische Krieg aus- und zusammenbrach. Beachte aber, mein Glaukios, wie schön sie trotzdem rundherum ist! Das ist Aphrodite selbst, welche mit dem Apfel des Paris jene Feuersbrunst entfesselte, die sie nun mit uns gemeinsam löschen soll. Und hier (Sokrates schlug sich auf die Brust), hier steht der trefflichste Kriegsheld, das Lästermaul, der wahrheitsliebende Lügner, der Könige wie auch ihre Schildträger mit einem wohlgezielten Wort kleinkriegt: Theiresias, der mit allen Wassern Gewaschene. Doch noch sei kein Ende. Mann aus Gudi, denn hier (er zog Perkon am Zügel heran) ist nämlich nicht irgendein Tier, sondern das berühmte Troianische Pferd, in dessen Innern... nun, ihr wißt selbst, was in einem solchen Innern zu sein hat.«

Unter allseitigem Gelächter beendete Sokrates seine Vorstellung, nahm eine Olive und steckte sie in den Mund. Mit Behagen zerkaute er sie. »Ich sehe, unsere Feinde, diese vielen tausend Oliven, sind zum Abfallen reif. Ich rufe deshalb die Heerführer und den Oberbefehlshaber des Königs Agamemnon auf, den Befehl zum Angriff zu geben!«

Und Kriton fügte fröhlich hinzu: »Achaische Krieger! Ran an die Feinde, und nehmt alle gefangen!«

»Wartet!« schrie Glaukios. »Zuerst eine Stärkung nach dem langen Kriegszug!«

Gerstenfladen und drei Melkeimer Milch wurden herbeigebracht; und dann stürzten sich die Jungen, immer zwei und zwei, der eine die Oliven herunterschlagend, der andere sie in die Körbe lesend, auf die Feinde.

»Noch nie habe ich gesehen oder gehört, daß Aphrodite sich mit diesem dürren Theiresias zusammengetan hätte. Nun, was kann man da machen. Heute sehe ich das zum ersten Male«, stichelte Kriton, als Sokrates mit Korinna auf einen hohen, ziemlich weit entfernten Olivenbaum zusteuerte.

Sokrates hob das Mädchen wie eine Flaumfeder hoch und setzte sie auf den Baum. Sie saß auf einem Ast, schlenkerte mit den Beinen, kicherte und zeigte dabei Zähne, deren Weiß den Paroser Marmor noch übertraf. Er streifte ihr die Sandalen ab und küßte jede Zehe ihrer Füßchen. Das kitzelte sie, und sie lachte, daß alle Vögel im Garten beschämt schwiegen. Mit der Inbrunst des Liebenden und Bildhauers streichelte er ihre Fersen. »Das sind Ferschen, wie zwei Kastanien.« Und er küßte auch diese.

»Die Fesseln sind wohl nichts?« schmollte sie mit kindlicher Naivität.

»Sie sind schmal wie der Hals einer hohen Amphora für eine einzige Rose, und hier rundet sich diese Amphora so schön.« Zart strich er über ihre schlanken Waden. »Das Knie ist klein und rund wie ein Äpfelchen, und darüber ...«

»Sokrates, wieviel Körbe habt ihr schon?« rief Simon lausbübisch. Korinna streckte dem Bruder die Zunge heraus und entgegnete: »Zweimal soviel wie du!« Doch schuldbewußt sah sie zu Sokrates hin. »Daran bin ich schuld, ich verführe dich.«

»Verführe mich nur, mein Mädchen. Hab keine Angst, wir holen das schon wieder ein. Ich kenne einen Trick, wie man das Herabkämmen beschleunigen kann.«

Er stellte den Korb unter einen Ast, der mit Oliven wie übersät war, und schüttelte ihn kräftig. Die hängengebliebenen Oliven schlug er mit der Stange vom Zweig, und der Korb füllte sich zusehends.

Der ganze Garten hallte wider vom Scherzen, Geschrei und Lachen. Am schwierigsten war es, die Oliven von den oberen Zweigen zu schütteln. Korinna, ein Leichtgewicht gegen die Jungen, kletterte weit hinauf. Mühelos schlug sie mit der Stange die Früchte von den sonst unerreichbaren Zweigen. Interessiert verfolgte Sokrates jede ihrer Bewegungen. Ohne sich zu schämen, betrachtete er unter dem hochgeschürzten Peplos die Schenkel und das Bäuchlein des Mädchens und, in Bewunderung versunken, vergaß er die Oliven völlig.

Korinna war ein einfaches, sauberes Kind der Natur. Sie kannte nicht die falsche Scheu der Stadtmädchen. Sie wußte, daß sie hübsch war, sie merkte, wie Sokrates sie bewunderte.

»Gefalle ich dir, Sokrates?« fragte sie leise.

»Ach ja, du gefällst mir! Schrecklich gefällst du mir!«

»Gefallen dir auch meine langen Beine?«

»Ja, du hast schöne, lange Beine, wie geschaffen zum Tanzen.«

»Ich tanze auch gern, wenn mich niemand sieht.«

»Du solltest tanzen, gerade wenn dich jemand sieht. Schade um jeden Tropfen Schönheit, der verrinnt. Wirst du tanzen?«

»Ja, wenn du es möchtest. Ich bin so froh, daß ich dir gefalle. Gefällt dir alles an mir?«

»Von dem, was ich sehe, alles!«

»Nun, so schau mich nur an, wenn ich dir gefalle.«

Leise fragte Sokrates: »Am Abend werde ich dich von Kopf bis Fuß betrachten, ja?«

Das Mädchen ahnte nicht, daß aus ihrem Geliebten auch der Bildhauer sprach. »Du willst mich betrachten? Und warum?«

»Was ich liebe, will ich genau kennen.«

»Na gut«, sagte sie sorglos und kletterte noch höher.

Er ließ die Augen nicht von ihr, bis sie auf dem untersten Ast angelangt war, ihm in die geöffneten Arme sprang und ihren Mund auf den seinen legte.

Gamma und Omikron, Glaukios' Schwestern, zwei hübsche Mädchen um die zwanzig, hatten inzwischen Fleisch für sich und die Gäste zum Abendbrot vorbereitet. Auf dem Rasen unter dem Feigenbaum breiteten sie das Essen auf einer geflochtenen Matte aus. Das Lämmchen, knusprig braun und mit Knoblauch gebraten, schmeckte nach der Arbeit ausgezeichnet, und sie spülten das Essen reichlich mit selbstgemachtem Wein hinunter.

Nach dem Abendessen führte Sokrates die ganze Gesellschaft zum Weinberg, unter dem auf einem Sockel der Kopf des Dionysos stand.

Vor seinem Altar opferte Sokrates eine Handvoll der schönsten Oliven und eine große Traube. Die Mädchen brannten wohlriechende Kräuter ab.

Vor der Opferstätte befand sich eine kleine Wiese. Dort wanden die Landmädchen für sich und Korinna Kränze aus Wiesenblumen und schickten sich an zum rituellen Tanz zu Ehren des Dionysos. Glaukios blies den Aulos dazu.

Beide Mädchen, barfüßig, den weißen Peplos in der Hüfte mit einem roten Band gegürtet, hatten ihre Haarknoten gelöst. Sie stampften auf der Wiese einen weihevollen Tanz, der allmählich in wilde Sprünge und orgiastische Bewegungen der Bacchantinnen überging.

Als der Tanz beendet und der Beifall verklungen war, sagte Sokrates zu aller Überraschung: »Jetzt wird Korinna tanzen.«

Korinna stand auf, löste das schwarze Haar und trat auf

die Wiese. Sokrates bat Glaukios um ein melodiöses Lied mit drei Strophen.

Zart wie eine Nymphe, die eben aus dem Traum erwacht war, begann Korinna mit bloßen Füßen in kleinen Schritten zu tanzen. Als sie zweimal die Runde gemacht hatte und die Bewunderung spürte, begann ihr schlanker, gut gewachsener Mädchenkörper sich gelöst zu drehen. Der Rhythmus des Tanzes wurde immer strenger und heftiger. Jede Neigung ihres Körpers wurde von Gesten untermalt, jede Bewegung des von schwarzem Haar umwogten Kopfes fand ihr Echo in den Handflächen und Fingern. Die langen, grazilen Beine des Mädchens bewegten sich rhythmisch Schritt für Schritt nach vorn, kreuzten sich und offenbarten dabei die Schönheit ihrer Form. Und als das Tempo des Liedes noch schneller wurde, schien es Sokrates, der die anmutigen Bewegungen der Tanzenden mit den Augen beinahe verschlang, daß statt dieses einen Mädchens deren zwei tanzten, daß sich die Bewegungen der Füße und des Körpers vervielfachten – wirbelten hier nicht gar drei Tänzerinnen vor ihm über den Rasen?

Beim Donnerblitz des Herakles und seiner Keule! Drei Tänzerinnen, und eine zauberhafter als die andere: Das sind doch meine drei Chariten! Die drei Chariten in Korinnas Körper vereint! Weit besser noch, als ich es vermutete!

Sokrates' Erregung war unbeschreiblich. Er konnte die Augen nicht abwenden von dem, was einem Bildhauer wahrhaft heilig ist: Form, Form, Form, eine anders als die andere, alle sich ähnelnd und auch wieder nicht, doch in einem sich vollkommen entsprechend: in der überschäumenden Freude an lebensvoller Bewegung, in Anmut, Harmonie und Zauberkraft.

»Ich hab's!« schrie Sokrates und kniete vor dem Dionysos nieder. »Ich danke dir, du mein lieber Dionysos, für diesen Tag«, rief er freudetrunken aus und begann, ihm zu Ehren Dithyramben zu rezitieren:

»Dionysos, göttlicher Sohn Dionysos, sei gepriesen!
Du Freund der Menschen, Feuergeborener,
du Spender des Weines,

bekränzt mit deinen lebenspendenden Reben,
durch deren Saft du
zum Befreier von Leid und Trübsal wirst,
du Sorgenbefreier und Begründer der Freundschaft,
du Schöpfer und Freudenspender,
Bromios, du Donnernder,
Bacchos, du uns Verwirrender,
du Gott der Ekstase, der die großen Leidenschaften erweckt!
Heil dir! Heil dir!
Du Verbreiter von Eintracht,
Verkünder des Friedens und Träger des Frohsinns,
du Liebling der Dithyramben,
der du selbst deren Sänger beflügelst,
du der Begeisterung und des Rausches Lob Preisender.
Heil dir! Heil dir!«

Alle vor dem Dionysos Versammelten fielen in den Jubelschrei ein: »Heil dir! Heil dir!«

Als der Tag sich neigte, verabschiedeten sich die Athener von den Landleuten, und das Wägelchen, mit vollen Körben beladen und von Simon kutschiert, rollte hinter Perkon her. Es war ein lustiger Heimweg für die vom Wein Beschwingten, der schnell bewältigt war.

Sokrates und Korinna gingen als letzte. Sie hielten sich bei der Hand, beide hatten gerötete Wangen; er vor Begeisterung, sie vor Glück, doch beide aus Liebe.

10

Auf dem flachen Dach von Sophroniskos' Häuschen lag Sokrates auf dem Rücken. Er hielt der untergehenden Sonne einen Papyrusstreifen entgegen, von dem er die Verse des Dichters Ibykos rezitierte:

»Im Frühling nur erblüht der Quittenbaum,
mit Feuchte gespeist vom Wasser des Flusses
aus den heiligen Gärten der jungfräulichen Nymphen;

im Frühling nur schwellen die Knospen der Reben,
die sich mehren und blühen im Schatten
der Weinhügel. Bei mir doch hält Eros sich nicht
an irgendeine Jahreszeit.
Wild ist der Thraker wie ein Nordländer;
flammend die Blitze, die herniedersausen,
gesandt von Kyprida, finster und gefühllos,
von Leidenschaft, die mir den Leib sengt,
und schon von Kindheit an hält fest
gefangen sie meine Seele.«

Simon hatte sich neben ihn gesetzt, und auf eine mit Wachs überzogene Tafel schrieb er Metaphern und Gedanken des Gedichtes, die ihm besonders gefielen. Der Wohlklang von Sokrates' Stimme, die Nuancen und die Innigkeit der einzelnen Worte gaben den Versen den rechten Fluß.

Von der Straße tönte es herauf: »Chaire, Sokrates!« Sokrates und Simon sprangen auf und begrüßten, vom Rande des Daches aus, ein Häuflein ihrer Gefährten.

»Was macht ihr dort oben?« fragte Kyrebos. »Bessert ihr das Dach aus?«

»Wir fangen den Rest der Sonnenstrahlen ein!« rief Sokrates. »Aber wir kommen gleich runter.«

Die Freunde kamen nie mit leeren Händen zu Sokrates. Stets brachten sie von zu Hause etwas zum Abendbrot mit. Alles wurde auf eine große Tonplatte gelegt und in gleiche Portionen geteilt.

Von allen schon ungeduldig erwartet, erschien schließlich Sokrates.

»Grüß dich, lieber Kriton«, sagte er lautstark, und im selben Atemzug fragte er: »Hast du mir wieder etwas mitgebracht?«

»Hab ich.« Kriton lachte und schwenkte vor ihm ein Etui mit einer Papyrusrolle darin. »Aber du kannst doch nicht alles, was ich dir neulich lieh, schon gelesen haben?«

»Wozu habe ich Augen und eine Öllampe?«

»Du verschlingst ja alle Schriftrollen unserer Bibliothek schneller als ich, du Vielfraß!«

Die Bibliothek des alten Kriton! Die muß ich verschlingen, damit ich den jungen Kriton bald einhole. Sokrates sah sich im Geiste für eine Weile in der Bibliothek der Kritonschen Villa. Die Regale aus Sandelholz enthielten Hunderte engbeschriebene Papyrusrollen, die oft noch durch Zeichnungen und farbige Bilder ergänzt waren. Jede Rolle steckte in einer Hülle aus Ziegenleder, die mit einem goldenen Deckel verschlossen war, auf dem der Name des Verfassers und der Titel des Buches einziseliert waren. Die Deckel glänzten und nahmen den Blick gefangen. Nicht die Statuen, die Fresken an den Wänden, die Vorhänge, die Truhen mit den kostbaren Beschlägen und die Schatullen voller Kleinodien – der größte und kostbarste Besitz dieses Hauses war die Bibliothek mit Übersetzungen babylonischer, hebräischer, ägyptischer, persischer Schriften. Und dann noch die Hellenen: Homer, Hesiodos, Sappho, Alkaios, Anakreon, Pindaros, Archilochos!

»Ja, ich bin ein Vielfraß«, gab Sokrates zu. »Ich kann mich auch auf den Rücken legen und mit geöffnetem Maul auf Beutesuche fliegen. Ich verschlinge alles!«

»Auch dies?« Kriton reichte ihm die Hülle, in die das babylonische Epos von Gilgamesch, der nach Unsterblichkeit strebte, eingerollt war.

Ungestüm griff Sokrates nach der Hülle.

»Du belastest aber mein Gewissen, teuerster Kriton. Mit immer größerem Appetit nehme ich etwas an, ohne selbst etwas zu geben. Damit will ich sagen, daß ich an Vaters Seite die Säulenköpfe allesamt so gut wie ohne Appetit behaue.« Sokrates lachte und erzählte seinen Freunden, daß ihm bei der Arbeit all das im Kopfe herumginge, was er aus Kritons Rollen erfahre, und er dabei überhaupt nicht an die Säulenköpfe denke.

Die Jünglinge waren darüber nicht erstaunt. Den Unterschied zwischen handwerklicher und künstlerischer Arbeit kannten sie aus eigener Erfahrung. Ein Säulenkopf mußte wie der andere sein, und obwohl es keine leichte Arbeit war, so war es doch kein künstlerisches Schaffen.

»Es ist schrecklich«, sagte Kriton. »Je mehr ich davon lese, desto verwirrter werde ich.«

»Das ist kurios«, lachte Kyrebos, »man kann vor diesen Schriften ja direkt Angst bekommen.«

Sokrates blickte zu ihm hin. »Du glaubst wohl, da sei es besser, ungebildet zu bleiben?«

»Auch die Angst vor einer Verwirrung hat ihre guten Seiten«, meldete sich statt des verstummten Kyrebos nun Simon. »Sie zwingt dich, in dieser Verwirrung Ordnung zu schaffen.«

Kriton schüttelte den Kopf. »Das ist leicht gesagt, Simon, Ordnung schaffen! In allem, was behauptet wird, sei es von den Dichtern, sei es von den Philosophen, gibt es so viel Widersprüchliches, daß ein Mensch allein dies nicht zu lösen vermag.«

Wahllos nannte er Beispiele: Für Anaximenes war der Urstoff die Luft, für Herakleitos das Feuer, und darüber hinaus lehrte er, daß der Urvater allen Seins der Kampf ist. Der eine Philosoph behauptet, die Erde sei eine Kugel, der andere, sie sei eine Scheibe. Von all dem wird mehr behauptet als bewiesen.

Dann fragte Kriton: »Sokrates, sag mir doch, beurteilt Anaxagoras den Pythagoras ebenso wie die Leute auf der Insel Samos, die ihn für einen Propheten und Wundertäter, wenn nicht gar für einen Gott halten?«

»Nein, Kriton, Anaxagoras schätzt Pythagoras wegen seiner Entdeckungen, besonders der von geometrischen und physikalischen Gesetzen, aber zugleich empört er sich zutiefst über dessen Mystik: Ein Erkunder des Stofflichen, und glaubt an die Seelenwanderung! Anaxagoras hat mir erklärt: ›Ich lehne es ab, zu glauben, Sokrates, daß ich vor zweihundert Jahren im Körper eines Esels gelebt haben soll – damit will ich deinem Perkon nicht zu nahe treten. Ich lehne auch ab, zu glauben, ich könne einmal ein persischer König oder ein Krokodil im Nil werden.‹ «

»Gut hast du das gesagt, Sokrates, aber damit erbringst du nur einen weiteren Beweis für die widersprüchlichen Ansichten der Philosophen«, ereiferte sich Kriton.

»Sei es so!« Sokrates lachte. »Vorerst müssen wir darüber möglichst viel wissen – und was wird wohl dann kommen?«

Die Jünglinge kratzten sich am Kopf. Was hieß hier »dann«? Woher sollten sie das wissen?

Sokrates hörte nicht auf zu lachen. »Aber ihr habt es doch selbst schon gesagt! Simon meinte, daß man darin irgendwie Ordnung schaffen muß, und Kriton, daß davon mehr behauptet als bewiesen wird und daß ein Mensch allein dies nicht zu lösen vermag. Also müssen sich eben mehrere damit beschäftigen. Sind wir hier nicht ein ganz schönes Häuflein beisammen?«

Kriton fragte atemlos: »Sollen wir das so verstehen, daß wir alles gemeinsam erkunden werden?«

»Was sonst? Ein wenig tun wir dies ja bereits, meint ihr nicht?« entgegnete Sokrates.

Simon beeilte sich zu sagen: »Aber du müßtest immer dabeisein, Sokrates.«

Und Xandros und Lauros sagten gleichzeitig: »Du wirst unser Lehrer sein.«

»Ihr seid wohl nicht gescheit!« brauste Sokrates auf. »Wie könnte ich denn jemanden lehren? Ich bin doch selbst noch am Lernen.« Erst stockend, dann zunehmend sicherer begann Kriton zu reden.

»Wir lernen doch alle noch. Aber du, lieber Sokrates, kannst als einziger von uns all das, was uns bewegt, für das Leben anwendungsbereit machen. Jeder deiner Gedanken ist zwar ein Quecksilberkügelchen, aber dieses Quecksilber leistet nützliche Arbeit, nicht wahr, Simon?«

»So ist es«, pflichtete ihm der Schusterlehrling bei.

Kyrebos' weiße Zähne blitzten. »Die Häuser tragen Namen oder Sprüche wie ›Sei willkommen, Gewinn‹, ›Zum geflügelten Hermes‹, ›Hier wohnt das Glück‹. Wie wäre es, wenn wir dieses Haus hier auch tauften? Dein Vater braucht davon ja nichts zu erfahren. Also taufen wir es einfach ›Denkschule des Sokrates‹!«

Simon war begeistert. »Fabelhaft, Kyrebos! Es wird eine Schule sein, und auch wieder nicht.«

»Von mir aus! Nennt unser Haus, wie ihr wollt«, amüsierte sich Sokrates.

»Was lachst du darüber?« ließ sich Kriton vernehmen. »Wir meinen es ernst!«

»Und hindert uns das Lachen vielleicht daran, ernsthaft zu sein?« wehrte sich Sokrates. »Ich glaube nämlich, mit fröhlichem Herzen kann man ernsthafte Dinge leichter bewältigen.«

Kyrebos schluckte einen Bissen hinunter und nickte dann zustimmend. »Das ist wahr. Ich lache auch gern, besonders dann, wenn ich mit dem Brotbacken fertig bin und zu Sokrates komme, um sein Brot zu essen, obwohl es härter ist als das meine.«

»Und jetzt, Freunde, werde ich euch sagen, was mich an dem großen Pythagoras stört. Er soll immer eifrig darauf geachtet haben, daß niemand in seiner Gegenwart lachte und fröhlich war. Nun sagt selbst, was ist das für ein Mensch, der sich vom Frohsinn lossagt, der heiteren Hälfte des menschlichen Lebens?« klagte Sokrates.

Schlagfertig fügte Kyrebos hinzu: »Ihm bleibt nur die ernste Hälfte, möge doch Zeus selbst ihn erheitern!«

»Um die Wahrheit zu sagen, muß ich euch verraten, daß nicht einmal mein teurer Lehrer Anaxagoras viel vom Lachen hält. Ja, selbst Perikles ist kein Freund des Lachens«, fuhr Sokrates voller Bedauern fort.

»Bei der Jungfrau Athene!« rief Kyrebos pathetisch aus, »er wird doch nicht etwa von uns fordern, wir sollten todernst sein? Gehört das etwa zur vornehmen Bildung eines Atheners?«

»Dann wäre ich der Ungebildetste aller Athener«, meinte Sokrates.

»Ruhm dir und Freude uns!« rief Kyrebos. »Darauf wollen wir trinken!«

Sie opferten den Göttern etwas reinen Wein, den ihren mischten sie, ergriffen die kleinen Krüge, und Kyrebos verkündete feierlich: »Ich trinke auf die Eröffnung der ›Denkschule des Sokrates‹! Möge in ihr die Quelle des Frohsinns niemals versiegen!«

»Zum Wohl, zum Wohl! Die Götter mögen uns dabei unterstützen!« Und sie erhoben ihre Krügelchen.

Sokrates dämpfte die fröhliche Stimmung nicht, doch scheinbar ganz ernst fragte er: »Woher kommen eigentlich die Götter?«

Xandros dozierte ebenso ernst: »Von Uranos stammt Kronos ab, und von Kronos Zeus.«

Kriton blickte Sokrates an, sah dessen lachende Augen und fügte halb fragend hinzu: »Alles muß aus etwas hervorgegangen sein, und ein jeder von irgendwem.«

»Sicher«, stimmte Xandros zu, »das ist wie eine unendliche Kette. Zeus zeugte mit Hera und auch mit Erdenfrauen eheliche und uneheliche Götter und Halbgötter, die sich vom ersten Atemzuge an bis zum Leben nach dem Tode um uns kümmern.«

»Eine unendliche Kette?« fragte Sokrates. »Die neuen Götter pflanzen sich also weiter fort? Wie ist das aber mit Athene, lieber Xandros? Von Athene heißt es, sie sei aus Zeusens Kopf geboren und jungfräulich geblieben. Wird sie später heiraten und Kinder haben?«

»Ich weiß nicht.«

Sokrates lachte. »Und von Dionysos, den Zeus in seinem Schenkel trug, weißt du auch nicht, ob er noch weitere Nachkommen haben wird.«

Xandros bekannte, auch dies wisse er nicht, aber er nehme an, daß keine Götter mehr geboren werden.

»Aber ich habe gehört, daß auch in neuerer Zeit ein Gott geboren wurde, und davon möchte ich euch nun berichten«, sagte Sokrates. Und er begann zu erzählen: »Es lebte ein Sklave namens Samolxis, ein Thraker. Als Lieblingssklave des Philosophen Pythagoras hatte er vielfältige Möglichkeiten, sich zu bilden, und er nutzte sie auch. Er lernte lesen und schreiben und eignete sich von seinem Herrn viele nützliche Kenntnisse an. Pythagoras lebte auf der Insel Samos unter der Herrschaft des Tyrannen Polykrates, der ihn beauftragte, eine Kriegsmaschine zur Bekämpfung feindlicher Schiffe zu bauen. Versteht ihr? Erfüllte Pythagoras die Forderung dieses aufgeblasenen Tyrannen? Mitnichten! Im Hafen von Samos stand auf Schienen ein Schiff, welches in der Nacht nach Kroton im südlichen Italia auslaufen sollte. Als Samolxis Pythagoras zur Flucht verhalf, ließ dieser ihn frei und schenkte ihm dazu noch einen Beutel Silberlinge. Samolxis half Pythagoras aufs Schiff und kehrte sogleich in sein thrakisches Heimatdorf zurück, mit der Tuchkappe des Freigelassenen auf dem Kopf. Jubel im Dorf, aber daheim Jammer, denn es gab nun einen Esser mehr. Was tun in dieser Not? Und folgendes geschah. Eines Tages fiel Samolxis vor den Augen seiner Nachbarn tot um. Unter Tränen und Wehklagen der Familie und der gesamten Gemeinde wurde er an der Stelle begraben, die er sich selbst ausgesucht hatte: im Garten hinter dem Häuschen. Und das Leben ging weiter. Am Jahrestag seiner Beerdigung versammelten sich die Dorfbewohner an seinem Grabe, und o Wunder!, die steinerne Grabplatte hob sich, und Samolxis richtete sich auf, bleich, aber lebend und gesund.«

»Du machst dir wohl einen Spaß mit uns, Sokrates«, sagte Simon unwillig. »So ein Unsinn!«

Und Pistias fügte hinzu: »Unmöglich!«

»Seid still!« beschwichtigte sie Kriton. »Laßt doch Sokrates zu Ende erzählen.« Und Sokrates ergriff von neuem das Wort: »Inzwischen verging die Zeit. Samolxis hielt sich in einem Keller, wohin ihm der Bruder zu essen brachte, verborgen und schmiedete einen Plan. Die Thraker trugen nämlich schwer daran, daß Zeus ihren Landsmann und Heros Orpheus mit seinem Blitz erschlagen hatte, weil dieser es gewagt hatte, den Göttern menschliche Leidenschaften und Schandtaten zuzuschreiben. Die Thraker sprühten vor Zorn, daß sie durch Dio ihren hochverehrten Heros und berühmten Sänger, der mit seinem Gesang Menschen, Raubtiere, Bäume und Felsen rühren konnte, verloren hatten. Als Samolxis also vom Tode auferstanden war, stellte er sich auf die Grabplatte und rief: ›Leute aus Thrakien! Geehrte Bürger, hört mir zu! Ich bin gekommen, um euch Kunde von einem neuen Gott zu geben!‹ – ›Sprich!‹ schrien sie wie besessen. ›Wer ist er?‹ – ›Ich selbst bin es‹, sagte Samolxis. Sie waren zwar verwundert, hörten aber bebend weiter zu. Samolxis überzeugte sie, der Gott Kronos sei in seinen Körper geschlüpft und nach Jahrhunderten vom Tode auferstanden. Und er begann, ihnen Pythagoras' mystische Zahlen zu erklären: Die Eins ist die Vernunft, die Sieben ist die Gesundheit, die Acht die Liebe, die Zehn das Glück, die Seligkeit, der Besitz. Er unterrichtete sie, daß sich die Höhe der Töne nach der Länge einer schwingenden

Saite mathematisch ausdrücken läßt. Betört von seinen geheimnisvollen Worten, hörten sie zu und erfuhren nunmehr, daß das Quadrat über der Hypotenuse gleich der Summe der Quadrate über den beiden Katheten ist.«

Die Jünglinge brüllten vor Lachen und klopften Sokrates auf den Rücken. Dieser jedoch steuerte auf ein anderes Ziel zu. »Diese Mischung aus Gelehrsamkeit und Mystik verlieh Samolxis die Aureole eines Gottes; aber die Anerkennung der Menschen gewann er erst, als er ihnen Ratschläge gab und sie von ihren Krankheiten heilte. Dadurch lebte Samolxis als Gott unter ihnen in vollkommener Glückseligkeit, hochgeehrt und geschätzt in ganz Thrakien.«

Als die Jungen genug über den Gott Samolxis gelacht hatten, fragten sie Sokrates, wer ihm von diesem Wunder erzählt habe.

»Anaxagoras«, antwortete Sokrates, und mit einer Handbewegung deutete er den langen, wallenden Vollbart des Philosophen an.

Simon wiegte nachdenklich den Kopf: »Du hast uns doch diese Geschichte nicht völlig umsonst erzählt, Sokrates. Zu uns in die Schusterwerkstatt kommen viele Kunden, und von denen höre ich, daß die Menschen immer noch auf irgendeinen Erlöser warten.«

Kyrebos nickte ihm zu. »So hörte ich auch den Bäckermeister reden. Viele Menschen glauben, ein solcher Erlöser werde geboren und dann die Welt so einrichten, daß niemand mehr Not leiden müsse.«

»Ich weiß auch, daß die Menschen auf solch einen Gott warten«, bestätigte Pistias.

Schweigend hörte ihnen Sokrates zu. Denn auch er wußte: Die Menschen warteten. Worauf warteten sie? Auf einen Erlöser, auf ein Wunder? Seine Augen lachten. Der Betrüger Samolxis wäre nicht von den Thrakern angebetet worden, hätte er nicht die Mühseligkeiten ihres Lebens erleichtert. Warum also warten die Menschen auf einen Erlöser? Sie erwarten Hilfe von ihm, Hilfe in allem. Rat und Tat. Aber warten, immer nur warten, wem nützt das? Und Sokrates sagte: »Wunder hat es nie gegeben und wird es auch nie geben. Aber es kann geschehen, daß sich Menschen finden, die fähig sind, die Welt ein klein wenig zu verbessern. Nehmt einmal Perikles als Beispiel: Daheim und auf dem Meer brachte er alles in Bewegung. Und jetzt zahlt sich all das aus.«

Während die Jünglinge aufmerksam der Erzählung über Samolxis lauschten, hatte Egersis kein Auge von Sokrates gelassen. Ihm war zugetragen worden, daß Korinna mit ihm in Gudi gewesen sei. Er hatte sich mit in schweren Wein getauchten Weizenfladen gestärkt und schon unterwegs sich vorgestellt, wie er Sokrates heute gleich einer überreifen Feige zerquetschen würde. Egersis konnte sich solche Vorstellungen erlauben. Alles an ihm war groß und breit: der Mund, die Nase, Schultern und Brust. Unter seinem Schritt stöhnte die Erde. Ich werde ihn zerquetschen! Ihn zerquetschen!

Als er den Hof des Sophroniskos betrat und Sokrates im Kreise seiner Freunde erblickte, wiederholte er innerlich diese Worte noch entschlossener, und herrisch forderte er Sokrates auf: »Du, komm mal mit mir hinaus. Ich will mit dir unter vier Augen sprechen.«

Sokrates' Miene und Stimme zeigten liebenswürdige Überraschung.

»Ach, Egersis?! Bleib nur! Wozu Geheimnisse?! Hier sind meine guten Freunde, zu denen sicher auch du gehören willst. Sei mein edler Freund. Ich weiß recht gut, mein Lieber, mein Name kommt aus deinem Munde viel häufiger als aus dem meiner Freunde. Und nicht nur mein Name, sondern auch ein Lobgesang, der mir Ruhm bringt. Ich freue mich, daß ich dich sehe, mein Färber!«

»Und wie ich mich erst freue, dich zu sehen«, kam es dumpf aus dem großen Mund.

»Habe ich es nicht gesagt?« sagte Sokrates lebhaft. »Er, der große Meister der Farbe! Sicher hat er mich in seinen Gedanken wie auch Worten als bedeutenden Jüngling schöngefärbt. Schade, daß ich es nicht hören kann!«

»Bedaure das lieber nicht! Ich habe von dir mehr als die Schnauze voll, denn du bist ein Dieb, der mir Korinna stehlen will.«

Simon drängte sich zwischen die beiden Kampfhähne, wütend der eine und spottlustig der andere.

»Was heißt hier stehlen?« griff er Egersis an. »Sokrates kennt meine Schwester von Kindheit an und hat sie gern.«

»Das kann schon sein, aber Korinna wird die meine!« prahlte Egersis selbstbewußt.

Korinna hatte ihren Namen gehört und kletterte auf den Olivenbaum.

»Er tut nur so groß«, bemerkte Simon sachlich, und er wandte sich an Sokrates. »Korinna mag ihn nicht. Ich weiß es von ihr selbst!«

Des Riesen Stirn umwölkte sich. »Ich weiß auch etwas von ihr. Dieser Steinmetzlehrling verdreht ihr den Kopf, aber er besitzt nichts, worauf er sie betten könnte, höchstens einen Stein.«

»Weder dein Lager noch mein Stein werden entscheiden, wen von uns beiden sie lieben wird. Korinna wird selbst entscheiden«, rief Sokrates aus.

»Irrtum, mein Lieber, das entscheide ich«. Egersis blies sich auf, bis die breite Brust sich wölbte. »Dich werde ich aus dem Wege fegen wie ein Hühnerküken, und fertig.«

»Nun, mal sehen, ob das so einfach ist«, gab Sokrates ruhig zurück. »Gelänge es mir nicht, dich zu besiegen, so würdest du mit Korinna wie mit einem Stück Tuch verfahren: tunkst sie in einen Bottich mit Farbe, drückst sie aus und hängst sie zum Trocknen in den Schatten, und Korinna wird so werden, wie du sie haben willst: rosig, ergeben, zuckersüß.«

Der Olivenbaum erzitterte wie von einem Windstoß getroffen.

»Daß ich nicht lache«, setzte sich Simon feurig für die Schwester ein. »Die würde sich wohl von so einem aufgeblasenen Dummkopf, wie du einer bist, in einen Bottich tunken lassen!«

Egersis wußte nicht, nach welcher Seite er sich zuerst stürzen sollte, auf Sokrates oder auf Simon.

Doch Simon ließ sich nicht beirren. »Unterschätze Korinna nicht! Die ist klüger als du. Die erhält eine Ausbildung.«

»Von wem denn, du Lügenmaul?«

Simon zeigte auf Sokrates und seine Freunde. »Von uns allen. Sie hört uns zu, wenn wir hier über alles mögliche diskutieren.«

Korinna bog die Olivenzweige vorsichtig auseinander und äugte hinunter.

»Unter anderem auch« – Sokrates blickte zum Olivenbaum – »über die Stellung der Frau in Athen.«

»Ich verstehe«, schnaubte Egersis, »man erzählt so allerlei von euch. Ihr beschäftigt euch mit lauter Nichtigkeiten. Ihr seid selbst verrückt und wollt nun auch noch Korinna verrückt machen. Da brauch ich mich nicht zu wundern, daß sie ganz verdreht wird, wenn sie euch zuhört.«

»Und was hört sie denn so von dir?« fragte Sokrates. »Vielleicht erzählst du ihr, was du an deinen gefärbten Stoffen verdienst? Ich hoffe doch, du willst sie nicht zu deinem fünften Sklaven machen, weil dir deine vier zu wenig sind. Weißt du was, Egersis, damit wir gleichwertige Rivalen sind, will ich dir einen Rat geben. Du färbst Stoffe, ich bemale Statuen – im Handwerk stehen wir uns also nichts nach. Aber du bemühst dich nicht, die Welt zu erkennen, wie wir das versuchen. Und bei Korinna kann das unter Umständen allerhand bedeuten. Weißt du was, Egersis, komm zu uns! Beehre uns mit deiner Anwesenheit!«

»Zu dir in die Lehre?« schrie Egersis und lachte spöttisch. »Bist du verrückt geworden? Ich bin gekommen, um dich zu belehren. Du hast das nötig wie ein Schwein das Kratzen.« Der Färber trat drohend auf Sokrates zu.

Sokrates stand auf. Im Olivenbaum knisterte es vor Spannung, und die Jungen erstarrten. Sokrates täuschte Angst vor und wich zurück zur Mauer. Dadurch ermutigt, ging Egersis mit geballten Fäusten auf ihn los. In diesem Augenblick sagte Sokrates mit rauher Stimme: »Du denkst ziemlich laut. Ich verstehe deine Sprache, deine Fäuste wollten unter mein Kinn. Nur, mein lieber Färber ...«

Plötzlich umklammerte Sokrates seinen Gegner mit beiden Armen und preßte dessen Körper zusammen. »Wenn du aber nicht zu mir in die Lehre willst, müssen wir uns eben trennen!«

Er hob den baumlangen Färber in die Höhe, und wie einen Sack Bohnen warf er ihn über die Mauer auf die Straße. Es plumpste. Dann Ächzen und Stöhnen.

Während das Häuschen vom Lachen widerhallte, während vom Olivenbaum kichernd ein weißer Schatten huschte, hockte Egersis auf der Straße und grübelte. Angestrengt überlegte er. Das letzte Wort ist noch nicht gesprochen. Warte nur, du wirst schon sehen, daß ich mir Korinna so zurechtfärben werde, wie ich sie gern haben möchte!

11

An diesem Abend war Selene nicht so bleich wie gewöhnlich. Ihr Gold war glühend und betörend, als wäre ein Tropfen des blutroten Weines aus jenen Trauben, die man Dionysos in Gudi geopfert hatte, hineingefallen.

Nicht minder betörend war der Gesang der Zikaden. War vielleicht auch in ihr Blut ein Tröpfchen jenes Weines gesprungen, so daß sie wie toll zirpten, als wollte jede ihre Verliebheit besingen?

Sokrates wartete, angestrengt lauschte er ins Dunkel hinein. Träge schlich die warme Nacht dahin. Wann würde sie kommen?

Endlich sah er einen weißen Schatten den Hof überqueren. Er lief ihr entgegen.

Sie küßte ihn.

»Hast du mich gern?« wollte er wissen.

»Ja!«

»Und meine plattgedrückte Nase?«

»Die steht dir. Es wäre doch langweilig, wenn jeder Mann in Athen die gleiche gerade Nase hätte. Ich war schon immer für das Besondere, vor allem für das Heitere. Dein Gesicht ist immer fröhlich, wie du und deine Statuen auch.«

Sokrates strich dem Mädchen übers Haar, über die Wangen und Schultern.

»Schon von klein auf trage ich Mutters Körbchen, wenn sie zu einer Gebärenden geht. Was habe ich da schon an Schmutz und Hunger gesehen, was mußte ich an Weinen und

Klagen hören – als ob sich die Menschen darin ertränken wollten.

Lachen sollten sie und sich an etwas freuen! Soll ich da ihre Ängste auch noch in Stein meißeln?«

Selene bemerkte Korinna und begann eilends, sie mit ihrem rotgoldenen Schein anzustrahlen.

Verzaubert betrachtete Sokrates sein Mädchen. »Dank dir, Selene! Herrlich leuchtest du mir. Und jetzt werde ich mir mein Liebchen nach Bildhauerart ansehen.«

»Warte! Was machst du denn da?«

»Wir ziehen den Peplos aus. So! Das Schulterchen ist rund, das Brüstlein so, als ob du zwölf wärest und nicht zweiundzwanzig.« Er umschloß die kleine Brust mit der Hand; sie lachte leise und wehrte zum Schein ab: »Hör auf!«

»Sie ist klein, aber fest wie warm leuchtender Marmor, das Bäuchlein gewölbt, nicht zu viel und nicht zu wenig, die Schenkel schlank und prächtig«, er drehte sie um, »das Hinterteilchen vollendet! Und jetzt gib acht, was ich dir erzähle: Als ich zu Perikles gerufen wurde, erhielt ich den Auftrag, über den Eingang der Propyläen einen Fries in den Marmor zu schlagen, auf dem die drei Chariten dargestellt sein sollen: linkes Aglaia, rechts Thaleia, in der Mitte Euphrosyne. Und alle drei tanzen sie.«

Korinna hielt den Peplos vor die Brust; sie wußte nicht, ob sie nun eifersüchtig auf die Göttinnen der Anmut, der Schönheit und der Freude sein sollte oder nicht. Doch ehe sie nur ein Wort fand, mit dem sie ihre Eifersucht ausdrücken konnte, erfuhr sie, daß Sokrates sie bereits in Gudi auf dem Baum und bei ihrem Tanz beobachtet und beschlossen hatte, die Chariten als Korinnas Ebenbild zu schaffen.

Das Mädchen verschluckte sich fast vor Schreck. »Als mein Ebenbild? Ich soll eine Charis werden?«

»Nein, meine Korinna, nicht eine, du wirst jede der drei Chariten sein!«

»Und wie willst du das anstellen?«

»Nun, als Aglaia wirst du in einer seitlichen Tanzbewegung zu sehen sein, als Thaleia zu etwa drei Vierteln, so vielleicht«, er drehte sie, während er sprach, »und als

Euphrosyne wird man dich von vorn sehen. Was sagst du dazu, meine Dreieinigkeit!«

Mit weitaufgerissenen Augen sah sie Sokrates an. Sie begann, sich alles der Reihe nach zu vergegenwärtigen. »Und alle drei werden nach mir geschaffen?«

»Alle drei. Gleich beginne ich, Entwürfe anzufertigen und Skizzen dazu.«

Sie jubelte, daß er ihr den Mund mit der Hand zuhalten mußte. Als sie sich beruhigt hatte, sagte sie: »Ich in drei Figuren über dem Eingang zu den Propyläen – ich, da werde ich ja berühmt.« Aber da erschrak sie. »Man wird mich erkennen! Bei Zeusens Blitzen! Vater wird mich verprügeln.«

»Hab keine Angst, niemand wird dich erkennen. Ich mache dir eine andere Frisur und ein längeres Näschen. Nur du und ich werden wissen, daß du jede der drei Chariten bist. Die tanzenden Chariten werden jeden anmutig begrüßen, der zur Akropolis emporsteigt.«

Sie fiel ihm um den Hals. »Du mein Geliebter! Schönheit, Glück und Frohsinn, alles deine Korinna! Umarme mich, ich liebe dich!«

Lange und leidenschaftlich küßte sie ihn. Sie gingen zum hinteren Teil des Hofes, und zwischen den Oleanderbüschen zog sie ihn zu sich.

Der Gesang der Zikaden übertönte den Schlag des Blutes in ihren Adern. Die Oleanderbüsche breiteten ihre Zweige über sie und raschelten leise.

»Gut, daß du endlich heimgekommen bist, Mädchen«, sagte Momos zu Artemis.

»Ich mußte mich doch ein wenig in der Welt umsehen, damit ich nicht so hinterm Mond lebe wie Aphrodite, die zwar dauernd auf Achse ist, aber nach den Männern, und nicht, um etwas zu sehen.«

»Und was hast du so gesehen?«

»Berge, Täler und Flüsse, Blumen und Disteln, Reichtum und Armut, Freude und Trauer. Am wohlsten ist's mir aber in Arkadien, und deshalb stehe ich nun wieder neben dir in dieser Ecke.«

»Danke für die Aufmerksamkeit, meine schlankbeinige Schöne. Was sagst du denn zu deinem Schützling, der so vergnügt zu lachen anfing, kaum daß er seiner Mutter Schoß verlassen hatte?«

»Er gefällt mir, Momos, er ist ein Jüngling wie eine Flamme.«

»Und jetzt mit diesem Mädchen?«

»Sollen sie sich nehmen, was ihr Herz begehrt. Das gehört doch zum Leben. Hörst du nicht, wie sie vor Wonne seufzen?«

Helios hinter dem Hymettos hatte sich kaum die Augen gerieben, als vom Hause her Phainaretes Stimme erscholl: »Sokrates, aufstehen!«

»Jawohl«, antwortete er wie jeden Tag, doch die Mutter merkte nicht, woher die Antwort kam. Schnell zog Korinna den Peplos an und umarmte Sokrates. »Das war wunderschön!« Ein langer Kuß, und sie verschwand hinter der Mauer.

Sokrates schritt auf das Haus des Vaters zu, und zwischen den Marmorquadern verharrte er. Strahlend brach der Tag an.

Die Mutter kam aus dem Haus. »Nanu! Du bist ja heute recht zeitig aufgestanden, Junge! Warum denn?«

»Mich hat etwas gerufen, vielleicht hier – meine wunderbare Artemis.«

Er verbeugte sich vor Artemis, aber dann blieb er reglos stehen und überlegte. Worum sollte er sich nun zuerst kümmern? Darum, wie das mit den Sternen war und woher sie gekommen sind? Weshalb leuchten sie eigentlich? Wohin fährt Selene auf ihrem Mondkahn? Und woraus besteht die Erde? Wo wird wohl das Ende der Welt sein? Welche Lust in der Liebe ist die schönste? War der Geist oder der Körper zuerst da? So vieles, worum man sich kümmern mußte.

»Junge! Bei allen Göttern! Was stehst du da herum? Mach doch voran! Zuerst die Ziege tränken, dann den Esel füttern! Bring mir Holz für den Herd und trag mir Wasser heran! Und dem Vater schleife den Meißel!«

Sokrates lachte, lief zur Mutter, küßte sie und hob sie in

die Höhe. »Ich weiß schon, worum ich mich zu kümmern habe, Mütterchen: zuerst die Ziege tränken, dann den Esel füttern, Holz und Wasser für dich, Vaters Meißel – und dann erst die Sterne!«

12

Atemlos richtete der Sklave aus: »Die Bäckersfrau Eukolia wird bald gebären und ruft Phainarete zu Hilfe.«

Die Mutter bat Sokrates, mit ihr zu kommen. Unterwegs schalt sie den Sohn ärgerlich: »Du gehst ja wieder barfuß! Bald wirst du ein Ephebe sein, wirst eingeschrieben ins Bürgerverzeichnis von Athen, und immer noch gehst du barfuß unter die Leute, als ob wir für dich keine Opanken hätten.«

»Ich habe doch Fußsohlen.«

Die Mutter trug einen hübschen Mantel, das Haar war aufgesteckt zu einem Knoten, was ihr trotz ihrer Jahre gut stand. Der barfüßige Sohn in seinem Chiton, in dem er seit dem Morgen gearbeitet hatte, sah aus, als ob er nicht zu ihr gehöre. Auf dem Wege durch die Athener Straßen grüßten Phainarete Leute, die mehr auf der Straße lebten als im Haus. Eben schoben sie ihre Verkaufstischchen aus der Sonne in den Schatten.

»Sieh mal, Phainarete«, eine junge Frau wies auf das Kindchen auf ihrem Arm, »den hast du mir vor drei Monaten gebären helfen. Er war nicht viel größer als ein Pinienzapfen, und schau ihn dir heute an!«

»Artemis möge ihn segnen!«

Phainarete kannten viele Kinder. Sie liefen auf sie zu und umsprangen sie fröhlich.

»Phainarete, Phainarete,
Helferin am Wochenbette.
Sie hat Kinder, viele hundert,
doch das keinen Menschen wundert.
Sei gegrüßt, du immer nette
Phainarete, Phainarete!«

Ihre Stimmchen riefen noch hinter ihnen her, als sie bereits weitergingen.

»Viel Glück! Und wenn du zurückkommst, kehr bei uns ein!«

Dann waren sie angelangt. Die Haushälterin geleitete Sokrates ins Peristyl zu einem Sessel, befahl einem Sklaven, Honigkuchen, Trauben und Feigen zu bringen; und dann führte sie Phainarete ins Schlafzimmer, aus dem schmerzliches Stöhnen drang.

Lange dauerte es, ehe Phainarete mit dem Neugeborenen auf dem Arm heraustrat. »Ein Junge! Und süß wie ein Melönchen!« Sie legte das gebadete Kind in das ausstaffierte Körbchen.

»Gib auf ihn acht«, sagte sie zu Sokrates und ging zu den Eltern zurück. Sokrates betrachtete das weinende Neugeborene. Wieder so ein Würmchen mehr, rot, ganz runzlig und hilflos. Ein Lebewesen bist du, und nichts weiter. Noch ist deine junge Seele leer, weder vom Guten noch Bösen beeinflußt. Erst wenn du anfängst, Verstand zu bekommen, wird es dir im Kopfe kochen wie in einem Kessel. Ich kenne das. Mir geht es geradeso. Siehst du, bisher war nichts, und auf einmal bist du da! Ein zukünftiger Bürger Athens, wie ich bald einer bin. Nun, wie ein Stratege oder olympischer Wagenlenker auf einem Vierergespann siehst du vorläufig nicht aus. Aber was nicht ist, kann ja noch werden.

Worüber beklagst du dich denn dauernd? Pst, pst! Brauchst dich vor dem Leben nicht zu fürchten, du Würmchen! Ich weiß, es ist keine Kleinigkeit: Du wirst in dieses Weltgetümmel hineingeworfen, und du verstehst nichts, kennst dich in nichts aus, weißt nicht, wohin mit dir. Du bist wirklich ein bedauernswertes kleines Hutzelmännchen, schutzlos allem preisgegeben, was um dich herum ist, den Menschen wie den Dingen. Sokrates hörte das Summen der Fliegen, heftig wedelte er, damit sich keine auf das zarte Gesichtchen setzte – nicht einmal der Fliegen kannst du dich erwehren.

Die Mutter kam zurück, zufrieden, wenn auch von ihrer Arbeit erschöpft. Die Kindesmutter war wohlauf. »Aber das Kleinchen weint ja? Na, wie immer.« Sie nahm es in die

Arme, um es durch ein leichtes Schaukeln zu beruhigen. »Jedes Neugeborene weint. Nur du hast gleich nach der Geburt gelacht.«

»Und worüber habe ich gelacht?« fragte Sokrates.

»Wie soll ich das wissen«, erwiderte die Mutter lächelnd, »wahrscheinlich vor Freude, daß du auf der Welt warst.«

Sokrates blickte die Mutter mit dem Kind auf dem Arm an. So wird sie sicher auch mich gewiegt haben. »Mütterchen, ich bin wirklich gern auf der Welt. Nur manchmal wundere ich mich: Was für ein sonderbarer Zufall, daß unter so vielen Menschen, die vor uns waren und nach uns sein werden, gerade ich geboren wurde, gerade euch und einem solchen Land! Ich wäre ein Dummkopf, wenn ich nicht begreifen würde, unter welch gutem Stern ich zur Welt kam.«

Phainaretes langer Peplos schmiegte sich an ihren Körper, als sie das Kind auf ihrem Arm herzte. Ihr Gesicht war leicht gerötet.

»Am liebsten würde ich dich küssen«, rief Sokrates ungestüm aus.

»Aber geh, du Närrchen«, sagte sie zärtlich und lächelte. »Schau, er weint nicht mehr. So ist's gut, mein Kleiner. Gleich kommt dein Väterchen, und der wird mit dir alle Altäre im Hause aufsuchen. Das Licht hat dir in die Äuglein gestochen, nicht wahr? Und hast dich im Körbchen verlassen gefühlt!«

»Mütterchen, du weißt eben immer, was solch ein Würmchen will, auch wenn es noch gar nicht sprechen kann.«

Phainarete ließ den Säugling nicht aus den Augen. »So ein Wichtlein braucht gar nicht zu sprechen, man kann leicht merken, was es möchte: lauter einfache und natürliche Sachen. Und es dauert doch ziemlich lange, ehe es hinaus ins Leben geht. Solch ein kleines Menschlein ist wie eine Hoffnung. Und diese Hoffnung wird vom Schicksal manchmal völlig erfüllt, ein andermal zunichte gemacht.«

»Vom Schicksal?« fragte Sokrates langsam.

Sokrates betrachtete Vaters Statuen von weitem und aus der Nähe: die Götter und Göttinnen, die Heroen und gefeierten Persönlichkeiten, Büsten des Aischylos, Demeter mit dem Ährenkranz.

Seltsam geht es doch bei uns zu: Die Mutter hilft, lebende Menschen auf die Welt zu bringen, und der Vater schafft steinerne. Dieses kleine Menschlein da, dem Mutter zur Welt kommen half, ist seiner Umwelt hilflos ausgeliefert. Es kann nichts als wimmern, schreien, trinken.

Der Vater schafft erwachsene Menschen und Götter. Aber er vermag ihnen stets nur eine Bewegung mitzugeben, einen Blick, einen Ausdruck. Seine Statuen sind von starrer, unveränderlicher Schönheit. Und sei es Terpsichore, die Muse des Tanzes, oder ein Diskuswerfer, immer geht nur Ruhe und erstarrte Bewegung von ihnen aus. Wohl stellen sie lebendige Menschen dar, nicht aber deren lebendiges Dasein. Und sie sind nur das Abbild eines bestimmten Augenblicks. Der Mensch ist unter seiner Hand zu Stein geworden und bewegt sich nicht mehr. Stein bleibt Stein.

Und das menschliche Würmchen, das Mutter gebären half, ist ebenso machtlos wie der Marmor. Mutter hilft kleinen, noch stummen Wesen, ans Licht der Welt zu kommen, Vater schafft steinerne Riesen. Wer vollbringt die bessere Arbeit? Beide sind fleißig. Die Mutter tut gute Arbeit, denn die Geburt eines Kindes ist etwas Schönes. Der Vater arbeitet mit der Schönheit, also ist auch seine Arbeit gut. Freilich fehlt ihr etwas. Hier ein Neugeborenes, da eine Statue aus Stein – es bleibt ein Unterschied zwischen ihnen, denn der Mensch wächst, und mit ihm seine Gefühle, Triebe, Leidenschaften, Gedanken und Taten.

Anaxagoras leugnet die Götter. Aber dann würde es ja nur Menschen geben. Was wird aus den Menschen, wenn sie die Stütze verlieren, wenn die Götter nicht mehr hinter ihnen stehen, die jeden ihrer Schritte von der Geburt bis zum Grabe lenken? Was wird aus den Menschen, wenn sie nur sich selbst überlassen bleiben? Die Götter bedeuten für die Menschen Sicherheit. Anaxagoras nimmt ihnen die Götter, was aber gibt er ihnen dafür?

Es dunkelte schon, doch Sokrates stand noch immer reglos und in Gedanken versunken da. Und was wird aus all den

Würmchen? Man müßte ihnen helfen, sich in der Welt zurechtzufinden.

»Da hast du recht, Sokrates!«

Er fuhr zusammen und sah sich um. »Wer hat das gesagt? Du, meine Göttin? Ich sehe ja, mein Name ist noch auf deinen Lippen. Bei deinem Liebreiz beschwöre ich dich, sage mir doch: Kann ich selbst vielleicht etwas dafür tun?«

Ein lindes Lüftchen kühlte ihm die Stirn. Doch nicht Artemis, sondern eine innere Stimme sprach leise zu ihm: Erst wenn du erkannt hast, daß Schönheit Güte und Güte Schönheit ist, wenn beides in deinem Herzen zur Kalokagathie sich vereint, erst dann wirst du wissen, was zu tun ist.

Simon sah über die Mauer. »Sokrates, was brütest du da aus?«

»Ich habe ein wichtiges Wort für mich gefunden; ich gebe es auch an dich weiter: Kalokagathie!«

13

Sokrates hatte das achtzehnte Lebensjahr erreicht und wurde in das Verzeichnis der Bürger Athens im Demos Alopeke, zu dem auch sein Vater gehörte, eingeschrieben. Er war nunmehr ein Ephebe.

Den vorgeschriebenen feierlichen Eid hatte er abgelegt:

»Ich werde stets die geheiligten Waffen in Ehren halten und im Kampf niemals einen Freund im Stich lassen. Gemeinsam mit den anderen werde ich verteidigen, was uns heilig und teuer ist. Ich werde Macht und Ruhm der Heimat nie beflecken, sondern stets vergrößern. Bereitwillig werde ich der Regierung und den Gesetzen gehorchen, jenen, die bereits bestehen, wie auch jenen, die vom Volke neu angenommen werden. Falls jemand diese Gesetze beseitigen oder ihnen nicht gehorchen will, werde ich das nicht zulassen und sie gemeinsam mit den anderen verteidigen. Ich werde auch den Glauben der Väter bewahren. Die Götter mögen meine Zeugen sein!«

Ich werde verteidigen, was uns heilig und teuer ist, ich werde Macht und Ruhm der Heimat niemals beflecken, sondern stets vergrößern. Von diesem Tage an bis zum sechzigsten Lebensjahr bin ich zum Heeresdienst verpflichtet. Ich werde diesen Eid halten müssen, und wann immer es die Heimat fordern wird, für sie kämpfen.

Und sie wird es fordern. Ununterbrochen liegt die Athener Republik mit irgend jemandem in Fehde. Sie wehrt ab und greift an. Am Tage von Sokrates' Geburt hatte sie mit dem Sieg über die Perser in Pamphylien am Flusse Eurymedon ihre Macht und ihren Ruhm vergrößert, dazu dreizehn Jahre später durch die Eroberung von Aigina und Boiotia. Aber ihre Macht und ihr Ruhm sanken im Kampf gegen Ägypten, bei dem Athen im Nildelta einen großen Teil seiner Kriegsflotte verlor. Diese Niederlage hatte Sokrates bereits mit Erbitterung erlebt; er war damals fünfzehn Jahre alt.

Doch die Athener verloren nicht den Mut und bauten auf Anraten von Perikles neue Kriegsschiffe, festere und in größerer Zahl. Denn rings um die Athener Republik lauerte auf allen Seiten der Feind: die Perser, die Spartaner. Und schließlich versuchten auch die mit Athen verbündeten Städte aus der Demokratie auszubrechen und zur Regierung durch Einzelherrscher zurückzukehren.

Schuld an dieser gespannten Lage war nicht nur Athen, der Kopf des Attischen Seebundes, der alle seine Mitglieder vor Feinden schützte, sondern auch der kluge Verwalter, der zu diesem Zweck sehr tief in die gemeinsame Kasse griff. Die Mitglieder des Bundes wurden zu Athens Feinden, weil es immer reicher, schöner und mächtiger wurde; sie machten kein Hehl daraus, daß sie sich eher wie Sklaven denn als gleichberechtigte Verbündete dieser stolzen Krone des Meeres fühlten.

Und eben wegen dieser Vielzahl von fernen und nahen, alten und neuen Feinden konnte sich Athen weder zu Lande noch zu Wasser erlauben, die Waffen niederzulegen oder sich mit denen von gestern zufriedenzugeben.

Das Heer und alles, was mit ihm zusammenhing, wurde sehr ernst genommen. Hart, unnachgiebig streng, ja mit dem Tode bestraft wurde ein Heerführer, der eine Schlacht verloren hatte.

Strenge kennzeichnete auch die Ausbildung der Epheben.

Sie wurden zu Marschreihen formiert, und in Einheiten traten sie den Marsch in die Festung Mynichia bei Peiraieus an, wo sie als Rekruten dienten und gründlich ausgebildet wurden.

Sokrates wurde den Schwerbewaffneten, den Hopliten, zugeteilt. Sie bildeten den Kern des Heeres und kämpften vor allem zu Lande, aber auch zu Wasser, wenn es zu einer Seeschlacht kam. Zu ihrem Schutz waren sie mit Helmen ausgerüstet, mit einem hohen Hahnenkamm darauf, mit kupfernen Rüstungen, hölzernen, lederbezogenen Schilden und kupfernen Schienbeinschützern. Für den Angriff übten sie Speerwerfen, den Kampf mit dem zweischneidigen Schwert und dem Dolch.

Der Heeresdienst, für viele eine anstrengende, ja geradezu unerträgliche Quälerei, machte Sokrates stark und härtete ihn ab. Er ertrug jede Strapaze, jede Plage: Hitze und Kälte, Hunger und Müdigkeit. In allem zeichnete er sich aus. In seiner Abteilung war Sokrates Erster in der Gymnastik, ebenso im Lauf und im Weit- und Zielwerfen, Sieg für Sokrates auch im Übungszweikampf Mann gegen Mann. Obwohl die Märsche durch Attika lang und für viele bis zum Umfallen anstrengend waren, gefielen sie ihm wegen des lauten Gesanges und der weithin dröhnenden Feldtrompeten. Er dachte nicht an die Müdigkeit, er stellte sich vor, wann Aigileia, Anaphlystos und schließlich der Sunion und das Meer erscheinen würden, das Meer, das die Heimat mit ihren Freunden und Feinden verband. Unzählbar sind die Wege des Meeres, denn hinter jeder Schiffsfurche ebnet es sich wieder und löscht alle Spuren aus. All diese Wege fließen in einem einzigen, unendlich breiten Strom zusammen.

In seinem zweiten Dienstjahr wurde Sokrates in die Grenzfestung Phyle versetzt. Und als die Zeit des Heeresdienstes für ihn zu Ende ging, feierten die Athener eben den Seesieg über die Perser bei Salamis auf Zypern. Salamis bewies, daß Perikles' Rat, die Volksversammlung solle ihre ganze Aufmerksamkeit der Schaffung einer Kriegsflotte zuwenden, richtig gewesen war.

Als Sokrates heimkehrte, war der griechisch-persische Krieg beendet. Eine glückliche Zeit des Friedens begann, in der Athen noch schöner, reicher und mächtiger werden konnte.

Voller Freude eilte Sokrates nach Hause, um die Eltern und Korinna zu umarmen. Er kam in das Gäßchen seines Demos Alopeke. Sonderbar, die Leute gingen ihm aus dem Wege, kaum erwiderten sie seinen Gruß. Was geht hier vor? Gehe ich vielleicht durch eine fremde Stadt? Beunruhigt eilte er weiter.

Heftig schlug er mit dem Klopfer ans Tor. Nichts. Niemand kam, ihm zu öffnen. Er ging um das Haus herum und kletterte über die Mauer in den Hof. Als er das Meckern der Ziege und Perkons Stimme vernahm, schwand seine Beklommenheit. Er lief zum Haus, öffnete die Haustür: Das Haus war leer.

Schließlich ging er auf den Hof zurück, wo er Melissa, die Frau des Schusters, fand. Sie hielt ihm einen Topf voll frischgemolkener Milch, noch schäumend und warm, entgegen.

»Die ist von eurer Ziege«, sagte sie und reichte ihm den Topf.

»Darauf hatte ich gerade Appetit. Komm, süße Milch, ich will nach so langer Zeit wieder etwas vom heimatlichen Hofe trinken.« Er leerte den Topf bis auf den letzten Tropfen.

Melissa wartete, bis er ausgetrunken hatte. Dann umarmte sie Sokrates und schluchzte herzzerbrechend.

Er erschrak: Etwas Schlimmes mußte geschehen sein. Er legte ihr den Arm auf die Schulter. »Sprich! Sprich doch, Melissa!«

»Hat dir denn der Bote in Mynichia nichts ausgerichtet?«

»Nein, ich war nicht dort, sondern in Phyle.«

Langsam nur und unter Tränen erzählte sie von dem Unglück, das ihn getroffen hatte: Sophroniskos und Phainarete waren einem tödlichen Fieber erlegen.

Sokrates stand da, er nahm weder sich noch Melissa wahr. Erst nach langer Zeit fragte er wie abwesend: »Und wie steht es bei euch?«

Melissa blickte zu ihrem Haus, das mit dem Olivenbaum

über die Mauer ragte, und sagte schnell und leichthin, sie seien alle gesund. Korinna sei seit einem Jahr Egersis' Frau und habe ein Kind.

Vater, Mutter, Korinna. Sokrates war allein.

14

Die Wunde, die Sokrates empfangen hatte, schmerzte unaufhörlich. Sie schmerzte in mehrfacher Hinsicht: Jeder Verlust an Liebe war eine Wunde für sich. Wie fast alle Athener war er außerordentlich empfindsam für Schmerz und Freude.

So dionysisch heiter er bei der Olivenernte in Gudi gewesen war, so tief unglücklich war er jetzt. Wie leblos irrte er durch Haus und Hof, barfuß, immer im selben Chiton, den man schon siebenmal hätte waschen müssen. Ein langer Bart wuchs ihm, und das Essen, das Melissa brachte, blieb unberührt.

Melissa kam zu ihm. Die Milch im Topf war sauer, die Fladen von Mäusen angefressen. Die Nachbarin holte ihren Sohn zu Hilfe, und gemeinsam bemühten sie sich, Sokrates dem Leben zurückzugewinnen. Aber er blickte nur an ihnen vorbei. Hörte er sie überhaupt? Er antwortete nicht, blieb stumm.

»Wenn dich deine Eltern so sehen würden! Du würdest ihnen keine Freude machen, Sokrates. Nicht einmal im Grabe gönnst du ihnen Ruhe. Iß doch etwas! Sag doch ein Wort, beim Donner des Zeus! Geh doch nicht barfuß! Also, was ist? Bist du stumm?« Verärgert entfernte sich Melissa.

Simon gab nicht auf. »Anaxagoras fragte mich gestern am Ilyssos, wann du zu ihm kommst. Was soll ich ihm sagen?« Doch wieder nur Stille und Schweigen. Simon nahm einen Fladen, biß davon ab, brach ihn in kleine Teile und schob sie Sokrates in den Mund. Merkte er, daß er aß? Simon wußte es nicht. Trotzdem freute er sich über den Fortschritt. Heute würden ihm die Opanken sicher besonders gut gelingen.

Sokrates irrte im Hof zwischen den Statuen und Blöcken umher. Da lag Vaters Hammer, völlig mit Lavendel überwachsen. Sokrates hob ihn auf, betrachtete ihn und ging wie leblos zurück ins Haus. Ungewaschen legte er sich nieder und fiel in einen unruhigen Schlaf. Am Morgen kam Simon, der ihm statt seiner Mutter Milch und Fladen brachte. Er fütterte ihn wie am Tage zuvor: einen Bissen für dich, einen Bissen für mich. Dabei schwatzte er drauflos, ob ihn nun Sokrates hörte oder nicht.

»Korinna wollte Egersis nicht. Sie hat geweint und ist zur Großmutter aufs Land geflüchtet. Iß! Der Vater mußte sie buchstäblich heimschleppen. ›Ich habe doch nur Sokrates lieb‹, wiederholte sie immer wieder. Trink von der Milch, mehr! Du mußt sie vergessen. Hier, Mutter schickt dir einen sauberen Chiton, und ich habe dir neue Sandalen gemacht. Sind sie dir recht? Probier sie doch mal an!« Zum erstenmal begann Sokrates zu sprechen: »Der Mensch kann auf alles verzichten, er braucht so wenig, nicht einmal Sandalen – aber du bist lieb, Simon, ich behalte sie.«

»Und wirst du zu Perikles gehen? Damals sagtest du, wenn du vom Heeresdienst zurückkommst...«

»Nein, ich werde nie wieder den Stein behauen.«

Simon erschrak. »Was? Wie? Du wirst nie wieder...? Und weshalb?«

Sokrates blickte den Hammer an, der auf der Bank lag.

»Wie könnte mich ohne Vater die Arbeit freuen. Die Blöcke auf dem Hof erinnern mich immerzu daran, daß Vater nicht mehr lebt.«

»Aber was wirst du tun?«

»Ich weiß es nicht.« Und er schwieg.

Simon trat verlegen von einem Bein aufs andere. »Willst du nicht mit den Jungen sprechen? Sie fragen jeden Tag nach dir.«

Sokrates antwortete ihm nicht, und Simon ging an seine Arbeit. Fast den ganzen Tag rührte sich Sokrates nicht von seinem Lager.

Am Abend brachte wieder Simon das Essen. Danach sagte er: »Komm mit, ich zeige dir etwas!« Er führte Sokrates auf den Hof. Dort saßen alle seine Freunde auf der

Mauer, einer neben dem anderen, wie Tauben auf dem Sims. Keiner sagte ein Wort, alle sahen ihn nur stumm an. Sokrates drehte sich um, die Augen waren ihm feucht geworden.

Simon trat zu ihm und sagte leise: »Weinst du, Sokrates?«

Sokrates schwieg eine Weile, doch dann schrie er ihn an: »Was quatschst du da, du Dummkopf!« Und er lief ins Haus zurück.

Am nächsten Tag stand er mit Simon lange am Grabe der Eltern. Schweigend blickten sie darauf.

»Du solltest ihnen einen Stein aus Marmor setzen«, ließ sich Simon leise vernehmen.

»Dieses grausame Schicksal erschreckt mich«, sagte Sokrates. »Warum mußte das geschehen? Vater war gut und ehrlich. Das ganze Leben hat er sich geplagt. Noch jetzt klingen mir seine Hammerschläge im Ohr. Und warum auch Mütterchen? Tausende von Kindern, denen sie ans Licht der Welt half, hatten sie lieb, und doch mußte sie in ihren besten Jahren gehen. Weshalb? Was hat sie sich zuschulden kommen lassen?«

Auf dem Grabe blühten frische Narzissen.

»Wer mag sie gegossen haben?«

»Ich weiß nicht. Hierher kommen viele Frauen, denen sie geholfen hat, sie kümmern sich um das Grab, bringen Blumen und Schalen mit Speisen her.«

Die Mutter blieb in der Erinnerung vieler die tüchtige Hebamme, der Vater der Schöpfer von Statuen, Reliefs, eines Stückes Schönheit. Beide hatten der Stadt gegeben, was sie vermochten. Und was gebe ich ihr?

Vom Friedhof zurückgekehrt, legte er sich wie ausgehöhlt von seinem Gram nieder.

Ich weiß, was ich tue: Ich werde die Fensterläden und die Tür schließen. Ich werde mich hier bei lebendigem Leibe begraben.

»Tu das nicht!«

Sokrates erstarrte. Erschrocken blickte er sich im Raum um. Wer hatte da gesprochen? Wer hatte ihm gesagt: »Tu das nicht!«? Deutlich hatte er diese Worte gehört. Trotz überkam ihn. »Ja, ja! Ich werde nicht fortgehen. Ich schließe mich hier ein! Ich will hier sterben!« rief er erregt aus.

»Tu das nicht!« ertönte die Stimme befehlerisch.

Er kauerte sich auf sein Bett, und erst gegen Morgen schlief er ein.

Die Jungen standen vor Sokrates' Haus und warteten, daß er sie rufen würde. »Nach all dem Bösen, das ihm zugestoßen ist, können wir nicht wie früher mit Geschrei über die Mauer in den Hof einfallen«, sagte Kriton. Sie gaben ihm recht.

Von Simon wußten sie, daß er sich vernachlässigte und wie ein Gespenst barfuß durch Haus und Hof schlich. Deshalb warteten sie nicht darauf, seine Schritte zu hören, sondern seine Stimme.

Und plötzlich stand er vor ihnen. Sein Gesicht, sonst wie von innen heraus erhellt, war grau geworden, um den Mund, vom Bart umwuchert, lag ein gequälter Zug, die Wangen waren blutlos, und die Augen blickten weder so weich noch so scharf wie einst.

»Kommt herein«, sagte er leise, und als sie an ihm vorübergingen, umarmte er schweigend einen nach dem anderen.

Sie setzten sich, wie vor zwei Jahren, auf die Blöcke. Wenig hatte sich hier verändert: Einige Marmorblöcke fehlten, und es fehlten die Hände, die sie bearbeitet hatten. Auch der Funke fehlte, an dem sich früher der Geist dieses Hauses entzündet hatte, obgleich der, aus dem jene Funken sprühten, vor ihnen saß. Er wirkte nicht so kraftvoll wie einst, sondern schlaff, nach vorn gebeugt, saß er da und riß ein paar Halme ab, die zwischen den Marmorblöcken wucherten.

Die Freunde erzählten einander von den neuesten Ereignissen. Doch Sokrates sah nur mit starrem Blick auf die Marmorblöcke; wie aus der Ferne drang das Gespräch an sein Ohr. Über allem, was um ihn geschah, lag ein Nebel, der wie eine Wolke von Vorwürfen, gleich einem Schwarm Heuschrecken, alles, was sich in ihm dem Leben zuwenden wollte, verschlang.

Warum bin ich dem Vater weggelaufen, wenn ich ihm bei der Arbeit helfen sollte? Warum habe ich die Eltern gerade in der letzten Zeit mit meinem leichtsinnigen Betragen so erschrecken müssen?

Kriton berührte mit der Hand den Ellenbogen seines Freundes. »Hörst du uns zu, Sokrates?«

Er nickte schweigend, doch die Wolke, die ihn umhüllte, wollte nicht weichen. Was habe ich ihnen für Angst eingejagt, aus mir könnte einmal nichts werden, ich könnte ihnen stets nur zur Last fallen, ein gewissenloser, undankbarer Sohn, der wohl die Flügel wie zum Fluge ausbreitet und schließlich doch an der Erde klebenbleibt.

»Es sind schreckliche Wunden, aber wir wollen sie dir tragen helfen«, sagte Kriton.

»Wir fühlen deinen Schmerz mit dir, Sokrates«, fügte Pistias hinzu.

»Wir alle«, vollendete Kyrebos.

»Du hörst uns ja gar nicht zu«, rief Kriton in schärferem Tone aus.

Und mit besorgten Gesichtern haben sie mich ermahnt: Nimm dir Arbeit vor und verlier dich nicht dauernd an unnütze Dinge. Auch die Ausgelassenheit der Jugend muß eine Grenze haben. Ach, ich weiß Mütterchen, Mäßigung, Mäßigung in allem – Sophrosyne... Väterchen, wie sehr hast du mich wohl gebraucht, als deine Kräfte allmählich schwanden. Und wie erst werdet ihr mich während eurer Krankheit benötigt haben!

»Ich danke dir, Simon, und auch deiner Mutter«, sagte Sokrates leise. Es war das erste Mal, daß er seinem Nachbarn für die Fürsorge um seine Eltern, das Haus und ihn selbst dankte.

Simons Antwort hörte er schon wieder nicht mehr. Er quälte sich weiter: Weshalb habe ich es nicht fertiggebracht, Korinna zu sagen: ›Warte auf mich.‹? Habe nicht ich selbst sie in Egersis' übelriechenden Farbbottich getunkt?

Kriton konnte einen ärgerlichen Ton nicht mehr unterdrücken:

»Wir fühlen deinen Schmerz mit, alle, die wir hier sind. Aber du warst doch immer der Stärkste von uns. Bist du es noch? Du, Sokrates, bist doch noch nie irgendwem unterlegen. Du hast einfach gesagt: ›Ich will!‹ Und es geschah so, wie du sagtest. Jetzt aber sieht es aus, als ob du dein ›Ich will! Ich will leben!‹ nicht mehr hervorbringst. Dein Kummer ist stärker als du selbst, er hat dich völlig verwandelt. Ist das deine Mäßigung, deine Sophrosyne, die du auch in uns geweckt und gefestigt hast?«

Sokrates hob den Blick, der bislang an den Steinquadern gehangen hatte, und richtete ihn verwundert auf Kriton: »Das habe ich getan?«

»Hört ihn euch an!« rief Kriton aus. »Er fragt noch! Er weiß nicht mehr, was er gesagt und getan hat! Warum streitest du es ab? Heute gilt wohl nicht mehr, was du uns gestern gelehrt hast?«

»Sei mir nicht böse, Kriton«, sagte Sokrates leise. »Ich weiß tatsächlich nicht mehr, daß ich etwas in euch geweckt oder gefestigt haben soll. Ich brauchte jetzt selbst jemanden, der das Gute in mir weckt.«

Seine Freunde waren erstaunt, solche Worte zu hören, aber er sprach schon weiter: »Meine Mutter hat mich öfters ermahnt, ich sollte mich mäßigen. Das hörte sich so schön aus ihrem Munde an, und da habe ich euch wohl unbewußt in Mäßigung unterwiesen. Aber ich selbst habe mich wenig danach gerichtet. Hast du schon die Schenke in Peiraieus vergessen, Kriton?«

Kritons blasse, hohe Stirn umwölkte sich. »Habe ich, und ich will mich nie wieder daran erinnern. Aber du, Sokrates, hast etwas vergessen, was du nicht vergessen darfst! Was ist mit deinem Versprechen gegenüber Perikles und Pheidias?«

»Ach, die Chariten?« Sokrates zog das Wort so in die Länge, als wären ihm statt der drei Freudengöttinnen die rächenden Erinnyen erschienen.

»Ja, die Chariten.« Kriton lächelte Sokrates zu. »Ich freue mich, daß du dich an sie erinnerst.« Und er erzählte ihm, daß Pheidias bereits seit einem Jahr die gesamte Bautätigkeit in Athen leitete. Auf der Akropolis komme laufend Marmor an, und es wimmele dort nur so von Menschen. Jeden Tag arbeiteten dort viele Handwerker, Steinmetzen und Künstler, einheimische und auch fremde. Das Wort »fremde« betonte er besonders. »Pheidias hat zu meinem Vater gesagt: ›Sokrates läßt sich nicht sehen. Vielleicht liegt ihm nichts mehr an der Arbeit hier.‹ «

»Mir liegt tatsächlich nichts dran!« stieß Sokrates heftig hervor. Er dachte an Korinna. »Das würde ich jetzt gar nicht schaffen!«

»Weshalb nicht?« fragte ihn Simon. »Dein ›Ich will!‹, hat es dich verlassen? Kriton hat recht. Du bist nicht mehr der alte Sokrates.«

Kriton sah jeden außer Sokrates bedeutungsvoll an. »Sokrates kümmert sich um nichts mehr, er ist versteinert wie dieser Marmorblock hier. Ist er überhaupt noch ein Athener?«

»Was hast du da gesagt?« Sokrates fuhr ihn aufgebracht an. »Zu mir? Kriton, du ...?!«

»Ich habe dir nur die Wahrheit ins Gesicht gesagt!« antwortete Kriton mit fester Stimme. Er wandte sich den anderen zu. »Gehen wir! Wir wollen nicht stören. Soll er doch hier in seiner Einsamkeit und Verzweiflung bleiben, wenn dies jetzt sein ›Ich will‹ ist! Also, Freunde, gehen wir!«

Wie auf Befehl erhoben sich alle, um Sokrates allein zu lassen. Nur Simon sah sich noch einmal um, dann ging auch er den Freunden nach.

Sokrates erhob sich inmitten der verstreut umherliegenden Blöcke, der Statuen und Torsos, der steinernen Gliedmaßen und Köpfe. Lange stand er wie gefangen in diesem steinernen Wirrwarr. Die Dämmerung war angebrochen, doch ihm schien, daß es heller und heller würde. Weißlich schimmerten die Blöcke, über der Mauer nach der Stadt zu hellte sich der Himmel auf.

Plötzlich springt er auf einen der Quadersteine. So, von einem zum anderen setzend, fliegt er über den Hof, reißt das Türchen zur Straße auf und schreit: »Kriton, Simon, Kyrebos!«

Und dann erstarrt er: An die Wand gedrückt, stehen Kriton, Simon, Kyrebos, Pistias, Xandros, Lauros. Verwundert starrt er sie an; er vermag sich nicht gleich zu erinnern. Da bemerkt er Kritons lachende Augen, und auf einmal begreift er und fängt an zu wettern: »Ihr Possenreißer! Ihr Komödianten! So also wolltet ihr mich aufscheuchen?! Mich wie ein Kätzchen mit der Nase in die Milch tunken, damit es trinkt? Lachst du mich aus, Kriton, weil ich am ganzen Körper schlottere?!«

»Wie uns das gelungen ist! Heute haben wir uns nämlich einmal gesagt: ›Wir wollen!‹« Kriton lacht übers ganze Gesicht, und alle anderen mit ihm.

Sokrates steht mit blitzenden Augen vor den Freunden. »Ihr Lumpengesindel! Ihr Gassenjungen! Ihr Nichtsnutze! Sokrates soll nicht mehr der alte sein? Soll kein Athener sein? Ich bin nicht auf beiden Ohren taub. Schon in der Nacht war mir, als riefe mich jemand. Dieselbe Stimme, die eben sprach, hat mir verboten, mich hier zu vergraben.«

Sokrates' Augen glühen, sein Gesicht belebt sich, er streckt die Arme aus. Und seine Stimme? Es ist wieder die melodische, schöne und klangvolle Stimme, hell und voller Glut und Eindringlichkeit, ja fast wie der Donner des Zeus: »Müßt ihr mir wie einem Schuljungen vorsagen? Bei allen Dämonen! Ich weiß selbst am besten, wer mich ruft: mein Athen!«

Kriton grinste, und mit unschuldiger Miene sagte er: »Nun, deshalb haben wir hier auf dich gewartet, damit wir zusammen gehen können.«

»Also, was stehen wir noch herum! Sehen wir zu, daß wir dorthin kommen, wo ich endlich mein Athen begrüßen kann!«

Sokrates lachte plötzlich laut auf. »Und ihr habt mich mit einer Angel gefangen, mich, der ich selbst nur zu gern Angeln auswerfe.«

Und sie schritten einträchtig davon.

»He, Sokrates«, rief Pistias, »willst du denn nicht die Tür verriegeln?«

»Wozu? Zu mir kommt kein Dieb. Und die Zeit wartet nicht!«

Erstes Intermezzo

Fünfundzwanzig Jahre waren vergangen. Der fünfundvierzigjährige Sokrates hatte Korinna vergessen und sich in Xanthippe verliebt, die junge Tochter des Töpfers aus dem Demos Kerameikos.

Heftig wurde die Tür geöffnet, und Sokrates trat in mein Arbeitszimmer: »Ich komme ohne Anmeldung, denn in deinem Vorraum ist kein Sklave, der meinen Besuch hätte ankündigen können, und außerdem bin ich empört.«

Ich tat, als hätte ich seine letzten Worte nicht gehört und begrüßte den hochgeschätzten Besuch auf das herzlichste.

Doch der alte Herr hörte mich nicht an, sondern schimpfte los: »Selten ist in all diesen Jahrhunderten soviel wie über mich geschrieben worden. Der eine spendet mir Beifall, der andere pfeift und trampelt, als ob ich ein Schmierenschauspieler gewesen wäre. Dieser lobt mich, jener verflucht mich. Beim Höllenhund! Woher willst du alles von mir wissen, wenn ich selbst nie ein Wörtchen darüber geschrieben habe.«

»Und deshalb begrüße ich es sehr, daß du mich besuchen kommst.«

»Warte nur! Als ich erfuhr, daß du einen Roman über mich schreiben willst, ließ ich mir erklären, was ein Roman ist, und hörte, daß der Verfasser darin nach seinem Gutdünken ...«

»Ganz so ist das nicht«, versuchte ich zu widersprechen, doch Sokrates ließ mich nicht zu Wort kommen!

»... da habe ich mir gesagt: Schau dir das an, geh und sprich mit ihm darüber.«

»Du ahnst nicht, wie ich mich darauf freue!«

»Aber zuerst muß ich mit dir schelten. Ich bin zutiefst empört!«

»Worüber denn, verehrter Sokrates?«

»Ich habe gehört, wie du Selbstgespräche geführt hast.«

»Entschuldige, das ist eine schreckliche Angewohnheit.«

Sokrates wehrte ab. »Ich hatte sie auch. Aber zur Sache: Was du geschrieben hast bis zu dem Moment, in dem mein Athen mich rief und ich an der Spitze der Kameraden zur Agora stürmte, damit bin ich einverstanden. Aber nun gleich zu Beginn des zweiten Teils ein solcher Irrtum: Ich soll Korinna vergessen haben! Woher hast du das, du Neunmalkluger? Aus den Fingern hast du es dir gesogen! Denn sie war meine erste wirkliche Liebe, und die vergißt man nie. Es ist wahr, sie hatte mir die Bildhauerei verleidet und mir die Freude am Leben genommen. Das Versprechen, die Chariten in den Fries der Propyläen zu meißeln, bedrückte mich. Aber die Zeit löst den Gordischen Knoten besser als ein Schwert. Ich fühlte, daß auch jetzt Korinna eher zu mir gehörte als zu diesem übelriechenden Färber, der sie in seine Tretmühle als fünften Sklaven einspannte. Für mich war sie eine Göttin gewesen, und nicht nur eine – drei Göttinnen auf einmal, und das zu der Zeit, wo sie am reizendsten war. So bleibt sie auch für immer in meiner Erinnerung.«

»Und du hast sie doch in die Propyläen gemeißelt.«

»Freilich, aber du ahnst nicht, wie lange ich nach der Rückkehr vom Heeresdienst dazu gebraucht habe. Pheidias hatte meine Entwürfe gelobt: ›Ja, ja, sehr schön.‹ Ich hörte das gern, denn ich hatte mehr mit dem Herzen als mit der Hand gezeichnet. Aber er sagte mir auch gleich, daß der Fries noch Zeit habe und jagte mich umher wie der Windhund den Fuchs.«

Sokrates erhob sich vom Stuhl und watschelte wie eine Ente in meinem Arbeitszimmer herum. Die nackten Füße klatschten unter seinem Gewicht schwer aufs Parkett, sein Mantel schleifte auf dem Boden. Er kaute Sonnenblumenkerne und spuckte die Schalen in die Blumentöpfe am Fenster. Er sah mich mit seinen hervorstehenden Augen an.

»Das hättest du sehen sollen, wie mich Pheidias umherjagte: ›Wenn du schon Bildhauer sein willst, dann auch ein anständiger! Kein gewöhnlicher Steinmetz, sondern ein Künstler!‹ Es war ein beschwerlicher Weg, sich dauernd mit den Steinen herumschlagen. Und Gelegenheiten zu dieser Plage gab es so viele, wie in Athen Staubwölkchen von Marmor zum Himmel aufsteigen!«

»Welche Gelegenheiten meinst du, Sokrates?«

»Beim Höllenhund! Erinnere dich doch: Nach unserem Sieg über die Perser beim zyprischen Salamis war der Perserkrieg beendet, und plötzlich war Friede. Kannst du dir vorstellen, was das für Athen bedeutete: die Herrschaft über das Meer, die Inseln und die Häfen, über den Handel, den Reichtum?!«

Kurz vor Sokrates' Eintreffen hatte ich ein schwieriges Problem zu lösen: Wie kann ich meinen Lesern schildern, was sich in diesen zwanzig Jahren mit Sokrates, aber auch mit Hellas und Athen zutrug. Und jetzt stellte mir Sokrates selbst diese Frage. Mir wurde bewußt, daß ich aus seinen Schilderungen Nutzen ziehen konnte, um meine Leser mit den Zusammenhängen der Ereignisse jener Jahre bekannt zu machen, und das sogar aus der vertrauenswürdigsten Quelle: direkt aus dem Munde meines Helden.

Ich bat also Sokrates, mir doch zu schildern, was er in jener Zeit für das Wichtigste hielt.

Der arglose Philosoph ließ sich leicht einfangen. Er knackte und kaute seine Sonnenblumenkerne, und ich schrieb, daß meine Feder Funken sprühte.

»Perikles' Kampf mit Thukydides, dem Führer der Aristokraten, endete mit einem Scherbengericht, durch dessen Spruch Thukydides für zehn Jahre aus Athen verbannt wurde. Die Demokratie hatte über die Aristokratie gesiegt. Sicher weißt du, daß Solon die Gesetzesgrundlage für die Demokratie geschaffen hatte. Das war für unsere Welt wie eine Offenbarung. Kleisthenes hatte dieses Haus gebaut, und Perikles erweiterte es, verschönte und schmückte es prunkvoll aus.«

»Anfangs stieß er sicher auf den Widerstand vieler«, gab ich zu bedenken.

»Selbstverständlich! Ich kann mich noch lebhaft erinnern, wie es damals brodelte. Konnte man den Reichen denn ihre Wut verdenken, wenn ihnen Perikles so manchen Batzen abnahm und dafür die unteren Volksschichten mit Macht und Geld ausstattete? Man konnte es nicht. Du nickst, und recht hast du.« Und Sokrates erzählte mir, wie Perikles die himmelschreienden Gegensätze zwischen arm und reich ausgleichen wollte. Gestützt auf die Besitzlosen, stärkte er die wirtschaftliche, militärische und politische Macht Athens.

Der kostenlose Besuch der Theater erweiterte ihren Gesichtskreis und ihre Bildung, verbesserte ihre Moral, weckte die Liebe zu Athen. Was wie Liebesgaben, Almosen oder auch Menschenfreundlichkeit aussah, bedeutete den Fortschritt für die gesamte Gemeinde, die Polis, bedeutete ein höheres Niveau ihrer Menschen.

»Und was meinst du, worüber haben sich die Aristokraten am meisten erhitzt: über den Verlust von Geld oder den Verlust an Macht und Einfluß?«

»Ich meine, daß sie beides gleichermaßen in Rage brachte«, sagte ich.

Sokrates lachte auf. »Gleichermaßen wohl nicht. Besonders wütend waren sie auf das Volksparlament, die Ekklesia. Perikles machte die Ekklesia zum höchsten politischen Machtinstrument. Sie tagte viermal im Monat an der Pnyx, und dort entschied das Volk durch Abstimmung über alle wichtigen Angelegenheiten. Die Pnyx war der Schrecken der Reichen. Dort wurde auch über sie bestimmt, was sich dann auf ihre Einnahmen und ihren bisherigen Einfluß auswirkte. Perikles mußte sich vorsehen, nicht nur vor den Aristokraten, die offen gegen ihn auftraten, sondern vor einem viel gefährlicheren und dazu unsichtbaren Feind. Man geht durch Athen, sieht nichts Verdächtiges, und doch stecken in diesem Moment in dieser oder jener Villa neun oder elf Männer die Köpfe zusammen. Dort bei ihren Hetären treffen sie sich, die reichen Oligarchen, legen einen geheimen Schwur ab, alles mögliche zu tun, um die Demokratie zu stürzen und selbst wieder an die Macht zu kommen. Es ist eine verschworene Gemeinschaft, niemand weiß, wie viele es sind.«

»Und Perikles fürchtete sich nicht vor ihnen?« wunderte ich mich.

»Das kann ich dir nicht sagen. Vielleicht, vielleicht auch nicht, jedenfalls machte er sich darum keine Sorgen.« Sokrates strich über seine Glatze. »Perikles hatte eine Eigenschaft, um nicht zu sagen eine Leidenschaft: Er liebte die Gefahr. Und dem Volk etwas zu gönnen und denen oben nicht, war wegen der Dämonen gefährlich.«

»Und was war mit den Tausenden Talanton für seine Bauten? Hat sie ihm die Ekklesia bewilligt? Denn auch das war gefährlich, wenn man an die Mitgliedsstaaten des Attischen Seebundes

denkt, aus deren Beiträgen zur gemeinsamen Kasse Perikles das Silber für sein Vorhaben entnahm. Oder irre ich mich?«

»O nein, du irrst dich nicht. Auch die Ekklesia begriff, daß es da um eine gefährliche Sache ging. Aber vergiß nicht, Perikles war ein großer Staatsmann und ein mitreißender Redner dazu. Die Ekklesia gewann er nicht für seine Pläne, weil Athen immer schöner wurde, sondern weil das Volk von Athen Nutzen von diesen Bauten hatte. Wenn die Schönheit Athens wuchs, so wuchs auch der Wohlstand seiner Einwohner. Und damit gewann er ihre Stimmen, und es waren begeisterte Stimmen.«

Sokrates schilderte begeistert, wie Perikles die ganze Stadt verwandelte, das ganze Land, ja selbst das Meer mit seinen Inseln — alles brachte er in Bewegung. Alle Augenblicke trat er mit einem neuen Vorschlag vor das Volksparlament: die Langen Mauern zu errichten, Peiraieus zu einem noch festeren Hafen auszubauen, die Anzahl der Trieren zu vergrößern und immer wieder bauen! Der zwiebelköpfige Olympier, obgleich er Kunst und Philosophie über alles liebte, war bei weitem kein Träumer, erzählte mir Sokrates. Er stand mit beiden Beinen fest auf der Erde und dachte stets nur an die wirtschaftliche Stärke Athens und ganz Attikas.

Sokrates ließ sich in einem Sessel nieder, zog die bloßen Füße bequem an und fuhr fort: »Stell dir nur mal vor, was allein der Bau des Parthenon alles so in Bewegung brachte: Man mußte den Marmor am Pentelikon brechen, ihn aufladenund zur Akropolis hinaufbefördern, mußte ihn verarbeiten, gewöhnliches Holz und das seltene Zedernholz aus dem Libanon, Elfenbein und Gold aus Afrika heranbringen. Zu Lande und zu Wasser gab Perikles dem Volk Arbeit. Allen Handwerkern, Metallschlägern, Steinmetzen, Bildhauern, Malern, Webern und was weiß ich noch wem! Jeden, der Hände hatte und etwas konnte, beschäftigte Perikles. Er nahm vom ganzen Land und gab ihm auch wieder.« Sokrates stand auf und streckte mir seine großen, starken Hände entgegen. »Und mit diesen Händen half ich ebenfalls bei dem großartigen Werk; ich tat, was in meinen Kräften stand. Schreib auch das auf, denn ich bin stolz darauf!«

Ich staunte, was der alte Philosoph hier vor mir ausbreitete, und bewundernd kam es über meine Lippen: »Ein wahrhaft bedeutender Mann, dieser Perikles.«

»Das war er sicher, aber er war auch ehrgeizig und ruhmsüchtig wie alle Alkmaioniden. Er vergaß die Sophrosyne. Die Mäßigung, weißt du?!« Sokrates ließ sein schönes rollendes Lachen hören: »Die Sophrosyne ist eine bedeutende Volksweisheit, aber wer von uns hat sie nicht schon unzählige Male mißachtet? Du etwa nicht!?« griff er mich an.

Auch ich lachte und erwiderte: »Natürlich, verehrter Sokrates. Fast bei jedem Schritt verstoße ich gegen die Sophrosyne. Aber im Alter...«

»Mir brauchst du nichts zu sagen.« Er schmunzelte. »Ich bin vierundzwanzig Jahrhunderte älter als du.«

Als wir genug gelacht hatten, erzählte er, daß er stets an einem bestimmten Wochentag zum Zirkel bei Aspasia gegangen sei, den bedeutende Künstler und Philosphen dieser Zeit besuchten. Dort lernte er auch Euripides kennen, und so begann ihre große Freundschaft. Mit Anaxagoras traf er sich weiterhin. Was ihm der Philosoph einst am Ilyssos über die Götter erzählt hatte, schrieb er auf. Ein Teil seiner Aufzeichnungen machte in Abschriften insgeheim die Runde und verbreitete die Gottlosigkeit nach allen Seiten, auch, wenn zur selben Zeit der Parthenon, der Haupttempel der Göttin Athene, gebaut wurde, auch, wenn das Gesetz über die Gottlosigkeit den Ungläubigen weiterhin mit dem Tode bestrafte.

»Und was wurde aus Ihren Chariten, Meister?« redete ich ihn unbewußt mit »Sie« an.

»Wie sprichst du denn mit mir!« schrie er mich an. »Wie viele Sokratesse sitzen hier vor dir? Ihr habt vielleicht Sitten hier im Norden! Na, gut. Brauchst dich nicht zu entschuldigen. Nach den Chariten fragtest du? Ich hatte die Hoffnung schon aufgegeben, daß ich sie je machen würde. Auch fürchtete ich, Pheidias sei auf mich ärgerlich wegen meiner Leidenschaft, mich mit den Menschen zu unterhalten und ihnen zu helfen, den richtigen Blick für die Dinge zu bekommen, die sie in sich tragen, selbst aber nicht erkennen können.

Zum Beispiel arbeiteten einmal zwei Brüder zusammen an einem Mosaik und konnten sich wegen des Lohnes nicht einigen. Der Älteste schrie: ›Du bist ein Dieb!‹ Der Jüngere brüllte zurück: ›Ich bin kein Dieb!‹ Und sie gerieten aneinander. Der eine hatte danach einen gebrochenen Finger, der andere eine zer-

schlagene Nase. Nun sage mir, mein Lieber, kann ein Mensch da gleichgültig zusehen?«

»Es kommt darauf an, was für ein Mensch er ist! Ein Sokrates kann dies sicher nicht«, antwortete ich.

»Du kennst mich gut.« Er lachte. »Ich schaltete mich also ein. Zuerst trennte ich die beiden Raufbolde, sonst hätten sie sich so zugerichtet, daß keiner von ihnen jemals noch einen Obolos hätte verdienen können, um den sie sich jetzt stritten. Und dann dringe ich mit meinen Fragen in sie, so tief wie eine Hebamme in den Schoß einer Gebärenden. Aus dem Älteren bringe ich heraus, daß er mit dem Jüngeren den Lohn teilen sollte, sich dann aber den größeren Teil genommen hatte. Dem Jüngeren ziehe ich aus der Nase, daß er dem Bruder tatsächlich Geld entwendet hat, weil er ebensoviel haben wollte, wie ihm bei gleicher Arbeit zustand. Der Ältere verteidigte sich, er müsse eine zahlreiche Familie ernähren, der Jüngere, er wolle eine gründen.

Nun, ich unterhalte mich mit ihnen über die Probleme der Steinmetzen, Mosaikleger, der Sklaven und Zugewanderten. Bald hat sich um uns eine Menschenmenge versammelt. So mache ich also eine Vorstellung mit Zuschauern daraus und aus den Brüdern Protagonisten eines improvisierten Stückes. Die beiden beginnen sich an Redlichkeit zu überbieten, zeigen sich gütig und voll brüderlicher Liebe. Der Ältere gibt dem Jüngeren seine Drachmen zurück, damit er endlich in der Lage ist, eine Familie zu gründen, der Jüngere wiederum gibt sie dem Älteren, damit dieser seine Familie ernähren kann. Aus einer schrecklichen Tragödie, in der es sonst zum Brudermord kommt, entwickelt sich eine Komödie für Götter, und wer Augen und Ohren hat, lacht herzlich darüber, was ich daraus gemacht habe. Als dieses Gelächter auch Pheidias herangelockt hatte, sagte er: ›Was ist hier los, Jungen? Warum arbeitet ihr nicht, was habt ihr? Ach, ich sehe schon — wieder der Sokrates.‹

Ich konnte ihm schlecht erklären, daß ich einen Brudermord verhindert hatte. Und es war auch schwer zu erklären, denn da keiner verübt worden war, schien jedes Wort überflüssig.

Viele Male befürchtete ich, daß mich Pheidias wegen meiner Theaterstücke, in denen ich öffentlich meine Hebammenkünste vorführte, vom Bauplatz weisen würde, aber er tat es nicht. Er sah in mir immer noch den zukünftigen Schöpfer der Chariten.«

Sokrates verschluckte sich, dann fuhr er fort: »Ich war schon reichlich über die Dreißig, als man die Propyläen zu bauen begann und Pheidias zu mir sagte: ›Hier hast du drei Marmorplatten, schlage die Chariten hinein!‹

Die Chariten habe ich erfolgreich vollendet und sie in den Fries über der mittleren Pforte der Propyläen gesetzt. Pheidias ließ Perikles rufen, damit er sie sich ansehe. Er kam mit seinen Freunden und Beratern. Ich hatte durch Simon Korinna eingeladen. Doch ich weiß nicht, ob sie unter der Menschenmenge war, die sich dort sofort um den Herrscher scharte. Ich glaube nicht, denn Simon hatte mir ausgerichtet, sie wolle sich mir nicht zeigen, weil sie ein rundliches Mütterchen geworden war, das selbst schon eine Tochter hatte, so hübsch und schlank wie einst sie. Und so thront nicht Frau Egersis, sondern meine Korinna auf den Propyläen, wo sie Tausende Menschen als die drei tanzenden Göttinnen bewundern können.

Dann tat ich wieder alles, was vonnöten war; leider häuften sich meine Zwiste mit Pheidias, und mein Leben begann sich mehr und mehr zu spalten.«

Er blickte mich mit seinem freundlichen Lächeln an. »Sicher weißt du, weshalb?«

»Ja, ich weiß. Wir Tschechen haben eine alte Schrift, die heißt: ›Der Widerstreit von Geist und Körper‹ . . .«

»Beim Höllenhund! Das ist es, und gut ausgedrückt. Bei mir würde es etwa heißen müssen: ›Der Widerstreit von Stein und Mensch‹.«

Er lächelte. »Du hast es erraten, mein Freund! Nun, sag selbst, wie konnte ich es oben auf der Akropolis aushalten, den Marmor zu bearbeiten, wenn unter der Akropolis in der Stoa poikile oder, wie du sagst, in der Säulenhalle gerade jetzt einige Sophisten sprechen sollten: Protagoras oder Gorgias, die des öfteren in Athen weilten. Sollte ich nicht gehen und sie mir anhören? Du erinnerst dich doch, daß ich schon mit meinem Vater Streitgespräche führte — über Marmor und Meißel und das Maulaffenfeilhalten, wie er meine Wißbegier gern nannte. Aber jetzt war sie noch stärker geworden — eine neue Philosophie war da! Ich machte Stielaugen und Ohren so lang wie die meines einstigen Kameraden Perkon, den ich lieber dem Nachbarn in Gudi gegeben hatte, als daß ich ihn in Athen unter meiner schlechten Fürsorge leiden ließ.

Wie Anaxagoras lehnten auch diese beiden Sophisten den Götterglauben ab. Das nahm mich für sie ein. Und darüber hinaus waren sie Lehrer der Weisheit! Sie kamen, um jeden zu lehren und zu bilden. Beim Höllenhund! Begreifst du, Menschenskind? Jeden! Das wollte und davon träumte ja auch ich. Man hatte aufgehört, alles Forschen und Untersuchen der Materie allein zu widmen, dem Weltall, den Atomen; endlich begann man auch, an den Menschen zu denken! Ich jubelte, und ich wäre in meiner Begeisterung imstande gewesen, den Kopf hinzuhalten für Protagoras, der sagte: ›Der Mensch ist das Maß aller Dinge.‹«

Sokrates lachte. »Freilich konnte ich damals nicht ahnen, daß die jüngeren Sophisten weiß zu schwarz färben und jede Behauptung sowohl positiv als auch negativ auslegen würden, also auch diesen hervorragenden Lehrsatz des Protagoras. Aber genug davon. Nun stell dir vor, daß meine alten Freunde und viele neue, jüngere dazu, es sich nicht ausreden ließen, sich ›Schüler des Sokrates‹ zu nennen. Sie holten mich ab und begleiteten mich zur Agora, wo stets schon viele Bürger auf mich warteten, um meinen Rat zu hören. Sie standen meist auf den Treppen zur Säulenhalle, wo gittarreschlagende Gaukler auftraten und Mädchen herumtanzten wie Schriftzeichen übers Papier, wenn einem die Hand zittert. Die Tänzerinnen waren besonders ansehnliche, ausgesuchte Mädchen. Kein Wunder, daß sie sogar die Gaukler bezauberten. Aber als ich hinkam, klatschten die Menschen mir Beifall, und die Gaukler konnten ihren Flitterkram einpacken. ›Schaut, Sokrates! Das wird gut! Das wird wieder ein Spaß!‹«

Er schaute zu mir herüber. »Du siehst mich so zweifelnd an, junger Freund! Aha! Du denkst wohl: Was kann das schon für ein Spaß mit Sokrates gewesen sein? Aber es war doch lustig, auch wenn ich nicht beabsichtigte, die Leute zu unterhalten. Ich stieß also irgend jemanden an und suchte Streit mit ihm, bis er von selbst die Maske abriß, die den Klugen vortäuscht und den Dummen verbirgt. Auf diese Weise habe ich die Zuschauer davon abgelenkt, daß dies auf mein Konto ging. ›Mein lieber Mann, der Sokrates bringt aus jedem heraus, was dieser angestrengt zu verbergen sucht, haha! Aber nimm, wen du willst — mich verschone lieber.‹ Bis mir Spottdrossel einfiel, daß man auch von mir etwas lernen könne. Und als ich damit begann, kicherten wiederum die anderen, die nur zusahen. Ich sagte schon, daß ich den Menschen in den verschiedensten Angelegenheiten Ratschläge gab: in geschäftlichen und amtlichen, aber auch in familiären; zum Beispiel half ich, einen Streit zwischen einem jähzornigen Mann und seiner eifersüchtigen Frau zu schlichten, und die Götter mögen wissen, wobei noch. Ich beriet sie, so gut ich konnte, ernsthaft oder heiter und immer kostenlos! Oder doch nicht! Denn: Wie oft bezahlte man mich mit Backpfeifen und Fußtritten, und warum soll ich es verschweigen: Einmal goß mir eine Marktfrau eine Kanne trübes, nach verfaultem Fisch stinkendes Wasser über den Kopf. Pfui, war das eine Brause! Aber du sollst nicht denken, daß das alles nicht auch seine guten Seiten hatte. Heute gab ich jemand einen Rat, und er beschimpfte mich dafür, versetzte mir beinahe Fußtritte. Kam er aber nach Hause, befolgte er ihn doch. Und siehe da, alles wurde gut! Am nächsten Tag lobte er mich vor allen Leuten als seinen Retter. Und so kann ich sagen, daß die Leute mich gern sahen, obwohl sie mich oft in unschöner Weise einen Klugscheißer nannten, ja sogar einen Tagedieb. Aber sie fügten immer ein ›unser‹ hinzu: ›Unser Klugscheißer, unser Tagedieb.‹ Ein Olivenverkäufer sagte mir, daß er sich Athen ohne mich überhaupt nicht vorstellen könne. Siehst du, und das war eben der Stein des Anstoßes: Ich wollte hinunter zur Agora, und Pheidias wollte mich hinauf auf die Akropolis haben. Kurz und gut: Es zog mich von der Bildhauerei hin zu den lebendigen Menschen.«

»Ich weiß«, bemerkte ich, »du warst überall bekannt und beliebt geworden, überall willkommen; ich kann mir gut vorstellen, wie ungeduldig die Menschen Ausschau hielten, wann du endlich erschienest.«

Ironisch kichernd unterbrach er mich: ». . . in neuer körperlicher Verfassung, kein kraftstrotzender Jüngling mehr, sondern ein bärtiger Dickwanst mit heraustretenden Augen, wulstigen Lippen und einem kahlen Schädel, hahaha.«

»Aber noch immer anziehend und unwiderstehlich, wie dies Alkibiades zu Kallikles von dir sagte.« Ich lachte, erfreut darüber, daß auch ich ihn einmal übertrumpfen konnte.

»Es war eine herrliche Zeit. Unsere Nachfahren nannten sie das ›Goldene Zeitalter‹, und ich glaube, völlig zu Recht. Damals war der Boden fruchtbar für alles: für Oliven und Weizen, aber

ebenso für die Kunst, die Wissenschaft und Forschung. Alles trug Früchte, prächtig wie die goldenen Äpfel aus den Gärten der Hesperiden. Perikles erreichte alles, wonach er trachtete: Athen errichtete sich sein Hellas. Das Kulturzentrum der damaligen Welt. Der Wunsch wurde Wirklichkeit.«

Sokrates seufzte. »Aber das Wachsen unserer Zeit begann unter einem Ätzmittel zu leiden, das sich von den oligarchischen Hetärenvillen nach allen Seiten ausbreitete. Solange Perikles noch in vollem Besitz seiner Kräfte war, wagten sich diese geheimen Strategen nicht an ihn heran, doch als er alterte und kraftlos wurde, griffen sie erst seine treuesten Freunde an und trafen so ihn selbst am tiefsten.«

Sokrates verstummte. Meine Fragen ließ er unbeantwortet. Er verharrte reglos, den Blick ins Unbestimmte gerichtet. Ich war beunruhigt; aber dann erinnerte ich mich, daß dies seine alte Gewohnheit war, tage- und nächtelang so versunken dazustehen.

Sicher näherten sich jetzt seine Gedanken dem tragischen Ende von Perikles. Hoffentlich blieb er nicht so stehen bis zum Morgen. Denn ich hatte mir sehr gewünscht, er würde erzählfreudig sein, wenn wir gemeinsam auf jene Geschehnisse zu sprechen kämen, die sich für Athen und auch für Sokrates als so verhängnisvoll erweisen sollten.

Breit lächelnd wandte sich Sokrates wieder mir zu.

»Einmal saß ich bei Perikles; nur Aspasia war noch da, sonst niemand. Auf meine Frage hin berichtete Perikles von seinem Kriegszug auf dem Pontos Euxeinos. Plötzlich warf sich unter herzzerbrechendem Weinen ein etwa fünfzehnjähriger Knabe ihm zu Füßen. Sein Gesicht war vom Weinen verquollen, die Augen gerötet, die Tränen hatten seinen Chiton ganz durchnäßt. Perikles unterbrach seine Erzählung und fragte den Jungen besorgt, was denn geschehen sei. Aber der Junge heulte und schluchzte, als stünde er in brennenden Flammen.«

»Und wer war dieser Junge?« fragte ich ungeduldig.

»Alkibiades. Der, von dem du eben sprachst.«

»Perikles' Neffe und die große Hoffnung des Geschlechts der Alkmaioniden«, sagte ich.

Sokrates lobte meine Bemerkung mit einem Kopfnicken und berichtete weiter, wie Perikles und Aspasia den Jungen aufgeregt mit Fragen bestürmten, was ihm denn geschehen sei, während dieser schrie, jammerte, wütend mit den Füßen stampfte und nicht zu beruhigen war. Nun wandte sich auch Sokrates dem Knaben zu. Er fragte ihn, ob er wisse, daß die Sophrosyne eine der besten Tugenden eines Mannes sei. Alkibiades fuhr ihn an: »Natürlich weiß ich das. Du willst, daß ich nicht mehr weine. Aber wenn es doch solch ein liebes, schönes ist. Ich gehe zu ihm, streichle ihm den Hals, küsse es – aber es läßt den Kopf hängen, richtet nur traurig die Augen auf mich.«

»Aspasia merkte, daß es um Alkibiades' geliebtes Fohlen ging. ›Vielleicht ist dein Onyx krank?‹ fragte sie voller Mitgefühl.

›Ja, krank ist er, krank‹, schluchzte der Knabe.

›Das ist ja schlimm, mein Junge.‹ Aspasia breitete die Arme aus, um Alkibiades zu trösten. Doch er wich ihr aus und begann noch verzweifelter zu weinen.

Ich nahm seine Hand und hielt sie so fest, daß er sie mir nicht entziehen konnte. ›Denkst du vielleicht, dein Fohlen wird durch dein Weinen gesund?‹ Wütend blickte er mich an, doch er hörte mir zu. ›Ich hatte einst ein Eselchen sehr lieb‹, fuhr ich also fort, ›Perkon hieß es. Als es einmal erkrankte, habe ich es selbst geheilt. Ich werde versuchen, auch dein Fohlen wieder gesund zu machen. Möchtest du das?‹

Bei früheren Begegnungen in Perikles' Haus hatte Alkibiades nicht die geringste Notiz von mir genommen. Jetzt aber beruhigte er sich augenblicks. Nun, da er aufgehört hatte zu weinen, konnte man sehen, welch bildschöner Knabe er war. Kein Fleckchen an ihm, das diese ungewöhnliche Schönheit geschmälert hätte. Dichtes lockiges Haar umrahmte das liebliche Antlitz, die Augen waren klar wie Sterne, und sein Körper war wie eine Pappel gewachsen. Selbst in unserem Lande, wo es viele schöne Knaben gab, war er eine Augenweide.

Aufmerksam betrachtete er mich von meiner Glatze bis zu den bloßen Füßen. Plötzlich begannen seine Augen zu leuchten, und er stürzte vor mir nieder. Er umarmte meine Knie und schrie: ›Ja du, Sokrates, du rettest meinen Onyx ganz gewiß! Komm! Komm schnell, ich führe dich zu ihm!‹

›Warte noch einen Augenblick, ich muß dich erst etwas fragen.‹

›Frage nur, frage nur schnell!‹

›Wer füttert deinen Onyx?‹

›Der Sklave Durta, ein Thraker. Er hat das Fohlen gern.‹

›Kein anderer?‹

Er wurde verlegen. ›Manchmal auch ich. Gestern abend habe ich ihm ...‹

›Nun, was hast du ihm gebracht?‹

›Nußfladen in süßem Wein. Die schmecken ihm. Und wieviel er davon gefressen hat!‹

Ich lachte. ›Das reicht, ich weiß genug. Hab keine Angst, er wird nicht sterben. Wenn ich wieder daheim bin, wird Perikles so lieb sein und mir einen Sklaven schicken, dem ich verschiedene Gewürze mitgeben werde.‹ Ich wandte mich an Aspasia: ›Eine Prise davon in einen Kessel kochendes Wasser, ziehen lassen und in das Gefäß gießen, aus dem das Fohlen trinkt.‹Dem Jungen sagte ich: ›Dreimal täglich und drei Tage hintereinander. An diesen drei Tagen darf er nichts zu fressen bekommen, und er wird wieder gesund sein!‹«

Sokrates lächelte still vor sich hin in Erinnerung an diese Geschichte, und im Geiste sah ich, wie zu Füßen des Silen verzückt ein schöner, verwöhnter Knabe kniet, launenhaft und exzentrisch, Sokrates' Knie umarmt und küßt. Ich spürte, wie sich die beiden zueinander hingezogen fühlen, trotz aller Gegensätzlichkeit, die – sieht man vom Zauber der Sprache ab – zwischen ihnen besteht, und ich sah, wie eine seltsam schöne Freundschaft aufkeimt, die alle Schicksalsschläge überdauert.

Ich verstand, was in diesem Augenblick geschehen war. Aufmerksam hatte Perikles die beiden beobachtet, besonders Alkibiades' plötzlichen Gefühlsausbruch. Er fühlte sofort, daß hier eine Zuneigung entstanden war, die tiefere Wurzeln hatte als nur Sokrates' Sorge um Alkibiades' Fohlen. Perikles vergegenwärtigte sich, wie hoch Anaxagoras Sokrates schätzte, wie sehr ihn das Athener Volk verehrte und liebte, und er sah, daß Sokrates Eigenschaften besaß, deren Alkibiades entbehrte: Bescheidenheit, Mäßigung, Ausdauer. Er sagte sich, daß Sokrates mit seiner Ausgeglichenheit vielleicht als einziger den Knaben bändigen könne.

Sokrates lächelte, als er sagte: »Plötzlich wandte sich Perikles mir zu: ›Teurer Sokrates, würdest du Alkibiades erziehen?‹ Ich zuckte zusammen und antwortete: ›Ich ihn erziehen? Wie könnte ich es wagen? Ich weiß doch, daß ich selbst nichts weiß. Aber vielleicht Anaxagoras ...‹

›Er ist alt, und der Knabe würde ihn ermüden. Du meinst also, du weißt nichts? Das ist nur Bescheidenheit. Aber ich komme dir entgegen und schlage dir etwas anderes vor: Willst du sein Freund sein?‹ Ohne Zögern antwortete ich: ›Sehr gern.‹ – ›O ja!‹ Der Knabe flog auf mich zu und umarmte mich stürmisch. ›Ich möchte es auch!‹ Und tatsächlich war von dieser Zeit an Alkibiades immer um mich, lud mich zu sich ein, wir speisten zusammen, unterhielten uns; er wollte keinen Schritt mehr ohne mich tun. ›Wenn du bei mir bist‹, sagte er, ›bin ich gut. Wenn nicht, so packen mich gleich die bösen Dämonen.‹«

Sokrates lächelte in die Ferne, über Jahrhunderte hinweg. Sicher sah er vor seinem inneren Auge jenen Tag vor sich, an dem er, der sich danach sehnte, den menschlichen Geist auf eine immer höhere Stufe zu heben, dieses schöne und übermütige Menschenkind für sich gewann.

Sokrates fuhr fort: »Je älter Alkibiades wurde, desto mehr bezauberte er jeden mit seiner Erscheinung, seinen verrückten Einfällen. Viele Männer und Jünglinge wünschten sich, zu seinen Auserwählten zu gehören. Sie liefen ihm nach, schmeichelten ihm, bekundeten ihm ihre Liebe. Es fanden sich aber auch solche, die ihm zuflüsterten, er werde an Ruhm und Größe selbst Perikles übertreffen. Doch er wies alle ab, gestattete niemandem, ihn zu küssen oder auch nur zu berühren. Selbst Anytos, einen wohlhabenden Weißgerber, der Jahre später an der Spitze der Gemeinde stand, stieß er zurück.

Mich aber wollte Alkibiades ständig um sich haben. Bereitwillig ließ er zu, daß ich seine Vorzüge weder hervorhob noch pries, sondern stets gegen seine Untugenden ankämpfte. Er sagte zu mir: ›Du, mein geliebter Sokrates, tust das Beste für mich. Geduldig kämmst du mir all meine Untugenden aus wie einem Hund die Flöhe. Also wundere dich nicht, wenn ich dir hinterherlaufe und stillhalte. Diese Flöhe beißen mich nämlich schrecklich.‹«

Sokrates lachte, als er sich daran erinnerte. »Und ich hatte einen Kamm mit sehr engen Zinken.«

»Man sagt von dir, dein Umgang mit Alkibiades sei ein Teil seines Ruhmes gewesen«, bemerkte ich.

Sokrates' Miene verfinsterte sich. »Ich beurteile nicht gern eine Sache von nur einer Seite aus. Alkibiades wiederum hat durch seine Herkunft aus dem altehrwürdigen Alkmaionidengeschlecht, durch seine mitreißende Spontaneität und Eigenwilligkeit auch zu meinem Ruhm beigetragen.«

Sein Gesicht hellte sich wieder auf. Augenscheinlich belächelte er sich selbst. »Was glaubst du! Ich war in den Augen der Athener nicht weniger wunderlich als er. Ein barfüßiger Bärtiger, der nichts anderes trug als einen leinenen Chiton und ein braunes Himation darüber, der so wenige Bedürfnisse hatte, daß nicht einmal ein Bettler mit ihm getauscht hätte, der Gutes und Schönes für jeden wollte, für das einfache Volk vom Markt bis zu den reichen Söhnchen aus den Adelsgeschlechtern, denen es nach dem Rang des ersten Strategen gelüstete. Ich will aufrichtig zu dir sein, Fremder, genauso, wie ich es meinen Freunden gegenüber zu sein pflegte.«

»Ich bitte dich darum.«

»Nun, dann höre! Alkibiades' Anhänglichkeit, die sich bald in ergebene Liebe verwandelte, war mir in dieser Zeit eine Ehre und große Freude. Aber seine abgewiesenen Bewunderer, die so verliebt in ihn waren, daß sie fast den Verstand verloren, haßten mich für seine Liebe bis auf den Tod.«

»Dieser Anytos hat dich, teurer Sokrates, sicher bis an sein Lebensende gehaßt«, warf ich ein.

»Bis an das meine und das seine«, ergänzte Sokrates. »Aber daran will ich jetzt nicht denken.«

»Bleib doch bei Alkibiades, mein verehrter Gast. Erzähl weiter von der Zuneigung zweier so unterschiedlicher und für die Athener doch so anziehender und in ihrer Bedeutung herausragender Menschen.«

Und Sokrates sprach weiter: »Sophrosyne? Nein, Mißerfolg über Mißerfolg. Ich hielt sie nie ein, selbst wenn ich es wollte. Und so war es auch mit seiner Zuneigung zu mir. Während des unseligen Feldzuges gegen Poteidaia mußte ich mit ihm in einem Zelt schlafen und ihm im Kampf zur Seite stehen. So mancher wunderte sich, daß er nicht einen Freund vornehmer Herkunft gewählt hatte. Doch es zeigte sich, daß Alkibiades nicht schlecht gewählt hatte. Als wir im Kampf mit dem Feind Schulter an Schulter standen, schlug sich Alkibiades wie besessen, bis er verwundet zu Boden sank.« Hastig sprach Sokrates weiter: »Ich sprang schützend vor ihn und kämpfte mit den Feinden, die in der Übermacht waren, daß die Schwerter nur so klirrten.«

»Man berichtet von dir, daß du ihn aus dieser Schlacht glücklich heraustragen konntest.«

»Sollte ich ihn vielleicht in diesem Getümmel zurücklassen, damit sie ihn erschlugen?« fragte er mit strenger Stimme.

»Und auf den Siegeskranz für Tapferkeit, der dir zustand, sollst du zu seinen Gunsten verzichtet haben«, wollte ich von Sokrates bestätigt wissen.

»Warum hätte ich das nicht tun sollen?« Er wunderte sich ein wenig über meine Frage. »Mir hätte dieser Siegeskranz nichts genützt. Was sollte ich mit ihm? Ihn dagegen, den ich für Athen zu einem zweiten Perikles erzog, ihn kleidete der Lorbeerkranz nicht nur besser, er war auch Verpflichtung für ihn.« Sokrates verstummte.

Ich sah ihn an. Er war bleich geworden, die Stirn lag in Falten, er wirkte in sich zusammengesunken. Besorgt sprang ich auf. »Fühlst du dich nicht wohl?«

»Nein, nein. Ich muß mich nur wundern, wenn ich an manches zurückdenke. Warum mußte ich für jede gute Tat stets so hart bezahlen, schon als junger Mann, und auch später noch, bis ins hohe Alter hinein. Ist das immer so, oder waren nur die Athener so undankbar?«

»Ich glaube, nicht nur sie«, sagte ich. Er fragte jedoch nicht nach Einzelheiten, sondern blieb bei den Athenern, und als hätte ich ihm widersprochen, rief er leidenschaftlich aus: »Wie konnte ich denn damals ahnen, wen ich da mit dem jungen Alkibiades für Athen und mich selbst aus der Schlacht heraustrug? Wie denn? Wie denn? Ach, du mein neuer Freund, von unseren Vorfahren und Göttern erzählt man sich Geschichten voller Wunder, aber wir waren damals im ›Goldenen Zeitalter‹ des Perikles, und bald nach ihm erlebten auch wir Geschichten voller Wunder.«

Plötzlich wurde Sokrates unruhig und stand auf.

»Mir scheint, es ist reichlich spät geworden.«

Ich sah auf die Uhr. »Ja, es ist bald Morgen.«

»Ich muß die Sonne begrüßen gehen«, sagte er, nickte mir freundlich zu und entfernte sich.

II

1

DAS »GOLDENE ZEITALTER« DES PERIKLES rief rings um Athen Neid, Eifersucht, Feindschaft und Empörung hervor.

Wer von den Verbündeten den Parthenon betrat und dort Pheidias' wundervolle Athene aus Gold, Elfenbein und Edelsteinen erblickte, dem verschlug es den Atem, und er fragte sich voller Neid: Warum haben wir nicht auch einen solchen Parthenon, eine solche Göttin, golden von Kopf bis Fuß? Wir wollen auch so ein Weltwunder haben!

Woher nimmt denn Perikles all das Geld für diese Pracht? Von uns! Aus der Gemeinschaftskasse! Aber die Rechnungen legt er uns nicht vor. Athen bürge uns dafür? Pah! Es geht derzeit gegen niemanden, es ist Frieden. Die Perser vermögen nichts mehr gegen uns auszurichten, und mit den Spartanern haben wir einen Friedensvertrag auf dreißig Jahre. Außerdem wird geflüstert, daß Perikles ihnen jedes Jahr zehn Talanton Silber schickt, um diesen Frieden noch zu festigen.

Sicher ist es ein wundervoller Anblick, wenn von Peiraieus die Athener Flotte ausläuft. An die hundert herrliche Trieren mit Segeln, die sich mehr vor Stolz als vor dem Winde blähen. Aber brauchen wir sie denn? Sie sollen uns nur Angst einflößen und jeden Versuch, uns der Herrschaft Athens zu entziehen, hart bestrafen. Noch gut erinnern wir uns, was Perikles tat, als Thasos sich gegen ihn empörte.

Athen würde Hellas im ganzen Lande repräsentieren? Was nützt uns das? Mehr Schatten, in den wir uns ducken müssen, während Athen sich an der Sonne rekelt!

Solche Gedanken bewegten die Verbündeten Athens, und so waren ihre Reden.

Doch niemand dachte auch nur daran, daß noch soviel Geld nicht solche Schönheit hervorzubringen vermöchte, wenn nicht über allem menschlicher Geist, menschliches Schöpfertum und leidenschaftliche Liebe zu Athen stünden. Auch daß es jeden, der sich in etwas hervortat, aus allen dem Bunde angehörenden Staaten nach der Stadt zog, war für die Neider wenig Grund zur Freude.

Es war unmöglich, diesen Strom aufzuhalten. Er trieb heran, von einem gewonnenen Kampf um ein Bauwerk, eine Statue, ein Gemälde zum nächsten. Aus jeder Arbeit erwuchs neue, ein vollendetes Bauwerk rief schon nach dem folgenden. Die Pracht der Akropolis duldete rings um den Parthenon keine Ruinen.

Schon brachten es auch andere Städte in Attika zu Ansehen; der Neid und die Mißgunst der Stadtstaaten des Attischen Bundes wurden zu einem zweiten Strom, der nicht mehr aufzuhalten war. Perikles ging bereits auf die Siebzig zu. Er sah nicht mehr gut, was um ihn vorging, hörte kaum, was ringsum gesprochen wurde. Er verknöcherte, verkalkte. Zu spät begriff er, daß auch er vom Strom des Aufschwungs mitgerissen worden war, daß er Athen und den Athenern stets mehr aus der gemeinsamen Kasse gegeben hatte, als ihnen rechtens zukam.

Unzufriedenheit und da und dort aufflackernde Erhebungen unterdrückte er mit Gewalt. Noch blühte der Handel, stolz hatte sich die Seefahrt entwickelt, und Athen selbst wurde immer schöner. Aus welchem Grunde sollte er sich beunruhigen? Tat er nicht alles zum Wohle Athens? Waren die Athener nicht die stärkste Macht? Da sollte Perikles sich vor nichtigen Bekundungen des Unwillens der Verbündeten fürchten?

Der Zwist des aristokratischen Sparta mit der Athener Demokratie währte ja schon Jahre. Perikles hatte sich daran gewöhnt – um so leichter, als die Athener Demokratie den ständigen Aufschwung des Landes unterstützte, während Sparta ins Hintertreffen geriet, abgesehen davon, daß jeder Spartaner schon von Kindheit an zielstrebig und hart zum Soldaten erzogen wurde.

Sollen sie doch losschlagen! Unsere Kriegsflotte wird all

ihre Häfen erstürmen, und unsere Gepanzerten werden zum Angriff aus den Schiffen hervorstürzen.

Perikles' Träume waren Wirklichkeit geworden; doch diese Wirklichkeit gebar immer neue, hochfliegendere Träume.

Aber Athens Feinde, die Feinde des Perikles, der Demokratie und ihrer Erfolge hatten erkundet, daß die Zeit zum Angriff günstig sei, und sie griffen an.

Doch wozu gleich einen Krieg beginnen? Der läuft uns nicht weg. Zuerst werden wir Athen von innen heraus zersetzen...

Spartas Aristokraten festigten die Verbindung zu den anderen Aristokraten und Oligarchen des Attischen Seebundes. Sie stifteten seine Mitglieder an, auf Selbstbestimmung zu drängen. Besser wäre es, sich nicht dem demokratischen Athen unterzuordnen und die eigene Aristokratie an die Macht zu bringen.

Selbst in Athen fanden die Spartaner unter den Oligarchen und deren Lakaien Verbündete. Sogar ein Teil der Ekklesia begann zu schwanken. Weil es vorläufig unmöglich war, Perikles offen anzugreifen, und noch weniger die Demokratie selbst, machten sie sich über den geblendeten Teil der Ekklesia an seine engsten Vertrauten heran.

Perikles ist alt und schwach. Wenn er seine engsten Freunde verliert, wird auch er leichter zu stürzen sein. Gedacht – getan.

Sie bezichtigten Aspasia der Kuppelei und der Gottlosigkeit. Sie beschuldigten Pheidias, Gold gestohlen zu haben, das für die Statuen aus Elfenbein, Alabaster und Gold bestimmt war. Anaxagoras klagten sie an, weil er in seinen Schriften die Existenz der Götter verleugnet und damit die Gottlosigkeit in ganz Athen, ganz Attika, ja in ganz Hellas verbreitet habe.

Eine Wunde kam zur anderen.

Am schlimmsten erging es Anaxagoras. Hatte es sich bisher nur um Schwätzer, Gerüchtemacher, falsche und gekaufte Zeugen gehandelt – jetzt hingegen lagen seine Schriften als handfester Beweis vor.

Es war Nacht. Derb schlug der Klopfer gegen das Tor.

Sokrates lief aus dem Haus, sprang auf einen Stein, um von dort aus über die Mauer zu blicken. Draußen stand ein Sklave des Perikles und flüsterte: »Du sollst dich auf eine längere Reise vorbereiten und schnellstens zu Perikles kommen.«

Perikles wartete bereits auf Sokrates. Er führte ihn in Anaxagoras' Gemach, wo dieser auf einem Stuhl saß, in einen langen Reisemantel gehüllt, neben ihm Aspasia im flackernden Licht der Lämpchen. Alkibiades stand hinter dem Philosophen. Perikles wandte sich Sokrates zu und sagte seufzend: »Unser teurer Anaxagoras wurde heute des Verbrechens der Gottlosigkeit angeklagt. Wieviel Worte und Tränen besaß ich, um Aspasia zu verteidigen. Diesmal redete ich vergebens. Morgen soll Anaxagoras durch die Heliaia verurteilt werden. Er muß sofort fliehen. Ich wollte dich bitten ...«

Sokrates ließ ihn nicht ausreden. »Ich bringe Anaxagoras an Bord.«

»Danke. Alkibiades wird euch begleiten.«

»Gut«, sagte Sokrates, »brechen wir auf.«

Sie verabschiedeten sich voneinander. Anaxagoras wurde auf einen Esel gesetzt, ein Sklave nahm die Zügel. Alkibiades trug die Fackel. Die Flucht begann.

Aus der Stadt hinauszugelangen war nicht einfach. Der Wächter am Tor hielt sie an, zwei weitere traten hinzu. Alkibiades erklärte ihnen, daß er seinen kranken Großvater aufs Land bringe. Sokrates sagte, er begleite sie, damit ihnen auf dem Wege nichts Böses zustoße. Alkibiades gab den Wächtern das Schließgeld und dazu noch eine wertvolle Amphora mit Wein. Sie zeigten sich darüber erfreut; trotzdem ging einer von ihnen um Anaxagoras herum, der mit einigen Schriftrollen, die eine Decke verhüllte, auf einer Truhe saß. Wenn sie diese Rollen erblickt hätten, würden sie erkannt haben, um wen es sich hier handelt. Es wäre ein Beweis für Anaxagoras' Flucht gewesen, und er hätte sich damit selbst schuldig gesprochen. Sokrates verließ sich auf seine Berühmtheit und Beliebtheit beim Volk: Er trat ins Licht der Fackel und sagte: »Beim Höllenhund! Erkennt ihr mich denn nicht, Kämpfer von Athen?«

»Das ist ja Sokrates«, rief derjenige, der die Befehlsgewalt hatte. »Ihr könnt weiterreisen, Ehrwürdiger!«

»Wenn ihr diesen Chioser auf unsere Gesundheit trinken werdet«, rief Alkibiades in der Sprache der Marktleute, »dann wünscht diesem Alterchen da, daß er gut ankommen möge. Er ist solch ein lieber und gottesfürchtiger Mensch. Sobald er auf sein Gütchen zurückgekehrt ist, wird er für euch allen zwölf Hauptgöttern einen ganzen Ochsen opfern.«

Und lachend durchschritt er das Diocharos-Tor. Die Soldaten ließen sie ziehen, gleich wohin, tranken den ungemischten Wein, und ihr Grölen tönte noch lange durch die Finsternis.

In Brauron brachten sie Anaxagoras und seine Schriftrollen mit einem Kahn an Bord eines Schiffes, das zum Auslaufen bereitlag. Sie sahen ihm nach, bis es vom Morgennebel verschluckt worden war.

Als der Flüchtling nach kurzer Zeit in Lampsakos starb, setzte man ihm eine Grabplatte, die die Aufschrift trug: »Hier ruht der große Anaxagoras, den sein Geist zu den höchsten Wahrheiten trug.«

In kluger Voraussicht kehrten sie durch ein anderes Tor, das Sunion-Tor, nach Athen zurück. Die ganze Stadt war auf den Beinen. Alles eilte zur Agora.

Auf dem großen, gepflasterten Platz war ein Holzstoß aufgeschichtet worden, um den schwerbewaffnete Skythen standen. Sklaven brachten zwei Arme voller Papierrollen und legten sie auf den Scheiterhaufen.

»Was geht hier vor, Bürger?« fragten sie die Herumstehenden.

»Das sind Anaxagoras' Schriften über die Götter«, erhielten sie zur Antwort. »Anaxagoras selbst ist ihnen entkommen, aber seine Schriften werden hier öffentlich verbrannt.«

Kalte Schauer liefen Sokrates und auch Alkibiades über den Rücken, als die Flammen emporschlugen und stickiger Rauch sich über die Agora wälzte. So also wollen sie seine Gedanken vernichten, seinen Geist verbrennen!

Wider seinen Willen entschlüpfte Sokrates ein Wort, das

ein Hellene nur für fremde und wenig gebildete Völker anwendete: »Haltet ein, ihr Barbaren!«

Die Wache entdeckte den, der dies geschrien hatte, nicht.

Kurze Zeit blieb alles still; nur das Prasseln des Feuers, das Anaxagoras vernichten sollte, war überall deutlich zu hören.

In diesem Augenblick sah der Optimist Sokrates zum erstenmal die Zukunft Athens von düsteren Wolken umschattet.

2

In den hellen Nächten, wenn nur Wächter und Betrunkene durch Athens Straßen irren, in den warmen Nächten, wenn die Menschen auf den flachen Dächern schlafen, damit sie wenigstens die Meeresbrise etwas erfrischt, in den schwülen Nächten, wenn Wolken vom Peloponnes her aufziehen, in den schwarzen Nächten, in denen Mond und Sterne die Erde vergessen und nur das Feuer vor dem Parthenon Licht gibt, sitzt Perikles allein im Peristyl seines Hauses.

Aspasia ist schlafen gegangen, und auf Perikles fällt bedrückende Einsamkeit. Wie Ratten aus ihren Löchern kriechen die Feinde, nicht zu erkennen hinter den herabgelassenen Visieren der Helme, und greifen an.

»Warum greift man mich so an?« fragte er einmal Sokrates.

»Wer seine Gegner überrundet, ist immer unbeliebt, mein teurer Perikles«, erwiderte Sokrates.

»Was ich ein Leben lang für unsere Stadt tat – ist das eine Schuld?«

»Schuld ist es auch, mehr zu wissen als die anderen, geschweige denn mehr zu tun.«

»So sind die Maßstäbe, Sokrates?«

»Ja, so klein sind wir immer noch, mein Perikles.«

Perikles konnte sich nicht damit abfinden, Anaxagoras verloren zu haben, und nicht mit den Schmähungen und Herabsetzungen Aspasias, die mit üblen, an Mauern geschriebenen Worten und in Komödienversen als ehemalige

Hetäre aus Milet gebrandmarkt wurde, die auch heute noch Kuppelei betreibe und Perikles' Freunden bei den Gastmählern junge Mädchen zuführe. Auch daß Pheidias ihn fälschlich des Diebstahls bezichtigt hatte, schmerzte ihn tief.

Er dachte an seine politischen Widersacher: Ich weiß, was ihr wollt. Ich durchschaue euch, ihr Schändlichen. Zuerst möchtet ihr den starken Schutzwall meiner Freunde brechen und dann, im Bündnis mit Sparta, die steinernen Wälle Athens.

Bei diesen unfreundlichen Gedanken sah Perikles immer öfter das Gesicht eines Führers der demokratischen Partei vor sich, des reichen Weißgerbers Kleon, dem sich das Volk mehr und mehr zuneigte. Athen brauche jetzt keinen gealterten, ausgezeichneten Strategen, sagten sie, sondern einen noch jungen, und das sei Kleon. All das wußte Perikles durch seine Freunde.

Der alt gewordene Perikles warf sich das Himation über. Er erbebte, als höre er das Flügelrauschen der Erinnyen. Wollten sie eine uralte, nicht von ihm bewirkte Schuld rächen?

Diese düsteren Augenblicke raubten ihm aber keineswegs seinen Eroberungsdrang; sie weckten ihn im Gegenteil. Ehrgeiz und Ruhmsucht gossen dazu Öl ins Feuer.

Perikles stärkte die militärische Macht Athens und erweiterte seinen Einfluß. Er unterwarf weitere hellenische Städte und gründete Kolonien, in denen er das demokratische Regime einführte. Hart und gnadenlos rechnete er mit den Aristokraten ab.

Mit Besorgnis verfolgte Sokrates Perikles' Pläne und Sparta seine Taten. Zwei Mächte – Griechen da wie dort. Und trotzdem unversöhnliche Feinde, denn in Athen herrschten die Demokraten und in Sparta zwei Könige, die den Thron auf Grund der Erbfolge zweier Geschlechter bestiegen hatten.

Den Haß und Groll der Spartaner konnten auch nicht mehr die vielen Talanta besänftigen, die Perikles heimlich Jahr für Jahr nach Sparta schickte, um dessen Angriff hinauszuzögern.

Die Spartaner, unterstützt von den aufgehetzten Oligarchen des Attischen Seebundes, drohten mit Krieg.

In der Volksversammlung gärte es. Die Abneigung gegen einen Krieg überwog. Doch Perikles glaubte an Athens Stärke.

»Hält Sparta eine so wohlgefüllte Kasse in Händen wie wir? Ist Sparta die Großmacht am Meer oder wir? Beherrscht Sparta alle großen Handelshäfen der Welt oder wir?«

Aber es gab auch leise Einwände seiner Freunde: Hat Sparta ein so ungeschütztes, leicht zugängliches und verwundbares Hinterland wie wir? Doch das wollte Perikles nicht hören. In seinem Hochmut begrüßte er den Funken, der die Flamme des Krieges emporschlagen ließ.

Kurz war die Freude Athens über seinen gewachsenen Einfluß. Die Korinther stachelten Sparta an, gegen das räuberische Athen vorzugehen. Sparta drohte Perikles mit Krieg, bot aber gleichzeitig Frieden an. Dazu stellte es zwei Bedingungen. Erstens sollten alle Alkmaioniden aus Athen verbannt werden, Perikles nicht ausgenommen, denn dieses verfluchte Geschlecht stürze ganz Hellas ins Unglück. Zweitens sollten die Athener allen Mitgliedern des Seebundes die Selbständigkeit und Freiheit zurückgeben.

Die vieltausendköpfige Menschenmenge in der Ekklesia an der Pnyx brach in homerisches Gelächter aus. Und die Akropolis mit all ihren Schätzen als Geschenk für dieses liebenswürdige Angebot wollten die Spartaner nicht?

Aber nicht die gesamte Ekklesia lachte. Nicht zum Lachen zumute war den Vertretern der attischen Bauern, die sich nach Frieden sehnten, und auch zahlreiche Athener Bürger lachten nicht, denn die Härte der beiden Bedingungen hatte ihnen Angst eingejagt.

Wieder war es finstere Nacht, heiß und zum Ersticken drückend. Perikles rief Aspasia, drückte sie bebend an sich und erschreckte sie mit Worten, die Ausdruck seiner Beklemmung waren: »›Du schadest Athen mehr, Perikles, als du ihm nützt!‹ Diese Schmähung habe ich auf einer Mauer gelesen, als ich wie gewöhnlich zu Fuß von der Ekklesia nach Hause ging.«

Wird die Ekklesia auf Spartas Bedingungen eingehen? Wird man ihn aus dem Lande weisen? Wird man zulassen, daß der Attische Seebund aufgelöst und damit die Demokratie bis zur Vernichtung geschwächt wird?

In der Ekklesia brodelte es wie Lava in einem Krater; doch schließlich lehnte sie die unverschämten Bedingungen Spartas ab.

Die Antwort darauf kam wie ein Blitz: Sparta erklärte den Krieg.

Die Athener Flotte lief aus, belagerte die peloponnesischen Häfen und schüttete sie mit Steinen zu. Spartas König Archidamos drang mit seinen Schwergepanzerten zweimal in Attika ein. Er ließ die Obstgärten und den Stolz Athens, die riesigen Olivenhaine, abholzen, die ländlichen Siedlungen und Bauernhöfe plündern und niederbrennen.

Die Bauern mit ihren Sklaven flohen vor den Räubern, dem Brennen und Morden hinter die Mauern Athens. Diese Mauern schützten sie zwar vor Lanzen, Schwertern und Feuer, aber in Athen und Peiraieus, vollgepfropft mit Landvolk – wie konntest du das nur zulassen, Athena, du Beschützerin dieser Stadt! –, schlich sich ein neuer Feind ein, gegen den Mauern, Befestigungen und Waffen nichts ausrichteten – die Pest, die schwarze Pest!

Athen glich einem aufgescheuchten Ameisenhaufen. Tag und Nacht ein Hin und Her; Menschen fielen um, wanden sich vor Schmerz, stöhnten und schrien.

Die Athener Flotte mußte sich aus Chalkidike zurückziehen, denn auch unter den Seeleuten war die Pest ausgebrochen. Nur vor Poteidaia verblieb ein Landheer. Sokrates geleitete den verwundeten Alkibiades nach Athen.

Nachdem Sokrates ihn in sein Haus gebracht hatte, lenkte er seine Schritte heimwärts. Das Tor war offen, auf dem Hofe saßen und standen einige ihm unbekannte Menschen. Schweigend, mit unfreundlicher Miene starrten sie den Eindringling an, ohne seinen Gruß zu erwidern. Er betrat sein Häuschen. Es war voll fremder Menschen.

»Was willst du hier?« fragte ihn ein verwachsener, abgezehrter Mann schroff. Sokrates lachte auf. »Und was wollt ihr hier, Verehrteste? Dies ist mein Zuhause.«

»Sokrates?« fragte der Unbekannte eine Spur freundlicher. »Man hat uns von dir erzählt. Wir haben kein Dach mehr über dem Kopf.«

Das war weder eine Bitte noch eine Herausforderung – es war ein Stück Leidensweg. Sokrates betrachtete die Schar; es mochten zwei Familien mit Kindern und Verwandten sein. Er sah sich im Hause um.

»Räumt das Obergeschoß. Dort werde ich wohnen, alles andere überlasse ich euch.« Sie dankten ihm demütig und verneigten sich vor ihm. »Ist jemand von euch krank?«

»Bis jetzt niemand.«

»Und was ist mit denen auf dem Hof?«

»Sie hausen im Schuppen und im Keller, Sokrates. Sie sind es zufrieden.«

Sie sind es zufrieden, wiederholte Sokrates für sich, und ihm schauderte. Oben legte er seine Ausrüstung ab und nahm den alten Chiton und das Himation, die er an ihrem Platz fand. Sieh an, man hatte sie nicht gestohlen, noch nicht gestohlen.

Sokrates ging durch seine Stadt. Unter der leuchtenden, blendendweißen Pracht der Akropolis lag Athen da wie verwesendes Fleisch, auf dem Käfer herumkrochen. Wohin ihn seine Schritte auch führten, überall lagerten geflüchtete Familien mit ihren Kindern: in Tempeln, Stoas, auf Treppen, zwischen den Standbildern der Moiren, auf Müllhaufen – überall. Viele waren bereits von der Pest gezeichnet, im Fieber phantasierend, rauften sie rings um die Becken der Kallirhoe um eine Schüssel Wasser. Kranke wälzten sich zu deren Füßen, so konnten sie wenigstens die feuchten Steine belecken. Das Pflaster der weißen Stadt war bedeckt von schwärzlichen Leichen. Nur wenige Menschen holten sie weg und verbrannten sie, denn die meisten waren von der heillosen Angst gepackt, sich anzustecken und selbst eine schwarze Leiche zu werden. Die Wärme ließ die Leichname schnell faulen. Der Gestank, der aus allen Ecken hervordrang, erstickte den Duft der Lorbeerbäume und der Zypressen.

Die Todesangst rief in Gesunden und Kranken heftiges Verlangen nach dem Leben, leidenschaftliche Begier nach einer letzten Sinneslust hervor, die man sich, wo auch immer, verschaffte.

Die Nacht war voller Sternengefunkel. Sokrates stand in Nachdenken versunken da. Er beobachtete, wie Staatssklaven, Mund und Nase verhüllt, aus dem Hause eines Reichen Leichname heraustrugen, wie dort Menschen lauerten und nur darauf warteten, daß es leer wurde. Als letzten trug man einen Toten unter einer goldbestickten Decke heraus.

Sofort drangen die ersten Plünderer ins Haus ein. Ein Schrei gellte auf: Kam er von einem Mann, einer Frau, war es Mord, Vergewaltigung, noch jemand, der starb? Dann trat Ruhe ein, und die menschlichen Hyänen, die an der Pforte lauerten, stürzten hinein, plünderten, raubten, stahlen. Ein wütendes Handgemenge um die Beute begann.

Die Wache? Wo soll es in der sterbenden Stadt noch Wachen geben? Sind nicht auch sie inzwischen Hyänen geworden?

Sokrates zu Füßen lagen schwarzbrandige Männer. Sie beteten nicht zu den Göttern, sie verfluchten Perikles, der, wie sie glaubten, dieses schreckliche Unglück über Attika und die Stadt heraufbeschworen hatte.

Ein heller Schein am Hymettos kündete den Aufgang der Sonne an. Sokrates begrüßte sie. »Sei willkommen, Wohltäterin, du Strahlende! Hilf Athen, Tausende winden sich hier in Qualen, und Thanatos fängt sie zu Haufen mit seinem Fangnetz ein. Vertreibe uns mit deinem Feuer das schwarze Unheil!«

Von allen Seiten umdrängten Perikles die Feinde. Das ganze Land lag in Fieber und Agonie, war tödlich verwundet vom plötzlichen Sprung aus dem Glück ins Elend, diesem schrecklichen Sprung vom Frieden des Lebens ins Chaos des Sterbens.

Aspasia, obwohl ungläubig, opferte heimlich am Hausaltar des Zeus. »Beherrscher des Donners, erbarme dich des Perikles. Laß nicht zu, daß auch er ein Opfer des Fluches wird, der über dem Geschlecht der Alkmaioniden liegt!«

Aspasia schlug mit der Stirn gegen die Erde und weinte.

Nach der Opferzeremonie trat sie bei Perikles ein. Sie forderte ihn auf, rechtzeitig mit ihr Athen zu verlassen und sie beide vor der Pest in Sicherheit zu bringen.

Perikles schaute sie lange schweigend an. »Nimm deine Dienerinnen und reite auf unser Gut hinaus. Ich selbst kann Athen nicht verlassen.« Noch am gleichen Tag verließ Aspasia Perikles' Haus.

Und die Pest stellte sich auf die Seite von Perikles' Feinden.

Sie raffte seine beiden Söhne und seine Schwester dahin. Als Perikles seinen zweiten Sohn begrub, hatte auch ihn die Pest ergriffen. Er stand, auf einen Stock gestützt, am Grab seines Sohnes und ließ nicht zu, daß sich auch nur einer der Trauergäste ihm näherte und sich dabei ansteckte. Mit geschlossenen Augen hörte er die Klagen der Weinenden, doch unter den Lidern quollen, zum erstenmal in seinem Leben, Tränen hervor. Nachdem man ihn auf einer Bahre von der Grabstätte nach Hause getragen hatte, sollte er sich für immer niederlegen. Unruhig warf er sich hin und her, Halluzinationen verdunkelten sein Bewußtsein. Wie von fern hörte er noch immer dieses eintönige, verzweifelte Weinen, ihm war, als weine sein eigenes Herz.

Sein Verwalter Euangelos, ein Freigelassener, der Perikles schon viele Jahre treu diente, blieb als einziger bei ihm. Vergeblich suchte er nach einem der Ärzte, die einst zu Perikles' Gästen zählten – sie hatten längst die Stadt verlassen.

So betreute er Perikles selbst. Er machte ihm kalte Brustwickel, räucherte sein Schlafgemach aus. Euangelos schlief kaum noch. In einer Ecke von Perikles' Gemach wachte er, leise sprach er mit den Göttern, betete und bot sich in seiner Ergebenheit Thanatos für Perikles an.

Die Fieberwellen ließen für eine Weile nach. Als sei verschwunden, was seinen Blick getrübt hatte, gewahrte Perikles seinen Diener Euangelos. Mühsam nur brachte er die Worte über die Lippen: »Ist hier jemand?«

»Nein, Herr, nur du und ich.«

»Warum bist du nicht mit den anderen fortgegangen, Euangelos?«

Stille.

»Nun, so sage doch, warum nicht!«

»Du hast mich aus dem Sklavendasein entlassen, hast mir die Freiheit gegeben.«

»Und du hast sie nicht genutzt.« Mühsam und tadelnd brachte es Perikles hervor. »Du bist geblieben.«

Euangelos kämpfte gegen seine Ergriffenheit an. Die Stimme seines Herrn erschien ihm wie ein dünner Atemhauch. Er flüsterte: »Ich bin gern geblieben.«

»Schau an. Es gibt also doch noch Dankbarkeit«, sagte Perikles gerührt, »die Dankbarkeit eines Freigelassenen. Und was ist mit den Athenern? Lieben mich die Massen der Kranken in der Stadt noch?«

Die Massen der Toten, dachte Euangelos; doch die kennen weder Haß noch Liebe.

»Kranke gibt es nicht mehr viele«, sagte er. »Du, der teuerste aller Menschen, bist einer der letzten. Die Pest hat die Stadt verlassen.«

Die verkrusteten, blutleeren Lippen verzogen sich zu einem schmalen Lächeln.

»Erlaube, ich möchte dir den Umschlag wechseln«, sagte Euangelos und beugte sich über das Lager.

»Nein, mein Freund. Berühre mich nicht. Und wehre der Pest nicht mehr; sie möge ihr Werk an mir beenden.«

Euangelos widersprach: »Du hast der Krankheit so lange widerstanden wie sonst niemand; halte noch ein wenig aus, und du wirst wieder gesund werden.«

»Für wen? Wofür?« Perikles' Stimme wurde schwächer, sie ermattete mehr und mehr. »Für die Athener bin ich bereits gestorben. Was ich dem Staat geben konnte, gab ich ihm. Dem lebenden Perikles hat man es nicht gedankt, er muß warten, bis er nicht mehr lebt. Hast du etwas Wasser für mich?«

Er sank in eine Bewußtlosigkeit, aus der er nicht mehr erwachen sollte.

3

»Gruß dem Phokionos und seiner Frau Leonida von seinem Onkel Leptinos aus Athen. Die Nachricht, daß Ihr gesund seid und es Euch gut geht, hat mich erfreut. Der Bote, durch den Ihr mir ein Lebenszeichen geschickt habt, hat mir all Deine Aufträge ausgerichtet. Mach Dir keine Sorgen, daß Du mir das Geld, das ich Dir vor fünf Jahren lieh, noch nicht zurückgeben konntest. Ich bin kein Wucherer, sondern Dein leiblicher Onkel, und deshalb bin ich mit den Zinsen, die Du mir in Mehl und Öl bezahlst, einverstanden.

Mit meiner Anleihe bist Du also wirtschaftlich umgegangen. Da hast Du Dich aber ranhalten müssen, um das Haus nach der Zerstörung durch die Spartaner wieder aufzurichten und die Felder und Gärten in Ordnung zu bringen, damit sie eine anständige Ernte abwerfen.

Mit dem Geld eilt es nicht. Es ist nicht das Wichtigste, was ein Handwerker nach dem Krieg braucht. Wir sind ja Schustersleute. Ich könnte gut zwanzig Gesellen gebrauchen. Ich selbst reiße keine Bäume mehr aus, aber Simon arbeitet tüchtig. Er klügelt zwar während der Arbeit immer irgend etwas aus, schreibt auch hier und da etwas auf; aber wenn er sonst gut arbeitet, weshalb sollte ich es ihm dann verbieten? Selbst bejahrte Väter wollen ihren schon vierzigjährigen Sohn noch erziehen und bearbeiten, aber bei uns ist das umgekehrt: Simon bearbeitet mich, seinen alten Vater. Er hat so ein paar Weisheiten von unserem Nachbarn Sokrates aufgeschnappt. Doch davon werde ich Dir gleich berichten.

Du würdest nicht glauben, wieviel Landleute sich noch immer in Athen aufhalten. Viele von ihnen kehren nicht mehr in ihre verwüsteten Dörfer zurück. Das ist nicht verwunderlich. Du, lieber Phokionos, bist ja weit weg von Athen, aber hier weiß niemand, was morgen geschehen wird und ob er morgen noch am Leben ist. Was, wenn Lakedaimons Hopliten wieder gegen uns losziehen? Ihre Waffen klirren nur so; was könnte schon ein armer Landmann gegen sie ausrichten? Soll er ihnen mit Oliven oder einer Herde Schafe in der Schlacht begegnen? Das würde diese Plünderer erst richtig herbeilocken, und das Blut flösse in Strömen. So sind viele Bauern und Sklaven, die schon zu Beginn des Krieges in Athen Zuflucht suchten, bis heute lieber hier geblieben. Sie leben von der Hand in den Mund, aber sie sind durch die Stadtmauern geschützt. Sie nehmen schon nicht mehr wahr, daß die Mauern sie wie ein Käfig umschließen.

Manchmal scheint mir, daß ich vielleicht ungerecht bin, wenn ich denke, daß sie hier wie Läuse herumfaulenzen und lieber vom Nichtstun verderben, weil die Landarbeit sie anstinkt. Sicherlich ist es eine schlimme Plackerei, noch einmal ganz von vorn zu beginnen, aber es würde sich für sie und viele andere auch lohnen.

Doch nun zu Sokrates. Du hast Grüße für ihn bestellt. Ich habe sie ihm ausgerichtet, und auch er läßt Euch alle grüßen. Du denkst noch immer gern daran, wie gut er zu Euch war, als Ihr damals vor den Spartanern nach Athen geflüchtet und in sein Häuschen gezogen wart.

Du hast recht, er ist im Grunde ein guter Mensch, aber er wird nun immer wunderlicher. Er vernachlässigt sich und sein Haus, läuft draußen barfuß umher, ist noch unverheiratet. Doch man munkelt in der Stadt, er schliche einer Keramikverkäuferin nach, die um vieles jünger ist als er. Er kümmert sich um jeden anderen mehr als um sich selbst. Zuerst redete er auf eine Gruppe junger Leute ein, zu der auch Simon gehört, und jetzt will er alle Athener belehren. Nun, er will ja nichts Schlechtes, aber nicht jeder mag es, wenn seine innersten Gedanken an die Öffentlichkeit gebracht werden, vor allem die unehrlichen, die man doch stets vor fremden Augen verbergen möchte. Und so wachsen Sokrates' Freunde und Feinde wie Pilze nach dem Regen.

Dein Bote hat mir berichtet, wie sehr Du Dich nach Frieden sehnst, wie Euch allen der Krieg bis zum Halse steht. Du fragst, wann er zu Ende gehen wird, weil ich hier mehr hören und mehr darüber wissen müßte. Glaube mir, lieber Neffe, Du dort bist dem Orakel von Delphoi näher; wir hier wissen überhaupt nichts über das Ende des Krieges.

Manchmal zerbreche ich mir mit Simon den Kopf darüber, wohin wir nur geraten sind. Seit Perikles' Tod scheint alles dahinzusiechen. Ich weiß, Dich interessiert mehr, wieviel Körbe Oliven Du erntest und wieviel Schafe im Jahr Du scheren kannst. Doch was ich Dir jetzt schreibe, ist die Antwort auf Deine besorgte Frage, wann endlich wieder ruhigere Zeiten kommen. Ich weiß nicht, ob Kleon sie uns bringen wird. Erinnere Dich nur, wie er sich aufführte, als Mytilene auf Lesbos sich vom Attischen Seebund zu lösen beabsichtigte. Alle Mytilener wollte er niedermetzeln und ausrotten, Aristokraten wie Demokraten. Nun, das ist nicht geschehen; aber Tausende ermordete Mytilener, zerstörte Befestigungen und Schiffe sprechen eine deutliche Sprache, nicht wahr? Vielleicht wunderst Du Dich, daß wir nach Perikles' Tode ausgerechnet Kleon wählten. Du weißt, nach der Pest kam eine schwere Zeit für uns. Wer soll uns da heraushelfen? fragten wir uns. Kleon! Du hättest ihn hören sollen, wie er im Volksparlament sprach! Es war Gebrüll und keine Rede. Aber in unserer Not waren wir alle hingerissen. Jeder gab ihm seine Stimme. Ja, und dann hat er es uns gezeigt!

Dieser Demagoge! Es war ihm zu Kopf gestiegen. Den Frieden, den uns Sparta zu einer Zeit anbot, als es sich besiegt fühlte, lehnte er ab. Er brüstete sich, er werde nicht eher aufhören, Krieg zu führen, bis Sparta vollkommen niedergeworfen und zertreten sei. Aber jetzt, da Sparta uns an den Kragen geht, wälzt er alle Schuld auf das Volk von Athen ab, es sei schwächlich und nicht kämpferisch genug. Ein schlauer Fuchs!

Jetzt rückt auch Aristophanes Kleon zu Leibe. Er hat ihn in seiner Komödie ›Die Ritter‹ derart verunglimpft, daß kein Hund von ihm je noch einen Knochen nehmen würde. Und da es seit Perikles' Tod keine Freiheit des Wortes mehr gibt, wird ihm Kleon den Kopf mitsamt seiner giftigen Zunge abschlagen lassen.

Damit Du Dir eine Vorstellung machen kannst, wie weit es dieser Aristophanes getrieben hat, schicke ich Dir zwei Ausschnitte seiner Komödie.

›... Wir beide haben einen Herrn,
heißblütig, toll, gallsüchtig, bohnenfresserisch,
Pnyxer Demos* einen alten, mürrischen,
halbtauben Gecken. Dieser hat am jüngsten Markt
sich einen Knecht, den Gerber Paphlagonias‹
(damit ist Kleon gemeint, der Weißgerber ist),
›gekauft, den Gauner, abgefeimt, voll Hinterlist.‹

Lies weiter, da wirst Du erst mit den Augen rollen.

›Liederlicher, lästerlicher
Schreier du, deiner schamlosen Wut
ist ja voll jeglich Land,
jeglicher Gemeindeplatz,
jeder Zoll, jede Schrift,
sind Gerichtshöfe voll!
Arger Schlammrührer du,
welcher in der Stadt uns hier
alles frech aufgewühlt...
Hast du nicht mit deiner Kehle ganz Athen uns taub geschrien,
spähst du nicht vom Fels nach Zöllen,
lauerst Thunenfischern gleich?‹

Das, mein lieber Phokionos, wird Dir, so denke ich, wohl genügen, um zu begreifen, daß ich Dir nicht sagen kann, wie der Krieg ausgehen wird, denn die Lage ist kompliziert. Wer kann heute schon sagen, wohin Kleon alles führen wird ...

Möge es Dir, Leonida und den Kindern gut ergehen. Möge Euch allen Demeter gewogen bleiben, möge Euch stets unser lieber Gott Pan das Haus und die Herden gut bewachen!«

4

»He, Glaukios! Glaukios! Hörst du mich?«

»Wie sollte ich nicht. Dich hört man ja bis zum Sunion, Sokrates. Ich komme schon!« Glaukios war noch immer stattlich und kräftig. »Bist du wieder mal im Lande, So-

* das Athener Volk als Person

krates? Sei gegrüßt. Ganz Gudi und vor allem dein Gütchen heißen dich willkommen.«

Das Wort »Gütchen« belachten beide ausgiebig, und freundschaftlich schlugen sie sich auf die Schultern.

»Möchtest du Milch und Fladen?«

»Nein, danke«, sagte Sokrates. »Erst wenn die Sonne über Keos stehen wird.« Sie gingen eilig den Hügel hinan zum Weinberg.

»Hier läßt es sich atmen.« Sokrates holte tief Luft. »Wir in der Stadt atmen nur Staub und den Gestank von Abwässern ein.«

»Und den üblen Geruch aus Kleons Weißgerbereien, was?«

»Beim Höllenhund, ja!« rief Sokrates verärgert. »Bis zum Ersticken.«

Sie nahmen jeder eine Gartenhacke und begannen, den Weinberg umzugraben. Sokrates war froh, daß er in Glaukios einen so tüchtigen Helfer gefunden hatte, der ihn bei der Ernte unterstützte und ihm, nun schon zusammen mit seinen Kindern, den Weinberg versorgte, Trauben und Oliven erntete und preßte. Er brachte Sokrates Olivenöl, eingelegte Oliven und gut gegorenen Wein nach Athen, teilte sich sogar mit ihm die Drachmen, die er für den Rest von Sokrates' Ernte bekam.

Sokrates ging oft nach Gudi hinaus, um im Weingarten zu arbeiten, aber auch zu seinem Vergnügen.

»Ich bin wie Antaios, mein Glaukios. Um stark zu bleiben, muß ich mich mit Händen und Füßen an Mutter Erde festhalten.«

Er nahm eine Handvoll Erde, zerkrümelte sie und ließ sie durch die Finger rieseln. »Hier freue ich mich immer meines Lebens, auch wenn es mich manchmal schlimmer sticht als eine Dornenkrone. Hier kann ich die verfallenden Sitten in Athen vergessen. Mit der Hacke in der Hand erfreue ich mich an der Morgensonne, wogegen die Straßen Athens voller Schatten sind. Hier sitze ich nach getaner Arbeit mit dir und deinen Sprößlingen bei einem Krug Wein – das bringt mein Blut in Wallung, alle dunklen Gedanken bläst der Wind, der von den Bergen kommt, fort, und auf einmal bin ich wieder der alte Lichtsucher, der schon mit einem lachenden Mäulchen zur Welt kam.«

Als Glaukios der Jüngere das Eselchen eingespannt hatte, um den Freund seines Vaters mit einigen Schläuchen gegorenen Weines und eingelegten Oliven nach Athen zurückzubringen, schritt Sokrates heiter neben dem Wägelchen einher und sang:

»Ich fiel einmal ins hohe Gras, des schönen Eros Tat war das.
Er umfächelt mir die Wangen, bis sie glühen vor Verlangen.
Komm doch zu mir, du liebes Kind, ich bin nach dir vor Liebe blind!«

Inzwischen hatten sich um den Marmortisch in Sokrates' Hof wie immer seine Freunde und Schüler versammelt: Simon, Kriton, Kritias und die Jünglinge Antisthenes und Euthydemos.

Sie warteten auf Alkibiades, der die Laufbahn eines Politikers eingeschlagen hatte und sich noch im Rat befand, sowie auf Sokrates, den sie aus Gudi zurückerwarteten. Simon teilte die Speisen, die jeder wie üblich mitgebracht hatte, in gleiche Portionen auf. Nur Kriton brachte stets so viel mit, daß es nicht nur für Sokrates' Abendbrot reichte, sondern für den ganzen nächsten Tag.

»Darion, hopp!« ertönte von der Straße her eine helle Stimme, und ein prachtvoller, edelrassiger Hund flog wie ein Pfeil über die Mauer. Freudig bellend begrüßte er die Anwesenden. An der Pforte erschien Alkibiades im azurblauen Chiton und in einer weißen, mit goldenen Lotosblumen bestickten Chlamys.

Ein jeder hielt angesichts der Schönheit seiner Erscheinung den Atem an, nur Kritias bückte sich, um seinen Neid zu verbergen und Gleichgültigkeit vorzutäuschen. Seine Seele war voller Galle: Der kann tun, was er will, immer wird er Bewunderung ernten. Schaut sie euch an, diesen Schöntuer hier und den zerlumpten Sokrates! Haha, das erstaunt die Athener, diese beiden zusammen! Aber ich weiß, warum Alkibiades sich immer mit Sokrates zeigt: Alkibiades, dieser Wüstling, ausschweifend und verschwenderisch, will den Athenern zeigen, daß er, Perikles' Neffe und dessen wahrscheinlicher Nachfolger im Amt des Strategen (der in der Ekklesia die Mehrheit der Stimmen gewinnen muß), sich zu Sokrates, diesem Muster an Bescheidenheit, Gerechtigkeit und Weisheit, wie zu seinem leiblichen Vater oder älteren Bruder verhält. Ei, ihr Männer Athens, wundert euch nur! Von außen ein Geck, aber innerlich bin ich ein Mann der Gerechtigkeit, wie mein Lehrer hier – und der werde ich auch als euer Führer sein. Und die Hände bewegt er graziös wie ein Lebemann, neben dem ich, Kritias, wie eine graue Maus aussehe.

»Wo ist Sokrates?« fragte Alkibiades.

»In Gudi«, gab Kritias bissig zur Antwort. »Er hackt dort seinen Weinberg. Du hättest mit ihm gehen sollen.«

»Das ist kein schlechter Einfall!« Der schöne Jüngling lächelte. »Alkibiades mit der Hacke im Weinberg! Glaubt ihr, daß mir das stehen würde?«

»Was stünde dir nicht, du Eingebildeter!« spottete Kritias und beobachtete dabei, wie der junge Euthydemos, der Alkibiades' Schönheit bewunderte, zärtlich dessen Wade streichelte. Alkibiades streifte die Hand sanft ab und ging ungeduldig im Hof umher.

»Ich kann kaum erwarten, wie Sokrates über Aristophanes' ›Ritter‹ urteilen wird. Im Theater war er derart von Menschen umringt, daß ich nicht mit ihm sprechen konnte.«

Euthydemos war durch Alkibiades' abwehrende Geste gekränkt. Kritias umarmte ihn, setzte ihn neben sich und strich ihm übers Haar, über die Wangen. Als er ihn sanft an sich drückte, erwachte plötzlich in ihm leidenschaftliche Sehnsucht nach Euthydemos.

Von der Straße her erscholl Gesang und das Gerumpel eines Wagens.

»Sokrates!«

Simon öffnete die Pforte, und hinter Sokrates fuhr Glaukios der Jüngere mit dem Esel in den Hof.

Die stürmische Begrüßung fiel kurz aus, denn Sokrates

mußte mit Glaukios den Wein hineinbringen. Danach öffnete er einen Schlauch für das bevorstehende Abendessen.

Simon und Antisthenes halfen dabei. Sie holten Wasser vom Brunnen, brachten das Mischgefäß und ließen die Weinkrüge vollaufen. Dann füllten sie die Becher. Glaukios war bereits wieder auf dem Wege nach Gudi.

»Holla, Freunde«, rief Sokrates und hob, als schließlich alle um den Tisch saßen, den Becher. »Die Erde, unsere uralte Mutter, schickt euch einen Gruß aus Gudi!« Sein Blick fiel auf Alkibiades. »Aber, aber, mein Lieber, warum dies düstere Gesicht? Beunruhigt dich etwas?«

»Ja, Sokrates, du hast es getroffen: Ich bin beunruhigt. Aristophanes greift Kleon an. Ich sehe darin einen Angriff auf unsere Demokratie. Sein großes Maul macht vor nichts halt. Ich habe gehört, er schreibt auch über dich eine Komödie, Sokrates«, sagte Alkibiades.

»Ob sich das lohnt?« Sokrates lächelte. »Wohl kaum. Aber trotzdem möchte ich gern wissen, warum die ›Ritter‹ die Zuschauer so ergriffen haben und schließlich auch das Preisgericht, das dafür den ersten Preis verlieh. Was sagt ihr denn dazu?«

Alkibiades eröffnete die Diskussion. »Kleon will viel, aber er weiß und kann zu wenig. Am liebsten würde er den gesamten Peloponnes erobern, doch er kennt sich in der Heeresführung eben nur mit dem Maul aus. Er ist jedoch jetzt nicht nur der Herrscher über eine Weißgerberei mit vielen Sklaven, sondern Herrscher über den gesamten Seebund. Dieser zerfällt mehr und mehr, und zu alledem führen solche andauernden kleinen Plänkeleien letztlich doch zu einem großen Krieg. Aber Kleon, dieser miserable Stratege, kümmert sich überhaupt nicht um die für die Kriegführung so wichtige Sicherheit im Hinterland.«

»Wie meinst du das mit dem Hinterland?« wollte Sokrates wissen.

»Nun, in wirtschaftlicher und auch ethischer Hinsicht.«

Lobend lächelte ihm Sokrates zu. »Ausgezeichnet! Ich freue mich, daß das Wort Ethik gefallen ist. Aber was bedeutet es schon im heutigen Athen!«

Antisthenes, ein griesgrämiger junger Mann, erklärte

hitzig: »Athen ist eine Bettlerin geworden. Unsere arme Stadt, fast nichts ist mehr zu sehen von ihrer Größe. Die Menschen raufen sich um die Bissen, überall Verderbtheit der Sitten, obwohl bereits fünf Jahre seit der Pest vergangen sind. Athens hehrer Geist, der von der Akropolis in die ganze Welt wehte, ist von einem Wirbelsturm der Fäulnis und Gier hinweggefegt worden.«

Kriton legte ihm die Hand auf die Schulter. »Ach, Antisthenes, bist du ein Schwarzseher! Vielleicht deshalb, weil du in bösen Zeiten geboren wurdest. Wir, die wir bessere Zeiten erlebt haben, glauben an deren Wiederkehr. Nur Frieden ist dazu notwendig. Der Krieg macht aus den Menschen Schurken.«

Alkibiades hieb mit der Faust auf den Tisch und rief aus: »Nicht der Krieg an sich, Kriton, sondern ein schlecht geführter, unendlich langer Krieg, und daran ist Kleon schuld!«

Am Tisch unter der Platane herrschte mit einem Male betretenes Schweigen.

Schließlich ergriff Sokrates als erster wieder das Wort: »Das Athener Volk verdient einen besseren Führer. Und wenn man Aristophanes' ›Rittern‹ Beifall zollt, ist das ein Ruf nach einem neuen Führer, Hausherrn und Strategen.«

Gewöhnlich bediente Simon bei den gemeinsamen Abendessen die Runde. Plötzlich stieß er an etwas von Efeu Überwachsenes, das zwischen den Marmorblöcken lag. Er hob es auf, es war ein verrosteter Meißel. Als er merkte, wem der Meißel einst gehört hatte, wollte er ihn rasch verbergen; doch Sokrates war bereits aufmerksam geworden.

»Was hast du da gefunden, Simon?«

»Ach, einen Meißel, er ist aber ganz verrostet, wohl der Meißel deines Vaters ...«

»Warte! Zeige ihn mir!«

Alle blickten verwundert auf Simons verstörtes Gesicht, als er stotterte: »Ich sage dir doch ... ganz verrostet ... zu nichts mehr ...«

»Gib ihn mir!«

Ungern nur reichte Simon Sokrates den Meißel. Sokrates nahm ihn und betrachtete ihn.

»Warum lügst du, Simon? Siehst du denn nicht mein Zeichen hier? Du kennst es doch gut. Dies ist mein Meißel.«

Sokrates wendete ihn ein paarmal in seiner Hand hin und her, dann schleuderte er ihn in hohem Bogen auf den Schutthaufen an der Mauer.

»Du, Kriton, wirfst mir vor, ein Schwarzseher zu sein. Du behauptest, daß ihr Älteren an die Wiederkehr besserer Zeiten glaubt. Von wegen! Selbst Sokrates, der in einer solchen gelebt hat, glaubt nicht daran!« sagte Antisthenes.

»Ich würde das nicht glauben?« wunderte sich Sokrates.

»Gewiß nicht. Du glaubst nicht daran, daß man neue Propyläen bauen wird. Du glaubst nicht, daß dein Meißel für neue Chariten gebraucht werden könnte«, antwortete Antisthenes.

Sokrates erwiderte: »All die Zeit, die wir hier zusammensitzen, habe nicht ich euch, sondern habt ihr mich belehrt. Und ich sehe nicht nur bei Antisthenes, sondern bei euch allen Erstaunen, daß ich den Meißel wie ein unbrauchbares Ding weggeworfen habe. Ihr habt hier von Kleon gesprochen, davon, daß der Krieg aus den Menschen Schufte macht. Und was macht Kleon? Sieht er nicht, wie es jetzt um Athen und um unsere Verbündeten steht? Er sieht es, aber er weiß nicht, wie er es ändern soll. Deshalb schreit er herum. Überbrüllen will er diese ganze Misere. Er sieht nur einen Weg – den der Gewalt: Alles, was sich gegen ihn erhebt, ausrotten, zerschlagen, aushungern. Für alles hat er nur ein Mittel: Krieg. Aber ein Krieg heilt die Leiden des Volkes nicht. Er hilft nicht, bessert nichts. Ihr habt gesagt: Er macht Schufte aus den Menschen. Überlegt einmal, ob es nicht besser wäre, aus Schuften wieder Menschen zu machen?«

Es war so still, daß man ein von Raupen angefressenes Platanenblatt zu Boden fallen hörte.

»Ja, ich habe den Meißel weggeworfen! Schon seit Jahren arbeite ich nicht mehr an Statuen! Neue Propyläen wird man jetzt nicht bauen, das ist wahr. Und ihr werdet doch nicht von mir verlangen, daß ich Grabplatten für Tote behaue? Nein, nein! Ich will mich um die Lebenden kümmern!«

5

Woche für Woche ging Sokrates in das Gymnasion Akademos am Dipylon-Tor, um mit den jungen Menschen zu üben und zu sprechen. Als er diesmal auf die Straße hinaustrat, war der Tag hell wie das olympische Feuer, die laue Luft erfüllt vom Meeresgeruch und dem Duft der Blüten, den die Bienen so lieben.

Sokrates ging mit wiegendem Schritt, mit nackten Füßen, die auf das Pflaster klatschten wie zwei Heringe gegeneinander im Netz.

Dort, wo der Eridanos seinen Weg kreuzte, betrat er die Gäßchen von Kerameikos, die stets denselben Anblick boten. An der Seite der Hauptstraße, auf einem kleinen Vorplatz, stellte der Töpfer Nakteros auf einem dort ausgebreiteten Teppich seine Erzeugnisse aus, und ein junges Mädchen verkaufte sie.

Als Sokrates sich näherte, war der Vorplatz von Sonnenlicht überflutet, und ein reizendes Bild fesselte seinen Blick: Inmitten zahlreicher formschöner Amphoren mit Henkeln, bauchiger Oinochoen, einiger Weinmischgefäße, zwischen Kalathen und schlanken Lekythen für Öl von großem künstlerischem Wert waren auf dem Teppich auch gewöhnliche Töpferwaren ausgebreitet: Krüge, Schalen und Schälchen. Inmitten dieses orangebraunen Waldes von Keramiken, die verziert waren mit geometrischen Ornamenten, Blumen und Tierfiguren in sattem Rot oder Schwarz, stand eine wunderschöne lebende Amphora: ein schlankes Mädchen mit einem gebräunten, energischen Gesichtchen unter dem schwarzglänzenden, dichten Haar, vollendet gewachsen, die Hände in die Hüften gestützt wie die Henkel einer Amphora. Freundlich betrachtete sie die farbenfreudigen, wohlgeformten Keramiken ringsum und wartete mit orientalischer Geduld auf Käufer.

Lange ließ Sokrates seine bewundernden Blicke auf dem Mädchen ruhen. Sie gab durch nichts zu erkennen, ob sie das bemerkt habe. Doch auch sie betrachtete ihn aufmerksam. Von Kindheit an hatte sie auf dem Tongeschirr Männerbildnisse betrachtet. Sie hatte sich bereits einen solchen Heroen zum Mann gewünscht, als sie nicht einmal ahnte, weshalb sie überhaupt einen Mann wollte.

Aus den nebelhaften Träumen entstand im Laufe der Zeit ein klares Verlangen. Und hier auf der Sonnenseite der Gasse blieb Woche für Woche ein Mann stehen; daß es ihretwegen geschah, hatte sie sofort begriffen. Er trug stets nur einen einfachen, kurzen weißen Chiton, ärmellos, und ein langes braunes Himation darüber, das im Rücken zusammengerafft war. Der Mann war von der Sonne gebräunt, von gedrungener Figur, und ohne seinen Vollbart hätte sie ihn um die Fünfunddreißig geschätzt. Sie stellte fest, daß er in nichts Iason, Achilleus oder Odysseus glich, und schon gar nicht dem göttlichen Silen. Das Beste an ihm war noch sein Blick, der einen verzaubern konnte; nicht der Blick einer Schlange, unter dem das Opfer erstarrt, sondern bezwingend durch seine Klarheit, seine Heiterkeit, so daß ein jeder gleich freundlich und fröhlich gestimmt wurde.

Sokrates konnte kein Auge lassen von dem Mädchen, das, die Hände in die Hüften gestützt, sich leicht im Rhythmus einer Lyra wiegte, die irgendein Vorstadt-Orpheus zupfte. Aber das Mädchen beachtete den Gecken nicht, es summte leise die Melodie der Lyra vor sich hin und lächelte Sokrates zu.

Genug geschaut! dachte Sokrates. Er wollte gerade den ersten Schritt tun, als – holla – vor den Waren ein Fremder stehenblieb, dem weitere Schaulustige folgten. Dazwischen drängten sich die Kinder vom Platze, und augenblicks erscholl rings um all das Geschirr, die Töpfe, Krüge und Vasen ein ohrenbetäubender Lärm. Doch das Geschrei aller dieser Kauflustigen und Neugierigen wurde von der frischen, aber auch herrischen Mädchenstimme übertönt, aus der Sicherheit und Entschlossenheit hervorklangen.

Sokrates war wie behext von der jungen, reizenden Markthändlerin. Mit den Blicken verschlang er die Szene, die sich ihm hier bot. Er wehrte sich nicht dagegen, daß sie ihn stark beeindruckte.

Dieses erstaunliche Mundwerk! Dieses scharfe Zünglein! Schon nahm ein halbwüchsiger Bursche eine der schlanken Ölvasen zur Hand, nur um sich die reizende Verkäuferin aus nächster Nähe betrachten zu können. »Stellst du sie sofort wieder hin! Das wäre wohl was für deine schmutzigen Pfoten, du Frechdachs! Ihr Götter, schweigt ihr etwa dazu?«

Sokrates lachte leise in seinen Bart. Wenn nur du nicht dazu schweigst, du zungenfertige Schöne!

»Dich kenn ich schon! Meine schönsten Stücke betatschen und beschmieren, mich dabei anglotzen und denken, daß du mich auch betatschen kannst. Nichts da! Genug! Schweig, du Nichtsnutz, und sieh zu, daß du verschwindest, ehe ich dir irgendeine Scherbe an den Kopf werfe!«

Eine prächtige Attikerin, freute sich Sokrates. Die müßte Gorgias Stunden geben. Und diese bewundernswerte Aussprache! Wirklich schade, daß nur Männer Theater spielen dürfen.

Die Jungen aus Kerameikos lachten den Halbwüchsigen aus, aber der gab nicht auf. Er zog sich nur etwas zurück, denn in den Vordergrund der Szene trat nun ein Fremder im Brokatmantel, von einem Sklaven gefolgt.

»Sei gegrüßt, mein Herr, bei Nakteros, dem bekanntesten Geschäft der schönsten Keramiken in Athen. Die Götter haben deine Schritte zu uns gelenkt. Wähle sorgfältig aus, denn jedes Stück Geschirr hier ist prächtig.«

Kein Wunder, daß Sokrates ihr Beifall spendete. Ein Genuß, diesem Mädchen zuzuhören!

»Eine bemalte Amphora für Öl als Tischschmuck? O Herr, ein solches Kunstwerk würdest du sonst nirgends finden, nur bei mir. Sag mir doch, in welchem Stil sie sein soll, mit schwarzen oder mit roten Figuren? Oder soll sie bunt sein im Stil des Polygnotos? Und der Entwurf: Szenen aus der Mythologie, dem Sport oder dem Leben? Ach, ich verstehe. Du suchst attische Keramik, wo auf orangerotem Ton eine mythische Begebenheit in tiefschwarzem Lack aufgemalt ist? Nein? Aha. Also rote Figuren, aber gewiß. Ein hervorragendes Stück. Sieh, das ist es, was du gesucht hast, Herr! Diese Amphora ist freilich teurer als die im schwarzen Stil, doch wegen ihrer Schönheit und Vollkommenheit halb geschenkt. Hörst du den herrlichen Klang, wenn ich dagegenschlage? Nun, sie kommt ja auch aus

Vaters Ofen. Was sie kostet? Zweihundert Drachmen. Zu viel? O Herr, woanders würdest du für solch ein Stück dreihundert und mehr bezahlen müssen, falls sie überhaupt so etwas haben. Hundertachtzig?«

Das Mädchen merkte, daß die Sänfte eines vornehmen Hauses herangetragen wurde und beendete schnell seinen Handel. »Meinetwegen also, ausnahmsweise. Ein Geschenk an deine syrische Heimat. Ja, freilich, das sieht man dir doch an, schon am Benehmen. Einpacken? Gott bewahre! Sie wird aus dem Stoff herausgleiten, und von dem Meisterwerk bleiben nur Scherben. Der Sklave möge sie vorsichtig tragen.«

Sie nahm die hundertachtzig Drachmen entgegen. Höflich, aber stolz wie eine Königin grüßte sie den Fremdling, um sich gleich darauf der Sänfte zuzuwenden, aus der eine junge Frau in Trauerkleidung stieg. Zwei Sklaven folgten ihr.

Die Verkäuferin neigte ehrerbietig den Kopf und wartete, bis sie angesprochen wurde.

»Meine Mutter ist verstorben, und ich möchte auf ihr Grab eine wertvolle Opfergabe bringen.«

»Ich kann mit einigen wunderschönen Ölkrügen dienen.« Das Mädchen beugte sich graziös nieder und hob ein Gefäß hoch.

Die junge Frau begutachtete es, wobei sie gleichzeitig auch Sokrates anblickte, der in der Nähe stand. Freundlich grüßend neigte sie den Kopf. Auch Sokrates grüßte, als er sie erkannte.

»Du bist wirklich ein reizendes Mädchen«, sprach die Frau das Mädchen an. »Vater hat nicht übertrieben.« Sie lächelte. »Mein Vater ist der Tragödiendichter Sophokles.«

»Und er kennt mich?« Das Mädchen war erstaunt.

»Du bist doch Xanthippe, die Tochter des bekannten Töpfers Nakteros?«

»Ja, die bin ich, aber ich kann mich nicht erinnern ...«

»Möglich, daß er von deiner Schönheit durch einen seiner Freunde erfahren hat«, sagte die Frau mit einem flüchtigen Blick auf Sokrates. »Was kostet dieser Ölkrug mit dem blaßblauen Bild Charons auf weißem Grund?«

»Den hat Meister Prygos selbst bemalt. Er kostet zweihundertfünfzig Drachmen.«

Die junge Frau hob den wohlgeformten Krug, um ihn von nahem zu betrachten.

»Er ist wirklich schön. Logeiros und du, Agranos, tragt ihn vorsichtig in die Sänfte. Und dir, Xanthippe, viel Glück.« Sie lächelte nochmals, und dann stieg sie in die Sänfte. Zum Abschied grüßte sie Sokrates mit einer Handbewegung. Die Jungen, die bisher Maulaffen feilgehalten hatten, eilten der Sänfte nach.

Sokrates hatte das Gespräch verfolgt. Ja, es stimmte, neulich vor Sophokles hatte er Xanthippes Reize gerühmt. Je älter ein Mann ist, desto mehr Erfahrung, aber desto weniger Mut besitzt er. Doch nun konnte er nicht mehr länger schwanken und wie ein Bettler hier umherstehen.

Er ging auf das Mädchen zu und sprach es an: »Anmutige Königin dieser bunten Herrlichkeiten, erlaube mir, daß ich mich vor deiner Schönheit verneige.«

»Auch ich danke dem Zufall – oder deinem Willen? –, der dich zu mir führte.«

»Ich fürchte aber, mein schönes Kind, daß ich dich enttäuschen werde, denn ich möchte nichts kaufen.«

Seine Worte trugen ihm ein freundliches Lachen ein, so hell und schön wie ihre Zähne, die dabei sichtbar wurden.

»Ich habe wahrlich nicht geglaubt, daß du gekommen bist, um etwas zu kaufen, Sokrates.«

Er wunderte sich nicht, daß das Mädchen ihn kannte – ihn kannte ganz Athen. Doch daß sie ihn recht gut kannte, wurde bald offenbar.

»Weshalb bist du denn gekommen?«

»Ich sagte es ja schon, um mich vor deiner Schönheit zu verneigen.«

Sie schüttelte den Kopf, so daß die schwarzen Locken flogen. »Ich vermute, du bist gekommen, um dich mit mir zu unterhalten.«

Nun lachten beide. Und Xanthippe, die merkte, wie fröhlich Sokrates ihre scherzhaften Worte aufnahm, fuhr in gleicher Weise fort: »Sicher willst du aus mir hervorlocken, wie sehr klug ich mich dünke, um mir dann mit deiner

Dialektik zu beweisen, wie unwahrscheinlich dumm ich in Wirklichkeit bin.«

Er war von ihr entzückt, wollte aber den heiteren Gesprächston nicht aufgeben, um sich noch weiter an ihrem reizenden Lachen zu erfreuen.

»Hast du schon einmal den Namen ›Phainarete‹ gehört?«

»Wer würde nicht den Namen deiner Mutter kennen?«

»Sie war Hebamme, die vielleicht auch dir auf die Welt half«, sagte Sokrates.

»Nicht nur vielleicht, sondern sicher. Ich weiß es von meiner Mutter.«

»Nun, ich habe von ihr die Mäeutik, die Hebammenkunst, geerbt, und manchem flöße ich Angst ein, weil ich seine Gedanken ans Licht der Welt bringe, sofern er überhaupt welche hat. Und manchmal stellt sich heraus« – Sokrates machte ein trauriges Gesicht –, »daß in seinem Kopf nichts ist als völlige Leere. Teile ich ihm diese Erkenntnis mit, dann errege ich sein Mißfallen.«

»Und darüber wunderst du dich?« fragte Xanthippe. »Der arme Kerl verbirgt sein Innerstes unter einem Deckel, den du dreist lüpfst. Doch statt unsterblicher Worte von Harmonie und sokratischer Kalokagathie entweicht nur ein wenig Dampf. Auch ich bekomme Angst, wenn du mich so anschaust...«

»Deine Angst ist überflüssig. Du bist nicht dumm, liebe Xanthippe«, erklärte Sokrates voller Überzeugung. »Du bist nicht ungebildeter als ich.«

Xanthippes Stimme wurde rauh. »Weshalb verspottest du mich? Ich habe überhaupt keine Bildung.«

»O doch, meine Liebe. Meine ist vielleicht von anderer Art, aber beide haben wir eine gute Menschenkenntnis.« Sokrates sah ihre überraschte Miene; aus ihrem ein wenig geöffneten Mund kam kein Wort. »Ich muß dir etwas von mir verraten; dann wirst du nicht mehr glauben, daß ich dich verspotte, sondern erkennen, daß wir beide tatsächlich Lernende sind.«

Xanthippe trat einen Schritt zurück; dabei stieß sie mit dem nackten Fuß an eine Ölkanne, die bedrohlich zu schwanken begann, so daß das Mädchen erschrocken aufschrie.

»Sie ist nicht zerbrochen«, beruhigte Sokrates Xanthippe.

»Aber ich hätte sie zerbrechen können! Weshalb erzählst du mir auch so wunderliche Dinge? Ich sollte dir gar nicht zuhören«, sagte Xanthippe, und sie schüttelte, verwundert über sich und Sokrates, den Kopf. Aber ehe Sokrates noch etwas erwidern konnte, befahl sie: »Also, was wolltest du mir von dir verraten? Erzähle!«

Sokrates lachte. »Ich habe vieles aus Büchern gelernt, viel auch von gebildeten Männern, aber das meiste von den einfachen Menschen auf dem Markt. Und dort lerne ich immer noch. Heute habe ich auch von dir etwas gelernt, Xanthippe.«

»Wie, ich deine Lehrerin?« Xanthippe begann zu lachen. »Das nenn ich gelungen.«

»Bisweilen gelingt mir wirklich etwas, zum Beispiel, daß ich jetzt vor dir stehe. Jahrelang streife ich schon durch die Athener Gassen, krieche in jeden Winkel – und erst du mußtest mir sagen: ›Wohin willst du nur immer mit deinem Klügeln, Sokrates! Hörst du nicht endlich auf damit? Gibt es nicht mich?‹«

»Wen meinst du?« fragte Xanthippe. »Mich etwa?«

»Aber nein, schönes Mädchen, die Liebe meine ich, diese herrlichste aller Torheiten der Welt. Und du hast mir gezeigt, daß es gut sein mag, ständig von einem Ort zum anderen zu gehen, aber daß es noch besser ist, manchmal anzuhalten, besonders, wenn man sich verliebt hat. Ich bin bezaubert von dir, Xanthippe«, bekannte Sokrates.

»Woche für Woche warte ich, daß du einmal in diese Gasse kommst, stehenbleibst und mich anschaust, als ob du ...«

»Es gibt nichts Schöneres, als dich zu sehen«, fuhr er mit seinem Bekenntnis fort.

»Ich bin glücklich, daß gerade du mir das sagst.«

»Darf ich wissen, warum du in meiner Gegenwart vom Glücklichsein sprichst?«

Das Mädchen verstummte. Es strich mit den Händen

über den Rand einer Amphora, und die klaren Augen wurden ein wenig feucht.

»Warum? Von dir geht etwas Liebes aus, ich weiß nicht, was es ist, aber es macht mich sehr glücklich.«

Sokrates hatte zu tun, über das bemalte Geschirr hinwegzusteigen, ohne mit seinem langen Himation etwas umzuwerfen. Er nahm das Mädchen in seine Arme und küßte es leidenschaftlich.

6

»Heute warten wir wieder mal bis zur Ewigkeit«, grollte Antisthenes.

Kriton grinste. »Der Herr des Hauses wird wohl irgendwo herumstreichen.«

Auch Simon murrte: »Einmal hat er sich für ein Mädchen vom Schusterschemel begeistert und jetzt für eine von der Töpferscheibe.«

Ein Stück entfernt, auf einem Marmorblock, saß Kritias mit dem hübschen kleinen Euthydemos. Er drückte ihn zärtlich an sich, um ihn nicht zu erschrecken, und flüsterte ihm Liebesgedichte ins Ohr, die er für ihn geschrieben hatte.

»Kennst du sie, Kriton?« fragte Antisthenes. »Das muß ja ein Himmelsstern sein, wenn unser Lehrer seine sagenhafte Sophrosyne so weit vergißt, daß er sogar die über alles geliebten Gespräche mit uns vernachlässigt.«

»Diese Xanthippe soll sehr zungenfertig sein – bei einer Markthändlerin nichts Verwunderliches. Wäre sie schweigsam, würde sie Sokrates nicht fesseln. Und dann soll sie ein außerordentlich schönes Mädchen sein. Es läßt sich nicht bestreiten: Sokrates hat einen untrüglichen Sinn für Schönheit«, bemerkte Kriton.

»Das will ich meinen«, meldete sich da der Hausherr nachdrücklich von der Pforte her. »Ach, ihr ungeduldiges Volk, wißt ihr nicht, was für ein Stück Weg es von hier zum Dipylon-Tor und zurück ist, den Spaziergang entlang dem Eridanos eingerechnet?«

»Ha!« schrie Kriton triumphierend. »Endlich gesteht er es. Habt ihr gehört: ein Spaziergang entlang dem Eridanos. Ich frage mich nur, mit wem?!«

Sokrates träumte, glückselig lächelnd, vor sich hin. »Mit Xanthippe, mit Hippchen, meinem schwarzen Pferdchen.«

»So verliebt bist du in sie?« wunderte sich Antisthenes.

»Ein richtiger Mann soll nichts halb machen, und außerdem scheint mir, Eros ließ mich in eine göttliche Verzückung fallen«, sagte Sokrates.

Nun lachten sie nicht mehr, nur Antisthenes bemerkte: »Und wie vereinbart sich das mit deiner Lehre von der Sophrosyne?«

»Es steht, wie die Astrologen sagen, in den Sternen geschrieben, wann man die Sophrosyne befolgen soll, aber auch, wann man ihr entsagen muß.« Sokrates lächelte.

»Und woran merkt man das?« fragte Kritias, der Euthydemos' Nacken streichelte.

Sokrates dachte bei sich: Du bist gerade der Richtige, danach zu fragen, aber er entgegnete ihm: »An der Art der Liebe, Kritias. Liebe sehnt sich nach körperlicher und seelischer Erfüllung. Fehlt die seelische Erfüllung, ist es keine echte Liebe. Der große – obwohl so kleine – Gott Eros, seit Jahrhunderten Knabe und Greis in einer Person, will, daß die göttliche Lust, die er in den Herzen der Menschen entfacht, sich als edle Liebe erweist, die zur Harmonie der Seelen führt.«

»Gilt das auch für einen älteren Verliebten?« fragte Kritias boshaft.

»Warum nicht«, antwortete ihm Simon rasch. »Er ist weiser, erfahrener, und er ist fähig, im geliebten Menschen tiefere Gefühle wachzurufen. Schaut euch doch Sokrates an! An ihm seht ihr, daß der Enthusiasmus für Schönheit und das Leben, den Eros ihm schenkte, nicht allein das Vorrecht der Jugend ist.«

»Und dahin führen ihn keine Knaben, sondern weibliche Wesen und solche Schönheiten wie meine Xanthippe. Zu einem Mann gehört eine Frau und kein Mann«, zahlte es Sokrates Kritias' Frage heim.

Der blickte gereizt auf Sokrates und gab zurück: »Jeder lobt eben das Seine, darauf hat er ein Recht.«

»Machen wir uns langsam auf den Weg«, sagte Sokrates. Er würdigte Kritias nun keines Wortes mehr. Drei Stunden vor Mittag wird Hippias zur Agora kommen, und wir dürfen ihn nicht warten lassen.«

In diesem Augenblick wurde das Tor aufgestoßen, und in den Hof stürzte ein junges Mädchen in ländlicher Kleidung, ein Tüchlein um den Kopf gebunden. Sie lehnte sich an den erstbesten Marmorquader und rang nach Atem. Ein jeder lief auf sie zu, um sie zu stützen. Sokrates strich über das vom raschen Lauf erhitzte Gesicht.

»Sei gegrüßt, teurer Eukleides. Hattest du eine gute Reise?«

Eukleides, Sokrates' Schüler, kam geradewegs aus Megara. Den Megarern war das Betreten attischen Bodens und Pflasters bei Todesstrafe verboten, so daß er nur nachts und als Frau verkleidet zu seinem Lehrer schleichen konnte.

»Danke, Sokrates. Ich verließ Megara um Mitternacht. Bis Eleusis ging es zügig im Dauerlauf, und auf attischem Boden, bei Tagesanbruch, lief ich flink wie ein Mädchen, das mit seinem Korb zum Markt eilt.«

»Bist du jemandem begegnet?« fragte ihn Kriton.

»Keiner Menschenseele. Ich benutze stets unbelebte Wege, und gegen Morgen mische ich mich immer unter die Marktleute.«

»Von uns allen bringst du die meisten Opfer, denn wie viele Male im Monat läufst du diese hundertsechzig Stadien. Wie soll ich dir danken, Eukleides!«

»Jedes deiner Worte, Sokrates, belohnt mich«, erwiderte Eukleides einfach. Dann warf er die ländliche Mädchentracht ab, unter der sein Chiton zum Vorschein kam.

Euthydemos wandte sich Sokrates zu: »Hippias soll ein hervorragender Redner sein.«

»Ja, und?«

»Ich... ich dachte nur so...«

Sokrates schmunzelte über das ganze Gesicht.

»Du hast so klare Augen, Euthydemos, man kann leicht in ihnen lesen.«

»Und was liest du in ihnen?«

»Das, was du dich auszusprechen scheust: ›Hast du denn keine Angst, Sokrates?‹ Du siehst, ich kann es lesen. Aber du wirst ja rot wie ein Röschen!«

Kriton platzte dazwischen: »Bist du verrückt, Euthydemos? Sokrates und Angst?«

Eine Handbwegung von Sokrates ließ ihn innehalten. »Was wir von Hippias wissen, zeigt uns, daß man es mit ihm nicht leicht hat. Einen solchen Gegner, der in vielen Wissenschaften bewandert und überdies ein erstklassiger Redner ist, soll man nicht unterschätzen. Scheint euch das zu wenig?«

»Und das Wort ›Sei der Geschicktere‹ ist kein ausreichendes Argument für den Dialog mit ihm?« wollte Antisthenes wissen.

»Willst du vielleicht auf der Athener Agora Taten von ihm sehen?« fragte Eukleides.

»Das nicht, aber Gedanken, Ideen«, entgegnete Antisthenes.

»Man muß sich mit dem Menschen beschäftigen«, äußerte Sokrates nachdenklich.

»Auch die Sophisten sind dieser Meinung«, stieß Kritias hervor, dem ein Ausspruch des Protagoras in den Sinn kam. »Was dann, Meister?«

Sokrates sah aufmerksam in Kritias' Gesicht und sagte bedächtig: »Dann wird es darum gehen, wie und von wem der Mensch erzogen werden soll.«

Endlich brachen sie auf. Von allen Seiten flogen Sokrates ehrerbietige und auch fröhliche Grüße zu. Auch die, denen Sokrates einmal vor allem Volk auf den Zahn gefühlt und offenbart hatte, was an Wahrem und Falschem in ihnen steckte, überwanden ihre verletzte Eigenliebe und grüßten ihn herzlich.

Sokrates schlängelte sich mit seinen Schülern zwischen den Ständen der Krämer und Geschäftsleute hindurch. Buntes Stimmengewirr der Händler drang an ihr Ohr: »Kauft, Leute, kauft! Bei mir gibt es die besten, die billigsten Heringe, fast umsonst! Kommt zu mir, Leute!«

»Chaire, Sokrates!«

»Bleib weiter so froh, Dionysos! Und auch du, Fermak! Wie gehen die Geschäfte?«

»He, Sokrates, ich habe frische Feigen für dich, als Dank für ein gutes Wort!«

Er blieb bei einer Marktfrau stehen, die Sämereien verkaufte. Beinahe täglich holte er hier Sonnenblumenkerne, die er aber nie zu bezahlen brauchte – er bekam sie als Ehrengeschenk. »Wie könnte ich Geld von dir nehmen, du guter Mensch? Nimm dir, soviel du nur willst. Das schulde ich dir schon wegen dieser Aufschrift da; schau doch mal hin!«

Auf eine Tafel war mit ungelenken, aber doch sorgfältigen Buchstaben geschrieben: »Bei mir kauft Sokrates!«

Alles ringsum lachte. Auch Sokrates schmunzelte. »Thiona, du hättest wenigstens anfügen müssen: ›Mit seinen fünf Fingern‹...«

»Ach du! Du sprichst von dir wie von einem Dieb!«

»Er stiehlt ja auch«, stichelte gutmütig der Olivenverkäufer am Nebenstand. »Mir zum Beispiel hat er die Seele aus dem Leib geblasen.«

Als er sah, daß Sokrates sich nach ihm umwandte, beeilte er sich hinzuzufügen: »Er hat aus mir herausgequetscht, daß ich meine Frau schlage. Aber das, Sokrates, tu ich nicht mehr.«

Sie kamen zu einem Laden, wo ihr Freund Pistias verkaufte. Er war jetzt ein selbständiger Metallschläger, der gehämmerten Messing-, Silber- und Goldschmuck verkaufte. Sein Stand befand sich am Rande des Marktes, damit die Sänften, in denen Sklaven erhabene Schönheiten oder Hetären trugen, anhalten konnten.

Pistias sah Sokrates breit lächelnd an und rühmte sich: »Der reiche Mentinos hat bei mir einen goldenen Halsschmuck nach ägyptischem Muster bestellt. Ein schweres, prächtiges Stück. Und weißt du auch, für wen? Du kennst sie gut« – er flüsterte –, »für die Hetäre Theodate. Sie ist persönlich hergekommen, um Maß nehmen zu lassen. Achthundert Drachmen kann ich daran verdienen. Was sagst du dazu, Sokrates?«

»Wenn Mentinos an deiner Stelle wäre, würde er sicher

tausendachthundert Drachmen daran verdienen wollen. Mach's doch auch so, er ist reich genug.« Sokrates lachte.

»Gut.« Pistias rieb sich die Hände. »Und jetzt werde ich die Waren einräumen und schließen. Ich will dir doch zuhören, wenn du diesem Weltbürger Beine machst, hahaha.«

»Wenn er nur mir nicht Beine machen wird, lieber Pistias. Komm doch mal abends zu mir, wenn du kannst!«

»Ich möchte schon gern, aber die Frau...«

»Aha«, lachte da Sokrates. »Sie hält die Zügel straff, was? Laß es dir nicht gefallen!«

»Wie man hört, willst du dich auch verheiraten?«

»Davon weißt auch du schon, Pistias?«

»Auf dem Markt weiß man alles!« Er beugte sich zu Sokrates hin und flüsterte: »Richtung Kerameikos, die schöne Xanthippe, ja?«

7

Sokrates und seine Freunde betraten die Stoa poikile. Vor Polygnotos' Gemälde der Schlacht bei Marathon erblickten sie eine Gruppe Sophisten und deren Anhänger, die auf den noch jungen, aber in allen griechischen Städten bereits bekannten Sophisten Hippias aus Elis warteten.

Der Wettstreit zwischen Sokrates und Hippias hatte auch andere Redner herbeigelockt, so Lysias aus Syrakus – einer der ältesten Logographen und ein treuer Demokrat, so Antiphon, Verfasser von Gerichtsreden und Spezialist in Mordprozessen, ein Anhänger der Oligarchen und unentwegter Gegner des Sokrates.

Der hielt sich mit den Seinen ein ganzes Stück abseits von den Sophisten. Hier wie dort drängten sich die Menschen.

Sokrates begann zu lachen. »Wie zwei Heere vor der Schlacht. Und als Stütze soll ihnen im Hintergrund das Schlachtgemälde dienen.«

»Marathon ist Vergangenheit. Uns geht es um die Zukunft«, erklärte Kriton.

Sowohl auf den Treppen zur Stoa als auch unter ihnen

hatte sich bereits eine große Schar von Bürgern, darunter auch viele Marktleute, versammelt. Ein jeder wußte, hier würde etwas geschehen.

Am anderen Ende der Stoa erschien ein schlanker junger Mann, der sich federnden Schrittes, wie er Grundbesitzern eigen ist, näherte. Sein dichter Vollbart ließ ihn würdevoll erscheinen. Er trug einen langen, in Falten gelegten Chiton, auf den mit Goldfaden sich wiederholende ägyptische Motive gestickt waren: Pyramiden, Sphinxe, Palmen. Der festliche Chiton reichte ihm bis zu den Fersen; eine topasfarbene Chlamys vervollständigte die Pracht seiner Kleidung. In dem sorgfältig gelockten Haar war ein silberner Lorbeerzweig befestigt. Der Mann war über und über mit goldenen Schmuckstücken beladen, die er selbst angefertigt hatte. In der Hand hielt er einen Stock aus Ebenholz, gekrönt von einem goldenen Griff – er bot ein Bild auserlesener Feinheit des Geschmacks, aber auch von Prunksucht.

Sokrates stand schlicht gekleidet und barfüßig da. Von der Sonne gebräunt, glich er mit seiner gedrungenen Statur einem attischen Bauern.

Die Menge begrüßte die beiden Philosophen mit lautem Beifall. Antiphon wollte dem vornehmen Gast entgegeneilen, doch der schritt sofort auf Sokrates zu und grüßte ihn ehrerbietig.

»Ich bin Hippias aus Elis, Lehrer der Weisheit.«

»Das ist nicht zu übersehen«, sagte Sokrates, »ich bin Sokrates, Liebhaber der Weisheit.«

Hippias maß Sokrates von der Glatze bis zu den bloßen Füßen. »Nach dem, was ich von dir hörte, ist auch das nicht zu übersehen.«

Die Sophisten lächelten einander zu. Der erste Treffer.

Doch Sokrates sprach ruhig und höflich weiter: »Sei uns willkommen, weitgereister Hippias. Vielen öffnet Athen seine Tore, sein Herz aber nur wenigen. Kommst du direkt aus Elis zu uns?«

»Meine Heimatstadt Elis habe ich in der letzten Zeit nur selten gesehen. Öfter noch war ich in Sparta, das ich bewundere. Ich weilte auch in Syrakus, Agrigent und in

Ägypten. Ich besuchte Sardeis, Rhodos, Halikarnassos, Miletos, Samos, Ephesos und zuletzt das thessalische Larissa; von dort komme ich gerade.«

Von den Stationen seiner Reise berichtete Hippias mit nur schlecht verhohlener Prahlsucht.

»Auch ich habe eine Reise unternommen«, sagte Sokrates. »Ich war in Gudi.« Von den Treppen der Stoa her erklang schallendes Gelächter.

Einer der Sophisten klärte Hippias leise auf: »Das ist ein Dorf bei Athen.«

»Hast du dort ein Gut?« fragte Hippias.

»Ein Gütchen. Fünfhundert Seelen«, erwiderte Sokrates, der jeden einzelnen seiner Weinstöcke als eine Seele betrachtete.

»Das ist doch ein beachtlicher Besitz. Mir wurde erzählt, du seist arm, Sokrates?«

»Man hat dich getäuscht. Ich bin sehr reich.«

Sokrates trafen erstaunte Blicke.

»Ich habe fünfhundert Weinstöcke, dazu ein Dach überm Kopf und viele treue Freunde hier und auch dort um mich.« Er zeigte hinüber zum Markt, wo tosender Beifall erklang.

»Nun haben wir uns also bekannt gemacht. Das ist mir sehr angenehm. Mich trieb es, mit dir zu sprechen, Sokrates, denn dein Ruhm ist selbst in Gegenden jenseits unseres Meeres gedrungen. Ich habe erstaunliche Dinge von dir gehört, vor allem wird deine Weisheit sehr gepriesen.«

»Du übertreibst, verehrter Hippias. Wer könnte schon Anspruch darauf erheben, weise zu sein! Und nach deiner Lehre, alles anzuzweifeln, sollte man auch zweifeln, ob es überhaupt Weisheit gibt.«

»Das habe ich niemals bezweifelt, bin ich doch selbst ein Lehrer der Weisheit.«

»Die Frage ist: Was überhaupt ist Weisheit?« wandte Sokrates ein.

Hippias wurde nervös. »Nun ja, ich habe von deiner Methode gehört, daß du den Leuten Ansichten und Aussagen entlockst, um so durch gedankliche Hinführung zur Begriffsbildung zu gelangen.«

Sokrates lächelte. »Das Prinzip der Mäeutik, ja. Hat man

dir nicht gesagt, daß meine Mutter Hebamme war? Sie half, Kinder ans Licht der Welt zu bringen, und ich helfe den Menschen, ihre Gedanken ans Tageslicht zu fördern. Für jeden ist es von größerem Wert, wenn ich von ihm selbst eine Meinung über etwas vernehme, als wenn ich sie ausspräche.«

»Ich befolge eine andere Methode: den Vortrag und Wettstreit in der Redekunst«, widersprach Hippias.

Sokrates schüttelte den Kopf. »Aber bei mir wende diese Methode nicht an. Ich bin das Zwiegespräch gewohnt. Ist dir das recht?«

»Ich werde mich fügen, Sokrates.«

»Wähle selbst ein Thema, über das wir sprechen wollen, Hippias.«

»Über die Erziehung des Menschen, mit der wir uns gleichsam beschäftigen. Ich zum Beispiel lehre Mathematik, Astronomie, Grammatik, Musik, Literatur, Genealogie der Götter und Heroen, Physik und Rhetorik.«

»O Schande!« rief Sokrates. »Wie kann ich mit einem Gelehrten disputieren, der jede Wissenschaft beherrscht? Ich, ein Unwissender, der sich lediglich mit der Seele des Menschen beschäftigt!«

Sokrates' Klage fand zu seinen Gunsten Widerhall. Hippias merkte das sofort. Er trat einen Schritt zurück, um zwischen den Zuhörern und sich etwas mehr Abstand zu schaffen; dann gab er Antiphon sein Stöckchen, um mit den Händen gestikulieren zu können, und begann hochtrabend: »Wer befiehlt den Sternen am hohen Himmel, wer der Sonne? Es heißt, die Götter im Olymp. Doch keinen von ihnen habe ich je gesehen, niemand hat mir je einen zu zeigen vermocht. Viele Dinge auf der Welt geschehen durch einen geheimnisvollen Willen, von dem wir nichts wissen. Kann jemand von euch dieses Geheimnis lüften? – Ihr schweigt! Wer soll schon die Wege des Menschen bestimmen? Er weiß selbst, welchen Weg er beschreiten muß, um keinen Schaden zu erleiden.« Irgend jemand klatschte. Hippias blickte in diese Richtung und verbeugte sich leicht. Dann fuhr er fort: »Wenn man einem Vogel die Flügel festbindet, kann er nicht fliegen, und er flattert ohnmächtig und armselig im Straßenstaub. Was nun bindet dem Menschen die Flügel, drückt ihn an die Erde, wenn die menschliche Seele nach deinen Worten, Sokrates, zu den höchsten Höhen ihres Seins aufsteigen soll!«

»Ich bewundere die Kenntnisse, die du über mich hast, Hippias«, fügte Sokrates bescheiden ein.

»Doch was ist mit der Seele des Bürgers? Das Gesetz ist der Tyrann des Menschen und verstößt gegen die Freiheit. Außerdem ist es wegen seiner Veränderlichkeit nur von zeitweiligem Wert. Das Gesetz schränkt die Ideen wie auch die Taten des Menschen ein, es schränkt seine Freiheit ein, die, wie schon Aischylos sagte, wertvollster Besitz des Menschen ist.«

Starker Beifall unterbrach ihn. Hippias' Rede war kühn und eindrucksvoll gewesen. Er hatte sich auf Protagoras' These gestützt, der Mensch sei das »Maß aller Dinge«, diese aber weitergeführt, bis zur Forderung nach unbegrenzter Freiheit für jeden Menschen.

Hatte Hippias den Gegenstand seiner Betrachtungen rein zufällig gewählt? Keinesfalls! Er wußte nur zu gut, welche Stimmung gegenwärtig in Athen herrschte, wußte um die Redefreiheit und um die Mittel, mit denen er die Gunst der Zuhörer gewinnen konnte.

Das Individuum hat ein Recht auf Freiheit! Eine Forderung, ausgesprochen während eines ewigen Krieges, der einmal helle Flammen schlug, dann wieder nur schwelte, doch nie ein Ende fand.

In dieser Zeit neigten die Athener sehr dazu, ihre tierischen Begierden und ihr Verlangen nach Besitz zu befriedigen. Uneingeschränkte Freiheit! Welch schönes Wort, wie leicht entflieht es dem Munde, wie prächtig klingt es dem Ohr. Gerade jetzt ist es leicht, einen Aufbegehrenden einzufangen mit kühnen Losungen und Versprechungen, die im Menschen all das lockern, was ihm die Flügel stutzt, die ihm zeigen, daß er ein Recht auf die Handlungsfreiheit der Wildnis hat. Man muß nur die Sehnsucht nach ursprünglicher Freiheit in ihm wecken, die bisher die Urahnen auf ihre Enkel vererbten.

Doch für wen und warum ist dieses Verlangen nach

Ungebundenheit so wichtig? Sokrates dachte nicht nur über Hippias' Rede nach, sondern auch, an wen er sich mit diesen Worten wandte und zu welcher Zeit.

Die Menge jubelte Hippias begeistert zu. Sokrates' Schüler ließen kein Auge von ihrem Lehrer, der in aller Ruhe an seinen Sonnenblumenkernen kaute.

Als der Beifall verebbt war, trat der barfüßige Sokrates an Hippias heran. »Ich bewundere dich, Hippias, und verneige mich vor deiner Redekunst. Dein Vortrag war wunderbar, deine Gesten waren anmutig, geschmeidig und doch packend, immer aber wirkungsvoll und sinnvoll dem Rhythmus der Sätze verbunden.«

Hippias blickte selbstbewußt um sich. Er sah zu seinen Freunden, den Oligarchen, hin. Doch wer Sokrates kannte, krauste die Stirn, auf der stand: Das war das Lob, und was kommt jetzt?

Sokrates behielt seine höfliche Ausdrucksweise bei, doch dann schlug er einen leicht belustigten Ton an: »An deinem Vortrag, der allein schon durch dichterische Vergleiche und treffend gewählte Worte glänzt, hat mich am meisten beeindruckt, wie du Protagoras' weisen Ausspruch, daß der Mensch das Maß aller Dinge sei, bis zur Forderung unbegrenzter Freiheit für den Menschen weitergeführt hast. Wahrhaftig, das Paradies auf Erden ist nahe! Erlaubst du mir, verehrter Hippias, daß ich deine These prüfe?«

»Warum nicht, prüfe sie, teurer Sokrates.«

»Danke für die Erlaubnis. Du wirst verstehen, daß ich diese These an dir selbst überprüfen möchte«, sagte Sokrates. In seinem Gesicht zuckte kein Muskel, doch seine Augen begannen zu lachen.

»An wem denn sonst«, stimmte Hippias selbstbewußt zu. »Bisher haben alle, dir mir zuhörten, meine Reden durchdacht – und ihr Beifall hat mich immer sehr erfreut –, warum sollte ich es dir verweigern? Es wird mir eine große Freude sein.«

»Nun denn, durchleuchten wir gemeinsam deine Rede. Du sagtest, das Gesetz sei der Tyrann des Menschen?«

»So ist es.«

»Habe ich dich richtig verstanden, daß es deiner Ansicht

nach keine überirdischen Mächte gibt, die diese Gesetze geschaffen haben könnten?« fragte Sokrates weiter.

»Du hast mich völlig richtig verstanden.«

»Dann aber kann doch dieses Gesetz von niemand anderem als dem Menschen geschaffen worden sein«, führte Sokrates aus. »Stimmst du mir da zu, verehrter Hippias?«

»Natürlich. Das unterstreicht doch nur meine Behauptung«, entgegnete dieser mit fester Stimme.

»Weshalb aber schaffen die Menschen Gesetze? Damit es ihnen besser oder schlechter gehen soll?«

»Manchmal besser, manchmal schlechter.« Hippias wies mit der Hand auf die Zuhörer, von denen zustimmendes Gemurmel heraufdrang.

»Das bestreite ich nicht«, sagte da, für Hippias überraschend, Sokrates. »Aber laß uns gemeinsam jene Gesetze betrachten, die dem Menschen gewährleisten sollen, daß es ihm besser geht, als wenn es sie nicht gäbe.«

Hippias erklärte sich ohne zu zögern einverstanden. Er war überzeugt, daß er Sokrates um so leichter angreifen könnte, je näher dieser auf ein bestimmtes Gesetz eingehen würde.

Sokrates nahm eine bequeme Haltung ein; dann begann er von den Gesetzen und Reformen zu sprechen, mit denen Solon den wuchernden Besitz einzelner grundbesitzender Adliger beschnitten hatte und Handel und Handwerk förderte. »Für Solon waren einzig und allein die raffgierigen Grundbesitzer, die Eupatriden, schuld an allem Unglück und allen Schicksalsschlägen. Sie mästen sich an der Arbeit ihrer Sklaven. Die uneingeschränkte Freiheit kommt nur ihnen zugute. Deine Ausführungen, geschätzter Gast, klingen, als wünschtest du den Reichen: ›Macht nur ruhig weiter solch mühelose Beute, Freunde!‹ «

Unter den Zuhörern brodelte es bereits eine Weile, doch jetzt lief der Kessel über. Die Sophisten murrten, stampften mit den Füßen auf. Antiphon schwenkte protestierend die Arme. »Das hat Hippias nicht gesagt!«

Von den Versammelten, die sich näher an die Redner herandrängten, rief jemand: »Gesagt hat er es zwar nicht, aber so war es zu verstehen.«

»Es lebe Sokrates! Es lebe Sokrates!« ertönte eine begeisterte Stimme nach der anderen, bis schließlich die ganze Stoa davon widerhallte. Sokrates dämpfte mit einem Lächeln die wachsenden Ovationen. Er streckte Hippias die mit nichts geschmückte Hand entgegen. »Wir haben uns heute zum erstenmal getroffen, teurer Hippias. Aber deine Weisheiten, die du allen griechischen Städten verkündest, waren hier eher bekannt als du selbst. Tue ich dir unrecht, wenn ich hier vor allen sage, daß bisher kein Lehrer der Weisheit so offen für die natürlichen Rechte der Menschen und gegen die künstlich geschaffenen aufgetreten ist wie du?«

»Ich bin stolz darauf, Sokrates«, rief Hippias aus. »Jeder Mensch verlangt nach dem Recht, das die Natur ihm gab.«

Sokrates tat, als wüßte er nicht mehr, wie es weitergehen sollte und fragte: »Beschäftigst du dich mit Geschichte?«

»Selbstverständlich!« versicherte Hippias. »Wie könnte ich Lehrer sein, wenn die Geschichte selbst mir nicht Lehrerin wäre?«

»Das höre ich gern. Dann wirst du aus der Geschichte wissen – und ich brauche es dir nicht mehr zu sagen –, daß stets nur die Reichen und Mächtigen alles Recht für sich beansprucht und es den anderen verweigert haben.«

»Ich« – Hippias warf sich mit einer weit ausholenden Bewegung seine Chlamys um –, »ich erkenne allen Menschen das Naturrecht zu!« Heftig und pathetisch stieß er diesen Satz hervor.

Sokrates sprach in unverändert ruhigem Ton weiter: »Mit Worten schon, das gebe ich zu. Aber Taten vollbringst du nicht! Solon hat, wie du wissen wirst, die uneingeschränkte Freiheit der Mächtigen, sich an anderen noch zu bereichern, durch Gesetze begrenzt. Sind diese Gesetze nun zum Vorteil oder zum Schaden der Menschen, teurer Hippias?«

»Warum fragst du etwas, was du selbst weißt?« erwiderte Hippias gereizt.

»Aus einem einfachen Grund«, entgegnete Sokrates. »In jeder Behauptung verbirgt sich ein Stück zu ihrer Widerlegung, und in jeder Widerlegung findet sich ein Stück Behauptung. Du als Weltreisender könntest mir helfen, mich besser darin zurechtzufinden.«

In seiner Eitelkeit wollte Hippias sich Sokrates überlegen zeigen. »Ein Stückchen Widerlegung verneint noch nicht die ganze Behauptung, wie sich auch eine Behauptung nicht in eine vollkommene Widerlegung umkehrt.«

»Hervorragend, Hippias!« rief Sokrates in freundschaftlichem Ton aus. »Dann wirst du auch meine Ansicht teilen, daß das Gesetz dem einen zum Vorteil, dem anderen zum Nachteil gereicht. Freilich sollte man nicht verhehlen, daß unsere demokratischen Gesetze vielen nützen und einigen wenigen schaden. Aber« – Sokrates strich sich über den Bart – »du, Hippias, hast doch, wenn mich mein Gedächtnis nicht trügt, gesagt, daß du einem jeden seine natürlichen Rechte zuerkennst.«

»Das kann ich nicht bestreiten. Du siehst hier viele Zeugen für mein gutes Gedächtnis, das zu haben ich ebenfalls nicht bestreite.« Hippias lächelte selbstbewußt und begann, eine Strophe aus Solons Elegie zu rezitieren: »Und die, die sich hier bei uns in abscheulicher Knechtschaft schinden, zitternd vor ihren Herren, hab ich befreit. Dazu hat mir die Macht des Gesetzes verholfen, diese vorzügliche Verbindung von Recht und Gewalt; und ich habe alles getan, was ich verheißen.« Hippias lächelte immer noch. »Hast du, teurer Sokrates, das Wort ›Gewalt‹ vernommen? Ist etwa einem von euch« – er wandte sich an die Menge – »das Wort ›Gewalt‹ entgangen?«

»Wir haben es gehört!« kam es von den Zuschauern herauf. »Sprich weiter, Hippias!«

Hippias verneigte sich vor dem Volk, als wollte er sich verabschieden. »Mehr gibt es nicht zu sagen. Solon verband geschickt das Recht mit der Gewalt, in der ihr heute noch lebt, der ihr euch unterwerft und die ihr achtet, wenn auch nicht gern, wie mir alle Städte eures Seebundes versicherten.«

Die Menge drängte sich noch näher an die Redner heran.

»Ich danke für das Gespräch«, sagte Sokrates, »aber bevor wir es abschließen, erlaube mir noch eine Frage: Warum verkündest du das natürliche Recht des Menschen auf unbegrenzte Freiheit in allen griechischen Städten und auf allen Inseln des Attischen Seebundes, wo du, wie du selbst sagtest, in deiner Heimat Elis auf dem Peloponnes nur ein seltener Gast bist, teurer Hippias? Gefällt dir vielleicht die Strenge eurer Gesetze, Anordnungen und Sitten nicht, so daß du lieber unser Land aufsuchst, wo es eine solche Freiheit des Wortes gibt, daß sie Leuten wie dir zu Kopf steigt? Oder ist das noch zu wenig, und du möchtest uns zu Gesetzesungehorsamkeit verleiten, uns in die Zeit tiefster Barbarei und Tyrannei zurückstoßen? Wirst du von jemandem dafür bezahlt? Du bist Lehrer der Weisheit; ist das deine Arbeit, die dich ernährt?«

Hippias verbarg seinen Zorn über die Beleidigung und antwortete entschlossen: »Meine Arbeit.«

»Was ich tue, ist für mich Berufung«, sagte Sokrates.

»Das verrät schon dein Äußeres: barfuß, ein abgetragener Chiton, ein speckiges Himation.« Hippias lachte hämisch.

»Höre, Freund! Befreie mich von einem Irrtum. Vielleicht gibt es in deinem Land gar keine Gesetze, und alle Menschen können ihren Leidenschaften freien Lauf lassen? Und du, armer Umhergejagter, bist vor einer solchen Freiheit geflohen und zu uns gekommen, damit du möglichst nicht von den Leidenschaften anderer zerfleischt wirst?«

Die Menge lachte und klatsche Beifall. Hippias reckte seine Brust und hob den Kopf höher.

Sokrates fragte weiter: »Warum empfiehlst du uns hier etwas, wovor du selbst geflohen bist?«

»Auch bei uns gelten Gesetze.« Hippias sprach aus, was er in seiner Rede hatte verschweigen wollen. »Aber auch wenn das nicht so wäre, hielte ich mich nicht für so schwächlich, mich vor einem Stärkeren fürchten zu müssen. Ich verstehe es, mich zu wehren, und – wenn du es wissen willst – ich habe alles im Überfluß! Ich kann reisen, wohin es mir beliebt, ich bin völlig unabhängig in meinen Anschauungen, meinen Begabungen und Fähigkeiten. Und ich würde allen eine solche Unabhängigkeit wünschen, weil ich weiß, wie köstlich sie mundet.«

Sokrates streckte seine Hand aus. »Oh, erlaube, daß ich für diesen Wunsch im Namen der kleinen Versammlung hier danke. Ich sagte ›kleine Versammlung‹, denn ich sehe nur einige. hundert Menschen; und wir sind es gewohnt, sechstausend Menschen zu begrüßen, wenn wir uns versammeln, um über unsere Angelegenheiten zu entscheiden. Aber nimm auch so unseren Dank als Ausdruck des guten Willens entgegen.«

Hippias schwieg. Sokrates trat an ihn heran, berührte die gehämmerten Spangen, Armbänder, Schnallen und Ringe und fragte: »Ist das alles aus Gold?«

»Reines Gold«, prahlte Hippias. »Ich habe es selbst gehämmert, und auch die Steine darauf sind echt. Es ist der Lohn dafür, daß ich den Schülern Weisheit vermittle.«

»Holla, was sehe ich hier an Prunk?« In die Stille hinein ertönte eine kräftige Stimme, und aus der Menge drängte sich ein Mann mit einem bronzenen Schild auf der Brust nach vorn. Er trat an Hippias heran und untersuchte mit amtlicher Miene die golddurchwirkte Seide, den goldenen Schmuck und die Juwelen. Als Hippias sich angewidert abwenden wollte, brummte der Mann: »Ich bin der Prüfer Astynomos, eingesetzt vom Volke, um gegen übermäßigen Prunk einzuschreiten. Das hier ist Gold, das auch. Die Buße wird ziemlich hoch sein. Wie ist dein Name?«

Doch da faßte Sokrates ihn bei der Schulter. »Sei nicht vorschnell, Freund.«

»Chaire, Sokrates. Setzt du dich etwa für diesen Protz ein?«

»Das ist der Sophist Hippias aus Elis. Er kam nach Athen, um ein bißchen mit mir zu plaudern. Als Fremder kennt er unsere Anordnungen nicht. Du brauchst deine Amtspflicht bei ihm nicht auszuüben.«

Astynomos streifte noch einmal mit dem Blick den schmuckbeladenen Fremdling und sagte dann: »Wenn du für ihn bürgst, Sokrates, sehe ich von einer amtlichen Buße ab. Chaire!«

Er trat in die Menge zurück und verfolgte neugierig das weitere Geschehen.

»Du hast nützliche Bekanntschaften«, sagte Hippias. »Meinen Dank für deine Fürsprache.«

»Ich tat nur, was sich einem Gast gegenüber geziemt. Doch ich will noch mehr tun und dir, verehrter Hippias, ein

Gastgeschenk zum Abschied mitgeben.« Sokrates lächelte hinterhältig. »Was würdest du sagen, wenn ich dir verriete, wie über alle Maßen frei ich bin. Du mußt doch auf deinen Reisen etwas über unsere Begegnung zu erzählen haben: ›Wollt ihr wissen, ihr guten Leute, was er mir auf dem Weg zu euch anvertraut hat?‹ «

»Sprich bitte! Ich bin bereit, dein Gastgeschenk anzunehmen«, sagte Hippias, der noch immer hoffte, jenen zu gefallen, denen er gefallen wollte.

»Stellt euch nur vor« – Sokrates sprach, als wäre er Hippias –, »dieser barfüßige, wunderliche, schäbig gekleidete Kerl dünkt sich der freieste Mensch, weil er – ich ersticke fast vor Lachen – weil er nicht ein Sklave seiner Leidenschaften zu sein glaubt und sich deshalb auch den Gesetzen beugt, die den Athenern von ihren ruhmvollen Ahnen überliefert wurden. Und da er meint, Gesetze seien gut, ist er überzeugt, daß auch die Athener Gesetze gut sind. Und was diese anbelangt, so hat er für das Gute einen feinen Riecher. Er beugt sich ihnen, weil das seine Freiheit noch erhöht, hahaha!«

»Da gibt es nichts zu lachen«, sagte Hippias mit finsterer Miene.

»Und noch etwas, meine verehrten Freunde«, sprach Sokrates für Hippias weiter, »zum freiesten aller Menschen macht ihn angeblich, daß er nahezu bedürfnislos ist und nur Nahrung und Kleidung zum Leben benötigt, hahaha!«

»Erlaube, teurer Sokrates«, bemerkte nun Hippias, »daß ich mich für dein Gastgeschenk bedanke. Du hast mir weitaus mehr gegeben, als ich erwartet habe. Mir ist jetzt klar, weshalb du barfuß gehst und so ärmlich gekleidet bist. Du machst aus der Not eine Tugend.«

Von der Straße her näherte sich ein junger, hochgewachsener Mann. Auf den schwarzen Locken leuchtete ein Kranz dunkelroter Rosen. Er trug einen scharlachfarbenen, seidenen Mantel. Sein Gesicht war gerötet, die Augen ein wenig verschleiert; es war unschwer zu erraten, daß er von irgendeinem Gastmahl kam.

»Du lehrst umsonst, mein armer Sokrates?« fuhr Hippias in lautem Tone fort, damit ein jeder seinen Triumph hören sollte. »Du weißt deine Weisheit nicht zu schätzen. Wie kannst du dann erwarten, daß deine Schüler, deine Zuhörer sie schätzen werden? Für einen Bettler, dem du mit deinem armseligen Äußeren gleichen willst, fällt kein Obolos, geschweige denn eine Drachme ab. Ein Bettler kann einem anderen Bettler nicht helfen. Und die Reichen sind keine Dummköpfe. Dein ›Ich weiß, daß ich nichts weiß‹ werden sie dir nicht bezahlen.«

Der hochgewachsene, junge Mann schob sich rasch und mit anmutigen, schalkhafen Bewegungen durch die Menschenmenge nach vorn. Die Füße staken in weichen Opanken mit bis zu den Knien kreuzweis geschnürten Riemen. Der sahneweiße Chiton aus matter, dicht gefalteter Seide war kurz; doch der scharlachrote Mantel so lang, daß er ihn wie eine Schleppe auf dem Pflaster hinter sich herzog. An der Seite des Jünglings lief ein riesiger Hund von edler Rasse. Die beiden zogen aller Blicke auf sich. Euthydemos seufzte bewundernd.

Der junge Mann hörte, daß Hippias gerade Sokrates schmähte. Er ging auf den Sophisten zu und befahl seinem Hund: »Darion, Platz!«

Das Tier bot einen erregenden Anblick, als es mit gefletschten Zähnen dasaß. Der Mann aber wandte sich an Sokrates: »Soll er ihn zerreißen?«

»Die Götter mögen es verhüten, Alkibiades! Wir haben uns ja nur ein bißchen gestichelt; deshalb kannst du doch den Zartesten von uns nicht Darions Fängen ausliefern!«

Plötzlich brach die Menge und auch Sokrates in lautes Gelächter aus: »Seht mal, es ist gar niemand mehr da, der zerrissen werden könnte!« Und wirklich: Hippias war verschwunden, wie sich ein Tropfen Wasser im Fluß verliert.

8

Alkibiades ging auf Sokrates zu. Er verneigte sich tief vor ihm, und seine wohlklingende, rhythmische Stimme, die so angenehm klang, da er jeden S-Laut weich und nicht scharf zischend aussprach, war voll Bewunderung und Liebe.

»Liebster Sokrates! Wenn Helios mit seinem goldenen Wagen über Athen hinwegzieht, so ist das für mich kein solch strahlender Anblick, als wenn ich dein Antlitz sehe!«

Alle ringsum lächelten den schönen jungen Mann an, hörten ihm wohlgefällig zu. Nur sein Vetter Kritias beobachtete mißmutig, wie Euthydemos sich bemühte, wenigstens Alkibiades' Mantel zu berühren. Als es ihm gelungen war, leuchteten seine Augen vor Glück. Ein jeder hier liebt diesen aufgeblasenen Gecken, Sokrates, das Volk, auch mein Euthydemos, sagte sich Kritias. Mich aber liebt niemand. Alkibiades zeigte stürmische Freude. »Endlich sehe ich dich wieder, mein teurer Sokrates!«

Sokrates wandte sich ihm zu und sagte ironisch: »Tatsächlich! Und wie wir uns heute wiedersehen! Du trägst schon wieder einen Rosenkranz im Haar. Du kommst von einem Trinkgelage! Den ganzen Monat bist du mir ausgewichen und hast geschwelgt. Und was muß ich da sehen? Wer hat deinen Darion so entstellt? Wer hat ihm die Rute verkürzt?«

»Mir tut er auch leid. Die Rute stand ihm prächtig.«

»Du Heuchler«, empörte sich Kritias. »Ein jeder weiß, daß du es selbst getan hast!«

»Das ist sicher nicht wahr!« sagte Sokrates.

Zerknirscht bekannte Alkibiades: »Doch, es ist wahr. In einer schwachen Minute, nach einem Weingelage ... Meine Frau Hipparete wollte es verhindern – sie weinte ... Es war wirklich eine schändliche Tat, und ich bereue sie.«

»So ein wertvolles Tier! Du hast mir selbst gesagt, daß es siebzig Mna gekostet hat!« rief Kritias aus.

»Bei Hera!« zürnte Sokrates. »Zehnmal mehr als all meine Habe in Athen und Gudi zusammen!«

»Das kam daher, weil du nicht bei mir warst, Sokrates.«

»Ganz Athen verurteilt dich, weil du das edle Tier so verunstaltet hast«, sagte Kritias.

»Das wollte ich ja gerade«, erwiderte Alkibiades. »Die Athener sollten von diesem Bubenstück sprechen und nicht über noch Schlimmeres.«

»Gibt es denn noch Schlimmeres über dich zu sagen?« fragte Sokrates entsetzt.

»Ja, bei Zeus!«

Sokrates' Gesicht verfinsterte sich. »Also deshalb hast du dich so lange vor mir verborgen?«

Alkibiades bekannte reuevoll, daß er Sokrates aus Scham nicht unter die Augen habe treten wollen. Er war den Verführungen der Hetären, dem Trunk und der Schwelgerei erlegen. Als ihn Sokrates fragte, ob er ihn wahrhaftig aus Scham gemieden habe oder um ungestörter seinen Ausschweifungen nachgehen zu können, stieß Alkibiades leidenschaftlich hervor: »Hättest du, der weiseste und tapferste aller Männer, mir bei Poteidaia nicht das Leben gerettet und mich aus dem Schlachtgetümmel getragen, würde ich jetzt mit dem Schatten des Perikles in der Unterwelt weilen. Und ich bitte dich, Sokrates, rette mir ein zweites Mal das Leben, sonst verfalle ich dem Verderben. Ich selbst kann mich nicht bezähmen, ich bin zu schwach gegenüber den Leidenschaften, die auf mich einstürmen...«

»Du bereitest mir Kummer, mein Freund!«

»O Sokrates, mein Meister, du bist weise!« Er beachtete Sokrates' Einwände nicht und schwärmte: »Schlage mir die Bitte nicht ab! In dir steckt eine solche Kraft, die dich zu allem befähigt, auch dazu, mich vor meinen Ausschweifungen zu schützen. Oh, wie sehne ich mich danach, wie damals in der Schlacht wieder in einem Zelt mit dir zu schlafen, zu essen, was auch du ißt, mit dir gegen den Feind zu kämpfen und von dir die guten Eigenschaften zu lernen. Wie ich dich verehre, teurer Freund, du mein Erretter!«

»Genug!« gebot ihm Sokrates finster. »Du übertreibst, und du weißt, daß ich das nicht liebe.«

Alkibiades rief unbeherrscht aus: »Ich will bei dir bleiben, Sokrates. Wenn ich dir nahe bin, bin ich ein besserer Mensch, wenn nicht, packen mich die bösen Dämonen. Und ich, lieber Sokrates, ich bin wirklich nicht so schlecht, als daß ich mich darüber noch freuen oder mir das sogar wünschen könnte! Zeus möge mein Zeuge sein, daß ich unglücklich bin, wenn ich fehle! Und du, mein Sokrates, tadle mich, erniedrige mich durch die Kraft deines Wortes oder schlage mich, tritt mit dem Fuß nach mir!«

»Hör auf, Alkibiades. Du hältst in nichts Maß, weder im

Ausschweifen noch im Bereuen. Habe ich dir nicht hundertmal gesagt, daß eine der schönsten Tugenden des Menschen die Sophrosyne ist, die Mäßigung, das Gefühl für das rechte Maß? Sie ist die Voraussetzung für alle anderen Tugenden; ohne sie wirst du wie ein Blatt im Winde hin und her geweht.«

Doch Alkibiades schwärmte weiter: »Wenn Sokrates von Tugenden spricht, ist das wie eine Gotteshuldigung. Die ganze Athener Jugend sollte sich das anhören.«

»Wohl, damit sie selbst feststellen kann, was alles an Ungesundem in ihr und auch in dir steckt?« fragte Sokrates.

»Du deckst die schlimmen Taten der Menschen auf, wie auch die bösen Gedanken. Du gleichst einem Wahrsager, einem Hellseher.« Alkibiades steigerte sich immer stärker in seine Schwärmerei: »Wir lieben dich über alles, Sokrates. Du bist unser Vater, bist die Stimme der unsterblichen Götter!«

Dann begann er, sich von neuem zu schmähen. »Wohin würde ich ohne dich geraten! Nur du, Tiger, vermagst es, mich zu bezähmen, daß ich dir zu Füßen liege. Und nun gehe ich nie mehr fort von dir. Ich werde ein einfaches, natürliches Leben an deiner Seite führen.«

Alkibiades riß den Purpurmantel aus erlesener Seide von der Schulter und schleuderte ihn die Treppe der Stoa hinunter in die Menge am Marktplatz. Der Mantel stieg in die Luft wie eine jäh entfachte rote Flamme, senkte sich nieder, und schon stritten sich die Menschen um ihn, zerfetzten ihn, denn jeder wollte ein Stück der orientalischen Kostbarkeit an sich reißen.

Boshaft sagte Kritias zu seinem Vetter: »Willst du nicht auch deinen Hund hinunterwerfen?«

»O nein, den habe ich lieber« – er blickte Kritias scharf in die Augen – »als einige Leute, denen fortwährend die Galle überläuft.«

Sokrates war erfreut über Alkibiades' Wandlung, die er in der Preisgabe des kostbaren Mantels zu sehen glaubte. Da fiel ihm ein, ob Alkibiades schon den Maler Agatharchos, den er so lange in seinem Hause gefangenhalten wollte, bis dieser ihm alle Wände mit Fresken versehen hatte, freigelassen habe, und er fragte ihn danach. Alkibiades gab zu, daß er den Maler noch immer gefangenhielt.

»Was für eine Schändlichkeit und Vergewaltigung! Und da versprichst du mir, du wolltest dich ändern?«

»Ich werde ihn schon freilassen, Sokrates, er ist ja bald fertig. Das ganze Haus verschönt er mir. Hipparete ist begeistert von seiner Kunst. Sag doch selbst! Wenn ich ihn gehen ließe und er käme freiwillig zu seiner Arbeit, würde er nicht mehr so meisterhaft malen wie jetzt. Weil Agatharchos von den leeren Wänden eingeschlossen ist, versieht er sie mit Landschaften und Menschen, damit er das Gefühl hat, er wäre unter ihnen. Er macht es wirklich sehr schön.«

Alle lachten, auch Kritias.

Welche Frechheiten, Launen und Schandtaten dieses Alkibiades – und das soll der erste Mann im Staat sein? dachte Kritias. Er wandte sich an Sokrates: »Warum willst du dich, teurer Sokrates, bei deinen Kenntnissen und Fähigkeiten nicht der Heeresführung und Politik widmen?«

»Wenn ich mich, lieber Kritias, damit beschäftigte, würde ich es vielleicht auch können. Aber ich wäre dann allein. Und ich will erreichen, daß sich zum Nutzen Athens möglichst viele Menschen mit der Kunst des Regierens beschäftigen. Deshalb widme ich mich nicht der Politik, sondern euch. Ich vervielfältige mich in euch. Und ich führe euch auch anderen zu, damit ihr einander gute Freunde werdet.«

Sah er Kritias' haßerfüllten Blick auf Alkibiades, den Euthydemos verliebt anlächelte? »Damit ihr euch gegenseitig zu einem tugendhaften Leben verhelft und die Gaben der Natur nützt.«

Unweit der Stoa überschrien sich zwei Epigonen der Sophisten gegenseitig, wie man es anfangen müsse, um leicht und rasch zu Erfolg, zu Macht und auch Wohlstand zu kommen.

»Der Gewinn ist das Ziel aller Menschen! Er ist das Ziel des Bürgers unserer Zeit!« schrien sie.

»Gewinn zeigt sich in Händen voller Silberstücke«, sagte Sokrates. »Aber wie sieht so ein Mensch innen aus? Dort herrschen Armut und Leere, weil wirklicher Reichtum sich nur in Bildung, Weisheit und Arete ausdrückt.«

Ein kreischendes Lachen ertönte. Der Tagedieb Anopheles, ein Athener Krüppel, stand, in seine Lumpen gehüllt, inmitten der Stoa mit ihren schönen Marmorsäulen und lachte schrill. Dabei blickte er Sokrates spöttisch an. »Du lebst wohl in den Wolken, Sokrates. Du siehst dem Volk nicht in den Magen. Diese beiden dort haben recht. Die Menschen wollen die Weisheit nur messerspitzenweise, wie scharfen Pfeffer, dafür aber ein großes Stück Schlauheit, das ihnen rät, wie man rasch zu Wohlstand kommt. Was ist schon die Tugend, Herrschaften? Was soll uns denn Tugend, könnt ihr mir das sagen? Von ihr wird man nicht satt. Ganz im Gegenteil, man bezahlt für sie mit Hunger, Armut und manchmal auch mit Stolz, haha! Habe ich nicht recht, du überschlauer Sokrates?«

»Ja, Anopheles. Du hast recht, wie die Sophisten.« Er lächelte.

Und Anopheles rief: »Ruhm dem weisen Sokrates!«

9

Der Töpfer Perphines feierte die Geburt seines fünften Kindes, eines Jungen, und da er vermögend war und ein großes Haus besaß, hatte er seine Freunde zu einem Krug Wein und einem tüchtigen Happen eingeladen. Auch Xanthippes Vater Nakteros war sein Gast.

Das Gelage war laut und fröhlich, denn einer der Söhne des Perphines konnte gut auf dem Aulos spielen. Passend und auch unpassend mischte sich sein Klang in das Gespräch der Töpferrunde.

Zielscheibe der von allen Seiten kommenden derben Späße war Nakteros.

»Freund, du wirst die Peitsche nehmen und deiner Ältesten eins über den Rücken ziehen müssen!«

Nakteros wunderte sich. »Warum sollte ich das tun? Ich kann mir keine bessere Tochter wünschen als meine Xantha.«

Mit einem ernsten und einem lachenden Auge belehrte ihn Perphines: »Was wahr ist, muß wahr bleiben: Töpferscherben verkaufen kann das Mädchen in ganz Kerameikos am besten.«

Ein Nachbar von Nakteros wurde ärgerlich. »Du kannst sie wahrlich loben, Nakteros. Aber mir schnappt sie alle Käufer weg!«

»Nur dir, Freund?« Perphines beschrieb mit dem Finger einen Kreis um die Tafelrunde. »Uns alle schädigt das schlaue Ding. Doch wenn du nicht bald die Peitsche zur Hand nimmst, Nakteros, wirst du deine tüchtige Verkäuferin los. Wir wären freilich nicht traurig darüber.«

Die Töpfer lachten und stichelten weiter.

»Und schön ist sie, daß Hermes mit seinem Heroldstab ein Auge auf sie wirft.«

»Mir scheint, sie hat ihre Hand schon vergeben. Auf unseren Waren wird sich nun kein Staub mehr ansammeln; er wird sich jetzt auf deine Töpfe legen, Nakteros!«

Nakteros glaubte noch immer, alles wäre nur Spaß, der zu einem solchen Familienfest gehört. »Was brummt ihr mir da die Ohren voll? Ihr habt euch den Wanst vollgestopft, Wein gesoffen, und nun wollt ihr euch auf meine Kosten belustigen, was?«

»Wenn es nur so ist, dann lach doch mit uns, und es hat sich«, rieten sie ihm.

»Ich durchschaue euch, ihr Schlaumeier. Ihr habt euch gesagt: ›Nehmen wir uns den Nakteros vor! Wir wissen doch, wie leicht man ihn in Wut bringen kann, selbst wenn es nur mit Hilfe eines Ulks ist.‹ Nun, ich habe heute keine Lust, mich zu ärgern«, verkündete Nakteros – und war schon zornig. »Aber nur keine Angst, meine Lieben! Xantha ist meine rechte Hand!« Nakteros rollte furchterregend mit den Augen. »Wer von euch hatte den absonderlichen Gedanken, daß ich sie verlieren würde? Du vielleicht, Perphines?«

»Warum verlieren denn die Väter ihre Töchter? Hast du nicht auch einmal einem Vater seine Tochter weggenommen?« sagte Perphines und stieß Nakteros in die Rippen.

Nakteros hatte keine Ahnung, was im Herzen seiner

Tochter vorging. Doch er ließ es sich nicht anmerken und redete daher, als wüßte er alles: »Na, na, mein lieber Perphines, weshalb diese Eile? Kann es denn dein Sohn nicht erwarten, Xanthippe in sein Haus zu nehmen? Du solltest ihm raten, diesem Milchbart, noch ein paar Jährchen auf die Mannesfreuden und -leiden zu warten!«

»Milchbart!« kreischte Perphines auf.

»Was ist er denn sonst?« erhitzte sich Nakteros. »Ich bleibe dabei: Milchbart!«

Stürmisches Gelächter brachte ihn zum Schweigen.

»Hört euch das an! Sokrates soll ein Milchbart sein!«

Nakteros verdrehte die Augen wie ein Hund, dem eine Fischgräte in der Kehle steckengeblieben ist.

»Was, wie, was schwatzt ihr da? Was für ein Sokrates?!«

»Na, der aus Athen. Soviel ich weiß, gibt's hier bloß den einen.« Perphines krümmte sich vor Lachen. »Ich platze! Sokrates als Xanthippes Bräutigam! Und der Vater der Braut weiß nichts davon!«

Das Wort »Bräutigam« gab Nakteros den Rest. Er hieb gewaltig mit der Faust auf den Tisch, und unter dem wiehernden Gelächter seiner Töpferfreunde jagte er heimwärts.

Schon an der Haustür schlug Nakteros Lärm: »Aufstehen! Aber schnell! Raus aus den Betten! Ach, ihr Knirpse doch nicht, marsch zurück und wie die Dachse geschlafen! Weib, bist du endlich auf? Xanthippe, herkommen!«

Nakteros' Ehefrau saß ganz verwirrt auf dem Bett; Xanthippe, verschlafen und zerzaust, erschien barfüßig im zerdrückten Peplos vor dem Vater.

Nakteros wetterte eine Weile und verfluchte bei allen Göttern diese verlogene, verräterische Welt, um sich gehörig in Fahrt zu bringen. Dann fragte er die Tochter mit donnernder Stimme: »Du mißratenes Ding, kennst du einen Sokrates?«

»Wie sollte ich ihn nicht kennen – jeder in Athen kennt ihn.«

»Und du, Frau, kennst du ihn auch?« fragte er, beide Fäuste in die Seite gestemmt, um seinem Auftritt den entsprechenden Nachdruck zu verleihen.

»Freilich kenne ich ihn. Ich sehe ihn ja oft genug auf dem Markt.«

»Jawohl, auf dem Markt und in den Straßen treibt er sich herum wie ein Tagedieb, arbeitet nicht, redet nur unnützes Zeug und steigt meiner Tochter nach.«

Doch die Tochter war längst den Kinderschuhen entwachsen, in denen sie es nicht gewagt hätte, dem Vater zu widersprechen. Und so fiel sie ihm heftig ins Wort: »Väterchen, ich habe immer geglaubt, du wärest ein gebildeter Mensch. Und als ein solcher solltest du keine Reden führen, die deiner und auch Sokrates' unwürdig sind.«

»Was für Reden?«

»Nun, du hast gesagt, daß er nicht arbeitet und nur unnützes Zeug daherschwatzt!«

»Und stimmt das etwa nicht?«

»Nein. Er spricht mit den Menschen, um sie zu lehren.«

Nakteros riß die Augen auf. »Was lehrt er sie denn?«

»Denken«, sagte Xanthippe ruhig.

Denken! Das war für Nakteros' Begriffe zu hoch. »Was gibt es da zu lehren? So ein Unsinn!« fuhr er die Tochter an.

Nakteros' Frau konnte diesem Streitgespräch nicht folgen. Sie versuchte, ihm mit einer praktischen Frage beizukommen: »Und was hast du mit diesem Sokrates, Xantha?«

Xanthippe sagte fast singend: »Ich werde ihn zum Manne nehmen!«

»Was? Sokrates will dich heiraten?« Die Mutter wurde blaß.

»Und ich ihn. Wir haben schon alles besprochen.«

»Ohne mich?« schrie Nakteros.

»Ja, es ging auch ohne dich, Vater.«

Im elterlichen Schlafraum zogen Wolken auf, und der Donner begann zu grollen.

Der Vater: »Er hat nichts.«

Xanthippe: »Er wird mich haben.«

Der Vater: »Er geht zu den Hetären.«

Xanthippe: »Damit wird er aufhören.«

Der Vater: »Er arbeitet nicht.«

Xanthippe: »Ich werde es ihm beibringen.«

Der Vater: »Er redet und redet nur.«

Xanthippe: »Ich rede auch gern, so reden wir also im Dialog.«

Die Mutter: »Er ißt nicht ordentlich, nur diese Sonnenblumenkerne.«

Xanthippe: »Ich werde für ihn kochen.«

Die Mutter: »Den ganzen Tag ist er auf der Agora und in den Gymnasien.«

Xanthippe: »Er wird zu Hause bleiben.«

Die Mutter: »Die ganze Nacht streunt er umher, geht zu Trinkgelagen und hält Reden.«

Xanthippe: »Ich werde ihm daheim ein Trinkgelage veranstalten, und Reden zu halten, erlaube ich ihm auch.«

Der Vater: »Es heißt, er will die Menschen völlig ändern!«

Xanthippe: »Ändern werde ich ihn!«

Plötzlich stellte die Mutter eine gefährliche Frage: »Und wovon werdet ihr leben?«

Jedes andere Mädchen in Hellas, das Sokrates' Verhältnisse kannte, wäre jetzt erschrocken. Doch Xanthippe war – nun, sie war eben Xanthippe.

Sie öffnete die Schleusen ihrer Beredsamkeit und sprudelte los: »Ja, glaubt ihr denn, eure Tochter würde nicht an die Hauptsache denken? Bei allen bemalten Töpfen, was wäre ich da für eine Hausfrau? Erstens: Ich erhalte eine Mitgift, und zwar eine schöne, wie Vater einige Male versprochen hat. Wart nur, Väterchen! Sei still! Jetzt habe ich das Wort. Es versteht sich, daß wir die Mitgift nicht unnötig verschleudern werden. Dafür werden wir kaufen, was wir brauchen, um uns ernähren zu können: einen Esel, eine Ziege, anständiges Werkzeug für das Gütchen« (die sonst sachliche Xanthippe erlaubte sich hier eine kleine Übertreibung, um die Eltern zu verblüffen). »Ihr fragt, was für ein Gütchen? Nun, Sokrates' Gütchen in Gudi am Hymettos; ich war schon dort mit ihm. Es gibt dort einen Weinberg, einen Olivenhain, ein paar Feigenbäume und so weiter und so fort. Also ein Gütchen, wenn ich es euch doch sage! Wenn er es richtig in die Hände nimmt, Demeter helfe mir!, dann werdet ihr euch wundern, was es einbringen wird...«

Sie mußte Luft holen, und das nutzte der Vater aus: »Aber in solch einem Weinberg und Garten muß doch jemand arbeiten.«

»Sokrates und ich werden es schon tun.«

»Und wer wird die Ziege betreuen, den Stall ausmisten?«

»Sokrates und ich.«

Alle Einwände der Eltern prallten wie Wellen an einem jahrtausendealten Felsen an Xanthippes festem Willen ab; doch von neuem kam die Brandung auf.

»Er ist zwanzig Jahre älter als du. Er bekommt schon eine Glatze!«

»Nicht einmal Opanken besitzt er!«

»Er läßt sich wie ein Bettler von seinem Wohltäter, diesem Kriton, ernähren!«

»Die Bildhauerei, die etwas eingetragen hätte, hat er an den Nagel gehängt.«

»Er lehrt einige Jünglinge, ohne, hörst du, Xantha, ohne daß er dafür auch nur einen Obolos von ihnen annimmt!«

»Schluß jetzt!« schrie Xanthippe, die fühlte, daß der Streit sich seinem Höhepunkt näherte. »Er lehrt auch die Söhne der Reichen.«

Vater und Mutter blickten gespannt auf.

Xanthippe wagte, ein großes Wort gelassen auszusprechen. »Und ich werde ihn dazu bringen, daß er von ihnen Geld nimmt...«

Die Eltern hielten inne. Vor ihren Augen erschienen die Gesichter der reichsten Schüler von Sokrates, die ganz Athen kannte: Alkibiades, Kritias, Kriton, Charmides.

Xanthippe beendete das nächtliche Gespräch.

»Wir beide werden so viel Geld haben, daß wir nicht wissen, wohin damit. Gute Nacht!«

Sie drehte sich um und ging schlafen.

Als Nakteros sich zur Nachtruhe entkleidete, sagte seine Frau: »Vater, eigentlich kann ich mich gar nicht über unser Mädchen wundern. Neulich war ich auf dem Markt, um Fisch zu kaufen. Und wen sehe ich da? Sokrates! Obwohl er barfuß war, schritt er daher wie ein König, und was für ein Gefolge hinter ihm! Dann sprach er zum Volk, ich weiß zwar nicht mehr worüber, aber es war so ergreifend und lustig, daß die Menschen lachten und weinten. Er besitzt eine große Macht über die Menschen, Vater. Glaube mir das.«

Die Frau löschte das Licht und legte sich neben ihren Mann, der, erschöpft von den Ereignissen, schon am Einschlafen war.

Plötzlich kam Xanthippe ungestüm ins Zimmer gelaufen, und sie rief frohlockend: »Mutter, Vater! Das Wichtigste wißt ihr ja noch gar nicht! Ich werde berühmt sein!«

10

Das Symposion bei dem reichen Kallias verlief dank Sokrates' Hochzeitsstimmung prächtig. Die Tischgesellschaft unterhielt sich über die Liebe. Hoch wurde die Liebe zur Frau erhoben über den »Liebesunfug«, wie man die Liebe der Männer zu Knaben nannte.

»Du schwärmst ja nur deshalb so sehr für die Frauenliebe, weil du in ein junges, hübsches Mädchen verliebt bist, Sokrates. Sie soll ja fünfzehn Jahre jünger sein als du.«

»Zwanzig«, berichtigte ihn Sokrates.

»Was ihre Zunge betrifft, so soll sie aber um vieles älter sein«, bemerkte giftig Sokrates' ewiger Widersacher Antiphon, ein Sophist und Schüler des Gorgias.

»Es heißt, Xanthippe ist in Athen der einzige Mensch, der mit seiner spitzen Zunge über Sokrates die Oberhand hat. Sie hat ihn schon so weit bezwungen, daß er sie heiraten will«, schloß sich auch Kallias dem Philosophen an. Und der junge Agathonos, ein angehender Tragödiendichter, fügte hinzu: »Als Schülerin kann er seine Braut bestimmt nicht mit in die Schule nehmen, denn sie ließe ihn nie zu Wort kommen.«

Und es wurde weiter gewitzelt: »Was für ein Schauspiel! Der große Philosoph unter solch kleinen Opanken!«

»Die ganze Kunst der Mäeutik, die Sokrates von seiner

Mutter geerbt hat, schlägt hier fehl. Aus Xanthippes Seele erhebt sich kein Phoinix, nur eine geschwätzige Dohle.«

»Nicht einmal seine berühmte Dialektik hat bei ihr Erfolg.«

Nur zwei Schüler versuchten, Sokrates zu verteidigen – Kriton und Kritias. Alkibiades hatte schon allzu tief in den schweren silbernen Becher gesehen, um den Lästermäulern Einhalt zu gebieten. Sokrates jedoch ließ lächelnd alle ausreden, die höhnischen Spötter wie Anthiphon und auch diejenigen, die nur gutmütig witzelten. Er trank genießerisch von dem edlen Chioswein und lächelte dabei vor sich hin. Als schließlich ein jeder seine Spottlust gestillt hatte, warteten gespannt auf Sokrates' Antwort.

Der sah keinen Anlaß, seine Wahl zu verteidigen, und er sprach: »Wenn ich bisher in der Nacht von einem Symposion oder Trinkgelage heimkehrte, empfingen mich nur Einsamkeit und Stille. Meine Zunge war vom Wein gelockert, und doch sollte ich schweigen wie die Finsternis? Das konnte nicht so weitergehen. Immer allein sein ist nicht gut. Ich führte dann Selbstgespräche, um mir nicht so verlassen vorzukommen. Und das Haus? Ein wahrer Jammer! Überall ist es stumm, leer, traurig. Aber laßt mich nur verheiratet sein! Ach, beim Höllenhund Kerberos, glaubt mir, das wird anders! Ich komme nachts spät nach Hause. Spät, sage ich! Jede andere Frau wäre mir da schon längst davongelaufen. Nicht so Xanthippe, mein Hippchen, mein liebes Pferdchen, ein Vorbild für alle Frauen. Ich sehe es förmlich vor mir: Sie wird auf mich warten, wenn es sein muß, die ganze Nacht. Schon von weitem erkennt sie meinen Schritt, schon von weitem begrüßt mich ihre helle, fröhliche Stimme. Wie das nur klingen und schallen wird, wenn sie mich dann mit schmeichelhaften Worten überschüttet. Die stumme Öde verwandelt sich in eine lärmende Halle, in der jedes Wort sein lebendiges Echo findet. Und ihre Stimme wird sein wie das Schmettern ...«

»... von Töpfen und Schüsseln!« fiel Antiphon ein.

Doch Sokrates hatte es nicht gehört.

»Ihre Stimme wird wie das Schlagen einer Nachtigall sein, wie das Lied der heiligen Zikaden, und Antiphon würde vor

Neid erbleichen, wenn er hören könnte, wieviel Trefflichkeit und Jugendfrische in der Kehle dieses einzigartigen Frauchens steckt. Nur wenige vermögen so tief in heilige Ekstase zu fallen wie sie. Würde Dionysos, der Gott der Freude, meine Xanthippe kennen, er reihte sie wegen ihrer so klangvollen Stimme gleich in die vorderste Reihe der singenden Mänaden ein. Alle Rhetoren könnten von ihr lernen. Beim Höllenhund! So ein Rhetor spult seine Rede ab, stottert herum, wiederholt sich, hilft mit Händen und Füßen nach, führt förmlich einen Tanz auf der Rednertribüne auf – doch sie? Sie steht da wie Artemis, stellt eines ihrer schönen Beine vor das andere, stützt die linke Hand in die Hüfte, während die rechte anmutige Gesten vollführt, öffnet ihr Mündchen – und schon schwirren die Worte den Käufern, den Eltern oder mir entgegen wie eine Wolke von Pfeilen, schon jagen sie daher wie die persische Reiterei.

Oh, glaubt mir, liebe Freunde, manche könnten von ihr lernen. Sie könnten den vielfältigen Reichtum ihrer Sprache studieren, sich ihre prächtige, schlagfertige Redeführung aneignen, ihre kraftvolle Betonung und vieles mehr. Ihr müßtet hören, wieviel treffende Vergleiche aus dem Reiche der Natur und der Geister sie mir zu nennen vermag, wenn ich einmal beispielsweise nicht pünktlich zum Stelldichein komme.

Und wie sie sich erst in mir auskennt! Nicht einmal ich selbst kenne mich so gut, wie sie mich kennt.«

Kritias rief in die lärmende Fröhlichkeit hinein: »Obwohl doch dein Wahlspruch mit dem Orakel von Delphoi übereinstimmt: ›Erkenne dich selbst!‹ «

Das Gelächter der Tischrunde wurde stärker. »Oh, ihr lächerlichen Spötter!« rief Sokrates aus. »Ich weiß, warum ihr mir so zusetzt: Ihr neidet mir, daß Xanthippe die Meine wird! Ihr neidet mir, daß ich daheim dann prächtig für meine Redewettstreite mit Antiphon und den neugebackenen Sophisten üben kann. Vor allem jedoch beneidet ihr mich um mein Hippchen, meine kleine übermütige und unbezähmbare Stute. Aber wenn ich es mit meinem Stutchen, ihren Zähnchen und Hüfchen in Schritt, Trab und Galopp aushalten werde, mich mit ihr vertrage – na, da werde ich es wohl auch mit den ungehorsamen und sich oft wie zügellose Pferde gebärdenden Athenern aushalten können.«

Abermals kam Gelächter auf, und er mußte eine Pause einlegen, die er nutzte, seinen Becher zu leeren und dem Sklaven zuzuwinken, ihn von neuem zu füllen. Dann nahm er den Rosenkranz von seinem Haupt und hob ihn in die Höhe.

»Dir seien diese schönsten aller Rosen gewidmet, du meine scharfzüngige Braut mit den zarten weißen Ellenbogen! Denkt daran, meine Teuren: Xanthippe ist schon heute in ganz Athen und über die Grenzen Attikas hinaus berühmt. Und eure Frauen und Geliebten? Ich weiß nicht einmal, was für welche ihr habt! Und wenn ihr irgendwelche Puten habt, dann kenne ich schon gar nicht ihre Namen. Wäre Xanthippe nicht nach meinem Geschmack, warum sollte ich, der ich schon in den weisen Jahren bin, sie dann nehmen? Nun, sag doch selbst, Antiphon, du mein schwarzer Schatten mit deinem sonst so scharfsinnigen Kopf, warum? Und wie ich mich schon freue, daß ich, wenn ich nachts spät nach Hause komme, nicht heimlich und auf Zehenspitzen auf mein Lager schleichen muß wie ihr, ihr Leisetreter und Angsthasen, sondern daß ich in meinen Palast unter Trommelwirbeln und Fanfarengeschmetter ruhmvoller einziehen werde als die Barbaren in die Schlacht.«

Stürmischer Beifall ertönte, begleitet von lautem Lachen. Die Topasaugäpfel der eulenäugigen Athene des Pheidias sahen von der Höhe der Akropolis herab auf ein Häufchen Leuchtkäfer. Doch unten in den Straßen Athens war, umringt von Neugierigen, nur ein Häufchen nach Hause Torkelnder zu sehen, die von Sklaven gestützt wurden. Das waren die ehrenwerten Männer, die vom Gastmahl des reichen Kallias heimkehrten.

Tage später erblickten die Topasaugäpfel der eulenäugigen Athene von der Höhe der Akropolis herab wiederum ein Häufchen Leuchtkäfer, das sich langsam von Kerameikos zum Demos Alopeke hin bewegte.

Auch dies waren keine Leuchtkäfer, sondern die Hochzeitsgäste, die in feierlichem Zug Xanthippe, Sokrates' Frau, in sein Haus geleiteten.

11

Das Dionysos-Theater füllte sich. Aristophanes hatte seinen großen Tag: den Wettstreit seiner Komödie »Die Wolken« mit Kratinos' Komödie »Die Flasche«. Es war kaum zu bezweifeln, daß der junge, witzige Aristophanes, der im Vorjahr mit seinen Angriffen auf Kleon in den »Rittern« Athen in einen Taumel der Begeisterung versetzt hatte, über den alten Trinkbruder Kratinos und dessen grobschlächtige Komik triumphieren würde.

Kleon und die Archonten, die Herrscher der Stadt, nahmen Platz; der Priester des Dionysos wurde auf seinen Ehrensitz geführt. Auch Euripides war anwesend. Die Ordner sahen sich nach Sokrates um, konnten ihn aber nicht erblicken, denn er saß zusammengekauert in der obersten Reihe. Seine Schüler hatten sich Plätze in der Nähe der Bühne gesucht. Xanthippe hatte, als sie hörte, daß sich die Komödie mit ihrem Mann befasse, alles stehen- und liegengelassen und war gerade noch vor Toresschluß ins Theater gekommen.

Ein Gong ertönte, und die Handlung der Komödie begann sich zu entwickeln.

Der alte Bürger Strepsiades hat einen Sohn namens Pheidippides, dessen ausschweifendes Leben den Vater in Schulden stürzte. Der hatte nun auf der Agora gehört, daß es Weise gäbe, sogenannte Sophisten, die imstande seien, Schwäche in Stärke und Ungerechtigkeit in Gerechtigkeit zu verwandeln. Der Greis begibt sich also in deren »Philosophenklause«. Er will ihre Kunst erlernen, um sich durch Ausflüchte seiner Gläubiger entledigen zu können. Doch die »Denkschule« ist nur den Erleuchteten zugänglich. Umringt von seinen bleichen, hohlgesichtigen Schülern, schwebt der Meister in einer Hängematte und will die Sonne erforschen.

Die Komödie beginnt witzig, die Zuschauer unterhalten sich gut und lachen. Aristophanes ist von Zeit zu Zeit auf der Bühne mit einem Lorbeerkranz im Haar zu sehen, wie auch schon in seinen »Rittern«.

Der Weise steigt aus seiner Hängematte zur Erde hinab,

um Strepsiades in die Philosophenschule aufzunehmen und ihn durch einen Ritus zu einem Erleuchteten zu machen – der Schauspieler, der den Weisen spielt, wendet sich nun mit dem Gesicht den Zuschauern des überfüllten Theaters zu; er trägt die Maske des Sokrates!

Die Menge erstarrt für einen Augenblick. Sokrates – ein Sophist? Doch gleich darauf erhebt sich ein Gelächter, das sturmartig durch das Theater rauscht. Die Komödie wird also von ihrem Liebling, dem wunderlichen Sokrates, handeln. Und seine Maske, die eher dem Silen als ihm selbst ähnelt, trägt das Ihre zur allgemeinen Heiterkeit bei.

Die Komödie geht weiter: Die inhaltslose und wäßrige Weisheit der Sophisten wird symbolisiert und parodiert durch den Chor der Wolken, deren Verehrung als Reich der Götter den bisherigen Götterglauben ersetzen soll. Die Sophistik ist eine neue Mode, eine neue Weisheit, die eben alles ersetzen kann.

Sofort verstummt das Gelächter, denn über den Götterglauben zu lachen ist sowohl für den Verfasser als auch für Sokrates, ja selbst für den Zuschauer gefährlich. Aber Komödie ist Komödie, ist nicht das Leben selbst. Warum sollte man da nicht lachen dürfen? Selbst Perikles sagte, daß Feste und Spiele veranstaltet werden, damit sich der Geist durch die mannigfaltigsten Eindrücke belebe und von seiner Schlaffheit und Bedrückung befreie.

Als sich zeigt, daß Strepsiades für das Lernen zu beschränkt ist und den mißratenen Sohn Pheidippides statt seiner in die »Denkschule« schicken muß, kehrt die heitere Stimmung zurück, und aus dem riesenhaften Halbkreis des Theaters schallt fröhliches, nur hier und da hämisches, boshaftes Gelächter.

Kleon runzelte nachdenklich die Stirn. Er verglich: Vor einem Jahr noch hatte Aristophanes Sokrates grob angegriffen, und nun sah es so aus, als ob er ihm überaus freundlich gesonnen wäre. Wie kam das? Fürchtete er, Sokrates anzugreifen, weil er beim Volke so beliebt war? Aristophanes war gewöhnlich nicht furchtsam. Wenn er mich nicht fürchtet, wen und wovor sollte er sich sonst fürchten? Seiner Meinung nach bin ich ein Rohling und

Schreihals, doch er selbst ist ein weitaus größerer Rohling als ich, und mit seinen Protagonisten und seinem ganzen Chor schreit er das Volk nieder!

Kleon beugte sich nach vorn und lehnte sich dann wieder zurück, um durch wechselnde Betrachtungsweite seine Aufmerksamkeit noch zu verstärken. Er wartete noch immer gespannt darauf, ob ihn der Bühnen-Sokrates mit einem scharfen Wort durchbohren würde oder nicht. Und schon geschah es.

Pheidippides ist das Gegenteil seines Vaters. Erregt vernimmt er bei den Sophisten die Lehre von der uneingeschränkten Freiheit. Schnell erlernt er die nötigen rhetorischen Kniffe; und der alte Strepsiades, angespornt von den Kenntnissen seines Sohnes, verjagt die Gläubiger. Wegen eines Streits über künstlerische Auffassungen – der Vater liebt Aischylos, der Sohn ist ein Verehrer des Euripides – kommt es aber zwischen Strepsiades und Pheidippides zu einem Handgemenge, und Pheidippides, der seinen alten Vater blutig schlägt, beweist diesem, daß nach den neuen sophistischen Anschauungen der Sohn das Recht habe, seinen Vater, ja sogar seine Mutter zu schlagen.

Pfeifen, Getrampel, Geschrei. Die Schauspieler mußten ihr Spiel unterbrechen, denn der Lärm verschluckte ihre Worte. Das Volk von Athen nahm seinen wunderlichen Barfüßigen in Schutz. Es vertrug nicht, daß ihm ein solches Unrecht zugefügt wurde.

Von allen Seiten prasselten auf Aristophanes Verwünschungen nieder: »Du Stümper, das ist nicht unser Sokrates!« – »Weg mit dieser Mißgeburt!« – »Schluß jetzt! Keiner auf der Bühne reißt mehr sein Maul auf!« Und immer wieder Pfiffe.

Sokrates' Schüler waren außer sich vor Erregung. Auch sie pfiffen. Wie konnte man ihren Sokrates einfach so verleumden? Er wollte doch, daß sie alle besser würden, er verführte sie nicht zu solchen Schlechtigkeiten.

Das Pfeifen, Getrampel und Geschrei aus den vielen tausend Mündern erschütterte wie ein Gewitter das ganze Theater. Aristophanes war bleich. Er kroch in sich zusammen und betete zu den Göttern, dieses Gewitter möge nicht enden, denn er wollte nicht, daß Sokrates weiter geschmäht würde.

Doch da erhoben sich in der ersten Reihe Kleon und der Basileus und geboten mit einer Handbewegung Ruhe.

Die siebzehntausend Zuschauer murrten, doch sie beruhigten sich, Stille trat ein, und die Komödie ging weiter.

Hastig setzten die Protagonisten ihr Spiel fort, um die Vorstellung schnell zu beenden – sie waren selbst nicht mehr froh mit ihrem Stück.

Der alte Strepsiades, vom eigenen Sohn zusammengeschlagen, gerät in eine solche Erregung, daß er voller Wut die Denkschule des gottlosen Sokrates, der den Sohn gegen den eigenen Vater aufgehetzt hat, anzündet.

Auch die Zuschauer gerieten in Wut. Sokrates' Schüler Alkibiades, Simon, Kriton, Antisthenes schrien sich fast die Lunge aus dem Leib. Aber auch die Sophisten rasten – hatte Aristophanes in Sokrates doch eigentlich sie lächerlich gemacht.

Aristophanes wurde mit faulen Eiern und Äpfeln beworfen.

Während das Publikum tobte, geschah etwas Sonderbares: Irgend jemand zeigte auf die mittlere Treppe zwischen den Sitzen, auf der langsam, Stufe um Stufe, Sokrates hinabschritt. Die Menschenmenge bemerkte ihn. Ein ungeheurer Beifallssturm, der sich zu einem begeisterten Triumph steigerte, empfing Sokrates.

Antiphon, der Sokrates nicht gesehen hatte, beugte sich zu dem wie vernichtet dasitzenden Aristophanes hin. »Hörst du das? Dieser Jubel! Du hast gewonnen!«

Im gleichen Augenblick begriffen beide, weshalb die Massen so jubelten. Sokrates zeigte sein freundliches, liebes Lächeln, er stieg weiter und weiter hinab und klatschte ebenfalls in die Hände. Doch sein Beifall galt nicht Aristophanes, der ihn verunglimpft hatte, sondern dem Volk, das die verleumderische Komödie verurteilt hatte.

Das Stück fiel auf der ganzen Linie durch.

Sokrates war nun in der ersten Reihe angelangt, wo ihn bereits seine Schüler und sein Freund Euripides erwarteten. Aber auch Aristophanes selbst war hinzugetreten.

Sokrates ging auf ihn als ersten zu, und spöttisch beglückwünschte er ihn zu seinem gelungenen-mißlungenen Spaß. Doch er war der einzige, der das Stück leicht hinnahm.

Alkibiades sprang von der dritten Reihe in die erste, und in unbeherrschtem Zorn fiel er über Aristophanes her: »So ein mistiges Pamphlet! Und dazu wußtest du dir keinen anderen auszusuchen als gerade Sokrates?« Es nützte nichts, daß Sokrates ihm zuwinkte, er solle innehalten. Die Worte stürzten nur so aus ihm heraus: »Man sagt von dir, Aristophanes, du seist ein erfolgreicher Koch. Auch heute hast du die verschiedensten Gewürze geschickt in die Tunke gemischt, doch wo ist der Braten geblieben? Der ist dir wohl verbrannt? Du kommst dir wohl wie ein Held vor? Oder hast du vielleicht Sokrates, den Gegner der Sophisten, aus irgendeinem unlauteren Grund zu einem ihrer Führer machen wollen? Unterbrich mich nicht, lieber Sokrates, aber so ist es doch!«

Aristophanes blieb ruhig. »Ich bin eben ein Komödiendichter, ich will die Menschen unterhalten, und nur ein närrischer Mensch kann eine Komödie ernst oder gar tragisch nehmen, wie du das tust, Alkibiades.«

»Eine Komödie, sagst du; aber die Menschen sehen darin...«

»... die Männer, die zum Stolz Athens gehören«, fiel ihm Aristophanes rasch ins Wort. »Kleon, Sokrates und auch Euripides. Sie werden durch mein Stück doch nur berühmter.«

»Lächerlich hast du sie gemacht! Mit Schmutz hast du sie beworfen!« schrie Alkibiades.

Sokrates neigte sich ein wenig zu ihm und sagte: »Er hat sich heute selbst lächerlich gemacht. Er erwartete Lorbeer, und was hat er bekommen? Die Bürger freilich hast du, wie es sich zeigte, nicht für dich gewonnen, Aristophanes. Da, sieh! Auf deiner Chlamys sind noch die Spuren von faulen Eiern. Erlaube, daß ich sie mit dem Zipfel meines Mantels entferne. Der ist alt und hält was aus.«

Für Aristophanes waren jede Berührung von Sokrates' Mantel und jedes Wort wie ein Schlag ins Gesicht. Er wollte sich losreißen, aber Sokrates hielt ihn fest. So mußte er verharren.

Da ergriff Euripides das Wort: »Meiner Ansicht nach sollten von der Bühne nur Erzieher des Volkes sprechen; aber du, Aristophanes, schilderst Sokrates, einen wirklichen Erzieher der Jugend, als einen Ehrlosen. Warum? Warum ist deine Komödie denn so voller Verzerrungen und richtet sich mit ihren Spitzen gegen Menschen eines bestimmten Schlages?«

»Was für eines Schlages?« Aristophanes erschrak.

»Auf keinen Fall gegen Menschen jenes Schlages, mit denen du dich verbrüdert hast. Und ihr wollt einfach nicht, daß die jungen Menschen besser und gebildeter sein sollen als ihre Väter. Ihr könnt es nicht ertragen, die Menschen so zu sehen, wie zum Beispiel Sokrates und ich, und zu wissen, daß wir an die Möglichkeit ihrer Besserung glauben, daß sie durch eine gründlichere Bildung zu ehrenhaften, für die Gemeinschaft nützlichen Bürgern werden können.

Doch du hast die Tatsachen verdreht! Und zwar mit Absicht! Absichtlich hast du die Schauspieler herausschreien lassen, Sokrates hetze die Söhne gegen ihre Väter auf und verderbe die Jugend. Alle Väter werden sich jetzt gegen Sokrates empören.«

»Nicht alle!« meldete sich da einer der Führer der demokratischen Partei, der Weißgerber Anytos, der in der Nähe stand. »Nach deiner Komödie, Aristophanes, habe ich mich jetzt entschieden, meinen Sohn zu Sokrates zu schikken. Du hast Menschen angegriffen, zu denen auch ich gehöre, mein Lieber!«

Aristophanes sah ein, daß er mit seinen Angriffen die Demokraten und deren Freunde nur noch enger verbunden hatte. Er straffte sich und versetzte Sokrates einen noch heftigeren Schlag als in seiner Komödie: »Aber Sokrates verkündet doch öffentlich in ganz Athen, die Söhne sollten über ihre Väter hinauswachsen.«

Sokrates ließ sich nicht länger von Euripides, Anytos und Alkibiades verteidigen. Fröhlich rief er aus: »Und warum nicht?! Soll sich der Mensch zurückentwickeln? Wenn die Athener Väter nicht wollen, daß ihre Söhne gebildeter, gewandter und tüchtiger werden als sie selbst, dann bin ich diesen Söhnen ein besserer Vater, als ihre eigenen Väter es sind.«

Die noch dageblieben waren, spendeten Beifall. Doch Euripides' Stirn war von Sorgen umwölkt.

Aristophanes begann zu lachen.

»Sokrates, du bildest dir wohl ein, daß dich die Athener Väter loben werden, weil du willst, daß sich ihre Söhne voller Verachtung über sie erheben sollen?« Auf sophistische Weise hatte er Sokrates' Worten eine andere Bedeutung unterschoben.

Sokrates setzte sich auf eine der steinernen Bänke in der ersten Reihe und knabberte an seinen Sonnenblumenkernen, während alle anderen stehen blieben und ihn so deutlich überragten. Doch die Kraft des Wortes ist eine eigenartige Sache. Sokrates sprach langsam; seine Sprache war einfach und machtvoll.

»Wenn die Athener Väter nur das anerkennen und bei dem verharren würden, was war und was ist, wenn sie nichts Neues zulassen wollten, dann wäre es für mich eine Ehre, daß sie sich gegen mich stellten; aber die gleiche, wenn nicht noch größere Ehre ist es für mich, ihre Söhne zu lieben.«

Die jungen Männer rings um Sokrates nickten ihm begeistert zu.

»Eher ließe ich mich von den Vätern hassen als von den Söhnen. Und wenn ich mir die Zukunft Athens vor Augen halte, dann glaube ich fest, daß die Menschen – und darum will ich mich mit aller meiner Kraft bemühen – immer reifer und reifer werden.«

In den Jubel, mit dem die Schüler ihren Lehrer feierten, mischte sich Euripides' und Anytos' Beifall und auch der einiger Zuhörer auf der Tribüne sowie der Schauspieler, die, nun ohne Masken, aus der Garderobe unter der Bühne getreten waren. Auch der Schauspieler, der Sokrates dargestellt hatte, applaudierte.

Aristophanes krümmte sich vor Wut, und seine Augen röteten sich. So gern er andere stach, so wenig konnte er es ertragen, selbst gestochen zu werden, und wehe dem, der im Gespräch mit ihm das letzte Wort behielt.

Sokrates erhob sich, und mit glückstrahlendem Lächeln breitete er die Arme aus. »Die Athener haben mir heute gezeigt, wie sehr sie mich lieben! Siehst du, siehst du, Aristophanes, und das sollte nun dein großer Tag werden.«

12

Das gemeinsame Leben der Neuvermählten gestaltete sich anders, als es sich Xanthippe ausgemalt hatte. Nicht sie im Verein mit Sokrates, sondern sie allein mußte die Wirtschaft in die Hände nehmen.

Von der Mitgift ihrer Eltern kaufte sie einen Esel – Sokrates gab für ihn nur Perkons Namen. Sie kaufte eine Ziege – Sokrates labte sich an der frischgemolkenen Milch. Im Garten baute sie Gemüse an – Sokrates aß den Knoblauch und die Zwiebeln zum Käse.

Und wenn sie etwas allein nicht zuwege brachte, wandte sie sich an die Nachbarn um Hilfe. Simon war längst verheiratet und hatte bereits große Kinder, die er zu ihr schickte, wenn sie Hilfe brauchte.

Simon war Sokrates dankbar, schon so viel von ihm gelernt zu haben, daß er selbst eine Abhandlung über Güte und Schönheit zu schreiben vermocht hatte, und so hielt er es für eine gerechte Belohnung seines Lehrers, wenn die Kinder Xanthippe unterstützten.

Aber diese Hilfe war eigentlich nicht erwähnenswert, und Xanthippe rackerte sich von früh bis spät ab, um etwas für den Lebensunterhalt aufzubringen und nicht allzusehr von Kriton abhängig zu sein. In Gudi betreute sie den vernachlässigten Weingarten – Sokrates trank nach den Gesprächen mit seinen Freunden noch gern einen Schluck Wein. Sie schüttelte und sammelte auch die Oliven in ihren Korb – Sokrates bevorzugte selbsteingelegte Oliven.

Xanthippe war stolz darauf, welch Perle in der Hauswirtschaft sie war, Sokrates bewunderte sie – und so ging das Tag um Tag. Weil sie kaum wußte, wohin sie zuerst springen sollte, überlegte sie, wie sie sich die Arbeit erleichtern könnte.

Heute wollte sie waschen. Sie stellte sich auf die Zehenspitzen und rief über die Mauer hinweg nach Simon. Der fragte erst gar nicht, was Xanthippe wolle, sondern schickte gleich den Sohn zu ihr. Der Junge half Xanthippe, einen Kalksteinblock zum Brunnen hin zu wälzen, damit sie den Waschzuber darauf stellen konnte.

Xanthippe wusch; ihr Haar hatte sie zu zwei dicken Zöpfen geflochten. Sie war völlig durchnäßt, der Peplos aus dünnem Stoff klebte ihr am Leibe, die Knie waren schmutzig vom Lehm, denn am Morgen hatte sie in aller Frühe Salat auf die Beete gepflanzt.

Sokrates betrat den Hof, küßte Xanthippe und holte sich einen Fladen und ein paar Feigen. Dann setzte er sich an den Tisch. Verwundert betrachtete er seine junge Frau, sah ihre Zöpfe wie zwei dicke Schlangen auf ihren Schultern hüpfen, lobte sie, weil sie Spaß an ihrer Arbeit hatte, denn schließlich sang sie ja dabei. Dann fiel sein Blick auf den Steinblock unter dem Waschzuber, und er mußte lachen. »Ein reizendes Bild!«

»Worüber lachst du?« fragte Xanthippe und drehte sich nach ihm um.

Auf dem nassen Peplos zeichneten sich die Spitzen ihrer Brüste ab und unter ihrem Bäuchlein der dunkle Schoß. Lachte er vielleicht darüber?

Nein, nein. Schon gab er Antwort: »Weißt du auch, daß du deinen Waschzuber einem Gott aufs Haupt gesetzt hast?«

»Was?« Xanthippe betrachtete den Block. »Was denn für einen Gott? Das ist doch ein ganz gewöhnlicher Stein!«

»Schau nur genauer hin. Die vierte Seite, die zum Brunnen. Aus diesem Stein sollte nämlich der Sohn der Nacht, Momos, der Gott des Spottes, entstehen. Es sollte eine Büste werden. Vater konnte sie nicht mehr vollenden. Da begann ich an ihr zu arbeiten, aber auch ich habe Momos nicht aus seinem Stein befreien können. Wir beide sind miteinander verbunden. Nicht durch irgendwelchen Zauber, sondern durch unsere gemeinsame Lust am Spotten.«

Xanthippe, die von klein auf Keramikwaren mit Bildnissen von Göttern verkauft hatte, kannte deren Leben und

Schicksale. Sie hatte große Ehrfurcht vor den Göttern und erschrak. »Ich habe ihn mit Schmutz bespritzt.« Schnell wischte sie das Antlitz des Gottes ab. »Warum hast du ihn denn nicht vollendet?«

»Ich hatte andere Arbeit zu erledigen, wichtigere, ja, und später habe ich mich dann entscheiden müssen: entweder die Bildhauerei oder die Beschäftigung mit den Menschen. Und darüber habe ich den Momos vergessen.«

»Aha, und deshalb hat er Aristophanes eingeflüstert, eine Komödie über dich zu schreiben!«

»Was weißt du denn über diese Komödie, Hippchen?« fragte Sokrates verwundert.

Xanthippe hob ein Wäschestück in die Sonne und sah nach, ob nicht etwa ein Fleckchen darauf zurückgeblieben sei. »Zum Beispiel«, erwiderte sie fröhlich, »daß du dich in eine Hängematte gelegt und die Wolken von oben betrachtet hast. Immer, wenn ich unsere Ziege striegle und sehe, wie du dich vor der Sonne verneigst, erinnere ich mich an diese Komödie. Es kam mir so vor, als würdest du über unserem Gärtchen schweben, wo ich gerade unter dir Knoblauch auf ein Beet setzte.«

»Du hast die Komödie gesehen?« fragte Sokrates. Und als Xanthippe nickte, warf er ihr vor: »Warum hast du mir das verheimlicht?« Xanthippe beugte sich tief über ihren Zuber, wühlte in der Wäsche, warf ihre schwarzen Zöpfe zurück und suchte nach einer Erklärung: »Das ist schwer zu sagen. Sie haben dort so unnatürlich geredet: Etwas daran war wahr, etwas Lüge, über etwas konnte man lachen und über anderes sich ärgern. Als ich aus dem Theater kam, summte diese Stechmücke Anopheles um ein Häufchen Menschen. Er wußte nicht, daß ich deine Frau bin, deshalb surrte er in einem fort: »Sokrates ist ein Gottesleugner, Sokrates verdirbt uns die Jugend.«

»Und die Leute?«

»Jeder zog sich angewidert von diesem Parasiten zurück.«

»Ja, warum hast du mir das damals nicht gleich gesagt? Du erzählst mir doch sonst immer alles.« Sokrates wunderte sich.

»Weil du an jenem Abend, als du aus dem Theater heimkamst, irgendwie bedrückt aussahst, und da wollte ich nicht...«

»Glaubst du vielleicht, daß ich die Jugend verderbe und deshalb Grund hätte, bedrückt zu sein?«

»Nein, nein! Wie könnte ich so etwas glauben, ich höre doch, wie du mit deinen Freunden sprichst. Deine Stimme schallt so laut, daß man dich bis in die Kammer hören kann, bis in den Keller, in den Garten hinaus, bis auf die Straße.« Und leiser sagte sie: »Aber daß du an die Götter glauben würdest, das möchte ich nicht beschwören. Einmal hast du erzählt, welch lästerliche Behauptung Euripides aufgestellt hat: Wenn die Götter so schändliche Dinge tun, daß sie Rache üben, wenn sie böse und voller Mißgunst sind, dann können sie auch keine Götter sein.«

»Und ich habe ihm zugestimmt, nicht wahr?« fiel ihr Sokrates ins Wort. »Ich habe offen gesagt: ›Es gibt keine Götter.‹«

Erschrocken verschloß sie ihm mit der Hand den Mund.

»Was sprichst du da! Es gibt keine Götter? Bei Hera, unser aller Mutter! Hör schon auf zu lachen, ja? Das Lachen ist ein Geschenk der Götter, wie du selbst sagst, und hier ist es unangebracht! Gleich wirst du mir helfen, den Gott auf einen würdigeren Platz zu bringen, und zwar dorthin, zu der Tamariske.«

Sie wollte den Zuber ergreifen; doch Sokrates schob sie sanft beiseite, umschlang den schweren Stein mit beiden Armen und trug ihn hinüber. Xanthippe brach ein paar Zweige Wolfsmohn ab und band sie zu einem Strauß; dann holte sie eine Amphora und füllte sie mit Wasser. All dies tat sie, um Momos zu ehren.

Sokrates aß seinen Fladen auf, kaute ein paar Feigen und trank ein Krüglein Wein dazu. Er strich die Hände aneinander ab, trat an Xanthippe heran und verabschiedete sich von ihr mit einem herzhaften Kuß.

»Wohin denn nun schon wieder?« Xanthippe setzte eine finstere Miene auf. »Willst du wieder in der Stadt umherbummeln?«

»Ja, mein Hippchen.«

»Und ausruhen willst du dich gar nicht?«

»Heute nicht. Ich muß unter die Menschen.«

»Wann mußt du schon mal nicht unter die Menschen!« seufzte Xanthippe.

Als Sokrates gegangen war, nahm sie die Amphora mit den großen, leuchtenden Blüten und stellte sie vor Momos' Büste. Dann hockte sie sich vor dem Gott hin; es sah fast so aus, als kniete sie, und leise und eindringlich begann sie zu ihm zu sprechen: »Verzeih mir, Momos! Ich wußte ja nicht, daß du in diesem Stein steckst. Aber sei ohne Sorge, ich bringe das schon in Ordnung. Ich werde jetzt immer an dich denken. Und sei meinem Landstreicher nicht böse. Weißt du, er ist besessen. Er ist besessen von dem Gedanken, er müsse mit jedem Menschen in Athen sprechen. Und wenn er mal einen Tag nicht mit irgendeinem Sklaven, Markthändler, Schuster oder Dienstmädchen, ja gar mit einem der Archonten oder Volksführer geredet hat, dann sagt er mir, er hätte einen Tag seines Lebens verloren, und ist ganz unglücklich. Für ihn müßte so ein Tag dreißigmal länger sein, als er ist, damit er mit jedem, den er sieht, plauschen kann. Er spricht immer sehr schön, weißt du, die Leute hören ihn gern. Ich selbst höre ihm manchmal zu, bis mir auf der Feuerstelle die Milch überläuft. Er hat immer gern etwas Neues. Es kommt mir so vor, als ob er unablässig irgend etwas sucht. Ich habe kein leichtes Leben mit Sokrates. Und ich bin ja so eifersüchtig auf ihn! Aber darüber lacht er nur und entgegnet mir: ›Ist nicht auch Hera eifersüchtig auf Zeus? Ist nicht auch unsere große Göttin zänkisch und eigensinnig?‹

Und ich darauf: ›Bist du nicht auch ein Schürzenjäger wie Zeus?‹

›Siehst du, meine Liebe‹, sagt er dann, ›das ist das Schöne am menschlichen Dasein, das ohne jeden Fehler doch recht langweilig wäre. Nur unser großer Zeus jagt andauernd hinter den Weibern her; aber ich kenne seit unserer Hochzeit keine andere als dich!‹

Und ich werfe ihm an den Kopf: ›Weißt du, was du heute nacht im Schlaf gesprochen hast?‹ – ›Ich weiß es nicht‹, gibt er zurück, ›aber ich wäre schon froh, wenn ich es erfahren könnte.‹ Und mit nachgemachter Stimme sage ich ganz so wie er in der Nacht: ›Schön, aber unerreichbar!‹ – ›Solche Worte können geheime Wunden öffnen. Also, du Treuebrecher, wer ist diese Schöne und Unerreichbare, he?‹ Und weißt du, was sich herausstellte? Er lachte hellauf und erklärte mir: ›Ich werde dir verraten, wer diese Schöne und Unerreichbare ist – es ist die Vollkommenheit des Menschen!‹ Und wieder lachte er. ›Du lachst nur über alles!‹ sage ich zu ihm, ›du bist ein richtiger Spottvogel! Sogar im Schlaf lachst du!‹ Und was glaubst du, Momos, was er mir antwortete: ›Nur der lacht, der ein reines Gewissen hat!‹«

Xanthippe streichelte den grob behauenen Quader, beugte sich hinab, um Momos ins Antlitz sehen zu können, das noch halb im Stein verborgen war, und bat: »Also vergib mir, daß ich dich mit Schmutz bespritzt habe, und auch ihm vergib alles. Ich habe ihn nämlich gern.«

Xanthippe erhob sich, stellte sich auf die Zehenspitzen und rief über die Mauer hinweg: »Simon! Simon!« Als er sich meldete, fragte sie ihn: »Weißt du vielleicht, warum sich Sokrates heute daheim kaum umgedreht hat und dann gleich wieder unter die Leute mußte?«

Simon trat mit einer Sandale, die er gerade flickte, aus der Tür. »Das wird wohl wegen dieses Brasidas sein. Der soll wieder mit seinen Spartanern gegen uns ziehen.«

»Heilige Jungfrau Athene!« schrie Xanthippe laut auf.

»Du brauchst nicht so zu erschrecken. Er zieht nicht nach Athen, sondern weit nach dem Norden hinauf, in unsere verbündeten Städte.«

»Aber das betrifft doch auch irgendwie uns, nicht?«

»Ja, uns auch«, nickte Simon und verschwand wieder.

13

Simon hatte sich geirrt.

Brasidas drang in schnellem Marsch durch Thessalien nach dem Norden vor, über Chalkidike zur Stadt Amphipolis, einer Kolonie Athens, die er belagerte.

Kleon eilte an der Spitze der Flotte, die mit Athener

Hopliten bemannt war, Amphipolis zu Hilfe, und in der Nähe der Spartaner schlug er sein Lager auf.

»Wie damals bei Poteidaia«, flüsterte Alkibiades zärtlich Sokrates zu. »Wir beide in einem Zelt, wir teilen das Essen, sind immer beisammen, in Stunden der Ruhe und in der Schlacht, immer Seite an Seite, mein geliebter Sokrates.«

Als es zum Kampf kam, splitterten die Lanzen, klirrten die Schwerter, und das Blut, attisches und spartanisches, floß in Strömen. Attisches floß mehr, denn die Athener verloren die Schlacht. Die Heeresführer beider Seiten, Kleon und Brasidas, fanden in der Schlacht den Tod.

Sokrates und Alkibiades kehrten glücklich heim in das entkräftete Athen, das nach Frieden rief. Nach Frieden riefen die attischen Bauern und auch Sparta, und so konnte der alte Verkünder der Versöhnung, Nikias, dem der Frieden schon wegen seines Geldbeutels willkommen war, die Szene betreten.

Nikias war es gelungen, die Ekklesia dazu zu bewegen, daß Athen mit Sparta für fünfzig Jahre Frieden schloß. Wie zuversichtlich stimmt doch ein Frieden, der auf solch lange Zeit vereinbart war! Nun, mit Sparta war Frieden geschlossen, doch in der Ekklesia herrschte keiner.

An die Spitze der radikalen Demokraten hatte sich nach Kleons Tod Alkibiades gestellt, der in einem langwierigen Kampf mit Nikias um die Gunst des Volkes rang.

Alkibiades wog mit Sokrates die Situation ab. Wie üblich saß er auf einem Marmorblock. Sokrates lief um ihn herum und knabberte seine Sonnenblumenkerne.

»Dieser ergreifende Frieden für fünfzig Jahre soll uns bloß den Blick vernebeln. Nicht mal ein Neugeborenes würde an ihn glauben«, erregte sich Alkibiades. »Er ist eine Leimrute für die Bauern, eine Falle für das Hinterland: ›Schlaft nur ruhig, ihr Attiker!‹ Der Frieden ist verbürgt für fünfzig Jahre, und inzwischen – wetten wir um zehn Mna! – plant Sparta schon heute einen neuen Überfall auf Athen! Nikias ruht sich behaglich aus: ›Frieden ist Frieden, Vertrag ist Vertrag, Bürger; legt nur ruhig die Hände in den Schoß‹ – aber eines Morgens wird ganz Attika von Spartas Hopliten überschwemmt sein!«

Sokrates nickte. »Und die verstehen ihr Handwerk. Schon immer habe ich die strenge Zucht und die Zuverlässigkeit von Spartas Soldaten bewundert.«

Nikias und zahlreiche Aristokraten beschwichtigten die Athener monatelang mit dem Trugbild eines brüderlich-liebevollen Bündnisses zwischen Sparta und Athen.

»Was soll das für ein liebevolles Bündnis zwischen unseren Demokraten und den seit Jahrhunderten aristokratischen Spartanern sein!« stieß Alkibiades wütend hervor. »Sie meinen wohl, zwischen den Aristokraten Spartas und Athens!«

Das Volk stellte sich, langsam zwar, aber doch in immer größerer Zahl, auf Alkibiades' Seite. Er ist nach seinem Onkel Perikles geraten, hieß es. Und der war auch stets ein unerbittlicher Gegner Spartas.

»Nicht nur Athen ist bedroht, sondern auch alle unsere Verbündeten. Auch die wirtschaftliche Stärke und die Seemacht unseres Staates sind bedroht. Zum Schutz der Heimat brauchen wir ein starkes Heer und eine gut ausgerüstete Flotte, Männer von Athen!«

Alkibiades' leidenschaftlicher Aufruf hatte Erfolg. Zu Hunderten stimmten ihm die Mitglieder der Ekklesia zu.

Doch auch Nikias war nicht müßig und arbeitete ihm entgegen: »Schätzt ihr den wertvollen, schwer errungenen Frieden nicht? Wollt ihr euch in einen neuen Krieg stürzen? Haben wir deren nicht schon genug erlebt?«

Erbittert schrie ein Bürger: »Die Aristokraten wollen Athen an Sparta verkaufen! Und was geschieht dann? Die Spartaner werden uns Demokraten alle erschlagen oder uns zu ihren Sklaven machen!«

In der Ekklesia grollte es wie Donner. Alkibiades öffnete sich der Weg zu seinem höchsten Ziel: Es wurde ein Tag festgesetzt, an dem die Ekklesia zehn neue Strategen für Athen wählen sollte.

14

»Wie wär's, wenn wir eine der Athener Schönen besuchten?« schlug Antisthenes vor, als sie nach dem Abendessen aus Kritons Villa traten, und er fügte hinzu: »Theodate soll eine der schönsten und gebildetsten Hetären sein, die die Nachwelt je kannte.«

Alkibiades blickte Sokrates fragend an.

»›Soll sein‹ ist ein recht trügerisches Wort«, entgegnete Sokrates. »Schönheit nach dem Hörensagen genügt nicht. Ich bin immer begierig, Schönheit aus der Nähe zu betrachten. Führe uns, Alkibiades, du kennst den Weg doch gut.«

Dem Torwächter erzählte Alkibiades, daß sich Sokrates und seine Freunde danach sehnten, Theodates Schönheit zu bewundern. Sokrates' Name bewirkte, daß sie unverzüglich in eine geräumige Halle geleitet wurden, deren geöffnete Türen zu einem Garten hinausführten, über dem sich bereits der Sternenhimmel ausgebreitet hatte. Frische und Duft strömten in den Raum, der prunkvoll mit wertvollen Teppichen und Wandbehängen ausgestattet war. An einem Tischchen saß ein bleicher junger Mann und hielt einen Becher, den eine Sklavin, die hinter seinem Rücken stand, gerade füllte.

Der junge Mann nannte den Gästen seinen Namen und stellte sich als Trapezunter vor, der in Peiraieus als Geldverleiher tätig war.

Die zarten Klänge einer Gitarre verhallten; aus einem prächtigen Sessel erhob sich Theodate, um ihre Gäste zu begrüßen.

»Wir danken für die liebenswürdige Begrüßung«, sagte Alkibiades und verneigte sich tief. »Dein Töchterchen kann uns noch nicht willkommen heißen?«

»Timandra weilt in Ephesos, aber sie wird bald zurückkehren, um ihren vierzehnten Geburtstag bei der Mutter zu feiern«, erwiderte Theodate.

Sokrates betrachtete die schöne, noch junge Mutter, ihre elfenbeinfarbene Haut unter dem rotgetönten Haar, das zu einer hohen Frisur aufgesteckt war. Die dunklen Augen glichen achatfarbenen Mandeln, der Mund war breit, sinnlich, weich.

»Würdest du dich zu uns setzen?«

»Gewiß. Ich will meinen Mädchen nur schnell ein paar Aufträge erteilen.«

»Siehst du«, sagte Sokrates frohgestimmt, »eben sind wir gekommen, und schon bereitest du mir eine Freude.« Und auf ihre Frage, womit sie dies getan habe, antwortete er: »Weil du deine Sklavinnen wie Menschen achtest und sie ›meine Mädchen‹ nennst.«

Theodate lächelte Sokrates zu. »Ich habe sie gern. Entschuldige mich für kurze Zeit.«

Sie entfernte sich; und Sokrates' bewundernder Blick, in dem noch immer die Leidenschaft seines künstlerischen Enthusiasmus glomm, bemerkte wohl die vollkommene Schönheit dieser Frau, ihrer Gestalt, ihres Schrittes.

Die Hetäre hatte den Sklavinnen befohlen, ihre Gäste mit Rosen zu bekränzen, verschiedene gebratene Leckerbissen, Süßigkeiten und gekühlten Wein aufzutragen. Sie kam in einem langen Peplos zurück, dessen Rand zart bestickt war, darüber trug sie einen veilchenblauen Überwurf. Die Stoffe schienen aus Luft und Wohlgeruch gewebt, sie waren durchsichtig, so daß die runden Schultern und die vollendet geformte Brust zu sehen waren. Unter dieser war der hauchzarte Stoff mit einem Band gerafft, wodurch die reizvollen Formen des herrlichen Frauenkörpers noch betont wurden.

Theodate wandte kein Auge von Sokrates, der begeistert ausrief: »Es wäre erklärlich, wenn ich nur Augen für dich hätte, Theodate, aber daß auch du mich ansiehst, ist wahrhaft verwunderlich.«

»Ich habe viel von dir gehört, Sokrates, und es verlangte mich danach, dich kennenzulernen. Als du eintratst, schien es im Raum heller zu werden.«

»Es ist an mir, ja an uns allen, die wir hier unter deinem Dach weilen, deine blendende Schönheit zu bewundern.«

Ein Wettstreit in Worten des Lobes und der Bewunderung begann. Antisthenes hörte auf, den jungen Trapezunter zu umschmeicheln, und schwärmte nun für Theodate, deren

Schönheit nur noch von der der Zyprischen und der Knidischen Aphrodite übertroffen werde.

»Beim Höllenhund, sie ist eine Aphrodite«, bemerkte Sokrates leise. Da fiel dem Trapezunter die Aphrodite Anadyomene ein, die der Meeresschaum, dem sie entstieg, umwallte wie Theodate der kaum etwas verhüllende Peplos.

Das ist kein schlechter Vergleich, dachte Antisthenes, und er begann überschwenglich ihre Schönheit mit der einer Seerose, einer Knospe des Wolfsmohns und der Frische auf der Höhe des Parnassos zu vergleichen.

Sokrates schwieg.

Theodate hörte mit einem pflichtschuldigen Lächeln zu; doch den Philosophen blickte sie erwartungsvoll an. Auch Alkibiades wartete darauf, was Sokrates sagen würde. Der ließ sich jedoch vorerst das Fleisch und die anderen Lekkerbissen schmecken. Dann wusch er sich noch die Finger in einer silbernen Schüssel und trocknete sie an einem Tuch ab. Schließlich wischte er sich über den Bart und sagte: »Es würde sich nun gehören, göttliche Theodate, daß auch ich deine Schönheit lobe. Und obwohl ich von ihr bis ins Mark ergriffen bin, von ihr gefesselt bin wie vom Aufgang der Sonne, bitte ich dich, es mir nicht zu gestatten.«

»Weshalb nicht, Sokrates?«

»Es ist schwer, von der großen Freude zu sprechen, die uns die Schönheit bereitet, wenn des Menschen Seele plötzlich verkrampft und gequält ist.«

»Gequält? Und plötzlich? Das würde heißen, daß dich eine solche Qual erst hier, bei mir, befiel?«

»Ja, du Liebliche.«

»Bei allen Göttern, was hat mein Haus dir Böses zugefügt?«

»Nicht dein Haus – du selbst.«

Theodate sprang erschrocken auf und streckte Sokrates die Hand entgegen. »Und womit? O ich Unglückliche!«

In diesem Augenblick sagte Sokrates hastig zu Theodate: »Bitte bleib so stehen wie jetzt, in dieser Haltung und mit dieser bestürzten Miene!« Er wandte sich den anderen zu. »Seht ihr? Das kupferfarbene Haar, aufgelöst durch die heftige Bewegung, die Brauen geschwungen wie Himmelstore, Wimpern wie Zauberpfeile, die Wunden schlagen, aber Wunden der Liebe, Waden, die sich in anmutigem Bogen zur weißen Säule des Schenkels verbreitern, über den vollen Hüften der enge Gürtel, die edle Wölbung des Oberkörpers mit seinen Äpfelchen und auf dem schlanken Hals der Kopf mit einem Mund, nach dem man vor Verlangen sterben könnte. Das ist alles, was ich mit nur einem der fünf Sinne des Menschen beurteilen kann.«

»Ach, war das ein Lobgesang!« seufzte Theodate, und sie blickte verliebt auf Sokrates. »Aber du sprachst doch davon, daß ich dir Qualen bereite!«

»O ja«, erwiderte Sokrates. Dann zeichnete er mit beiden Händen die Umrisse der Schultern, Arme, Hüften und Beine einer Frau nach und klagte: »Und ich Narr habe die Bildhauerei aufgegeben!«

»Niemand, Theodate, könnte dir ein schöneres Kompliment als dieses machen«, erklärte Antisthenes.

»Ich werde dieses Kompliment vollenden. Fast jeden Tag bin ich mit Sokrates zusammen, und noch nie habe ich gehört, daß er es bedauert, die Bildhauerkunst aufgegeben zu haben – bis zu dem Moment, da er dich sah, Theodate«, rief Alkibiades aus.

Sie kniete vor Sokrates nieder und legte den schönen Kopf auf seine Knie. »Du kannst nicht ermessen, wie glücklich ich bin, daß du, Sokrates, mein Gast bist, aber auch wie unglücklich, daß ich dir nicht für eine Statue Modell stehen kann.«

Sokrates strich ihr langsam über das Haar. »Dich malen unsere besten Maler, und das mindert mein Bedauern.«

Antisthenes richtete seinen Blick auf Sokrates. »Und du würdest es Theodate zuliebe nicht noch einmal mit Hammer und Meißel versuchen?«

Sokrates schüttelte den Kopf. »Ich gebe zu, das wäre eine außerordentlich reizvolle Arbeit. Vielleicht habe ich diese Kunst noch nicht verlernt – nein, gewiß nicht, denn Theodate gäbe mir augenblicks all meine Fähigkeiten zurück.«

»Was hindert dich also daran?« fragte sie leise.

»Daß ich zur Zeit mit einem Sieb Wasser schöpfe.« Sokrates lächelte. »Ich beschäftige mich mit dem Menschen, ich will ihn bessern, aber die Sophisten stellen sich mir auf unangenehme Weise in den Weg.«

»Ich weiß schon. Ich habe es selbst beobachtet«, seufzte Theodate. »Die jungen Sophisten haben einen schlechten Einfluß auf die Seele der Menschen. Sie reden ununterbrochen und vernebeln ihnen die Köpfe. Sie zerstören jedwede Gewißheit, die diese noch besitzen.«

»Alles zerwühlen sie wie die Wildschweine«, grollte Antisthenes. »Sie versuchen, das Chaos der Urzeit zurückzuholen. Darin würden sie sich freilich am wohlsten fühlen. Weg mit der Volksregierung, weg mit den Gesetzen, weg mit jeder Ordnung, die ein Leben in der Gemeinschaft erfordert! Sie huldigen dem Eigensinn, denn dieser erlaubt dem einzelnen, sich um nichts und niemanden zu kümmern; und nur den eigenen Vorteil zu sehen.« Antisthenes blickte Theodate schuldbewußt an. »Wir lobten deine Schönheit, und wohin sind wir geraten?«

Theodate schüttelte den Kopf. »Jetzt sprechen wir von wichtigeren Dingen als meinem Anblick.« Sie schaute Sokrates ins Gesicht und sagte: »Mich erstaunt die Kühnheit, mit der die Sophisten das Volk öffentlich unterweisen, wie man aus sich einen gewitzten Egoisten macht.«

Sokrates lachte bitter auf. »Und können wir uns über die menschliche Schwäche wundern, daß sie mit ihren Ratschlägen gerade jene am stärksten einfangen, die es rasch zu etwas bringen und möglichst viel für sich zusammenraffen wollen?«

Theodate schüttelte es vor Abscheu. »Schrecklich, daß sie mit ihrem Gerede eine solche Macht über die Menschen haben.«

Sokrates nickte. »Ja, die Sprache ist eine große Macht, aber nicht nur die ihre, und deshalb haben meine Freunde und ich jetzt so viel zu tun.«

Theodate wies mit einer schwachen Handbewegung auf Alkibiades. »Du, Sokrates, veredelst die Menschen wie die syrischen Gärtner ihr Wildobst. Sie pfropfen die Bäume und tun alles, um bessere Obstsorten zu züchten.«

Mißmutig verfolgte der junge, reiche Trapezunter das Gespräch. Er war schließlich zu seinem Vergnügen hergekommen und wurde ungeduldig, denn der unerwartete Besuch zog sich in die Länge. Es war weit nach Mitternacht, und nun konnte er nicht länger an sich halten.

»Es wird immer später. Daher dürfte es an der Zeit sein, daß sich Theodate entscheidet, wen von uns sie heute hierbehalten will!«

Mit dem Geldbeutel in der Hand blickte er Theodate herausfordernd an, überzeugt, die Hetäre könne dem Klingen der Münzen nicht widerstehen.

Theodate betrachtete ihre Gäste und tat, als überlege sie. »Ich bin eine recht geldgierige, ja raffsüchtige Frau, und ich bestreite das ganz und gar nicht.« Sie sah den jungen Geldverleiher an, der sich stolz aufblies, denn nach diesen Worten fühlte er sich als Sieger.

»Gerade heute überflutet mich eine unglaubliche Welle der Unersättlichkeit. Und deshalb, meine Freunde, dürft ihr es mir nicht übelnehmen, wenn ich mich nach einem Manne sehne, in dem sich zwei Männer vereinen.«

»Was soll das heißen? Deutlicher!«

Theodate erhob sich. »Nach einem Mann, in dem sich der Künstler mit dem Philosophen vereint.« Und sie verneigte sich tief vor Sokrates.

Ein jeder war erstaunt. Der Geldverleiher steckte seinen Beutel ein und verschwand.

Alkibiades verkündete, er und Antisthenes würden sich unter den jungen Sklavinnen umsehen, um sich mit ihnen zu vergnügen. Sie gingen in den Garten hinaus, wo sie leise miteinander vereinbarten, daß sie sich an Sokrates' Anblick ergötzen wollten, wie er mit Theodate die Liebe genießen und dabei wohl die Enthaltsamkeit üben würde, die er ihnen stets so wärmstens empfahl.

Theodate löschte die Öllampen, die den Saal hell erleuchtet hatten. Dann entzündete sie ein orangefarbenes Lämpchen, das den Raum mit einem milden Licht erfüllte, legte einige arabische Duftstäbchen auf das Feuer und brachte eine Handvoll Kissen herbei. Die Umgebung atmete Behaglichkeit, verwirrte die Sinne.

»Du bist in die Fänge einer käuflichen Frau geraten«, sagte Theodate leise. »Solltest du nicht besser gehen? Ich hörte, daß du vor kurzem geheiratet hast.«

Sokrates lächelte. »Obwohl ich meine Frau sehr lieb habe, brauche ich doch deshalb nicht davonzulaufen.«

»Xanthippe soll außerordentlich schön sein ...«

»Das ist wahr, aber sie ist auf andere Weise schön als du.«

»Sicher ist sie sehr eifersüchtig?«

»Du hast es erraten.«

»Das ist nicht schwer – bei einem solchen Mann.«

Sokrates lachte. »Und doch wundere ich mich, daß sie eifersüchtig ist. Mir scheint es ganz in Ordnung, daß ich Xanthippe liebe und trotzdem Theodate bewundere, oder nicht?«

»Ich glaube schon. Aber ich habe dich nicht froh gestimmt. Ich weckte lediglich dein Bedauern, daß du aus Liebe zu den Menschen aufgehört hast, sie aus Stein zu formen. Doch auch, was du jetzt tust, ist Kunst.«

Er streichelte sie, legte die Hand auf ihren Nacken, um sich an dieser Berührung zu erfreuen.

»Befreie dich von der Qual, die dich bedrängt, wenn du bei mir bist. Ich bitte dich inständig darum, Sokrates! Heute ist ein Feiertag für mich. Vergiß deine peinigenden Gedanken und sei so heiter, wie du selbst es einem jeden anrätst.«

Er küßte sie und sagte dann: »Als wir hereinkamen, hörte ich dich auf der Gitarre spielen ...«

Sie setzte sich zu seinen Füßen auf ein Kissen. Das orangefarbene Licht ließ ihr Kupferhaar funkeln. Den Blick unverwandt auf Sokrates gerichtet, begann sie zu leisen Gitarrenakkorden Verse des Dichters Archilochos zu singen.

»So hat sich die Sehnsucht nach Liebe
in die Tiefen meiner Seele gesenkt;
den Blick mir durch nächtliches Dunkel verhüllend,
hat sie jede Vernunft mir geraubt.«

Sokrates liebte Musik und Gesang. Er hörte zu und lächelte still.

»Auf den Wellen deines Gesanges gleite ich mit dir dahin, und das ist unaussprechlich schön.« Er zog sie an sich. »Wie gut du es verstehst, die Sinne im Menschen anzusprechen, du meine Liebe«, sagte er bewundernd.

Er zwang sich, der Versuchung zu widerstehen, die von Theodates Schönheit ausging. Doch er selbst erhöhte noch die Gefahr, als er ihre Brüste, ihre Scham und ihre Schenkel streichelte.

Alkibiades und Antisthenes spähten durch die Oleanderzweige und staunten.

»Das ist schlimmer, als Hunger und Durst, Hitze und Kälte zu ertragen«, flüsterte Alkibiades.

Antisthenes seufzte tief. »Sokrates ist wirklich ein starker Mensch; er schafft alles, was er will.«

Über den Bergen wurde der Himmel bleich. Das orangefarbene Lämpchen flackerte noch ein paarmal auf, dann ging sein Öl zu Ende. In diesem Halbdunkel erschienen die Gesichter noch geheimnisvoller, noch leidenschaftlicher, Theodate küßte Sokrates zum Abschied inbrünstig.

»Ich habe heute, mein Geliebter, eine neue, tiefe Beziehung zwischen Mann und Frau erfahren, die mir bislang unbekannt war. Das beweist, was du immer behauptest, daß es nicht nur eine Art von Verzückung gibt, sondern Hunderte, vielleicht gar Tausende – und du vermagst sie zu wecken.«

»Und du, Theodate, verfügst über die seltene Gabe, mir alle Lust zurückzugeben und sie zu stillen.«

»Darf ich dich um etwas bitten, Sokrates?«

»Wie solltest du das nicht dürfen!«

»Komm bald wieder!«

Er bedeckte sie über und über mit Küssen. »Ich freue mich darauf.«

Als er gegangen war, trat mit weitgeöffneten Armen Alkibiades aus den Oleanderbüschen hervor.

Doch Theodate bat ihn, heute nichts von ihr zu wollen.

15

Sokrates kehrte von Theodate nach Hause zurück. Es war früh am Morgen; über dem Gipfel des Hymettos wurde es hell, Morgenrot begann den Himmel zu färben.

Sokrates war in bester Laune. Der Wein hatte ihn beschwingt, ihm war zum Tanzen zumute. Leise sang er Theodates Lied vor sich hin.

»So hat sich die Sehnsucht nach Liebe
in die Tiefen meiner Seele gesenkt;
den Blick mir durch nächtliches Dunkel verhüllend,
hat sie jede Vernunft mir geraubt.«

Die nackten Sohlen klatschten aufs Pflaster, Sokrates dachte an Xanthippe, er freute sich auf ihre Umarmung. Wo würde er sie diesmal finden? Vorgestern saß sie zusammengekauert auf einem Granitblock, die Arme um die Knie geschlungen. Sie war noch vollständig bekleidet gewesen, nur die Haare hatte sie gelöst. Lange hatte es gedauert, ehe er dieses Häufchen Unglück beruhigen und in seine Arme schließen konnte. Wie aber würde es heute werden? fragte er sich besorgt und öffnete die Pforte.

Nirgends im Hof war Xanthippe zu sehen. Sie wartete nicht wie gewöhnlich auf ihn. Leichten Schrittes näherte sich Sokrates dem Häuschen, da flog die Tür auf, und Xanthippe trat mit einem Melkeimer in der Hand heraus.

Sokrates war auf Blitz und Donner gefaßt. Doch Xanthippe ließ ihre Zähnchen blinken und begrüßte ihn mit einem freundlichen Lächeln: »Nanu, du bist schon da? Ich gehe jetzt melken. Ist es dir heute so schlecht ergangen, daß du schon nach Hause kommst?«

Xanthippes Freundlichkeit verwirrte Sokrates. Er hatte sich auf ein Gewitter vorbereitet, und nun war es ein solch freundlicher Tag. Ablenkend sagte er: »Hast du gut geschlafen, Hippchen?«

»Danke, ausgezeichnet. Es war herrlich ruhig hier, niemand schnarchte, kicherte oder sprach im Traum.«

Der große Meister des Dialogs war in die Enge getrieben.

Er half sich, so gut er konnte: »Das ist vernünftig, daß du schlafen gehst, wenn ich irgendwo aufgehalten werde. Und du siehst so schön rosig aus, wie frisch gebadet.«

»Nein, was für ein Lob!« Xanthippe stellte den Eimer zu Boden und stemmte die Fäuste in die Hüften.

»Aber weil du die ganze Nacht kein Auge zugemacht hast, wirst du dich jetzt ausschlafen, und ich werde den ganzen Tag schuften müssen. Bei der eulenäugigen Athene, das machen deine unseligen Gespräche! Du bist kaum aus dem Haus, und schon fällst du über jemanden her und zermürbst ihm den Verstand. Du Plappermaul du, unaufhörlich schwatzt und schwatzt du nur. Du bist ein Quatschkopf, ein löchriges Krüglein, ein Gurgeltöpfchen ...«

Doch Sokrates fuhr fort, sie zu loben: »Siehst du wohl, mein Liebchen, ich hatte recht! Von dir könnten alle Rhetoren den Reichtum unserer Sprache lernen. O du meine sangesfreudige Attikerin, du Stolz des Kerameikos, wie Musik klingt es aus deinem reizenden Mäulchen.«

Xanthippe ließ sich nicht von den Tatsachen ablenken: »Ja, was hast du denn mit deinem Chiton gemacht? Bei Hera! Der ist ja völlig mit Wein befleckt!«

»Das muß wohl auf dem Symposion bei Kriton passiert sein.« Da begann Xanthippe zu lärmen: »Ach, so ist das! Na, wunderbar! Ich stecke hier eingekerkert zwischen diesen Steinen, alles um mich ist stumm, und du schlägst dir irgendwo den Bauch voll! Verdrückst Pastetchen und Heringshappen, trinkst ein Weinchen – ich weiß ja, was du vertragen kannst –, und dann wirst du lustig. Schweig und laß mich ausreden! Schon von weitem habe ich gehört, wie du dir eins gesungen hast – aber nicht aus Freude, daß du gleich bei mir sein wirst, sondern in freudiger Erinnerung an alles, was du dort genossen hast!«

Er legte seinen Arm zärtlich um ihre Schultern. »Ich weiß, Hippchen. Ich bin ein Nichtsnutz, weil ich dich immer wieder allein lasse. Aber ich kann nichts dafür, du weißt doch, daß Frauen an einer Männergesellschaft nicht teilnehmen dürfen. Gerade heute bei Kriton haben wir darüber gesprochen, wie ungerecht es unseren Frauen gegenüber ist, wenn wir sie zu Hause wie die Hühner in den Käfig sperren, und gerade heute habe ich mir überlegt, daß ich den Vorschlag machen werde, den Mädchen die gleiche Bildung wie den Jungen zukommen zu lassen und ihnen zu gestatten, an Zusammenkünften teilzunehmen, wo über Philosophie geredet wird. Nur die Bildung kann die Stellung der Frauen verbessern. Dann werden auch sie den Männern Kameradinnen sein, und nicht nur einzelne Hetären mit ihrem Wissen und Können, sei es Deklamieren, Tanzen, Singen oder Musizieren. Das wird die Gesellschaft verändern, meine Teure!«

Xanthippe riß sich von ihm los und zeterte: »Warum erzählst du mir das? Du willst mich nur noch mehr verärgern. Ich soll wohl in Gudi die Reben vertrocknen, das Haus stets unaufgeräumt und die Ziege in ihrem Stall verrecken lassen – nicht ein Eimerchen Milch würde es dann noch geben –, aber ich gehe in die Schule und bilde mich, während du in der Stadt herumziehst!«

Plötzlich erstarrte sie; schnupperte an seinem Chiton. »Duftwasser!! Du warst bei einer Hetäre!« Ihre Stimme überschlug sich: »Ach, du Schändlicher! Das also sind deine Weisheiten! Du redest dich mit deinen Gesprächen heraus, und dabei amüsierst du dich die ganze Nacht mit einer parfümierten Hetäre!«

Unter Schluchzen brachte sie diese Worte hervor, und ihre Finger gruben sich in die Schultern ihres Mannes.

»Ja, ich war bei einer Hetäre, Hippchen; wir waren alle bei Theodate. Doch ich habe mich nicht mit ihr amüsiert. Wir haben gegessen, getrunken und uns unterhalten. Theodate ist eine überaus gebildete Frau. Du aber bist die schönste, die liebste Attikerin. Ich habe Theodate erzählt, wie gern ich dich habe.«

Mit Küssen verschloß er immer wieder Xanthippes Mund, und so trug er sie sanft ins Haus.

Momos, verstimmt darüber, daß ihn dieser Fratz Artemis ständig allein ließ und sich irgendwo in Arkadien herumtrieb, hatte dem ehelichen Dialog interessiert gelauscht. Der alte Brummbär hatte Sokrates ja gleich bei der Geburt ins Herz geschlossen – aber noch besser gefiel ihm eigentlich dessen Weibchen, wie sie da mit ihrem rabenschwarzen Haar über den Hof flog, die Augen wie Feuerchen. Und auch weil sie ihm Blumen gebracht hatte. Und ihr großes Mundwerk? Besser, als daß sie eine Göttin wäre, hol's der Kuckuck!

16

Unter der großen Platane saßen drei Männer: Sokrates, Alkibiades und Kritias. Der vierte war noch nicht zu sehen.

»Laßt uns doch ein Nickerchen machen, laßt uns wie Tote schlafen, das ist es, was uns Nikias rät. Aber wer soll dann unser Athen wieder auf die Beine bringen – die Schlafenden?« fragte Alkibiades.

»Nikias sieht nicht, daß es wieder auf die Beine gebracht werden muß. Doch das Volk von Athen, die Schiffsleute, Handwerker und Kaufleute, sie alle sehen es«, sagte Sokrates. »Ich höre dich auf der Volksversammlung sprechen, ich höre auch, wie das Volk deine Worte aufnimmt; es glaubt an dich als Heerführer und an deine wirtschaftlichen Fähigkeiten. Und deshalb lieben sie dich, Alkibiades.«

Kritias fügte hinzu: »Was damit auf dich zukommt, kannst du dir wohl denken.«

Alkibiades begann mit den Armen zu wedeln, als wolle er eine Wespe vertreiben. »Nein, nein, bevor man mich nicht aus dem Volksparlament mit der Würde des ersten Mannes im Staat nach Hause geleitet, will ich nichts davon hören.«

In Kritias nagte noch immer der blanke Neid. Ich bin schließlich auch ein Neffe des Perikles und ein Schüler von Sokrates, um nichts weniger begabt als mein Vetter; ich bin ein Dichter – und doch bleibe ich auf der Erde kleben, während Alkibiades emporsteigt wie ein Adler. Und in giftigem Ton sagte er: »Ich denke, Alkibiades, daß dich die Menschen am meisten wegen deiner Schönheit lieben, die du mit deinen ausländischen Modetorheiten noch betonst.«

»Ach, mein lieber Kritias«, erwiderte Alkibiades, »wenn du in meiner Haut stecken würdest, dann wüßtest du, daß es eine beschwerliche und oft auch widerliche Sache ist, wenn ein Mensch wegen seines Äußeren bei Männern und Frauen beliebt wird.«

»Aber bist du nicht auch zu jenen liebenswürdig, an deren Zuneigung dir überhaupt nichts liegt?«

Alkibiades nickte. »Das stimmt. Ich kann einfach nicht häßlich zu den Menschen sein, bissig und höhnisch. Aber wenn mich die Wut auf jemanden packt, so ohrfeige ich ihn, bis er nicht mehr weiß, wer er ist. Allerdings bin ich am nächsten Morgen dann bei ihm, entblöße mich vor ihm und bitte ihn, mich durchzupeitschen.«

Sokrates schwieg. Mit einem weinbenetzten Finger zeichnete er Eros mit Pfeil und Bogen auf die Tischplatte. An Alkibiades' Schläfen gewahrte er die hervortretenden Adern. Was ist mein Alkibiades nur für ein Mensch? Einmal schaut er aus wie ein Raubtier und dann wieder wie ein sanftes Lämmlein.

»Ich kann mich noch nicht einmal mit meiner eigenen Frau entzweien. Sie liebt mich. Sie sagt, daß sie mich bis zum Wahnsinn ...«

»Aha. Deshalb ist sie dir wohl auch ausgerissen und zu ihrem Bruder gelaufen«, stichelte Kritias boshaft.

»Nun ja«, erklärte Alkibiades, »sie will mich dazu bringen, daß ich keine andere Frau auch nur ansehe und vor Liebe nach ihr verrückt bin wie sie nach mir.« Er wandte sich an Sokrates: »Sag selbst, mein teurer Sokrates, ist es gescheit, wenn sie mir verbietet, zu Theodate oder einer anderen Hetäre zu gehen? Warum besuchen wir Männer denn die Hetären? Doch weil wir bei ihnen das finden, was wir zu Hause vermissen.«

Und er erläuterte seinen Gedanken, daß die Frau nicht nur ein Betthäschen, sondern auch die Freundin des Mannes sein müsse, mit der man über alles genauso wie mit einem Freund sprechen könne. »Bei einer Hetäre kann man oft viel besser verschiedenartige Betrachtungen anstellen als auf einem Gastmahl, wo man vom Gastgeber mit Braten, Pasteten, Wein und oft auch mit lebendigem Fleisch vollgestopft wird. Es kommt zu einem wüsten Gelage, Possen und Gaukeleien, und ein vernünftiges Wort wird dann aufgefaßt als weiterer Höhepunkt der Gauklerkunst. Dagegen kann man bei den Hetären ...«

»Hör schon auf, Alkibiades!« rief Sokrates. »Was bezweckst du denn mit solchen Reden?«

»Ich verteidige mein Recht auf die Freiheit der Wahl! Aber meine eifersüchtige Hipparete meint, daß sie auf Grund ihrer wahnsinnigen Liebe zu mir das Recht habe, sich zu meinem Kerkermeister zu machen!«

»Alkibiades spricht von Wahnsinn!« höhnte Kritias. »Aber nur, wenn es um jemand anders geht!«

»Worin, Alkibiades, siehst du in Hipparetes Liebe zu dir Wahnsinn?« fragte Sokrates.

Alkibiades' Körper sank nach vorn, sein Gesicht nahm einen gequälten Ausdruck an. »Sie ist wirklich wahnsinnig. Hipparete hat beim Archon ein Scheidungsgesuch eingereicht. Und ich soll mich heute zur Verhandlung vor Gericht einfinden.«

Sokrates wunderte sich. »Und da sitzt du hier ruhig bei uns und gehst nicht, um dich zu verteidigen?«

»Ich verteidige mich hier, vor dir, Sokrates. Ich will, daß du erfährst, welche Plage es mit meiner Frau ist.«

»Plage?«

»Ja, mein Sokrates. Ist es denn nicht Wahnsinn, wenn sie mich durch das Gericht zwingen will, daß ich ihr zu Füßen liege wie ein Hündchen und ihr Tag für Tag heiße Liebe schwöre? Aber das wird sie dem Richter nicht sagen. Hundert Reden wird sie führen, wie schlecht ich bin, und deshalb soll ich bedroht und bedrängt werden. Vergewaltigung ist das! Wie viele Male hast du uns, Sokrates, vor Vergewaltigungen in der Liebe gewarnt, ist es nicht so?«

Doch Sokrates fragte: »Du liebst deine Frau also nicht mehr, Alkibiades?«

Am Tor erschien völlig erschöpft der Gerichtsdiener und überbrachte Alkibiades den Befehl des Archons, sich unverzüglich vor Gericht einzufinden. »Deine Gattin hat, wie es das Gesetz vorschreibt, persönlich ihr Scheidungsgesuch beim Gericht abgegeben; und jetzt warten sie und der Richter ungeduldig darauf, daß du endlich zur Verhandlung erscheinst.«

Der Überbringer dieser unangenehmen Nachricht sah Alkibiades' zornrotes Gesicht und wandte sich erschrocken zum Gehen.

»Warte doch, Freund«, hielt ihn Alkibiades zurück. »Sag dem Gericht, daß ich nicht komme. Worauf wartest du noch? Soll ich es dir wiederholen?«

»Ich habe dich in deinem Haus gesucht, und ehe ich dich hier endlich fand, ist viel Zeit verstrichen. Könntest du nicht doch vor Gericht erscheinen, es ist doch eine wichtige Sache. Du müßtest dich auch etwas beeilen«, stotterte der Gerichtsdiener.

»Du wirst dich beeilen, dem Archon meine Antwort zu überbringen, oder ich zerschlage diesen Krug auf deinem Kopf!« schrie Alkibiades.

Sokrates blickte seinen Schüler tadelnd an. »Du solltest den Gesetzen vorbildlich gehorchen, wenn du einen ganzen Staat führen willst!«

Alkibiades antwortete nicht; er verfolgte im Geiste den Weg des Gerichtsboten zum Prytaneion: Jetzt verläßt er wohl gerade den Demos Alopeke, nun betritt er die Innenstadt, gleich läuft er durch Melite...

Inzwischen war Hipparete vom langen Warten und der unerträglichen Spannung ohnmächtig geworden. Man brachte Wasser, kühlte ihr die Schläfen; vergebens hatte der Richter ihr alle möglichen Worte des Trostes gesagt. Ermüdet davon und selbst des Trostes bedürftig, glaubte er auch nicht mehr daran, daß Alkibiades noch erscheinen würde. Er wußte, daß Alkibiades bald an der Spitze der Stadt stehen würde; wie also konnte ihm da ein unseliger Archon befehlen, er solle sich mit seiner Frau aussöhnen.

Noch immer hatte Alkibiades weder auf Sokrates' ernste noch auf Kritias' bissige Aufforderungen etwas erwidert, dem Gesetz zu gehorchen und zum Gericht zu gehen. Er begann zu tanzen, warf sich die Chlamys über die Schultern, befestigte sie mit einer Spange und tanzte schließlich, zum Abschied mit beiden Händen fröhlich winkend, zum Tor hinaus.

Als er den Hof verlassen hatte, sagte Kritias: »Er ist ein furchtbarer Mensch. Seine Scheidung von Hipparete ist noch nicht einmal ausgesprochen, und schon rennt er, sie mit den Hetären zu feiern.«

Herein stürzte der Gerichtsbote, und noch außer Atem berichtete er, daß es ihm nicht gelungen sei, Alkibiades hierherzuführen. »Er hat mich einfach abgewiesen.«

»Und was hast du getan?« schrie der Archon wütend.

»Er hat mich mit einem Krug bedroht, ich konnte mich nur noch durch Flucht retten.«

Ein gellender Schrei Hipparetes leitete ein verzweifeltes Schluchzen ein. »O ich Unglückliche! Er kommt nicht! Er liebt mich nicht mehr!« Sie schlug die kleinen Fäuste gegeneinander, so daß die goldenen Armreifen klirrten. »Oh, warum nur habe ich die Scheidung ersucht?! Welch böser Dämon hat mir diesen Gedanken eingegeben?!« Hipparete kniete vor dem Richter nieder und streckte ihm die gefalteten Hände entgegen. »Ich von allen Göttern Verlassene, ich wollte ihn mit der Scheidung doch nur erschrecken! Ich hatte gehofft, daß er dann erkennt, wie achtlos er sich seiner geliebten Frau und der Mutter seiner beiden Söhne, die ich ihm geboren habe, gegenüber verhält. Ich hatte gehofft, er würde sich bessern und Schluß machen mit seinem ausschweifenden Leben und den ewigen Streitereien.«

»Es tut mir aufrichtig leid, aber dem Gericht ist dein Schreiben bereits bekannt; es besitzt eine Fülle von Beweisen, und so bleibt nichts anderes übrig, teure Hipparete, als deiner Bitte um Scheidung zu entsprechen«, sagte der Richter bekümmert.

Hipparete stürzte wie ein gefällter Baum zu Boden, wälzte sich, jammerte, weinte und schrie verzweifelt: »Dann tötet mich doch! Dann will ich nicht mehr leben! So kann ich nicht weiterleben!«

Da stürzte Alkibiades herein.

»Was machst du da, mein Liebling?« erklang seine Stimme über ihr. »Du willst zu Hades in die Unterwelt? Welch törichter Wunsch, wo du doch bei mir zu Hause das Elysion hast!«

Noch bevor Hipparete wußte, wie ihr geschah, bevor der Archon etwas sagen konnte, hatte Alkibiades sie auf seine

Arme genommen und war mit ihr hinaus auf die Agora gelaufen.

»Holla! Bürger! Seht mal, das ist doch Alkibiades!« ertönten Stimmen aus der Menge, die hier stets Maulaffen feilhielt.

»Was trägt er denn auf seinen Armen?« Die Menschen umringten ihn.

»Bei Zeus, das ist doch seine Frau Hipparete!«

Hipparete wehrte sich, schlug um sich, stieß mit den Füßen, warf den Kopf hin und her, schrie – aber es half ihr alles nichts. Er lief mit ihr durch die Stadt, seine Chlamys und das Haar seiner Frau, das sich gelöst hatte, wallten hinter ihnen her. Ihr geschlitzter Peplos klaffte auf, und ein jeder konnte ihre schönen weißen Beine bewundern.

Gelächter und fröhlicher Jubel begleiteten die beiden. »Er entführt seine eigene Frau!«

Der Haufen Neugieriger und Spaßvögel, die ihnen nachrannten, wuchs in Windeseile.

»Das ist ein Bursche, dieser Alkibiades!«

»Hervorragend, Alkibiades!«

»So handelt ein richtiger Mann!«

Als Hipparete merkte, daß sie sich erfolglos wehrte, umschlang sie den Hals ihres Mannes mit beiden Armen, und er küßte sie immer wieder, bis zu ihrem Haus.

Athen jubelte. Athen lachte. Athen hatte ein einmaliges Schauspiel.

Die Kunde von Hipparetes Entführung eilte rasch durch die Stadt. Sie erreichte auch Sokrates und Kritias unter ihrer Platane.

Sokrates lachte befreit. Das Lachen hinderte ihn daran, zusammenhängend zu sprechen. »So ein Lausbubenstück! Das ist ihm wieder gelungen, diesem Schlingel: ›Was schert mich ein Gericht! Geh zum Kuckuck damit, Archon! Und du auch, Hipparete! Du liebst mich, ich liebe dich; und da trage ich dich einfach weg wie ein Bräutigam seine Braut, und es wird wieder wie in unseren Flitterwochen!‹ «

»Das ist ein tolles Stück, und man muß schon darüber lachen«, sagte Kritas. »Aber ist dir, teurer Sokrates, nicht auch aus einem anderen Grund zum Lachen zumute?«

»Sieh mal an! Willst du etwas aus mir herauslocken? Ich habe dir wohl meine Kunst schon zur Genüge beigebracht?« Sokrates lachte.

»Du hast mir mehr als das beigebracht. Aber die Entbindungskunst ausgerechnet an dir zu erproben, würde ich mir nicht erlauben. Als Alkibiades' Blutsverwandter freue ich mich über seine Gewandtheit und seinen Witz, und ich nehme an, daß auch du es tust. Er war auf dem besten Wege, sich mit seinem zerrütteten Familienleben bei den ehrlichen Athenern unbeliebt zu machen. Aber mit der heutigen Entführung Hipparetes hat er sich die Herzen zurückerobert. Das war ein meisterlich ausgeklügelter Schachzug vor den Wahlen.«

Sokrates hatte nachdenklich zugehört und sagte nun: »Ich freue mich über ihn.«

»Und dies sicher um so mehr«, ergänzte Kritias nun säuerlich, »als er es vor aller Öffentlichkeit getan hat; und wir wissen auch, wie es ausgehen wird. Ebendiese Öffentlichkeit lobt für jede erfolgreiche Tat deines Schülers auch dich, Sokrates, seinen Lehrer.«

»Und damit bestätigst du, daß man mich auch bei jeder seiner erfolglosen Taten schmäht«, sagte Sokrates.

»Welchen Anlaß, dich zu schmähen, sollte Alkibiades wohl geben? Er gehorcht dir doch wie ein Musterschüler. Deine Worte und seine Taten sind eins. Erst neulich hat sich das erwiesen. Du verurteiltest die Aristokraten, weil sie die Armen verachten; und um zu zeigen, daß er, unser zukünftiger Stratege, deiner Meinung ist und das Wort der Aristokraten ›Armut stinkt‹ ihm fremd, ließ er auftafeln und alle Hungerleider in sein Haus laden, die Bettler, die Waisenkinder des Krieges, die einarmigen und einbeinigen Krüppel, die zur Arbeit nicht fähig sind. Er schmauste mit ihnen, sang mit ihnen, und es machte ihm nichts aus, daß sie nicht gebadet und mit Duftsalbe eingerieben waren. Kurz gesagt: Er versteht es ausgezeichnet, um die Gunst des Volkes zu werben.«

Sokrates blickte Kritias mit großen Augen an. »Ich bin nicht zum Scherzen aufgelegt, mein lieber Kritias, sage mir, ob du damit Alkibiades loben oder schmähen willst.«

Hinter der Mauer ertönte verhaltenes Lachen. Kritias zuckte zusammen; doch es war nichts mehr zu hören, und er beruhigte sich wieder.

Hinter der Mauer aber saß Simon und schrieb, wie er dies öfters zu tun pflegte, auf den Knien einige Aussprüche des Sokrates auf.

Kritias sagte mit gut gespielter Verwunderung: »Weshalb sollte man Alkibiades schmähen? Er ist ein außergewöhnlicher Mensch, der es versteht, jeden für sich einzunehmen, ja zu bezaubern.« Und schmeichlerisch fügte er hinzu: »Genau wie du, Sokrates. Nur ein böser Mensch könnte behaupten, daß er wegen seiner Ausschweifungen vor die Heliaia müßte, meinst du nicht auch? Aber weder ich noch du sind böse. Du findest sogar für seine eigenwilligsten Stücke sehr maßvolle Worte, siehst sie als Ausdruck seiner Spontaneität; und die Menschen, die gewohnt sind, auf dich zu hören, teilen deine Ansicht. Aber ich befürchte, was dem Jüngling einst anstand, muß heute dem Manne und Strategen nicht mehr anstehen.«

Sokrates streckte die Arme gen Himmel. »Beittera, diese Befürchtung teile ich durchaus mit dir, mein Lieber. Ich habe Angst, daß Alkibiades zu jung ist zum Strategen. Du sagtest ›Mann‹. Jawohl, er ist nun einunddreißig Jahre alt. Aber in ihm ist immer noch so viel anlehnungsbedürftige Kindlichkeit und naive Verspieltheit. Schau ihn dir an, und du wirst seinen glückseligen Blick, seine lieblichen Züge bemerken.«

Kritias biß sich auf die Lippen, so daß ein Tröpfchen Blut hervorsickerte. »Was siehst du mich so unverwandt an, Sokrates?«

Sokrates hob die Hände und ließ sie wieder auf den Marmortisch sinken. »Ich denke an Alkibiades, und dich schaue ich an, weil du von ihm sprichst.«

»Und du siehst«, sagte Kritias herausfordernd, »daß ich kein glückseliges, liebliches Gesicht habe. Ja, nicke nur! Fürchte nichts! Sag die Wahrheit! Ich stoße jeden Menschen ab. Nicht einmal dieser Milchbart Euthydemos liebt mich. Weder Anstand noch Höflichkeit mir gegenüber zeigt er – nichts, nichts. In ganz Athen gibt es niemanden, der mich gern hat, weil immer dieser strahlende Alkibiades neben mir steht.«

Sokrates fühlte in diesem Augenblick, wie fremd und fern ihm dieser Mann hier war, der bitter war wie Wermut.

»Wir werden das nicht ändern können, lieber Kritias, denn das ist eine Frage des menschlichen Charakters«, versuchte Sokrates zu erklären. »Die Menschen fühlen sich von jeher stärker von einem Gesicht angezogen, aus dem Liebe und Freundlichkeit sprechen.«

»Als von einem Gesicht, aus dem Haß und Unfreundlichkeit sprechen.«

»Warum gleich so harte Worte?«

»Das waren nur die Schwestern deiner Worte.«

Sokrates wurde bewußt, daß dieser Haß auch ihm galt. Und nicht nur jetzt, in diesem Augenblick, schon lange mußte ihn dieser Mann hassen. Ihm war nicht wohl in der Nähe eines Menschen, der den Haß nicht nur im Herzen, sondern auch auf den Lippen trug.

»Wir haben das Trinken ganz vergessen«, erinnerte Sokrates seinen Gast und füllte die Pokale aufs neue. »Sieh, Kritias«, sagte er sanft, »ich habe euch beide doch das gleiche gelehrt.«

»Nein«, rief Kritias aus, »ihn immer mehr!«

»Er selbst hat von mir mehr gelernt, vielleicht auch die Fähigkeit, andere Menschen für sich zu gewinnen.«

Sokrates befeuchtete sich die Zunge mit Wein und schnalzte ein wenig. »Wir haben heute immerzu von der Politik gesprochen, von der Liebe des Menschen zum Menschen, zur Frau, zum Geliebten. Es wäre übertrieben, zu sagen, Alkibiades würde von ganz Athen geliebt.« Sokrates' Stimme wurde rauh. »Es gibt viele Menschen hier, denen er aus ganzer Seele verhaßt ist. Trotzdem würde er keinen von ihnen angreifen, während du, obwohl du siehst, daß Euthydemos dich abweist, dich, wann immer du nur Gelegenheit findest, an ihm reibst, wie ein Schwein an einem Stein.«

Kritias erstarrte. Er umklammerte den Tischrand, seine Augen füllten sich mit Blut. Mit zusammengepreßten Lippen stieß er giftig und böse hervor: »Endlich ein offenes

Wort, Sokrates! Ich habe schon längst gemerkt, daß du mir gegenüber andere Gefühle hegst als gegenüber deinen anderen Schülern, insbesondere gegenüber Alkibiades ...«

Sokrates wollte etwas einwenden, doch Kritias fuhr mit harter Stimme fort: »Laß mich aussprechen! Gegenüber Alkibiades also, in den auch du verliebt bist. Schweig! Deshalb auch hast du ihn, den jüngeren, hochgepäppelt und dorthin gesetzt, wo eigentlich ich sitzen müßte!«

»Hochgepäppelt, lieber Kritias, das bestreite ich nicht – aber hingesetzt? Das kann nur einer sagen, der selbst ein Gewaltmensch ist! Jetzt wirst du schweigen! Wer weiß, vielleicht wirst auch du eines Tages Stratege. Doch dann wünsche ich dir, daß du Gewalt einzig und allein mit Worten anwendest, und auch das nur zum Wohl aller.« Sokrates atmete schwer. »Wenn ich doch in die Zukunft sehen könnte, wer von euch beiden der Heimat am meisten nützen wird.«

»Du hast doch schon oft wie ein Hellseher gesprochen«, sagte Kritias. »Und da kannst du meine und Alkibiades' Zukunft nicht deutlich genug sehen?«

Sokrates erhob sich. »In der Zukunft verbergen sich die Wunder der Schönheit und des Glücks; deren Schöpfer aber werden jene sein, die sich mit Vorstellungskraft, kühnen Gedanken und poetischer Bildhaftigkeit ihrer bemächtigen.«

Auch Kritias stand auf. »Und bin von uns beiden nicht gerade ich der Dichter?« Stolz schritt er zum Tor. Dort drehte er sich noch einmal um. »Ich wüßte nicht, was ich bei dir noch zu suchen hätte, Sokrates, wenn du ein Schwein in mir siehst. Vorläufig haben wir beide uns nichts mehr zu sagen.«

Als Kritias verschwunden war, zeigte sich über der Mauer Simons etwas struppiger Kopf.

»Hast du schon wieder gelauscht?« fragte ihn Sokrates tadelnd. »Ja? Und was sagst du zu all dem?«

»Sie sind wohl beide gleich: gleich leidenschaftlich, gleich starrköpfig, gleich unnachgiebig.«

»Ich danke dir für diese aufmunternden Worte, liebster Simon«, sagte Sokrates ironisch.

17

Griechenlands einzigartiger Himmel ist blau wie eine Kornblume, einzigartig, von durchsichtigster Klarheit ist sein Licht; einzigartig ist der Olymp mit seinem Göttervolk, dem menschliche Gerüche anhaften wie einem Hafen der Gestank nach Fisch. Griechenland hat das einzigartige Orakel von Delphoi, das die Zukunft voraussagt. Gleich ist der Wohllaut der griechischen Sprache, auf welcher Seite man sie auch vernimmt. Doch das Land eint kein einheitlicher Gedanke, kein einheitliches Ziel.

Die Klassen- und Machtkämpfe spitzen sich zu Kriegen zu, die wieder mit Lanze und scharfem Schwert ausgetragen werden. Das arm gewordene, verwüstete Land sucht sich durch neue Kriege zu bereichern. Doch auch Verteidigungskriege verwandeln sich rasch in Raubkriege.

Überall in Hellas flackern Streitigkeiten auf, die Blut und Knochen kosten. Wer kann da noch an Nikias' Frieden glauben? Was heißt das schon, der Frieden diene den attischen Grundbesitzern, den Bauern und Sklavenhaltern, die ihre Sklaven gegen ein hohes Entgelt ausleihen? Aber wie steht es mit uns anderen Bürgern?

Wie konnten wir Athener uns nur auf die Seite dieses Schwächlings, dieses ruhebedürftigen Greises Nikias stellen, der um einer unsicheren Kriegspause willen jenen die Hand reicht, die nicht aufhören, aus allen Jungen und Mädchen harte Krieger zu machen, und ihnen dazu noch Athens Hilfe verspricht, wenn die Heloten sich gegen sie erheben?

Wir wollen an der Spitze des Staates keinen dümmlichen, durchtriebenen Greis, sondern einen kühnen Mann, der sich nicht an der Nase herumführen läßt, der sich rüstet, wenn der Nachbar rüstet.

Wer ist dieser neue Mann? Es gibt nur eine Antwort:

Der Sohn des Kleinias.
Neffe des Perikles.
Schüler des Sokrates.
Alkibiades!

Die Athener wird das junge, nicht gerade zahme Raubtier führen, geschmeidig, wendig, mutig, dessen Schönheit einem den Atem nimmt, dieses Kind des Glücks, maßlos geliebt, der Stolz der Stadt, die Hoffnung des Volkes.

»Niemanden bisher hat das Schicksal so reich mit äußeren Vorzügen beschenkt, niemanden mit Begabungen so überschüttet wie Alkibiades«, hieß es von ihm in späteren Zeiten; aber auch seine Zeit wußte das schon. Unter hohen Ehren wurde Alkibiades zum Strategen gewählt und in sein Amt eingeführt.

Und es war jener Alkibiades, den Sokrates erzogen hatte. Er wäre nicht froh gewesen, hätte sich ganz Athen nicht mit ihm gefreut.

»Wer in Freundschaft heute vor Sonnenuntergang zu mir kommen will, soll mir willkommen sein«, so lud Alkibiades durch Herolde die Athener zu einem Gastmahl ein.

Die Menschenmenge drängte sich an die Mauern seines Gartens heran; sie konnte es kaum erwarten, daß die Pforte sich öffnete. Anopheles kletterte über die Rücken einiger Leute auf die Mauer und beobachtete von dort aus, wie die Vorbereitungen für das Festmahl getroffen wurden.

»Ihr olympischen Götter!« rief er mit lauter Stimme. »Dieses Schauspiel blendet mich!«

Die ausgehungerte Menge hinter der Mauer fluchte. »Erzähle! Was siehst du dort?«

Ein abgezehrter, langer Mann zog Anopheles am Bein. »Ich hole dich herunter, du Taugenichts! Oder willst du vielleicht für all das, was du von da oben siehst, eine Bettlerfaust spüren?«

»Wirf sie doch herunter, diese Mücke!«

»Beruhigt euch, Bürger! Ich erzähle euch schon alles«, sagte Anopheles rasch, die Augen mit der Hand gegen die Sonnenstrahlen schützend, und hingerissen vor Begeisterung, rief er: »Bei Helios, unserem Lebensspender! Bei der anmutigen Aphrodite, der Erweckerin der Liebe! Beim großen Pan, dem Hüter der Herden!«

»Du stehst hier vor keinem Altar, du Knallkopf! Sag schon, was du siehst!«

»O Dionysos, du Gott der Fruchtbarkeit und des Weines«, rief er weiter die Götter an.

Jemand bückte sich nach einem Stein, und Anopheles verschwand schnell von der Mauer.

»Elender Kerl! Durchtriebener Schmarotzer! Wir sind hier wohl nur Fliegen!«

»Der hat wohl nicht alle Sinne beisammen?«

»Und wir wissen nicht, was da drüben los ist!«

»Aber ich!« schrie ein Halbwüchsiger, den sein Vater auf die Mauer gehoben hatte. »Der Garten ist voller Sklaven, die tragen Holz zu einem Haufen zusammen, auf Spieße stecken sie Rinderkeulen, Ferkel, Gänse und Schafe, Sklavinnen bringen Schüsseln mit Bergen von Heringshappen, Körbe mit Leckerbissen, Birnen, Feigen und Nüssen, auf den Schultern tragen sie Amphoren, einer folgt dem anderen auf dem Fuße.« Plötzlich begann der Knabe zu schreien: »Oh, es brennt, es brennt! Der ganze Garten steht in Flammen!«

Über die Mauer wälzte sich Rauch; die Sklaven hatten alle Feuerstellen entzündet und drehten nun die Bratspieße. Es roch nach Holz, Fett und brutzelndem Fleisch und reizte die Kehlen der Ungeduldigen. Verzweifeltes Schreien hob an: »Sie haben eben das Tor geöffnet, und wir können nicht hinein!«

»Wir kommen auch noch hinein!«

Ein paar Mutige, die einfach über die Mauer geklettert waren, standen bereits im Garten. Die drängende Menge verstopfte den Eingang, schrie um Hilfe und fluchte. Die Sklaven verengten den Eingang, sie ließen nur so viele Hungrige ein, wie im Garten Platz fanden, dann schlossen sie mit großer Mühe das Tor, hinter dem das Paradies lag, denn Alkibiades war freigebig, ja geradezu verschwenderisch. Vor dem Tor aber wurde geflucht. Fäuste hämmerten gegen seine Eisenplatten, denn Alkibiades konnte doch ganz Athen satt machen! Alkibiades konnte alles, was er wollte! Und als hätte Alkibiades ihre Gedanken erraten, ließ er Trompeter und Herolde auf die Mauer steigen und verkünden: »Bürger Athens! Es reicht für jeden von euch. Ihr könnt damit rechnen, daß niemand von euch nach Hause gehen muß, ohne zuvor gegessen und getrunken zu haben. Nur Geduld, Bürger!«

Drinnen rauften sich die Schmausenden um die besten Happen: um an Spießen gebratene Leber, um Fischsalat. Mit hohlen Händen schöpften sie aus den Schüsseln die dicke Tunke, Gemüse, Erbsbrei...

In Alkibiades' Haus waren alle Vorhänge zurückgezogen, Sklavinnen und Sklaven eilten mit Schüsseln durch die Räume; sie trugen Amphoren mit Wein, Mischgefäße und Wasserkrüge. Es war Zeit, das Gastmahl zu beenden, doch Alkibiades hatte bisher noch kein Zeichen dazu gegeben. Er war umringt vom bunten Gemisch seiner Freunde, dem reichen Weißgerber Anytos, einem der demokratischen Parteiführer, von Euripides und Kriton, seinem Vetter Kritias, von Sokrates' Schülern Aristippos, Antisthenes, Euthydemos, Simon und anderen. Doch Sokrates selbst fehlte.

Nur mühsam bezwang Alkibiades seine anfängliche Unruhe, die in Mißmut umschlug. Warum kam er nicht? Wollte er vielleicht nicht kommen? Er vernahm die Lobreden seiner Gäste, antwortete aber nur müde und blickte immer wieder zum Eingang.

Und da kam er! Barfuß, im weißen Chiton, das braune Himation darüber.

Er lächelte. Der ganze Speisesaal wurde mit einemmal heller, heller wurden auch die Blumenfresken des Agatharchos, heller die frischen Blumen, die Kleider und Gesichter der Menschen.

Alkibiades sprang auf. Ein Tisch stürzte um, Silber und Gold klirrten auf dem Mosaikboden. Alkibiades lief auf Sokrates zu, verneigte sich tief vor ihm und rief emphatisch: «Seht, teure Freunde, hier steht der wahre Stratege Athens! Du, mein unvergleichlicher Sokrates, warst es eigentlich, der in der Ekklesia gesprochen hat, denn was ich sagte, verdanke ich nur dir. Du hast gesiegt, nicht ich.«

Die Gäste klatschten Beifall, und fröhliches Stimmengewirr erhob sich.

»Ruhm Alkibiades, Ruhm seinem Schöpfer Sokrates!«

Sokrates stand da, gerührt von Alkibiades' Zuneigung, aber auch verlegen.

»Dir verdanke ich alles«, schwärmte Alkibiades von neuem.

»Genug! Genug, mein Junge!« Sokrates gebot ihm Einhalt. »Willst du, daß ich gehe? Hast du dir vorgenommen, mich von hier zu vertreiben?«

Alkibiades umarmte Sokrates und küßte ihn. »Soll ich dir vielleicht irgendwo im Verborgenen danken? Nein! Alle sollen hören, wer den Athenern ihren Alkibiades geschenkt hat! Wie könnte ich mich dein Schüler nennen, teuerster Sokrates, wenn ich mich heute vor Stolz aufbliese und meinen Lehrer vergäße?«

Alkibiades faßte Sokrates am Gürtel und führte ihn so durch die Schar der Gäste zum Tisch, wo er ihn bat, neben ihm Platz zu nehmen.

»Nun, es ist wahr«, sagte Sokrates, »ich bemühe mich, daß ein jeder reicher von mir fortgeht, als er gekommen ist. Doch allein vermag ich nichts auszurichten. Das meiste muß der Schüler selbst tun. Manchmal greift auch die geheimnisvolle Göttin Tyche ein und überschüttet die Menschen aus ihrem Füllhorn mit Glück; ein andermal wieder, wie mein teurer Freund Euripides hier sagt, tun dies Inbrunst und Leidenschaft.«

»So ist es wohl«, bestätigte Euripides. »Die Leidenschaft ist stark am Schicksal des Menschen beteiligt. Und doch möchte ich das Wirken von Zufällen und dem, was uns Menschen in die Wiege gelegt wurde, nicht bestreiten.«

Alkibiades winkte dem Hausverwalter, und sofort eilten barfüßige Sklaven durch die Räume, um warme und kalte Gerichte aufzutragen. Aus dem Peristyl erklangen leise Gitarrenschläge.

Von einem entfernten Tisch aus, durch Blumen in hohen Vasen hindurch, beobachtete Kritias mit weit aufgerissenen Augen, wie Alkibiades persönlich Sokrates bediente. Er wählte für ihn nur die allerfeinsten und selbst davon noch die besten Leckerbissen aus den Schüsseln: Sülzen, Teigtaschen, gefüllt mit Geflügelfleisch und Wildbret, Hühnerleber auf Mandeln. Bitterkeit stieg beim Anblick dieser Liebe in Kritias auf und gab ihm einen sonderbaren Gedanken ein.

Die Spartaner erklären von Zeit zu Zeit den Heloten, ihren Unfreien, den »heiligen Krieg«, veranstalten eine Jagd auf sie wie auf das Wild und erschlagen die stärksten »Stücke«. Wer sind schon die unterjochten Heloten, die an den Ufern des Eurotas leben, wo hohes Schilf wächst. Sie sind doch Tiere! Kritias schloß die Augen. Man müßte jenen am Tisch dort einen »heiligen Krieg« erklären! Das wäre erst eine Hetz, wenn man sich unter ihnen die besten Stücke aussuchen dürfte!

Befriedigt von dieser Vorstellung, ließ Kritias davon ab, Sokrates anzustarren, der von Alkibiades so umsorgt wurde. Er biß in eine Entenkeule. Euthydemos, der verliebt zu Alkibiades hinüberblickte, hatte er aufgegeben. Kritias, der sonst immer in dessen Nähe zu finden war, hatte sich heute an das andere Ende der Tafel gesetzt und würdigte Euthydemos keines Blickes. Warum nur? Was hatte er ihm denn getan? Plötzlich überkam Euthydemos ein Gefühl der Verlassenheit. Er vermißte Kritias' schmeichelndes Flüstern, seine Berührungen, die verliebten Verse, die er sonst so oft für ihn vorgetragen hatte.

Als alle gesättigt waren und nicht einmal mehr den Wacholdervögeln, gefüllt mit gepfeffertem Eidotter und Lattich, zusprechen konnten, naschte man nur noch ein wenig von dem Nuß- und Mandelgebäck, das mit schwerem Wein getränkt worden war.

Alkibiades breitete die Arme aus und sprach zu Sokrates: »Sag mir doch, mein Teuerster, womit ich dir für all diese Jahre deines Lehrens danken könnte.«

»Meines Lehrens?« fragte Sokrates ungehalten.

Alkibiades legte die Hand aufs Herz. »Ich ertrage es nicht, daß ich von dir nur genommen habe und es dir nicht entgelten durfte. Sag mir, was du gern haben möchtest. Ich erkläre hier feierlich ...«

»Erinnerst du dich nicht, was ich dir geantwortet habe, als du mich vor Jahren einmal fragtest, was du mir schuldest?«

»Doch«, erwiderte Alkibiades, »du sagtest damals, daß du

einmal einen sehr hohen Lohn von mir verlangen würdest.«

»Und du hast damals geringschätzig abgewinkt und stolz gesagt: ›Ich habe gehört, Sokrates, daß du kostenlos lehrst, aber mir soll es am Geld nicht liegen. Ich habe viel davon geerbt und werde dir zahlen, was du forderst.‹«

»Und du, Sokrates, lachtest damals aus voller Kehle und sagtest: ›Nun, junger Mann, ich tue es dennoch umsonst, auch für dich, lieber Alkibiades.‹«

»Doch du hast dich dagegen gesträubt.« Sokrates mußte auch jetzt noch darüber lächeln. »Aber hätte ich mich dafür bezahlen lassen, hättest du nie das Gefühl gehabt, jemandem noch etwas schuldig zu sein.«

»Und dieses Gefühl soll ich wohl auch heute noch haben? Du möchtest wohl, daß ich es nie los werde?« brauste Alkibiades auf.

»Erwartest du, mein Lieber, daß ich heute von dir weniger fordere als vor Jahren?«

Die Gäste waren bestürzt. Sie konnten sich durchaus nicht vorstellen, was wohl ein Mensch, der so wenige Bedürfnisse hatte, von diesem reichen Alkibiades verlangen würde.

»Was hättest du damals von Alkibiades gefordert?« fragte Euripides plötzlich Sokrates.

»Sicher nur Liebe«, fuhr Kritias höhnisch dazwischen.

»Selbstverständlich, lieber Kritias«, gab Sokrates zurück. »Von meinen Schülern will ich mehr als Geld – ich will, daß sie so leben, wie ich es sie lehre.« Sokrates wandte den Blick dem erstaunten Alkibiades zu. »Und du hast mir damals versprochen, daß du damit einverstanden seiest.«

»Ja, das habe ich gesagt, aber ich faßte es als bloße Bescheidenheit auf. Und heute kommt dir endlich eine hohe Belohnung, ein großes Geschenk zu.«

»Und das eben will ich von dir, Alkibiades. Ich spreche mit dir und euch allen hier über Athen. Aus Liebe zu dieser Stadt zähle ich nicht die Tage, die ich dir gewidmet habe, Alkibiades, und ich würde mich schämen, mich dafür bezahlen zu lassen. Bescheidenheit wäre das, meinst du? Im Gegenteil, ich bin sehr unbescheiden, denn ich will, daß du unser Athen stets genauso liebst wie ich und ihm mit der größten Ergebenheit dienst.«

Alkibiades' Augen begannen zu glänzen, seine Stimme bebte leicht. »Du bist ein ungewöhnlicher Mann, Sokrates! Der beste Sohn Athens bist du! Und ich bin dir unendlich dankbar für deine Liebe zu unserem Athen, die du auch mir ins Herz gepflanzt hast.« Alkibiades versuchte, sich der Rührung zu erwehren, und sprach kraftvoll weiter, als wollte er es hier vor allen beschwören: »Ich werde Athen treu und ehrlich dienen, solange ich lebe!«

Ein tiefes, warmes Gefühl ergriff die Männer der Tischrunde. Sie erhoben sich und brachten einen Trinkspruch nach dem anderen aus.

Sklavinnen in prachtvoll umsäumten Peplen verteilten Rosenkränze. Alkibiades nahm einem der Mädchen einen Kranz aus den Händen, küßte ihn und setzte ihn Sokrates aufs Haupt. Sokrates wollte sich dagegen wehren, weil er meinte, der erste Kranz gehöre heute Alkibiades. Doch dieser lachte nur und rief: »Nein, nein! Neben dir bin ich nur ein launenhafter, ungezogener Jüngling, ein flatterhafter Mensch. Niemals werde ich die Größe und Harmonie deines tugendhaften Charakters erreichen, niemals die Einheit deiner Güte und Schönheit.«

»Willst du mich dazu auffordern, jetzt auch deine Tugenden zu vergolden?« fragte Sokrates.

»Aber nein! An mir ist es, sie durch Taten zu beweisen«, rief Alkibiades aus.

Eine neue Woge der Begeisterung durchströmte den Saal, und wieder klangen die silbernen Becher aneinander.

Niemand hatte wahrgenommen, daß in dem Augenblick, da Alkibiades Sokrates' Haupt mit dem Rosenkranz schmückte, Kritias den Saal verließ.

In Alkibiades' Garten loderte Flamme neben Flamme, die sich in der Höhe zu einem einzigen rosafarbenen Schein vereinten. Die Leuchter und Öllampen, die an starken Seilen zwischen den Bäumen aufgehängt waren, erhellten und verschönten den riesigen Garten, die Feuer knisterten, denn auf die Spieße wurden immer wieder neue Fleischstücke, ganze Hammel und Ferkel gesteckt; Hunderte Fackeln flackerten in der Dunkelheit, ihre Funken sprühten – und doch vermochten sie nicht, den Schatten all der Lorbeer-, Oleander- und Zitronenbäume zu durchdringen.

»Nehmt nur! Greift zu! Bedient euch!« rief ein Sklave. Er zog einen goldbraun gebratenen Hammel vom Spieß und verteilte ihn. »Verbrennt euch aber nicht die Finger und Mäuler!«

»Ach, was für ein göttlicher Genuß, wahrhaft wie Ambrosia«, waren rings um die Feuerstelle Stimmen zu hören. »Aber wo bleibt der Nektar? Her mit den Amphoren!«

Die Gerissensten hatten ganze Hammelkeulen für sich und ihre Freunde in den Schatten der Sträucher mitgenommen, um sie dort in aller Ruhe verspeisen zu können. Im hellen Lampenlicht würde man ihnen ihre Beutestücke nur so aus den Händen gerissen haben.

Als spät in der Nacht die Bäuche gefüllt waren und der Wein das Blut erhitzt hatte, wurden die Fröhlichen immer fröhlicher, die Redseligen immer redseliger.

»Es scheint mir», begann ein freier Bürger zu den Seinen zu sprechen, »und ich würde mich dafür schlagen, daß wir zeit unseres Lebens noch nie einen solchen Strategen in Athen hatten. Alkibiades wird wie der Mond über dem Olymp aufsteigen. Verwöhnen wird er uns...«

»Es sieht wirklich so aus.« Sein Freund kaute an einem knusprigen, fett-triefenden Stück Braten. Im Geiste ging er dabei den griechischen Kalender durch, in dem es Monat um Monat eine Feier gab, die immer mit einem Gelage verbunden war. »Man kann ja schon jetzt sehen, was das für fette Panathenäen, große ländliche Dionysosfeste und Feiern in Eleusis und auf Salamis sein werden. Wenn wir nur gesund bleiben – um unseren Wanst wird sich schon Apollons Doppelgänger hier sorgen.«

»Ja, ja, der Hamster Nikias hat nur seinen Sklavenbestand im Sinn; aber dieser scharfäugige Jüngling hier sieht ganz Attika, den ganzen Bund, die ganze Welt und das Meer. Wir sind bereits am Einschlummern, aber er wird uns wecken und in dieser eiternden, morschen Welt gründlich aufräumen, du wirst schon sehen!«

»Ich glaube es ja«, kam es hoffnungsvoll von einem Bürger, der rücklings im Gras lag und die schwere Amphora so faßte, daß ihm der Wein genüßlich über die Zunge zu fließen begann.

Auch diejenigen, die vor dem Tor bleiben mußten, lobten Alkibiades, denn die Sklaven reichten ganze Körbe voll guter Dinge über die Mauer. Auch ihnen brachte man das Paradies des Gartens.

In das Zimmer, wo im Kreise seiner engsten Freunde der neue Stratege Wein trank und dem beschwingten Tanze zarter Mädchen zusah, die im Haar und in den Händen Myrtenzweige trugen, führte ein Sklave einen Burschen wie einen Berg, den Steuermann Antiochos, herein, der um eine Unterredung gebeten hatte.

Alkibiades kam das Seemannsgesicht bekannt vor, aber wie viele Gesichter von Befehlshabern und Kämpfern hatte er schon in den Schlachten gesehen! Antiochos stellte sich vor und erklärte: »Ich bin derjenige, der dir vor Jahren auf der Agora deine zahme Wachtel wieder einfing, die dir aus deinem Mantel entflogen war.«

Das war schon vor langer Zeit gewesen, an dem Tage nämlich, als für die Gemeinde freiwillige Spenden gesammelt wurden. Als Alkibiades seinen riesigen Beitrag verkündet hatte, brachen die Menschen auf der Agora in so hellen Jubel aus, daß er vor lauter freudiger Erregung für einen Moment seine Wachtel, die er unter dem Mantel trug, an die Brust zu drücken vergaß.

Alkibiades wandte sich seinen Freunden zu. »Stellt euch vor, meine Lieben, was für eine Großmäuligkeit von mir! Ich habe nämlich diesem Mann für das Einfangen der Wachtel versprochen, daß ich, falls ich einmal Stratege werden sollte, ihn zum Schiffsführer auf meiner Triere machen würde.«

Unaufhörlich erklangen die Gitarren und Trommeln, auch die Tänzerinnen hörten nicht auf, sich leicht im Rhythmus der Musik zu wiegen. Gelächter schallte durch den Saal.

Antiochos wurde verlegen. »Aber ich bin doch nicht

wegen deines Versprechens zu dir gekommen, verehrter Alkibiades, sondern bin nur wegen der Geselligkeit hier und um mich an deinem Ehrentag zu vergnügen. Denn damals hast sicher auch du nur gescherzt.«

Alkibiades wurde mit einem Male ernst: »Wohl scherzte ich damals, aber weil du heute gekommen bist, um mich an mein Versprechen zu erinnern – lüge nicht! –, und weil du mir vertraut hast, ernenne ich dich hiermit zum Befehlshaber meiner Regierungsschiffe.«

»Du machst mich glücklich!« rief Antiochos voller Begeisterung aus.

»Du hast mich glücklich gemacht«, erwiderte Alkibiades. »Ich schätze solche Männer, die an mich glauben, und auf dem Meer schätze ich sie doppelt, in der Schlacht gar dreifach.« Er erhob sich. »Und außerdem könnte ich es nicht ertragen, wenn es in Hellas auch nur einen einzigen Menschen gäbe, der sagen könnte: ›Alkibiades hält seine Versprechen nicht, selbst wenn er sie nur im Scherz gab.‹«

Das Öl in den Lampen war ausgegangen, die Feuerstellen erloschen. Aus den hohen Aschehügeln strömte Wärme. Wie am heimischen Herd wälzten sich hier die halbnackten Leiber der Männer, der Jünglinge, der Sklavinnen, doch auch die der Huren; denn am Ende dieser Feste gibt es auch für sie eine Sinnesfreude. Wen du packst, der gehört dir. Der Wein, wenn auch mit Wasser vermischt, benebelt den Verstand und entfacht sinnliches Verlangen. Wie ein schwarzer Wind fegt durch die Zweige der Bäume und Sträucher die tierische Urkraft der Paarung. Der Geruch von Samen und Schweiß vermischt sich mit dem Duft der Blüten und aromatischen Öle.

Schenkel, Seufzer, spukhafte Liebesbeteuerungen Unsichtbarer an Unsichtbare, Unbekannter an Unbekannte.

In den Gärten ertönte die Musik nicht mehr; nur ein einziger Ton, der Urton aus den Tiefen der Erde, drang durch die schwarzäugige Nacht wie das Blut durch die Adern.

Kritias saß mit Antiphon im Bogengang des Peristyls. Der Sophist Antiphon konnte es nicht glauben, daß sich Kritias von Sokrates losgesagt hatte. Trunken murmelte er: »Und zu wem willst du nun?«

»Sicher nicht weit weg von dir, lieber Antiphon. Ich werde mich dem anschließen, dem auch du folgst – Gorgias, deinem Lehrer«, sagte Kritias und erhob sich von der Marmorbank. Doch da wurde ihm klar, daß er sich nicht nur von Sokrates und Alkibiades trennen würde, sondern von den Demokraten überhaupt. War es nur eine Trennung? Kaum. Wie oft schon luden mich Freunde in ihre Hetairien ein. Nun ja. Aber schließlich ist es keine Kleinigkeit, dort auf Oligarchie und auf den Sturz der Demokratie zu schwören. Aber was gibt es noch zu zögern? Schon lange ist mir ihr Gerede, man könne mit einfachen Menschen besser zusammen leben als mit vornehmen, gegen den Strich gegangen. Kritias lachte trocken. Du Liebling Alkibiades, du Alterchen Sokrates! Wenn ihr wüßtet, was ich vorhabe! Was für ein Glück, daß ihr es noch nicht erfahren habt.

Als Kritias den Garten verließ, kam ihm im silbernen Mondlicht Euthydemos entgegen, der ihn liebevoll anlächelte.

Sieh da, der Stein, an dem das Schwein sich reibt, dachte Kritias.

Euthydemos machte ihm Vorwürfe. »Warum weichst du mir heute aus, lieber Kritias? Ich habe Sehnsucht nach dir.«

»Etwas sehr spät! Wir beide haben nichts mehr miteinander zu schaffen!«

Euthydemos stürzte auf ihn zu. »Nein, nein, sag nicht so etwas, mein Liebster! Ich habe dich doch lieb.«

»Zieh ab!« zischte Kritias durch die Zähne, und als Euthydemos verlangend die Arme nach ihm ausstreckte, schleuderte er ihn von sich, so daß er auf die Umrandung des Springbrunnens fiel und sich blutig schlug. Ohne einen Blick auf den Schluchzenden zu werfen, schritt er rasch auf das Tor zu.

Aus dem Garten drang Kühle in die Villa und mit ihr ein Schatten. Leise bewegte er sich durch den Raum. Auf einem der Tische stand eine Schale aus schwerem Gold, in der noch ein paar Kastanien verblieben waren. Die schattenhafte Gestalt steckte sie in den Mund und legte die Schale in einen geräumigen Sack, wie ihn die Bettler für Fladen und Speisereste mit sich tragen. Dann vergewisserte er sich, daß er von niemandem gesehen worden war. Eine Weile verharrte er reglos wie der Schatten eines Baumes und beobachtete seine Umgebung. Alle, die am Abend durch das Tor Einlaß gefunden hatten, waren vom Wein betäubt. Der Weg zum Tor war frei. Langsam, auf Umwegen, bewegte sich der Schatten von Baum zu Baum zum weit offenstehenden Tor hin. In diesem Augenblick näherte sich dem Tor mit kräftigem Schritt ein junger Mann in seidener Chlamys.

»Nimmst du meinen ehrerbietigen Gruß an?« fragte ihn der Schatten.

»Aber sicher. Gehst du auch schon?«

»Ja, ich bin eben dabei«, sprach der Schatten heiser. Im Ton des anderen bemerkte er Mißstimmung, aber auch offensichtliche Bildung. »Ich bin ein Bettler.« Der Schatten lachte, wobei sich zwischen seinen gelben Zähnen zwei Lücken zeigten, die dem hageren, länglichen Gesicht ein wölfisches Aussehen gaben. »Ich bin nur ein Bettler, doch ich bewege mich nicht gern unter Bettlern; ich fühle mich einsam unter ihnen.«

Kritias betrachtete interessiert sein Gegenüber. »Das ist merkwürdig! Auch ich hatte hier das Gefühl der Einsamkeit und Fremdheit.«

»Unter denen dort?« Der Bettler zeigte auf das Haus und sprach das Wort »denen« sehr ehrerbietig aus. »Du gehörst doch selbst zu denen, verehrter Kritias.«

Kritias tat, als hätte er überhört, daß dieser zudringliche Mensch ihn kannte, und fragte: »Und zu wem gehörst du?«

»Ich fühle mich denen zugehörig, die meine Hilfe brauchen, verehrter Herr.«

Kritias verließ mit dem armen Teufel den Garten.

»Wobei kannst du jemandem behilflich sein?«

»Ich heiße Anopheles, Herr.«

»Ach so«, sagte Kritias. »Ich kenne dich.«

»Auch du, verehrter Kritias, könntest einmal meine Hilfe nötig haben«, deutete Anopheles an.

Kritias blickte ihn aufmerksam an, schwieg aber.

»Ruf mich dann nur, hochverehrter Herr, und du wirst sehen, wohin ich gehöre.«

Kritias warf ihm einen goldenen Dareikos zu. Anopheles fing ihn im Fluge auf und ließ ihn in seinem Sack verschwinden, so daß Gold auf Gold klang. Kritias lächelte, als er es hörte.

18

Von den Sklaven, die auf ihre Herren warteten, entzündeten zwei ihre Fackeln an dem Feuer, das vor dem Tor brannte, und folgten Kritias. »Ihr könnt nach Hause gehen. Ich gehe allein«, sagte Kritias. »Ohne Licht, Herr?« ließ sich vom Tor her Anopheles vernehmen. Kritias lachte. »Vor wem sollte ich mich fürchten?« Und er schritt davon. An der Kreuzung bog er rasch zum Viertel Kydathenaion ab.

Mit dem Mond war es wie mit Kritias' Stimmung. Manchmal versteckte er sich hinter dunklen Wolken, dann wieder strahlte er in hellstem Licht. Kritias aber zauderte nicht mehr – er hatte sich entschieden.

Vor einem kleinen Türchen blieb er stehen, dem Hintereingang einer vornehmen Villa. Leise klopfte er an. Augenblicklich wurde die Tür geöffnet, und ein älterer Sklave stand vor ihm.

»Die da drinnen« – Kritias wies auf die Villa – »sitzen die noch beisammen?«

»Wer bist du, Herr?«

Kritias nahm dem Sklaven das Licht aus der Hand und zeigte sein Gesicht.

Erleichtert rief der Sklave: »O ja, Herr, ich kenne dich. Du kamst sonst immer durch den anderen Eingang zu uns. Ich werde dich melden.« Er lief davon; die nackten Füße glitten durch das raschelnde Gras.

In dem mäßig großen Raum, in dem nur zwei Lampen brannten, war es düster. Entlang den Wänden standen Liegen, neben die Tischchen mit Schalen herzhafter und süßer Happen, einer Amphora Wein und einem Becher gerückt waren. In diesem Raum waren weder Sklavinnen noch Sklaven zu sehen. Eine sonderbare Gastlichkeit – hier mußte sich jeder Gast selbst bedienen, denn man wollte vollkommen ungestört sein. Hier brauchte man kein helles Licht, hier wurde nichts aufgeschrieben, man mußte sich alles merken. Der Wächter an der Tür war ein erprobter Freigelassener des Gastgebers. Er war zuverlässig, denn er war taub.

Der alte Sklave trat ein. Er drängte sich zu der Liege an der Stirnseite des Raumes durch, auf welcher der Gastgeber Peisandros, ein Athener Demagoge, lag, und meldete ihm, daß draußen am Tor Kritias warte.

»Endlich!« Peisandros lachte, seine Stimme verriet hörbar Freude.

»Aber wieso gerade heute?« wunderte sich Antiphon.

»Da muß heute beim Festmahl des Alkibiades etwas geschehen sein«, sagte Theramenes.

»Führe den Gast herein«, befahl Peisandros dem Sklaven.

Als Kritias eintrat, wurde er mit freundlichem Hallo empfangen. Ein Oligarche nach dem anderen umarmte und küßte ihn.

Peisandros winkte den Gast heran. Er lächelte. »Welch seltener Besuch bei mir« – er verbesserte sich sofort –, »bei uns! Und noch dazu an diesem Tag! Was bringst du uns, teurer Kritias?«

Aufgeregt erwiderte Kritias: »Nichts. Nur mich selbst.«

In den allgemeinen Jubel hinein fielen Ausrufe: »Ist das vielleicht nichts?« – »Was für ein Geschenk für unsere gute Sache!« – »Sei nicht so bescheiden, teurer Kritias!«

Kritias gab sich mit Mienenspiel und Worten bescheiden, so wie er dies bei den Sophisten gelernt hatte. »Ich komme zu euch, um mich zu euch zu bekennen.«

Nachdem die Rufe der Begeisterung verstummt waren, sagte Antiphon: »Hast du dir das auch gründlich überlegt, in einer Zeit zu uns zu kommen, da dein Blutsverwandter zum Strategen und Führer der Athener Demokratie gewählt wurde?«

»Ja« – Peisandros nickte zustimmend –, »und der packt

es gründlich an, dieser Sokrates-Zögling. Jetzt können wir wohl noch lange auf unsere Stunde warten.«

Kritias verzog den Mund zu einem schmalen Lächeln. »Auch ich bin ein Zögling von Sokrates. Und ich bin gerade deshalb zu euch gekommen, damit wir nicht so lange auf unsere Stunde warten müssen.«

»Wie meinst du das?« erkundigte sich Theramenes verwundert.

Kritias verkündete mit fester Stimme: »Ich will den Schwur leisten!«

»Bei Zeus! Wir glauben dir wie einem Bruder«, rief Peisandros emphatisch aus. »Der Schwur auf die Vernichtung der Demokratie ist für jedes Mitglied unserer Hetairia Pflicht. Der deine aber, lieber Kritias, muß feierlich geleistet werden. Ist es dir in einer Woche recht? Sag es nur.«

»Wie ich schon sagte, auch mich hat Sokrates erzogen. Ich meine, Alkibiades hat von ihm nicht das Wertvollste angenommen. Ich dagegen habe mir von Sokrates das Wichtigste angeeignet, die Sophrosyne, die Kunst, nichts zu übereilen«, erwiderte Kritias.

»Alkibiades ist ein bedeutender Mann; er bedroht unsere Sache wie bisher noch niemand«, erklärte Peisandros und legte die Betonung auf die Worte »noch niemand«.

Kritias lächelte. »Alkibiades bedroht sich selbst am meisten. Ich kenne doch meinen berühmten Vetter. Er besitzt alles, was einen Menschen glücklich macht, was einem Athener zum ersehnten Ruhm verhelfen kann; aber« – Kritias lachte laut –, »aber die Götter beschenkten damit keinen Menschen, sondern ein Raubtier. Doch in den Menschen, so ist es schon immer gewesen, schlummert der ganz natürliche Wunsch, Raubtiere zur Strecke zu bringen.«

Theramenes nickte. »Alkibiades lebt nicht; er stürzt durchs Leben. Die Frage ist nur, wohin.«

Kritias blickte in Peisandros' Gesicht, das von der Lampe nur schwach beleuchtet wurde. »Es ist gottgefällig – o ihr Musen, hört mich doch –, dem Weg des Menschen eine Richtung zu geben.«

Peisandros applaudierte ihm. »Ich zolle nicht nur dem Dichter, sondern auch dem Denker Beifall: Wir müssen in die großzügigen Pläne eingreifen, die Entwicklung größenwahnsinniger Vorhaben aufhalten, die nur die Phantasie sich ausmalen kann.«

»Auch du bist ein Dichter, Peisandros«, sagte liebedienernd der Sophist Antiphon. »Ich bin zwar nur ein gewöhnlicher Gerichtsredner, wenn auch ein Fachmann für Mordfälle; doch ich erkühne mich, in deine Fußtapfen zu treten, Verehrtester. Ich will helfen, den Gang der Dinge aufzuhalten, noch bevor der erste Blutstropfen fließt.«

Peisandros blickte statt auf Antiphon zu Kritias hinüber. »Wir begrüßen also Kritias, der nicht nur sich selbst brachte, sondern auch Sokrates' Sophrosyne. Den Wert der Zeit und den der Entwicklung der Geschehnisse zu erkennen, sich mit Maßen in Mäßigkeit zu üben, sich geduldig und trotzdem unermüdlich auf die Stunde vorzubereiten, da aus dem wolkenlosen Himmel der Blitz niederfahren wird – das sei der Leitsatz für einen jeden von uns.«

»Ausgezeichnet, verehrter Peisandros«, rief Antiphon begeistert aus. »Das ist ein Trankopfer für Hermes wert, den Gott der Klugen!«

Man hob die Becher. Die Zeichnungen auf den goldenen Bechern waren ebenso verschlüsselt wie die Ränke der Oligarchen.

»Worüber sprach Alkibiades eigentlich auf dem Gastmahl?« wollte Peisandros von Kritias wissen.

»Nichts Besonderes, nur über die Liebe zur Gemeinschaft.«

Die Gäste begannen, Alkibiades' Liebe in der Praxis zu betrachten. »Ein radikaler Demokrat wird Athens frühere Macht und Ruhm erkämpfen wollen«, äußerte Theramenes, und Antiphon warf die Frage auf: »Er will wohl Perikles nacheifern?«

»Ach was, übertreffen will er ihn, die Demokratie in ganz Hellas errichten und Athen zu ihrem Haupt machen«, rief Kritias aus.

»Nein, nein und abermals nein! Das sind doch eitle Träume eines Größenwahnsinnigen.« Theramenes lehnte dieses trügerische Zukunftsbild ab, nicht, weil er an dessen Verwirklichung nicht glaubte, sondern eben, weil er es tat.

»Auch Perikles war größenwahnsinnig, und was hat er alles geschaffen«, sagte Peisandros offen.

»Was Perikles gelang, wird Alkibiades niemals gelingen!« prophezeite Antiphon.

»Und warum nicht?« entgegnete Peisandros, der das Gespräch nicht einschlafen lassen wollte. »Wenn diese Träume den Demokraten und Sklaven in Hellas aber gefallen? Alle Türen würden sich Alkibiades öffnen. Und vielleicht gewinnt er auch noch den Krieg.«

»Aber dann würden wir doch niemals unsere Stunde kommen sehen!« schrien Antiphon und Theramenes auf.

Kritias hob die Arme und ließ sie langsam wieder sinken. »Nun laßt uns doch aus den Wolken zur Erde kommen, aus den Träumen in die Wirklichkeit, liebe Freunde; denn je kühner ein Traum ist, desto leichter verrinnt er.«

Stille. Dann ließ sich Peisandros vernehmen: »Verrinnt er von selbst?«

Wieder folgte Stille, die Kritias unterbrach: »Man muß dem nachhelfen.«

Die Flammen in den Öllampen schienen hochzuzüngeln und heller zu werden. Peisandros wollte zu einer großen Rede ansetzen. Doch er verschluckte sich an einem Bissen Mandelgebäck. Es begann ihn zu würgen. Sein Gesicht verfärbte sich rot, dann blau, die Stirnadern schwollen an.

Die erschrockenen Freunde erhoben sich von ihren Liegen und wollten ihm zu Hilfe eilen. Sie bedrängten ihn mit Fragen, was geschehen sei. Hustend wehrte sie Peisandros ab. Schließlich gelang es ihm, den Bissen herauszuhusten. Er fuhr sich mit den Händen übers Gesicht, und eindringlicher, als er es eigentlich beabsichtigt hatte, sagte er: »Von Alkibiades' Liebe zu Athen wird man alle unsere Verwandten in ganz Hellas benachrichtigen müssen, auf dem Festland und auch auf den Inseln; denn seine Liebe bedeutet doch, daß überall, wohin Alkibiades mit seinen Soldaten auch kommt, die Demokratie festen Fuß faßt. Wer aber von den Spitzen der Gesellschaft will sich schon das Leben durch eine Volksregierung verleiden lassen? Wenn ihm die Bewunderer der Demokratie die Stadttore öffnen, müssen die Oligarchen sie ihm vor der Nase wieder zuschlagen!«

»Sehr richtig, mein weitsichtiger Peisandros«, lobte Antiphon.

»Alle, die wir heute hier versammelt sind, auch du, mein lieber Antiphon, werden uns auf eine Reise begeben«, erklärte Peisandros, der noch immer ein wenig hustete. »Gleich morgen werden wir entscheiden, wer wann und wohin.«

Alle hoben zum Einverständnis ihre Hände, die Innenflächen Peisandros zugekehrt.

»Also brauchen wir nichts mehr zu fürchten«, überlegte Theramenes laut. »Der Krieg wird nicht so leicht ausbrechen können.«

»Ein guter Heerführer bedenkt die Gefahren von übermorgen schon gestern«, witzelte Kritias.

Eine Zeitlang erfrischten sie sich schweigend an den saftigen Pfirsichen, bis Theramenes die Bemerkung entschlüpfte: »Alkibiades ist eine erschreckende Macht.«

»Ein armer Tropf ist er«, bedauerte ihn Kritias heuchlerisch. »Er ist viel zu schwach, um Athen wieder zu wirtschaftlicher Blüte zu bringen. Wie könnte er es auch, da unserer Stadt hundert schwere Gewichte am Halse hängen: die Hungerleider, die armen Schlucker, die Nimmersatten.«

Er stimmte in das befreiende Gelächter der anderen mit ein. »Kleon hat dem Pack einen Finger gereicht, und schon durfte er den Nichtstuern in der Heliaia statt zwei Oboli – nun drei bezahlen. Ich warte nur darauf, daß diese Hungerleider bald auch nach einem vierten Obolos zu schreien beginnen. Aber woher soll mein armer Vetter den nehmen, wenn er die Flotte vergrößern und die Waffen verbessern will; ich sehe schon, daß ihm darüber noch der Kopf zerplatzt.«

Peisandros schüttelte es vor Lachen. »Wenn wir erst an die Macht gekommen sind, wird es solche Sorgen für uns nicht geben. Als erstes stellen wir die überflüssige Zahlung des Obolos an diese verlausten Faulpelze ein; unser Antiphon hier wird ihnen klarmachen, daß es doch besser für sie ist, kein Geld zu bekommen.«

Prasselndes Gelächter ließ die Flammen der Öllampen unruhig flackern, so daß sie beinahe verloschen.

Theramenes schnappte nach Luft. »Freilich! Wer anders könnte ihnen das besser auseinandersetzen als unser allwissender Sophist.«

Von draußen drangen fröhliches Lärmen und der Schein von Fackeln durch die Fenster in den Raum. Als die Versammelten Alkibiades' Namen hörten, war ihnen, als würfe die Menschenmenge mit Steinen.

»Der Pöbel zieht von der Festlichkeit nach Haus; er hat wohl nun alle Knochen, die man ihm hinwarf, abgenagt«, sagte Aspetos angewidert. »Wißt ihr, verehrte Freunde, daß es höchst vernünftig ist, keinen Krieg zu wollen? Wieviel Sklaven würden uns da auf die andere Seite überlaufen.«

Peisandros verdrehte spöttisch die Augen. »Ich warte schon die ganze Zeit darauf, daß du, mein lieber Aspetos, dich auch endlich mal meldest. Du verleihst deine Sklavenmeute für die Arbeit in den Schächten gegen einen erklecklichen Gewinn, und da willst du wohl kaum, daß dir fünfzig von ihnen ausreißen!«

»Soll ich sie umsonst verleihen? Tust du vielleicht was umsonst?« wehrte sich Aspetos, nach außen hin friedlich. Im Geiste aber zeterte er: Du verdammter Dickwanst, du verstehst es besser als wir alle hier zusammen, aus jeder Sache Geld herauszuschlagen. Noch sitzen wir nicht auf dem Thron, aber du machst schon jetzt einen Pharao aus dir, vor dem wir uns tief verneigen sollen.

Peisandros wußte wohl, was Aspetos dachte. »Sei mir nicht böse, teurer Freund, ich habe nur gescherzt. Aber wenn du ernsthaft darüber sprechen willst – bitte sehr! Selbst wenn es auch lange keinen Krieg geben wird oder wenn Athen stinken wird wie fünfzig Jahre altes, abgestandenes Wasser, wie sich das Nikias vorstellt – es wird trotzdem immer Sklaven geben, wenn vielleicht auch weniger. Diese sprechenden Maschinen halten kaum etwas aus; auf einmal knirscht es in ihnen, und vorbei ist's. Ein gewonnener Krieg würde uns neue Sklaven in Scharen einbringen. Wir hätten dann zwar wieder genug davon, aber mit unseren Plänen wären wir am Ende. Bist du diesen Plänen denn nicht treu ergeben, Aspetos?«

»Ich? Bis in den Tod!« schwor Aspetos.

»Entschuldige, mein teurer Peisandros«, ließ sich Antiphon vernehmen, »daß ich mich in euer Gespräch einmische und mich erkühne, deinen Gedanken zu Ende zu führen. Für unsere Sache wäre ein siegreicher Krieg das Schlimmste und ein verlorener Krieg das Beste. Das würde uns ermöglichen...«

»Schweig, mein Lieber«, unterbrach ihn Peisandros scharf, »kein Wort mehr darüber!«

Antiphon beugte sich zu Peisandros. »Sag, mein Freund, riskieren wir nicht alle unseren Hals dabei?«

Doch Peisandros lächelte ihm zuversichtlich zu. »Sparta weiß von uns, und es ist nicht weit.«

Zweites Intermezzo

Es ist immer besser, keinen Löwen in der Gemeinde zu haben, denn wenn du dir einen heranziehst, mußt du ihm zu Willen sein!

Aristophanes

Ich beschrieb gerade den Abschluß des Gastmahls und Trinkgelages in den Gärten des Alkibiades, als Sokrates frohgestimmt bei mir eintrat.

»Sie haben recht gute Laune, wie ich sehe«, erkundigte ich mich.

Wieder fuhr er mich an: «Du sprichst mit mir immer so, als ob ich zwei oder gar drei Personen wäre; das ist schon eine sonderbare Art! Aber ich bin ja gekommen, um dir etwas Lustiges zu erzählen.«

Er setzte sich in einen Sessel, streckte bequem die nackten Füße aus und begann zu berichten: »Er hat sich sieben Paar Pferde gehalten. Das konnten die anderen Eupatriden natürlich auch, wie du dir leicht denken kannst. Aber was für Pferde waren das! Einmal hat er mit ihnen beim Wettkampf der Vierspänner alle drei Preise gewonnen.«

»Wer denn, bitte?« fragte ich.

Er verdrehte die Augen. »Wer? Das ist vielleicht eine Frage! Alkibiades natürlich. Über wen anders hätte man zu jener Zeit schon sprechen sollen?«

»Über dich vielleicht, Sokrates.«

»Ja«, gab er zu. »Denn Alkibiades war mein Lieblingsschüler; und dann wurde mir damals auch ein Sohn geboren.«

»Lamprokles«, beeilte ich mich, meine Kenntnisse zu beweisen.

»So ist es. Und weißt du auch, woher das Wort Lamprokles kommt? Nein? Es besteht aus zwei Wörtern: Lampas — das ist die Fackel, und lampros — das bedeutet schön.« Er lachte. »Mir gefiel die Fackel, Xanthippe dagegen das ›schön‹; also einigten wir uns damals darauf. Es war wirklich ein hübscher Junge. Von seiner Mutter bekam er die Schönheit und Beredsamkeit, und von

mir — ja, was hatte er denn von mir? Bei meiner Seele: Nichts! Höchstens das stete Verlangen, sich in der Stadt herumzutreiben, freilich ohne meine Leidenschaft, die Gedanken der Menschen ans Tageslicht zu fördern und mich als Schöpfer und Verbesserer der menschlichen Seele aufzuspielen.«

»Du solltest nicht herabsetzen, was Jahrhunderte an dir verehrten und was man bis heute noch verehrt«, wandte ich ein.

»Ich kann mir das erlauben.« Er lächelte spitzbübisch; dann kam er auf seinen Sohn zurück: »So ein Kind ist eine herrliche Sache; es brachte Leben in unser Häuschen. Aus Mutter Xanthippe wurde eine Glucke, und das ging nicht ohne lautstarken Meinungsaustausch ab. Xanthippe hoffte, daß ich nun öfter bei ihr daheim bliebe. Aber du weißt doch, ich brauchte erwachsenes Material für meine Modellierarbeit. Ich mußte unter die Menschen, denn die Moral in Athen sank und sank, und auf tausend Leute wären tausend Bessermacher notwendig gewesen, kurzum, auf jeden Athener ein Sokrates, und zwar mit einer Peitsche in der Hand. Aber Ethik ohne eigenen guten Willen, Ethik unter Androhung von Schlägen ist für die Katz; und das ist eben, mein Lieber, ein Ding ohne Ende. Nun, ganz so war es nicht — ich habe nur gescherzt. Meine Freunde, anders gesagt: meine Schüler, machten mir viel Freude — außer Kritias freilich, der sich von uns lossagte. Sie lernten, sich selbst zu erkennen und auch andere darin zu unterweisen, so daß sie die menschlichen Erkenntnisse verbreiten halfen, ganz so, wie ich es erträumt hatte. Und mein Stolz, Alkibiades, stand schon an Perikles' Stelle. Wie oft hat er sich mit mir beraten, und oft gehorchte er mir auch; nur in einem Punkt gingen unsere Meinungen auseinander.«

Sokrates' Stirn umwölkte sich, und wütend schlug er mit der Faust auf den Tisch. »Selbst als Stratege war er überspannt und störrisch wie ein Esel, dem man vergebens zuredete.«

Doch gleich darauf begann er zu lachen, und ich fühlte, daß er über etwas weit Zurückliegendes, aber sehr Schönes lachte.

»Darf ich erfahren, worüber du so herzlich lachst?«

»Aber sicher«, erwiderte er, noch immer lachend. »Eine liebe Erinnerung, weißt du. Lamprokles war damals drei oder vier Jahre alt. Er quengelte, ich solle ihm irgendein Tierchen schnitzen. Nun, ich fand dazu ein geeignetes Stück Akazienholz, weiß wie eine Frauenbrust, und schon ging es los. Es ging ganz schnell,

denn ich hatte ja das Werkzeug dazu. ›Was wird es denn, Väterchen?‹ — ›Ein Hündchen.‹ — Lamprokles klatschte vor Freude. ›Ein Hündchen! Wo ich Hündchen so gern habe!‹ Als das Tier nun fertig war, trug er es jubelnd ins Haus, um es der Mutter zu zeigen. Und da hörte ich auf einmal, daß der Junge ›Wau-wau‹ machte und Xanthippe ›Ja, Ja, Ja‹. Und dazu lachte sie, wie ich sie nur selten lachen gehört habe. Der Mund, die Zähne, die Augen – alles an ihr lachte, als sie zu mir auf den Hof kam. ›Du hattest ihm einen Hund versprochen, und nun schau es dir an, das ist doch ein Esel!‹

Und ich, selbst ein alter Esel, fing auch an loszukichern, weil ich beim Schnitzen an diesen störrischen Esel Alkibiades gedacht hatte statt an einen Hund für den Jungen.«

Ich mußte ebenfalls lachen.

»Nun, freu dich nur. Aber jetzt geh schlafen, mein Söhnchen.«

Ich lachte. »Ich glaube, ich bin nicht mehr so jung, daß du mich dein Söhnchen nennen kannst, Sokrates.«

»Immerhin bist du noch zweieinhalbtausend Jahre jünger als ich.«

III

1

CHAIREPHON, FREUND UND SCHÜLER VON Sokrates, begab sich, ohne jemandem etwas davon zu sagen, nach Delphoi. Dort befragte er Pythia, ob in Hellas irgend jemand weiser sei als Sokrates. Die Priesterin antwortete im Namen des Gottes Apollon: »Keiner der Menschen ist unabhängiger, gerechter und weiser als Sokrates.«

Jubelnd lief Chairephon zu Sokrates. Der lag auf einer Steinbank vor seinem Häuschen und war in Nachdenken versunken. Als ihm Chairephon diese Neuigkeit mitteilte, sagte er: »Lieber Chairephon, du weißt, daß ich dich mag, aber nur verrückte Menschen machen solch ein Aufsehen davon. Geh zum Kuckuck damit!« Und er drehte sich auf die rechte Seite.

Chairephon schüttelte den Kopf und dachte: Nun, das habe ich erwartet. Die Arete persönlich! Und jetzt auch noch Bescheidenheit! Doch warte nur, bald wird es die ganze Stadt wissen.

Es dauerte auch nicht lange, und halb Athen war aus dem Häuschen. Der Spruch der apollonischen Seherin war durch die Stadt geeilt. Die Feinde schäumten vor Wut, die Freunde freuten sich.

Als die Nachricht Alkibiades erreichte, erkannte er gleich, daß sie auch ihm Gewinn bringen würde. Wenn nämlich Sokrates der weiseste Mann in ganz Hellas war, so konnte sein bester Schüler Alkibiades nichts Unkluges wollen, wenn er den alten Traum der Athener wahr zu machen und Sizilien zu unterwerfen gedachte.

Klagen über die Misere in Athen gab es genug. Seit Perikles' Tod war die Staatskasse fast immer leer. Doch die Klagen änderten nichts daran. Natürlich möchte ein jeder, daß es der Gemeinde gut geht – aber dafür kämpfen? Wie viele wollen das schon? Doch was ist mit dem glückverheißenden apollonischen Spruch der Seherin? Der wird uns jetzt helfen, alle Zögernden, Angstmeier und Besorgten zu überzeugen.

Alkibiades sprengte auf seinem Pferd zum Demos Alopeke. An der Mauer vor Sokrates' Haus zügelte er sein Roß und rief bereits von dort aus dem schlummernden Sokrates zu: »Weißt du es schon? War Chairephon bei dir?«

»War er«, brummte Sokrates und drehte sich auf die linke Seite.

»Bei allen Eulen Athens!« fluchte Alkibiades. »Und da liegst du hier? Aufstehen! Das muß gefeiert werden!«

Sokrates brummelte in seinen Bart: »Fällt mir nicht im Traume ein!« Xanthippe aber hatte alles gehört. Schnell eilte sie auf den Hof hinaus. »Wenn du nicht gehen sollst, dann gehst du; wenn du gehen sollst, dann willst du nicht.« Alkibiades aber rief sie zu: »Komm herein, lieber Alkibiades. Sei unbesorgt, er wird schon gehen.« Sie rüttelte ihren Mann an der Schulter. »He, aufstehen! Nimm dir einen sauberen Chiton und laß den vornehmen Besuch nicht warten!«

Alkibiades hatte inzwischen den Hof überquert. »Für deine Worte sei gesegnet, liebe Xanthippe. Heute werden wir mit deinem Weisen schön feiern; und morgen du mit Lamprokles, und nicht nur morgen. Lamprokles! Süßer! Was hast du denn am liebsten?«

Das Bübchen war um eine Antwort nicht verlegen: »Nußplätzchen, Honigkuchen, Pfirsiche, Feigen …« Es zupfte seine Mutter am Peplos. »Was habe ich sonst noch gern?«

»Gib schon Ruhe!«

Alkibiades lachte. »Du armes Kind, du leidest aber Not. Da hat dein Vater es besser, er bekommt Geschenke des Dionysos.«

Sokrates konnte der Verlockung einer Feier widerstehen, nicht aber der Verlockung des Weines. Und so zogen sie los.

»Wohin führst du mich denn? Zu Theodate!«

»Ja, mein Teurer. Ist das nicht dein Geschmack?«

»Doch, das ist ein guter Einfall.«

Es war nicht mehr weit. Bald näherten sie sich der Villa mit dem flachen Dach, auf dem Kandelaber brannten. Schon von weitem waren weibliche Stimmen zu vernehmen.

Alkibiades stellte sich vor dem Haus auf und begann, Verse des Anakreon zu rezitieren.

»Die schwarze Erde trinket;
so trinken sie die Bäume;
es trinkt das Meer die Ströme;
die Sonne trinkt die Meere;
der Mond sogar die Sonne:
Was wollt ihr doch, o Freunde,
das Trinken mir verbieten?«

Vom Dach erklang fröhliches Geschrei: »Alkibiades ist hier!« Im Haus wurde es lebendig. Die nackten Sohlen der Sklavinnen klatschten auf die Fliesen, und schon öffnete sich der Eingang zur Villa.

Alkibiades und Sokrates stiegen auf das Dach. An der Treppe begrüßte sie Theodate, in einen weißen, faltenreichen, leicht geschürzten Peplos gekleidet. Um die Schultern trug sie einen orangegelben Überwurf gegen die Nachtkühle. Obgleich Alkibiades als erster die schmale Treppe heraufkam, umarmte sie Sokrates vor ihm. Sie küßte beide auf die Lippen. Dann führte sie sie weiter. Von einem dicken Teppich, der noch mit Kissen bedeckt war, erhob sich, von silbernem Mondlicht überflutet, ein junges Mädchen. Auch sie begrüßte die Gäste. Sie wollte ihren Augen nicht trauen. Vieles hatte sie schon über Alkibiades und seine männliche Schönheit gehört, doch die Wirklichkeit übertraf all ihre Vorstellungen. Timandra war wie benommen.

»Berichtet doch«, bat Theodate, »was sich heute nacht in der Stadt tut. Die Fackeln leuchten in den Straßen wie feurige Schlangen. Ganze Umzüge von Ruhestörern, die jubeln, singen und schreien, finden statt.«

»Diese Ruhestörer sind meine Freunde.« Alkibiades lächelte. »Sie waren bei mir zu Gast, und jetzt ziehen sie durch die Stadt, um die einmalige Kunde zu verbreiten, die Chairephon aus Delphoi direkt von Apollon gebracht hat.«

»Hör auf!« gebot Sokrates streng.

»Bei Apollon schwöre ich, daß ich nicht aufhören werde, diese Kunde weiterzugeben. Der Gott aus Delphoi hat verkündet: ›Es gibt in Hellas keinen weiseren Menschen als Sokrates.‹«

Theodate begann vor Freude zu weinen und umarmte Sokrates. Das junge Mädchen trat heran, und mit anmutiger Scheu sagte sie: »Darf auch ich, eine dir noch Unbekannte, von Herzen gratulieren?«

Er umarmte das Mädchen und küßte es auf beide Wangen. Dann blickte er ihm in die Augen. »Unbekannt, meinst du?« Aufmerksam betrachtete er Theodates Antlitz, die ihre Hände dem Vollmond entgegenhob. »O Selene, die du mit deinem silbernen Glanz unsere Erde verschönst, du weißt sicher auch, daß dieser Mann nicht nur weise, sondern auch allwissend ist.«

Sokrates lächelte. »Man muß nicht unbedingt allwissend sein, um zu merken, daß dieses reizende Mädchen hier nur deine Tochter sein kann.«

»Ja, Timandra ist mein Töchterchen«, sagte Theodate schlicht. Heute feiern wir gerade ihren vierzehnten Geburtstag.«

Die Gäste opferten erst den Göttern, dann tranken sie dem jungen Geburtstagskind zu.

»Mögen die Chariten dir deinen Zauber nicht neiden und ihn mit den Jahren noch wachsen lassen!« wünschte ihr Sokrates.

Alkibiades aber blickte lange in die wunderbaren Achataugen des Mädchens, auf deren Grund er goldene Fünkchen gewahrte. »Mögen dir die Götter alles geben, was du dir wünschst!« Auch Timandra konnte ihren Blick nicht von Alkibiades wenden.

Es herrschte Stille, der Lärm von der Stadt her war verebbt. Die Feuerchen auf der Terrasse waren verloschen. Man hatte Kräuter ins Feuer gelegt, deren Duft nun den des blühenden Salbeis, der aus dem Garten heraufstieg, verdrängte. Zikadengesang ertönte.

Theodate nahm aus einem Intarsienschränkchen ein Schreiben und reichte es Alkibiades. »Ich habe diesen Brief von einem Freund erhalten; sei so lieb und lies ihn uns vor.«

Alkibiades trat an den Kerzenständer heran und begann zu lesen:

»Wir trinken aus Dir wie aus einem Fluß, wir nehmen Dich in die Hände wie eine Rose. Schäme Dich Deiner Zugänglichkeit nicht; sei im Gegenteil stolz darauf, daß so viele Menschen Dich begehren. Denn auch das Wasser ist für alle da, auch das Feuer gehört nicht einem allein, und die Sonne ist die Göttin der ganzen Menschheit. Dein Haus ist ein Tempel der Schönheit, und wer es betritt, ist geadelt. Wer sich dort einen Kranz aufs Haupt drückt, ist ein Wallfahrer; seine Gabe ist wie ein Zehnter. Belasse Deinen Dir Ergebenen ihre Freuden, ihr Lobgesang möge Dich auch weiterhin begleiten.«*

»Was für eine anziehende Stimme du hast, Alkibiades«, seufzte Timandra.

»An dir, Timandra, ist alles anziehend«, erwiderte Alkibiades.

Theodate streifte das Gewand von der Schulter des Mädchens, so daß die kleine feste Brust zum Vorschein kam. »Fühlt doch«, forderte sie die Männer auf.

Sokrates umschloß die liebliche Mädchenbrust mit der Hand und sagte bewundernd: »Nicht einmal der Schwarzseher Momos könnte hieran auch nur das kleinste Fehlerchen finden.«

Theodate wandte sich an Alkibiades; doch dieser rührte sich nicht. »Ich wage es nicht ...«

»Ich danke dir«, sagte das Mädchen leise.

Nachdenklich hatte Sokrates diese kleine Szene verfolgt: War das noch sein Alkibiades?

Die Kerzenständer, die an jeder Ecke des riesigen Perserteppichs standen, schickten ihren goldenen Schein in die Nacht, wo er sich mit dem zärtlich-silbernen Mondlicht zu

* ein Liebesbrief des Philostratos

einem angenehmen grünlichen Weiß vereinte. In ihm glich Theodates Schmuck eher kaltem Eis denn Gold.

Die Muscheln an Timandras Hals und Handgelenken sandten opalisierende Funken aus.

Alkibiades hatte sich so gelegt, daß er nur Timandra sah, und Sokrates sagte zu ihr: »Du, mein reizendes Mädchen, hast unseren Augen schon so viele bezaubernde Anblicke gewährt. Aber wieviel mehr würden sie zu sehen bekommen, wenn du ihnen deinen wohlgestalten Körper im Tanze darbötest.«

Das Mädchen blickte zu seiner Mutter hinüber, die zustimmend nickte. Timandra schlüpfte aus ihren seidenen Sandalen. »Ich werde mit nackten Füßen tanzen.«

Sie trat ins Kerzenlicht, das ihre alabasterweißen Füße, die schlanken Fesseln und reizenden Zehen lieblich beschien.

Theodate zupfte auf ihrer Gitarre den Tempeltanz der Priesterinnen der Demeter.

Zu dieser Begleitung führte Timandra einen Tanz vor, der sich aus anmutigen Schritten, Armbewegungen und Kniefällen vor der Göttin zusammensetzte. Etwas Ergreifendes lag darin, wie sich Timandra, ein halbes Kind noch, mit großer Ernsthaftigkeit vor dem unsichtbaren Altar der Demeter bewegte.

Von neuem verständigte sie sich mit der Mutter durch Blicke, verließ den Raum und kehrte wenig später, nur von einem Schleier verhüllt, zurück. Sie tanzte für Alkibiades. Dann und wann enthüllte der Schleier ein Stück ihres bezaubernden Körpers, um ihn gleich wieder zu verbergen; er wirbelte um das tanzende Mädchen wie ein aufgescheuchter Vogel, umschwebte ihre schimmernde Haut und die Sturzflut des schwarzen Haars. Die Verwirrung in Timandras Herz übertrug sich auf den reifen, erfahrenen Mann. Der uralte Dämon Eros hatte die beiden mit seinem Pfeil verwundet. Einer sah nur noch den anderen. Göttliche Leidenschaft, göttliche Trunkenheit! Keine Priesterin der Demeter war sie mehr, sondern eine trunkene Bacchantin aus dem Gefolge des Dionysos mit geschmeidigen Hüftbewegungen, ein Mädchen, das eintauchte in die Schwüle der

Nächte, in denen seit Jahrhunderten die Urtriebe junge Mädchen zu reifen, verlangenden Frauen machen.

»Möge es ein guter Gott sein, der diese nackten Füße zum Manne und den entflammten Busen an seine Brust führt«, sagte Theodate.

Die Silberbeinige tanzte nun dicht vor Alkibiades. Es war, als wollten die Lichter, überwältigt von der strahlenden Anmut dieses weißen Leibes, nicht länger scheinen.

Alkibiades verschlang den Körper mit den Augen, seine Brust dehnte sich, der leicht geöffnete Mund rang nach Atem, der schneller und schneller ging. Auch der Rhythmus des Tanzes beschleunigte sich, Theodates Gitarre sang und dröhnte, durch den wilden Taumel von Akkorden drang unablässig ein hoher Ton hindurch, verführerisch, herrisch und unnachgiebig, als rase das Blut durch den Körper.

Die Bewegungen der Tanzenden wurden immer wilder, sie breitete lachend die Arme nach jemandem aus, um schon wieder zu entschweben, ließ ihre nackten Schenkel bis zum Bauch sehen, dann wirbelte sie wieder wie trunken und vollkommen von Sinnen umher.

»Du bist bleich, Theodate«, flüsterte Sokrates.

»Ach ja, sicherlich, aber das vergeht wieder, Sokrates.«

»Lehne doch deinen Kopf gegen meine Brust, willst du?«

»Ach ja, gern. Auch dein Herz klopft heftig, Sokrates.«

»Sollte ich dir weismachen, das sei vom Wein und vom Duft der Nacht?«

»Wie steht es dann erst mit ihm und meiner Kleinen, meiner kleinen Nymphe, meinem süßen Täubchen?«

»Ich werde dir die Tränen von den Wimpern und Wangen trocknen. Du weinst ja, Theodate.«

»Wie jeder, der den Menschen verliert, den er liebt.«

»Weine nicht, trauere nicht mehr, du hattest doch so viele schöne Stunden mit ihm.«

»Ja, schon. Aber ein Geschöpf – ob Mensch oder Tier – ist eben unersättlich.« Plötzlich sagte sie warm: »Aber es geht um meine Tochter, mein einziges Kind. Möge ihr Tyche gewogen sein.«

Timandra tanzte auf Alkibiades zu und flog für eine Sekunde in seine geöffneten Arme, doch im gleichen Augenblick erstarrte ihre frische Anmut, und wie eine Statue aus weißem Licht blieb sie reglos stehen.

Alkibiades sank vor so viel Schönheit auf die Knie.

Sokrates hielt Theodates Hand fest. »Ich sage euch, meine Teuren: Es ist kein Leiden, zu lieben, sondern ein Leiden, nicht zu lieben.«

Der Lärm, der aus der Stadt herüberdrang, wurde wieder stärker. Er erinnerte sie an Pythias Weissagung.

Theodate geriet aufs neue in Erregung, und bedauernd sprach sie: »Ganz Athen feiert deine Weisheit, Sokrates, doch wir hier feiern den Geburtstag meines lieben Mädchens. Das betrübt mich ein wenig.«

»Meine liebe Theodate«, erwiderte Sokrates lächelnd, »glaubst du vielleicht, ich könnte mir eine schönere Feier meiner Weisheit vorstellen als diese schöne und unweise Nacht?«

2

Die Insel Salamis ähnelt an ihrer Südseite einer Hand mit gespreizten Fingern. Auf einem dieser Finger lag Euripides' Gut. Unter einem Abhang zum Meer verbarg sich eine geräumige, helle Grotte, in der Euripides gern zu schreiben pflegte.

Doch sooft Sokrates kam, um auf des Dichters Wunsch dessen Arbeit zu beurteilen, befahl er dem Sklaven, ein Tischchen und Stühle in den kleinen Pinienhain auf dem Felsvorsprung über der Grotte zu tragen.

Obwohl der Tag sonnig war, hüllte sich Euripides erst in einen riesigen Reisemantel aus Schafwolle, ehe er in seinem Sessel Platz nahm. Sokrates' Augen blitzten wie die eines Silens auf. »So hast du uns also wieder auf diesen Felsvorsprung gesetzt?«

»Das ist doch ganz nach deinem Wunsch«, antwortete Euripides und probierte, von welcher Seite heute der Wind kam.

»Aber du vergräbst dich doch am liebsten unten in deiner

Grotte«, neckte ihn Sokrates weiter. »Hier oben scheinst du irgendwie zu leiden.«

Euripides setzte sich mit dem Rücken gegen den Wind und wickelte die nackten Beine in seinen Mantel. »Wie du siehst, habe ich allen Mißhelligkeiten vorgebeugt.«

»Von welchen Mißhelligkeiten sprichst du, beim Höllenhund? Mich behelligt hier außer der herrlichen Aussicht aufs Meer, den Schiffen darauf und der Schafherde dort am Berg, weiß wie ein Milchfleck, überhaupt nichts.«

»Und ob uns hier was behelligt! Der Wind vom Meer her pfeift ganz schön, merkst du das nicht? Das Gepfeife der Hirten, dazu das Blöken der Schafe, das Hundegebell, das Geschwafel und Gekicher meiner Sklaven aus dem Olivenhain, das Summen der Bienen ...«

Sokrates ließ ihn nicht aussprechen. Lachend rief er: »Schrecklich! Das Schlagen der Schmetterlingsflügel, das Säuseln der Platanenblätter – hörst du das nicht auch? Das Gekrabbel der Käfer im Gras, das Saugen der Hummeln da auf der Wolfsmohnblüte, deren Farbe einem die Augen aus den Höhlen treten läßt, siehst du das? Man kann kein ernstes Gespräch mit dir führen, dauernd kommen einem deine Hirten und Obstpflücker dazwischen.«

Nun lachten sie beide, und der Dichter rief aus: »Das sieht dir ähnlich, du Herumstreicher von einem Philosophen. Du brauchst es, daß du dich ab und zu über jemanden aufregen kannst. Ich aber muß mich mit meinen Tragödien in eine Grotte verkriechen, damit mich nichts und niemand stören kann.« Euripides rückte mit dem Stuhl ein wenig beiseite, um der brütenden Sonne auszuweichen, die zwischen den Pinienzweigen hindurchstach. »Nur dort, in der Stille, wohin kein Regen gelangt, kein Wind, keine Sonne, keine Stimmen, nur dort erscheinen mir Medeia, Herakles, Hippolytos, Phaidra, nur dort kann ich deutlich ihre Seufzer, Klagen und Flüche hören, ihre Racheschreie, das Schwärmen ihrer verliebten Herzen.«

»Verzeih mir, teurer Euripides.« Sokrates drückte ihm freundschaftlich die Hand. »Ich wollte dich nur prüfen. Ich verdächtigte dich nämlich schon lange, daß du nur deshalb mit mir hier oben durchhältst, weil ich nicht mit in die

Grotte zu deinen Helden soll. Sicher fürchtest du, daß ich gleich ein Gespräch mit ihnen beginne – und das wäre schon eine Tragödie!«

»Dir, meinem Freunde, ist alles gestattet. Gehen wir also hinunter!« erwiderte Euripides.

»Auf keinen Fall. Jetzt wird sitzen geblieben! Du kennst mich doch, mein Freund, ich habe vor nichts Respekt, und deine Tragödienhelden, die dich dort erwarten, könnten sich an meinen Späßen stoßen und Reißaus nehmen. Und wie würdest du sie dann wieder einfangen?«

Euripides lachte erleichtert. »Wenn du das so siehst, mit so rücksichtsvoller Aufmerksamkeit meinen Helden gegenüber, dann nehme ich das natürlich mit Dank an.«

»Vorsicht!« rief da plötzlich Sokrates. »Beweg dich nicht und bleib ganz ruhig!«

Euripides wollte trotzdem aufstehen; doch seine Füße waren in dem Mantel wie gefesselt, und so gehorchte er Sokrates, dessen erschrockenen Blick er ebenso erschrocken erwiderte.

»Sie ist noch drin, halt still!« befahl Sokrates und näherte seine Hände langsam Euripides' Vollbart, in dem sich eine Biene verfangen hatte. Euripides zitterte am ganzen Körper, alles Blut war aus seinem Gesicht gewichen.

»Komm, mein Liebchen, mein goldenes, komm schon heraus, komm nur«, lockte Sokrates, ergriff die Biene vorsichtig an den Flügeln und ließ sie davonfliegen.

»Möglicherweise hast du mir das Leben gerettet«, stöhnte Euripides, noch immer erschrocken.

Sokrates lachte. »Dir nicht, aber der Biene. Du wirst nur am Kinn keine Quaddel kriegen.«

»Ach, so siehst du das!« Euripides spuckte aus. »Da soll ich wohl diese wild gewordene Natur auch noch loben!«

Das Bienchen hatte inzwischen eine neue Blüte aufgesucht, und Euripides fand nach überstandenem Schreck wieder zu seiner frohen Stimmung zurück.

»Man nennt mich den tragischsten aller Dichter. Höre, Freund, soll ich zur Abwechslung nicht mal eine Komödie schreiben?«

»Damit du dem Aristophanes heimzahlen kannst, was er

uns beiden angetan hat? Das würde ich begrüßen, ja, ich möchte dir unbedingt dazu raten.«

»Welchen Wein willst du trinken?« fragte Euripides dazwischen.

»Weißen. Du hast doch immer diesen feinen weißen, fast topasfarbenen.« Sokrates begann zu lachen. »Aber wenn ich daran denke, daß bei uns in jeder Komödie so ein schamloser Schalk vorkommt, aus dessen Kostüm ein riesiger, lederner Phallos herausragt, mit dem er dann unzüchtige Streiche treibt und dabei noch unzüchtigere Ausdrücke gebraucht, dann weiß ich nicht, ob dies dein Feingefühl ertragen würde, du tragischster aller Tragödiendichter.«

Auch Euripides lachte nun. »Ach was. Jedem, was ihm zusteht: etwas für den Gott der Fruchtbarkeit, etwas für vernünftige Leute wie uns zur Aufmunterung. Du mußt doch zugeben, lieber Sokrates, daß so ein Ferkel das ganze Theater für ein Weilchen zum Lachen bringen kann. Und darum beneide ich ihn sogar.«

»Ich lache ja auch gern«, erwiderte Sokrates. »Aber trotzdem schätze ich die Tragödien mehr, die das ganze Theater nicht zum lauten Gejohle, sondern zum Nachdenken bringen.«

Sie spritzten ein paar Tropfen goldenen Weines für die Götter auf die Erde und nahmen dann den ersten Schluck. Sokrates' Gesicht verklärte sich, und genießerisch schnalzend sagte er: »Mein lieber Euripides, du, der tragischste aller Dichter?! Das ist ein ungeheurer Irrtum! Dann müßte ich ja der tragischste aller Philosophen sein. Und bin ich das?«

»Du, mein Teurer? Ach, Unsinn! Du bringst die Menschen zum Lachen, sprühst Funken, raufst dich mit ihnen, streichelst sie – tust alles, um die Leute aufzuwecken und sie zu bessern.«

»Und du tust dasselbe, Euripides, wenn auch durch die herzzerreißenden Ergüsse deiner Medeia. Du, der tragischste aller Dichter?« Sokrates streckte seine Arme dem lichtüberfluteten Meer entgegen. »Wer den Weg bereiten hilft zu neuen, guten Gesetzen und Sitten, der kann nur ein heiterer Mensch sein. Die innere Heiterkeit mißt man nicht am Lachen, sondern an frohen Gefühlen und Taten. Und du bist ein fröhlicher Dämon«, sagte Sokrates, selbst freudig gestimmt. »Du wirfst Pechkränze in die Reihen der Zuschauer. Manchmal reichen sie dir dafür einen Lorbeerkranz zurück, manchmal erschreckst du sie ziemlich, und sie pfeifen dich aus.« Sokrates goß sich Wein aus einem silbernen Krug nach. »Wein hast du besseren als Kallias.« Er wischte sich mit dem Handrücken über den Bart. »Aber, beim Höllenhund, du hast bei den Athenern doch einiges auf dem Kerbholz.« Er zählte es der Reihe nach an seinen Fingern auf, wobei er lustig mit den Augen rollte. »Du bist gegen die Willkür der Herrscher. Du bist gegen ungerechte Gesetze. Du bist gegen Oligarchie, Tyrannei und gegen die Monarchie. Und es gefällt nicht jedem, daß du so scharf auf Sparta losgehst. Manchen Dichtern läuft ob deiner Neuerungen die Galle über: Du veränderst die Mythen, setzt mit deinen Schauspielen ihre herab, stellst Götter auf die Bühne und vermenschlichst sie. Und deine Halbgötter sind eigentlich schon ganz zu Menschen mit all ihren Schwächen geworden. Auf diese Art verdirbst du es dir nicht nur mit den Göttern, sondern auch mit den Menschen.«

»Bei der Keule des Herkules, so ist es!« sagte Euripides verwundert.

»Das war nur der Anfang«, erklärte Sokrates, »höre nur weiter: Du setzt dich für die Rechte der Frauen ein, wiegelst sie gegen die Männer auf. Und wer ein richtiger Mann ist – und wer ist das nicht –, den hast du dann auch noch gegen dich.«

Euripides lächelte. »Aber auch die Frauen sind gegen mich. Sie sagen mir nach, ich müsse wegen meiner beiden unglücklichen Ehen ein Frauenfeind sein.«

»Und wie steht es damit, daß du die Bedeutung des Schicksals geringschätzt?« fuhr Sokrates fort. »Meinst du vielleicht, mein Teurer, den Menschen ist es angenehm, daß du sie für ihre Taten voll verantwortlich machst und ihnen die Möglichkeit nimmst, alles auf Ananke oder die Moiren schieben zu können?«

»Gewiß ist es den Menschen unangenehm, das sehe ich ein. Warum aber begreifen sie nicht, daß nicht das Schicksal für ihre bösen Taten verantwortlich ist, sondern sie selbst daran schuld sind.« Wieder lächelte Euripides. »Du kannst mir keine Furcht einjagen; trinken wir lieber.«

»Oh, mein ehrenwerter Dichter. Das war noch nicht alles. Das Allerschlimmste, was du getan hast und in deinen ›Troerinnen‹ weiterhin tust, habe ich mir bis zum Schluß aufgehoben.«

Euripides runzelte die Stirn. »Nun, so versetze mir ruhig noch einen Hieb!«

»Also, höre das Schändliche: Du sprichst von den Sklaven wie von Menschen! Schlimmer noch, du spielst auf die Unfreiheit der Sklaven an! Ein Sklave müßte deiner Ansicht nach sittlich höher stehen als ein freier Bürger. Schrecklich! Du bist ja ein Philosoph auf der Bühne! Schande über dich! Du bist ein Schüler des Anaxagoras, ein Freund des Sokrates! Dreimal Schande über dich!«

»Genug! Genug! Genug!« stöhnte Euripides händeringend. »Ich bin vernichtet, ich bin verloren. Doch meinst du nicht, Sokrates, daß an all meinen Verbrechen auch du beteiligt bist?«

Sokrates bemühte sich, eine würdige Miene aufzusetzen. Es wurde nur eine Grimasse daraus, die Euripides zu hellem Gelächter reizte.

»Bei allen Höllenhunden! Hast du es dir endlich mal vom Herzen geredet! Ruhm dir, alter Knabe!« Sokrates freute sich und hob seinen Becher. »Der Hades wird uns leichter werden, und auch im Tartaros werden wir nicht allzulange für unsere Sünden schmachten müssen. Trinken wir darauf, daß unsere gemeinsamen Sünden wie Pilze nach dem Regen schießen mögen!«

Auch Euripides hob seinen Becher. »Darauf, teurer Sokrates, müßte man nicht nur trinken, sondern sich betrinken. Du alter Heuchler, ich hatte dich schon verdächtigt, du wolltest mich dazu bringen, das Schreiben aufzugeben.«

»Wie könnte ich auf so etwas kommen?« rief Sokrates entrüstet aus. »Du hast wohl von mir gedacht, ich wäre unterwegs einer buntscheckigen Kuh begegnet. Übrigens« – seine Miene heiterte sich zusehends auf – »bin ich schon seit meiner Jugend solch ein Spötter.«

Dann beschäftigten sie sich wieder mit den »Troerinnen«, Euripides las vor, was er geschrieben hatte.

Sokrates schwieg eine Weile und fragte dann: »Du willst meine Meinung wissen? Ich würde sagen, am beeindruckendsten ist die Szene mit Andromache, als ihr Sohn Astyanax von den Mauern des besiegten Troia hinabgeworfen werden soll, und auch die mit der troianischen Königin Hekabe, in der sie ihre geliebte Tochter Kassandra dem Agamemnon als Beischläferin überlassen muß. Die Auseinandersetzung des Königs Menelaos und seiner buhlerischen Gemahlin Helena würde ich mir gern noch einmal anhören.«

»Gut«.

»Und wie willst du den Schluß gestalten? Hast du dir dafür auch schon irgend etwas ausgedacht?« wollte Sokrates wissen.

Unwillkürlich blickte Euripides nach Nordost, wo einst das mächtige Troia stand. »Wahrscheinlich so: Das besiegte Troia brennt. Die griechischen Soldaten treiben die gefangenen troianischen Frauen und Mädchen zu den Schiffen, die sie zu ihren Sklavenhaltern bringen. Das laute Wehklagen, die flehend zum Himmel erhobenen Arme, der rote Schein der Feuersbrunst. Ein riesiges, furchtbares Flammenmeer, das Leiden der Frauen und Kinder – die entsetzlichen Greuel, die ein Krieg den Unschuldigen und Hilflosen bringt ...«

»Ausgezeichnet, Euripides! Das gefällt mir gut; das ist ein gehöriges Wort gegen den Krieg!«

»Wenn du das nächste Mal kommst, werde ich es schon niedergeschrieben haben.«

Sie standen auf und begaben sich zurück zum Gut. Euripides sagte traurig: »Nur, das Athener Volk wird diese Tragödie auspfeifen. Ich habe die Hellenen dort vor Troia wie Barbaren gezeichnet; das ganze Stück ist gegen den Krieg gerichtet, während Athen, wie mir scheinen will, zu einem neuen Krieg rüstet.«

»Da irrst du dich. Ein Krieg wird gegenwärtig nicht erwogen.«

Sie schritten durch den Olivenhain. »Die Oliven beginnen

sich mit Saft zu füllen«, meditierte Sokrates laut, als könne er an den Oliven die Zeit messen.

»Fürchtest du um Alkibiades?« fragte ihn der Dichter besorgt.

»Ja, ich fürchte um ihn«, gab Sokrates zu und verstummte.

Die Sonne ging mit silbrigem Schein unter. Nach einer Weile fiel Tau auf die Bäume und Grasbüschel auf den Hügeln über dem Gut. Von dorther wurde auf einem Stierhorn das Zeichen für die Hirten gegeben, ihre Herden in die Koppeln zu treiben.

»Du wirst noch heute abend Pan für diesen schönen Tag opfern müssen, Gutsbesitzer«, mahnte Sokrates, und mit einem Lächeln fügte er hinzu: »Die getrockneten Feigen heb für deinen Freund Sokrates auf. Für Pan findet sich auch eine andere Opfergabe.«

Euripides erwiderte das Lachen. »Für dich schädige ich selbst einen Gott.« Sie kehrten zum Gut zurück. Dort umarmte Sokrates den Freund und stieg auf das von zwei Maultieren gezogene Wägelchen, das ihn gemächlich zum Hafen brachte.

3

Alkibiades scheute auch als Stratege nicht vor ausgefallenen Streichen zurück. Der Ruf eines leichtsinnigen Verschwenders und Genußmenschen war ihm nur nützlich, denn seine dadurch getäuschten Feinde fürchteten ihn nicht länger. Nur Nikias fürchtete ihn noch. Schon einmal hatte ihn Alkibiades besiegt; auch in der Ekklesia stand er stets in dessen Schatten. Nikias warnte seine Anhänger: »Ich kenne ihn recht gut. Schon als Kind hat man ihn zum künftigen Heerführer bestimmt. Und nun ist ein Ehrgeizling aus ihm geworden, wie Athen noch keinen kannte. Pferde, Schiffe, Waffen, Redeschlachten – in allem mußte er siegen. Der Zweite zu sein – nein, dann lieber den Tod. Ich sage euch: Unter der Maske des fröhlichen Zechgenossen verbirgt sich ein Drache.«

Sie nickten ernst. »Was beunruhigt dich, verehrter Nikias? Hat er etwas gegen uns vor?«

»Meine lieben Freunde«, sagte Nikias besorgt. »Wollt ihr euch über mich lustig machen? Er mag vorhaben, was er will, stets wird es gegen uns und das friedliebende Volk gerichtet sein.« Selbst aus der Ferne fühlte sich Nikias von Alkibiades bedroht. »Diese Schlange kennt alle möglichen Städte und Häfen auf dem Festland und den Inseln wie seine eigene Tasche. In letzter Zeit jedoch treibt er sich meistens auf dem Meer herum; mal ist er im Osten, mal im Westen. Warum wohl? Ist ihm Athen zu klein? Gondelt er nur zum Vergnügen über das Mittelmeer? Sucht er dort vielleicht eine neue Geliebte, weil er der in Athen schon überdrüssig ist?« Nikias ging vom spöttischen zum mahnenden Ton über: »Glaubt mir, Freunde! Sein prunkvoller, schwimmender Palast – das ist kein Vergnügungsschiff, es ist ein Kriegskundschafter!«

Alkibiades, den Nikias so sehr fürchtete, besuchte tatsächlich viele Häfen und Städte. In der einen Stadt verweilte er nur kürzere Zeit, in der anderen hielt er sich länger auf. Nirgends aber trat er als erster Mann Athens auf, sondern als friedlicher, reisender Bundesgenosse, den man zu Gastmählern, Trinkgelagen und sonstigen Vergnügungen einlud.

Der Grund? Er wollte wissen, wie es überall stand, welche Stimmung herrschte, ob sie günstig war für die Athener Demokratie oder für die Oligarchen – welche Gefühle man gegenüber Athen und den verbündeten Städten hegte, wie sich das Verhältnis zu den anderen Staaten entwickelte. Es gab auch einen zweiten Grund: Er wollte Freunde gewinnen. Bei Sokrates hatte er dafür eine gute Erziehung genossen. Lernen allein ist zu wenig. Dort war ihm in Fleisch und Blut übergegangen, wie man Freunde fängt, wie man ihre Herzen gewinnt: Wenn du jemandem die Hand hinstreckst, stößt du ihn ab. Sei bestrebt, daß der, den du gewinnen willst, dir zuerst die Hand entgegenstreckt. Gewaltsam bringst du niemand zu Freundschaft und Liebe; es gibt auch keine Zauberformel dafür. Falscher Schmeicheleien wirst du schon bald entlarvt. Zeig dich von Grund auf gut! Sei stets geduldig und liebenswürdig. Lerne, dich unterzuordnen! Sei immer hilfsbereit!

Alkibiades verstand es, mit Menschen verschiedensten Ranges und Charakters, mit Seeleuten und Kriegern sicher umzugehen und hatte zu dieser Zeit bereits Tausende von Freunden, Verehrern und treuen Bewunderern gewonnen.

Man sagte von ihm, er könne sogar noch berühmter als Perikles werden. Wie aber sollte er zu solcher Berühmtheit gelangen? Er erinnerte sich, daß schon zu Perikles' Zeiten viele Athener von der Eroberung Siziliens träumten. Das war ihr größter Wunsch. Lange überlegte er, ob Athen genügend Kraft dazu habe, und auch, welche Kräfte ihm in Sizilien gegenüberstünden. Er sah sie sich an. Und schließlich konnte er sagen: »Ja! Ich werde diesen Traum wahr machen! Ich ziehe mit meinen Tausendschaften aus, erobere Syrakus und ganz Sizilien, und danach soll selbst Sparta vor mir zittern!«

In den Hetairien wurde so geurteilt: Wenn Alkibiades siegt, wird er nicht mehr aufzuhalten sein, weiter und weiter wird er ziehen und Herr über Hellas sein, und überall wird er seine unmenschliche radikale Demokratie einführen. Was soll dann aus uns werden? Wir schworen und schwören, daß wir die Demokratie hinwegfegen werden, doch sie wird uns wegfegen.

In der Volksversammlung schlugen die Wellen hoch, aber Alkibiades wehrte sie ab mit riesigen Mengen Getreide, Fleisch, Früchten, Gold, Kupfer, Schwefel und mit Massen von Sklaven – und er hielt ihnen auch die Schande vor, daß die Athener nicht imstande seien, das Werk ihres Perikles zu vergrößern, sondern es im Gegenteil am Ende noch vernichteten.

Nicht nur die Volksversammlung war für die Eroberung Siziliens, auch die Stimmung am Markt schwoll an, wogte auf und nieder wie das vom Sturm gepeitschte Meer. Und dorthin schickten die Vertreter des Friedens nunmehr ihre Werber.

Die Vision von einer Eroberung Siziliens wurde immer deutlicher, bestimmter und unabwendbarer. Sie ließ weder den Kriegsleuten noch den Zivilisten Ruhe, lockte und umgarnte sie. Jenes Land ist zehnmal größer als Attika, und dort wären dann wir die Herren! Welche Beute wäre das! Welche nie versiegende Quelle des Reichtums! Die Athener hätten am liebsten Alkibiades den Kopf vergoldet, als er ihnen das weitschweifig erklärte. Die Sonne des Himmels war Phoibos Apollon, die Sonne auf Erden Alkibiades.

»Sizilien ist unser!« Athen ging schwanger mit solchen Losungen. Die Mauern waren mit Kreide, Kohle und Farbe beschriftet: »Viel Glück für den Kriegszug nach Sizilien!«, »Sei gesegnet, Alkibiades!«

Die Karte Siziliens war in den Sand der Palaistren und in die ausgetrockneten Tonwege entlang den Häusern gezeichnet. Die Agora nahm sich aus wie ein großer, gereizter Bienenschwarm. Für und Wider prallten hart aufeinander:

»Wenn er nachts zu Theodates Tochter Timandra geht, ist er so von Düften umgeben, daß alle Straßen nach ihm stinken.«

»Na, wenn schon! Wenn er duftet, will er sicher, daß auch wir duften. Er wird uns aus dem Elend helfen, oder stinkst du Schwätzer etwa nach Geld?«

Der Schwätzer, den man für sein Gerede gut bezahlte, spottete: »Was regst du dich so auf, Freundchen! Wir halten den Aal ja erst am Schwanze fest, und du willst dich schon an die vollen Schüsseln setzen.«

»Dieser Furz Nikias sitzt eben an der Bremse.«

»Er wird schon wissen, warum er sich da hingesetzt hat.«

Ein Häufchen Umherstehender erboste sich. »Du Drecksmaul! Du Spitzbube! Kannst du uns vielleicht die leeren Kassen füllen? Du bist ja auch nur ein Furz, sonst nichts!«

Andere schwärmten. »Ein Kriegszug nach Sizilien, das wird der Heimat und uns Glück bringen.«

Der Schwätzer zog sich langsam zurück, drängte sich in den schutzbietenden Menschenhaufen. Von dort aus bellte er noch einmal: »Vielleicht auch Unglück!«

Er bezog ein paar Ohrfeigen, dann verschwand er endgültig in der Menge. Aber er hinterließ Unbehagen und Zweifel. Die Menschen dachten daran, wie wenig einig sie sich waren: der eine hüh, der andere hott. So kann man keinen Krieg führen.

Jemand erzählte: »Es heißt, Nikias soll Alkibiades helfen. Liegt denn da ein Sinn drin?«

»Anscheinend ja. Nikias hat ihm nicht geholfen, als es gegen Argos ging, er wird ihm auch jetzt nicht helfen. Es scheint, jemand will das so.«

»Schweinerei!«

Fröhlich ertönte eine Stimme: »Einfach losziehen, und alles wird uns in den Schoß fallen. Auf Sizilien gibt es nämlich eine ganze Menge Leute, die sich wünschen, daß wir die Demokratie bei ihnen einführen. Die Tyrannen haben sie bis oben hin satt. Sie werden uns willkommen heißen und die Tore öffnen.«

Die Frauen umschwärmten wie Hummeln die Stände der Marktleute, surrten und summten, um die Waren zu erwerben, die schnell alle waren, damit sie sie morgen oder übermorgen zum fünffachen Preis verkaufen konnten. Für den Obolos, das bisher übliche Zahlungsmittel auf dem Markt, bekam man kaum noch etwas. Und die Aufseher, die für die Einhaltung der festgesetzten Preise und Gewichte sorgen sollten, wollten sich in diesen unsicheren Zeiten nicht mit den Marktleuten anlegen. Ein Aufseher mußte schließlich auch essen, und so wandte er sich ab, wenn ein Markthändler zu einer Frau, die sich wunderte, daß sie für ein Säckchen Bohnen neuerdings mit Silber bezahlen mußte, sagte: »Wundere dich nicht, Frau! Es gibt nichts, und es wird auch nichts geben.« Einen Trost hatte er freilich auch bereit: »Wenn Sizilien erst uns gehört und unsere Märkte wieder voll sind, wirst du wieder schnuppern können, ob die Ware frisch ist, und wir werden den Schaden haben.«

Die Bürgerin sah sich um, ob sie bei jemandem Hilfe finden könnte gegen diese unverschämte Erpressung. Doch der Aufseher war längst verschwunden. Später würde er dafür einkaufen dürfen, daß er jetzt nichts gehört und gesehen hatte. Ein gutes Zahlungsmittel in dieser Zeit.

An der Mauer der Großen Stoa war eine riesige Karte der Mittelmeerländer zu sehen, auf der jeder Staat mit einer anderen Farbe gekennzeichnet war. Menschen drängten sich vor der Karte, und jemand rief: »Wo liegt denn dieses Sizilien?«

»Das weißt du nicht, du Schafskopf? Hier!«

»Warum ist es denn auf dieser Karte gelb?«

»Na, wegen des Schwefels, des Getreides, des Goldes.«

»O Athene, das sind die Schätze, die wir brauchen!« jubelte der Fragesteller und suchte auf der Karte Syrakus, das mit roter Farbe aufgemalt war, als stünde es bereits in Flammen.

»Deshalb zieht es uns ja auch dorthin, du Hammelkopf!«

»Noch ziehen wir nicht, noch hat sich der Traum nicht erfüllt, noch ...«

»... noch warten sie auf dich, du Spitzkopf, bis du endlich geruhen wirst, deine Zustimmung zu geben, daß der Krieg beginnen darf!«

»Ich würde meine Zustimmung auch nicht geben. Was mich angeht, ich heiße das alles nicht gut!«

»Sieh an! Und warum nicht?«

»Weil dann wieder athenisches Blut fließt, und noch dazu das beste!«

»Das deine wohl kaum. Beruhige dich also!«

Einige lachten darüber, andere wurden wütend.

»Solche Hosenscheißer, wie du einer bist, hat man früher gesteinigt, verstehst du?«

»Verpaßt ihm doch eine Tracht Prügel, diesem räudigen Verräter!«

Der junge Mann verschwand wie ein Geist, um den Samen des Mißtrauens auf der anderen Seite der Agora auszustreuen, denn überall gab es Menschen, überall Ohren und vertrauensselige Einfaltspinsel, die sich blenden ließen.

Frauenstimmen ertönten: »Aber diese Entfernung! Bis nach Sizilien! Wie lange man sich da nicht sehen wird!«

»Es bleiben ja auch welche da, die werden sich schon um dich kümmern.«

»Wie sieht es denn in diesem Sizilien aus? Ich habe gehört, es gibt dort einen riesigen, feuerspeienden Berg, aus dem die Flammen zum Himmel schlagen.«

4

Sokrates kehrte nach Hause zurück. Schon an der Pforte rief er nach Xanthippe: »Hippchen, mein Schatz, ich bin zum Abendessen da!«

Er küßte Lamprokles, der gerade Soldat spielte, mit einem entblätterten Zweig um sich schlug und barfuß auf dem Hof umherstampfte. Sokrates wusch sich die Hände, setzte sich gemütlich an den Marmortisch unter der Platane und wartete auf das Abendbrot.

Als Xanthippe aus der Tür trat, blickte er sie verwundert an. Sie küßte ihn nicht, wie sie das sonst immer tat. Kein Wörtchen des Vorwurfs, daß er den ganzen Tag nicht heimgekommen war; doch auch zu essen brachte sie ihm nichts. Mit leeren Händen setzte sie sich ihm gegenüber an den Tisch. Aha, dachte er, da ist doch im Laufe des Tages irgendwas los gewesen.

»Also erzähle, Hippchen, erzähl doch schon, was du auf dem Herzen hast – und dann bring uns das Abendessen. Wir haben nämlich Hunger, nicht wahr, Lamprokles?«

»Ich muß mich mit dir ein wenig unterhalten.«

»Was denn, du? Beim Höllenhund, ich begrüße ja immer Unterhaltung, besonders daheim. Aber hat das nicht bis nachher Zeit?«

»Hat es nicht!«

Er seufzte und griff in die Tasche nach ein paar Sonnenblumenkernen. »Also, schieß los, meine Teure, ich bin bereit.«

Xanthippe blickte ihn aus ihren schwarzen Augen an und sagte: »Sokrates verkündet: ›Keine Bedürfnisse zu haben ist göttlich. So wenig wie nur möglich zu haben ist auch göttlich, denn beides kommt der Vollkommenheit am nächsten.‹ Ja, und so müssen wir uns heute eben mal in Götter verwandeln.«

Sokrates wußte nicht, worauf sie hinauswollte, aber er nahm die Sache mit Humor.

»Sieh an! Das gefällt mir. Welche Göttin möchtest du denn sein? Welche aus der großen Schar willst du dir aussuchen?«

»Da muß ich noch ein Weilchen überlegen. Wähle du zuerst, Sokrates.«

»Ich? Siehst du, daran habe ich noch nie gedacht. Welcher der Götter ist wohl der beste? Aber nein! So geht das nicht. Welchem Gott geht es am besten? Nun, das ist ganz klar: Zeus! Der hat sogar einen persönlichen Mundschenk, den Ganymed, und die schmalhüftige Hebe trägt ihm auf; auf Schritt und Tritt ist er von hübschen Erdenbewohnerinnen umgeben, denn er ist ein Lebemann ersten Ranges. Also, Hippchen, ich wähle Zeus.«

Xanthippe lächelte, doch Spott saß ihr dabei in den Augen. »Schau an! Unser Väterchen wählt sich den größten Fresser des Olymps; ihr Götter, straft mich nicht! Wer hätte das von einem derart enthaltsamen Weisen gedacht. Da kenne ich Sokrates' Lehre aber viel besser als du.«

»Wie das, meine Liebe?«

»Nun, je geringer die Bedürfnisse, desto göttlicher, nicht wahr? Deshalb wähle ich Echo.«

Sokrates war ehrlich erstaunt. »Echo? Die Nymphe des Widerhalls? Warum denn gerade die?«

»Nun, sie ist vor allem sehr beredsam, genau wie ich. Und zweitens: Hast du jemals gehört, der Widerhall würde etwas essen?«

»Also, ich bin ja für jeden Spaß zu haben«, sagte Sokrates ein wenig vorwurfsvoll, »aber Reden statt einer Mahlzeit?«

»Ja, mein Lieber. Wirf dir nur dein Reisehimation über und begib dich auf den Olymp!«

»Was soll ich denn dort?«

»Dich zum Abendessen einladen lassen, ganz, wie du es von deinen Gastmahlen her gewohnt bist. Und ich stelle mich mit Lamprokles an die Mauer bei der Stoa: vielleicht können wir uns dort ein Abendessen zusammenbetteln.«

»Beim Höllenhund!« Sokrates wurde ernstlich böse. »Was soll der Unsinn?«

Unbarmherzig begann Xanthippe, ihm vorzurechnen: »Was haben wir beim Verkauf der Oliven erlöst? Ein paar Drachmen, die wir in Mehl angelegt haben. Den Rest der Oliven ließen wir pressen, das Öl ist nun verbraucht. Den

Wein aus Gudi hast du inzwischen mit deinen Freunden ausgetrunken. Und die paar Schüsseln Ziegenmilch, die ich abmelke, braucht Lamprokles.«

»Ja, warum hast du mir das nicht...« Sokrates versuchte zu Worte zu kommen, aber er wurde sofort wieder unterbrochen.

»Es riecht nach Krieg. Auf dem Markt herrscht Panik; es gibt nichts zu kaufen, und es wird auch nichts mehr geben. Unterderhand freilich gibt es alles, für Silberstücke allerdings. Doch wir haben ja im ganzen Haus nicht mal einen Obolos. Die Sophisten – schweig jetzt, oder habe ich dich etwas gefragt? – also, sie verlangen im Monat bis zu fünfzig Drachmen von einem Schüler. Wieviel Schüler hast du? Und aus welch vornehmen Familien? Und nicht einen lumpigen Obolos von ihnen! Du hältst die Menschen an der Angel wie ein Fischer den Fisch. Und trotzdem hast du keine Schuppe von ihnen. Schweig! Ich weiß schon, was du mir entgegenhalten willst: ›Aber Hippchen! Ich kümmere mich doch um den Menschen und nicht um die Drachmen! Der Mensch ist aber für sein Glück und das aller selbst verantwortlich.‹ Und was hast du davon, wenn du dich um aller Glück sorgst? Aha! Schon höre ich dich: ›Ich habe ja eine Belohnung, sogar eine sehr hohe: die Glückseligkeit.‹ Na gut, dann laß mich und den Jungen doch ein Stück von deiner Glückseligkeit abbeißen! Das kannst du nicht, was? Da hast du es, du mein Weiser! Aha! Und wieder höre ich dich sagen: ›Was fehlt uns denn, mein Pferdchen? Ich habe dich, und du hast mich, und beide haben wir den Jungen, der hübsch wird wie sein Mütterchen und dumm wie sein Vater.‹«

Sokrates lächelte. »Genau so ist es, meine Liebe«, antwortete er.

»Hat dir nicht Antiphon ins Gesicht gesagt, was für ein törichter Mensch du bist? Du lebst so, daß nicht mal ein Sklave es bei dir aushalten würde! Du ißt Dinge, wie es kaum noch schlechtere gibt. Und da soll ich es bei dir aushalten? Sollen Lamprokles und ich statt eines anständigen Essens vielleicht auch diese Kerne knabbern? Nun, du hast ja zwischendurch deine Gastmahle! Aha! Einer nach dem anderen lädt dich dazu ein – wozu also solltest du dann für deine Weisheit Geld verlangen? Du brauchst es ja nicht! Oder will dir vielleicht niemand etwas für deine Weisheit geben?«

»Sie wären schöne Dummköpfe, wenn sie mir dafür etwas geben würden«, versuchte Sokrates zu scherzen, »wo ich doch jedem rate, klug zu sein.«

Xanthippe ertrug diesen unbekümmerten Ton nicht mehr; sie begann herzzerreißend zu weinen, halb aus Zorn, halb aus Kummer. Lamprokles, der nicht wußte, worum es ging, unterstützte seine Mutter mit lautstarkem Geplärr.

Sokrates kam um den Tisch herum, setzte sich neben seine Frau auf die Steinbank und zog sie, obgleich sie sich dagegen wehrte, auf seine Knie. Er trocknete ihre Tränen und küßte ihre feuchten Wangen. »Ach, mein Pferdchen, halt ein in deinem wilden Galopp. Diesen Monolog hast du prächtig vorgetragen. Nein doch, weine nicht schon wieder, ich meine es wirklich ehrlich. Du Närrchen, warum hast du mir von alldem nie etwas gesagt?«

Schluchzend brachte sie hervor: »So etwas mußt du doch selbst sehen. Wenn ich es dir sage, hörst du nicht zu, im Geiste bist du dann ganz woanders.« Zornig hob sie die Stimme: »Immer bist du im Geiste woanders, und ich kann mich allein schinden und sorgen.«

»Ist ja schon gut, Mädchen. Gestern sagte mir Kriton, daß sich die Lage auf dem Markt mehr und mehr verschlechtere, und wenn wir etwas nötig hätten, brauchte ich nur zu ihm zu kommen. Weißt du, er hat zwei Güter unterhalb des Hymettos.«

Neugierig blickte sie durch ihren Tränenschleier hindurch auf Sokrates, und ungläubig fragte sie: »Erklär mir doch, warum du dir gerade von Kriton helfen läßt, wo du doch sonst von niemandem etwas annimmst.«

»Er gibt mir kein Geld! Lebensmittel sind keine Münzen, kein Almosen, sie sind ein Geschenk. Holla, Lamprokles, aufs Pferd!«

Der Junge kletterte ihm augenblicklich auf den Rücken und schwang seine Beinchen über Sokrates' Schultern.

Sokrates rief »Hü!«, und sie galoppierten zum Tor hinaus.

Xanthippe blickte ihnen mit noch tränenfeuchten Augen nach und flüsterte liebevoll: »Was habe ich nur für einen Rappelkopf zum Mann!«

Kriton empfing Sokrates so freundlich wie immer. Lamprokles strich er über das Lockenköpfchen. Er vertraute ihn einer Sklavin an und befahl ihr, sie solle ihm von allen Näschereien, die im Hause wären, etwas geben.

Als er mit Sokrates allein war und von ihm hörte, daß Xanthippe kein Stäubchen Gerstenmehl für Fladen mehr im Hause habe, entschuldigte er sich für einen Augenblick und befahl seinen Sklaven, sofort einen Korb voll Nahrungsmittel, Wein und Öl zu Xanthippe zu bringen.

»So, das ist erledigt«, sagte Kriton, als er zurückkehrte.

Angelegenheiten wie diese verdarben Sokrates jedesmal die Laune, und jedesmal mußte ihm Kriton wiederholen, daß er ihm das alles gern gäbe. Doch als Sokrates auch diesmal niedergeschlagen blieb, führte er ihn in seine Bibliothek.

»Ich sehe schon, daß dir meine andauernden Versicherungen, du wärest mir nichts schuldig, nicht mehr genügen. Im Gegenteil, dein Schuldner bin ich. Komm, teurer Sokrates, laß uns gemeinsam etwas ansehen.« Sie betraten die Bibliothek. Kriton placierte Sokrates so, daß er die goldenen Deckel schimmern sehen konnte, die die Hüllen der Papyrusrollen verschlossen. Einen nach dem anderen zeigte er ihm. »Sei so lieb und lies mir die Aufschriften vor.«

Und Sokrates las: »Kriton, ›Von der Tüchtigkeit‹, Kriton, ›Von der Schönheit und Güte‹, Kriton, ›Von der körperlichen und seelischen Liebe‹, Kriton, ›Von der Gerechtigkeit‹.« Sokrates hörte auf zu lesen. Verwirrt blickte er Kriton an. »Ich wußte zwar, daß du allerhand aufgeschrieben hast, aber daß es so viel ist, hätte ich nicht geglaubt.«

Kriton berührte die kleinen goldenen Sonnen, die seine Schriften verschlossen. »Die Aufschriften sind nicht vollständig, denn in diesen Hüllen sind nicht nur meine Gedanken enthalten, sondern vor allem die deinen, Sokrates. Möchtest du, daß ich ein solcher Angeber sei, der dich ausnutzt und keinen Finger für dich krumm macht? Ich erhalte von dir immerzu Geschenke, die unbezahlbar sind, und dafür sollte ich dir nicht diese paar Kleinigkeiten geben dürfen? Ich soll mich wohl mästen, meine Freunde noch und noch bewirten – und den besten lasse ich mit Frau und Kind hungern? Wofür hältst du mich?«

Sokrates krauste die Stirn; er winkte ab, doch Kriton ließ sich nicht bremsen. »Du, Sokrates, bist ein reicher Mann und ich der Bettler. So sieht die Wahrheit aus. Was bedeuten schon Öl, Mehl, getrocknete Früchte und all das? Ich habe reiche Güter geerbt, und womit habe ich das verdient? Sollten die Athener nicht durch Ehrenhaftigkeit und Stolz ihrer Stadt nützen? Sprechen wir darüber nicht schon von Jugend an? Na, weißt du! Du schämst dich, und dabei müßte ich mich schämen, nach all dem, was ich von dir bekommen, um nicht zu sagen gestohlen habe. So liegt die Sache, auch wenn du es nicht wahrhaben willst. Warum nur machst du immer aus der Freude, die ich daran habe, eine peinliche Szene für uns beide?«

»Und ist es denn nicht auch peinlich?« fuhr Sokrates den Freund an. »Ich zumindest empfinde es so.«

»Dann fühlst du es eben nicht richtig!« sagte Kriton ein wenig verärgert. »Das kommt daher, weil du dich selbst so gering einschätzt. Das Einschätzen aber überlasse ruhig anderen, so auch mir.«

»Beim Höllenhund! Mein lieber Kriton, du hast es mir jetzt aber gegeben!« brummte Sokrates.

»Es war an der Zeit, dir endlich mal die Meinung zu sagen. Du hast auf den ersten Blick so einfache und für die Menschen doch so wichtige Gedanken geäußert wie niemand bisher. Sag selbst, hat sich irgendwer schon so mit den Menschen beschäftigt wie du? Du veredelst nun schon seit Jahren die menschliche Seele. Der Mensch hat eine Reihe von Schöpfern, und einer davon bist du.«

»Beim Kerberos, keine so großen Worte, bitte!« wandte Sokrates ein. »Du marterst mich, Kriton.«

Kriton lächelte. »Was denn, was denn? Wenn Aristophanes auf dich einschlägt, hältst du still, aber wenn ich nett zu dir bin, willst du es nicht ertragen?«

»Nur mit größter Anstrengung, mein Freund.«

Kriton lachte belustigt. »Hör zu, mein Teurer! Wenn ich dich nicht unterstützen würde, müßtest du selbst den Lebensunterhalt für deine Familie verdienen, du könntest keine Gespräche mehr führen, und die kleinen goldenen Sonnen, die ich dir gezeigt habe, gäbe es nicht. Roll nicht mit den Augen! Reg dich nicht auf, oder gönnst du mir vielleicht nicht die Freude und Ehre, daß ich mich um dich ein wenig verdient mache?«

Sokrates' düstere Miene hellte sich auf. »Ich bin ja schon ruhig, lieber Kriton.«

»Na endlich!« rief Kriton fröhlich aus und sagte dann nachdrücklich: »Solange ich selbst etwas habe, wirst auch du und deine Familie nicht hungern müssen. Und was später wird, werden wir sehen. Meinetwegen sei zornig, wenn man einmal entdecken wird, daß Athen nicht nur seine Herumtreiber, Nichtstuer und Dummköpfe, sondern auch seine Kritons hatte.«

Sokrates beugte sich wieder über die goldenen Deckelchen, um weitere Aufschriften an Kritons Papyrusrollen zu entziffern. Er lächelte. »›Sokrates unterweist Kriton, wie er sich gegen die Anschuldigungen gehässiger Ankläger absichern soll‹.«

Kriton lächelte zurück. »Also siehst du, mein Teurer, wenn ich nicht wäre, würden deine wertvollen Ratschläge ein Geheimnis bleiben.«

Plötzlich wandte sich Sokrates von den Rollen ab und brummte zornig: »Beim Höllenhund! Einen anständigen Bürger zu verleumden, das ist die einträglichste, aber auch übelste Beschäftigung. Wo soll man immer einen Archedemos, den ich dir empfahl, hernehmen, um diese erpresserischen Verleumder von dir fernzuhalten, wie der Hund die Wölfe von der Schafherde?«

Die beiden Männer verließen die Bibliothek. Bevor Kriton den Vorhang wieder schloß, fragte er: »Und warum, mein Sokrates, schreibst du nicht selbst?«

»Danach fragst du mich immer wieder!«

»Und du weichst mir immer wieder aus.«

Sokrates zog entschlossen den Vorhang zu, dessen Falten

sich glätteten und eingewebte Szenen aus Odysseus' Irrfahrt erscheinen ließen. »Hier siehst du es, bei diesem Weber! Mit seinen goldenen Stickereien erzählt er von längst vergangenen Begebenheiten. Doch ich kann einfach nicht schreiben. Ich muß erzählen. Ich brauche den lebendigen Dialog von Mensch zu Mensch, wenn nötig, auch einen scharfen Meinungsstreit, einen Blick von dieser und jener Seite, auch dorthin, wo sich alles schneidet und wie toll brodelt. Wie soll ich es schaffen, bei all dieser Lebendigkeit noch Zeit zum Schreiben zu finden? Das können nur andere. Ich bin ja so froh, daß ihr, meine Freunde, das für mich tut, und besonders du, Kriton.«

Längst waren die Sklaven gegangen, um Xanthippe die Eßwaren zu bringen: einige große Amphoren mit Wein, kleinere mit Öl und einen großen, schweren Korb mit Leckerbissen.

Eilig packte sie den Korb aus. Hm! Mehl, Erbsen, Bohnen, Spelzmehl, goldbraun gebackene Hammelkeulen, mit Eselshaut bedeckte Krüglein, die mit Honig und eingelegten Oliven gefüllt waren, eingewickelte getrocknete Feigen und Trauben, eine Unmenge von Nüssen – und was war da am Boden? Bei Hera und all ihren Söhnen und Töchtern! Ein Säckchen voller Drachmen! Von denen weiß Sokrates sicher nichts, und er darf es auch nicht wissen. Dieser Brummer wäre imstande, es zu nehmen und damit zu Kriton zurückzulaufen! Also, schnell und sicher versteckt! So, und die anderen guten Sachen in den Keller und in die Kammer; und nun ein Essen hergerichtet! Warum soll es das nur bei Kallias oder sonstwo geben? Warum nicht auch mal bei Sokrates? Xanthippe sang fröhlich beim Herrichten des Mahles.

Als Sokrates mit Lamprokles zurückkehrte, küßte sie ihren Mann, so lieb sie nur konnte. Und als sie den Tisch unter der Platane deckte, sagte sie anerkennend: »Du bist tatsächlich ein großer Weiser, mein Sokrates.«

Zur gleichen Zeit marschierte eine Abteilung Hopliten in metallenen Rüstungen über die Agora. Sie schienen ein einziges eisernes Kriechtier, das mit seinen Hunderten von

Augen und Füßen durch die Menge stieß. Eisen klirrte, rhythmischer Schritt hämmerte aufs Pflaster, Trommeln dröhnten.

Die Abteilung wurde stürmisch begrüßt. Sie brachte eine bedeutende Botschaft: Die Volksversammlung genehmigte den sizilianischen Kriegszug.

Alkibiades kam aus der Volksversammlung. Er schüttelte Hände, die weißen Zähne blitzten in seinem geröteten Gesicht.

Auf das jubelnde »Chaire, Alkibiades!« antwortete er mit seiner hellen Stimme: »Chaire, Freunde! Chaire, meine Kameraden!«

Die Bruderschaft der Oligarchen ließ die Köpfe nicht hängen. Wir werden doch nicht zulassen, daß ein Führer der Demokraten zu Ruhm kommt und seine Partei damit stärkt! Wir werden nicht zulassen, daß er sich auf die Oligarchen in Syrakus stürzt, auf unsere Gönner, unsere geheimen Verbündeten, und uns damit schwächt. Wenn es uns schon nicht gelingt, Alkibiades direkt zu vernichten, gibt es doch noch andere Waffen, und die werden, richtig angewandt, mehr ausrichten als diese paar tausend treuen, ihm ergebenen Soldaten und Matrosen hier!

5

Die Sonne versank in der Glut des Abendrots. Rot zuckten auch die Blitze des diamantenen Halsschmucks. Wie schön Timandra war, und noch schöner machte sie die Liebe. Die vollen Lippen bebten von Zeit zu Zeit ein wenig, die großen Augen blickten betrübt, der Duft ihres herrlichen Haars lag über der Terrasse wie ein dünner Schleier abendlichen Nebels.

Theodate hatte die Liebenden allein gelassen. Sie saßen auf Polstern. Die Abschiedsstunde ließ beide verstummen.

Alkibiades dachte an seine Rückkehr. »Bleibst du in Athen, Timandra? Sehnst du dich nicht nach deinem vertrauten Ephesos?«

»Nein, das ist nicht mehr meine Heimat. Meine Heimat ist dort, wo du bist, lieber Alkibiades.«

»Wird das immer so sein?«

»Das wird immer so sein, solange ich lebe.«

Er küßte ihre Handgelenke, ihre Hände. »Als ich dich hier das erstemal sah, so zart und fein, da schien mir, du seist noch ein Kind; und doch warst du schon so bezaubernd, daß es mir leid tat, daß du noch ein Mädchen warst.«

»Ich dachte, du wärest wegen meiner Mutter gekommen, und mir tat das Herz weh.«

»Erst als du zu tanzen begannst, sah ich, daß du schon eine Frau warst und daß du dich darüber freutest.« Er liebkoste jeden ihrer schmalen Finger.

»Und du hast nur mich gesehen, nicht meine Mutter ...«

»Als du dich vor meinen Augen so verändertest, hast du mich verliebt gemacht und betört. Peitho, die Göttin der Überredung, steht wahrscheinlich an der Wiege einer jeden Frau.«

Er küßte die Spitzen ihrer Brüste. Sie umfing ihn und grub die Finger in seine schwarzen Locken.

»Erinnerst du dich«, fragte er, »was Sokrates damals sagte?«

»Es ist kein Leiden, zu lieben, sondern ein Leiden, nicht zu lieben«, entgegnete sie.

»Aber es gibt kein größeres Glück, als zu lieben und wiedergeliebt zu werden.«

»Wenn du wolltest, daß ich jetzt aufstände, würde ich ohnmächtig werden. Ist das die Liebe, mein Geliebter?«

»Ja, das ist die Liebe, mein Mädchen. Das Schicksal hat mir einen Reichtum, einen solch unermeßlichen Reichtum beschert. Manchmal frage ich mich, ob das gut ist.«

»Ich habe gehört, daß du einen vergoldeten Schild trägst, auf dem Eros mit seinem Pfeil abgebildet ist. Ich hörte auch, daß jedem, der dich in dieser goldenen Rüstung und dem Purpurmantel darüber sieht, das Herz entflammt, egal, ob Mann oder Frau. Mich aber hast du mit deinen blitzenden Augen und deiner gewinnenden Stimme ganz und gar für dich eingenommen.«

Er drückte ihren Kopf sanft auf das Polster und küßte

sie. Theodate kam mit leichten Schritten herbei, trat an den Kandelaber und löschte alle Lichter.

Ein roter Mond stieg hoch. Timandra bemerkte seine Farbe und seufzte: »Wenn du nur schon wieder zurück wärst, bei mir!«

»Und wenn ich überhaupt nicht wieder zurückkomme, Timandra?«

»Wenn du erst Syrakus erobert hast, dann besuche doch dort die Quellen der Arethusa, die zwischen Farn und Papyrus hervorsprudeln. Wenn du nicht mehr zurückkehrst, würde ich die Große Mutter bitten, mich wie die Nymphe Arethusa in eine Quelle zu verwandeln. Aber du wirst zurückkommen.«

Sie erhob sich und holte ein Dreibein herbei, in dessen Becken Kohlen glühten, blies, bis die Flammen aufloderten, und warf Duftharz hinein.

Dann rief sie mit leisen, beschwörenden Worten, die Alkibiades nicht verstehen konnte, die Große Mutter Kybele an. Sie bat sie um seine Liebe und sein Leben. Sie flehte sie an, ihn als Sieger heimkehren zu lassen. Um in ihrer Angst nicht aufzuschreien, biß sie sich in die Lippen, daß sie bluteten. Alkibiades bemerkte es. »Was verrät dir das Feuer?« Er erhob sich.

Sie löschte das Feuer mit gereinigtem Wasser. Unter großen Anstrengungen bemühte sie sich, daß ihr die Hände nicht zitterten und die Stimme ihr gehorchte. »Nichts Schlimmes, mein Geliebter. Meine große Liebe zu dir wird nur mit mir zusammen untergehen. Dank dir, Große Mutter!«

Die kleinen Hände beschrieben ein magisches Zeichen über dem silbernen Amulett mit den einziselierten Figuren des Tierkreises. Dann hängte sie es Alkibiades um den Hals. Er streifte über ihren Finger einen Ring mit einem Stein von der Farbe des Meeres.

Der Vollmond erstrahlte in hellem Glanze. In seinem weißen Licht erkannte Alkibiades Sokrates, der auf seiner Steinbank vor dem Haus lag. »Sokrates, schläfst du?« flüsterte er.

»Nein, was willst du von mir?«

Alkibiades nahm seinen seidenen Mantel von den Schultern, rollte ihn zusammen und wollte ihn Sokrates unter den Kopf schieben. Unwillig stieß Sokrates die Hand mit dem Mantel fort und wiederholte: »Was willst du von mir?«

»Ich bin gekommen, um mich von dir zu verabschieden.«

»Du brauchst dich nicht zu verabschieden. Zieh nur los!«

»Ohne deinen Segen, Sokrates? Ohne ein Wort der Liebe, die uns verbindet?«

»Sie verbindet uns nicht mehr.«

»Ohne deine Umarmung, ohne deinen Kuß soll ich in den Krieg ziehen?«

»Für eine ungerechte Sache tust du es«, unterbrach ihn Sokrates. »Wozu habe ich dich gelehrt, daß ein Heerführer einzig und allein für eine gerechte Sache kämpfen darf?«

Zorn wallte in Alkibiades auf. »Meiner Meinung nach geht es um eine sehr gerechte Sache: Segesta wird von Selinus, das von Syrakus unterstützt wird, unterjocht; es hat uns um Hilfe gebeten. Um Hilfe, sagte ich!«

Sokrates erhob sich von der Bank. »Ich kenne dein Mitleid mit dem armen Segesta, du Lügner.« Auch er war zornig. »Ich weiß, um welche Hilfe es dir geht: Du hast Appetit auf Syrakus...«

Scharf entgegnete Alkibiades: »Ist auch das eine Lüge, wenn die Volksversammlung eingesehen hat, daß dieser Kriegszug notwendig ist?«

»Weil du sie mit deinen Reden beschwatzt hast, weil du junge Narren in die Volksversammlung gelockt hast, lüsterne Schlagetots und Matrosen, die gierig Beute machen und plündern wollen. Aber allen Athenern gefällst du damit nicht!«

»Mir gefallen auch nicht alle Athener. Soll ich etwa deshalb einen so erfolgversprechenden Kriegszug aufgeben?« sagte Alkibiades spöttisch. »Hast du jemals bemerkt, daß es mir an Tapferkeit mangelt? Gerade du, Sokrates, kannst das nicht bezweifeln.«

»Wenn du ein guter Stratege bist, so kümmere dich um Athen. Du willst berühmt sein wie Perikles. Aber Perikles kam durch seine Taten im Frieden und nicht durch Kriegszüge zu Ruhm. Du jedoch entfesselst Kriege um deiner Ruhmessucht willen. Du, mein Schüler!«

Alkibiades überhörte geflissentlich den letzten Satz, und nicht ohne zu übertreiben, begann er, sich zu rechtfertigen.

»Die Syrakuser wachsen uns über den Kopf. Langsam, aber sicher verkleinern sie Athens Machtbereich in der ganzen Welt, von Indien bis Iberien. Dem tyrannischen Syrakus entgegenzutreten ist meine Pflicht, wenn ich ein ehrenhafter Stratege sein will.«

»Warum lügst du schon wieder!« donnerte Sokrates. »Du brauchst Syrakus als Stützpunkt für einen Feldzug nach Afrika, wo du Karthago unterwerfen willst und danach den gesamten Peloponnes. Du Ehrgeizling willst über ganz Hellas herrschen!« Verbittert fügte er hinzu: »Was ich dich lehrte, war vergebens.«

Dieser bittere Ton versetzte Alkibiades in noch größere Wut als Sokrates' Donnerwetter. Er fühlte sich zutiefst beleidigt und gedemütigt. »Ich bin ein Athener Stratege. Ich tue, was für Athen nützlich ist. Ich brauche mich von dir nicht beleidigen zu lassen, denn ich bin kein kleiner Junge mehr. Und du? Ich weiß schon! Du fürchtest, es könnte ein paar Blutlachen geben.«

Sokrates' Stimme wurde hart. »Ja, das fürchte ich. In drei Schlachten habe ich menschliches Blut fließen sehen. Nie wieder will ich es erleben müssen! Gewalt anwenden, morden? Schäm dich!«

Alkibiades lachte verächtlich. »Ruh dich nur hübsch auf deiner Bank aus; du bist eben doch schon zu alt!«

Sokrates hatte sich inzwischen wieder auf seiner Steinbank ausgestreckt. Er würdigte Alkibiades keines Wortes mehr.

Aus dem Haus kam der kleine Lamprokles gelaufen, den der Streit geweckt hatte. Er lief auf Alkibiades zu, den er gern hatte. »Sieh mal, was ich da für eine große Nuß habe. Knack sie mir!«

Alkibiades hob das Kind in die Höhe und küßte es auf beide Wangen.

Ohne sich zu rühren, befahl Sokrates dem Knaben streng: »Lamprokles, faß ihn nicht an! Sofort gehst du zurück ins Haus!«

Der stolze Alkibiades stand da, als hätte er Ohrfeigen bekommen. Dann ging er ohne ein weiteres Wort zum Tor hinaus und schwang sich auf sein Pferd.

Sokrates erhob sich, lief zum Tor und schrie: »Alkibiades! Warte noch! Ich wollte doch nur...«

Doch der Hufschlag des Pferdes verklang schon in der Ferne.

6

Als sei Athen ein riesiger Kristall, so ließ es alle Farben des Regenbogens aufleuchten, und genauso vielfältig, wie die Farben des Regenbogens sind, beurteilten Athens Bürger den sizilianischen Kriegszug.

Die Ekklesia hatte drei Befehlshaber dafür gewählt: Alkibiades, Nikias und Lamachos. Schon diese Auswahl gefiel Alkibiades nicht, dem man die Vollmacht eines Oberbefehlshabers zugesprochen hatte. Zwar erklärte sich Lamachos mit Alkibiades' Feldzugsplan einverstanden und half, ihn gegen Nikias' Einspruch durchzusetzen. Lamachos war ein erprobter, tapferer Kriegsmann, trotzdem erschien er dem ungestümen Alkibiades nicht draufgängerisch und entschlossen genug.

Doch warum wollte man, daß Nikias dabei sei? Weshalb hatte man ihn Alkibiades aufgezwungen? Sollte er ihm den Kriegszug gewinnen oder verlieren helfen? Nikias war ein Gegner dieses Unternehmens; wie konnte er da begeistert kämpfen? Jeder Hoplite weiß, daß man ohne Begeisterung kein guter Kämpfer ist, und das sollte die Ekklesia nicht gewußt haben?

Würde dieser ewige Friedensprediger auch nur einen Finger für den Sieg des Alkibiades, seines erbittertsten Feindes, rühren? Welche Ziele verfolgten jene, die Nikias als Mitbefehlshaber eingesetzt hatten? Und welche Ziele verfolgte er selbst? Plante er vielleicht, den Kriegszug zu vereiteln? Alkibiades spürte die Gefahr, die ihm drohte.

Man mußte auf der Stelle handeln und so bald wie möglich aufbrechen!

Persönlich beaufsichtigte er das Einschiffen der Lebensmittel und Soldaten in Peiraieus, rechnete, zählte, maß, sprach zu den Soldaten und zum Volk, schlief kaum noch. Hundertfünfzig Trieren wurden beladen. Die menschliche Fracht betrug viele tausend Mann. Die Städte Argos und Mantineia schlossen sich freiwillig an. Das ermunterte Alkibiades.

Die Weissagungen für den Feldzug waren jedoch nicht günstig. Alkibiades' mißtrauisches Auge erkannte, daß hier eine feindlich gesinnte Hand nachgeholfen hatte. Wieviel wohl bekamen die Priesterinnen des Apollon in Delphoi für eine schlechte Prophezeiung? Und von wem? »Soldaten! Unsere Begeisterung und Stärke, unsere Unbeirrbarkeit und Entschlossenheit – sie sind unsere zuverlässigen Weissagungen!«

Die riesige Menge der Soldaten aller Waffengattungen zollte ihm Beifall. So konnte Alkibiades seine Flotte trotz der ungünstigen Omina auslaufen lassen.

Letzte Vorbereitungen, Verabschiedungen. Doch in derselben Nacht wurden in Athen an den Straßenkreuzungen und vor den Häusern der Bürger die Altäre mit der Büste des Gottes Hermes verunstaltet und umgestürzt. Wer hatte die Hermen in der ganzen Stadt entweiht? fragten sich die Menschen seit dem frühen Morgen. Die Korinther vielleicht, die einen Überfall auf das befreundete Syrakus vereiteln wollten? Die Gegner der Demokraten? Oder war es nur die Tat Betrunkener nach einem Trinkgelage?

Nein, nein! Alkibiades war es! Niemand wußte, woher diese Verdächtigung kam, sie schien aus allen möglichen Löchern geschlüpft. Vielleicht aus irgendeiner oligarchischen Höhle? Doch aus welcher? In jeder wurde beim Donnergott Zeus geschworen, die Demokratie müsse zerschlagen werden. Welcher Mund hatte zuerst ausgesprochen, die Entweihung der Hermen wäre Alkibiades' Werk?

Warum aber sollte er es getan haben? fragten sich die Menschen.

Und als kröche aus allen Löchern die gleiche Antwort: Alkibiades' Übermut ist größer als seine Sorge um die Heimat. Er ist ein unverbesserlicher Ruhestörer. Vor dem Auslaufen der Flotte eine solche Ruchlosigkeit! Doch wo sind Zeugen? fragten sich die Menschen.

Wie jeden Tag begrüßte Sokrates die Sonne: »Sei gegrüßt, goldener Freund! Herzlich willkommen! Steige nur auf, erhebe dich aus der Morgenröte, du liebe Schwester. Überflute uns mit deinem lebenspendenden Schein! Du bist unser Herdfeuer, unser wärmender Ofen, unsere weithin leuchtende Fackel.«

Sokrates kam nicht dazu, seine Sonnenbegrüßung zu vollenden. Hinter der Mauer waren aufgeregte Stimmen zu hören, die von den nächtlichen Geschehnissen berichteten; Verwünschungen, Geschrei und Flüche wurden ausgestoßen. Doch da trafen auch schon Simon und Kriton ein, die Sokrates erzählten, Alkibiades und seine Kumpane würden dieses verbrecherischen Gottesfrevels beschuldigt.

Sokrates stand auf einem der Quader, kräftig, barfuß und mit noch zerzaustem Bart. In seinem aufwallenden Zorn ähnelte er einem Titanen. Er brüllte vor Wut, Schmerz und Entsetzen, welches Unrecht man Alkibiades hier zufügen wolle. »Was soll das? Was sagt ihr da? Wie soll denn das möglich sein? Ein Befehlshaber der Kriegsflotte, ein Mensch, der sich danach sehnt, Ruhm und Macht seiner Heimat zu vergrößern?« Sokrates' Stimme dröhnte. »Ein Mensch, der einen solch gewaltigen Plan vor Augen hat, der wird wohl ein paar Stunden vor dem Auslaufen der Flotte, wo ihm der Kopf vor Sorgen beinahe zerspringt, eine Keule oder ein Stück Eisen nehmen und wie ein Gassenjunge durch Athen rennen, um die Hermen umzustürzen und den verehrtesten Gott der Hellenen zu verunstalten? Wer soll denn so eine Lüge glauben?«

Kriton blickte zu Sokrates auf. »Aber du selbst hast doch diesen Kriegszug verwünscht und ihn Alkibiades auszureden versucht!«

Sokrates sprang von dem Quader und rannte auf dem Hof hin und her. Er knabberte seine Sonnenblumenkerne, doch in seiner Erregung irrte er sich mitunter, warf die Kerne weg und steckte die Schalen in den Mund. »Ja, ich habe diesen Kriegszug verwünscht; ich habe Alkibiades vor diesem törichten Abenteuer gewarnt, das in Sizilien nicht sein Ende finden wird, sondern erst in Karthago und schließlich in Sparta. Ich fürchtete, Alkibiades könnte ein unermeßliches Blutvergießen verursachen. Doch es gibt auch andere, und die fürchten, daß Alkibiades, falls er in Sizilien siegt, dort statt der bisherigen Tyrannei eine Volksregierung errichten und damit auch die Athener Demokratie stärken wird. Glaubt nicht den Weissagungen, glaubt nicht an Gespenster, meine Teuren! Glaubt eurem Verstand! Fragt euch, wer ein persönliches Interesse hat, den sizilianischen Kriegszug zu vereiteln, und nur der ist der Schuldige!«

Der Kriegszug war gefährdet. Alkibiades sollte vor der Heliaia zur Verantwortung gezogen werden.

Auf der anderen Seite erklärten Tausende schwergerüsteter Kämpfer aus Argos und Mantineia, daß sie nur aus Ergebenheit für Alkibiades gegen Syrakus ziehen und sich sofort von diesem Kriegszug zurückziehen würden, wenn ihm Unglimpf widerführe.

Vor Erregung außer sich, schrie Alkibiades, es müsse sofort eine Untersuchung eingeleitet werden.

Und siehe da! Die Archonten wollten keine Untersuchung.

Das Volk jedoch begehrte, die Wahrheit zu wissen. Schnell fanden sich gewandte Redner, die das aufgeregte Volk besänftigen.

»Wozu das Auslaufen der Flotte verzögern; wozu ihr den fähigen Befehlshaber nehmen!«

Wohldurchdacht und von Weitsicht durchdrungen klangen die Worte: »Laßt ihn doch endlich auslaufen; das Glück möge ihn begleiten. Wenn der Krieg gewonnen ist, kann man ihn immer noch vor Gericht stellen, damit er sich verantworte.«

Wohl vermutete Alkibiades, daß hier ein unsauberes Spiel gespielt wurde, doch wie es sich weiterentwickeln würde, wußte er nicht. Um so leidenschaftlicher aber wehrte er sich. »Es erschreckt mich, daß ich solchen Anklagen und Verdächtigungen ausgesetzt bin und trotzdem an der Spitze einer gewaltigen Kriegsmacht ausgesandt werde. Mich erfüllt Unsicherheit! Den Tod würde ich verdienen, wenn ich mich nicht von diesen Beschuldigungen reinigte. Wenn sich aber meine Unschuld herausstellt, und das wird geschehen, werde ich ohne jede Furcht vor hinterlistigen Verleumdern daheim gegen den Feind losziehen können.«

Doch er sprach zu den tauben Ohren von Heuchlern. Man gebot ihm, unverzüglich mit seinen Mitbefehlshabern Nikias und Lamachos auszulaufen. Alkibiades begriff, daß er jenen Kräften, die ihn jetzt in die Ferne und in den Krieg jagten, noch nicht gewachsen war. Als er in Peiraieus in Anwesenheit der höchsten Beamten des Staates sich an Bord seines Schiffes begab, blitzten seine Augen. »Wartet nur, bis ich zurückkehre!«

Als Sokrates erfuhr, daß Alkibiades dem Gebot gehorchte, lief er, so schnell ihn die Beine trugen, hinunter nach Peiraieus zum Kriegshafen. »Ohne Freispruch von Schuld darf er nicht auslaufen! Er darf es nicht! Er darf es nicht!« schrie er lauthals.

Als er schließlich an der Mole stand, wo sich die Neugierigen drängten, sah er, daß das Meer von Trieren wie übersät war – Hunderte und aber Hunderte von Masten, Segeln und Rahen.

Majestät der Kraft, Majestät des menschlichen Könnens, aber auch des Schreckens!

Schiff um Schiff mit Tausenden von Kämpfern setzte sich in Bewegung.

Sokrates erkundigte sich, wo das Schiff des Befehlshabers liege. Es war als erstes ausgelaufen. Nun stand er verzweifelt da und blickte den Trieren nach. Mein Alkibiades! Führer dieses Kriegszuges! Und eine solch schreckliche Sache läßt er hinter sich zurück!

Auch jetzt noch schrie Sokrates, obwohl er wissen mußte, daß es vergeblich war, laut übers Meer dem nachzurufen, den es auf seinem Rücken davontrug: »Ohne Freispruch von Schuld darf er nicht auslaufen! Das darf er nicht!«

Einer aus der Menge drehte sich nach ihm um und lachte.

»Was faselst du da, Alter! Wenn er als Sieger heimkehrt, wird es kein Gericht geben! Nur Siegesfeiern!«

Sokrates stand schweigend am Meeresufer, bis alle Trieren die Anker gelichtet und ihre langen Ruder in die Wellen getaucht hatten. Er stand reglos da, bis die letzte am Horizont verschwunden war.

»Das wollte ich nicht! Das wollte ich wirklich nicht! Nun bleibt mir nichts anderes, als ihm von ganzem Herzen den Sieg zu wünschen. Dieser Mensch da hat sicher recht: Siegt er, wird es niemand wagen, ihn zu Unrecht zu beschuldigen.«

Sokrates streckte die Arme gegen das Meer. »Also viel Glück, und kehre ruhmbedeckt zurück, mein Junge!«

7

Er war also ausgelaufen, ohne sich vor den Archonten verteidigen zu können.

Nun hieß es warten, bis er – siegreich? – zurückkehrte.

Die Hetairia der Oligarchen traf sich Tag für Tag zu geheimen Beratungen. Was noch könnte man Alkibiades anhängen, falls die Sache mit den Hermen sich als Fehlschlag erwies? Lange fand man nichts genügend Belastendes, Wirksames. Bis eines Tages Kritias nachdenklich äußerte: »Wie ist's mit den Eleusinischen Mysterien?«

Die Verschwörer erschraken: »Mit den Mysterien? Aber das würde bedeuten...«

Niemand wagte, das Wort laut auszusprechen: den Tod. Kritias hob die Hände. »Ich habe nichts gesagt. Ich habe nur die Möglichkeit angedeutet. Die Götter mögen es verhüten! Er ist ja mein Verwandter, begreift ihr? Vergeßt, was ihr eben gehört habt.«

»Verwandtschaftliche Beziehungen dürfen hier nicht berücksichtigt werden, lieber Kritias. Es gereicht dir natürlich zur Ehre, daß du Alkibiades nicht zu nahetreten willst«, beteuerten sie heuchlerisch. »Aber es scheint die einzige Möglichkeit, ihn zu Fall zu bringen. Und du hast schließlich auch geschworen. Willst du deinen Schwur vielleicht...?«

»Nein, nein«, rief Kritias. »Ich willige in eure Entscheidung ein!«

Vor Freude außer sich, beschlossen sie schnell. »Natürlich, die Mysterien. Jeder begreift sofort, daß ein solcher Lästerer dem Kriegszug nur Verderb und nicht den Sieg bringen kann. An die Arbeit also!«

Die Zungen wurden eifrig bewegt; sie versprachen, redeten von Gewinn, drohten. Das Silber der Drachmen lockte blinkend. Sie suchten nach Zeugen, ließen Verleumder ausschwärmen, die Lügen, aber auch unwiderlegbare Wahrheiten verbreiteten.

Der Kriegszug hatte anfangs Mißerfolge. Das verfrühte Geschrei, Athen würde ganz Sizilien unterwerfen, war eher angekommen als dessen Soldaten. Die sizilianischen Städte schlossen ihre Tore vor den Athenern und leisteten erbitterten Widerstand.

Erst nach verlustreichen Kämpfen konnten die Athener Zankle und Katane nehmen.

Die Archonten sandten die schnelle Staatstriere »Salamis« hinter Alkibiades her.

Er stand in seinem Zelt vor der Karte, als die Athener Boten eintraten.

Verwundert blickte er auf. »Wer seid ihr? Was wollt ihr? Und wie kommt es, daß ihr ohne jede Anmeldung bei mir eintretet? Wache!«

»Du brauchst die Wachen nicht zu rufen, Alkibiades, sie sind verhaftet, wie auch hiermit du im Namen des Archons Eponymos und des athenischen Volkes verhaftet bist. Unser Befehl lautet: ›Alkibiades möge sich ohne Verzug auf das Staatsschiff begeben, nach Athen zurückkehren und sich dem Gericht stellen!‹ «

Alkibiades stand wie versteinert da. Dann aber begann er zu toben: »Seid ihr verrückt geworden? Gerade habe ich hier begonnen, habe alles überdacht, und da soll ich Tausende Krieger hier plötzlich verlassen? Was soll hier ohne mich werden, kannst du mir das sagen?«

Der Befehlshaber der »Salamis« fragte ungerührt: »Hast du nicht den Staatsbefehl gehört?«

Alkibiades' Hand griff unvermittelt nach dem kurzen Schwert.

»Gib die Waffe her!«

Mit zusammengepreßten Zähnen, zögernd nur, reichte Alkibiades dem Befehlshaber des Schiffes sein Schwert. Die Boten brachten ihn an Bord der »Salamis«.

Unterwegs begegneten ihnen Krieger, die aufgeregt schrien: »Was geht hier vor?«

»Warum führst du diese Leute fort, Alkibiades?«

Er versuchte, seine Verbitterung zu verbergen, und sagte lächelnd: »Sie führen mich fort, nicht ich sie. Ich muß einen kurzen Besuch in Athen machen. In einigen Tagen bin ich wieder bei euch. Seid guten Mutes, Jungen!« Und er beschleunigte seinen Schritt.

Auf dem Schiff wurde er in der besten Kajüte untergebracht; er hatte volle Bewegungsfreiheit. Reglos stand er an Deck und preßte, als er sah, wie die Küste Siziliens sich immer mehr entfernte, die Finger um die Brüstung, bis sie weiß wurden.

Eine Glocke verkündete die Essenszeit. Er ging in seine Kajüte, wo bereits ein junger Matrose mit der Vorspeise auf ihn wartete.

Alkibiades begann zu essen. Der Matrose blieb bei ihm stehen und entfernte sich nicht. Ungehalten sah Alkibiades zu ihm auf.

»Hast du Befehl, mich auch beim Essen zu bewachen?«

»Nein, Herr, ich möchte mit dir sprechen, wenn du erlaubst!«

»Sprich, mein Junge!«

»Meine beiden Brüder dienen in deinem Heer als Schwerbewaffnete. Wir alle haben dich gern.«

Alkibiades aß langsam weiter und beobachtete dabei den jungen Matrosen, einen hübschen Burschen mit wettergebräuntem Gesicht und kindlich aufrichtigen Augen.

Er lächelte ihm zu. »Gut. Setz dich hierher und sprich weiter.«

Erschrocken blickte der Matrose ihn an.

»Ich mich setzen? Nein, nein, du sollst mir nur zuhören.« Er senkte die Stimme.

»Weißt du, warum man dich nach Athen bringt?«

»Ja, ich soll mich vor Gericht verantworten.«

»Und du weißt auch, weshalb?«

»Gewiß. Um unseren Kriegszug zu gefährden, haben einige Schufte in Athen die Hermen verunstaltet. Das will man mir anhängen.«

»Viel Schlimmeres will man dir anhängen; etwas, worauf nur eine Strafe steht: der Tod«, flüsterte der Matrose. »Man beschuldigt dich, in deinem Hause die Eleusinischen Mysterien gefeiert zu haben.«

Alkibiades sprang ungestüm auf, so daß die Schüsseln zu Boden fielen; die Stirnadern schwollen ihm an. »Aber dann ist der Krieg für uns verloren! Nur ich kann ihn gewinnen!«

»Schrei nicht so, Herr. Man könnte dich hören.«

»Gib mir deinen Dolch, mein Junge«, befahl er ihm.

»Ich werde dir etwas Besseres als meinen Dolch geben.« Der Matrose beugte sich zu seinem Ohr vor und flüsterte: »Kennst du jemanden in Thurioi?«

»Ja, natürlich. Mein Onkel Perikles hat es erbauen und mit Athenern besiedeln lassen. Ich kenne dort viele Leute.«

»Sehr gut. Morgen gegen Abend legen wir in Thurioi an, für einen Tag und eine Nacht, um Wasser aufzunehmen und auch, um den Ruderern eine Ruhepause zu gönnen. Ich kann dich dort verkleidet an Land bringen.«

Hatte das aber noch Sinn? Doch dann richtete er sich auf und sprach mit fester Stimme: »Gut, mein Junge, bereite alles vor – ich danke dir.«

8

In Thurioi fanden sich Menschen, die sich Perikles' Neffen annahmen. Erschüttert von seinem Schicksal, verbargen sie ihn und betreuten ihn fürsorglich.

Er konnte es nicht fassen. Gestern noch Stratege, Befehlshaber eines großen, gut ausgerüsteten Heeres, gestern noch ein Mann mit Vollmachten für den gesamten sizilianischen Kriegszug – und heute ans Ufer gespült, mit nackten Händen wie ein Schiffbrüchiger, ein Flüchtling, ein Bittsteller, der elendeste Bettler unter der Sonne.

Sein Sturz aus den Höhen des Ruhmes hinab in die Tiefe des Elends und der Erniedrigung fügte ihm eine tiefe Wunde zu, die seine Widerstandskraft schwächte. Und doch stand ihm noch eine weitaus tiefere bevor. Als die »Salamis« ohne ihn heimkehrte, verurteilten ihn die Athener in Abwesenheit für den Gottesfrevel zum Tode durch Gift. Sein Besitz, von den Ahnen ererbt, wurde enteignet. Es wurde verkündet, daß alle Priester und Priesterinnen ihn zu verfluchen hätten. Einzig die Priesterin Theano befolgte das Gebot nicht. Sie erklärte, es sei Sache der Priesterinnen, zu segnen, und nicht, zu verfluchen.

Als diese Nachricht nach Thurioi gelangte, sank Alkibiades auf sein Lager. Er verweigerte die Nahrung und begann zu phantasieren. Er schaute zurück in die Vergangenheit.

Vor Jahren, in seiner Jugendzeit, hatte er sich einmal unter eine tausendköpfige Prozession gemengt, die den geheiligten Weg von Athen nach Eleusis entlangzog. Er wollte sich davon überzeugen, daß er als Perikles' Neffe sich die neue eleusinische Kultstätte ansehen dürfe, die Perikles auf den alten Ruinen hatte errichten lassen.

Seine unbezähmbare Neugier hatte ihn dazu getrieben, dies gerade während der geheimen Zeremonien zu tun.

An der Spitze der Prozession schritten in langen weißen Gewändern, mit Myrte bekränzt, die Priester und Geweihten hinter dem Bild des Gottes Dionysos. Die einen trugen Fackeln, die anderen Ährenbündel. Über dem Zug schwebten die geheiligten Gesänge; jubelnd rief man den Namen des Gottes der Fruchtbarkeit, des zügellosen Frohsinns und des Weines: »Dionysos! Bacchos Dionysos! Bacchos!« Erst nach Einbruch der Dunkelheit gelangte die Prozession nach Eleusis, in das geheiligte Gebiet der Demeter. Alle Geweihten und Mystiker reinigten sich durch ein Bad in der Meeresbucht, dann erst begannen sie auf der Wiese am Strand, mit brennenden Fackeln in den Händen, einen wild wirbelnden Tanz.

Auf dieser Wiese loderten zwar Hunderte Fackeln, doch

wer konnte schon sehen, daß dort auch ein Ungeweihter, ein frecher Eindringling, Alkibiades, mittanzte.

Auf ein Zeichen aus Stierhörnern hin löschten die Pilger ihre Fackeln; dann traten sie durch die sechs Tore aus dem Dunkel der Nacht in das des riesigen, quadratischen Telesterions. Auch Alkibiades stahl sich hinein. Im Tempelraum, zwischen den Reihen der mächtigen Säulen, herrschte Grabesstille. Das Dunkel verstärkte die Spannung und rief ehrfürchtige Schauer hervor.

Die Vorhänge teilten sich. In der Mitte des Heiligtums, im hellen Schein der Leuchter, gewahrte man eine Bühne. Das Geschehen dort leitete der Hierophant, der höchste Priester. Er war in einen prachtvollen Purpurmantel gehüllt, lockiges Haar umrahmte sein Haupt, auf dem er einen Königskranz trug. Nun begann man mit dem uralten Mythos: Der Chor schildert, wie die Göttin Demeter ihre schöne Tochter Kore sucht. Die Mutter irrt in der Welt umher, doch vergebens klagt und ruft sie nach ihr. Vor Kummer und Schmerz schickt Demeter der Erde Mißernten. Sie nimmt keine Nahrung mehr zu sich, bis sie schließlich auf der ermüdenden Suche nach ihrer Tochter nach Eleusis ins Haus des Keleos kommt.

Demeter, die Göttin der Fruchtbarkeit, die der Erde Getreide und ein sorgenfreies Leben für die arbeitswilligen Menschen schenkte, findet nun selbst keine Ruhe mehr.

Wie ein taumelnder Schatten schleppt sie sich über die Bühne, und leidvolles Klagen dringt aus ihrem Munde. Ihre Stimme ist weder menschlich noch göttlich, ist wie der Schrei einer verlassenen Welt, der aus einem Abgrund aufsteigt, ein herzzerreißendes Rufen, das die Zuschauer erschüttert.

Alkibiades zitterte am ganzen Körper.

Der Chor beklagt vor den Göttern Demeters Leiden hier im Hause des Keleos, wo sie nun wohnt und dem sagenumwobenen Eingang zur Unterwelt nicht mehr fern ist.

Helios aber sieht alles. Er hat auch gesehen, wie Hades die mit den Nymphen tanzende Kore in die Unterwelt entführte; er erbarmt sich der unglücklichen Mutter und erzählt ihr vom Schicksal der Tochter. Demeter ist verzweifelt und gebrochen. Von Leid, Hunger und Müdigkeit ausgehöhlt, gleicht sie einem dahinsiechenden, wankenden Phantom, dessen einzige Lebenszeichen noch Seufzer und Weinen sind.

Iambe, die Dienerin in Keleos' Haus, heitert sie mit Erinnerungen an die lustvolle Zeit der Paarung, die Fruchtbarkeit alles Lebenden, ein wenig auf und weckt durch ihr Lachen in Demeter wieder etwas Lebensmut.

Nun erscheint auf der Bühne die Unterwelt mit den Schatten der Toten. Auf Zeus' Befehl kehrt Hades' Gemahlin, Kore, die Tochter von Demeter und Zeus, wieder zur Erde zurück.

Anmutig steigt sie aus der Unterwelt empor, mit Blumen bekränzt, von Chorgesang und den Klängen der Musik begleitet. Nach langer Winterszeit ist wieder Frühling auf der Erde. Das Leben auf ihr erneuert sich. Es gibt keinen Tod mehr, nur noch Unsterblichkeit. Wölkchen duftenden Rauches steigen auf der Bühne in die Höhe. Aus den flammenden Fackeln tritt Zeus hervor und umarmt in feierlicher ehelicher Vereinigung Demeter. Die Befruchtung der Frau soll die Fruchtbarkeit der dreimal gepflügten Erde bewirken, die den Menschen nun gute Ernten geben wird.

Als Alkibiades sich an diese Szene erinnerte, erbebte er. Doch weiter bedrängten ihn seine Erinnerungen.

Das Telesterion erdröhnte von der Musik der Auli und Gitarren; durch das Fenster drang schwach das Licht des nahenden Tages. Es gibt keinen Tod, nur Unsterblichkeit.

Der tiefe Eindruck, den die Mysterien auf Alkibiades gemacht hatten, hielt ihn noch lange in seinem Bann. Jahrelang ließ er wagemutig diese Mysterien in seinem Hause aufführen, um das gewaltige Gefühl der Urkraft der Erde, ihres ewigen Sterbens und Auferstehens immer wieder nachempfinden zu können. Er lud sich dazu nur wenige auserlesene Freunde ein. Sokrates, von dem er befürchtete, er würde ihm von den Aufführungen abraten, bat er nicht, sein Gast zu sein. Die Freunde ließ er schwören, über alles zu schweigen. Dann nahm die feierliche Zeremonie ihren Anfang. Alkibiades selbst stellte den höchsten Priester dar, den Hierophanten mit dem königlichen Kranz auf dem

Haupt, sein Freund den zweiten Priester, Daduchos, den Fackelträger.

Die liebliche Umgebung von Alkibiades' Haus, Demeters Schönheit und der ungemischte Wein, den man statt des Mischgetränkes der Mystiker zu sich nahm, entehrte bald die heilige Zeremonie der Mysterien. Der trunkene Alkibiades, berauscht von der Schönheit Demeters, warf das lange, purpurne Gewand des Hierophanten von sich, sich so in Zeus selbst verwandelnd, und vor den erstarrt blickenden Freunden verlustierte er sich mit der Göttin der Fruchtbarkeit, die von einer schönen Athener Hetäre dargestellt wurde.

Lange hatten die falschen Mystiker ihren Schweigeschwur gehalten, bis ihn schließlich doch einer brach.

Wütend fuhr Alkibiades von seinem Lager hoch, als wolle er sich auf jenen Schurken stürzen. Er lief in dem engen Zimmer hin und her, doch plötzlich blieb er vor dem Vorhang stehen. Er wußte nun, warum dieser Unbekannte ihn verraten hatte. Nicht, weil er Alkibiades persönlich vernichten wollte, sondern um den sizilianischen Kriegszug scheitern zu lassen. Er klagte ihn an, damit statt der Demokraten die Oligarchen ans Ruder kämen.

Was ist nur aus mir geworden? Ich kann es noch immer nicht glauben, aber es ist so: Ich bin ein Geächteter, und man hat mich um alles gebracht, was ich hatte, um Heimat, Besitz und Vermögen. Man hat mich von allen Menschen, die mir lieb sind, getrennt! Was wird meine Hipparete ohne mich machen, was meine beiden Söhnchen? Konnte Hipparete mit ihnen zu ihrem Bruder entkommen? Werden sich jetzt nicht alle Türen vor Frau und Kindern eines zum Tode Verurteilten schließen? Alkibiades preßte die Fäuste gegen die Schläfen, wo die hervortretenden Adern heftig klopften. Was ist mit meiner kleinen Timandra? Ob sie noch an mich denkt?

Denk nicht an mich! Ich will es nicht! Ich bin ein Ausgestoßener, ein Verfolgter! Zorn packte Alkibiades. Er konnte sich nicht mehr beherrschen und begann laut zu schreien: »Warum verflucht ihr mich? Warum habt ihr mich verurteilt? Niemand soll mir vorlügen, es wäre wegen

Demeter und Kore! Der wahre Grund ist, weil ich das gleiche wie Perikles wollte!« Doch es war nicht das gleiche. Perikles hatte es nicht geschafft, daß alle Hellenen auf seinen Aufruf hin ihre Vertreter nach Athen sandten, um sich dort zu verbünden und sich gemeinsam ihrer Feinde zu erwehren. Aber was Perikles durch freiwilligen Zusammenschluß aller Hellenen erreichen wollte, das gedachte Alkibiades ihnen durch Härte und Gewalt aufzuzwingen. In seinen Mitteln war er dabei nicht wählerisch. Doch dies bemäntelte er vor sich selbst mit dem Traum seines Lebens: »Ich sah das Glück für alle Hellenen in ihrer Verschmelzung zu einem einzigen, großen, unüberwindlichen Hellas mit Athen an der Spitze, dieser schönsten aller Städte, die man sich nur vorstellen kann! Ich bin begeistert von dieser Idee! Ich bin besessen von ihr! Aber ich weiß auch, wem daran gelegen ist, daß mein Kriegszug erfolglos bleibt.«

Alkibiades wand sich vor quälerischen Vorstellungen und Mutmaßungen. Statt des zum Tode Verurteilten gingen nur dessen Gedanken durch die Tore Athens: Ihr Oligarchen seid eine mörderische Verschwörung blinden Hasses gegen die Demokratie. Von Jugend auf kannte Alkibiades ihre Hetairien, wo sie zusammenhockten und berieten, wie man die Demokratie stürzen könne. Dort in ihren Hetairien schworen sie, mit allen Mitteln die Pfeiler der Demokratie zu untergraben, um selbst an die Macht zu kommen und alle Errungenschaften des Volkes zu beseitigen.

Wie sollte er von all dem nichts wissen! Er war doch mit vielen der Oligarchen, vor allem mit hochgeborenen Aristokraten, durch Blutsbande verwandt. Und als Stratege kam er mit vielen Plutokraten seiner Zeit in Berührung. Auch mit den Sophisten, die sich in den oligarchischen Hetairien eingenistet hatten, hatte er genug Erfahrungen gemacht und kleine Scharmützel ausgetragen.

Die späteren Sophisten waren als Philosophen nicht mehr einem Protagoras, einem Gorgias, einem Hippias gleichzusetzen. Sie fühlten sich über das Volk erhaben; sie wurden politische Abenteurer. Von den ursprünglichen Sophisten übernahmen sie nur das, was ihnen geeignet schien, die Volksherrschaft zu unterwühlen. Sie bewarfen das gemeine

Volk mit Schmutz, als bestünde dieses nur aus Frechheit, Niedertracht und Dummheit. Dagegen lobten sie die Oligarchen, diese dünne Schicht von Einzelgängern, und erklärten sie für die zur Führung des Staates geeignetsten Männer. Alkibiades sah plötzlich alles deutlicher als zu der Zeit, da er in Athen gelebt hatte. Sein Unglück ließ ihm die Vergangenheit in einem anderen Licht erscheinen. Und diese Vergangenheit erschreckte ihn.

Von Jugend auf waren ihm die Gedanken der Oligarchen vertraut gewesen; von klein auf wußte er, was ihre Hetairien anzurichten in der Lage waren. Noch deutlich erinnerte er sich, daß sie sich wie die Geier auf den fast siebzigjährigen Perikles stürzten, als dessen Kräfte nachließen und der Peloponnesische Krieg mit dem Einfall der Spartaner in Attika und der Verwüstung des Landes begann.

Ein Mißerfolg in einem Krieg, das ist ihre günstige Stunde, ihr Ziel zu verwirklichen. Und den wollen sie auch jetzt. Deshalb bin nun ich an der Reihe. Nur keinen Sieg Athens über Syrakus, nur keinen Sieg der Demokratie zulassen! Deshalb auch diese ungünstige Weissagung der Pythia für den sizilianischen Kriegszug! Ihr Arm reicht weit, bis Sparta, warum also nicht auch bis Delphoi!

Und weil ich mich auch davon nicht schrecken ließ und mich auf Soldaten und Seeleute stützte, wollen sie mich selbst vernichten! »Alkibiades schändet die Hermen!« Ach, warum hat mir Lamachos erst erzählt, was in Athen so geflüstert wurde, als wir uns bereits Sizilien näherten. An den Hermen hat sicher auch Kritias seinen Anteil! Warum befürchtete Lamachos, ich würde mich mit Kritias raufen und der Kriegszug fände nicht statt? Ich hätte erst die Schliche all dieser Machthungrigen daheim aufdecken und dann aufbrechen sollen! So hätte es sein müssen! Auch bei der Anzeige, daß ich in meinem Hause die Eleusinischen Mysterien entheilige, hat sicher Kritias die Hände im Spiel. Er wußte ja seit langem davon. Doch er schwieg dazu; er wartete auf einen günstigen Augenblick. Wie üblich hat er auch dabei wieder andere vorgeschoben und ist selbst unsichtbar im Hintergrund geblieben.

Alkibiades wand sich vor Schmerz, Wut und Rachsucht.

Er wurde krank davon, stöhnte, weinte und schrie: »Wartet nur! Ich habe den Giftbecher, den ihr mir bereitet habt, noch nicht getrunken! Rache schwöre ich all denen unter euch, die mich mit Gift beseitigen wollen, denen, die mich verurteilt, die mitgeholfen, und auch denen, die es nicht verhindert haben! Rache ganz Athen! Ich verneige mich vor euch für den Beweis eurer Dankbarkeit! Bei allen Blitzen des Zeus! Auch ich vermag es, euch meine Dankbarkeit zu beweisen! Ihr werdet schon sehen! Ihr Toren, ihr Engstirnigen! Immer mehr schmilzt Athens Machtbereich zusammen. Und ich, hört ihr, ich wollte euch ganz Hellas und noch mehr zu Füßen legen! Ach, schon wieder dieser Traum! Weg doch mit all diesen Träumen!«

Inzwischen schwand den Soldaten und Matrosen auf Sizilien ohne ihren geliebten Anführer Alkibiades der Mut; Nikias' zaudernde Kriegführung nahm ihnen obendrein noch das letzte Fünkchen Lust, sich auf Leben und Tod zu schlagen.

»Seht! Seht!« schrie der verzweifelte Alkibiades. »Was habt ihr aus mir gemacht? Ein Schreckgespenst mit dem Giftbecher in der Hand? Ich will kein solches Gespenst sein! Ich will ein Gespenst sein mit Gift im Herzen. Ich habe nun den Becher geleert!«

Die Menschen in Thurioi, die ihn versorgten, fanden ihn mit blutig geschlagener Brust, mit trüben, blutunterlaufenen Augen und bleichen, fast weißen Lippen. Er stirbt, flüsterten sie sich zu. Holt einen Arzt!

Doch Alkibiades hatte Thurioi heimlich verlassen. Später erfuhren sie, daß er vom spartanischen König Agis aufgenommen worden war, dem er seine Dienste angeboten hatte.

Ein Alkibiades, krank vor Rachsucht, war den Spartanern gerade recht. Wer könnte den Athenern tiefere Wunden zufügen als ein von ihnen selbst schwer Verwundeter! Wie unbedacht handelten doch diese Athener, wenn sie einen so kühnen Heerführer aufgaben, und noch dazu in einer Zeit, da er ein so großes Heer befehligte, daß ihm Syrakus wie eine reife Birne in den Schoß fallen mußte. Dem spartanischen

König gefiel seine Überlegung, wie sie auch der Königin und allen Spartanern gefiel.

Den sizilianischen Kriegszug traf Unglück auf Unglück, bis er schließlich mit einer Katastrophe endete. Nikias hatte ihn nachlässig und unlustig geführt. Der Krieg zog sich hin und nahm den Athenern Stück für Stück ihre Hoffnung auf den Sieg. Dazu kam, daß sich gegen die Belagerer eine unheilvolle Kraft wandte, die Nikias schon sein Leben lang fürchtete: die Sklaven. In einer finsteren Nacht waren alle Rudersklaven der athenischen Schiffe geflüchtet; die prächtige Flotte fiel so für jeden weiteren Kampf aus. Nikias begriff, daß er in eine verzweifelte Lage geraten war. Mit dem Landheer der Syrakuser konnte er es nicht aufnehmen.

Doch damit nicht genug! Die Spartaner eilten Syrakus zu Hilfe. In schnellem Marsch zogen sie von Himera aus quer durch Sizilien ins Hinterland der Athener. Auch die Sizilianer rafften sich zu Gegenangriffen auf, und die Athener, von allen Seiten eingeschlossen und bedroht, ergaben sich nach vergeblichen Durchbruchsversuchen auf Gnade und Ungnade.

Nikias wurde gefangengenommen und hingerichtet. Wer von den siebentausend athenischen Kämpfern noch am Leben geblieben war, wurde als Sklave für schwerste Arbeiten in die Bergwerke getrieben.

Die Spartaner bewilligten Alkibiades, dessen Rachegelüste nun entfacht waren, alles, was er zur Vernichtung Athens forderte. Er führte seine Kämpfer an die empfindlichste Stelle Athens, zur Gemeinde Dekeleia, in der sie sich festsetzten und von wo aus sie ihre Angriffe auf Attika vortrugen.

Sokrates saß gramgebeugt Simon gegenüber; seine verzweifelte Stimme erfüllte die kleine Werkstatt. Simon hörte ihm zu, ohne allerdings seine Arbeit an einer Opanke zu unterbrechen.

»Simon, du bist doch auch mein Schüler! Gewiß erkennst du den abgrundtiefen Unterschied zwischen einer Flucht vor dem Tod und einer Flucht in die Rache. Und das gegen die eigene Heimatstadt, gegen uns alle!«

»Ja«, erwiderte Simon ernst. »So ein Steinchen kommt ins Rollen und setzt immer größere und größere Steine in Bewegung, bis es schließlich einen ganzen Felsen mitreißt.«

Sokrates versuchte einen der Fäden zu zerreißen, bis er ihn schmerzhaft in die Finger schnitt, und klagte weiter: »Ein Mensch, mit dem ich gemeinsam gegessen habe, mit dem ich unter einem Zelt geschlafen habe. Mein begabtester Schüler!«

Simon knetete das Leder zwischen den Fingern, machte es weich und spannte es in die erforderliche Form.

Sokrates blickte auf den kurzgeschorenen Kopf seines ergebenen, gewissenhaften Schülers, der von Jugend auf seine Gedanken niederschrieb. Welche Mühe bereitete ihm geistiges Tätigsein im Vergleich zu Alkibiades! Doch wie groß waren dagegen seine Ehrenhaftigkeit, seine menschliche Güte, und welch einfaches Leben führte er!

Er lächelte ihm freundlich zu. »Simon, manchmal beneide ich dich. Du sitzt hier in aller Ruhe, machst den Menschen Schuhe und leistest nur gute Arbeit, mit der du keine solchen Nöte hast wie ich mit der meinen.«

»Da irrst du dich aber, mein teurer Sokrates! Bei meiner Arbeit kommt es vor allem auf den Rohstoff an. Auch ich kriege gutes und weniger gutes Leder, und aus schlechtem Leder kann ich keine guten Opanken machen. Wenn ich aber geschmeidiges, festes Kernleder habe, fertige ich dir Opanken, die ein ganzes Leben lang halten. Und darin geht es uns ähnlich. Deine Schüler, die du unterweist, sind doch anfangs auch nur ein Rohstoff, nicht? Na, siehst du. Und zauberst du vielleicht aus schlechtem Material Wunderdinge hervor? Na, siehst du – das ist nicht nur eine Sache handwerklicher Kunstfertigkeit, sondern auch eine des Materials, das du bearbeitest. So ist das nämlich.«

»Nur, daß du es, mein Lieber, gleich merkst, wenn das Leder minderwertig ist, und dann gar nicht erst Schuhe daraus zu nähen beginnst. Wie aber soll ich das merken? Der Mensch ist kein Schuhleder. Es kommt immer darauf an, was sich so unter seiner Haut verbirgt, und das kann man leider nicht sofort erkennen.«

»Da hast du wohl recht, diese Gefahr gibt es. Aber trotzdem hast du mehr gutes Material als schlechtes. Und auf deine Zöglinge kannst du stolz sein.«

»Ja«, erwiderte Sokrates, aber sein Antlitz hellte sich nicht auf. »Ja, ich habe gute Schüler, und sie sind auch meine Freude. Doch ein einziger schlechter verdirbt mir diese Freude. Und du weißt auch, wie Alkibiades war: in allem der Begabteste, der Fähigste; ich glaubte immer, daß er mit der Zeit weiser, besonnener würde. Ich liebte ihn doch wie meinen eigenen...« Sokrates versagte die Stimme. Er verstummte.

Simon blickte von seiner Arbeit auf. Zaghaft fragte er: »Du weinst ja, Sokrates? Seit dem Tode deiner Eltern habe ich dich nicht weinen sehen.«

Sokrates blieb vornübergebeugt sitzen. »Es heißt, ich wäre der weiseste Mann in ganz Hellas. Ich will nicht gegen die Götter freveln, aber das ist eine Lüge. Ich, Simon, habe auch törichte Träume, wie jeder andere Mensch.«

»Quäle dich nicht, mein Teurer, denn an diesem ganzen Unglück...« Simon blickte sich in der Werkstatt um, als könnten selbst die Opanken das, was er sagen wollte, durch die Stadt schleppen; dann sagte er leise: »An Alkibiades' Rachsucht und der sizilianischen Katastrophe tragen die Athener selbst ein Großteil Schuld! Man kann kaum noch zählen, wieviel Volksfeinde, Verräter und Gaukler mit Worten und allen möglichen Schlechtigkeiten daran Anteil haben.«

Sokrates seufzte: »Lieber Simon, du sagst sonst immer etwas, was mich aufheitert; aber die Erkenntnis, zu der du mich gerade geführt hast, schmerzt mich ebenso wie Alkibiades' Verrat.«

Drittes Intermezzo

»Erstaunlich war Alkibiades' Anpassungsfähigkeit, seine Fähigkeit, sich bei den Menschen einzuschmeicheln und sich ihnen anzugleichen. Er war geschickter noch als ein Chamäleon. In Sparta führte er ein ausgesprochen spartanisches Leben: Er trug langes Haar und einen Bart, badete in kaltem Wasser, aß Gerstenfladen und schwarze Suppe, trug grobleinene Kleider, so daß die Menschen dort nicht glauben konnten, ja bezweifelten, daß dieser Mann in seinem Haus jemals einen eigenen Koch gehabt, Duftcreme gebraucht oder seidene Gewänder getragen hätte.«

Da Sokrates schwieg, fuhr ich fort vorzulesen: »In Sparta war er den Körperübungen sehr zugetan, lebte einfach, seine Miene war von Ernsthaftigkeit geprägt; und doch war er in Ionien lebhaft, vergnügungssüchtig, leichtsinnig gewesen, in Thrakien ein Trinker und verwegener Reiter zu Pferde. Wenn er beim persischen Satrapen Tissaphernes weilte, stellte er die Geschicklichkeit und den Wagemut der Perser in den Schatten.«

Als ich zu Ende gelesen hatte, wandte ich mich fragend Sokrates zu. Er saß gedankenverloren da, den Blick in die Ferne gerichtet; seine Miene, die sonst Frohsinn und Offenherzigkeit liebenswert machten, war zu einer schmerzlichen Grimasse verzogen. Ohne mich anzusehen, begann er zu sprechen: »Willst du wissen, wie ich das alles ertragen habe? Nach außen hin lebte ich wie immer, besserte die menschlichen Seelchen aus wie ein Schuhflicker zerrissene Latschen; doch ich selbst war innerlich zerrissen. Der Ruf der Menschen, glücklich zu sein, verklang in den Greueln des Krieges. Was ist es denn, das Glück? Woher sollte ich es nehmen nach einer solch schrecklichen Wunde, nach den bitteren Schmerzen, die Alkibiades mir und auch sich selbst zugefügt hatte?«

Er sah mich mit blitzenden Augen an. »Beim Höllenhund, sollte ich ihn verstoßen oder in Liebe wieder aufnehmen?« Sokrates beugte sich zu mir herüber und sagte mit stockendem Atem: »All die Jahre, die ich mit ihm lebte, habe ich zu ergründen versucht, was ich von ihm zu halten habe. Ich weiß es bis heute nicht. Er war gut und böse, er schadete dem Land und brachte ihm auch wieder Nutzen. Er war treu und untreu zugleich. Er schwankte hin und her. Wenn man von Alkibiades spricht, dann immer nur von seiner Zügellosigkeit und nie von einem Quentchen Mäßigkeit. Aber ich spreche immer nur von Alkibiades, ich werde dir nun etwas von mir erzählen. Sokrates' Schüler, Alkibiades, ist zu den Spartanern übergelaufen und fügt seinem Lande schreckliche Wunden zu!

Alkibiades war fern, ich aber nah – und so mußte ich es für ihn büßen. Selbst meine Freunde gaben sich mir gegenüber etwas kühler. Und die Feinde? Die Geheimbündler aus den Hetairien, die dauernd gegen die Demokratie Ränke schmiedeten? Das war ein gefundenes Fressen für sie. Direkt an mich heran kamen sie nicht, aber auf dem Umweg über Alkibiades. Wenn jedes der Worte, mit denen sie mich trafen, ein Stein gewesen wäre oder ein Stock, glaube mir, sie hätten mich zu Tode verwundet.

Doch dann wendete sich das Blatt. Alkibiades begann, sich voller Eifer Athen nützlich zu machen. Er führte seine Flotte bei den Ionischen Inseln zum Sieg über die Spartaner und kehrte ruhmbedeckt zurück. Himmel! Du hättest den Bärentanz damals sehen sollen! Und was war erst los, als sich herumgesprochen hatte, daß er sofort nach seiner großen Rede vor der Volksversammlung zu mir geeilt war und mich auf den Knien um Vergebung gebeten hatte!

Lykon und Peisandros, die bis dahin nur gehetzt hatten: ›Größere Schuld als Alkibiades trägt sein Lehrer Sokrates! Er hat ihn verdorben! Die Hoffnung des Volkes hat er auf Abwege geführt!‹, dieser Lykon also und der stets beschwatzbare und käufliche Peisandros verstummten jetzt schnell. Alkibiades aber war nicht glücklich zu dieser Zeit, auch wenn er kein Einsiedlerdasein führte. Seine Frau Hipparete war bereits vor Jahren gestorben. Und meine Beziehung zu ihm war nicht mehr wie einst. Er vertraute niemandem mehr in Athen. Nur bei Timandra fühlte er sich wohl.«

Sokrates lächelte ein wenig, doch nur mit den Augen, und sagte:

»Als es später Alkibiades' Feinden von neuem gelang, ihn mit Schmutz bewerfen – ich behaupte gar nicht, daß er dazu keinen Anlaß gegeben hätte – und ihn aus der Heimat zu vertreiben, stachen sie wieder wie Hornissen auf mich ein.«

»Ich habe den Eindruck, Sokrates, daß du deine Feinde stets unterschätzt hast. Hast du denn nie geglaubt, daß sie dir auch schaden könnten?«

»Ich hatte nie geglaubt, daß ich ihnen so viel wert war.«

»Deine Größe hat auch so ihre Schwächen, wie ich sehe. Welche Naivität und Selbstunterschätzung! Du warst doch damit für jeden Unredlichen, jeden Egoisten, Lügner und Raffer eine große Gefahr und ein starker Feind dazu.«

Sokrates lächelte. »Von jeher ein schwerbewaffneter.«

»Gut gesagt.« Auch ich lächelte, doch ich dachte daran, daß hier seelische Stärke gegen Durchtriebenheit stand, Überzeugungskraft der Wahrheit gegen die des Silbers, die Kraft der Tugend gegen die der Leidenschaften. Ich wurde ernst. »Je stärker ein Mensch ist, desto mehr Feinde hat er.«

»Aber auch Freunde, mein Lieber. Zur vollkommenen Harmonie braucht der Mensch beides. Freunde wie auch Feinde machen ihn stark.«

In diesem Augenblick begann ich, mich an Sokrates' Freunde zu erinnern. Treu geblieben waren ihm Kriton, sein Nachbar Simon, Eukleides aus Megara und Antisthenes. Zum Kreis von Sokrates' Freunden gehörten noch der junge Apollodoros und schließlich auch Xenophon. Als hätte er meine Gedanken erraten, sagte er unvermittelt: »Du kennst doch meine Freunde und Feinde gut und weißt auch, daß es allerhand Ehrabschneider und bösartige Verleumder gab. Aristophanes, sagst du. So ist es. Auch davon weißt du, denn du hast bei Platon gelesen, daß er der erste war, der in seinen ›Wolken‹ alles, was gut an mir war, in Schlechtes verwandelte. Ein eigenartiger Mensch, dieser Aristophanes! Aufgewachsen im Demos der Vornehmen, in Kydathenaion, gehörte er doch nicht zu ihnen. Und dennoch scheint mir, daß er, wenn es gegen die Demokraten ging, die schärfste Zunge hatte. So witzig dieser Bursche war, so frech war er auch, so bissig, grob und rücksichtslos. Darin war er unüber-

troffener Meister. Nur einen Tauben machte er nicht lächerlich.«

»Und noch Jahre später hat er in den ›Fröschen‹ sein Mütchen an dir gekühlt«, sagte ich.

»Ach, du meinst jene Bemerkung?« Er lachte auf. »Es hat mich gefreut, daß er mich dadurch mit meinem Freund Euripides verband.« Sokrates atmete einige Male tief durch. »Wiederum tat es mir leid, daß er Euripides schon so kurz nach dessen Tod lächerlich machte.«

Ich erinnerte mich, daß die Hellenen glaubten, die Toten stünden mit der lebenden Welt in einer geheimnisvollen Verbindung und daß ein Athener Gesetz die Verunglimpfung eines Toten verbot; deshalb begriff ich auch Sokrates' Verärgerung.

Erregt fuchtelte er mit den Händen. »Das war eben Aristophanes – ein glühender Verfechter des Althergebrachten, der unbarmherzig alles Neue angriff, gleich, von wem es kam.« Er warf einen strengen Blick auf mich. »Aber glaube nicht, ich wäre die Vollkommenheit selbst; sicher mache ich aus Aristophanes ein größeres Scheusal als vielleicht heute ihr. Ich gab zwar in seiner Komödie ›Die Wolken‹ den Helden ab, tat aber so, als berührte mich das gar nicht. Doch beim Höllenhund, mir lief gehörig die Galle über! Stell dir das nur vor! Ich schlage mich mit den Sophisten bis aufs Blut – du weißt ja, daß ihr ewiges Zweifeln, ihre dauernde Schwarzseherei und mein Optimismus sich wie Feuer und Wasser vertrugen –, und er macht mich zum Anführer dieser Querköpfe!

Was soll man davon halten? Ob er das Stück nur deshalb schrieb, um ein lachlüsternes Publikum damit zu erheitern, wie ich barfuß und kahlköpfig in den Wolken schwebe, oder um mir vorzuwerfen, daß ich den Athenern neue Periklesse und Anaxagorasse zu erziehen gedächte? Weißt du, er hatte auch so seine Vorzüge: Er sah auf dieses ganze Athener Gewimmel wie ein Seiltänzer aus der Höhe herab und konnte es recht anschaulich beschreiben.«

»Und wie stand es um sein Verhältnis zu den Menschen? Fühlte er mit ihnen?«

»Das kann ich dir nicht einmal sagen.« Er lachte. »Manchmal ja, manchmal nein. Vor allem fühlte er mit seinen Komödien.« Sokrates begann zu rezitieren, vielleicht war es wörtlich, vielleicht

auch nicht, aber ich erkannte deutlich, daß hier der Verfasser der »Ritter« zum Athener Volk sprach:

»O Demos, du strahlst in Macht und Herrlichkeit,
daß vor dir den Sterblichen allen graut als höchstem
Gebieter. Doch Führenden folgst du leicht, gibst
gerne dich Schmeicheleien, gibst Täuschungen gern dich
hin; was einer auch schwatzt, du gaffst bei-
stimmend ihn an; dein Witz ist fern in den Wolken.«

Sokrates blickte mich an. »Nun werde klug daraus! Schätze selbst ein, was er wem brachte, uns damals und euch heute.«

Er schwieg eine Weile und fuhr dann langsam fort: »Jene Zeit war sehr schwer für mich; vielleicht komme ich wieder mal zu dir und berichte dir davon.«

Ich glaubte, seine Erinnerungen würden ihn traurig stimmen, doch im Gegenteil, seine Miene hellte sich auf. »Stell dir vor, mein Teurer, ich war damals ja schon ziemlich alt und begann, allmählich den Glauben an das Leben aufzugeben; doch da rief mich plötzlich Myrto ins Leben zurück, diese blonde, reife Frucht von Gaia, der Mutter der Erde.«

Ich sah, daß er noch etwas hinzufügen wollte, vielleicht, daß ich ihn in seiner Erinnerung an Myrto nicht stören solle. So blieb ich still und hörte ihm weiter zu. »Und sie war es nicht allein. Nein, gleich drei Schüler wurden mir damals geschenkt: Myrto, Xenophon und Platon. Platon war meine neue, große Hoffnung; ein junger Mann, der, um mit mir darüber nachdenken zu können, wie das Leben zu verbessern sei, das Dichten und Schreiben von Tragödien aufgab, obgleich er dafür ungewöhnlich begabt war.«

Ich erlaubte mir hinzuzufügen: »Wie einst du, Sokrates, für die Bildhauerkunst.«

»Ganz richtig, genauso.« Er nickte. »Nur, daß Platon schon von Jugend an ernsthafter war als ich. Doch stell dir vor, Platon war ein Abkomme eines uralten Geschlechts, sogar mit den Alkmaioniden verwandt, er war ein Neffe des Kritias! Wie unterschiedlich doch die Sprößlinge solch alter Geschlechter sind: Perikles, Alkibiades, Kritias, Platon! Nicht einmal mein Daimonion schützte mich vor ihnen!«

IV

1

DER THRAKISCHE CHERSONESOS IST DIE HEIMAT von Bären, Wölfen, wilden Pferden, rauflustigen Burschen und schönen Mädchen. Und sonderbar: auch die Heimat der dionysischen Dithyramben, der Lyra des Orpheus, die Heimat der Urwälder und der Musik.

Der thrakische Chersonesos ähnelt einem Schwert, das hineingespießt ist zwischen das Samothrakische Meer und die Meerenge des Hellespontos. Über eine weite, rauhe Wildnis faucht unter einem fast immer bewölkten, dunklen Himmel meist ein wütender Wind. Zwischen den vom Winde gepeitschten Wolken kreischen Raubvögel. Die steilen Uferfelsen stehen halb im Wasser, halb im Wind und recken sich trutzig in die Höhe. Der Urwald erstreckt sich auch in den Süden der Halbinsel. Er bedeckt die Erde in maßloser Üppigkeit, die beinahe einem Chaos gleicht. Nur ein Thraker kennt sich dort noch aus.

Wie eine schwarze Krabbe kam die Nacht über diesen Landstrich. Langsam kroch sie dahin und hüllte die Gegend in bedrückendes Dunkel.

Ein einziges Licht blinkte in der Finsternis. Es kam von der metallenen Lampe aus Alkibiades' Blockhaus, unweit des Flüßchens Aigos Potamoi, des Ziegenflüßchens.

Seine und Timandras Zufluchtstätte hatte Alkibiades nicht mit orientalischem Prunk, sondern auf thraktische Art eingerichtet. Der verwöhnten, kultivierten Frau gefiel die einfache Umgebung. Holz, Holz und wieder Holz, dazu Eisen, Leder, Bast und ein Haufen von Bären-, Fuchs- und Luchsfellen. Auf der Liegestatt, den Bänken, auf dem Fußboden und zwischen Schwertern, Bogen und Dolchen an den Wänden, die aus rohen Baumstämmen gefügt waren, überall lagen und hingen die schönsten Exemplare. Statt der arabischen und indischen Düfte nach Moschus und Juchten stank es hier nach faulendem Heu. Im Herd das Brausen des Sturmes, aus dem Stall das Stampfen der Pferde, Hundegebell, von fern her das Heulen der Wölfe...

Zart wie eine Bergblume und empfindlich wie eine aiolische Harfe wirkte Timandra in dieser rauhen Umgebung. Sie trug einen leinenen, bunt gesäumten Peplos, der um die Taille von einem breiten, mit Kupfer beschlagenen Ledergürtel zusammengehalten wurde. Vom Fellager aus verfolgte sie, halb liegend, halb sitzend, ängstlich Alkibiades' unruhige Schritte und fahrige Bewegungen.

»Ich verstehe dich nicht, mein Teuerster...«

Er nahm ein kurzes thrakisches Schwert von der Wand, drehte eines der Fuchsfelle mit der gegerbten Seite nach oben und ritzte dann mit der Spitze des Schwertes eine Landkarte hinein.

»Das hier sind die Ufer des Hellespontos. Dort oben ist Lampsakos, wo Lysandros mit seiner Flotte liegt. Er hat sich ein gutes Versteck gewählt. Hier unten fließt der Aigos Potamoi in den Hellespontos. Dort liegt die athenische Flotte vor Anker. Diese Dummköpfe wollen nicht begreifen...«

»Wer begreift nicht, mein Teurer?«

»Diese Einfaltspinsel von athenischen Befehlshabern, Tydeus, Menandros, Adeimantos und wie diese Tölpel alle heißen mögen. Sie begreifen nicht, was geschehen kann...«

»Sei nicht böse, Lieber, aber auch ich verstehe nicht, welche Gefahr es da geben soll.«

Alkibiades stach das Schwert so ungestüm in die Mündung des Aigos Potamoi, daß es durch das Leder fuhr und im Holz steckenblieb. Er sprang auf.

»Ich muß zu ihnen reiten!«

Erschrocken erhob sie sich. »Jetzt? In der Nacht? In der Finsternis? Du rennst dir den Kopf ein. Reite nicht, bitte, bitte, reite nicht!«

»Mein Pferd kennt hier jeden Stein!« Mit einem Sprung war er bei ihr, küßte sie auf den Mund, und schon fiel die schwere Eichentür hinter ihm zu. Von draußen ertönte seine Stimme: »Sattelt mein Pferd, rasch!«

Timandra warf sich einen wollenen Mantel über und lief auf den Hof. Die Dunkelheit ließ sie nur noch wahrnehmen, daß zwei Männer das Tor öffneten, durch das der Reiter hinaus in die Nacht galoppierte.

Alkibiades neigte sich über die Mähne des Tieres und gab ihm die Peitsche; das Pferd flog dahin wie ein Pfeil. Hufgeklapper auf der steinigen Küste begleitete seinen Sturmlauf wie Trommelschläge, die ein leidenschaftliches, barbarisches Lied untermalen.

Auf dem Schiff der athenischen Befehlshaber schlief alles. Die Wachen weckten auf Alkibiades' Anordnung die drei.

Verschlafen und gähnend erschienen sie an Deck.

»Wer ist dort?«

»Alkibiades.«

»Was willst du?«

»Mit euch sprechen. Schickt mir ein Boot herüber.«

Menandros gähnte. »Und dazu mußtest du uns wecken? Hatte das nicht bis morgen früh Zeit?«

»Eben nicht, es eilt!«

»Worum geht es denn?« fragte Adeimantos.

Alkibiades knirschte mit den Zähnen und zerbrach die Pferdepeitsche in Stücke.

»Um mich geht es nicht, sondern um euch. Schickt mir schnell ein Boot herüber.«

Der Befehlshaber Tydeus sagte: »Wozu ein Boot? Wir hören dich auch so gut. Überbring uns deine Weisheiten von dort aus, wo du stehst.«

Alkibiades platzte beinahe vor Wut, doch gleichzeitig ging ihm durch den Kopf, daß es gut war, nicht in der Nähe dieser Menschen zu sein, so konnte er wenigstens nicht gewalttätig werden. Also preßte er nur hervor: »Ihr habt euch mit euren Schiffen hier einen schlechten Ankerplatz ausgesucht! Ganz ungünstig! Hier ist weder ein Hafen noch das dazugehörige Hinterland, wo ihr Nahrung für die Mannschaft beschaffen könntet. Ihr müßt ja bis nach Sestos, um Lebensmittel zu bekommen.«

»Schau an, da hat einer was zu sagen!« rief Adeimantos spöttisch aus.

»Stör ihn doch nicht«, sagte Tydeus ironisch. »Der große Alkibiades will noch weitersprechen!«

Alkibiades schleuderte seine Worte wie ein Jagdmesser hinüber.

»Und erst eure Pläne! Morgen früh wollt ihr die gesamte Flotte nach Lampsakos hinüberschleifen und Lysandros zur Schlacht herausfordern. Glaubt ihr wirklich, daß der euch auf den Leim kriecht? Und wenn er sich nicht rührt, dann kehrt ihr an diesen unmöglichen, schrecklichen Ort hier zurück, laßt die Mannschaft an Land gehen und dort herumlungern, solange es ihr gefallen wird. Das ist ja reiner Wahnsinn!«

Tydeus fing an zu lachen, seine beiden Kameraden stimmten mit ein.

»Begreift ihr denn nicht, daß euch eine Flotte gegenübersteht, die gewohnt ist, alles in der Stille und auf Befehl eines einzigen Mannes auszuführen? Ihr steckt eure Köpfe in den Sand, und Athen wird dafür teuer bezahlen müssen!«

»Athen!« höhnte Tydeus. »Was kümmert dich schon Athen, und was bedeutest du den Athenern überhaupt? Hat man dich vielleicht zum Befehlshaber der Flotte ernannt?«

»Bei allen Göttern!« schrie Alkibiades leidenschaftlich. »So hört mich doch an! Setzt die Flotte keiner solchen Gefahr aus.« Und noch lauter: »Diese Flotte gehört nicht euch dreien, sondern der Heimat Athen ...«

»... die du verraten hast!« Tydeus' Worte trafen Alkibiades wie ein Schlag, und er begann zu toben. »Ich habe ihr auch genützt! Ihr aber, wenn ihr keine Vernunft annehmt, werdet Athen vernichten!«

Tydeus prahlte: »Wir haben hier die Befehlsgewalt, nicht du. Zieh ab mit deinen Einschüchterungsversuchen!« Und sie kehrten ihm den Rücken.

Vergebens war Alkibiades' Schimpfen, Drohen und Bitten. Schließlich gab er es auf und ritt zurück.

Außer Atem, verzweifelt und den Tränen nahe, schilderte er Timandra, was geschehen war. Nicht einmal aufs Schiff hatten sie ihn gelassen, übers Meer mußte er schreien, und sie antworteten ihm höhnisch, beleidigend; er war sich wie ein ans Ufer gespültes Wrack vorgekommen, unbrauchbar und des Vertrauens unwürdig.

Als er ihr erzählte, Tydeus habe ihm vorgeworfen, die Heimat verraten zu haben, begann er sich hastig zu verantworten.

»Haben mich die Athener nicht um meinen Lebenstraum gebracht? Was ist von ihm geblieben? Auch ich muß einmal sterben, ich werde nicht ewig leben, aber Athen sollte ewig das Haupt aller Hellenen sein. Sie haben mich und auch sich selbst um das Verdienst gebracht, Athen an die Spitze der Welt zu setzen. Lieber alles vernichten als mir ein wenig Ehre und Ruhm gönnen! Lieber weiter so rückständig wie die Vorfahren leben als mit einer Volksregierung, die ich mit meinen Schiffen über alle Meere verbreitet hätte.«

Timandra saß auf einem dicken Luchsfell und hörte ihm klopfenden Herzens zu.

»Ich weiß, es war schändlich von mir. Aber habe ich nicht von meinen Schändlichkeiten abgelassen? Jeder weiß doch, daß ich einst für Athen alles getan habe und daß ich Athen alles wiedergeben möchte, worum ich und auch andere es gebracht haben.«

Timandra berührte leicht Alkibiades' Mantel, der sie jedesmal, wenn er beim Auf-und Abgehen in ihre Nähe geriet, streifte.

»Ja, mein Liebster, ich weiß. Niemand anderes als du würde das schaffen.«

Alkibiades blieb stehen und sprach, noch immer erregt, weiter: »Die Athener haben das auch gewußt und mich deshalb zurückgerufen. Und obwohl es mich sehr in die Heimat zog, konnte ich ihrem ersten Ruf nicht gleich folgen. Doch ich liebe mein Athen noch immer – und auch nach dir sehnte ich mich sehr, Timandra.«

»Ich war sehr traurig, daß du nicht heimkamst.«

»Zuerst mußte ich wiedergutmachen, was ich ihnen Böses zugefügt hatte.« Er vergegenwärtigte sich, was er sich erst vor kurzem hatte anhören müssen, und seine Stimme begann vor Leidenschaft und Groll zu vibrieren. »Wer kann sich heute noch erdreisten, von meinem Verrat zu sprechen? Wer? Doch nur ein Feind Athens wie dieser Dummkopf Tydeus! Nimm dich in acht, Tydeus, daß du Athen nicht größeren Schaden zufügst als ich!«

Timandra sah, daß Alkibiades' Stirnadern anschwollen und sein Antlitz sich rötete. Sie fühlte, daß er, obwohl er in ihrer Nähe stand, weit entfernt von ihr war. Wie glücklich könnten sie jetzt beide sein, aber er war mit seinem Herzen in Athen, und er würde sich um dieser Stadt willen quälen, solange er lebte.

»Komm, mein Geliebter, setz dich zu mir. Ich fühle mich so verlassen.«

Auch als er neben ihr saß, konnte er sich nicht beruhigen. Voller Bedrückung und mit dem Schmerz der frischen Wunde, die ihm jene drei Befehlshaber der Athener Flotte am Aigos Potamoi zugefügt hatten, wandte er sich an das Mädchen: »Timandra, antworte du mir! Habe ich meine alten Sünden nicht gehörig gebüßt? Ich habe mich nicht nur mit einer Niederlage der Spartaner begnügt, von Insel zu Insel habe ich diese Räuber gejagt, ihre Schiffe auseinandergetrieben und angezündet, daß sie auf dem Meer brannten wie Scheiterhaufen, in denen diese Blutsauger bei lebendigem Leibe schmorten. Und war das nichts, daß ich das Ionische Meer von ihnen säuberte und die Athener nun wieder ohne Angst ihr Getreide vom Pontos nach Hause fahren konnten?«

»Ach ja«, seufzte Timandra, »du hast für Athen wirklich mehr Gutes als Schlechtes vollbracht.«

»Ich war noch nicht einmal wieder daheim, da hatte sich die Kunde von meiner Unbesiegbarkeit bereits verbreitet. Die Athener stürzten Theramenes' Oligarchie und erneuerten die Herrschaft des Volkes. Meinst du nicht auch, Timandra, daß ich damit Athen genützt habe? Du nickst! Aber warum streiten andere das ab? Was wollen sie denn noch von mir? Was? Was? Sag es mir doch!« Alkibiades' Stimme erstarb, die Kehle war ihm wie zugeschnürt. »Ich wollte ihnen etwas geben, was besitzen zu können sie niemals glaubten. Und jetzt kann ich nichts, aber auch gar nichts tun als das Unglück abwarten, das nun kommen muß.« In tiefer Verzweiflung rief er aus: »Ach, Sokrates, du mein Väterchen! Mein kluges Väterchen, warum habe ich nicht auf dich gehört! Die Welt der Hellenen könnte heute anders aussehen!« Erschöpft schwieg er.

Timandra streichelte ihn zärtlich. Ihre Finger wurden feucht von seinem Schweiß. Sie spürte, wie seine Brust unter den heftigen Herzschlägen bebte. Er erhob sich vom Felllager. »Ich muß noch einmal aufs Pferd – ich muß –, denn aus Furcht, statt ihrer könnte ich den Sieg erringen, richten sie lieber Athen zugrunde.« Alkibiades lief zur Wand und trommelte mit den Fäusten dagegen. »Ihr Dummköpfe, ihr wollt Befehlshaber sein?« Vor Ohnmacht schüttelte er sich und schrie: »Laßt mich auf euer Schiff! Ich bringe euch aus der Bucht. Ich werde Lysandros auf offenem Meer stellen. Ich werde ihn zwingen, seine Kräfte mit mir zu messen. Hört ihr mich, ihr drei Beschränkten? Ich werde siegen. Ich werde Athen retten, hört ihr? Ich rette auch eure drei Hammelköpfe!«

»Es beginnt zu tagen«, sagte Timandra.

Alkibiades, in seinem Wahn, er stünde am Ufer des Aigos Potamoi, blickte die im Morgenlicht bleiche Timandra an. Er warf sich neben sie auf die Erde; das Gesicht in ein Luchsfell gepreßt, stöhnte er laut.

Der neue Tag brachte den schrecklichen Beweis, daß der Rat, den Alkibiades den drei Befehlshabern gegeben hatte, richtig gewesen war: Lysandros, der Führer der spartanischen Flotte, hatte sich unversehens mit seiner ganzen Streitmacht auf die athenischen Trieren gestürzt und sie in der Flußmündung wie in einer Falle eingeschlossen. Nur acht Trieren konnten entkommen, alle anderen, fast zweihundert, wurden geentert und erobert. An die dreitausend athenische Kämpfer nahm Lysandros gefangen und ließ sie alle töten.

Als Alkibiades erfuhr, daß sich seine Vorhersage noch schrecklicher als geahnt bewahrheitet hatte, raffte er sich von neuem auf. Der Ehrgeiz des Athener Strategen, der trotz allem in ihm noch glühte, war wieder erwacht. Solange Leben in mir ist, wird Athen nicht sterben!

Timandra wollte Alkibiades' Gut in Thrakien nicht verlassen, das ihr ein ruhiges, sorgenfreies Leben gewährte. Doch vergebens bat sie Alkibiades; er holte sie aus dem gemütlichen Nest und machte sich mit ihr auf den Weg nach Bithynia. Was heißt hier Anstrengungen und Gefahren der Reise? Ich weiß nicht, was das ist. Ich muß, koste es, was es wolle, den persischen König Artaxerxes aufsuchen und ihn dazu bringen, Athen zu Hilfe zu kommen.

Zuerst aber war es notwendig, den Satrapen Pharnabazos für sich zu gewinnen. Also dorthin!

»Wir lassen uns in einer kleinen Siedlung nieder, unweit von Pharnabazos' Haus in Daskyleia. Gehst du gern mit mir, Timandra?«

»Ja, mein Lieber«, stimmte sie zu; doch ihre Augen verrieten Trauer.

2

Die Niederlage der athenischen Flotte am Aigos Potamoi hatte den Krieg nicht beendet. Mit ihr begann Athens Katastrophe erst.

Lysandros ging mit seiner siegreichen Flotte zum Angriff auf Athen über. Unterwegs eroberte er eine Insel des Attischen Seebundes nach der anderen, warf die Demokraten aus den Verwaltungen und übertrug die neue Regierung den Sparta treu ergebenen Oligarchen. Wohin er kam, hinterließ er spartanische Besatzungen.

Zur gleichen Zeit führte der Spartanerkönig Pausanias seine Hopliten über den Festlandweg gegen Athen, und als Lysandros auf seinem blutigen Zug über das Meer in Peiraieus anlegte, war Athen, dieses unerschütterliche Bollwerk der Demokratie, von allen Seiten umschlossen. Die Oligarchen rieten zur Kapitulation, die Demokraten dagegen wollten sich bis zum letzten Moment nicht ergeben und ihre Stadt verteidigen.

Der Hunger schlug sich auf die Seite der Oligarchen und half ihnen im Kampf mit den Demokraten. Die Friedensverhandlungen mit Sparta wurden Theramenes anvertraut, der als ein Freund der Oligarchen und Gegner der Demokraten bekannt war.

Der Frieden für die athenische Republik war vernichtend. Sie mußte den Siegern die gesamte Kriegsflotte ausliefern, ihre Befestigungen bis auf die Grundmauern zerstören, die Lange Mauer niederreißen und schließlich die Vorherrschaft Spartas über ganz Hellas anerkennen.

Als Athen fast am Boden lag, vollendeten die Athener Oligarchen das zerstörerische Werk der Spartaner unter deren Aufsicht.

Auf der Volksversammlung, an der auch Lysandros teilnahm, der Befehlshaber der spartanischen Besatzung in Athen, beantragte Theramenes, die demokratische Verfassung Athens zu beseitigen. Lysandros, im abgekarteten Spiel mit ihm, verkündete vor der Abstimmung durch die Volksversammlung: Sollte Theramenes' Forderung abgelehnt werden, würde Sparta dies als eine Verletzung des Friedensvertrages ansehen und sich dementsprechend verhalten.

Nun war es nur noch ein kleiner Schritt, daß über Athen, eingegliedert in den Peloponnesischen Bund, jene berüchtigten dreißig Tyrannen die Herrschaft gewannen. Zu aller Verwunderung aber gelangte nicht der bewährte Totengräber der Demokratie, Theramenes, an die Macht, sondern der Mann, der all die Jahre hindurch den Staat aus dem Hintergrund geleitet hatte – der elegische Dichter, Sophist und glühende Oligarch Kritias.

Kritias war sich bewußt, daß er zu einem ausgesprochen glücklichen Zeitpunkt aus den Höhlen der Oligarchen aufgetaucht war. Kaum war er in seiner Rolle als Tyrann etwas warm geworden, erinnerte er sich der Bitternisse früherer Jahre. Doch er begrüßte sie lachend. Was wird wohl mein alter Tadler sagen, daß ich, sein ungetreuer Schüler, es weiter gebracht habe als sein Liebling Alkibiades?

Manchmal begleicht einem das Schicksal alte Rechnungen von selbst. Heute trage ich einen Purpurmantel, und Alkibiades, aus Athen ausgewiesen, wälzt sich mit seiner Hetäre in barbarischer Wildnis auf Wolfsfellen.

Kritias machte sich auf den Weg zum Rat. Bevor er das Haus verließ, betrachtete er sich in einem Spiegel aus Glanzsilber. Sehe ich nicht gut aus? Er lächelte sich zu: wie jemand, der an sich glaubt. Ich habe dem Leben die besten Seiten abgewonnen und werde es auch in Zukunft tun.

Insgeheim zog es ihn zu Sokrates, doch er lobte sich dafür, daß er sich damals von ihm getrennt hatte. All die Jahre hernach hatte er in den oligarchischen Hetairien mit der höheren Gesellschaft Athens verkehrt, vor allem mit ihren Söhnchen, und all diese Jahre hatte er mit ihnen gegen die Volksregierung gehetzt und den entscheidenden Angriff vorbereitet. Es hatte lange gedauert, bis es soweit war. Obwohl im besten Mannesalter, war er dabei gealtert.

Ein Sklave schnallte ihm die vergoldeten Opanken an.

Kritias' Gedanken wanderten weiter. Er war ein guter Schüler der Sophisten, deren Lehre der Eristik ihm in Fleisch und Blut übergegangen war. Ihm gefiel an dieser Lehre das Verneinen eines jedweden Wertes und die Verherrlichung des Individualismus so sehr, daß er einer der glühendsten Sophisten wurde.

Gut hatte er in jener Zeit die Interessen der spartanischen und einheimischen Oligarchen vertreten, und nun hatten sie seine Verdienste gebührend belohnt.

Kritias unterbrach schnell entschlossen seine Überlegungen. Es war an der Zeit, sich unter jenen zu zeigen, die ihn bereits erwarteten.

Die Athener hatten gemäß den Bedingungen des Friedensvertrags ihre Stadtmauern dem Erdboden gleichmachen müssen. Die Mauerbrecher fluchten, sie stießen Verwünschungen aus.

»So ein Ungeheuer! So eine Mißgeburt, dieser Kritias!«

»Warum denn?«

»Ist dir gleichgültig, daß er sich mit unseren Feinden gegen sein eigenes Volk verbündet?«

»Das ist doch nur Taktik! Er verbündet sich nur zum Schein mit ihnen, und dann wird er uns vor ihnen schützen.«

»Danach sieht es mir aber nicht aus.«

»Wieso nicht? Er ist Sophist, und die schaffen alles eher mit dem Maul als mit dem Schwert.«

»Da hast du schon recht. Nur, mein Lieber, wer werden

diejenigen sein, die er beschützen wird? Wir doch wohl kaum.«

Der andere Mauerbrecher antwortete nicht, er holte mit der Stange zu einem neuen Stoß aus.

»Es tut mir in der Seele weh, meine Stadt zerstören zu müssen«, stöhnte ein dritter, doch auch er hob seinen schweren Hammer.

»Die Stadtmauern reißt du ein und nicht die Stadt, du alter Jammerlappen!«

»Das ist das gleiche; wenn du einen Tempel einreißt, ist der Altar auch mit dabei. Ohne ihren Mauerpanzer ist sie jedem Feind auf Gnade und Ungande ausgeliefert.«

»Gib schon Ruhe!« erboste sich der andere, dem es auch wenig Freude bereitete, seine Stadt der stolzen Krone zu berauben. »Ich möchte lieber wissen«, begann er wütend, »wovon wir, die Besitzlosen, leben sollen, wenn nun unsere Unterstützungen wegfallen und wir für die öffentlichen Funktionen kein Geld mehr bekommen. Diese drei Obolen am Tag waren ja auch nicht gerade viel, aber nun keinen Pfifferling mehr, das ist zum Verrecken.«

»So, als ob man lebendig begraben werden sollte.«

Krach! Eine Staubwolke stieg auf, als ein Stück der Mauer einstürzte. Nach einer Weile wieder ein lautes Bersten, als würde mit einer Keule eine riesige, aus Lehm gebrannte Amphora in Stücke zerschlagen.

»Wir werden sehen, wer wen begraben wird«, ließ sich mit unverzagter Stimme der zweite Mauerbrecher vernehmen.

Die Oligarchen nutzten die Gunst der Stunde. Sie drangen in alle Ämter ein, die sie mit ihren Würdenträgern besetzten. Einer stieg über den anderen, jubelte: Jetzt ist meine Zeit gekommen! Heran an die Lust, ans gute Essen, nur heran an den Trog! Athens Unglück gereichte ihnen zum Wohlergehen. Sie waren von den Sophisten gut abgerichtet. Sie wußten, daß der Stärkere immer recht hat; sie wußten sehr gut, wie sie aus der erniedrigenden Unterjochung Athens ihr Glück machen konnten. Athens vermeintliche Retter versprachen den hungernden Bürgern Wohlstand.

Doch erst einmal sicherten sie ihn für sich selbst, schließlich waren ja auch sie Athener, und dann würde man schon weitersehen. Sie waren die geborenen Verkünder eines neuen Götterglaubens, in dem die Plejaden der Hauptgötter zu drei Idolen zusammenschrumpften: zu Geld, Einfluß und Macht.

Wenn du kannst, wende dich ebenfalls diesem Glauben zu! Verehre doch wie wir den Gott des Reichtums, Pluto! Oder gefällt dir vielleicht das alte Liedchen nicht: »Von allen Göttern der holdeste bist du, o Pluto, berückender. Ein Mensch, auch wenn von niedrer Geburt, wird vornehm, wenn er dich nur besitzt.«

Häscher führten einen Reichen vorbei, den man unter dem Vorwand seiner demokratischen Gesinnung verhaftet hatte. Er bat, ihn freizulassen, versprach Silberlinge. Ein Fußtritt brachte ihn zum Schweigen. Die Häscher wußten, daß Anopheles, der den Reichen angezeigt hatte, seinem Opfer von weitem folgte. Schließlich mußte er erfahren, ob dieser auch tatsächlich in die Hände der Tyrannen oder in die Umarmung des Todes fiel. Außerdem war das Versprechen von Silberstücken zwecklos. Um diese kümmerten sich bereits andere, und sie wanderten unter strenger Aufsicht an den richtigen Ort, das heißt in die Staatskasse, die von der Regierung der Dreißig verwaltet wurde.

Sokrates stand reglos da und sah sich diese Tragödie an.

Die Menschen bemerkten ihn und gingen schweigend vorüber, um ihn nicht zu stören. Nicht einmal Platon wagte es, an ihn heranzutreten. Nur aus der Ferne, in seinen Mantel gehüllt, beobachtete er Sokrates.

Über den Torso der Stadt senkte sich langsam die Nacht. Sokrates verweilte noch immer an seinem Platz. Wie könnte er an Schlaf denken? Er hatte die schwersten Stunden Athens erlebt. Mit seiner Stadt stand es wie mit einem Schwerkranken, dem es nachts sehr schlecht geht und den gerade in der Nacht tödliche Beklemmung überkommt.

Aus der Dunkelheit drang die verzweifelte Stimme einer Frau. War es ein Gebet? Eine Lästerung?

»Jungfrau Athene, Beschützerin Athene! Überall nur Greuel! Du Verfluchte! Warum schützt du nicht deine Stadt mit deinem Palladion?« Die Frauenstimme schien zu verlöschen. »Erbarme dich! Erbarme dich wenigstens unser, der Armen! Laß nicht zu, daß sie auch meinen Sohn töten! Den Mann haben sie mir schon entrissen, und jetzt schleppen sie ihn weg! Hilf! Hilf! Rette uns!«

Durch die Straße dröhnten dumpfe Schritte. Zwei Männer? Drei? Der Schreckensschrei einer Frau drang durch die Nacht. Das Gebet war verstummt. Über das Pflaster tappten unaufhörlich lederne Opanken und nackte Sohlen. Unverständliches Flüstern wechselte mit schmerzlichem und wütendem Geschrei. Jemand lachte wie wahnsinnig. War es ein Verrückter, ein Betrunkener? Ein Glücklicher, der das Gold eines Hingerichteten erbeutet hatte?

Weinte da nicht ein Kind? Und wer seufzte da so tief? Hörten die Zypressen, die Lorbeer- und Oleanderbäume auf zu duften? Der Wind brachte beißende Rauchschwaden vom Meer herüber. Sie drangen in Lunge und Seele. Keine stolzen Athener Trieren trug dieses Meer auf seinem Rükken. Rauchende Trümmer nur, die weder vollständig verbrennen noch versinken wollten, waren übriggeblieben und wurden von den Wellen durcheinandergewirbelt. Nur zögernd wurde Spartas Befehl vollzogen, die herrliche athenische Flotte zu vernichten.

Sokrates beobachtete die vom kargen Licht der Mondsichel und von einigen Fackeln schwach beleuchtete Szene, die von Mimen ohne Masken gespielt wurde. Schon vor einer Reihe von Tagen waren viele Menschen vom Lande in die Stadt gekommen. Pausanias' Horden hatten dort gewütet und eine einzige Wüste zurückgelassen. Sie suchten hier eine Bleibe, wie auch diejenigen, denen erst von König Archidamos und später im Dekeleischen Krieg das Vieh weggetrieben, die Behausungen niedergebrannt und die Olivenhaine vernichtet wurden.

Zu all den Landlosen, deren es in Athen schon mehr als genug gab, zu den vielen verstümmelten Kämpfern, zur Armut der hier dahinvegetierenden Menschen kam nun noch neues Gesindel, Bettler, die nicht wußten, wohin sie ihren Kopf zur Nacht legen sollten. Athen schwoll immer mehr an, es ähnelte einem dickbäuchigen Muttertier. Und die

Frucht dieser unerwünschten Befruchtung? Die Menschen verloren ihre Menschlichkeit.

Neue Übersiedler zogen in die Häuser und Gärten ein, die die Demokraten verlassen hatten, sammelten vom Erdboden auf, was jemand weggeworfen oder im Tumult verloren hatte; sie gaben sich als Wundärzte, als Wahrsager aus, zwängten sich in die Wohnungen ihrer städtischen Verwandten.

Die Athener fürchteten sich vor diesen Schmarotzern, die bei ihnen eingedrungen waren und ihren Anteil aus den kümmerlich gefüllten Eßschüsseln forderten. Sie waren noch schlimmer als die Spartaner, die ihnen wenigstens ihr kärgliches Mahl ließen und sich woanders schadlos hielten, anders und besser.

Die Nächte wollten nicht ruhiger werden. Hände, die noch vor kurzem den Acker bestellt hatten, waren zu Diebeshänden geworden. Sie stahlen wie die Hände alter Diebe.

Die Mimen dieser Nacht waren zugleich Zuschauer einer noch schlimmeren Tragödie, als sie sie selbst hätten spielen können.

Platon hatte sich seinem Lehrer genähert.

»Sokrates!« rief er ihn an.

»Ich höre dich, Platon!«

»Darf ich zu dir kommen?«

»Du immer, mein Junge. Aber warum läufst du durch die Nacht?«

»Ich stehe schon seit dem Abend hier, doch ich wagte nicht, mich dir zu nähern. Du warst so in Gedanken.«

»Was möchtest du denn von mir?«

»Mir ist bang, Sokrates. Ein Grauen hat mich überfallen. Ich suchte eine Stütze, eine Stärkung, und ich dachte, daß nur du sie mir geben kannst. Nun aber habe ich gesehen, daß du selbst niedergeschlagen bist, und jetzt fürchte ich, daß ich nicht einmal bei dir neue Kraft finden werde.« Plötzlich stieß er hervor: »Ich habe Angst um dich.«

Sokrates lächelte. »Wegen Kritias?«

»Du weißt nicht, welch grausamer Mensch er ist. Als Kind schon amüsierte er sich damit, daß er einer Katze einen

Knäuel Werg an den Schwanz band und diesen anzündete. Er freute sich, wenn die Katze vor Schmerz schrie und bei lebendigem Leibe verbrannte. Ich habe mit ihm noch ein Hühnchen zu rupfen. Er wollte mich in seine Hetairia locken, um dort politische Karriere zu machen; doch ich habe ihn – wie er sagte – verraten und mich dir angeschlossen.«

»Da habe ich dich also dem Kritias abspenstig gemacht, wie?«

»Ja, und das wird er dir nicht so leicht verzeihen.«

»Es gibt noch viel mehr, das er mir nicht verzeihen kann, mein Junge. Aber du sagtest, du brauchst neue Kraft. Du bist selbst stark genug; und dann hast du auch noch mich. Doch wie steht es um unser Athen? Siehst du diese Ruinen? Schlimm, nicht wahr? Aber noch erschreckender sind die zertrümmerten Seelen der Menschen.«

Sokrates legte den Arm um Platons Schulter und schritt langsam mit ihm auf sein Haus zu, denn es wurde bereits hell. Leise sagte er: »Wir haben die Volksregierung verloren, und eine Herrschaft des Schreckens ist über uns hereingebrochen.«

»Ja, des Schreckens«, stimmte ihm Platon zu, doch Sokrates' Gelächter unterbrach ihn. »Warum lachst du?« fragte er erschrocken.

Sokrates hörte nicht auf zu lachen.

»Hast du gehört, was König Pausanias gesagt hat?«

»Ja, ich habe es gehört.«

»Athen soll nun für ewige Zeiten Sparta untertan sein! Bei allen Hunden, mein lieber Platon, bedeutet denn Aigos Potamoi auch heute noch, daß Athen für immer und ewig seine Größe verloren hat? Athen wird noch jahrhundertelang eine Macht des Geistes sein, dieses kriegswütige, beschränkte Sparta den Menschen aber nur in böser Erinnerung bleiben. Es gibt keinerlei Grund zu verzweifeln, mein Junge. Jetzt wird viel an uns selbst liegen. Wir müssen in den Menschen das Selbstbewußtsein wieder aufrichten!«

Platon umarmte Sokrates. »Ja, ja! Und ich bin so froh, bei dir zu sein! Ach, wäre ich doch so kraftvoll und zukunftsfroh wie du, mein Lehrer!«

»Dein Lehrer, sagst du? Nun, da werde ich dich gleich unterweisen: Weißt du, worin sich ein weiser Mensch von einem unklugen unterscheidet? Dadurch, daß er immer wieder hofft.«

3

Auf der Treppe gegenüber dem Parthenon saß Sokrates mit seinen Freunden. Er war beim Mittagessen. Ziegenkäse, Gerstenfladen und ein paar Oliven spülte er mit etwas Wein aus einem Lederschläuchlein hinunter.

Die Akropolis war zu dieser vormittäglichen Stunde fast menschenleer.

Plötzlich aber begannen die wenigen, die sich dort aufhielten, in eine Richtung zu laufen. Sie drängten sich vor den Propyläen, aus denen eine Gruppe von Männern trat. An ihrer Spitze schritt Kritias in seinem Purpurmantel auf den Parthenon zu, hinter ihm einige Mitglieder der Regierung der Dreißig und zwei Wachabteilungen. Kritias bemerkte Sokrates und seine Schüler sogleich, tat aber so, als sähe er sie nicht. Sie verhielten sich ebenso.

Kritias betrat mit den Männern den Tempel, um zu opfern.

»Er geht der Göttin Athene opfern, und dabei sagt er, der Götterkult sei eine Erfindung zur Zähmung und Beherrschung der dummen Volksmassen«, bemerkte Xenophon.

Sokrates lächelte. »Habe ich euch nicht immer gesagt, daß in jedem Menschen etwas Gutes ruht?«

»Was ist Gutes daran, wenn ein Ungläubiger opfern geht?« wandte Xenophon ein.

»Nicht, daß er opfern geht«, erklärte Sokrates, »sondern daß er ein Ungläubiger ist.«

Sie lachten. Platon aber sah sich um, ob auch niemand zuhörte.

«Und doch ist Kritias der unglücklichste Mensch in ganz Athen«, fügte Sokrates hinzu.

»Kritias?« Der junge Anytos wunderte sich. »Wieso? Er hat doch alles, was sich ein Sterblicher nur wünschen kann:

ungeheuren Reichtum, unbegrenzte Macht, er ist ein gebildeter Sophist und glänzender Redner.«

»Er hat sogar eine gefühlvolle Seele. Er schreibt elegische Gedichte und Tragödien. Was sollte ihm also noch fehlen, Sokrates?« fragte Eukleides.

»Die Sophrosyne, die Besonnenheit«, antwortete Sokrates. »Und außerdem habt ihr nur über seine Vorzüge gesprochen.«

»Richtig«, bestätigte Antisthenes. »Die Athener Bürger auf nur dreitausend Reiche zu begrenzen, das ist doch eine Schande. Von uns hier sind nur Kriton, Platon und Xenophon von ihm anerkannte Bürger.«

»Terror ist für ihn das einzige Machtmittel, ohne das käme keine Regierung zurecht«, bemerkte Platon erbittert. »Und obwohl er erst ein paar Wochen regiert, zeigen sich bereits die Folgen seiner Herrschaft: Ein Mord folgt dem anderen, Eigentum wird einfach enteignet, es gibt wahnwitzige Steuern, Beschlagnahmen.«

»Da kommen sie wieder aus dem Tempel«, flüsterte Xenophon. »Kritias blickt hierher; Sokrates, willst du nicht lieber verschwinden?«

»Warum sollte ich? Ich esse doch gerade zu Mittag«, antwortete Sokrates ruhig.

»Ich gehe«, verkündete Xenophon. »Ich habe nicht das geringste Interesse, ihm zu begegnen.«

Die anderen schlossen sich ihm an, und Sokrates blieb allein zurück.

Kritias entledigte sich seines Scharlachmantels, warf ihn einem der Wächter zu und sagte: »Geht voraus, ich komme gleich nach.«

Er trat auf Sokrates zu, der gemächlich weiteraß, und begrüßte ihn.

»Chaire, Sokrates.«

»Sei herzlichst gegrüßt, Kritias.«

»Erlaubst du, daß ich mich neben dich setze?«

Sokrates lächelte. »Ich erlaube es nicht nur, ich biete dir auch Käse und einen Fladen an; ich esse nämlich gerade zu Mittag.«

Kritias setzte sich zu ihm auf die Treppe. »Ein armseliges

Mahl. Doch sei bedankt für dein Angebot, ich möchte dir nichts wegessen.«

»Schade. Erinnerst du dich noch, was für gute Fladen Xanthippe bäckt? Ein Gedicht!«

»Du kommst mir wie ein Bettler vor. Ich wäre dir ein besserer Wohltäter als Kriton, wenn du nur wolltest. Ich habe nicht vergessen, daß du einmal mein Lehrer warst.«

»Ja, das war ich wohl«, entgegnete Sokrates freundlich. »Auch ich habe diese Zeit nicht vergessen. Aber du täuschst dich, wenn du glaubst, ich wäre ein armer Schlucker. Wenn man einen von uns beiden so nennen wollte, dann bestimmt nicht mich.«

Kritias zuckte getroffen zusammen. »Verrätst du mir, weshalb ich es sein soll?« fragte er mit spröder Stimme.

»Beim Höllenhund! Das ist doch wirklich ganz einfach: Ich sitze hier über unserer Stadt im Kühlen, atme die herrlich frische Luft, die vom Meer herüberstreicht, labe mich an Ziegenkäse, Fladen und an einem Weinchen aus Gudi. Ich weiß, auf dich wartet ein Festmahl: Aal, gefüllte Krammetsvögel, Gänseleberpastete mit Kastanien, Honiggebäck und Chioswein – einzigartig, wundervoll. Nur, daß du mit all diesen Leckerbissen auch weniger Köstliches zermalmen willst.«

»Und was sollte das sein?« preßte der Tyrann ungehalten hervor.

»Die Angst«, sagte Sokrates.

Kritias lachte schneidend, wie er es immer tat, wenn er sich gedemütigt fühlte. »Du bist wohl übergeschnappt? Wovor sollte ich Angst haben?«

»Blick nur daheim mal in deinen Spiegel, wie gealtert, gelb und heruntergekommen du aussiehst. Und das ist auch kein Wunder: Nicht einen einzigen Bissen kannst du mit Genuß zu dir nehmen, nicht ein Schlückchen gekühlten Weines unbesorgt trinken. Ich weiß schon: Überall hast du deine Sklaven, die alles kosten müssen, was man dir zubereitet hat. Was aber, wenn so ein Gift erst nach einem halben Tag wirkt?«

»Hör auf!« schrie Kritias.

»Es gibt tatsächlich solche Gifte, ich übertreibe nicht.

Doch nicht nur dies. Immer umgibst du dich mit einem Haufen Schmeichlern, mit Geselligkeit. Aber weißt du auch, ob von diesen Freunden, oder besser gesagt, von deinen Tischnachbarn nicht vielleicht einer einen scharfen Dolch unter seinem Chiton für dich bereithält?«

»Damit muß heute ein jeder rechnen.«

»Nicht jeder«, unterbrach ihn Sokrates. »Ich zum Beispiel nicht, denn meine Freunde haben von mir nichts Böses zu erwarten, und ich deshalb auch nicht von ihnen. Und du kannst nicht einmal ruhig schlafen, du Ärmster!«

Kritias sprang auf.

»Genug davon. Du bist ungerecht. Einst hast du mich wegen dieses Euthydemos unter die Schweine eingereiht, und heute wagst du dies! Warte nur! Da fällt mir ein, daß ich dich etwas fragen wollte. Es geht um Salamis, verstehst du?«

»Freilich, ich habe dort oft Euripides besucht.«

»Kennst du da einen Leonos?«

Sokrates sah Kritias aufmerksam an. »Diesen Reichen?«

»Nun, den Gutsbesitzer«, berichtigte ihn Kritias.

»Was willst du von ihm?« fragte Sokrates.

»Er soll zu einer Aussprache zu mir kommen.«

Nachdenklich fegte Sokrates mit der Hand eine Fladenkrume von seinem Chiton, dann sagte er: »Ich weiß, du unterhältst dich gern mit reichen Demokraten.«

»Armselige Töpfer oder Schuster sind nicht so gefährlich«, erwiderte Kritias scharf. »Ich wetteifere mit Charmides auf der Jagd nach hohem ...«

»Ich wüßte einen anderen Wettkampf für dich. Dabei würde ich dich gern unterstützen«, sagte Sokrates zögernd.

»Sprich nur, Alter, wir werden uns schon einigen.«

Sokrates sagte leise: »Du solltest als Herrscher von Athen einen Wettkampf mit Herrschern anderer Staaten bestreiten, aus dem Athen als glücklichster Staat hervorgeht. Das wäre ein Wettkampf! Die ganze Welt würde dich beneiden!«

»Eine Moralpauke, was?« stieß Kritias hervor. »Behalte

deine Belehrungen für dich! Kurz, ich will, daß du Leonos von Salamis zu mir bringst!«

Sokrates trank ein Schlückchen von seinem Wein und wischte sich den Bart ab.

»Für eine solche Mission tauge ich nicht. Sei mir nicht böse, Kritias, aber dabei werde ich dich nicht unterstützen können.«

Kritias' Stimme überschlug sich vor Wut.

»Weißt du, was du da sagst?«

»Wie sollte ich es nicht wissen – ich sage stets, was ich denke.«

»Und über all deine Gedanken sprichst du auch mit deinen Schülern?«

»Warum sollte ich nicht?« Sokrates wunderte sich. »Diese Dinge sind doch für jeden Athener wichtig. Oder meinst du nicht?«

Aber Kritias jagte bereits mit langen Schritten durch die Propyläen zur Stadt hinunter.

»Jetzt wird er sich zu einem auserlesenen Mahl niedersetzen und zu erspähen suchen, wer einen Dolch für ihn im Gewand haben könnte.« Sokrates lächelte leise und ging, um nach alter Gewohnheit Pheidias' Fries an der Stirnseite des Parthenon zu betrachten.

4

»So, da hat es wieder einer hinter sich gebracht. Er kann weggetragen werden.« Der Giftmischer betrachtete sachverständig das bleiche Antlitz des vor ihm liegenden Mannes. Doch da sah er, daß in dessen Augen noch etwas Leben war. »Wartet mit dem doch noch ein Weilchen.«

Der Gehilfe des Giftmischers winkte ab. »Der geht uns doch schon auf der Trage ein. Man hat uns gesagt, wir sollen nicht herumtrödeln.«

Aber der Giftmischer ließ sich nicht antreiben. Gewissenhaft betrieb er sein Handwerk, wenn es um einen echten Verbrecher ging, und nun, da es unschuldige Opfer betraf, sollte er schlampige Arbeit verrichten? Ununterbrochen betrachtete er die Augen des Hingerichteten, in denen das Leben noch nicht völlig erloschen war. »Den da habe ich gekannt – ein kluger und gerechter Mann. Er sprach immer auf der Agora, an der bunten Säulenhalle.«

»Warum mußten wir denn ... so einen ...«

»Er sprach zu viel, weißt du«, sagte der Giftmischer.

Sein Gehilfe schüttelte den Kopf. »Das ist schon seltsam. Ein kluger Mensch und doch so dumm.«

Kritias verkündete im Rat der Dreißig Tyrannen: »Die Götter segnen unsere Arbeit!«

»Arbeit?« ertönte eine Stimme.

Kritias schrie gereizt auf: »Wer hat das gesagt?«

Stille.

»Mit Spartas Hilfe, unserem wahren Freund und Retter, machen wir Athen berühmt. Und wer das nicht begreifen will ...«, drohte Kritias.

Stimmen ertönten. »Sparta sei Ruhm! Ruhm König Pausanias, Ruhm ...«

Das Wort »Lysandros« ging auch diesen dreißig Gewaltherrschern nur schwer über die Zunge. Kritias beobachtete gierig diejenigen, die ihm nicht eifrig genug beipflichteten. Er würde sie sich gut merken.

»Was haben die Prytanen dem Rat noch mitzuteilen?« fragte er.

»Hier sind weitere gestern abend ausgesprochene Todesurteile zur Unterschrift«, meldete sich ein Prytane und las die Namen vor.

»Abstimmen!« rief Kritias, dann unterschrieb er.

»Es heißt, du hast gestern Lesios und Tedysios ohne Urteil hinrichten lassen«, erklang eine Stimme.

Stille. Von draußen herein drang Weinen und Geschrei.

»Ich fürchte, du übertreibst, Kritias. Menschenblut ist kein Wasser aus dem Ilyssos. Tedysios war ein anständiger Bürger, und nur, weil dir irgend so ein Sykophant eine Lüge ins Ohr flüsterte, hast du ihn umbringen lassen?« sagte Theramenes.

Kritias wurde bleich, legte den Schreibgriffel weg und erwiderte mit durchbohrendem Blick auf Theramenes:

»Für mich war es Grund genug.«

»Aber du bist doch nicht der ganze Rat der Dreißig!«

»Habt ihr mir nicht das Recht zugesprochen, in dringenden Fällen selbst zu entscheiden?«

»Das sollte nur für die ersten Tage der neuen Regierung und in Notfällen gelten. Lesios, Tedysios und andere, die du hast beseitigen lassen, waren keine Notfälle!«

»Schon einige Male erhoben sich hier Gegenstimmen, vor allem die deine, Theramenes. Doch laßt uns fortfahren, Beschlüsse zu fassen. Wenn wir das erledigt haben, mögen alle bis auf Theramenes gehen.«

Die Oligarchen trafen sich auch weiterhin ab und zu in den Hetairien, wo sie die Lage einschätzten. War wirklich alles so gut, wie es schien? Oder stand es tatsächlich so schlecht, wie einige ihnen angst machen wollten?

Sie konnten sich nicht einigen, wie es weitergehen, wer aufsteigen oder wer beseitigt werden sollte. Die einen stimmten für Kritias. Gegenüber dem Volk waren sie nur wenige, und Kritias' mörderische Hände schienen ihnen stark genug, um die Vielzahl der Gegner zum Schweigen zu bringen. Andere waren für Theramenes. Er riet zur Vernunft, zur Vorsicht; man solle das Volk nicht reizen. Und die dritten waren unschlüssig und wußten nicht aus noch ein.

In den Hetairien der Oligarchen hielt man einst stets auf eine bestimmte Ordnung. Zuerst sprach man über das, was das Blut in Wallung brachte: über die Volksregierung. Jeder brachte vor, was er Neues erfahren hatte, und es regnete nur so Anträge, wie und womit man die verhaßte Demokratie aushöhlen könnte. Erst danach setzte man sich zum Schmaus hin. Hier versöhnten sich so manche Teilnehmer, die vorher wegen ihrer unterschiedlichen Ansichten auf den Tod verfeindet waren. Nur wer sich nicht bereit fand, seine und anderer Gelüste gehörig anzuheizen und zu befriedigen, von dem rückten sie ab, der war ihnen verdächtig.

In dieser Zeit jedoch kam es bei keiner der Hetairien zu beglückendem Einvernehmen, selbst der schwere Wein verhalf nicht dazu. Streitigkeiten entbrannten selbst während geiler Liebesspiele mit Mädchen und Knaben. Kritias oder Theramenes? Wessen Methode mochte die bessere sein? Die der Härte oder die der Milde?

Doch kaum jemand hatte einen festen, unabänderlichen Standpunkt. Sie hängten ihre Fahnen in den Wind. In einem Punkt allerdings glichen sich die Oligarchen wie ein Ei dem anderen, alle Verschworenen der verschiedensten Hetairien, ja selbst die Regierung der Dreißig: Die Angst vor dem Volke Athens wurde immer größer, während das Volk seine Angst vor der Schreckensherrschaft immer mehr verlor.

Kritias ließ aus Furcht vor den Demokraten unablässig weiter morden. Vor der Öffentlichkeit beschönigte er die Grausamkeiten der Tyrannen. Redner für diesen gut honorierten Dienst fand er genug.

In der Stoa poikile traten Rhetoren über Rhetoren auf. Ihre Zungen leckten die Tyrannen rein, so daß diese sich strahlend sauber und wie Erretter des unglücklichen Athens vorkamen.

Auch der Rhetor Lykon war da. Er sprach so meisterlich und ausdauernd, daß ihm die Kinnladen beinahe heiß wurden. Er sprach so, daß die Oligarchen den Eindruck hatten, es wäre zu ihren Gunsten; doch dem Volke schien es, als wäre es zu deren Ungunsten.

Kritias zu Theramenes: »Du bist unzufrieden? Ich habe dir doch eine prachtvolle Villa voller Kostbarkeiten zugesprochen, von so einem – na, du weißt schon. Freilich mögen uns nicht alle – selbst einige Aristokraten nicht. Keiner der Dreißig hat so viel erhalten wie du, und sie sind es zufrieden. Willst du noch mehr? Sklaven vielleicht? So sag doch, was du noch möchtest!«

Theramenes: »Nichts dergleichen. Aber ich schätze die schwarze Farbe nicht, und ich habe solch einen leichten Schlaf. Die ganze Nacht höre ich Weinen und Klagen. Ich sehe ungern Tränen, und es gibt jetzt so viel davon.«

Kritias: »Warum erzählst du mir das?«

Theramenes: »Als Perikles starb, sagte er, am glücklichsten habe ihn gemacht, daß kein einziger Athener Bürger durch ihn jemals Trauer habe erleiden müssen. Doch was werden wir sagen können, wenn wir einmal sterben müssen?«

Kritias, beteuernd: »Warum sagst du ›wir‹? Vor dem Rat hast du behauptet, du seiest nicht einverstanden mit dem, was ich tue. Nein, weiche nicht aus!«

Theramenes: »Nun, hauptsächlich du...«

Kritias: »Ich weiß genau, was ich tun muß, und wer es auch sei, der sich da einmischt und mich gar noch hindern will...«

Theramenes: »Bei Zeus, aber es geht ja bereits in die Tausende...«

Kritias: »Wenn du so weitermachst, werde ich schließlich auch dich zu unseren Gegnern rechnen.«

Theramenes: »Du läßt aber auch Reiche ermorden, nur um an ihr Eigentum heranzukommen.«

Kritias: »Wie kannst du nur zwei so unterschiedliche Dinge zusammenbringen! Reiche, die gegen uns hetzen – und die Übernahme ihres Eigentums? Weißt du denn nicht, wie es um unsere Kasse steht? Wir müssen einfach unbarmherzig sein, Güter einziehen, Steuern erhöhen, Beschlagnahmen durchführen...«

Theramenes: »Kritias, sieh, ich bin, ob ich nun will oder nicht, ich bin einer der ›Dreißig Ausgestoßenen‹, wie das Volk uns nennt – und ich muß unter die Leute. Wen ich auch anblicke, er wendet sein Antlitz ab von mir. Und in der Nacht gehen Tote durch meine Träume, Menschen, mit denen ich gestern noch gezecht habe.«

Kritias: »Du bist ein Hasenfuß, Theramenes. Ich pfeife auf deine Gefühlsduseleien. Die Spartaner sagen...«

Theramenes, aufbrausend: »Zum Mord an unserem Volk haben uns die Spartaner nicht gezwungen, auch wenn sie vielleicht ganz gern zusehen, wie wir unsere eigenen Männer vernichten.«

Kritias, wütend: »Du nimmst dir allerhand heraus, Theramenes. Doch ich muß morden. Es geschieht in höherem Interesse und nicht allein in meinem. Oder sollen wir warten, bis man anfängt, uns umzubringen?«

Theramenes: »Als Alkibiades noch an der Spitze Athens stand, trat er niemandem zu nahe, er richtete auch für die

Armen Festlichkeiten aus; immer ging es fröhlich am Fuße der Akropolis zu.«

Kritias: »Was denn! Willst auch du Alkibiades an meine Stelle setzen?«

Theramenes, ausweichend: »Wie kannst du, ein Dichter, solche Hekatomben von Blut vergießen? Warst du nicht ein Schüler des Sokrates?«

Kritias: »Auch Sokrates kommt noch dran!«

Theramenes: »Das wirst du dir aber gut überlegen müssen!«

Kritias: »Genug! Du bist nur einer gegen neunundzwanzig. Morgen wirst du im Rat erscheinen und vor den Mitgliedern erklären, daß du alles widerrufst, was du irgendwann gegen mich oder die Spartaner geäußert hast!«

Theramenes: »Und wenn ich nicht widerrufe?«

Kritias ging, ohne ihm zu antworten.

Nach Sonnenuntergang blinkten die Lichter der Gefängniszellen in der Dunkelheit. Die Körper der zum Gifttod Verurteilten wurden von den Füßen zum Herzen hin gefühllos und begannen zu erstarren.

Der Giftmischer grübelte. »Ja, mein Lieber, wir leben auf Trümmern. Und wer verursacht sie? Wenn es nur die Spartaner allein wären! Doch auch die Unsrigen – alles Zertrümmerer, auch wir beide hier.« Mit dem Kopf wies er auf eine Liege, auf der sich ein langsam Sterbender quälte. Der Henker fuhr zusammen und blickte ehrerbietig auf. Kritias, von einem langen Mantel verhüllt, war eingetreten.

Ohne Gruß und Einleitung fragte Kritias: »Wie geht die Arbeit voran?«

Der Giftmischer verneigte sich: »Es gibt allerhand zu tun, Herr, wir schaffen es kaum für dich.«

»Was wagst du da zu sagen? Für mich? Du meinst wohl, für uns!«

Der Giftmischer verbesserte sich schnell. »Ich habe mich nur versprochen, Herr.«

Doch Kritias war noch nicht zufriedengestellt. Er trat dicht vor den Henker und herrschte ihn an: »Und warum könnt ihr es nicht schaffen, für uns? Ist das vielleicht Absicht?«

»Nein, Herr. Wir geben uns alle Mühe, aber unsere Arbeit zieht sich eben hin. Und wenn es nicht genügend Schierling gibt, dauert es noch länger. Wir schlafen ganze Nächte nicht.«

»Wie viele könnt ihr denn so in einer Nacht versorgen?«

»Das ist verschieden«, erklärte der Giftmischer ausweichend. »Aber an uns liegt es nicht. Einige von diesen – wir verstehen uns, nicht wahr? – sind schon halbtot vor Schreck, wenn sie hierhergebracht werden, andere wieder...« – er richtete seinen Blick auf die Liege – »sind zäh wie Katzen – ein Becher allein reicht nicht aus für sie.«

Kritias blickte ebenfalls auf den Sterbenden und fragte: »Und eine andere, schnellere Methode kennst du nicht?«

Der Giftmischer schwieg.

Kritias wandte sich zum Gehen. Da wußte der Henker, was das für ihn bedeutete, und er beeilte sich zu sagen: »Erwürgen vielleicht.«

Vor dem Gefängnis hatte sich eine Anzahl Menschen versammelt. Riesige Kisten standen dort und strahlten eine unheimliche Stille aus. Man hatte den neuen Verurteilten mit Knebeln den Mund verstopft. Die weggefahren wurden, brauchten keine mehr. Die entsetzliche Prozession der Todesträger schritt durch ein Spalier von Wachen.

Stimmen flüsterten: »Wenn man auf Alkibiades gehört hätte, hätten wir am Aigos Potamoi gesiegt.«

»Wenn Alkibiades in Athen wäre, gäbe es nicht ein solches Massaker.«

»Statt Tränen würde Wein fließen.«

»Alkibiades!« Wie ein geheimes Echo wiederholte sich sein Name in der ganzen Stadt.

Der Gehilfe des Giftmischers übernahm von den Trägern ein weiteres Opfer.

Der Henker betrachtete auch diesen Mann, wie jeden anderen, aufmerksam. Offensichtlich hatte er sich gewehrt, sein Gesicht war blutüberströmt. Und trotzdem erkannte er ihn.

»Bei Zeus!« entfuhr es ihm. »Das bist du, Herr, Theramenes?«

Theramenes konnte nicht antworten, sein Mund war verstopft. Trotzdem sprach der Giftmischer weiter zu ihm: »Entsetzlich! Jetzt fangt ihr auch schon an, euch gegenseitig in den Hades zu schicken! Aber was sage ich denn! Warum sollte das entsetzlich sein?«

Sein Gehilfe flüsterte ihm zu: »Du hast bestimmt, daß ich den nächsten erdrosseln soll ... bei dem da kann ich's nicht, das mußt du selbst tun.«

Der Giftmischer lachte. »Beruhige dich, an dem wird sich keiner von uns beiden vergreifen. Der bekommt zu trinken, und wenn es bei ihm ewig dauern sollte.«

5

Am frühen Morgen ging Sokrates am Ilyssos entlang, wie er es bereits in seiner Jugend mit Anaxagoras zu tun pflegte und wo er sich oft mit Korinna getroffen hatte. Auf dem Rückweg blieb er bei einer Pinie unweit des Häuschens stehen, in dem der Enkel des großen Staatsmanns Aristeides, dieses sogenannten »ehrenhaftesten aller Menschen«, wohnte.

Der Enkel zog jeden Morgen aus, um seine Waren an den Mann zu bringen. In dieser geldknappen Zeit hatte er Mühe, sich, Frau und Kinder und seine Schwester Myrto durch Flechten von Bastkörbchen und -schüsseln zu ernähren.

Myrto aß mit ihnen am ärmlichen Tisch, hörte sich die Grobheiten des Bruders und die Schlüpfrigkeiten der Schwägerin an. An dem Morgen, als ihr Bruder und dessen Frau die fertigen Sachen zum Markt brachten, ging sie in den nicht eingezäunten kleinen Garten, nahm die Gitarre und sang altbekannte Lieder und auch solche, deren Worte und Melodie sie sich selbst ausgedacht hatte. Sie wußte, daß unter der Pinie Sokrates stehen würde. Auch heute tauchte er wieder dort auf.

Diesmal jedoch trat er näher und fragte: »Bist du die Enkelin des Aristeides?«

»Ja, Sokrates. Ich bin Myrto.«

»Ich habe dir schon oft beim Singen zugehört.«

»Ich singe immer für dich, wenn du unter der Pinie stehst.«

»Ich höre dir nicht nur gern zu, ich schaue dich auch gern an.«

Zart faßte er sie unters Kinn und hob ihr Köpfchen an. »Du weinst ja, Myrto.«

Da erzählte sie ihm von ihrem Kummer. Sokrates überlegte. Er dachte an Kriton, der Myrto auf seine Bitte sicher in sein reiches Haus nehmen würde. Doch bei diesem Gedanken wurde er auf Kriton eifersüchtig, der dann dieses liebliche Mädchen stets in seiner Nähe hätte. Ich muß mich über mich wundern, dachte er und wollte dieses aufkeimende Gefühl bannen, aber es gelang ihm nicht. Er lachte laut über sich selbst.

»Darf ich wissen, worüber du lachst, Sokrates?«

»Weißt du, ich gebe mir selbst und anderen Menschen immer wieder die Weisung ›Erkenne dich selbst!‹ und doch kenne ich mich selbst immer noch nicht. Sogar in meiner Seele finde ich stets noch Eckchen, von denen ich behaupten und es beim Styx beschwören könnte, daß es nicht die meinen sind.« Er strich dem Mädchen über das strohblonde Haar und fragte: »So liebenswert und noch nicht verheiratet?«

»Ich habe keine Mitgift, nicht einen einzigen Obolos«, bekannte sie betrübt. »Und jeder ist mir auch nicht recht...«

»Da bringen dich so ein paar Drachmen um ein Stück deines Lebens! Was für ein Elend ist das doch!«

»Ich leide sehr darunter. Jeder Bissen vom Tisch meines Bruders bleibt mir im Halse stecken, wenn ich daran denke, daß ich den Kindern etwas wegesse. Und in den Augen meines Bruders und seiner Frau kann ich diesen Vorwurf ebenfalls lesen.«

»Ich will versuchen, etwas für dich zu tun, Myrto.«

Xanthippe kränkelte in letzter Zeit. Sie begrüßte es, daß Myrto im Hause helfen und bei der Arbeit zupacken würde.

Sie hatte sich nach ihr erkundigt und bot ihr an, mit unter ihrem Dach zu leben.

»Sei dir aber bewußt, daß du aus einem Elend in ein anderes kommst. Wir sind arme Leute.«

»Aber liebenswert und gut. Und das bedeutet mehr als Reichtum.«

Doch Myrto geriet nicht nur aus einem Elend ins andere, sondern auch aus der Sicherheit in die Unsicherheit.

Sokrates saß, umgeben von Jünglingen und Erwachsenen, in der Palaistra auf dem Beckenrand. Die Menschen sehnten sich nach einer klaren Zukunft, und so hatten sie sich um Sokrates versammelt, der ihnen wenigstens ein paar ermunternde Worte in diesen Tagen des Raubens und Mordens sagen konnte.

»Du erläuterst der Jugend die Anordnungen der Dreißig Besten? Achtest du denn das Gesetz nicht, Sokrates?« fragte ihn Anopheles, der sich wie zufällig unter Sokrates' Freunde gemischt hatte.

»Oh, ich achte es schon, lieber Anopheles. Lies dir nur mal dieses Gesetz richtig durch, das im Prytaneion aushängt! Dort steht zwar, ich darf die Jünglinge die Kunst der Rede nicht lehren, aber kein Wort davon, daß ich mich mit niemandem unterhalten dürfte. Unterweise ich euch etwa, meine Freunde? Alle seid ihr jetzt hier, mit denen ich mich öfters unterhalte. Also sprecht: Habe ich von einem von euch Geld genommen, wie es einem Lehrer zukommt? Einen einzigen Obolos nur? Nein! Du siehst, verehrter Freund, das Maul hat mir das Gesetz noch nicht zugenäht.«

Die Zuhörer lachten laut und klatschten Sokrates Beifall.

Dann führten die Schüler ihren Meister in eine Ecke der Palaistra, wo sie mit ihm allein zu bleiben hofften. An dem lieblichen Ort duftete es nach Thymian; leise umplätscherte ein Bächlein die aus seinem Bett ragenden Steine. Libellen schwirrten durch die Luft.

»Einmal habe ich euch erzählt, wie ein guter Staatsmann regieren sollte«, begann Sokrates. »Damals waren Alkibiades und Kritias dabei, nicht wahr, Kriton? Aber Xenophon, Apollodoros, Anytos und auch du, Platon, habt das damals nicht mit angehört, und so werde ich es heute auch euch erzählen.«

»Das willst du hier sagen?« fragte Kriton und blickte sich scheu um.

»Das würde ich an allen Orten sagen«, erwiderte Sokrates ruhig. Und obwohl er sah, daß Anopheles in das Bachbett gestiegen war, näher kam und zweifellos zuhören wollte, ließ er sich nicht stören. »Ich erinnere mich an Alkibiades und Kritias. Diesen beiden hatte ich damals auseinandergesetzt, wie ehrenhaft und erhaben die Aufgabe ist, sein Heimatland zu regieren. Die Kunst des Regierens ist wohl die anspruchsvollste aller menschlichen Tätigkeiten. Ein solcher Mann steht an der ersten Stelle seiner Gemeinde. Er muß viel wissen, viel können, er muß kühn und überlegt zugleich handeln, Verstand besitzen und außerdem ein Herz, das empfänglich ist für Güte, Schönheit und Harmonie.

Ob sich die Regierungskunst erlernen läßt? Ich war immer davon überzeugt, daß dies möglich sei. Nun, urteilt heute selbst! Ihr werdet sagen, ein Herrscher müsse vor allem gerecht sein. Doch ist das einfach? Die Güte ist kein Vogel, der seinen Flug nach dem Wetter richtet. Was für die eine Sache gut ist, kann einer anderen zum Schaden gereichen. Genauso verhält es sich mit der Gerechtigkeit. Erst muß man prüfen, welchen Menschen sie nützt, um herauszufinden, ob man es wirklich Gerechtigkeit nennen kann.«

Platon blickte unverwandt und mit immer ernster werdender Miene Sokrates an, der nun über eine gefährliche Sache sprach. Ein jeder begriff das. Muß Gerechtigkeit für alle Bürger auch Gerechtigkeit für Kritias sein? Anopheles' Haarschopf lugte am Bachufer hervor; der Zuträger saß auf einem Stein und ritzte dann und wann wenigstens ein paar Worte in seine Tafel ein. Vollständige Sätze schaffte er nicht, schon weil er ihren Sinn kaum verstand.

Sokrates zog wie üblich Vergleiche mit dem Landleben für seine Überlegungen heran, um sich allen verständlich zu machen.

»Es ist der Ehrgeiz vieler Athener, einmal an der Spitze ihres Staates zu stehen, für Tausende ihrer Mitbürger Verantwortung zu tragen. Wollen sie dadurch berühmt werden? Wir können uns diese Frage nicht stellen, ohne das Wort ›berühmt‹ in seiner weiteren Bedeutung zu sehen. Ist ein Herrscher, ein Staatsmann, ein Mann der Wirtschaft nur auf Grund einer einzigen Eigenschaft berühmt? Denken wir an einen Hirten, der sich um seine Herde Schafe kümmern muß. Wenn er seine Herde zugrunde richtet, ist er dann für sie nicht eher ein Wolf denn ein guter Hirte?«

Sokrates' Freunde rückten näher an ihn heran; seine Worte sollten nur unter ihnen bleiben. Sie pflichteten ihm bei, und ihre Herzen schlugen höher.

»Stimmt ihr also mit mir überein?« Er lächelte ihnen zu und sagte fröhlich: »Wenn er also ein Wolf ist, kann man dann von ihm noch sagen, er sei ein Hirte? Nein? Ich bin eurer Meinung. – Hast du auch alles richtig aufgeschrieben, Anopheles?«

Platon flüsterte entsetzt: »Anopheles hört zu?« Alle schauten sich erschrocken um.

Doch Sokrates fuhr fort: »Ergänzen wir: Wenn ein Staatsmann sich so verhält, ist er dann noch ein Mann seines Staates?«

Sokrates' Freunden lief ein Schauer über den Rücken.

»Die Quellen des klaren Wassers der Kallirhoe wurden Athen von der Natur gegeben, die Quellen menschlichen Blutes dagegen brachte in Athen ein Mensch zum Fließen.«

Anopheles entfernte sich in gebückter Haltung, von Stein zu Stein springend.

6

Anopheles hielt die Stunde für gekommen, die Neuigkeiten unterm Volk zu verbreiten, die ihm Ruhm bringen sollten. In seine Lumpen gehüllt, lief er durch die Stadt und schrie: »Ihr Leute, hört! Freiheit! Jeder kann machen, was er will. Es gibt keinen Herrscher mehr!«

Die Männer staunten. »Was schwätzt du da, du Hanswurst?«

»Wir haben keinen Herrscher mehr!« wiederholte Anopheles laut.

»Mach dich nicht lustig über uns«, überschrien ihn die Frauen.

»Wie sollte ich! Sokrates hat gesagt, daß ein schlechter Herrscher kein Herrscher ist. Da habt ihr es!«

»Halt dein Maul, du Narr!«

»Und hat der weise Sokrates nicht recht? Wer nicht nähen kann, der ist kein Schneider, wer nicht kochen kann, ist kein Koch, oder was meint ihr?«

Anopheles lachte und wartete auf die Wirkung seiner Worte. Er brauchte nicht lange zu warten.

Grollend erhob sich eine Männerstimme. »Lange wird diese Schreckensherrschaft nicht mehr währen.«

»Dir fehlt wohl etwas, Menschenskind?« forderte ihn Anopheles heraus.

»Sprechen wir besser nicht davon, was wir haben. Hier in Athen leben wir zusammengepfercht wie Heringe in einem Kübel. Und was wir nicht haben? Brot, Fleisch, Geld, Arbeit, Land, ein Dach überm Kopf.« Leiser fügte er hinzu: »Und keine Demokratie, die aus uns wieder Menschen machen würde...«

»Trotzdem haben wir aber noch ein Eisen im Feuer«, sagte ein anderer Bürger zornig. »Thrasybulos, der sich in Phyle verborgen hält. Ja, noch ein zweites: die Demokraten in Theben. Und sogar ein drittes Eisen haben wir – wenn das erst zuschlagen wird!«

»Welches? Welches denn, sag schon!« drängte Anopheles.

Ein armer Schlucker vertraute einem anderen an: »Wir haben noch Alkibiades.«

Anopheles äußerte seine Befürchtungen: »Wie könnte der uns schon helfen? Wer weiß, wo er sich überhaupt aufhält?«

»Ich weiß, wo er steckt«, brüstete sich ein Matrose. »Er ist mit seiner Timandra nach Asien geflohen und speist dort mit dem persischen König. Tag für Tag lockt er ihm eine

Triere ab. Und wenn er erst zweihundert beisammen hat, kommt er her!«

»Herrje! Wenn es nur schon soweit wäre!« rief Anopheles und verschwand mit einem leisen Lächeln.

Der Sklave in Kritias' herrlicher Villa meldete seinem Herrn die Ankunft Anopheles'. Was will denn diese Laus schon wieder von mir? Betteln, jemanden verleumden?

»Laß ihn ein.«

Anopheles drückte sich zur Tür herein und blieb demütig stehen.

Kritias betrachtete kalt den ungebetenen Gast. »Kommst du wegen eines Almosens? Das hättest du dem Torwächter sagen können.«

»Hochwohlgeborener, edler Herr! Ich will nichts von dir. Ich komme nur, um mich vor dir zu verneigen, ich, dein alter Berater und Verehrer. Athen liegt bei dir in den besten Händen.« Er erhob die Arme, und wie in hellseherischer Ekstase fuhr er fort: »Ich sehe, wie das von dir gesäuberte Athen zu neuem Ruhm kommt! Ich sehe, wie auf der Akropolis neben Pheidias' Athene deine Statue stehen wird.«

»Hör auf! Es eilt mir nicht damit, daß man mir nach meinem Tode eine Statue aufstellt.«

»Die Götter mögen es verhüten ... ich habe das doch nur aus Verehrung ... gesagt.«

»Genug geschmeichelt. Was willst du dafür?«

»Die Götter mögen mich bewahren! Ich bin nicht gekommen, um zu betteln. Ich bringe dir etwas, was sich nicht mit Silber begleichen läßt.«

»Wen kommst du zu verleumden, Anopheles?«

»Die Götter mögen mich bewahren! Ich würde mich schämen. Doch wäre ich ein guter Bürger, wenn ich untätig zusähe – es will mir kaum von der Zunge –, ist es nicht schrecklich, wenn jemand von dir behauptet, du regiertest schlecht und wärest deshalb auch kein Herrscher?«

Kritias schrie: »Was willst du mir da einreden? Hinaus!«

»Errege dich nicht, verehrter Herr. Das ist eine ernste und gefährliche Angelegenheit. Die Menschen fangen schon an, es zu wiederholen. An den Häuserwänden stehen scheußliche Aufschriften wie: ›Ist auch der ein Hirte, der seine Herde zugrunde richtet?‹ – ›Ist Kritias ein wahrer Herrscher, wenn er seinen Mitbürgern die Köpfe abschlägt?‹ – ›Nicht Kritias, nur Alkibiades kann regieren! Möge er zurückkehren!‹«

»Glaubst du, ich wüßte nicht selbst, wieviel Feinde ich habe? Doch der Vergleich mit dem Hirten interessiert mich. Welcher Dummkopf hat sich das ausgedacht?«

Anopheles schwieg abwartend ein Weilchen.

Kritias entnahm einer Truhe ein Säckchen und warf es auf den Marmortisch. Es klang nach Silber.

Sofort änderte sich Anopheles' Mienenspiel. »Ein Dummkopf, meinst du? Nein, Herr, das ist keiner, der nicht. Selbst das Orakel in Delphoi nannte ihn den weisesten ...«

»Was denn? Dieser ...?« Kritias' Gesicht färbte sich dunkelrot. Nicht genug, daß er mich einst ein Schwein nannte, nun bin ich ihm auch kein richtiger Herrscher! Bereitet er seinem Liebling Alkibiades von neuem den Boden vor? »Da, du schwatzhafter Narr!« sagte Kritias leichthin und warf Anopheles ohne ein weiteres Wort den Beutel zu.

7

Ein Skythe in voller Ausrüstung sprang vom Pferd und schlug mit seinem kurzen Schwert ungeduldig dreimal an die Pforte. Sokrates war soeben beim Frühstück, und Myrto goß Blumen.

»Welcher Flegel kommt denn da zu uns?« rief Sokrates aufgebracht.

Der Skythe trat ein. »Du sollst dich sofort in meiner Begleitung zum Amtssitz des Ersten der Dreißig Besten, Kritias, begeben.«

»Haha«, lachte da Sokrates. »In Begleitung dieses Kämpen mit dem Schwerte? Welche Ehre für mich.« In aller Ruhe aß er seinen Honigfladen auf und trank den Rest Ziegenmilch. »Sag mir, du Held, erwartet mich dieser erlauchte Kopf allein, oder sind dort noch mehrere?«

»Er und Charmides erwarten dich.«

»Ausgezeichnet, mein Sohn. Beide sind meine Schüler, und wir werden uns dort, wenn ich vorschriftsmäßig angelangt bin, in guter Gesellschaft befinden, denke ich.«

»Geh nicht hin!« schrie Xanthippe auf.

»Da ist schon was dran an deinem Vorschlag, Xanthippe.«

»Der Befehl des Höchsten lautet...«, begann der Skythe. Doch als sei der Schwerbewaffnete nicht anwesend, fuhr Sokrates fort: »Ich sollte wirklich nicht hingehen, denn eigentlich hätte mir Kritias eine Sänfte schicken müssen. Aber er war schon immer ein wenig unhöflich; ich verzeihe ihm das und werde zu Fuß gehen.«

Xanthippe brach in Wehklagen aus. »Ganz Athen wird...«

»... meinen Triumph sehen«, vollendete Sokrates den Satz und ging.

Vom Fenster des Buleuterions aus erblickte Kritias Sokrates und erschrak. Zu spät erkannte er, daß er einen Fehler begangen hatte. Hinter Sokrates, der von dem Skythen geführt wurde, schob sich eine riesige Menge Athener Bürger, Männer, Frauen und Jugendlicher, her, in der es hörbar grollte.

Kritias saß auf seinem erhöhten Platz. Er wies Sokrates einen niedrigen Sessel vor ihm an.

Sokrates wartete nicht ab, bis er angesprochen wurde. Er maß mit den Augen, wieviel höher Kritias saß als er, und begann: »Hochsitzender Kritias, ich kam auf deine Einladung hierher in diesen gemütlichen Raum. Welche Neuigkeit hast du für mich?«

Kritias überreichte Sokrates eine Papyrusrolle, auf der jenes Gesetz geschrieben stand, das Sokrates verbot, in den Gymnasien, der Stoa und auf öffentlichen Plätzen die Kunst der Rede zu lehren. »Kennst du das?«

»Wie sollte ich nicht! Es hängt doch dort unten, damit es jeder lesen kann. Auf beiden Papyri ist der gleiche Fehler. Siehst du, hier! Hier hat ein Omikron und kein Omega zu stehen.«

Kritias' Brauen zuckten vor Wut. »Halte mich nicht auf, ich habe wenig Zeit. Du kennst das also?«

»Ich kenne es; doch ich begreife nicht, was ich damit zu tun haben soll.«

Kritias warf einen ärgerlichen Blick auf Sokrates. »Spiel nicht den Dummen, du großer Philosoph.«

»Wenn du den großen Despoten spielst, du Liebediener...«

»Was erzählst du da? Liebediener? Ich?« sagte Kritias betroffen; doch schnell ließ er dieses heikle Thema fallen. »Wir wissen«, begann er mit scharfer Stimme, »daß du dich mit der Jugend triffst und sie in der Redekunst unterweist!«

Sokrates erhob sich und trat wie zufällig ans Fenster, damit man ihn draußen hören konnte: »Ich bewundere deine Allwissenheit. Sie erstaunt mich. Solange du mein Schüler warst, hast du nie eine solche offenbart. Die Quellen deiner Allwissenheit werden wohl geheim sein, denn auf höherer Ebene pflegt so mancherlei geheim zu sein. Auch der Olymp ist meist mit Wolken verhangen, damit Helios nicht sieht, was dort so vorgeht. Doch zur Sache. Du hast wenig Zeit, wie du sagst; und ich glaube, daß du tatsächlich nur noch wenig Zeit hast...«

»Was meinst du damit?«

»Deute dir das selbst. Nun aber zu diesen Unterweisungen. Du irrst...«

»O nein«, widersprach Kritias. »Wir wissen genau, daß du unterweist. Ich selbst kenne deine Methode der Mäeutik und alle Heimtücken, die sich dahinter verbergen.«

»Ach ja, schön ist die Philosophie, die das menschliche Denkvermögen gebar. Aber soviel ich weiß, habt ihr euch nicht mit dem Gedanken befreundet, das Volk Athens denken zu lassen.«

Unter dem Fenster des Buleuterions erscholl lautes Gelächter.

»Hierher«, befahl ihm Kritias, auf eine Sitzbank zeigend, und zog den schweren Vorhang zu. Er ballte die Hand zur Faust und streckte sie Sokrates entgegen. »Wenn du so gern die Menschen zum Denken bringst, will ich dir auch sagen, welche Gedanken du in mir, dem Herrscher, wachgerufen hast, verstehst du, du Hebamme? Ich erlasse eine neue Anweisung: Sokrates darf nie mehr mit der Jugend Gespräche führen!«

»Das ist eine beachtenswerte Anweisung. Ob jemals schon eine solche verkündet worden ist?«

»Wenn du nicht gehorchst, dann nimm dich in acht, Sokrates. Bis jetzt habe ich dich immer noch geschont.« Kritias hörte auch durch den schweren Vorhang den Lärm der Menge, und er sagte: »Ich habe dich bisher geschont, weil du mein Lehrer warst, doch solltest du nicht gehorchen, erwartet dich der Henker...«

Von der Agora herauf drang ungeduldiges Geschrei. »Sokrates! Was ist mit Sokrates! Laßt sofort Sokrates frei!«

Kritias erbleichte.

Sokrates bemerkte es und sagte tröstend: »Hab keine Angst, mein Teurer, ich werde dir helfen.« Er erhob sich, näherte sich in seinem Watschelgang dem verhüllten Fenster und zog den Vorhang zurück. Jubelnder Lärm begrüßte ihn. Um Ruhe bittend, hob Sokrates die Hand.

»Ich bin hier, meine lieben Freunde! Es geht mir recht gut. Ein Hochgesetzter bewirtet mich und hat mir gerade in diesem Augenblick eine staatliche Ehrung versprochen...«

»Hör auf!« schrie Kritias.

Sokrates trat vom Fenster zurück und fragte: »Wie alt muß denn ein Mensch sein, mit dem ich sprechen darf?«

»Dreißig Jahre.«

»Beim Hals des Schwans der Leda! Ihr habt wohl an der Zahl Dreißig einen Narren gefressen? Aber jetzt seid ihr ja nur noch neunundzwanzig. Das ist recht hoch gegriffen – könnte man es nicht um zehn Jahre herabsetzen?«

»Genug jetzt der Possen!« schrie der Tyrann zornrot.

Sokrates aber fragte weiter: »Und was ist mit einem Olivenverkäufer auf dem Markt, wenn er unter dreißig ist? Es wäre doch möglich, daß ich ihn einmal nicht gleich voll bezahlen könnte, du weißt ja, wie die Preise von einem Tag zum andern steigen. Sprechen darf ich nicht mit ihm, um vereinbaren zu können, daß ich ihm den Rest am nächsten

Tag bringe, ich gehe also weg, und er läßt mich von dem Skythen wie einen Dieb durch die Stadt jagen. Und du wirst zugeben müssen, daß sich das für einen Sokrates nicht geziemen würde.«

»Du denkst dir lauter Unsinn aus.«

»Keineswegs! Versuch nur einmal, ohne Geld auf den Markt zu gehen. Nicht eine Handvoll Erbsen wird man dir anschreiben. Und was wird, wenn ich einem Jüngling begegne, und er fragt mich: ›Sage mir, Bürger, wo finde ich den ruhmreichen Kritias?‹ Nicht einmal darauf werde ich antworten dürfen.«

Kritias wurde bewußt, daß Sokrates mit ihm nicht wie mit einem Herrscher sprach. Es war also wahr, was ihm Anopheles zugetragen hatte. Er erhob sich und wies Sokrates die Tür.

Als Sokrates aus dem Ratsgebäude trat, umarmten ihn seine Schüler. Sie überschütteten ihn mit Fragen, wie alles ausgegangen sei.

»Kritias hat mich mit einem neuen Verbot beehrt: Ich darf mit keinem Jugendlichen unter dreißig Jahren mehr reden.«

»Ach, das ist sicher dafür, daß du ihn damals mit einem Schwein verglichen hast, als er sich an Euthydemos den Schnabel wetzte«, sagte Kriton.

»Wohl eher dafür, daß du in Athen verbreitet hast, ein Herrscher sei kein Herrscher, wenn er gleich einem schlechten Hirten seine Herde zugrunde richtet«, äußerte Xenophon.

»Es ist die Angst, die Kritias vor Sokrates hat«, bemerkte Platon.

»Eigentlich wollten wir, daß du uns erzählst ...«, bettelte Apollodoros.

»Ich« – Sokrates schnitt eine Grimasse –, »ich darf doch nur noch mit denen unter euch sprechen, die älter als dreißig Jahre sind, wie zum Beispiel Kriton oder Simon. Mit Jüngeren zu sprechen, verbietet mir das Gesetz. Ruhe, Ruhe! Widersetzt euch nicht, zürnt nicht, sondern gebt acht. Dieses Gesetz verbietet euch Jungen doch nicht, zuzuhören, wenn ich mich mit den Älteren unterhalte. Denn davon, beim behaarten Kerberos, steht nichts in dem Verbot.«

Sie umarmten ihn stürmisch und führten ihn, der wie sie in fröhlichster Stimmung war, fort.

Nachdem Sokrates die Ratshalle verlassen hatte, wurde einer der Vorhänge zurückgezogen, und herein trat Charmides.

»Hast du alles vernommen, Charmides?«

»Jedes Wort, besonders die seinigen. Ich bin jedoch sicher, daß er auch jetzt nicht gehorchen wird. Du sagst, man solle ihm Angst einjagen. Dieser Starrkopf weiß nicht einmal, was Angst ist – eher lehrt er uns das Fürchten.«

»Manchmal denke ich, es wäre das beste, ihn wegen Aufwiegelung vor Gericht zu stellen. Einen Zeugen haben wir bereits, andere werden sich leicht finden lassen – dann einen Becher Schierling, und alles wäre ausgestanden.«

»Ich glaube nicht, Kritias«, widersprach Charmides.

»Du hast recht, noch als Toter würde er uns Schaden zufügen, ja mehr noch als jetzt. Uns hassen die Athener, ihn lieben sie. Und doch wäre es ruhiger, wenn man ihn beseitigen würde.«

»Hör auf damit! Er war nicht nur dein, sondern auch mein Lehrer«, sagte Charmides, der vor Abscheu zu beben begann.

»Nein, er noch nicht. Vorläufig ist Alkibiades die größere Gefahr. Das Volk ruft wie närrisch nach ihm, und falls es ihm gelingen sollte, den persischen König gegen uns auf seine Seite zu bringen, werden wir mit ihm und dem Volk allerhand Mühe haben. Solange Alkibiades lebt, sind wir in unserem eigenen Hause nicht sicher.«

»Was willst du tun, Kritias?« Empörung lag in Charmides' Stimme.

»Er ist der Liebling der Athener und mein und dein Verwandter.«

»Diese Arbeit überlasse ich den Spartanern. Ich werde Lysandros besuchen. Und Sokrates lasse ich beobachten.«

»Tu, was du für richtig hältst, ich selbst will damit nichts zu schaffen haben. Aber nimm dich in acht, daß wir achtundzwanzig dir nicht eines Tages ebenfalls das vorwerfen, was Theramenes gegen dich vorbrachte. Bedenke, daß, wenn du Alkibiades oder Sokrates unschädlich machst, Uneinigkeit in den eigenen Reihen unsere Vernichtung bedeuten kann.«

Kritias' Augen funkelten. »Danke für deine Hinweise. Ich sehe, daß wir Sokrates hinrichten müssen. Daß wir unsere Herde verkleinern, ist nur die eine Hälfte der Wahrheit – und die andere? Wir entledigen uns damit auch der räudigen Schafe, und wenn ihre Zahl schnell anwächst, heißt das, daß wir schneller sein müssen.«

8

> Solange Alkibiades lebt, ist für Athen noch nicht alles verloren. Schon nach seiner ersten Verbannung gab er sich nicht damit zufrieden, untätig und in Beschaulichkeit dahinzuleben, und so wird er auch jetzt nicht, weil dies ihm unmöglich, den Hochmut der Spartaner und den Blutrausch der Dreißig Tyrannen ertragen. Der Traum der Männer aus dem Volke war demnach nicht unberechtigt.
>
> Plutarchos

Die Tyrannen fürchteten diesen Gedanken von Tag zu Tag mehr. Als Kritias sich bei Lysandros melden ließ, empfing dieser Bauernprotz ihn, den Dichter, Sophisten und Führer der Tyrannen, sitzend. Kritias mußte im Stehen sein Anliegen vorbringen.

»Die Spartaner können hier nicht in Ruhe und Sicherheit regieren, solange Alkibiades lebt«, beendete Kritias seinen Vortrag.

Lysandros nickte und entließ ihn. Gleich darauf sandte er seinen Boten zum Satrapen Pharnabazos nach Daskyleia am Propontis und bat ihn, das Erforderliche zu unternehmen.

Dieser Tag hatte wundervolle Farben, Töne und Düfte. Der Wind wehte von den thrakischen Bergen herab, wo Sabazios, wie man Dionysos hier nannte, wohnte. Der Wind war kalt, rauh, erregend und berauschend. Auf seinem Rücken saß ein hoher, sirrender, durchdringender Ton.

Der Tag war trüb wie die Farbe des Nebels, der über den Erdboden hinschlich, tückisch aus den Klüften emporstieg und in alles eindrang, was ihm in die Quere kam.

Alkibiades hatte einen bösen Traum. Ihm war, als sei er mit dem Gewand der Geliebten bekleidet und als hätte Timandra sein Gesicht wie das einer Frau geschminkt.

Alkibiades war beunruhigt, und mit finsterer Miene lief er durch das Zimmer. Gestern abend war er zum Essen bei Pharnabazos gewesen. Doch dieser hatte all seine Andeutungen, er wolle an der Spitze der persischen Streitmacht schnellstens aufbrechen, um Athen von den Spartanern zu befreien und der Schreckensherrschaft der Dreißig Tyrannen ein Ende zu machen, überhört, als sei er stumm und taub.

»Er muß doch nach mir schicken, damit ich den Befehl über die Perser übernehme. Warum zögert Pharnabazos es hinaus? Wer anders als ich kann Athen retten?«

Timandra beobachtete schon seit Tagen beunruhigt Alkibiades' Ungeduld. Auch ihr gefiel die Verzögerungstaktik des Satrapen nicht, und jetzt brachte sie Alkibiades' verzweifelte Stimmung völlig aus der Fassung. Was mußte dieser liebe Mensch alles ertragen! Wie könnte man ihm helfen, wie ihn beruhigen?

»Was bedeutet dieser Traum, Timandra?«

Ein Frösteln lief über ihren Körper bis zu den Zehen mit den leuchtend roten Nägeln hinab. Sie war abergläubisch, und böse Träume erschreckten sie. Doch zärtlich erklärte sie: »Das bedeutet: Du bist ich, und ich bin du. Wir sind beide eins, verstehst du!« Sie zog ihn zu sich auf die Felle, die vor dem Kamin auf dem Boden ausgebreitet waren, und liebkoste ihn. »Wie ich dich liebe, mein Alkibiades! Wie ich mich danach sehne, daß auch du mich so liebst wie ich dich.« Ihre Achataugen flammten heute aber ins Leere.

»Dieser Satrap Pharnabazos ist ein hinterlistiger Barbar«,

sagte Alkibiades verbittert. »Und der persische König ist ebenso hinterlistig, wie er mächtig ist.« Er begann zu schreien: »Wie lange wollt ihr noch mit mir Versteck spielen? Hört mich doch endlich an! Hört ihr mich?«

Sie legte seine Hand auf ihre Brust und klagte: »Streichelst du deine kleine Timandra heute nicht einmal? Liebst du mich denn nicht mehr?«

»Wie soll ich das Zögern des persischen Königs verstehen? Liebt er schon wieder die Spartaner mehr als uns?«

Sie bebte vor Furcht. Warum quälte er sich so sehr? Genügte ihm nicht ihr beider kleines Glück? »Mir ist kalt ohne deine Zärtlichkeiten. Und dabei hattest du heute einen solch schönen Traum ... du warst mein, und ich war dein ...«

Er unterbrach sie: »Hörst du diesen Ton?«

»Was für einen Ton, mein Liebster?«.

»Diesen hohen, nicht endenden Ton ...«

Sie lauschte aufmerksam. »Ich höre nichts. Dieser Ton klingt in dir, es kommt sicher vom qualvollen Warten.« Schnell lief sie über die Felle, um ihre Gitarre zu holen, und schnell schlug sie die Saiten an. »Gleich wirst du ihn nicht mehr hören.« Sie begann zu singen.

Schlimme Dinge kommen überraschend, aber sie nahen meist langsam, dachte Alkibiades. Doch was sollte Böses geschehen, und warum? Was kann es für mich noch Schlimmeres geben als hier, vor den Toren des Satrapenpalastes, wie ein Bettler zu warten? Ich muß in Ruhm und Ehre zurück nach Athen! Ach, ich höre schon den Jubel der Tausende, sehe den Schein der Fackeln ...

Timandras Gitarre sang in dunklen, heißen Akkorden, ihre Stimme zitterte vor Besorgnis. Doch vergebens mühte sie sich, in Alkibiades leidenschaftliche Liebessehnsucht zu wecken. Sie fühlte, daß sie zu weinen begann und hörte auf zu singen. Sie legte die Gitarre beiseite, warf sich an Alkibiades' Brust, umarmte und küßte ihn. »Liebe mich! Liebe mich doch! Ohne deine Liebe muß ich vergehen!«

Er umarmte und küßte sie wieder. »Ich werde dich immer lieben, doch du wirst bald aufhören, mich zu lieben, einen Bettler, einen armseligen Bittsteller. Ich würde vor dem persischen König auf die Knie fallen, mit meinen Tränen würde ich ihn erweichen, aber er läßt mich einfach nicht zu sich!«

»Alkibiades, sieh«, rief Timandra und zeigte auf das kleine Fenster. »Noch nie habe ich einen so glutroten Sonnenuntergang gesehen.«

»Hier im Norden geht die Sonne schöner unter als in Athen«, erklärte er.

Doch der blutrote Schein vor dem Fenster wurde noch glühender. Alkibiades sprang auf. »Ihr Götter!« schrie er entsetzt, »sieh nur, im Osten lodert es auch! Das ist nicht die Sonne, Timandra, das Haus brennt!«

Das hölzerne Blockhaus, an allen vier Ecken angezündet, stand in Flammen.

Alkibiades hob das Mädchen wie ein Kind auf und trug es aus dem Haus. Mit einem Satz war er zurück. Um den linken Arm wand er einen Mantel, mit der Rechten riß er eines seiner Schwerter von der Wand, denn er vermeinte auf Kämpfer zu treffen, nicht auf Meuchelmörder.

Durch die Flammen lief er vor das Haus, den Feinden entgegen. Angestrahlt vom hellen Feuerschein, stand er da mit seinem blitzenden Schwert wie ein entfesselter, Furcht verbreitender Dämon. Die Mörder, die das brennende Haus umringten, wichen zum Wald hin zurück. Schon der Name Alkibiades hatte ihnen Angst eingeflößt, doch der Mann Alkibiades ließ sie erzittern.

Inmitten des Feuers stand er vor dem brennenden Haus, von Zeit zu Zeit von den Rauchwolken verhüllt. »Hierher, ihr Schächer! Stellt euch! Ich werde euch allen die Köpfe abschlagen!«

Ihm schien, als erklänge von weitem Timandras verzweifelte Stimme. »Alkibiades!«

Seine Antwort übertönte das Prasseln des Feuers, das Krachen des einstürzenden Dachstuhls: »Fürchte dich nicht, Timandra, mich überwindet keiner!«

Die meuchlerischen Schatten am Waldrand überschütteten ihn mit einem Pfeilhagel und warfen ihre Lanzen nach ihm. Tödlich getroffen stürzte er nieder.

Ein starker Wind ließ die Flammen auflodern. Die

Schatten von Pharnabazos' Söldnern traten ins Dunkel und verschmolzen mit der Nacht.

Das Haus brannte noch, als Timandra die Leiche des Geliebten fand. Sie brach in herzzerreißendes Weinen aus, und so durchwachte sie die Nacht an der Seite ihres toten Liebsten bis zum Anbruch des Tages.

Im ersten Morgenlicht salbte sie Alkibiades' Körper mit duftendem Öl und hüllte ihn in ihr eigenes weißes Gewand. Sein Haupt aber schmückte sie mit einem Lorbeerkranz.

Als man Alkibiades begrub, wurde an der Spitze des kurzen Leichenzuges seine Lanze vorangetragen zum Zeichen dafür, daß die Hinterbliebenen an seinen Mördern Rache nehmen würden.

9

Hoi, heute muß sich jeder über alle
Maßen betrinken –
Kritias ist tot.

Aufschrift an den Athener Hauswänden

Viele Athener Demokraten hatten vor dem Wüten der Tyrannen rechtzeitig die Stadt verlassen und waren aus Attika nach Theben oder in die Grenzbefestigung Phyle geflüchtet.

Als nach Monaten der Schreckensherrschaft der Augenblick gekommen war, da Kritias auf einem hohen Piedestal, errichtet aus Tausenden Toten, stand, da sich die Tyrannen selbst nicht mehr einig waren, wen und warum sie noch morden sollten, wem sie nehmen und wem sie geben sollten, als sich die einen in die vornehmen Häuser und Villen der Ermordeten einquartiert hatten und ein Loblied auf die Tyrannen sangen und die anderen, die auf den Müllhaufen wohnten, nach Gerechtigkeit schrien, da zog ein bewährter Kämpfer, der Befehlshaber der Flotte, Thrasybulos, ein ergebener Anhänger der Volksregierung, an der Spitze der Demokraten gegen Peiraieus und Mynichia, besiegte die

Oligarchen und befreite das Land von den unersättlichen Mördern.

In der Schlacht war auch Kritias, aus zahllosen Wunden blutend, gefallen.

Auf der Straße zur Agora bewegte sich ein Zug, an dessen Spitze Thrasybulos und Anytos schritten. Im Zuge hüpfte und tänzelte ein wunderlicher Mensch. Ein Kranz, an dem bunte Bänder flatterten, schmückte ihn. Begeistert schwenkte er die Arme und rief: »Es lebe die Demokratie! Es lebe Thrasybulos, unser Befreier!«

Es war Anopheles. Die Bürger lachten ihm freundlich zu wie einem Narren, der zum Bild der Stadt gehörte.

Sokrates und seine Schüler wurden ebenso begeistert begrüßt wie Thrasybulos. Er war wie immer barfuß und trug sein einziges Alltagsgewand, doch sein gerötetes Antlitz strahlte festtäglich.

Ein junges Mädchen lief auf ihn zu und setzte ihm einen Rosenkranz aufs Haupt. Ein Bürger reichte ihm einen Krug. »Genehmige dir nur einen, Sokrates! Er ist heute ungemischt.« Sokrates trank einen Schluck und rief: »Auf ein glückliches Leben!«

Auf der Rednertribüne, wo erst vor kurzem Pausanias, Lysandros und Kritias gestanden hatten, erschienen heute vor der dichtgedrängten Menschenmenge, in der keine Olive hätte zu Boden fallen können, Thrasybulos, der Demagoge Anytos und der Redner Lykon.

Der bändergeschmückte Anopheles wandte sich an Sokrates: »Warum befindest du dich an diesem ruhmvollen Tag nicht unter den Rednern, Sokrates?«

Sokrates nahm eines der Bänder, die von seinem Kranz herabhingen, zwischen die Finger. »Warum sollte ich?«

Anopheles entgegnete ehrerbietig: »Du hast mit deiner Unerschrockenheit vor den Tyrannen, vor dem schrecklichsten von ihnen, Kritias, ein Beispiel gegeben. Ganz Athen weiß es.«

Sokrates wunderte sich. »Reicht es denn nicht, daß ganz Athen es weiß? Soll gerade ich es ihnen noch einmal sagen?«

Der alte Soldat Thrasybulos schlug sich lieber mit einer

Horde von Feinden als mit ein paar Sätzen edlen Gepräges. Er sprach kurz und kraftvoll.

Anytos fühlte, daß Thrasybulos' lakonische Rede den erfochtenen Sieg nicht genügend würdigte. Er schlug daher einen siegesbewußten Ton an. In seiner Festansprache ging es um die alte Mißgunst der Götter und um die Grausamkeit Spartas, die nur noch von der einmaligen Roheit der Athener Oligarchen unter Kritias' Führung übertroffen würde. Und er versprach: »Die von der Regierung der Dreißig Eingekerkerten werden sofort entlassen, ihr Eigentum wird zurückgegeben. Ruhmvoll werden wir die Demokratie erneuern. Wir setzen wieder die Ekklesia ein, die Bule und die Heliaia. Wir ordnen an, daß die Archonten und Prytanen wieder ordnungsgemäß durch das Los aus dem Kreis wahlberechtigter Bürger bestimmt werden. Wir führen wieder kostenlose Theaterbesuche und Bezahlung für die im Dienst der Gemeinde geopferte Zeit ein. Wir werden auch die armen Bürger unterstützen.«

Anytos sprach lange und versprach viel. Unter dem Jubel und der Begeisterung des Volkes fügte er Stein auf Stein für den Aufbau der Demokratie, die nun wieder in Athen regieren würde.

Lykon, ein erfahrener Redner, baute geschickt Homers Verse in seine Ansprache ein, die in der geschwollenen Phrase gipfelte: »Bürger Athens! Freunde! Unsere neue Volksregierung wird euch all das, was bisher unerreichbar schien, gewähren!«

Die Menge machte Platz. Staatssklaven trugen große Amphoren mit Wein herbei. Die Armen erhielten eine erste Kostprobe des bisher Unerreichbaren.

Viertes Intermezzo

Er war kaum bei mir eingetreten und ging noch wiegenden Schrittes auf den Sessel zu, den ich ihm immer anbot, da überfiel ich ihn schon mit einer Frage:

»Wie war es möglich, Sokrates, daß es dir gelang, die Herrschaft der Tyrannen zu überleben? Hast du Kritias' Gebot eingehalten und nicht mehr mit der Jugend diskutiert?«

Sokrates' runder Bauch wackelte vor Lachen. »Wie kannst du so etwas annehmen, mein lieber Nordländer? Du kennst mich doch schon ein wenig. Wie hätte ich mit den Diskussionen aufhören können? Da hätte ich zu atmen aufhören müssen. Das war so: Ich begebe mich auf meinen üblichen Rundgang durch die Stadt, begegne irgendeinem bekannten Jüngling und möchte mit ihm ein Gespräch beginnen. Er aber legt den Finger auf den Mund und verschwindet wie der Blitz. Ich laufe ihm nach, schreie hinter ihm her – vergebens. Nicht mal meine ergebensten Schüler wollten sich zu mir bekennen. Sie schützten mich vor mir selbst, die guten Seelen. Es ist nicht gelogen, wenn ich sage, daß ich mich darüber freute; aber ansonsten war diese Zeit für mich nur wenig erfreulich. Kritias dachte wohl, seine Sykophanten würden mich gut beschatten und auch herausbekommen, daß ich die Jugend gegen ihn aufhetzte, was mich den Hals kosten würde. Aber ich sage dir, dazu zu schweigen, daß er Hunderte der eigenen Leute ermorden ließ, war für mich eine einzige Qual. Doch ein Jahr später zahlte sich das reichlich aus.«

»Ich weiß«, unterbrach ich ihn schnell. »Als Athen wieder frei war, hast du selbst die demokratischen Führer angegriffen!«

»Falsch, mein Freund«, rief Sokrates. »Kritias hatte ich angegriffen, die Demokratie dagegen wollte ich mit meinen Reden nur noch besser machen. Erinnere dich: Rechte für die Frauen, Erleichterungen für die Sklaven und gründliche Bildung für

jedermann. Wie hätte ich schweigen können, wenn ich Anytos so beobachtete? Ich wollte aber auch nicht ungerecht sein, nicht einmal ihm gegenüber. Er hatte das elende Erbe des Peloponnesischen Krieges auf dem Hals. Die Zeit war schlimm damals. Vom mächtigen Kopf des Attischen Bundes war nur noch ein kleines Stück Land übriggeblieben, abgemagert bis auf die Knochen. Sicher war es nicht leicht, in einem derart verarmten Staat zu wirtschaften. Außerdem wurden dem Demagogen Anytos und seinen Verbündeten die Zügel bald völlig aus der Hand genommen, und dann wollte es gar nicht mehr ordentlich weitergehen, nur noch Auflösung und Verfall. Sei also nicht ungehalten, wenn ich dich berichtige: Diesen Anytos konnte man nicht mehr einen Demokraten nennen; er und die Seinen waren Demagogen, von der Sophistik angesteckt. Erklären konnten sie den Menschen alles, zustande aber brachten sie nichts. Dafür scharrten sie für sich zusammen, was nur möglich war, wie alle diese Hamster, die sich damals ans Licht gruben. Frag mich lieber nicht, wie sehr ich sie mit meinem einfachen Leben, meinen ständigen Ermahnungen zur Bescheidenheit und Mäßigkeit reizte. Mit den Erwachsenen und der Jugend Athens diskutierte ich ohne Umstände darüber, was da vorging, wie es sein müßte und wie es nicht sein durfte.«

»Ich habe gelesen, daß diese sogenannten Plutokraten sich damals größeren Reichtum ergaunerten, als ihn die alten Aristokraten jemals besaßen. Lysias urteilt über diese Neureichen so: ›Diese Leute fanden überall dort eine Heimat, wo sie zu großem Gewinn kommen konnten. Sie sahen ihre Heimat nicht in ihrer Gemeinde, sondern in ihrem Besitz.‹«

»Das hat Lysias ausgezeichnet beschrieben«, äußerte sich Sokrates beifällig. »So treffend hätte nicht einmal ich es ausdrücken können. Ich muß dir aber noch erzählen, was sich all diese Hamster, Anytos einbegriffen, von den Sophisten so angeeignet hatten.« Sokrates kraulte sich den Vollbart und begann aufzuzählen: »Es sollte keine objektive Wahrheit mehr geben. Es läge ganz am einzelnen, den anderen zu beweisen, seine Ansicht sei die wahre. Einzige Autorität sei das Individuum selbst. Macht sei gleich Recht. Sittlich sei, was die Macht stärkt! Jede kluge Rede sollte ein Instrument der Macht sein! – Hörst du mir auch richtig zu?« fragte Sokrates mich eindringlich. »Begreifst du, wozu sie

die Rhetorik mißbrauchten? Durch eine listige Zunge sollte in der Welt mehr erreicht werden als durch Weisheit und Tugend. Und die Sophrosyne? Die war ihrer Meinung nach so ein Irrsinn, die der alte Tattergreis Sokrates entdeckt hatte.

Sie überschritten in allem das Maß, und ihre Unmäßigkeit nannten sie Lebensfreude. Grobheit und Taktlosigkeit gehörten ihrer Meinung nach zu den Vorzügen auserwählter Menschen. Ihr Hochmut sei nur ausgeprägtes Selbstbewußtsein. Und ihre Zuchtlosigkeiten bezeichneten sie als persönliche Freiheit.

Doch ihr ständiges Verkünden der Willkür hatte bald schreckliche Folgen.«

Sokrates ließ den Kopf sinken. Seine Hände lagen kraftlos auf den Knien, und er schien mir sehr blaß.

Plötzlich aber richtete er sich auf, sein Antlitz rötete sich, und er begann mit Nachdruck zu reden: »Ich werde dir erklären, welch schlimme Zeiten das damals waren. Getreidespekulanten und andere preßten mitleidlos noch den letzten Obolos aus dem Volkes heraus – und meine kleine Familie? Ihr ging es ebenfalls nicht besonders. Und gerade damals passierte etwas, worüber ich am liebsten gar nicht sprechen würde – es ging um Xanthippe.«

Schon lange hatte ich mir vorgenommen, Sokrates nach seiner Frau zu fragen. Ich hatte damit gezögert, doch nun brachte ich es über die Lippen: »Ist es wahr, Sokrates, daß deine Xanthippe eine hysterische und böse Frau gewesen ist?«

»Bei den gefletschten Zähnen des Kerberos!« brauste er auf. »Was haben diese Schandmäuler nur aus meiner armen Xanthippe gemacht! Eine Megäre und was noch alles! An mir sollte man sich die Zunge wetzen. Denn ich war der Starrkopf! Sie hat mit mir viel durchgemacht, nicht ich mit ihr!«

»Ach«, rief ich, »übertreibst du schon wieder, Sokrates? Ich merke, du kannst den leidenschaftlichen Hellenen nicht verleugnen!«

»Langsam, langsam«, ereiferte sich daraufhin Sokrates. Er erhob sich aus dem Sessel und latschte mit seinen nackten Füßen leise über den Teppich, dann klatschten sie laut auf dem Parkett meines Arbeitszimmers. »Ich will dir darauf nur mit der Schilderung eines Vorfalls antworten, und ich hoffe, daß er dir ein genaues Bild von unserem Eheleben geben wird.« Er blieb vor mir stehen. »Xanthippe hatte die Fünfzig schon überschritten; sie

begann zu kränkeln. Die Hausarbeit verrichtete Myrto für sie. Xanthippe war froh, daß wir Myrto zu uns genommen hatten; sie war gut zu ihr und sagte ihr kein böses Wort. Aber, aber, wie es eben so geht, sie trug doch schwer daran, daß ich mein Herz geteilt hatte; ja, es ist wahr, die eine Hälfte ließ ich Xanthippe, während ich die andere Hälfte Myrto schenkte. Das freilich trug nicht gerade zur Freude und guten Stimmung meiner Frau bei, und so hat sie mich von Zeit zu Zeit gehörig abgekanzelt. Und doch war ich völlig unschuldig – nun, das wirst du selber wissen, darin fühlen wir Männer uns ja immer unschuldig«, sagte er mit ernster Miene, doch mit einem Auge blinzelte er mir verschwörerisch zu. Ich setzte ebenfalls eine ernste Miene auf, aber wer weiß, vielleicht hatte auch mich eines meiner Augen verraten und Sokrates lächelnd zugeblinzelt.

»Ja, dann also passierte diese häßliche Sache«, berichtete Sokrates düster, »die ich Xanthippe antat. Mein früherer Schüler Aristippos aus Kyrene in Nordafrika richtete dort eine Schule ein. Er hatte von mir den Gedanken übernommen, daß eine gute Bildung dem Menschen das Gefühl großer Befriedigung gibt. Doch dieser Schelm setzte die Sinnenlust an die erste Stelle; der Hedonismus sei der einzige Sinn des Lebens. Er gewann an Beliebtheit, weil er kühn behauptete, daß in jedweder Sinnenlust auch meine Sophrosyne enthalten sein müsse. Ein geschickter Mann, dieser Aristippos, sage ich dir, denn er verlangte ein gepfeffertes Schulgeld. So wurde er binnen kurzem ein wohlhabender Mann. So, und nun kommt es: Dieser Lüstling Aristippos nahm keine Rücksicht darauf, daß ich für meine Unterweisungen grundsätzlich kein Geld annahm. Er hatte sich vielleicht gedacht, er lebe wie im Elysion, während ich ein Hundeleben führte, und er wollte seinen alten Lehrer keine Not leiden lassen. Sicher hatte er es gut gemeint, als er mir eigens durch einen Boten zwanzig Mna überbringen ließ.« Sokrates wurde heftig. »Weißt du, du Mensch aus der fernen Zukunft, was damals zwanzig Mna bedeuteten? Zweitausend Drachmen! Das war ein Vielfaches von dem, was ich insgesamt besaß.

Da hatten wir also zwanzig Mna in unserem Haus; das Ende der Plackerei war abzusehen, und der silberne Glanz würde unsere alten Tage mit Zufriedenheit überstrahlen. Xanthippe dankte schon den Göttern, das Silber war wie gerufen gekommen, ich weiß es, alles weiß ich, auch daß es für die kranke Xanthippe eine große Erleichterung gewesen wäre – doch ich schüttelte es ab, und als wäre ich vom Fieber gepackt, schickte ich das Geschenk zurück – ich konnte nicht anders! Hippchen richtete ihre flehenden Augen auf mich, streckte die Arme nach mir aus – es nützte alles nichts, ich sandte Aristippos sein ganzes königliches Geschenk zurück. Lamprokles und Myrto mußten die ohnmächtige Xanthippe auf ihr Lager tragen.

Und selbst da noch ließ ich den Boten mit dem Geld ziehen.

Also, was sagst du dazu, mein bekannter, unbekannter Nordländer, von dem ich nicht einmal weiß, in der wievielten Olympiade ich mich jetzt befinde?«

Auch ich war vor Aufregung ganz durcheinander. Aristippos hatte doch seinem Lehrer vor allem dafür danken wollen, daß er mit seinem erworbenen Wissen eine angesehene Schule in Kyrene hatte gründen können, durch die er reich geworden war. Ich kannte allerdings Sokrates zu dieser Zeit bereits gut genug, um zu begreifen, daß er, auch wenn es ihm wegen seiner Familie noch so schwer fiel, nur so und nicht anders hatte handeln können.

Sokrates vermochte es nicht zu fassen, daß ich zu dieser für ihn so schmerzlichen Sache schwieg, und fragte: »Wie denkst du darüber, wenn du diese Geschichte so aus der Ferne betrachtest? Sollte ich etwa diesen Haufen Silber an mich raffen, wo ich doch mein ganzes Leben lang kein Geld für meine Bemühungen, die Menschen auf der Tugendleiter eine Sprosse höher zu schieben, angenommen hatte?«

Fast schrie ich es heraus: »Nein, du nicht, Sokrates, du konntest das Silber nicht annehmen.«

»Gut so, du siehst es ein. Aber Xanthippe gegenüber war es einfach rücksichtslos. Und ich konnte sie verstehen, daß sie mir später, wenn wir wieder einmal nichts zum Abendbrot hatten, die zwanzig Mna vorwarf und dabei so wetterte, daß die ganze Straße zusammenlief, als wäre bei uns ein Feuer ausgebrochen. Glaub mir, was man auch von ihr sagt, mein Hippchen war eine gute Frau. Eine andere hätte sich in diesem Augenblick wie eine Harpyie auf mich gestürzt, mich zerkratzt und so gegeifert, bis ich dieses Silber – übrigens, unter uns gesagt, wäre es nicht unverdient gewesen – genommen hätte. Aber dann wäre ich nicht mehr der Sokrates gewesen, als den ihr mich heute kennt.«

Er seufzte. »Aber das ist noch nicht alles. Später habe ich Xanthippe und den Meinen etwas noch viel Schlimmeres angetan. Ich bin froh, mein Freund –, ich bin mir jetzt sicher, daß du mein Freund bist – ich bin froh, daß du nicht so bist wie diese Zyniker, die aus meiner Xanthippe ein durch und durch böses Weib gemacht haben. Schreibe nur wahrheitsgemäß auf, daß in unserem Ehegespann der Paßgänger nicht Hippchen, sondern einzig und allein ich war.«

V

1

ZWISCHEN NIEDRIGEN TAMARISKENSTRÄUchern liebten sich auf der nackten Erde ein Mann und eine Frau. Auf drei Seiten waren sie von Müllhalden umgeben, die vierte schloß geborstenes Mauerwerk ab, das bereits Moos überwucherte. Ein Stadion von dem sich liebenden Pärchen entfernt stand unbeweglich Sokrates, um ihn herum saßen auf Mauertrümmern seine Schüler.

Der Stadtwächter, ein Skythe, war bedächtig herangekommen. Nun hatte er die beiden entdeckt, doch er schritt nicht ein. Lüstern blickte er auf die Liebenden, auf die ausgebreiteten Schenkel der Frau und erhitzte sich beim Anblick dieses Beilagers. Ein Steinchen knirschte unter seiner Opanke, und der Mann nahm den zuschauenden Skythen wahr. Der Liebesakt wurde unterbrochen.

Der Skythe donnerte: »Ihr verletzt das Gesetz der Sittlichkeit. Ihr erregt öffentliches Ärgernis! Diese Hure macht hier die Beine breit, als ob sie zu Hause wäre!«

Die Frau streifte ihren Peplos herab, setzte sich auf und schrie: »Ich soll eine Hure sein? Eine Hure! Hört ihr das, ihr Götter?«

Der Mann erhob sich und wandte sich zornig dem Skythen zu.

»Was ist los? Sittlichkeit? Öffentliches Ärgernis? Und Hure? Also, daß du es nur weißt, du Lausejunge, du barbarischer, das ist meine Frau. Und sittenlos bist nur du, weil du uns begafft hast – und überhaupt, wie kannst du dich unterstehen, meine ehelichen Verpflichtungen zu stören?«

»Auf öffentlichem Gelände ist der Beischlaf verboten, ihr seid nicht daheim!«

»Wir haben überhaupt kein Heim. Wir sind hier zu Hause.

Unser Palast ist das hier.« Wütend gestikulierte der Mann mit den Händen. »Dieser Trümmerbrocken hier ist unser Tisch, jener dort ist mein Stuhl, und hier siehst du unser Peristyl mit den wundervollen Blumen.« Er wies auf die Disteln, Stachelgewächse, auf die verkümmerten Tamarisken. Plötzlich bemerkte er Sokrates und seine Freunde. »Und auch Statuen sind da, sogar lebende, siehst du sie?« Und er zeigte auf den reglos dastehenden Sokrates mit seinen Schülern.

Der Skythe dachte nicht daran, aufzugeben. Schließlich mußte er seine Autorität wahren. »Euch kenne ich, ihr Müßiggänger, Tagediebe und Schmarotzer, ihr Ungeziefer von Athen!«

»Kusch, du Ochsenmaul! Ich bin hier zu Hause, und du mach, daß du weiterkommst!«

Der Skythe ließ unklugerweise sein kurzes Schwert klirren und drohte ihnen mit Kerker und Geldstrafe.

Bewegung kam in die Büsche ringsum, aus den Ruinen der Stadtmauern erhoben sich immer mehr Obdachlose.

»Wer schreit denn hier so?«

»Ich fange erst an«, schrie der Mann, der nun Verstärkung hinter sich wußte. »Du willst mich mit deinem Schwert kitzeln? Ich werde dir gleich dein Gerippe streicheln, daß dir die Seele aus dem Leibe fährt.« Und an seine Leidensgenossen gewandt: »Schaut euch diesen gemeinen Hund an! Er möchte uns gern bestrafen, weil wir keine Unterkunft haben. Gib uns doch ein Haus, wie Anytos eins hat, dann siehst du hier nur nackte Mauern und höchstens einen nackten Hintern als Ehrenbegrüßung, wenn du zu uns kommst. Freiheit soll es in Athen geben? Eine schöne Freiheit, wenn man uns sogar von unserem Müllhaufen vertreiben will.«

Ein Ruinenbewohner nach dem anderen kroch aus den Trümmern hervor. Der Haufe der zerlumpten Menschen ging auf den Skythen zu.

Der wich zurück. »Ich habe nichts gesagt, Bürger. Ich wollte doch nur dieses Ehepaar warnen. Ich habe es nicht böse gemeint. Und nur in ihrem eigenen Interesse. Da, dieser Alte wird mir das sicher bestätigen.«

Als er jedoch sah, daß Sokrates sich nicht rührte und schwieg, verschwand er schnell.

Die Obdachlosen richteten ihre Blicke auf Sokrates. Der aber sagte kein Wort und entfernte sich gemächlich mit seinen Schülern.

Unterwegs sprach er mit ihnen darüber, was sie soeben in den Ruinen gesehen und gehört hatten. Menschen ohne ein Zuhause wohnen und lieben sich öffentlich auf einer Müllhalde, die ihnen das Heim ersetzt. Das Gesetz läßt das nicht zu. Doch es läßt zu, daß es Menschen gibt, die nicht wissen, wohin sie ihr Haupt betten können. Xenophon fragte: »Wie soll man da jemanden für schuldig befinden? Dieser Mann hat keine andere Möglichkeit, als hier auf dem Müll und in den Ruinen zu hausen. Der kann nicht schuld sein. Wer also dann? Wie ist das, Sokrates?«

Sokrates sah ihn traurig an und sagte: »Gehen wir weiter.«

2

Sie blieben bei den Quellen der Kallirhoe stehen. Sokrates setzte sich an das Ufer des Bächleins, dessen Wasser aus einem kleinen Staubecken, in dem die Bräute vor der Hochzeitsnacht ein Bad zu nehmen pflegen, abfloß. Er wusch sich darin die Füße und forderte auch die Freunde auf, ein Gleiches zu tun.

»Ihr tätet gut daran, zu sehen, wie schmutzig eure Füße sind. Das Wasser wird sie euch reinigen.« Er hob den Kopf. »Was würde da erst an Schmutz aus ganz Athen weggespült werden?«

»Schmutz ist ein häßliches Wort in Verbindung mit unserem Athen, mein Lehrer«, sagte Platon.

»Du kennst wohl keinen Athener Schmutz, was?« Sokrates stand auf und sagte: »Kommt, ich werde euch führen, wie ich es versprochen habe.«

»Wohin?«

»Damit ihr seht.«

»Ich habe dich aber gefragt, Sokrates, wohin du uns führst?«

»In den Tartaros.«

»Was ist das für eine Absonderlichkeit?« fragte Pheidon leise Antisthenes. Doch sie folgten ihm.

Je weiter sie in den Stadtteil, in dem sich die Landlosen angesiedelt hatten, hineinkamen, desto enger und krummer wurden die Gassen, desto zerfallener die Häuschen, die hier so vereinzelt wie Zähne in einem sehr schadhaften Gebiß standen. Auf Trümmerplätzen schäbige Hütten, auf einem Ziegelhaufen Disteln, darunter befand sich ein finsterer Keller, in dem Ratten und Hunger ständige Gäste waren. Draußen Abfälle und stinkender Kot.

»Nimm deinen Mantel hoch, er schleift im Dreck.«

Eine Kreuzung. Wie geht es weiter?

»Hier ist der Eingang in den Tartaros.« Sokrates wies auf ein Gäßchen, durch das eine Menge armer Leute strömte, abgehärmte Frauen und spindeldürre Kinder. »Hier fließt der Styx, der Fluß des Schreckens, dort der Acheron, der Fluß der Seufzer, dort drüben der Kokytos, der Fluß der Klagen. Eine Luft wie auf dem Misthaufen.«

»Es fehlt die Lethe, der Fluß des Vergessens«, ergänzte Antisthenes.

»Der befand sich doch immer am Ende«, erwiderte Pheidon.

»Stürzen wir uns in die Wellen des Acheron«, sagte Sokrates.

Sie schritten frei daher. In dem Gäßchen, das in den Wellen des Seufzerflusses zu ertrinken schien, nahmen sie sich recht wunderlich aus.

»Wo bist du, mein Weingärtchen am Fuße unserer Berge? Sind wenigstens ein paar Trauben gewachsen? Oder haben sie dich völlig zertrampelt?«

»Ich war ein Herr. Ich nannte ein Feld, eine Weide, ein Gütchen und einen Weingarten, eine Viehherde mein eigen, hatte alles im Überfluß – und heute habe ich während des ganzen Tages nicht einen Gerstenfladen erbetteln können.«

»Mein Olivenhain, wie schön war es in deinem Schatten. Und wenn die Oliven reif waren, wie herrlich war es da, sie zu ernten. Und jetzt? Jetzt habe ich nur Häßliches vor Augen.«

»Hör auf mit deinem Wehklagen. Am besten ist es, sich zu ertränken.«

Von einem Müllhaufen ertönte schrilles Lachen. »Wo willst du dich hier ertränken? Höchstens im Dreck, davon gibt es hier mehr als Wasser im Ilyssos.«

»Das tut so weh, so unsäglich weh! Dieses Geschwür wird von Tag zu Tag größer, was habe ich da nur bekommen? O du große Hera, hilf mir, rette mich!«

Die Stöhnenden sahen vom Flußbett des Acheron her Schatten auf sich zukommen. Waren das Menschen? Einige waren gut gekleidet, in Seide sogar, doch ein junger Mann trug einen löchrigen Mantel, und ihr Anführer war ein barfüßiger Greis in einem abgetragenen Himation.

»Was wollen die hier?«

»He, was wollt ihr hier?« schrie eine heisere Stimme. »Gehört ihr vielleicht zu uns? Dann würdet ihr aber anders aussehen!« Und eine Frau kreischte: »Macht, daß ihr wegkommt!« Und der Strom aus Seufzern wälzte sich weiter.

Sie bogen rechter Hand in ein Gäßchen ein.

»Welcher Fluß ist das, Sokrates?«

»Ich weiß nicht; aber warte nur, Apollodoros, du wirst es schon erfahren.«

Am Anfang des Gäßchens hatte einst eine Hütte gestanden; nun war nur noch ein kümmerlicher Olivenbaum zu sehen, der eine schreckliche Frucht trug.

»Ein Toter«, entsetzte sich Platon. »Schrecklich!«

Unter dem Olivenbaum hingestreckt lag eine weinende Frau.

Sokrates trat an sie heran und fragte behutsam: »Darf ich wissen, was hier geschehen ist?«

»Mein Mann hat sich aufgehängt. Wir haben fünf Kinder, verstehst du?«

»Ja, ich verstehe«, sagte statt Sokrates Platon, und er drückte der Frau etwas Geld in die Hand.

Sie besah sich, was sie soeben erhalten hatte, und vor Staunen blieb ihr der Mund offenstehen.

»Gehen wir weiter«, sagte Platon mühsam.

Ein in Lumpen gehüllter Bettler schlich an einer Wand entlang. Ihm nach schlich ein zweiter Zerlumpter, ein Messer in der Hand.

Plötzlich wandte sich der erste der Männer jäh um, fing die Hand mit dem Messer noch rechtzeitig ab und verdrehte sie, so daß das Messer zu Boden fiel.

»Du bist das, Basson? Du wolltest mich umbringen? Warum?«

Basson stöhnte vor Schmerz, er atmete heftig und sagte: »Du hast drei Obolen erhalten und noch keinen davon ausgegeben. Ich weiß es wohl, denn ich bin dir gefolgt.« Tränen traten in Bassons Augen – aus Schmerz, aus Scham?

Den Männern entgegen eilte eine weinende Frau, der zwei kleine Kinder nachliefen. »Mütterchen, Mütterchen, nimm uns doch mit, lauf nicht fort!«

»Ich bin nicht eure Mutter.«

»Du bist unser Mütterchen. Du bist es! Wie kannst du so etwas sagen, wir waren doch schon immer bei dir!«

»Sucht euch eine Mutter, die euch etwas in den Mund schieben kann!«

Die Frau rannte kreuz und quer durch die Häuserruinen, die Kinder weinend hinter ihr her.

»Der Styx – der Fluß des Schreckens«, seufzte Apollodoros.

Eine alte Frau hämmerte an die Tür einer verschlossenen Hütte. »Öffne doch, Eliados, ich bin es.«

Eine Stimme von innen: »Warte, ich krieche zur Tür.«

Die Alte: »Ich hatte Glück heute – acht Obolen!«

Eine Stimme von innen: »Bei den Göttern, schweig. Wenn dich jemand hört!«

Die Tür wurde langsam geöffnet. Die alte Frau steckte die Hand in die Hütte. »Ich gebe dir fünf, mir genügen drei.«

Platon: »Können wir nicht schneller gehen? Mich fröstelt, Sokrates.«

Apollodoros: »Ja, der Styx fließt langsam.«

Sie beschleunigten ihre Schritte. Vor ihnen wankte ein

alter Mann. Plötzlich fiel er um und schlug mit der Stirn auf die Erde.

Sokrates kniete bei ihm nieder. »Was ist dir? Ist dir etwas geschehen?«

»Ich kann nicht weiter, kann nicht mehr laufen, nicht mehr atmen. Trinken, trinken!«

Pheidon eilte zu einem der Häuschen. »Hier ist eben ein Mann umgefallen. Kommt schnell, er braucht etwas zu trinken!»

»Was willst du?« meldete sich eine grobe männliche Stimme.

Pheidon: »Gebt doch dem Mann, der hier umgefallen ist, etwas zu trinken. Er stirbt sonst.«

»Das ist unsere Sache, nicht deine. Verzieh dich!«

»Ein Fluß des Schreckens«, wiederholte Apollodoros.

Sie gelangten in eine andere Gasse. Langsam war die Dämmerung hereingebrochen, bald würde es völlig finster sein. Von allen Seiten ertönten Klagen, Fluchen, Jammern, Schreie der Verzweiflung.

»Warum gibt es hier solch ein Gejammer?« fragte Sokrates einen Mann, der vor einer der Hütten saß.

»Das sind Kranke. Angesteckte. Ihre Körper sind voller Geschwüre und Eiter. Ich bringe ihnen kühles Wasser. Man kann sonst nichts für sie tun.«

»Kommt weiter«, stöhnte Platon. »Bei allen Göttern, kommt schon!«

Sie gingen um einen Zaun herum, hinter dem jemand herzzerreißend weinte. Sie öffneten die Pforte und gewahrten ein verkrüppeltes Männchen, das sich demütig vor einem Burschen verneigte, der mit gegrätschten Beinen dastand wie ein Ochse und Wasser ließ.

Neben dem Männchen stand ein kleines, nacktes Mädchen, das Gesicht vor Scham gerötet. Es wußte nicht, was es mit seinen kleinen Händen zuerst bedecken sollte. »Allererste Ware, Despot. Hervorragende Qualität. Befühl sie nur. Und nur hundert Drachmen für dich. Sonst kostet sie vierhundert.«

Lebhaft warb das Männchen weiter: »Ich habe noch eine, die ist erst zehn. Taufrisch. Ich bringe sie dir gleich.«

»Hervorragende Qualität!« Der Kaufmann lachte und schlug dem Mädchen aus Langeweile seine kurze Peitsche über Bauch und Busen.

Das Mädchen weinte und klagte. Sokrates stieß mit dem Fuß die Tür auf und entriß dem stämmigen Kaufmann die Gerte.

»Seht ihn euch an, verehrte Herren, diesen Helden da! So sieht der neue Heros der Hellenen aus, dies ist der Achilleus unserer Tage!«

Der Stämmige krümmte sich vor Wut, rief seine Sklaven und gebot ihnen, sich auf Sokrates und seine Freunde zu stürzen.

Die Sklaven fürchteten sich jedoch und rührten sich nicht. Aus dem Schuppen zog das Männchen ein weiteres Opfer hervor.

»Kommt schnell fort von hier«, bat Antisthenes. »Der Styx ist ein schrecklicher Fluß!«

Schließlich, als es schon dunkelte, führte Sokrates sie zur Lethe, dem Fluß des Vergessens. Wachende und schlafende Menschen, aber auch Tote lagen hier verstreut auf der Straße. Die meisten waren jedoch nur betrunken – der Wein schenkte Vergessen.

»Ich fahre zum Pharao, dem ägyptischen König, und ich werde mich nicht vor ihm verneigen, hört ihr, nicht verneigen«, brabbelte ein Betrunkener, und ein anderer, der sich vor Krätze juckte, ließ sich vernehmen: »Hier ist es so herrlich, nur die Ratten, die einem übers Gesicht huschen, die sind irgendwie feucht, aber das kühlt schön. Wenn man sie wenigstens erwischen und essen könnte.«

»Opfere dem Pan ein Ziegenböckchen, das gehört sich so an einem Feiertag!«

»Herr«, erklang eine jugendliche Frauenstimme aus der Hütte. »Kauf mich für ein Weilchen, ich mache es für nur fünf Drachmen.«

Ihre Worte brachten Aufruhr in die Straße. Irgendwo klimperte jemand auf der Gitarre und sang ein trauriges Lied.

Nun überschrie eine die andere. Frauen – junge, ältere

und alte – traten hervor. »Ich habe Hunger, Herr, kaufe mich!«

»Nein, kauf mich, sie hat erst gestern etwas zu essen gehabt. Und ich bin viel jünger!« Sie warf sich Antisthenes zu Füßen. »Du bist sicher nicht reich, aber fünf Drachmen wirst du mir doch geben können?«

Antisthenes wich angeekelt zurück. »Ich will nicht, ich gebe nichts!«

Aus einer Hütte kam ein Mann gerannt. »Warum willst du sie nicht, Herr? Sie ist meine Frau, und sie versteht sich darauf. Kauf sie doch! Wir haben vier Kinder. Und sie macht es auch für nur vier Drachmen. Für jedes Kind eine Drachme. Erbarme dich!«

Ein junges Mädchen war träumerisch an Platon herangetreten und roch an seiner parfümierten Chlamys. »Ach, du duftest wie vor langer Zeit mein Peplos. Nimm mich, schöner Jüngling, nimm mich für ein Weilchen. Komm mit mir. Ich werde Kerzen anzünden, damit du sehen kannst, wie schön ich bin. Wunderbar werde ich dich lieben.« Und flüsternd fügte sie hinzu: »Umsonst, ganz umsonst mache ich es. Ich will nichts dafür haben. Nur vergessen! Vergessen!«

Sie umschlang Platon mit ihren mageren Armen, die in der Dunkelheit leuchteten. Er riß sich von ihr los und lief zu Sokrates.

»Komm weiter, bei Zeus, komm weiter, mein Lehrer. Ich bitte dich, laß uns gehen!«

Sie stolperten durch die Finsternis, bis sie aus dem Tartaros herausgefunden hatten und das marmorne Wunder der Akropolis erblickten, die weiß im Licht des aufkommenden Mondes gleißte.

3

Hinter der Mauer von Anytos' prunkvollem Haus lärmte im Schatten ein Häufchen Arbeitsloser. Die unfreiwilligen Herumlungerer, die wie Blutegel an der Stadt klebten, verkürzten sich die Zeit mit Würfelspielen, dösten, rissen freche Witze, tauschten Erinnerungen an die Heimat aus und schimpften über die Zustände.

In der Nähe des Grüppchens stand im prallen Sonnenschein Sokrates und dachte nach.

Die Männer sahen ihn verwundert und auch etwas beunruhigt an. Wer war das? Was wollte dieser armselige barfüßige Mann im mottenzerfressenen Mantel hier, dieser Narr, der sich bei solcher Hitze mit unbedecktem Schädel in die Sonne stellte?

Ein junger Mann aus dem Grüppchen prüfte den Stand der Sonne, erhob sich und wandte sich der Stadt zu.

»Wohin, Kyron?«

»Zur Arbeit. Sie haben mich als Arbeiter für den Speicherbau angenommen.«

»Schau einer an! Sie haben ihn genommen! Bei Demeter und Kore! Warum ihn? Warum nicht mich? Na ja, jung und stark, wie er ist. Uns Alte nehmen sie nicht mehr, wir können verrecken!«

»Sei still. Du bekommst ja eine Suppe.«

»Ich pfeife auf ihre Plempe! Sie haben uns das Blaue vom Himmel versprochen; aber wo nichts ist, da ist nichts.«

»Was wunderst du dich – wir sind zu viele hier«, antwortete ihm ein Leidensgenosse, den man ebenfalls aus seinem Oliven- und Weinparadies vertrieben hatte.

»Und ob ich mich wundere! Das vierte Jahr sind diese Menschenfreunde schon am Ruder, doch für uns rühren sie keinen Finger. Um so kräftiger aber reißen sie das Maul auf. Immer heißt es, wir hätten jetzt Freiheit. Ja, aber für wen denn?« Der Zerlumpte wies mit der Faust zu Anytos' Haus hinüber und drohte: »Warte nur, du! Ich werde mir die Freiheit nehmen, mal in deine Tasche zu langen, die dir deine Sklaven so reichlich füllen, du Schwätzer!«

»Reg dich nicht auf, und schau auf die Würfel«, mahnte sein Gegenüber, verärgert darüber, daß ihr Spiel ins Stocken geraten war. Der andere schüttelte die Würfel und warf sie auf die Erde. »Drei – zwei – vier! Ich habe neun. – Erinnere dich an Korinth, du Pflaume! Und in Argos war es ebenso: Die Hungrigen stürzten sich auf einen Reichen, erschlugen ihn, und es hatte sich.«

»Und was hat es ihnen eingetragen? Darüber schweigst du, was? Ohne etwas davon zu haben, kamen sie um ihren Kopf.«

»Bei allen Hufen der Satyrn! Dieser Mensch dort in der Sonne geht mir auf die Nerven«, schrie Byron. »He, du dort! Warum ankerst du dich in der Sonne fest? Was stehst du da wie ein Pylon der Langen Mauer?«

Sokrates hörte das Geschrei und wandte sich um.

»So komm doch zu uns, Gevatter! Mir scheint, du bist nicht besser dran als wir?«

Sokrates ging zu ihnen hinüber und begrüßte sie.

Sie betrachteten ihn aufmerksam. Barfuß, ein schäbiger Mantel. Da war ja selbst ihre Kleidung, aus besseren Zeiten stammend, noch aus besserem Stoff, und sie trugen lederne Opanken.

»Mir scheint, dir geht es noch schlechter als uns!«

»Du hast ja feine Lumpen auf dem Leibe, alles was recht ist, und gehst auch noch barfuß?«

Sokrates lächelte. »Ich habe doch Sohlen – eigene. Auch aus Leder und sehr haltbar.«

Gelächter.

»Und mir ist, als hätte ich dich schon irgendwann mal gesehen. Bettelst du in der Stadt?«

»Nein, mein Freund.«

»Nennst du einen jeden so schnell deinen Freund? Weißt du denn überhaupt, was das ist, Freundschaft?«

»Sie ist der Reichtum und das Licht des Lebens«, sagte Sokrates.

»Du drückst dich aber sonderbar aus. Beim Charon! Sprich doch verständlich!«

»Mir scheint, ich habe dich schon irgendwo sprechen hören.«

»Bist du nicht so ein ... na, wie heißen die doch gleich ... so ein bettelnder Sophist?«

»Sophisten betteln nicht«, verteidigte Sokrates die Ehre seiner Widersacher. »Sie verkaufen ihr Wissen.«

»Na, so was würde ich mir, beim Donner, nicht kaufen! Etwas, was man nicht anfassen kann.«

»Und doch hat es manchmal einen größeren Wert als das,

was du anfassen kannst, Bürger Athens«, behauptete Sokrates.

»Laß deine Späße, Alter! Ich bin zwar ein Bürger Athens, aber was nützt mir das? Sie haben uns das Blaue vom Himmel versprochen. Die Zusagen waren in den Wind gesprochen, wenn auch gut anzuhören. Man hatte wenigstens für eine Weile das Gefühl, daß etwas geschieht in Athen und es hier besser werden könnte.«

Sokrates fiel ihm hitzig ins Wort: »Du weißt wohl, was da zu geschehen hätte?«

»Nein, ich nicht. Das sollen die ausknobeln, nicht wir. Wir hier verstehen etwas vom Boden, aber nicht vom Geld.«

»Ach, bei Hestia! Der heimatliche Herd, eine Herde Schafe und die duftende Erde! Das waren noch Zeiten, als die gelbe Gerste um einen wogte...«

»...und ein Stückchen weiter die Weintrauben sich färbten und die Oliven grünten. Ja, ja, solche Erinnerungen schmerzen sehr. Feuer, Glut und Asche, das ist alles, was sie hinterlassen haben, diese spartanischen Aasgeier!«

»Ja, das waren Zeiten, Brüder! Meine Sklaven hatten es damals besser, als ich es jetzt habe.«

»Könnt ihr denn nicht zurückkehren?« erkundigte sich Sokrates.

»In die Fremde? Das gehört doch schon lange nicht mehr uns. Für einen Spottpreis mußten wir alles verkaufen, wenn wir nicht vor Hunger verrecken wollten. Solche Raffer, die das Geld dazu hatten, fanden sich schon! Ich darf gar nicht daran denken, daß meine Gerste jetzt für so einen Halsabschneider reift!«

Wieder erhob sich ein armer Teufel. »Es ist Zeit, zum Herrn zu gehen.« Er blickte zu Boden, die Worte kamen ihm nur schwer über die Lippen.

»Zum Herrn?« forschte Sokrates.

»Was gibt es da zu staunen. Dienen, tagelöhnern«, antwortete ein dritter.

»Wie denn, ein Athener einem Athener?« entsetzte sich Sokrates.

»Was soll ich machen? Mir bleibt gar nichts anderes übrig.«

»Als die Würde eines Athener Bürgers zu verlieren?«

Ärgerlich kam die Antwort: »Um den Hunger zu verlieren, tue ich es! Wenn ich auf meinen Schultern die gesamte Fracht aus seinem Schiff herausgetragen habe, wird auch meine Familie nicht mehr hungern müssen.«

Aus dem Peristyl von Anytos' Haus erklangen Gesang und die Akkorde einer Gitarre. Im Speiseraum, der zum Peristyl hin geöffnet war, war ein Gastmahl in vollem Gange. Verlockende Düfte erlesener Speisen drangen nach außen.

Die Darbenden versuchten, sich nach den Klängen der Musik und den wohlriechenden Düften vorzustellen, was sich dort drinnen gerade abspielte, vor allem, was gerade serviert wurde.

»Jetzt gibt es mit Eigelb gefüllte Schnepfen«, sagte Sokrates.

»Du hast recht, Alter, es werden wohl Schnepfen sein. Daß wir das als ehemalige Bauern erkennen, ist nicht verwunderlich. Aber daß du das kennst?«

»Ich nehme gelegentlich an solchen Festmahlen teil.«

»Aha, da stehst du wohl an der Tür und trägst Homers Verse vor, was?«

»So ähnlich.« Sokrates lächelte.

»Beim Ziegenbock des Pan! Da läuft einem ja das Wasser im Munde zusammen.«

»Ja, der hat es dazu!«

»Wer denn?«

»Wer, wer! Na, Anytos doch. Der Führer des Volkes, also unser Führer.«

»Hahaha! Unser Führer! Er tut so, als ob er es wäre; aber das ist genauso zum Lachen wie eine Komödie des Kratinos.«

»Er stinkt nach Lederhäuten wie seine ganze Gerberei. Wann wird man ihm denn mal das Leder gerben?«

»Ihm schwerlich. Verklagst du ihn, so ist er ja Richter über sich selbst. Nein, dann lieber das Maul halten.«

»Ich kenne eine Kraft, eine Macht, die auch einem solchen Menschen Vernichtung, Vertreibung und Tod bringen kann«, sagte Sokrates.

»Was ist denn das für eine Macht, du Klugschwätzer? Kennen wir sie auch?«

»Freilich kennt ihr sie. Spürst du sie nicht in diesem Duft, der über die Mauer zu uns zieht? Es ist die Maßlosigkeit. Sie versklavt den Menschen mehr als die Sklaverei.«

»Red doch nicht!«

»Riecht nur!« Sokrates schnupperte. »Jetzt trägt man gebratene Schollen auf.«

»Hör schon auf damit! Kümmere dich nicht darum. Mich interessiert jetzt diese Maßlosigkeit, von der du sprachst. Wie kann denn eine solche Eigenschaft jemanden in die Sklaverei führen?«

»Nun, in die Sklaverei der Leidenschaften, mein Lieber. Und sie beherrschen ihn so lange, bis sie zu seinem Unglück werden.«

Wieder hob Sokrates die Nase und schnüffelte. »Beim Höllenhund! Jetzt tragen Anytos' Sklaven Spanferkel auf, goldbraun gebacken, mit zartem rosa Hühnerfleisch gefüllt.«

»Beim Donner des Zeus«, fluchte Byron, »du kennst dich aus in der Fresserei, als hättest du dort selbst schon mitgehalten, und ich würde um ein Paar Ochsen wetten, daß du noch nie in deinem Leben ein Stück Spanferkel im Maule hattest.«

Sokrates lächelte. »Wenn ich dich beim Wort nähme und du noch dein Gut besäßest, dann wärest du jetzt um ein Paar Ochsen ärmer.«

»Erinnere mich nicht an mein Gut, du Elender! Oder ich kann mich nicht mehr zurückhalten und stürze mich auf diesen vollgefressenen Fettwanst dort drin!«

Xyron stieß ihn sacht an. »Der Sohn eines meiner früheren Sklaven ist Sklave bei Anytos, und von dem weiß ich, was der für Geld in seinem Haus verborgen hat und was noch immer dazukommt. Hunderte Menschen könnten davon königlich leben, und das bis an ihres Lebens Ende.«

Nach dem Gelage hatten sich die Gäste entfernt; bei Anytos war es nicht üblich, nach einem Essen philosophische Plaudereien zu pflegen. Nur der junge Dichter Meletos war geblieben, um dem jüngeren Anytos Gesellschaft zu leisten. Meletos stand in malerischer Pose neben einer Palme, die in einem großen Kübel wuchs, und rezitierte weintrunken seine neuesten Verse. Anytos der Jüngere, noch etwas betrunkener als der Poet, verstand nichts von dessen Versen, doch Sokrates hatte sie öffentlich kritisiert, und das genügte ihm. Sie rauschten an ihm vorbei wie das Summen der Fliegen. Was für ein geistloser Mensch, dachte Meletos bei sich; schade, ihm meine Verse überhaupt vorzutragen. Aber meinetwegen, nie ist etwas umsonst.

»Ist dir aufgefallen, teurer Anytos, wie ich das Versmaß aufgelockert habe? Drei Spondeen im Wechsel mit einem Daktylus – das ist eine neue Methode, die noch kein Dichter vor mir...«

»... und auch nicht nach dir«, lallte Anytos trunken. »Du begründest eine neue Ära, oder sagt man dazu Mode, wie?« In einem Marmorstuhl sitzend, über den ein wundervoll gefärbter Fuchspelz gebreitet war, rief er nach einer Sklavin und reichte ihr ein Fläschchen zurück. »Das hier will ich nicht. Es hat einen zu faden Duft, um nicht zu sagen, einen zu keuschen.« Er stieß das Mädchen in den Bauch. »Was kicherst du denn? Wohl wegen der Keuschheit, das ist wohl nichts für dich, was? Bring mir ein anderes, aber rasch, Glykea!« Er nahm ihr ein zweites Fläschchen aus der Hand. »Viel zu scharf, will ich auch nicht. Ein anderes!«

Meletos wandte sich ihm zu. »Wie wählerisch du bist, mein Anytos. Doch nein, wählerisch zu sein ist ein Zeichen des edlen Geistes dieser Zeit.«

»Du blökender Hammel, diese Duftöle wähle ich doch für dich aus!«

Meletos taumelte heran und starrte mit seinen wäßrigen Augen Anytos von nahem an. Er, ein blökender Hammel? Doch widerspruchslos nahm er es hin.

»Bring mir das arabische, Glykea. Das wird das richtige für dich sein, Meletos; neunerlei Düfte sind darin. Es wird wohl in Mutters Schlafgemach sein. Los, hol es!«

Die Sklavin lief davon und ergriff das erstbeste Fläschchen, das sie im Schlafgemach ihrer Herrin fand. Es war Rosenöl. Anytos aber vertrug kein Rosenöl. Er roch daran und schleuderte dann das Fläschchen auf den Marmorfußboden, daß es klirrend zersprang.

»Du dumme Ziege, das ist ja Rosenöl!«

Glykea warf sich auf den Fußboden zwischen die Glassplitter, und ohne zu fürchten, sie könne sich an ihnen verletzen, tauchte sie Finger und Handflächen in das kostbare Öl und benetzte Gesicht und Körper.

Meletos stand mit weit aufgerissenen Augen da. »Ein Tropfen Rosenöl kostet was weiß ich wieviel Silber – und dieses Fläschchen war bis oben hin voll – Tausend...«

»Aber das macht doch nichts, Meletos.« Anytos winkte überheblich ab. »Rosenduft ist mir ebenso widerlich wie der Gestank der gegerbten Felle meines Vaters – er zieht durchs ganze Haus. Wir alle sind davon schon genügend belästigt worden und stinken bald danach, es ist eine Schande.« Meletos lächelte unterwürfig und machte eine abwehrende Bewegung, wobei er dachte, daß diese Häute tatsächlich unerträglich stanken – doch Anytos' Geld stank nicht.

»Beim Blitze des Zeus, das ist aber ein Duft! Genau wie früher von meinem Rosenbeet!« Die Menschen hinter der Mauer schnupperten. Wenigstens etwas! Wenn sie schon nichts fürs Maul hatten, dann doch etwas für die Nase.

Sieh an! Die Sklaven öffneten das Tor, und heraus trat der Volksführer Anytos in denkbar bescheidenster Kleidung, die fast ärmlich wirkte. Seine Gesten und sein Benehmen aber verrieten einen der mächtigsten Männer Athens. Er gewahrte die Tagediebe an der Mauer und schloß rasch die Pforte hinter sich. An ihnen vorübergehend, grüßte er sie leutselig: »Seid gegrüßt, Bürger Athens!«

Begeistert hieß man ihn willkommen, Applaus und Hochrufe schallten ihm entgegen: »Es lebe Anytos! Es lebe der Führer des Volkes! Ruhm den Demagogen!«

Als Anytos gegangen war, erboste sich der verarmte Byron: »Hinter seinem Rücken schimpft ihr auf ihn; aber wenn er erscheint, applaudiert ihr ihm, ihr Helden! Feiglinge seid ihr!«

Xyron gab zornig zurück: »Du hast ihm ja selber Beifall gespendet! Ich habe es deutlich gesehen!«

»Warum sollte ich nicht! Klatsche ich nicht und er sieht es, so merkt er sich mein Gesicht, und ich müßte jetzt mit leeren Händen abziehen. Aber damit ihr es wißt: Ich habe gar nicht applaudiert – ich habe nur so getan.«

Von allen Seiten begrüßt, ging Anytos ruhig weiter. Die Bettler erhoben sich und folgten ihm zu den Gemeindeküchen beim Prytaneion. Sokrates schloß sich ihnen an.

»Diese Demokraten sind großartige Kerle«, behauptete Xyron, als wolle er sein Verhalten rechtfertigen. »Wenigstens eine Suppe! Die Aristokraten hätten uns was gehustet.«

»Na, lobe sie nicht zu sehr, Xyron. Sie haben eben alles, was der Kehle wohltut, auch wenn es ihnen selbst oft gar nicht wohltut. Ja, die Maßlosigkeit! Das ist das, was der arme Teufel hier« – er zeigte auf Sokrates – »meint. Sich maßlos vollzufressen, darin sind sie sich einig, aber mäßig sind sie nur bei dem wenigen, das sie uns geben.«

Unter den Kesseln loderte das Pinienzapfenfeuer auf; die Köche rührten die Suppe an.

Die Demagogen Mucharos und Susios verkosteten zusammen mit dem Redner Lykon die Suppe und schnalzten zum Zeichen, daß sie vorzüglich sei, mit der Zunge. Alles wartete auf Anytos.

Da kam er. Mit ernster Miene schritt er in einem abgetragenen Hymation einher. Er grüßte seine Freunde und begab sich gleich zum Kessel. Er kostete, verdrehte genießerisch die Augen, leckte sich die Lippen und kostete von neuem.

»Ausgezeichnet, ihr Köche.«

Dann ergriff Anytos die Schöpfkelle und goß dem ersten Hungrigen ein.

»Beim Höllenhund, wie dieser Zerlumpte dort immer sagt«, schimpfte Xyron. »Wieder so ein Fraß von Suppe.«

Er fing Anytos' strengen Blick auf und verstummte. Nach einer Weile sagte er: »Na, sie ist eigentlich doch ganz gut. Sehr gut sogar. Ausgezeichnet! Ruhm Anytos! Ruhm der Demokratie!«

Anytos stellte sein ausgezeichnetes Gedächtnis unter Beweis. Er kannte jeden beim Namen, fragte nach Frau,

Kindern, nach dem kranken Bruder. Er strahlte vor Menschenfreundlichkeit. Und er hatte alles gut organisiert: Er nickte dem Prytanen zu, der sogleich vortrat und der Menge der Suppenholer die Namen derer verlas, die ausgelost worden waren, eine Unterstützung aus der Staatskasse zu erhalten. Er versprach, daß nach und nach jeder an die Reihe käme. Die Ausgelosten jubelten. Neue Hochrufe auf den Volksführer wurden ausgebracht.

Anytos stand mit vor Stolz geschwellter Brust neben dem Kessel. Er sah großartig aus. Gerade wollte er zu einer Rede ansetzen, als seine und Sokrates' Blicke sich trafen. Sein Atem stockte. Sokrates' große Augen waren nicht wie sonst fröhlich und freundlich. Obgleich kugelig, stachen sie doch. Anytos' Arme hingen kraftlos am Körper herab, seine stolze Haltung war dahin. Was wollte dieser Tagedieb hier? Stand er vielleicht auch nach Suppe an? Ausgeschlossen. Dazu würde er sich niemals erniedrigen. Beobachtet er mich? Das wird es sein: Er will mich vor allen bloßstellen, sobald ich zu sprechen beginne. Aber weshalb ist er hier mit diesen Leuten zusammen? Was hat er mit ihnen zu tun? Wie sie in Lumpen gehüllt, wird er doch nicht hier über uns Demagogen und unser Schwelgen reden wollen? Nein, sicher nicht. Aber es genügt schon, daß er hier in seinen Lumpen steht und mich derart herausfordernd anstiert.

Sokrates blickte Anytos noch schärfer an, dem Hände und Knie zu zittern begannen. Er wußte nicht, wie er dastehen sollte. Die Kehle war ihm wie zugeschnürt. Ihr Götter, das hier waren doch alles Wähler! Stimmen beim Gericht und überall, wo man über etwas abstimmte, besonders aber bei den Wahlen. Er mußte etwas sagen!

Die Menge murmelte ungeduldig. Doch Anytos brachte kein Wort heraus. Tausend Kerberosse mögen diesen Alten dort verschlingen. Welch schreckliche Gewalt in seinen Augen liegt! Ich bin wie erstarrt.

Schließlich raffte er sich auf: »Meine teuren Freunde, ich wollte als Athener Demagog zu euch sprechen« – nun hatte er sich in der Gewalt –, »doch eben habe ich die Nachricht erhalten, daß ich mich unverzüglich ins Buleuterion zu einer wichtigen Beratung begeben muß. Entschuldigt mich also für heute. Ich wünsche eine gute Verdauung. Chaire, Freunde!«

Verblüfft verstummte die Menge. Was mochte da geschehen sein? Anytos verschwand eilends. Hinter seinem Rücken erklang das ihm so wohlbekannte Lachen Sokrates'.

4

Am vierten Jahrestag des Sturzes der Schreckensherrschaft und des Sieges der Demokratie in Athen sprach der Führer der demokratischen Partei, der Demagog Anytos, zum Volke. Obgleich er ein geübter Redner war und seine Sätze in Tonfall und Aufbau sehr volkstümlich zu formen wußte, fiel ihm das Sprechen nicht leicht. Er berichtete darüber, wie langsam die Wunden, die die Stadt erlitten hatte, verheilten. Dabei dachte er mit Wohlgefallen daran, wie schnell sich in dieser Zeit seine Taschen, die Taschen eines Sklavenhalters, gefüllt hatten.

»Wir, Männer Athens, wurden vom Volke gewählt, und wir tun alles für das Wohl des Volkes, für das Glück des Volkes, für ein wiederaufblühendes Athen.« Nur schwacher Beifall folgte, und deshalb fuhr Anytos rasch fort: »Die Verhältnisse in unserer Polis bessern sich zusehends von Tag zu Tag.«

»Wir wollen unsere Höfe und unsere Felder wiederhaben!«

»Wir wollen ...! Wir wollen ...!«

In Athen war es nicht üblich, daß jemand wagte, einen Redner zu unterbrechen. Anytos wischte sich den Schweiß von der Stirn.

»Geduld, ihr Männer Athens. Wir geben Athen seinen früheren Ruhm zurück, seinen Reichtum, seine Macht.«

»Wie denn?« schrie jemand. Und ein anderer: »Wann denn?«

Anytos überhörte diese unangenehmen Fragen geflissentlich.

»Das Volk ist der höchste Gebieter über alle Ämter, über uns, ja sogar über das Gesetz.«

In diesem Augenblick schien es Anytos, als sähe er in der Menschenmenge Sokrates, der ihn unablässig mit starrem Blick beobachtete.

Anytos wandte sich ab, blickte zu einem anderen in der Menge und erschrak. Wieder war es Sokrates, den er dort stehen sah und dessen große Augen durchdringend wie die des anderen auf ihn gerichtet waren. Wohin er sich auch wandte, überall erblickte er Sokrates, schaute in seine Augen.

»Männer Athens ... das Aufblühen unserer Stadt ... liegt ganz in euren Händen, ihr allein habt das Recht zu bestimmen ... zu bestimmen ...«

Anytos verhedderte sich, und hinter sich hörte er Lykon sagen: »Komm schon zum Schluß!«

Mit einigen hochtrabenden Floskeln beendete er die Feier zum vierten Jahrestag der Befreiung Athens von den Tyrannen und lud die Menschen für den Abend ins Prytaneion ein, wo Wein ausgeschenkt werden sollte.

Doch die Einheimischen wie auch die Zugezogenen nahmen dies mit ungewöhnlicher Zurückhaltung auf. Enttäuscht zerstreute sich die Menge – wieder nur Versprechungen, Versprechungen.

Anytos saß in der Ratshalle und trocknete sich die schweißnasse Stirn.

»Ist dir nicht gut, Anytos?«

Anytos antwortete mit einer Frage: »Hast du in der Menge Sokrates gesehen?«

»Nein«, erwiderte Lykon.

Aha, er lügt mir etwas vor; er muß ihn doch auch gesehen haben.

Lykon vergewisserte sich, ob sie allein in der Halle waren.

»Du glaubst wohl an das, was du sagst? Glaubst du wirklich an eine neue Blüte Athens?«

»Wie sollte ich nicht!« brauste Anytos auf.

»Wir sind hier allein«, stellte Lykon trocken fest.

Anytos rückte näher an ihn heran und dämpfte seine Stimme: »Kann ich dem Volk denn sagen, daß wir bald am

Bettelstab gehen werden? Perikles und wir! Allein der Gedanke eines Vergleichs ist schrecklich. Soll ich dem Volk erzählen, daß unsere Staatskasse vor Leere gähnt? Daß wir verzweifelt Steuern aus den Fremden, aus den Markthändlern herauspressen, daß nicht einmal der Zoll, den wir in Peiraieus erheben, ausreicht...«

Anytos beobachtete Lykons Miene, und ihm schien, sie war zu einer spöttischen Grimasse verzogen. Wütend sprang er auf. »Soll ich dir sagen, daß ich dich beschuldige, nichts für die gemeinsame Sache zu tun, sondern daß du im Gegenteil dem Staat nur Schaden zufügst?«

Da fuhr auch Lykon hoch und verwahrte sich wild gegen die Anklage. »Was? Ich soll unserem Staat Schaden zufügen?«

»Schon seit Jahren schreit ihr Sophisten nach uneingeschränkter Freiheit. Nun, hier hast du sie. Eben hast du draußen erlebt, wie mich die Menschen angeschrien haben. Was war denn das, und wie weit ist's vom Herumschreien bis zum offenen Aufruhr? Erst habt ihr euch vor den vom Lande Zugewanderten und vor den Stadtarmen geekelt; aber als ihr euch ausgerechnet hattet, wie viele sie waren, habt ihr angefangen, ihnen in den Hintern zu kriechen, und ihnen heuchlerische Versprechungen gemacht: ›Was der einzelne will, soll Recht werden. Und dieses Recht soll der Stärkste ausüben.‹ Bei allen Feuerdämonen! Jeder pfeift doch heutzutage auf das Gesetz. Was ist denn aus ihm geworden? Zusammen mit dem Pöbel behauptet ihr, ihr wäret für die Demokratie – in Wirklichkeit aber seid ihr gegen sie!«

Lykon funkelte Anytos an. »Beim olympischen Zeus! Weshalb greifst du mich an? Hältst etwa du, ausgerechnet du, die Gesetze in allem ein?«

»Was soll das heißen?« zischte Anytos wütend. »Breche ich sie vielleicht?«

Lykon lächelte spöttisch. »Das mußt du schon selbst wissen. Das Volk glaubt jedenfalls, Volksherrschaft bedeutet, daß man sich auch um das Volk kümmert.«

Anytos' Stimme wurde schrill vor Erregung. »Was soll ich tun? Kann ich diesen Leuten denn ihren Boden zurückgeben? Sollen sie doch froh sein, daß wir ihn ihnen abgekauft haben, so haben sie wenigstens Geld dafür bekommen. Übrigens hast auch du, Lykon, von ihnen ein ordentliches Stück Land gekauft.«

Lykon reckte sich selbstgefällig. »Und habe ich damit nicht ein verdienstvolles Werk vollbracht? Ich habe dort eine neue Siedlung gegründet, habe Vieh gekauft, den Boden gepflügt, Olivenbäume gesetzt. Die Gemeinde kann uns nur dankbar sein, daß wir diese Wüste fruchtbar gemacht haben und dadurch mithelfen, Athen zu ernähren.«

»Da hast du schon recht«, erwiderte Anytos anerkennend. »Aber was willst du denn jetzt von uns? Sollen wir vielleicht alle Schmarotzer durch die Tore der Stadt hinauspeitschen lassen? Wäre das etwa Sorge um den Menschen? Trotzdem weiß ich nicht, woher wir für sie das Geld nehmen sollen. Die Staatskasse reicht nicht mehr aus für so viele Hungerleider.«

Lykon war nicht aus der Fassung zu bringen. »Na, siehst du! Da haben wir's. Athen ist übervoll von diesen Armen, und du sagst, man kann nichts für sie tun. Die Teuerung nimmt kein Ende, mit allem wird geschachert, die Wucherzinsen für Anleihen steigen ins unermeßliche ...«

»Soll das eine Anspielung darauf sein, daß ich dir etwas geborgt habe?« fiel ihm Anytos zornrot ins Wort. »Habe ich der Gemeinde nicht damit geholfen, daß die Felder wieder fruchtbar sind?«

»Nun freilich, lieber Freund«, erwiderte Lykon mit süßlicher Stimme. »Weißt du, daß ich gerade wieder etwas brauchen könnte? Ich möchte noch ein Stück Weideland kaufen.«

Anytos runzelte die Stirn. »Wenn es im Interesse des Staates ist, werde ich dir das Geld borgen, Lykon.« Er seufzte: »Glaub mir, es schmerzt mich sehr, daß viele unserer Bürger zu Tagelöhnern geworden sind. Die schwersten Arbeiten müssen sie annehmen; sie sind schlechter dran als meine Sklaven.«

»Das ist tatsächlich traurig«, sagte Lykon betrübt. »Aber in Athen geht man nun mal mit den Sklaven freundlicher um als anderswo, es ist erstaunlich. Doch die Sache mit den Freien ist wirklich schlimm. Ich frage mich nur: Was sollen wir mit ihnen anfangen? Werden sie sich nicht einmal gegen uns auflehnen?«

»Gerade das nehme ich euch Rednern am meisten übel. Ihr Sophisten kreischt hier unablässig herum. Und was bringt ihr unter die Menschen? Etwas Nützliches vielleicht? Kein Gedanke! Nur lauter Sehnsüchte, Kleinmut, Hoffnungslosigkeit, Verzweiflung. Jedem, der euch zuhört, verdunkelt ihr den Blick für die Wirklichkeit, und wenn er sich dann umschaut, sieht er nichts, rein gar nichts. Ihr könnt Wertvolles nur zerstören, aber nicht schaffen. Jeder Autorität entzieht ihr den Boden. Und wohin führt das? Zur Zersetzung, die uns allen einmal den Garaus machen wird.«

Erschöpft setzte sich Anytos nieder und schwieg. Lykon trat neben ihn und sagte nachsichtig: »Erleichtere dich nur, Anytos. Doch mit sophistischen Gedanken wedelst du selbst den Menschen am meisten vor der Nase herum.« Bei sich dachte er: Einmal werden wir einander an die Gurgel gehen; vorläufig aber haben wir andere Sorgen.

Also begann der Sophist auf seine sophistische Art: »Du bist erregt, mein teurer Anytos, und weshalb?« Trocken gab er selbst die Antwort: »Weil du in der Volksmenge einen Menschen gesehen hast, der dir das Grab schaufeln wird – Sokrates.«

Anytos wich zurück. Er fühlte, daß Lykon die Wahrheit sprach. »Was redest du da, Lykon! Du wolltest wohl sagen: ›der dich erniedrigt, der dich wegen deiner geringen Bildung belächelt, der deinen Sohn als abschreckendes Beispiel der Lasterhaftigkeit hinstellt‹ – und nicht ›der dir das Grab schaufelt‹!«

Lykon setzte sich Anytos gegenüber und lächelte ihm freundschaftlich zu.

»Nun, ich kann nichts anderes dazu sagen, sondern nur Sokrates' Worte an die Armen wiederholen, die ich zufällig mit anhörte. Er sagte: ›Ihr Männer Athens, ich bin weder Mathematiker noch Ökonom, der euch vorrechnen könnte, um wieviel unsere Gemeindekasse fetter geworden ist und um wieviel in der gleichen Zeit die Beutel einiger Demagogen fetter wurden. Ich bin ein einfacher Mensch, doch ich habe eine Begabung dafür, alles scharf zu beobachten – seht ihr meine großen, durchdringenden Augen?‹«

Als Anytos sich an Sokrates erinnerte, begann es nervös um seine Augen zu zucken. Lykon fuhr fort, Sokrates' Rede wiederzugeben: »›Ich wurde auch mit gesunden Ohren versehen, die gut hören, was euch die Demagogen versprechen, und vom Volk erfahren, was sich davon erfüllt hat. Ich bin ein Maulwurf, der unter der Erde wühlt. Ich bin der Blitz, der in die höchsten Bäume einschlägt, der Wind, der Nebel, Staub und Wolken verjagt und der die Luft reinigt. Ich kann nichts dafür, daß sich manche Leute vor Wind und Blitz fürchten. Ich will euch lehren, meine Freunde, zu sehen und zu hören, doch auch zu denken und zu vergleichen!‹«

Anytos bemühte sich mit aller Kraft, Gelassenheit vorzutäuschen.

Und Lykon berichtete weiter: »Es war im Stadtviertel Kerameikos, da hat er neulich zu den Töpfern gesprochen. Ich habe nur den Schluß seiner Rede gehört, aber gesehen, wie sie auf die kleinen Handwerker, denen es anscheinend auch bis oben hin steht, wirkte.«

Anytos konnte sich nicht länger zurückhalten. »Worüber sprach er denn?« Und Lykon wiederholte mit absichtlicher Gleichgültigkeit seine Lüge: »Wieder über dich: daß dein Sohn ebenso prasse wie das Söhnchen irgendeines Königs, während er doch der Sohn eines gewöhnlichen Weißgerbers sei, der nur dadurch hervortrete, daß er Truhen voll Silber besitze.«

»Was wollen sie von mir?« begehrte Anytos leidenschaftlich auf. »Soll ich vielleicht, weil Athen voller Bettler ist, ebenfalls betteln gehen? Soll ich, weil es voller Faulpelze steckt, meine Gerberei sein lassen und zu ihnen auf die Müllhalden ziehen? Soll ich meine Sklaven freilassen und damit die Zahl derer, die nicht wissen, wohin sie ihr Haupt betten können, noch vergrößern? Soll ich mein Haus verlassen und mit dem Pöbel in verlausten Erdlöchern mit Mäusen und Ratten hausen?«

»Warum erregst du dich immer so schnell, mein teurer Anytos. Ich habe doch nur berichtet, was ich gehört habe. Ich wollte dir nicht zu nahe treten.«

»Du vielleicht nicht. Aber da ist dieser umherstreunende Schwätzer Sokrates. Der will mir zu nahe treten! Mich niederwerfen, durchbohren, mir die Eingeweide aus dem Leibe reißen – und ich bin gegen ihn, den Liebling des Volkes, völlig machtlos.«

Lykon zuckte mit den Schultern, winkte ungeduldig ab und erhob sich.

»Es wird Zeit, sich unters Volk zu mischen und mitzufeiern.«

Anytos fuhr mit den Händen über das müde Gesicht, schlug einen Zipfel seines festlichen Mantels über die linke Schulter und ging als erster hinaus.

Über den Marktplatz begaben sie sich zur Stoa. An einer Säule stand ein Mann und sprach zu einer Gruppe von Menschen. Er war untersetzt, barfuß und glatzköpfig und trug ein zerschlissenes Himation auf dem Leibe. Anytos zuckte zusammen und änderte die Richtung. Aber auch dort sah er nach einiger Zeit einen barfüßigen, untersetzten, glatzköpfigen Alten, der ebenfalls zu einer Anzahl von Menschen sprach. Anytos zögerte. Ratlos blieb er stehen und wandte sich schließlich zu Lykon: »Laß auch uns den Vortrag über seine berühmte Entbindungskunst hören!« Sie zogen ihre Mäntel vors Gesicht und lauschten. Kräftig schallte die Stimme von den Säulen herüber: »Ich bin ein Maulwurf, der unter der Erde wühlt. Ich bin der Blitz, der in die höchsten Bäume schlägt. Ich bin der Wind, der die Nebel verjagt und die Luft reinigt. Warum, ihr Männer Athens, fürchten sich manche Menschen vor dem Wind und dem Blitz?«

Der Redner drehte sich bei dieser Frage um, und Anytos sah, daß es zwar Sokrates' Worte waren, doch dieser war nirgends zu sehen.

5

Nach dem Frühstück begab sich Sokrates ins Gymnasion Akademos. Er pflegte oft dort hinzugehen, um sich mit Freunden zu unterhalten und mit Gegnern zu messen.

Er durchschritt das Stadtviertel Limnai. Beim Dionysos-Theater blieb er stehen und überlegte. Wieviel Jahre war es nun schon her, daß ihn hier Aristophanes in seinen »Wolken« lächerlich machen und zu einem Sophisten stempeln wollte? Vierundzwanzig. Vieles hatte sich in dieser Zeit verändert, von den leichten Wolken damals bis zu den dunklen Wolken heute über Athen. Welch fürchterliche Stürme waren inzwischen über die Stadt hinweggegangen! Wieviel Freunde habe ich in all der Zeit schon verloren! Mein Alkibiades, wie blutete mir das Herz angesichts deiner falschen Wege, deines schrecklichen Endes. Und noch andere liebe Menschen verlor ich: Perikles, Anaxagoras, Euripides, euch hat Hades bereits ins Elysion abberufen, und Xenophon lebt nunmehr im Perserreich. Athen ist arm geworden ohne sie. Nur ich, ein Greis, bin geblieben. Immer noch wandere ich durch die Straßen und strenge meinen Verstand an mit dem einzigen Ziel, den Menschen zu verändern und besser zu machen. Ist das ein zu hohes Ziel, weil mir dabei so wenig Erfolg beschieden?

Sokrates schritt weiter. Doch da meldete sich eine Stimme in ihm. Sein Daimonion warnte ihn, nicht in die Akademie zu gehen. Er blieb stehen. Bei allen Höllenhunden, warum? Welche Gefahr sollte dort lauern? Ist die Reihe jetzt vielleicht an mir?

Nun, warum auch nicht. Habe ich aber schon alles gesagt, was ich wollte? Was ich wollte, vielleicht ja. Aber habe ich auch alles gesagt, was ich sagen muß? Vieles, was in der Vergangenheit ausgesprochen wurde, wirkt jetzt um so eindringlicher, und das gilt auch für die Zukunft. Die Zeit ist ein unerbittlicher Buchhalter: Immer sucht sie, späht sie nach dem, was schon erfüllt wurde und was noch zu tun bleibt. Auf meiner Abrechnung bleibt noch vieles, sehr vieles offen.

Er begann zu eilen. Es war notwendig, aufs neue bereits Gesagtes, doch bisher Unerfülltes ans Licht zu bringen.

Er überquerte die Agora, ging an der Stoa poikile vorbei, die Heilige Straße zum Dipylon-Tor hinaus vor die Mauern der Stadt zur Akademie. Nur noch ein paar Schritte war er von ihr entfernt, als ihn sein Daimonion von neuem warnte:

Geh nicht weiter! Schon wollte er stehenbleiben, da gewahrte er Meletos und Anytos' Sohn, die ihn am Tor der Akademie überhöflich grüßten. Und er trat ein.

Was für ein Willkommen wurde ihm von Lykon und dessen Kumpanen bereitet! Stürmische Begeisterung, lobpreisender Jubel, Beifall.

Sokrates begrüßte seine Freunde, ohne zu merken, wie blaß und verstört sie waren. Er sah auch nicht, daß sich Lykon, Anytos' Sohn, Meletos und der Antiphon-Schüler Spekion mit den Augen Zeichen gaben, wer und in welcher Reihenfolge das Wort ergreifen sollte.

Auf Sokrates' Kahlschädel prasselten hochtrabende Worte des Lobes, der Schmeichelei und Unterwürfigkeit nieder.

Der Redner Lykon erklärte, daß Sokrates sich unbestreitbar vor allen anderen Männern Athens auszeichne, denn seine Worte deckten sich stets mit seinen Taten. Anytos' Sohn, ein gerissener junger Mann, verdorben durch sein Zuhause, der Völlerei und Unzucht ergeben, sprach anfangs wahrheitsgemäß: Während viele andere einen Haufen Geld für ihre Unterweisungen zum persönlichen Nutzen forderten, gab Sokrates seine Weisheit, die ja das Orakel von Delphoi bestätigt hatte, an jedermann umsonst weiter. Sogar jenen, die dem achtlos gegenüberstanden, zeigte er, wie man besser und glückseliger werden konnte.

Platon verfolgte aufmerksam, was da gesprochen wurde, von wem es kam und wie es gesagt wurde. Beunruhigt nahm er wahr, daß Lykon Spekion mit den Augen ein Zeichen gab, und dieser, wie sein Lehrer Antiphon ein erbitterter Sophist und Gegner Sokrates', mit einem honigsüßen Lächeln auf den harten Lippen, das Wort ergriff. Er begann seinen Angriff mit einem vorgetäuschten Bedauern. »Doch wie du siehst, Sokrates, finden sich immer wieder Undankbare, die deine Gaben nicht zu würdigen wissen und behaupten, daß, wenn du selbst deine Ratschläge nicht höher einschätzt, diese auch keinen großen Wert haben können.«

Sokrates antwortete: »Du sagst nicht, für wen das gilt, Spekion. Für dich, mit dem ich mich jetzt unterhalte, für mich oder für Athen? Mir liegt daran, daß meine Schüler und Freunde sich jene Tugenden aneignen, auf denen das Glück ihrer Familien und das der gesamten Gemeinde beruht. Glaubst du, daß es unnütz und wertlos ist, mehr gebildete Männer zu erziehen?«

»Bei Zeus, das glaube ich bestimmt nicht«, rief Spekion. »Ich wiederhole nur, was andere so sagen.«

»Du hast es wiederholt, weil du selbst noch im Zweifel darüber bist. Ich sage dir und allen anderen, daß ich deshalb von niemandem Geld annehme, weil ich mich nicht verkaufe.« Er bemerkte nicht, daß Spekion sich vor Wut verfärbte und fuhr fort: »Ich will nicht zum Sklaven werden, der mit jedem sprechen muß, der ihn dafür bezahlt. Ich will frei sein. Ich will frei mit Freunden sprechen können, damit wir gemeinsam das suchen und uns aneignen, was den Menschen vollkommener macht. Mein Lohn ist das Bewußtsein, vollkommene Männer erzogen zu haben.«

Meletos warf geckenhaft einen Zipfel seiner Chlamys über die Schulter und blickte Sokrates frech an. »Willst du damit sagen, daß all das, was die Sophisten gegen Geld lehren, nicht der Erlangung von Tugend und Vollkommenheit; sondern nur ihrem persönlichen Vorteil dient? Scheint dir nicht, daß du mit einer derartigen Behauptung die Sophisten beleidigst, von deren Schülern auch viele hier anwesend sind? Wenn du dich selbst, der du unentgeltlich lehrst, für keinen Sklaven hältst, so ist es offensichtlich, daß du jene Lehrer der Weisheit für Sklaven erachtest und deren Schüler für Sklavenhalter.«

Der erste Angriff war unerwartet heftig. Besorgt richteten Sokrates' Freunde die Augen auf ihren Meister. Doch dieser antwortete seelenruhig: »Diejenigen, die von jemandem Geld annehmen, sind gezwungen, das zu tun, wofür sie das Geld bekommen. Oder ist es anders, als ich es sage?«

Lykon strich sich über den Vollbart, der borstig war wie Gestrüpp. Er machte eine Handbewegung, hielt aber in dieser herrischen Geste gleich wieder inne und kräuselte die schmalen Lippen zu einem heuchlerisch untertänigen Lächeln. »Niemand von uns kann sich, was die Bescheidenheit anbelangt, mit Sokrates, dem bescheidensten Menschen unter der Sonne, vergleichen. Er nimmt von niemandem

Geld an, damit er nicht zu dessen Sklaven wird; er begnügt sich in Essen, Trinken und Kleidung mit Dingen, die keinem Sklaven genügen würden. Nicht einmal ich, das bekenne ich hier offen, schaffe es, geringere Bedürfnisse als ein Sklave zu haben.« Und mit einer hämischen Grimasse fügte er hinzu: »Ich kann nicht barfuß, halb nackt, hungrig und durstig umherlaufen.«

Meletos, Anytos und Spekion lachten boshaft.

Doch Sokrates, unverändert gutgelaunt, gab dazu seine Erläuterung: »Viele Menschen sind überzeugt, daß Zufriedenheit und Glück – und wer wünschte sich nicht beides – gleichbedeutend sind mit Überfluß und Wohlleben. Ich dagegen glaube, daß nichts zu brauchen göttlich ist. So wenig wie nur möglich zu brauchen kommt dem Göttlichen am nächsten. Und was dem Göttlichen am nächsten kommt, ist auch das Beste für uns Menschen.«

Stimmen wurden laut. »Ausgezeichnet!«

»Ausgezeichnet«, flüsterte auch Lykon Meletos zu. »Er begibt sich ja freiwillig dorthin, wo wir ihn hinhaben wollen. Jetzt du, Meletos. Verspotte mich.«

Meletos breitete die Arme aus. »He, mein verehrter Lykon, eine schöne Wunde wurde dir da zugefügt. Du tust mir aufrichtig leid, denn du bist am weitesten davon entfernt, zu den besten Menschen zu zählen! Zieh rasch die Opanken aus, leg deine Chlamys ab, damit du keinen Augenblick länger verstoßen bleibst.«

»Und was soll ich tun, Sokrates?« fragte mit unschuldiger Miene Anytos' Sohn. »Soll ich mich nackt ausziehen? Auch ich möchte mich zu gern dem Göttlichen nähern.«

Lykon höhnte: »Du bist ihm schon ganz nahe, mein Lieber. Aber kein Wunder, daß du Sokrates nicht einholst, er ist nämlich der einzige von uns, den die Götter besuchen und mit dem sie sprechen. Und mit einem Gott sprechen zu dürfen ist wiederum nur einem Gott möglich!«

Dieser Schlag war unbarmherzig, und Sokrates flimmerte es vor Augen. Er grätschte die Beine, um fester zu stehen. Alles verstummte vor Spannung. Sokrates begriff plötzlich, daß er unter Feinde geraten war, die mehr als ihn nur demütigen und lächerlich machen wollten.

Meletos brach das Schweigen, indem er mit gut gespielter Verwunderung sagte: »Wie denn, bei Zeus! Der bescheidenste Mensch unter der Sonne – und ein Gott?«

»Ich habe doch nur gescherzt, Freunde«, erwiderte Lykon beschwichtigend.

»Du hast nicht nur gescherzt, Lykon«, sprach Spekion es aus. »Ich frage mich, welch anderer Mensch sich noch rühmen könnte, mit einem Dämon – ach, Verzeihung – ich wollte sagen, mit einem Daimonion Umgang zu pflegen.« Spekion ließ seine kalten, grünen Augen über die Anwesenden hinweggleiten. »Niemand von euch?« Er wartete noch ein Weilchen. »Also niemand! Meine Bewunderung, Sokrates! Ich fürchte mich, das auszusprechen, woran wir alle hier denken, weil ich sonst von den Göttern bestraft werden könnte, wo du doch mit ihnen auf so vertrautem Fuße stehst. Ja, ich müßte es vielleicht gar mit dem Tode büßen, wenn ich sagte, daß ich dein göttliches Wesen nicht anerkenne...«

»Eine Niederträchtigkeit, wie du alles ins Gegenteil verkehrst, die Worte drehst und wendest und sie gegen Sokrates richtest, Spekion!« rief Platon aufgebracht.

Spekion stellte sich unwissend. »Wer ist dieser Jüngling? Ach ja, der Neffe des blutdürstigen Kritias seligen Angedenkens.«

»Das ist ja noch niederträchtiger!« rief Kriton aus. »Du machst deinem Lehrer Antiphon alle Ehre; aber nimm dich in acht, daß du ihm nicht den Rang abläufst und dem Henker noch eher in die Hände gerätst als er.«

Spekion wollte sich zusammen mit Lykon auf Kriton stürzen, doch Antisthenes war schneller und kam Kriton und Sokrates zu Hilfe. »Da siehst du, wie sich so ein Epigone der Sophisten aufführt! Er verehrt nicht mehr die Weisheit, sondern die Wortverdreherei. Wo ein Wort ist, gibt es auch eine Kehrseite! Und der Zweck all dessen?«

Sokrates trat vor ihn hin. »Mäßige dich, mein Lieber, und laß Spekion ruhig sprechen, denn solch eine Wortgaukelei ist nicht ohne Reiz. Wir können daraus lernen, was Sophistik eigentlich ist. Fahr doch bitte fort, Spekion.«

Spekions grüne Augen wurden schmal. »Ich will nicht

weitersprechen! Ich möchte dich nur etwas fragen: Ist es wahr, daß du in Athen eine neue Religion einführen willst?«

Sokrates' Freunde erschraken, seine Feinde aber warteten gespannt. Alles erstarrte in Schweigen. Sokrates erschauerte bei Spekions Frage. Er begriff, daß man ihm eine Falle gestellt hatte. Seine hervorstehenden Augen begannen zu funkeln, und er ließ seinen Blick in der Menge umherschweifen. Freundlich-besorgte, feindlich-schadenfroh grinsende Gesichter, erwartungsvolle, ob er sich aus diesem Fangnetz befreien würde. Sein Wille überwand die aufsteigende Erregung. Er gewann seine Beherrschung zurück, so daß er auch weiterhin mit ruhiger, fester Stimme sprechen konnte.

»Ich freue mich, mein Lieber, daß du etwas ausgesprochen hast, was dir und einigen anderen hier nicht klar zu sein scheint. Bedenkt, Freunde, wieviel lebende Geschöpfe es zu Lande, zu Wasser und in der Luft gibt, die die Götter geschaffen haben. Doch einzig den Menschen schufen sie sich ähnlich. Sie gaben ihm einen vollendeten Körper und darüber hinaus das höchste aller Güter, die Seele. Einzig und allein der Mensch, obwohl sterblich, lebt auf der Erde gleich einem unsterblichen Gott. Das menschliche Gefühl und damit auch der menschliche Verstand sind fähig, schöpferisch tätig zu sein. Der Mensch schafft nicht nur nützliche Dinge für das tägliche Leben, er schafft auch hehre Werke der Kunst aus Worten, Gedanken, aus Marmor, Farbe und Ton, mit seiner Stimme, aus Licht und Schatten.«

Der Jubel der Freunde begleitete Sokrates' Worte. Und doch war ihm zumute, als sei ihm die Kehle zugeschnürt.

»Sollen wir das so verstehen«, fragte Lykon, »daß Sokrates die Menschen den Göttern gleichstellt?«

»Das hat er nicht gesagt!« schrie Antisthenes.

»Du krümmst die Worte wie die Kreuzotter ihren Leib!« rief Apollodoros aus.

»Das ist ein Verhör und kein Gespräch mehr«, empörte sich Pheidon.

Lykon lächelte zufrieden. »Ein Verhör? Wer hat dieses Wort in den Mund genommen? Wovor fürchtet ihr euch denn, meine lieben Anhänger des Sokrates? Wir haben doch die uneingeschränkte Redefreiheit wieder. Die ganze Welt beneidet uns darum. Und da habt ihr, wie unter den Tyrannen, noch immer Angst zu sprechen? Warum denn?«

Sokrates zog den Mantel fester um sich, als wolle er sich damit vor neuen Überfällen schützen. Er sah aller Augen gespannt auf sich gerichtet, nahm seine Willenskraft zusammen und begann: »Manche Menschen irren, wenn sie meinen, sie würden sich in allen menschlichen Angelegenheiten gut auskennen und brauchten sich nicht tiefer mit ihnen zu beschäftigen. Mir scheint jedoch, daß die Götter dem Menschen die Fähigkeit gaben, sich bei ihren Taten und Entschlüssen vom Verstand leiten zu lassen. Es ist deshalb notwendig, ihn immer weiter zu schulen und so zu entwickeln, daß der Mensch erkennen kann, was für ihn nützlich und ehrenhaft ist und was nicht. Zuallererst muß sich der Mensch jedoch selbst erkennen. Dann wird er auch wissen, ob er zu einer bestimmten Arbeit fähig ist, ob er die ihm anvertrauten Aufgaben oder welche auch immer ihm übertragenen Tätigkeiten erfüllen kann.« Sokrates holte tief Atem und sprach dann lauter: »Der Blick nach innen ist genauso unerläßlich wie der Blick nach außen. Der Mensch muß gut in sich hineinzuhören verstehen, um jene innere Stimme zu vernehmen, mit der das Göttliche in ihm erklingt und die ihn vor Gefahren warnt, in die er sich sonst blindlings stürzen würde. Meine innere Stimme ist kein persönlicher Vorzug, keine Gabe. Mein Vorzug liegt nur darin, daß ich ein feines Gehör habe.«

Sokrates' Freunde lauschten aufmerksam, doch die Spannung unter ihnen wollte nicht weichen. Meletos fragte Lykon flüsternd, wie Sokrates das mit seinem Daimonion eigentlich gemeint habe. Sollte es sein Privileg sein, oder suchte es alle Menschen auf? Lykon schüttelte den schmalen Kopf, er wußte keine Antwort zu geben. Meletos flüsterte weiter: Wollte Sokrates vielleicht alle hier Anwesenden dazu bringen, sich zu seinem neuen Götterglauben zu bekehren?

Lykon grub seine knochigen Finger in Meletos' Arm. »Da hast du einen wertvollen Gedanken ausgesprochen, Meletos.

Aber nun genug mit seinem Daimonion. Er hat uns darüber mehr erzählt, als wir eigentlich brauchen.«

Er sah Spekion eindringlich an, flüsterte ihm etwas zu, und Spekion fragte nun Sokrates: »Der Mensch weiß also nicht von sich aus, was nützlich und tugendhaft ist?«

Und auf einen Wink von Lykon überschütteten dessen Freunde und Anhänger Sokrates mit weiteren Fragen: »Wer also kein Schüler des überaus weisen Sokrates ist, gilt als Unwissender und kann sich ins Feuer, vom Felsen oder ins Meer stürzen wie ein Selbstmörder oder Irrsinniger?« Gelächter hier und da. Und ein anderes Jüngelchen, das gekommen war, um Sokrates auch eins versetzen zu können und sich damit wenigstens ein Quentchen vergänglichen Ruhms zu holen, rief exaltiert: »Söhne der Verderbnis wären wir ohne ihn und ...«

Lykons schneidende Stimme unterbrach sein Geschwafel: »Ruhe, Freunde. Ich erlaube nicht, daß ihr einen von allen Hellenen hochverehrten Menschen so verspottet!« Er wandte sich an Sokrates: »Uns interessiert« – er wollte die Gewichtigkeit seiner Worte verstärken und sprach deshalb in der Mehrzahl –, »uns interessiert, wie Sokrates über die Männer denkt, die unserer Gemeinde vorstehen. Wissen sie denn, was nützlich und tugendhaft ist, obwohl sie nie deine Schüler waren, Sokrates?«

Bewegung kam in die Reihen der Zuhörer. Sie hatten das Gefühl, Sokrates wäre nun am Verlieren. Doch der hatte seinen anfänglichen Schreck überwunden und begann, heiter wie stets, wenn er sich mit einem Gegner auseinandersetzen mußte, zu sprechen: »Wißt ihr, meine Teuren, was ein ›Gewissen‹ ist? Mir scheint, daß sich mein geliebter Euripides dieses Wort ausgedacht und hier auf Erden eingeführt hatte. Ich schätze diesen Begriff von Tag zu Tag mehr; und ich fordere diejenigen auf, die Lykon mit seinem ›wir‹ gemeint hat, sich selbst ins Gewissen zu reden. Und wenn sie immer noch nicht wissen, was wirklich tugendhaft und der Gemeinde nützlich ist, was ich aber schon seit fünfzig Jahren in den Straßen Athens verbreite, bin ich gern bereit, es ihnen von neuem zu erklären. Ich weiß wohl, daß es unter den Führern des Volkes, den Demagogen, solche gibt« – hier richtete Sokrates die hervorstehenden Augen auf Lykon –, »die ausgezeichnete Redner sind und sich bemühen, mit wohlgesetzten Worten die Zuneigung des Volkes zu gewinnen. Aber rednerisches Können ohne das Wissen, was der Gemeinde nützt, ist trügerisch und schadet ihr.«

Die Zurufe der Billigung kamen jetzt zahlreicher als die des Unwillens. Sokrates geriet in Wallung. Er hörte auf, seine Worte genau zu wägen, und verlieh seiner Stimme mehr Kraft: »Ein Demagog muß Schwert und Lanze des Volkes sein, damit er ihm ein menschenwürdiges Dasein erkämpfen kann. Wer der Gemeinde nützen will, dem muß das Wohl Athens am Herzen liegen, nicht sein eigenes.«

Ein Sturm der Zustimmung erfaßte selbst die Reihen der Gegner des Sokrates.

Meletos wollte die Menge beruhigen, er hob die Arme und überschrie sie. »Ruhe! Ruhe! Der Demagog Lykon wird jetzt sprechen!«

Lykon wartete, bis sich die Menge beruhigt hatte. In die spannungsgeladene Stille hinein sprach er mit betontem Ernst: »Wenn du das behauptest, bist du sicher überzeugt, daß sich die Führer der Gemeinde derzeit mehr um ihren eigenen Vorteil kümmern als um den Athens, und das betrifft dann vor allem den Kopf der demokratischen Partei, Anytos . . .«

Er machte absichtlich eine Pause. In das Schweigen hinein warf Sokrates höhnisch die Frage: »Solch häßlichen Verdacht hegst du gegen unseren vielgeliebten Anytos, Lykon?«

Sokrates' Freunde brachen in lautes Lachen aus. Lykons Gesicht färbte sich aschgrau, er schrie auf: »Du verdächtigst ihn!«

»Ich, mein lieber Lykon, habe weder den Namen Anytos noch deinen ausgesprochen.«

Sokrates' Anhänger lachten dröhnend. Sie wußten, daß Lykon sich für jede Schmutzarbeit anwerben ließ, auch wenn sie sich gegen das demokratische Athen richtete.

Nun griff Sokrates an. »Du hast wohl keine Augen, Lykon, um zu sehen, ob in unserer Gemeinde alles in Ordnung ist? Sag doch, bei Dike, der Göttin der Gerechtigkeit, sag uns doch, ob es dort um eine Kleinigkeit besser geworden ist oder ob sich alles noch verschlechtert hat?«

Zahlreich erklangen Stimmen aus der Menge. »Schlechter ist's geworden, viel schlechter!«

Diese Stimmen sprachen für Sokrates, nicht für Lykon. Lykon schien in die Enge getrieben, und alles steuerte einem sicheren Siege Sokrates' zu.

Lykon war bleich vor innerer Erregung, seine Wangen wirkten eingefallen, doch er streckte die Hände aus und hob die Stimme.

»Hörst du das, Sokrates? Hörst du, wie du mit deinem Gerede die Menschen aufwiegelst und ihre Moral zersetzt? Siehst du, mein Teurer – erschrick nicht, ich sage nur die Wahrheit und meine es gut mit dir, denn die Wahrheit kann niemanden verletzen, sie hilft im Gegenteil jedem –, siehst du, daß du die Jugend nicht zur Tugendhaftigkeit erziehst, sondern sie uns verdirbst!«

Auch Anytos' Sohn, Meletos und Spekion waren stumm vor Staunen über Lykons Geschicklichkeit, und ihre Bewunderung für die Kraft der Sophistik, Gutes in Böses zu verwandeln, war größer als zuvor. Apollodoros flüsterte Kriton zu: »Ich habe Angst um Sokrates.«

Sokrates hatte es vernommen und sagte laut: »Ich habe Angst um Athen.«

6

Anytos der Jüngere betrat mit dem Dichter Meletos das Haus der Liebe.

Anytos lächelte der Statue des Eros zu: »Ich grüße dich, Geliebter der Königstochter Psyche! Ich verneige mich vor dir, auch wenn der Gottesleugner Sokrates dich aus einem Gott in einen Dämon verwandelt hat!«

»He, Demonassa!« sprach er die Herrscherin des aphroditischen Reiches an. »Wir wollen ihm opfern!«

Demonassa reichte den Gästen für die Opferung einen Oleanderzweig.

»Zu Ehren eures Besuches, liebe Gäste, ehre ich wie üblich

Aphrodite.« Sie trat an die Statue der Göttin heran und entzündete zu deren steinernen Füßen in einer Schale ein Körnchen arabischen Duftharzes.

Sie bat die Gäste, Platz zu nehmen und klatschte in die Hände. Der Vorhang aus schwerem Gewebe teilte sich, und die zauberhaft schönen Mädchen dieses Hauses traten ein. »Sieben Sterne erster Größe am nächtlichen Himmel Athens« verkündete Demonassa anpreisend.

»Sieben Sterne kreisen wie Funken der Sehnsucht um dein Antlitz, o Demonassa, die du selbst alle anderen Sterne überstrahlst. Schön, wunderschön, aber unerreichbar«, improvisierte Meletos galant.

Anytos betrachtete mit halbgeschlossenen Augen Demonassa, und plötzlich trat an die Stelle dieser reifen, schönen Frau die Zauberin Kirke, die einstmals auf ihrer Insel Odysseus, den König aus Ithaka, bewirtet hatte. Kirke, die Tochter des Sonnengottes Helios. Erst neulich hatte er diesen Namen gehört. Wann? Von wem? Aha! Von Sokrates, von diesem Menschen, dessentwegen er diesen Verse schmiedenden Tölpel Meletos mit hierher genommen hatte.

Unzufrieden schickte Meletos das erste Mädchen weg, das sich an ihn schmiegte. »Nein, sie erregt mich nicht. Die nächste!«

Neaira, eine Tochter der Wüste, ein Mädchen wie eine Flamme, mit blauschwarzem Haar, hielt er fest. Er zitterte vor Gier. Atemlos stieß er hervor: »Die soll für mich sein, einverstanden?«

Anytos verachtete diesen Parasiten, der sich schon jahrelang in seiner Familie durchfraß, ohne daran zu denken, daß auch er bei seinem Vater schmarotzte; aber als Gesellschafter für seine Ausschweifungen konnte er sich keinen besseren als Meletos wünschen.

»Nein, die ist für mich«, sagte er. Die Erinnerung an Sokrates brachte ihn auf einen Einfall.

Er begab sich in die hinteren Räume des Hauses, wo die Sklaven – Eunuchen – arbeiteten, um gleich darauf, in einen langen Mantel gehüllt, zurückzukehren. »Mir ist ein wenig kühl«, behauptete er.

Meletos setzte inzwischen die Suche nach einem geeigneten Mädchen fort, wobei er sich überzeugte, daß sie auch gesund waren; schließlich wählte er Charina, ein Mädchen mit goldener Löwenmähne und üppigem Busen, für sich aus.

Anytos begann sein Spiel, doch er machte dabei einen anderen Eindruck als gewöhnlich und zeigte ein ärgerliches Gesicht.

»Hast du heute nicht gut geschlafen, mein Teurer?« fragte ihn Meletos besorgt, doch weitaus mehr als um Anytos sorgte er sich, er könne um die Genüsse in Aphroditens Paradies kommen. »Hast du vielleicht nur schlechte Laune?«

»Im Gegenteil, bei Zeus! Ich habe heute die herrlichste Laune, die du dir nur vorstellen kannst.«

Anytos warf den Mantel ab und zeigte sich in einem rohleinenen Kittel, wie ihn die Sklaven trugen. Ohne das Erstaunen der Anwesenden zu beachten, zog er auch seine Opanken aus und stand nun barfuß da. »Eine unnütze Verweichlichung, auf einer Lederhaut noch ein zweites Leder zu tragen«, dozierte er.

Meletos betrachtete forschend den Freund. In einem Leinenkittel? Und barfuß? Wohl nur die Laune eines Neureichen.

Die Herrin des Hauses bot ihren Gästen erlesene Lekkerbissen an.

Anytos lümmelte sich in einen Sessel und zog die nackten Füße hoch. »Schildkrötensuppe? Nein, nein! Auch nicht gebratenes Lamm in Weintunke. Hering mit Kapern? Kalbsfilet in Gewürztunke? Skythische Eier mit Fischrogen? Kann ich nicht mal sehen!«

»Hast du dich übergessen und dir den Magen verdorben?« fragte ihn Meletos, der bereits sehnsüchtig auf das Essen wartete.

»Im Gegenteil, ich bin ausgehungert und bei bestem Appetit. Und deshalb bitte ich« – er wandte sich an Demonassa – »um Ziegenkäse und Gerstenfladen für uns alle.«

Meletos wunderte sich. »Was faselst du da?«

»Wartet, verehrte Gäste, ich habe da noch scharf gewürzte Leberpastete mit Trüffeln und Mandeln.«

»Nein, nein, auf keinen Fall etwas Aufreizendes!« erklärte Anytos.

Meletos war wütend. Da seht ihn, den gnädigen Herrn! Spielt den Gastgeber – und fragt keinen nach seinen Wünschen. Und trotzig sagte er: »Dann brauchen wir ja gar nichts zu essen.«

»Du wirst dich überfressen und dir den Magen verderben, wenn du deinen Appetit derart anreizen und nur das essen willst, was Geist und Körper schadet. Sei so freundlich, liebe Demonassa, und laß auftragen, worum ich gebeten habe: Ziegenkäse und Fladen.«

Die Mädchen lächelten Anytos liebenswürdig zu, doch es war nur ein verzerrtes Lächeln. Was ist ihm denn da eingefallen? Sind ihm vielleicht Väterchens Drachmen ausgegangen?

Zum Unwillen aller kam tatsächlich das bestellte Essen auf den Tisch. Widerwillig bissen sie vom Käse und von den Fladen ab, wälzten es auf der Zunge hin und her, ohne es hinunterbringen zu können, denn aus der Küche her drang der verführerische Duft von Gebratenem und Würztunke. Anytos jedoch kaute zufrieden und lobte Käse und Fladen: Wie gut das schmecke, wie gesund das sei, wie leicht man danach schlafen könne.

Warum nur verdirbt er uns den Spaß, überlegte Neaira. Und was er für böse Augen heute macht. Ihn heute nacht zu lieben, das wird kein Vergnügen werden, und doch muß ich es ihm vortäuschen, sonst quält er mich zu Tode.

»Warum so bescheiden heute, mein Teurer? Warum bringst du dich um jeden Genuß?« fragte Demonassa Anytos.

»Du irrst, teure Frau. Mir schmeckt es vorzüglich. Sei so lieb, laß uns dazu noch Quellwasser bringen.«

Wütend hieb Meletos auf den Tisch. »Du vergißt, wo wir sind, lieber Anytos! Wein her, und zwar Chioser, wie üblich!«

»Wohin soll das führen, Meletos?« wehklagte Anytos. »In welche Abgründe stürzt du da? Erst verlangst du aufreizende Speisen, jetzt schweren Wein, und schließlich willst du vielleicht auch noch eine nackte Frau umarmen?«

Alle blickten ihn an, als sei er plötzlich wahnsinnig geworden. Doch unbeirrt fuhr Anytos fort: »Denke an die Zauberin Kirke, die Odysseus' Gefährten einen Zaubertrank vorsetzte – was anders war das als schwerer Wein!? – und mit übermäßig gewürzten Leckerbissen bewirtete, wodurch sie sie schließlich in Schweine verwandelte.«

Demonassa erhob sich gekränkt. »Diese Kirke soll wohl ich sein?« Sie winkte den Mädchen zu, sich ebenfalls zu erheben. Das durchsichtige Gewebe ließ im Lampenschein verführerische Formen sichtbar werden.

Meletos konnte es nicht mehr erwarten zu speisen, zu trinken und zu lieben. Er faßte nach Demonassas Hand. »Schöne Frau, sei unsere zauberkundige Kirke! Gib uns zu trinken, zu essen, gib uns die reizendsten Mädchen deines Palastes! Wenn mein Wohltäter und Freund heute diese Genüsse ablehnt, so werde ich sie euch verschaffen. Sieh diese goldene Spange, Kirke, ich gebe sie dir zum Pfand und bestelle all das, was du uns vorhin angeboten hast. Lieber nach dem Genuß dieser Leckerbissen und deiner süßen Gefährtinnen in Schweine verwandelt werden, als sie sich wie ein Bettler versagen zu müssen.« Er setzte sich wieder zu den Mädchen und betastete sie lüstern. »Was meint ihr, meine reizenden Schweinchen? Lassen wir uns Würzpastete, gebratenen Rehrücken, gefüllte Schnepfen und Chioswein kommen!« Er grunzte wie ein Schwein. »Seid ihr für das süße Leben der Schweinchen oder für das bittere Dasein der Schwarzseher?«

Die Mädchen machten das Spiel mit und quiekten wie die Ferkel. »Süß – süüüß!«

Meletos wandte sich Anytos zu: »Hörst du sie? Abzulehnen, was Demeter und Dionysos den Menschen schenkten, das können nur Gotteslästerer und Narren tun!«

»Sonst niemand?« fragte Anytos mit fremder, harter Stimme. Er erhob sich und lief im Watschelgang durch den Raum, wobei die nackten Fußsohlen auf den Mosaikfußboden klatschten. Als ihm niemand antwortete, dozierte er:

»Wißt ihr nicht, meine Teuren, daß man die Mäßigung auch im Hause der Aphrodite in Ehren halten muß?«

»Sokrates!« rief Meletos aus, und alle begannen zu applaudieren. »Das ist aber ein Komödiant, dieser Anytos; und wie es ihm gelungen ist, in das Haus der Genüsse Sokrates mit seinem Mäßigkeitsfimmel hereinzuholen!« Meletos lachte schallend, riß die goldhaarige Charina in seine Arme und begann sie wild zu küssen.

»Unglücklicher!« lamentierte Anytos, der noch immer Sokrates nachahmte. »Was tust du da? Du saugst Gift von ihren Lippen!«

»Bei Herakles!« rief Meletos aus. »Welch schreckliche Macht mißt du einem Kuß bei, Sokrates!«

»Weißt du nicht, daß es giftige Spinnen gibt, kleiner als ein halber Obolos, die sich an der Haut des Menschen festsaugen, ihn der Sinne berauben und ihn schmerzhaft zu Tode quälen? Weißt du nicht, daß ein anderes Tier, das man Weib nennt, noch schrecklicher ist als diese kleine Spinne, weil schon die Berührung seines Mundes zum Wahnsinn führt? Entkomme ihm rechtzeitig, fliehe, wie ich es tue!«

Anytos riß mit verbissener Miene Charina aus Meletos' Armen. »Keine Liebeleien!« Und, schreiend: »So ein Laster! Alle Mädchen hinaus!«

Demonassa griff in trockenem Ton, gegen den jeder Widerspruch vergebens war, ein: »Verzeih, verehrter Anytos, wenn ich für heute unser Beisammensein beende! Charina, bring den Herren ihre Chlamys und begleite sie zum Pförtner!«

Da ließ Anytos sein bekanntes Lächeln erstrahlen. »Liebe, teure Demonassa, auch du hast dich von mir täuschen lassen?« Und, sich den anderen zuwendend: »Ihr habt wohl alle geglaubt, Sokrates hätte in seinem Bemühen, die Menschen zu verändern, auch mich in einen tugendhaften Jüngling verwandelt?!« Anytos schritt durch den Raum und johlte: »So habt ihr also geglaubt, daß ich den Genüssen und der Wollust entsage, daß ich mich kleiden würde wie ein Bettler? Daß Sokrates aus mir so einen vertrockneten Schwächling gemacht haben könnte wie aus Antisthenes oder aus Platon, der, obwohl er doch noch jung ist, sich wie ein Greis benimmt? Oder denkt ihr, daß ich, weil Simon den Rücken beugt und schustert, jetzt Weißleder gerben und stinkende Häute spannen würde?« Anytos warf den Leinenkittel ab, unter dem er einen seidenen, rosenfarbenen Chiton trug. Er breitete die Arme aus – auch diese Bewegung hatte er von seinem Vater –, als wolle er jeden hier umarmen. »Habt keine Angst, meine Teuersten! Ich bin Sokrates nicht gelungen! Ich gehöre zu seinen Verdorbenen! Hehe, sieht man nicht an mir, wie sehr Sokrates die Jugend verdirbt? So lange hat mir der alte Griesgram seine Arete eingebleut, bis ich mich wie verrückt nach dem Gegenteil gesehnt habe.«

Meletos grinste. »Ein schöner Erziehungserfolg dieses alten Allesverderbers. Ja, diese Jugend!«

Anytos spreizte sich. »Jetzt wird aber gefeiert! Her mit den Schüsseln voll Leckerbissen! Auch eine Schüssel zum Erbrechen, damit wir von allem schleckern können! Weshalb diese Knauserei: für jeden nur ein Mädchen? Jedem drei für die Nacht! Ach, du bescheidenes Alterchen, heute bringen wir deine Sophrosyne in Schwung! Ihr seid alle meine Gäste!«

Anytos nahm von Demonassa die goldene Spange zurück und überreichte sie Meletos, der den Freund umarmte. »Endlich bist du wieder der alte! Mir ist so verflucht trocken im Halse. Und ich habe Appetit auf Braten und auch auf Charina«, begeisterte er sich.

»Warte noch ein Weilchen! Teure Demonassa, laß uns ein Festmahl zubereiten, das deiner und unserer würdig ist, während ich und Meletos inzwischen den Duft der Lilien in deinem Peristyl atmen wollen.«

»Aber ohne mich, Menschenskind!« lehnte sich Meletos auf. »Warum schon wieder diese Verzögerung?«

Schweigend ergriff Anytos seinen Arm und ging dann mit ihm ins Peristyl hinaus, wo er ihn zu einer Marmorbank führte.

»Warum bringst du mich hierher?« brauste Meletos ungeduldig auf.

»Erinnerst du dich, was Sokrates in der Akademie des Gymnasions über meinen Vater sagte?«

»Wie sollte ich nicht! Der Alte hat ihn dort ganz schön

angefallen.« Meletos dämpfte seine Stimme. »Wird dein Vater dazu schweigen?«

»Schweigen?« Anytos kostete das Wort auf der Zunge aus. »Niemand von uns Angegriffenen wird dazu schweigen; auch du nicht, Meletos!«

»Ich wurde angegriffen?«

»Am schlimmsten von uns allen, mein Freund! Sokrates hat dich als Dichter entehrt, er belächelt deine Kunst.«

»Eigentlich hast du recht. Er hat mich entehrt.«

Anytos erhitzte sich. »Und das zu Unrecht! Ich bin zwar kein Kenner der Poesie, aber so viel verstehe ich doch, daß ich mit ruhigem Gewissen behaupten kann, daß du, mein Meletos, der hellenischen Dichtkunst einen neuen Weg weist. Deine Verse, und ich meine es aufrichtig, sind etwas so Besonderes, so Ungewöhnliches, daß es einfach nicht jedem gegeben ist, sie zu verstehen. In ihren tiefen Sinn können nur die Allergebildetsten von uns eindringen.« Anytos mußte husten. »Und sogar deren Ansichten sind unterschiedlich. Du, du!« Er drohte Meletos mit dem Finger. »Du bist ein ganz Schlauer, und ich erschrecke geradezu, welch vieldeutige Auslegungen deine Verse zulassen.«

»Ach, rede doch nicht!« wehrte Meletos dieses Lob ab.

Doch Anytos fuhr um so nachdrücklicher fort: »Du hast mir einmal anvertraut, daß du berühmter werden willst als der vermoderte Homer, Alkaios oder die Sappho. Und da läßt du dir gefallen, daß Sokrates deine überdurchschnittlichen Werke öffentlich lächerlich macht?«

Meletos war in seiner Erregung nicht imstande, wie sonst das zu sagen, was die Menschen von ihm denken sollten; er brachte nur hervor, was er selbst dachte: »Ich zweifle ... ich ... Anytos, du bist doch mein Freund, nicht wahr?« Anytos lächelte und hob wie zum Schwure die Finger seiner rechten Hand. »Gebe ich dir das nicht immer wieder fühlbar genug zu erkennen?«

»Doch, doch, Anytos«, beeilte sich Meletos zu beteuern. »Und deshalb will ich dir auch wieder etwas anvertrauen: Ich probiere gern etwas aus, was vor mir noch niemand getan hat. Das ist mein Stolz. Ich muß also das Alte, das schon lange da war, über Bord werfen – anders geht es nicht. Aber, bei den Schlangen des Laokoon, wie soll ich es anfangen, meine Zuhörer zu überraschen? Überraschen ist noch zu wenig – wie der Blitz muß es einschlagen! Sonst ist es nutzlos. Warte! Steh nicht auf! Laß mich zu Ende sprechen! Du weißt doch, wir wollen es heute machen wie die Sophisten, alles von oben bis unten umkrempeln, so wie sie. Meine Verse, sie sind der Versuch eines Versuches. Und dir scheint, daß diese und jene davon gut seien? Woher denn – sie sind schlecht. Du denkst, diese und jene Verse seien schlecht? Falsch! Auch im Schlechten finde ich Schönheit. Weg mit den starren Werturteilen! Das Ungewöhnlichste, das Unnatürlichste soll es sein. Ich liebe das Chaos! In der Lyrik, in der Dramatik – überall. Ich zerbreche mir den Kopf darüber, doch stets fühle ich, daß das, was ich schreiben will, noch immer nicht das Richtige, das Große, das Glücklichmachende ist.« Meletos war bekümmert, seine Stimme zitterte. »Du sagst mir zwar wieder und wieder, meine Verse wären geistvoll. Ich aber, sei mir nicht böse, ich glaube das nicht. Ich sehe die Früchte meiner Gedanken mit den Augen dieses schrecklichen Greises und nicht mit den eigenen, nicht einmal mit deinen, Anytos, der du sehr liebenswürdig zu mir bist.«

Anytos hörte gespannt zu, er hielt sogar den Atem an. Das dichterische Bekenntnis setzte ihn in Erstaunen. Es band Meletos noch enger an Anytos' Familie.

»Mein teurer Meletos«, begann Anytos, der von des Dichters Versen eine noch schlechtere Meinung hatte als Meletos und Sokrates zusammen. »Was quälst du dich damit, wie ein Feind über dich urteilt, statt dich darüber zu freuen, wieviel Lob und Anerkennung dir dein Freund zollt?«

Doch Meletos blieb niedergeschlagen. »Anytos, ich höre immer nur seine Stimme. Sie klingt immerzu in mir.«

Anytos ereiferte sich. »Sokrates ist ein böser Geist, ein Hexer. Deshalb hat er über dich eine solche Macht. Er möchte auch gern meinen Vater in seine Fänge bekommen und viele von uns, die wir vermögend sind und leben, wie es unserer Natur entspricht.«

Meletos atmete erleichtert auf. Er begann, Anytos' Hand

zu streicheln, die auf seinem Knie lag. Anytos' Stimme wurde eindringlicher: »Mein Vater ist aber nicht auf den Kopf gefallen. Er versteht sehr gut, gegen wen Sokrates' Reden gerichtet sind. Vater weiß auch genau, welche Verleumdungen Sokrates in der Öffentlichkeit über ihn verbreitet: Er wäre ein schlechter Demokrat. Und was könnte man ihm Schlimmeres nachsagen?« Anytos lachte lauthals. »Wer soll sich denn zu Sokrates' Tugendhaftigkeit bekennen, zu seiner Bescheidenheit, Enthaltsamkeit und Mäßigung? Die armen Schlucker mit ihren nackten Hintern? Nein, uns Begüterte will er dazu bringen. Und deswegen greift er uns an! Mein Vater darf nicht mehr schweigen, er darf nicht länger warten.« Anytos machte eine Pause.

Meletos ergriff heftig Anytos' Arm. »Worauf?«

»Zum Beispiel auf ein neues Korinth, auf ein neues Argos. Er darf nicht warten, bis sich unsere Sklaven mit dem Bettelvolk zusammentun und uns alle umbringen.«

»Du glaubst, daß Sokrates dieses Pack gegen uns aufhetzt?«

»Er hetzt es nicht auf, nein, das tut er nicht.« Haßerfüllt zischte Anytos durch die Zähne: »Es genügt, daß er in Athen herumstreicht, dieser Barfüßige, dieser Bettelbruder, und den Leuten erzählt, was gerecht ist und was nicht.«

Finster sagte Meletos: »Das reicht wirklich. Mir reicht auch schon weniger. Mich reizt bereits sein Spott.« Heftig stieß er hervor: »Denn das ist ein schrecklicher Angriff...«

Anytos fiel ihm ins Wort: »Freilich ist das ein Angriff. Und da willst du dich nicht wehren?«

»Zuerst müßte sich dein Vater wehren.«

»Er wird schon. Glaubst du wirklich, daß ich nur so zum Spaß mit dir spreche? Ich muß genau wissen, ob du auf Vaters Seite stehen wirst.«

Meletos erhob sich erschrocken. »Ich, auf der Seite deines Vaters? Wie denn, Anytos?«

Anytos erhob sich ebenfalls und schlug ihm freundschaftlich auf die Schulter. »Wie? Das ist aber eine Frage. Als Dichter natürlich, und als Redner.«

Meletos wußte nichts zu erwidern; er schwieg.

»Die Belohnung würde hoch sein, Meletos.«

Schweigen.

»Darf ich also meinem Vater bestellen, daß er mit dir, meinem besten Freund, rechnen kann?«

Schweigen.

Anytos blickte auf Meletos' schulterlanges, schweißnasses Haar; die große Nase, die wie vom Weinen aufgequollen war, ragte aus dem bleichen, verlebten Gesicht.

Anytos begann ungeduldig mit dem Fuß aufzustampfen.

Endlich hob Meletos die Hand zum Schwur.

Anytos umarmte ihn. »Dank dir, Freund. Sokrates' Licht wird nicht mehr lange leuchten.« Er lachte und faßte Meletos unter. »Komm schon zu unseren Leuchtkäfern.«

Auf den Tischen standen bereits kalte Vorspeisen und kühler Wein. Sklavinnen brachten gebratenes Huhn. Die beiden Besucher und ihre Gespielinnen stürzten sich auf die Delikatessen, tranken unbeherrscht vom schweren Wein, stopften abwechselnd Geflügel- und Lammbraten, Süßigkeiten, Früchte, wieder Braten und Wein, Gänseleber und Hering in sich hinein. Und immer wieder tranken sie Wein.

Anytos war in derart ausgelassener Stimmung, daß selbst Demonassa, die ihn schon des öfteren bewirtet hatte, ihn nicht wiedererkannte. Feierte das Jüngelchen irgend etwas? Dann dürfte es eine teure Nacht werden. Doch um die Bezahlung brauchte sie nicht zu fürchten, falls er nicht genügend bei sich haben sollte, würde Väterchen es schon begleichen.

Anytos erteilte laufend Befehle, die Demonassa erfüllte oder auch nicht, wobei sie jeden einzelnen Betrag in die Abrechnungstafel ritzte. Anytos war vom vielen Wein die Zunge schon recht schwer, ebenso Meletos, dem es durchaus nicht gelingen wollte, Charinas niedliche Ohrmuschel in Versen zu besingen.

Die Mädchen verständigten sich mit Demonassa durch Blicke: Anytos' Prasserei hat uns eine fette Beute an Drachmen gebracht; geben wir uns nun zufrieden, damit wir nicht den Ärger seines Vaters auf uns ziehen.

»Wir wollen jetzt euren zweiten Hunger stillen!« flüsterte Neaira.

Sie seufzte verliebt.

Mit unsicheren Schritten begaben sich Anytos und Meletos mit ihren Leuchtkäferchen in den angrenzenden Raum, der behaglicher und dunkler war. Meletos ging als letzter. »Du hast den Vorhang nicht zugezogen, mein Goldstück«, sagte Charina und wälzte sich auf das Lager. Neaira, die hinter Anytos ging, wandte sich um.

»Macht nichts«, lallte Meletos. »Der Anblick von Sinnenlust kann doch niemanden verdrießen.«

Neaira zog trotzdem den Vorhang zu. Eine Gitarre und eine kleine Trommel erklangen in heftigem Rhythmus, von einem Aulos begleitet. Liebesspiele – Gelächter – Küsse – Wonnegestöhn – gedämpfte Aufschreie.

Anytos beugte sich mit jugendlicher Kraft über Neaira, die sich an ihm festsaugte wie Sokrates' giftige Spinne und ihm die Sinne verwirrte.

»Gefalle ich dir, mein kleiner Eber?«

»Wer von euch beiden ist in der Liebe geschickter, du, Neaira, oder Charina?« fragte Anytos.

Charina lobte Neaira, Neaira Charina.

»So bekommen wir das nicht heraus«, sagte Anytos.

»So wechseln wir doch die Mädchen, dann wird es sich herausstellen.«

Anytos hielt nun den üppigeren Körper in seinen Armen. Die breiten Hüften schaukelten...

Auf Meletos warf sich ungestüm die sinnliche Neaira; die Leidenschaft schüttelte sie förmlich. Sie peitschte Meletos' Sinne bis zum Äußersten, doch der war bereits ohne Kraft und bat: »Genug, genug!«

Schließlich waren beide müde, erschöpft, konnten nicht einmal mehr sprechen. Sie lallten nur noch. Die Mägen waren vollgestopft, die Bäuche aufgebläht, volltrunken bis zum Äußersten lagen sie da. Nur schwach vernahmen sie die Stimmen neuer Huren, von denen sie nicht einmal wußten, wann sie gekommen waren.

»Liebling, komm, ich bin es, deine Idaia.«

»Oh, liebe mich, deine Nephele!«

»Öffne doch deine Augen, damit du sehen kannst, wie schön ich bin.«

Gegen Morgen trat die göttliche Zauberin Kirke, mit einer Schnur matter Perlen um den Hals, in den Raum.

Hier lag Körper auf Körper, Anytos in Meletos' Umarmung. Teppiche und Liegen waren bespien, es herrschte fürchterlicher Gestank.

»Schweine!« murmelte Kirke und zog den Vorhang wieder zu.

7

Dort, wo der Ilyssos um die Anhöhe des Museion fließt, hatte sich Anytos' Vater eine große Werkstatt für die Lederbearbeitung bauen lassen.

Die Häute wurden in Bottichen aufgeweicht, in fließendem Wasser gesäubert; sie wurden enthaart, mit Muscheln oder Messern geschabt, gewalkt, mit Lohe aus Eichenrinde gebeizt und schließlich mit Alaun und Öl zu geschmeidigem Leder gegerbt.

Jedes Handwerk hat seine Nachteile, und das Gerberhandwerk sogar recht spürbare: den üblen Gestank, der die Kleider eines jeden Menschen durchdrang, der an der Gerberei auch nur vorbeiging.

Anytos hatte sich eine Villa mit Garten errichten lassen. Je reicher er wurde, desto reicher stattete er auch ihr Inneres aus.

Heute bewirtete er hier Gäste: Lykon und Meletos. Gemeinsam untersuchten sie Sokrates' Rede im Gymnasion.

Anytos hörte zu, wie sich die beiden erhitzten, schwieg und hätte am liebsten gesehen, daß man über diese ganze Sache den Mantel des Schweigens breitete. Doch das ging nun nicht mehr. Zu viele Menschen hatten Sokrates gehört, als er die Demagogen, insbesondere Anytos, angriff, wenngleich er sie auch nicht beim Namen genannt hatte. Er durfte nicht mehr schweigen, er mußte eine Möglichkeit finden, sich öffentlich zu verteidigen.

Lykon sagte aufmunternd: »Das wird ohne Schwierigkeiten

zu machen sein – eine wahre Freude, wie er uns in die Falle gegangen ist.«

Anytos' Miene verfinsterte sich.

Der junge Anytos schlug den Vorhang zurück und trat ein. »Das Ziel ist die Glückseligkeit, sagt Sokrates. Unseres auch. Sag selbst, Meletos! Diese Neaira, das war eine, was? Du hattest sie ja auch, herrlich biegsam, nicht wahr?«

»Schweig!« schrie Anytos. »Was führst du schon wieder für Reden, du Lümmel!«

»Das sind philosophische Reden.«

»Hat dich das Sokrates gelehrt: Fressen, Herumhuren? Du hältst wohl nichts von Mäßigung?«

»Für Sokrates gilt die Sokratessche Mäßigung, für mich die Anytossche. Das Maß aller Dinge ist der Mensch, nicht wahr? Ich habe eben ein anderes Maß als so ein alter Tattergreis.«

Anytos merkte, daß sein Sohn ihn gegen Sokrates ausspielen wollte, und er begann zu schimpfen. »Und ich Unglücklicher habe ihn zu diesem Sittenverderber geschickt. Ich hatte gehofft, er würde mir den Sohn für die politische Laufbahn vorbereiten, damit er mir ein würdiger Nachfolger sei ...«

»Würdig?« prustete der junge Anytos los. Er spottete: »Du gehst doch in Sackleinwand gekleidet unter die Leute, damit du dich wenigstens äußerlich nicht von ihm unterscheidest, nicht ich! Ich verstelle mich nicht wie du, Vater, denn ich habe meine Würde!«

»Wagst du dich sogar schon an mich heran, du Sprotte?« rief der Vater empört.

»Aber Väterchen! Du hast mich zu Sokrates geschickt, damit er einen klügeren Menschen aus mir macht, als du einer bist. Und ich glaube, das ist ihm auch gelungen.«

»Du frecher Kerl!« schrie Anytos. Lykon legte beschwichtigend die Hand auf die seine. »Schimpf nicht mit ihm! Er kann nichts dafür. Es ist offensichtlich, Anytos, daß Sokrates dir den Sohn verdorben hat.«

»So, wie er es auch mit Alkibiades und Kritias getan hat«, fügte Anytos' Vater bitter hinzu. »Schöne Vögel fliegen da aus seinem Nest. Er brüstet sich damit, daß er aus einem madigen Apfel einen gesunden macht, und dabei hat er auf die Jugend einen äußerst verderblichen Einfluß.«

»Ich bin also madig?« Der Sohn lachte frech. »Wie wahr! Aus Vaters Häuten sind die Maden in mich gekrochen, haha! Es wimmelt in mir nur so von ihnen, und ich muß immerzu fressen und saufen...«

Anytos schickte den Sohn hinaus. Doch Sokrates' Name blieb im Raum. Gespenstisch saß er in allen Ecken.

»Es wird schwer werden, ihm den Mund zu stopfen«, widersprach Anytos Lykon. »Sokrates lebt arm wie ein Bettler; so einer kann uns Reiche schon anklagen.«

Lykon erkannte, daß es notwendig war, über die schlechte Wirtschaftsführung der Demagogen ein religiöses Mäntelchen zu decken. »Aber Sokrates führt bei uns eine neue Religion ein. Er verkündet, daß er eine göttliche Stimme in sich trägt, ein göttliches Daimonion, das ihn leitet, als sprächen die Götter selbst zu ihm.«

Schweigen und stille Freude.

»Damit wächst im Volke der Unglaube!« rief Lykon aus.

»Ein Mensch, der über den Göttern stehen will! Ein Lästerer und selbstgefälliger Angeber, und dabei bleibe ich«, empörte sich Meletos.

»Jawohl, ein Lästerer und Angeber«, wiederholte Lykon.

»Wir müssen... Was glaubt ihr denn, was wir tun müssen?« fragte Anytos.

»Dem Gesetz Nachdruck verschaffen und ihn vor Gericht bringen«, erwiderte Lykon.

»Bei Zeus, das geht nicht!« Anytos erschrak. »Sokrates ist bei allen beliebt. Ich selbst schätze und verehre ihn.«

»Deine edlen Gefühle sollten dich nicht daran hindern, deine Pflicht zu erfüllen«, drang Lykon auf Anytos ein. »Du selbst sagtest, Zeus sei dein Zeuge dafür, daß du dich schuldig fühlst, weil du ihm deinen Sohn zur Erziehung anvertraut hast.«

»Freilich. Aber er ist doch der Stolz Athens. Er ist auch in der Fremde bekannt und wird dort geschätzt.«

»Aber du weißt doch...«

»Bei Athene, erbarme dich, Lykon, und verlange nicht von mir, eine alte Freundschaft zu verraten, einen Menschen, der vielleicht wirklich eine göttliche Sendung hat!«

»Du mußt Athen von diesem Ungeist befreien!« rief Lykon.

Anytos riß den Chiton vor der Brust entzwei und schrie: »Wer soll denn die schreckliche Rolle des Anklägers auf sich nehmen?«

»Ich«, sagte Meletos aufgeregt. »Noch heute werde ich ein Schreiben verfassen...«

»Nein, nein!« schrie Anytos. »Geht! Überlaßt mich meinem Leid!« Sein Gejammer wurde noch lauter. »Ich Unglücklicher, ich Allerunglücklichster, ich Elender!«

Lykon und Meletos verließen das Zimmer. Noch vom Gang aus hörten sie Anytos' Gezeter. Ein Sklave, der an der Tür stand, fragte sie, ob er nach seinem Herrn sehen solle. »Geh nicht hinein. Er hat Kummer und will allein sein.«

Als sie aus dem Haus traten, waren ihre Mienen ruhig und zufrieden. Meletos lächelte dem Pförtner zu. Lykon streichelte den Hund, der in der Nähe des Ausgangs an einer Kette lag.

Im Zimmer horchte Anytos, ob sich die Schritte der Freunde entfernten. Dann setzte er sich an den Tisch und trank den Rest des Weines aus Lykons Becher; in die Weinpfütze auf dem Tisch aber malte er mit dem Finger das Wort » **ΣΩΚΡΑΤΗΣ** «.

Zur gleichen Zeit, hinter dem Dipylon-Tor im öffentlichen Park mit seinen Heiligtümern und Götteraltären, waren zwischen den heiligen Olivenbäumen zerlumpte Kleidungsstücke zum Trocknen aufgehängt. Eine Frau saß auf den Stufen zum Hephaistos-Altar und sang ihrem plärrenden Kindchen, das sie in den Armen wiegte, ein Schlafliedchen.

Ihr Mann kehrte eben mit zwei Kameraden, die ihm, was ihr abgerissenes Äußeres betraf, um nichts nachstanden, aus der Stadt zurück. Sie lachten laut.

Die Frau blickte zu ihm auf. »Du hattest wohl heute wieder Glück, Phorkynos?«

»Auch ich hatte Glück«, freute sich Hyperion. »Ich wurde ebenfalls als Mitglied des Schwurgerichts ausgelost.«

»Über wen werdet ihr denn zu Gericht sitzen?«

»Was wissen wir denn«, brummte Kyparissos. »Ich wurde doch zum erstenmal ausgelost. Ich kann euch aber sagen, meine Lieben, daß ich mich ein zweites Mal nicht darauf einlassen werde.«

»Du lebst wohl im Überfluß?« schnauzte Phorkynos ihn an.

Kyparissos schüttelte sich. »Irgendwie geht mir das gegen den Strich. Da steht so ein völlig unbekannter Mensch vor dir, und nun richte ihn! Vielleicht gibt gerade meine Bohne den Ausschlag, und dieser Mensch, der vielleicht ganz unschuldig ist, kommt um seinen Kopf.«

Die Frau nickte. »Da hast du freilich recht. Wer möchte schon helfen, einen Unschuldigen umzubringen. Also gib doch keine schwarze, sondern eine weiße Bohne, Kyparissos.«

Der lachte bitter auf. »Ja, ein guter Rat ist Goldes wert! Ich gebe also eine weiße Bohne, und vielleicht gibt gerade meine Bohne wieder den Ausschlag, daß ein Mörder freigelassen wird.«

Die Frau erwiderte nichts mehr. Sie beugte sich über ihr Kleines und schützte sein Gesichtchen mit einem Zipfel des alten Peplos, in den sie das Kind gehüllt hatte, vor der Sonne.

»Darüber zerbreche ich mir schon lange nicht mehr den Kopf«, gab Phorkynos zu. »Ich verdiene etwas, um nicht ganz zugrunde zu gehen, und habe sogar noch Spaß dabei, gleich, ob es dort um Leben oder Tod geht.«

Kyparissos' Stirn umwölkte sich. »Ich weiß ja nicht, was daran Spaß machen könnte.«

»Und ob, mein Teurer! Das ist wie im Theater«, belehrte Phorkynos den Neuling. »Weinen und Lachen, ein Stück von Sophokles, und eins von Aristophanes.«

»Das kann ich bestätigen«, mischte sich Hyperion in das Streitgespräch ein. »Ich liege bei Gerichtsverhandlungen immer wie ein Luchs auf der Lauer, wie das wohl mit dem Verurteilten ausgehen wird, ich schwitze fast Blut dabei.«

»Ein schöner Trost! Will ich etwa Blut schwitzen?«

Kyparissos hob gedankenverloren zwei Kieselsteine von der Erde auf und schüttelte sie in der Hand.

Phorkynos packte Kyparissos im Genick. »Überleg mal, Menschenskind, beim Gericht treten alle ohne Maske auf. Auch ihre Gesichter spielen mit; ihre Tränen sind echt, und der Giftbecher, der den Verurteilten erwartet, ist nicht leer wie auf der Bühne. Es ist wirklich Gift darin, und deshalb krümmen sich die Opfer der Heliaia vor Schmerz heftiger als die Schauspieler im Dionysos-Theater.«

»Was schwatzt du da zusammen, du blutrünstiger Kerl!« empörte sich Kyparissos. »Und laß mich endlich los!«

Phorkynos streckte die Arme dem Hephaistos-Altar entgegen und begann zu fluchen: »Beim krüppligen Hephaistos, dem feurigen Schmied, ich ertrage es einfach nicht, wenn jemand unser Gericht verunglimpft, wo doch die Urteilssprechung unser Lebensunterhalt ist.«

»Du, Kyparissos«, riet ihm Hyperion gutmütig, »mußt auch bedenken, für wie viele Menschen dabei etwas abfällt. Ein weiches Herz würde niemanden ernähren. Schau mal: So ein Sykophant erwischt irgend jemanden bei irgendeiner kleinen Gaunerei, und schon läuft die Sache. Weißt du, daß so eine Geschichte eine ganze Reihe von Menschen ernährt? Den Sykophanten, den Schreiber, den Prytanen, den Skythen, den Archon, uns fünfhundert Geschworene aus dem Volk, dann die Gefängniswächter, und schließlich auch noch den Henker. Aber solche Gerichtstage gibt es für uns Habenichtse noch zu wenig.«

Nach einer Weile wandte sich Kyparissos nach Hyperion um, doch er konnte ihn nirgends mehr entdecken. Er hatte ihn aus seinem Blickfeld verloren, und so starrte er in die Ferne. Die zu verdienenden Obolen riefen in ihm keineswegs ein Glücksgefühl wie bei Phorkynos hervor. »Was fange ich nur an?« Ihm war, als spräche die Stimme des einarmigen Krüppels zu ihm. »Ganz einfach: Gib deine Stimme ab, und wenn du mit voller Tasche zurückkommst, dann denke an diejenigen, die beim Auslosen kein Glück hatten.«

Kyparissos fühlte, wie fest er nunmehr ans Gericht gekettet war, nicht nur durch das Los, sondern auch durch die

Menschen, die ihn vor kurzem vertrieben hatten, als er vergeblich versuchte, sich auf seinem kleinen Stück Land zu halten.

Er geriet in Erregung. »Und dann wird man gefragt: ›Schuldig oder nicht schuldig?‹ Wie soll ich es wissen?« Und mit Nachdruck sprach er zu Phorkynos: »Wonach richtest du immer deine Entscheidung?«

»Danach, was ich über den Angeklagten höre.«

»Du hörst die Anklage und auch die Verteidigung. Woher willst du wissen, was von beiden die Warheit ist? Und was ist mit dem Angeklagten selbst? Wonach beurteilst du ihn?«

Das Kleine im Arm der Frau begann zu weinen. Die Frau jammerte: »Es hat schon wieder Hunger.«

Phorkynos setzte sich neben seine Frau. »Warte nur, schon morgen bringe ich dir etwas.« Und zu Kyparissos gewandt: »Ich kenne nie einen der Angeklagten. Ich sehe ihn sozusagen zum erstenmal in meinem Leben. Die Anklage behauptet, er sei ein Verbrecher, er dagegen verteidigt sich, er wäre ein ordentlicher Mensch. Nun, was sollst du da machen?«

Leise begann die Frau, das Kind wieder in den Schlaf zu singen.

Kyparissos brachte langsam hervor: »Demnach ist das die schwierigste Arbeit, die es überhaupt gibt.«

»Ich gebe eine weiße Bohne oder eine schwarze«, sagte Phorkynos. »Für die wie für jene kriege ich drei Obolen. Was gibt es da noch zu überlegen?«

Hyperion sprach in das Wiegenlied der Frau hinein: »Das hat Kyparissos gut gesagt – die schwierigste Arbeit...«

Kyparissos warf die beiden Kieselsteine weit fort. »Ich gehe nicht zu diesem Gericht.«

»Sei kein altes Weib!« schrie ihn Phorkynos an.

»Ich gehe nicht hin! Ich werde für drei Obolen weder morden noch einen Verbrecher freisprechen!«

»Das ist doch ein und dasselbe. Du gewöhnst dich schon daran.«

»Da würde ich mich nie dran gewöhnen!«

»Aber du mußt es wegen uns allen tun! Du kommst da nicht mehr raus!«

Kyparissos schwieg. Durch die Stille drang das Wiegenliedchen der Frau.

Phorkynos ließ sich erweichen. »Weißt du, wie wir das machen?«

»Da bin ich aber neugierig«, entgegnete Kyparissos friedlicher.

»Wir werden einfach losen.« Phorkynos zog aus der Tasche eine in einen Lappen eingewickelte Münze. »Du bist Eule – schwarz, ich bin Athene – weiß.«

Er warf. Aller Augen starrten auf die Münze.

»Athene – weiß!« rief Hyperion als erster. Phorkynos lächelte.

»Da haben wir's. Ich werde also die weiße und du wirst die schwarze Bohne geben. Schluß mit der Quälerei.«

Alle amüsierten sich darüber, wie sich die Geschworenen mit einem einzigen Wurf die Verantwortung vom Halse schoben und sie dem Zufall und der Göttin Tyche überließen.

Die Frau hörte auf zu singen. Sie sagte sich: So also wird über Leben und Tod eines Menschen entschieden. Eule – Athene, schwarze Bohne, weiße Bohne – wie es fällt, so fällt es eben.

8

Sokrates lehnte sich mit dem Rücken gegen die Wand. Kinder spielten um ihn herum. Die Sonne neigte sich dem Westen zu. Gegen das Licht blinzelnd, sah Sokrates eine prächtige, von Sklaven getragene Sänfte herankommen.

Auf einen Befehl hielt die Sänfte an, und ein Mann, in kostbare Stoffe gekleidet, stieg heraus. Er ging auf Sokrates zu, wobei er sich ein wenig in den Hüften wiegte. Ein feines hämisches Lächeln lag auf dem runzligen Gesicht. Mit jeder Bewegung machte er deutlich, wie sehr er sich seiner Überlegenheit Sokrates gegenüber bewußt war.

»Chaire, mein verehrter Sokrates!«

Sokrates hob die Hand zum Schutz gegen die schrägstehende Sonne vor die Augen, doch er erkannte den Mann nicht. Bedächtig erwiderte er: »Chaire! Warum nennst du mich ›verehrter Sokrates‹?«

»Weil ich überzeugt bin, daß unser Athen die einzige Stadt in ganz Hellas ist, die einen Mann wie Sokrates ihr eigen nennt.«

»Ich bin mir nicht sicher, ob du mich mit deinen Worten verspotten oder mir schmeicheln willst.«

»Wenn du erst weißt, wer dir dies sagt, wirst du begreifen, daß weder das eine noch das andere der Fall ist, sondern daß ich dir damit Ehre erweisen will.«

»Ich weiß nicht, wer du bist. Verzeih mir, aber gegen die Sonne kann ich nur schlecht sehen.«

Der Mann machte eine Handbewegung, wodurch der Duft aufwirbelte, von dem seine Frisur, seine Kleidung, seine Haut durchdrungen waren.

»Ich bin ein emporgestiegener Armer, ein früherer Tagedieb. Die Gassenjungen riefen früher hinter mir her: ›Mücke, Mücke!‹ Viele Menschen haben mir in meine bittend ausgestreckten Hände gespuckt, statt mir einen Obolos zu schenken. Selbst du hast mich niemals freundlich angesehen; vielleicht hat auch dich mein Name abgestoßen...«

»Anopheles«, sprach Sokrates ihn aus.

»Die Mücke, ja. So hast du mich also doch wiedererkannt. Und nun wirst du zugeben, daß man niemals über einen jungen Menschen ein Urteil fällen soll und daß sich erst im reifen Alter zeigt, wie erfolgreich oder nicht er sein Leben gestaltet hat.«

»Und wie beurteilst du dich demnach selbst?« fragte Sokrates. »War dein Leben denn erfolgreich?«

Anopheles warf den seidenen Mantel schwungvoll um sich und grinste. »Muß ich dir darauf antworten?«

»Ich bitte dich darum«, sagte Sokrates, und er fühlte, daß er in seinem Element war.

»Ich will deiner Laune entsprechen, obgleich ich nicht gern darüber rede.«

»Unangenehme Erinnerungen?« forschte Sokrates.

»Ach wo. Aber altes Unrecht schmerzt mich. Erinnerst du dich, daß man während der Herrschaft der Tyrannen über mich verbreitet hat, ich wäre ein Verleumder?«

»Und warst du das nicht?« fragte Sokrates mit kindlicher Naivität.

Anopheles überhörte die Beleidigung und sagte: »Ich habe mich lediglich mit den Regierenden und den Mächtigen unterhalten – das pflegst du doch auch zu tun. Ist das vielleicht die Arbeit eines Sykophanten?«

»Es kommt darauf an, über wen du dich mit ihnen unterhalten hast und in welcher Form. Auch denjenigen, der bei einer Unterredung mit einem Despoten jemanden hinter seinem Rücken auch nur mit einem einzigen Wort anschwärzt und diesen Menschen von den Despoten verfolgen läßt, sich selbst dabei aber vorsichtig im Hintergrund hält – auch denjenigen nennt das Volk einen Sykophanten oder Verleumder.«

»Ich danke dir für die Lektion«, sagte Anopheles ironisch. »Neider habe ich genug, den Göttern sei Dank! Einen derartigen Erfolg hatte ich mir gar nicht erhofft.«

»Woran mißt du denn die Größe deines Erfolges?« wollte Sokrates wissen.

»An dir, Sokrates. Du bist das überzeugendste Maß für mich. Du warst immer arm – heute bist du noch ärmer. Dein Mantel ist ein einziger Fetzen, deine nackten Füße sind vom Schmutz zerfressen. Dein ganzes Leben hast du dich nie ordentlich satt essen können, schon als du noch allein warst. Jetzt hast du Frau und Kind, dazu noch dieses Bettelmädchen Myrto am Halse. Dein Haus gleicht einer Ruine, von deiner ganzen Bildhauerkunst sind nur ein paar Marmorbrocken übriggeblieben, die auf dem Hof langsam zerfallen. Das Alter hat dir noch größere Not gebracht, als ich sie in meiner Jugend ertragen mußte. Heute kommst du mir – verzeih mir meine Aufrichtigkeit, Sokrates – wie ein armer Schlucker vor, wie ein Landstreicher, ein Plagegeist, der jeden anspricht ...«

Sokrates unterbrach ihn lebhaft: »Das hast du sehr treffend formuliert. Ich bin wirklich ein armer Schlucker. Ich besitze kein Silber, erst recht kein Gold, keine Villa, auch keine Sklaven. Auch ein Landstreicher bin ich, wenn du so willst. Unermüdlich streife ich von morgens bis abends durch unsere Stadt. Auch ein Plagegeist bin ich, zugegeben. Ich plage mich ab mit jedem, den ich treffe, doch mit dem Unterschied, daß ich von niemandem etwas nehme, sondern immer nur gebe.«

Anopheles lachte. »Ich weiß, du gibst nur! Deine leeren Hände teilen Worte aus, die niemanden satt machen und sich wie Rauch in der Luft auflösen.«

»Unterbrich mich nicht, Anopheles! Ich sagte: Ich plage mich mit den Menschen herum, bringe aus ihnen heraus, was in ihnen verborgen ist, eben wie eine Hebamme. Ich unterhalte mich mit den Menschen und rüttle sie dazu auf, sich Tugenden anzueignen.«

Aus Sokrates' Mund klang dies so schlicht und wahr, als hätte er statt »Tugend« »Brot« gesagt.

»Daß du das Erhabenste, das Beste willst, muß man dir schon lassen«, gab Anopheles zu. »Aber du bist eben nur ein Lehrer der Armen. Die Sophisten hast du unterschätzt, ihre Lehre strikt abgelehnt. Doch siehst du, diese Sophisten – auch ich bekenne mich heute zu ihnen – waren praktischer als du: Alle haben sie sich großen Besitz zugelegt, sie haben sich mit den Demagogen verbrüdert, einige bekleiden in der Gemeinde hohe Ehrenämter, und allen geht es blendend.«

Anopheles schien es, als hätte sich der einstige Bildhauer selbst in eine Statue verwandelt, als seien die Falten seines Himations zu Stein erstarrt. Nur seine Hände waren lebendig geblieben und bewegten sich wie die einer Geburtshelferin, die etwas aus Anopheles herausholen wollte.

Liebenswürdig bot Anopheles Sokrates an: »Aber warum stehen wir denn hier? Komm doch zu mir in die Sänfte, und laß uns das Gespräch in meiner Villa fortsetzen; es ist auch an der Zeit, ans Abendessen zu denken.«

Als er sah, daß Sokrates sich nicht rührte, umklammerte er dessen Handgelenk und drang in ihn: »Komm doch mit, mein Teurer. Mein Tisch ist reich genug gedeckt, um auch deinen Appetit wecken zu können.«

Sokrates löste mit einer leichten Drehung sein Handgelenk aus Anopheles' Fingern und lachte. »Ich danke dir, Anopheles, aber ich bin für diesen Abend bereits vergeben.«

Anopheles suchte geschwind nach einem anderen Weg. »Ich könnte dir auch mit einigen Mna aushelfen. Du würdest damit kein Geschenk von mir empfangen, sondern mir eines machen!«

Sokrates lachte kurz und fröhlich auf. »Du, erhabener Anopheles, du brauchst gewiß nichts von einem Sokrates!«

9

Oft behält der Mensch aus seiner Jugend etwas bei, was ihn durch sein ganzes Leben begleitet: eine Bewegung, einen Ausdruck, eine Tonart, eine Gewohnheit. Myrto war dem Brauch aus ihrer Kindheit im großväterlichen Hause treu geblieben, zum Abendessen ihre Feiertagskleidung anzulegen.

Im langen, weißen Peplos ging sie auf leichten Opanken leise um den Tisch und trug gebratenen Fisch und Wein auf.

Xanthippe legte den Gästen zum Fisch Fladen auf die Teller. Das Licht schimmerte auf dem schwarzen Haar, doch es vertiefte die Falten in ihrem Gesicht. Links neben ihr saß Lamprokles, rechts Anytos' Sohn. Neben Sokrates hatten Apollodoros und Platon Platz genommen, ihnen gegenüber Kriton und Simon. Um sie herum trippelte ein zahmes Schaf und erbettelte von jedem einen Bissen.

Fröhliches Lachen erscholl in Sokrates' kleinem Hof. Doch ein Gast tat nur so, als lache er mit: Anytos der Jüngere. Er wußte etwas, was noch niemand hier wußte. Nur deshalb war er heute hierhergekommen, um seinen Sieg über diesen Sittentadler so richtig auszukosten. Er saß wie auf Nadeln: Mit einem Ohr folgte er Sokrates' Bericht über sein Zusammentreffen mit Anopheles, dem früheren Bettler, der ihn heute zum Essen in seine Villa eingeladen hatte, mit dem zweiten lauschte er auf Geräusche vom Gäßchen her, die ihm nahendes Hufgeklapper anzeigen würden.

»Nach dem, was du da erzählst, muß er eine ganze Menge Leute angezeigt haben, dieser plötzlich so reich gewordene Anopheles«, sagte Myrto zu Sokrates.

»Einer, der Menschen anzeigt und verleumdet, ist es nicht wert, den Namen Mensch zu tragen«, sagte Sokrates.

Nur mit Mühe unterdrückte Anytos seine Erregung.

Simon überlegte. »Diesen Satz habe ich von dir zum ersten Male vor sechs Olympiaden gehört.«

»Wie kannst du das so genau wissen?« erkundigte sich Apollodoros.

Auch Sokrates war überrascht. »Ich weiß selbst nicht mehr, wann ich das gesagt habe.«

Simon zwängte sich durch einen Mauerspalt, ging zu seinem Haus und kehrte nach kurzer Zeit mit einem Arm voller Papyrusrollen zurück. Er wühlte emsig in ihnen. »Wartet nur, ich finde es schon.«

»Bei allen Höllenhunden, was hast du denn da?« Sokrates staunte und sah sich die Rollen an. Laut las er vor: »Über die Güte – Über die Schönheit – Über die Dichtkunst – Über die Götter – Über die Liebe – Über die Philosophie – Über die guten Gedanken – Über die Musik – Über die Tugend.«

»Da habe ich es schon«, rief Simon. »Hier! Siehst du? ›Einer, der Menschen anzeigt und verleumdet, ist es nicht wert, den Namen Mensch zu tragen‹.«

Apollodoros wunderte sich. »Seit wann schreibst du denn das alles auf, Simon?«

»Schon als Junge hat mich interessiert, was Sokrates so sagte. Wenn der Mensch immerzu auf dem Schusterschemel hockt und arbeitet, hat er Muße genug, über das Gehörte nachzudenken. Sokrates lernte damals sogar von den alten Sophisten, aber was er sagte, sagte keiner von ihnen. Das hat mich gefesselt, und ich habe mir alles eingeprägt, und wenn ich Zeit dazu hatte, schrieb ich es auf. Übrigens schreiben auch Kriton, Simmias und Kebes vieles auf, was sie von Sokrates hören.«

»Ich ja auch«, meldete sich da Platon. »Abend für Abend schreibe ich. Xenophon hat sich ebenfalls vieles aufgeschrieben, auch andere noch.«

»Warum hast du dich, geschätzter Lehrer, mehr als andere um die Menschen gekümmert?« fragte Apollodoros.

Sokrates lachte. »Ich bin ein einfacher Mensch und richte

lieber jemanden wieder auf, als daß ich ihn niederwerfe – das ist klar. Zuerst nehme ich ihn natürlich auseinander, aber dann füge ich ihn gleich wieder zusammen. Der Bildhauer macht aus dem Besten, was er an zehn Männern oder Frauen entdeckt, eine einzige Statue. Und genauso wollte ich es mit den lebendigen Menschen halten, mit ihren Gedanken und Gefühlen. Eine Sache ging mir dabei immer durch den Kopf: Meine Mutter half, hilflose Würmchen zur Welt zu bringen, mein Vater dagegen meißelte erwachsene, vollkommene Menschen in Stein. Aber niemand auf der Welt kümmert sich darum, wie die seelische Entwicklung von so einem Würmchen zum reifen Menschen vor sich geht. Wer wird in ihnen Erkenntnisse wecken, sie Nachdenken und sie Tugenden lehren, sie zur Glückseligkeit führen? Also habe ich es eben versucht.«

Anytos versetzte jedes Wort von Sokrates in neue Unruhe. Ihm schien, als wären sie nur auf ihn gemünzt. In diesem Augenblick sah ihm der Greis in die Augen. Anytos errötete und blickte auf den Tisch hinab.

»Es gibt Lehrer der Weisheit«, erklärte Sokrates, »die es sich zur Aufgabe gemacht haben, alles niederzureißen und umzukrempeln. Meine große Sehnsucht indes ist es, etwas aufzubauen und mit Inhalt zu erfüllen. Ein Bildhauer baut auf, und als ich mit schwerem Herzen einst die Bildhauerei aufgab, wollte ich doch deren Wesen treu bleiben. Ja, und diese Arbeit tue ich nun schon ziemlich lange – und ich bedauere es nicht.«

Sokrates erhob sich und goß Wein aus seinem Becher. »Ich opfere meinen drei liebsten Vorbildern, die mir stets getreu zur Seite standen: Apollon, dem Lichtspender, Dionysos, dem Freudenspender, und Artemis, der edlen Jägerin.«

Anytos vernahm von der Straße her Pferdegetrappel. Er erbleichte. Aber er erhob sich mit den anderen und trank auf die Götter. Doch die Hand zitterte ihm, so daß er etwas Wein verschüttete. Angesichts der ruhigen, einfachen Worte von Sokrates und seiner unerschütterlichen Sicherheit, angesichts der Fülle seines Lebens und seiner Gedanken kam sich Anytos vor wie ein Ausgestoßener. Was noch Gutes in ihm war, wehrte sich gegen seinen Verrat, der in wenigen

Minuten offenbar werden würde. Plötzlich war er sich selbst zuwider, auch Vaters und Meletos' Vorhaben ekelte ihn an – doch nun war es zu spät.

Anytos ertrug die Spannung nicht mehr, die ihm die Schläfen klopfen ließ. Er sprang auf und rannte ohne ein weiteres Wort aus dem Hof. Allgemeines Erstaunen. »Wohin rennt er? Was ist denn los mit ihm?« Sokrates aber lächelte weise, als er sagte: »Achtet nicht darauf, meine Lieben. Manchmal entzündet sich selbst bei einem gewissenlosen Menschen für eine Weile ein Fünkchen Ehrgefühl oder Scham.«

»Ein gewissenloser Mensch? Was meinst du damit, unser Lehrer?« wollte Apollodoros wissen. »Hat dir Anytos etwas Schlechtes getan?«

»Beruhige ich, mein Lieber, mir kann nichts Böses geschehen.«

Kriton dachte laut nach. »Er war so sonderbar in den letzten Tagen. Und er gefiel mir gar nicht.«

»Kriton hat schon recht«, pflichtete ihm Platon bei. »Auch mir hat er ganz und gar nicht gefallen.«

Doch Sokrates winkte sorglos ab. In diesem Augenblick betrat ein Skythe den Hof. Er grüßte und sagte: »Der Archon Basileus schickt Sokrates dieses Schreiben. Ich soll mir deine Antwort anhören!«

Myrto begann zu zittern, Xanthippe blickte den Boten verstört an. Gespannt sahen die Freunde auf Sokrates, der den Papyrus entrollte und laut vorlas: »Der Archon Basileus gebietet hiermit Sokrates, dem Sohn des Sophroniskos aus dem Demos Alopeke, sich am fünften Tag, von heute an gerechnet, beim dritten Hahnenschrei vor der Heliaia einzufinden, um sich gegen die Beschuldigung zu verteidigen, daß er die vom Staat anerkannten Götter nicht achtet und eine andere, neue Religion einführen will; des weiteren, daß er die Jugend verdirbt.«

In die tödliche Stille hinein schrie Apollodoros: »Mein Sokrates!« Sokrates schob ihn auf seinen Sitz zurück, dem Skythen aber gab er würdevoll zur Antwort: »Richte deinem Archon aus, ich werde mich rechtzeitig einfinden. Chaire!«

Beklemmendes Schweigen.

»Seid guten Mutes, Freunde. Athen wird die Anklage hören, aber auch mich dazu.«

Kriton faßte nach der Hand seines alten Freundes. »Bedenke aber, Sokrates, daß das athenische Recht in einem solchen Falle...«

Sokrates unterbrach ihn heftig: »Ich weiß schon, was du sagen willst, Kriton.« Er sah ihn tadelnd an.

Auf dem kleinen Hof herrschte gespannte Stille. Die weißen Mauern des Häuschens leuchteten, sie strahlten die den Tag über aufgespeicherte Sonnenwärme aus. Tau lag auf dem Oleandergebüsch, und über allem schwebte ein betäubender Duft.

Niemand jedoch nahm die Schönheit dieses Abends wahr. Simon sprach die Besorgnis aller aus: »Was wird nun mit dir geschehen?«

»Es geht nicht um meine Person, meine lieben Freunde. Es geht um meine Gedanken und darum, was aus ihnen wird. Den Kampf zwischen Schlauheit und Weisheit wird es immer auf der Welt geben. Einmal überwiegt die Schlauheit, das andere Mal die Weisheit. Mag dieses Auf und Ab der Waage aber auch noch so lange dauern, einmal wird sich doch die Schale der Schlauheit als zu leicht erweisen.«

Sokrates strich Apollodoros über das lockige Haar. »Die Weisheit ist kein starres Sück Marmor. Sie ist ein lebendiges Feuer, das erhalten und ständig genährt werden muß. Und das ist nun eure Aufgabe, Freunde.«

Apollodoros hatte den Blick auf Sokrates gerichtet; andächtig hörte er ihm zu.

»Es wird also auch deine Aufgabe sein«, wandte sich Sokrates an ihn. «Verstehst du, mein Junge?«

VI

1

SOKRATES HATTE IN SEINEM LEBEN SCHON eine ganze Reihe von Morgendämmerungen unter freiem Himmel erlebt, wenn er auf den Aufgang der Sonne wartete. Er liebte diese Stille, in der der Geist, durch nichts abgelenkt, auf Wegen wandert, die im hellen Tageslicht nicht so leicht zu begehen sind. Die heutige Nacht aber durchwachte er ganz.

Er stieg auf einen Marmorquader, um besser den Hymettos sehen zu können, hinter dem seine liebe Gevatterin, die Sonne, emporsteigen würde. Doch heute war es nicht still wie sonst. Aus den Häuschen im Demos Alopeke waren schon lange vor Sonnenaufgang aufgeregte Stimmen zu hören, mal von da, mal von dort, von überallher.

Unter diesen Dächern Athens war heute der Gott Hypnos nicht eingekehrt. Hinter den vielen Vierecken der Fenster erklangen erregte Stimmen, denn heute morgen würde einer der besten Männer Athens, Sokrates, vor Gericht gestellt werden.

Noch stand dieser reglos auf dem Marmorquader. Er vernahm die Unruhe, hörte die zornigen Stimmen, wußte, daß seine Stadt heute keinen Schlaf gefunden hatte. Er lächelte: Welch ein Glück, in solch einem Augenblick nicht allein zu sein!

In den Duft des Oleanders und der Zypressen mischte sich der Geruch nach Rauch. Irgendwo war man bereits aufgestanden, kochte sich die Morgenmilch, buk Fladen; die Gerichtsverhandlung würde bis zum Abend dauern. Die Menschen beeilten sich, damit sie nicht zu spät kamen, damit sie gut sehen und hören konnten, damit sie in Sokrates' Nähe waren.

Auch Xanthippe und Myrto wachten. Myrto war mit bloßen Füßen auf den Hof geschlichen, wo sie Sokrates' reglos verharrende Gestalt schemenhaft erblickte. Xanthippe folgte Myrto, und in ihrer Angst umarmten sich die beiden Frauen. Rings um Sokrates' Silhouette sahen sie den Himmel heller werden.

»Wenn doch heute die Sonne nicht aufginge!« flüsterte Myrto.

Meletos hatte Abissa befohlen, ihn beim Morgengrauen zu wecken. Wenn sie ihn sonst wecken ging, trug sie das Haar gewöhnlich aufgelöst, wie er es gern hatte. Heute jedoch hatte sie es zu einem festen Knoten gesteckt und mit einem bunten Band umwunden. Sie wußte, wohin sich ihr Herr heute begeben würde; deshalb legte sie sich auch nicht zu ihm, um ihm, wie üblich, den Beginn des Tages angenehm zu machen.

Abissa küßte Meletos zärtlich. »Mein Teurer, es wird schon hell. Du hast einen großen Tag vor dir.« Er vergalt ihr die Zärtlichkeit mit Brutalität und kniff sie in den Busen, daß sie vor Schmerz aufstöhnte. »Ja, Abissa«, sagte er und erhob sich vom Lager, »ein großer Tag, meiner und Sokrates', Sokrates' und meiner.«

Abissa blickte ihm ins Gesicht. Wie es über Nacht gealtert war. Oder waren es doch nur seine Augen, die ihn so alt erscheinen ließen? Warum aber? Nicht ihn würde man schließlich verurteilen.

»Ist das Bad gerichtet?«

»Freilich, Despot«, antwortete sie und begleitete ihn ins Badezimmer. »Welche Kleider soll ich dir denn heute zurechtlegen?«

Er ging im Geiste die Geschenke durch, die er gestern als Dank von Anytos erhalten hatte, und rief aus der Wanne: »Den rotbraunen Chiton, den goldenen Armreif und – welchen Mantel soll ich dazu anziehen?«

»Den scharlachfarbenen?« fragte Abissa.

»Nein, man würde sagen, daß ich Alkibiades nachäffe.«

»Wie wäre es mit der neuen grünen Chlamys, dieser mit Gold durchwirkten?«

»Das ist es! Lauter neue Sachen.«

Nach dem Bad kleidete er sich an und frühstückte. Abissa erzählte ihm von den Tumulten in der Stadt. Doch Meletos war in Gedanken bereits auf dem Areopag.

Nachdem er sein Frühstück beendet hatte, wiederholte er zur Übung seine Anklage gegen Sokrates und verfolgte dabei im Spiegel aufmerksam, ob er bei der Rede auch die richtigen rhetorischen Gesten machte und die entsprechende Mimik dazu.

Ein böses Lächeln erschien auf seinem Gesicht. »Warte nur, Alter! Ich, den Kirke in ein Schwein verwandelt hat, ich werde dir heute etwas Schönes vorgrunzen.«

Die Adler, die am Kamm des Hymettos nisteten, erhoben sich in die Lüfte und flogen nach Norden. Sie erwachten immer eine Weile eher, als Phoibos seine goldenen Hengste aus dem Stall trieb.

Auf dem flachen Dach seines Häuschens stand der Bäcker Merinos und rieb sich die Augen. Er sah die Adler, die gegen den Pentelikon zogen.

»Es beginnt schon zu tagen«, sagte er ins Leere hinein, denn die Hellenen sprechen so gern, daß sie auch mit sich selbst reden.

Doch da ertönte aus dem Nachbarhof eine Stimme. »Ja, es wird langsam Zeit, sich fertigzumachen«, bemerkte Lustratos, und er fügte hinzu: »Steck irgendwas zum Beißen ein, und auch für mich.«

»Ich nehme Fladen mit, habe sie eben gebacken. Heute müssen meine Frau und mein Sohn verkaufen. Bring du den Wein mit, es wird ein verdammt heißer Tag heute.«

»Es gefällt mir gar nicht, daß ich als Geschworener ausgelost wurde«, brummte Lustratos verdrossen.

»Ich bin schon ganz zappelig vor Neugierde, habe die ganze Nacht kein Auge zugemacht«, sagte Merinos und rieb sich von neuem den Schlaf aus den Augen.

»Ich auch nicht.« Lustratos hob, breitbeinig auf dem Dache stehend , die Arme zum Himmel empor. »Das ist wieder so eine schreckliche Verantwortung; ich weiß tatsächlich nicht, wie ich stimmen soll.«

»Das werden wir dort schon sehen«, beruhigte Merinos seinen Nachbarn.

Lustratos fuhr Merinos an: »Was soll ich dort schon anderes sehen als jetzt? Durcheinander und Verwirrung! Mit eigenen Ohren habe ich gehört, wie Sokrates einen Mann ermuntert hat, sich lieber auf seinen Verstand als auf Apollons Weissagungen zu verlassen. Er solle nicht dauernd mit Anfragen nach Delphoi rennen und sich seine Fragen selbst beantworten, etwa in dem Sinn, daß er so besser wegkommt. Na ja, vielleicht hat er es nicht ganz so gesagt, wie ich es jetzt erzähle. Doch wir, die wir um ihn herumstanden, haben das so verstanden, daß der menschliche Geist dem göttlichen überlegen ist. Schlimm, was? Und genauso habe ich mit meinen eigenen Ohren gehört, daß man zur Sprache bringen muß, was uns Athener am nötigsten ist. So, nun wähle mal aus, was für dich das Wichtigste ist.«

Merinos teilte die Befürchtungen seines Nachbarn nicht. Er lächelte. »Weshalb zerbrichst du dir schon vorher den Kopf? Xanthippe wird dort sein, und die wird alles entscheiden. Ich sehe schon, wie sie es anfangen wird. Da wird dem Sokrates ihre Beredsamkeit zum Vorteil gereichen. Du wirst schon sehen, wie sie auf die Knie fallen, uns weinend um Milde bitten und sich ihre prachtvollen Haare dabei raufen wird. Das ganze Schwurgericht wird ergriffen und zu Tränen gerührt sein, auch du. Alle werden wir windelweich werden vor diesen armen Schluckern. Überleg doch: Er hat einen Jungen und noch diese zweite Frau; sollen wir da noch dafür stimmen, daß man eine Geldbuße aus ihm herauspreßt? Oder daß man ihn in die Verbannung schickt? Der liebt doch unser Athen so, und wir sollten ihn... Kein Gedanke!«

Lustratos schüttelte den Kopf. »Na, ich weiß nicht. Ich sage dir nur, daß das eine ganz verzwickte Geschichte ist. Erzähl, was du willst, aber dieser Alte hat doch allerhand auf dem Kerbholz, das kannst du mir glauben! Und nicht jeder nimmt alles so auf die leichte Schulter wie du.«

»Willst du mit mir wetten, daß er weder Strafe bezahlen noch aus dem Lande vertrieben wird?«

»Nein, ich will nicht.« –

In den hellen Streifen über dem östlichen Horizont schob sich ein goldener Reif; dieser goldene Bogen spannte sich höher und höher.

Sokrates hob zur Begrüßung die Arme: »Sei gelobt, daß du kommst, sei gegrüßt, großes Licht!«

Er verneigte sich vor der Sonne und drehte sich dann um. Langsam ging er von Stein zu Stein, berührte sie sacht und streichelte ihre rauhe Oberfläche. Die glänzende Oberfläche eines uralten Granitquaders schimmerte rötlich im Schein der Sonnenstrahlen.

He, Momos! Mein lieber, alter Spötter, du mein altes Onkelchen, mein Lehrmeister! Auch heute schneidest du mir eine Grimasse, obwohl du weißt, was für ein Tag mich erwartet. Nun, Bruder, du bist ja nur halb fertig geworden. Du hast nun einmal nicht begriffen, daß dein spöttisches Götterlachen weniger wert ist als ein herzliches Menschenlachen.

Sokrates wandte sich Artemis zu und kniete vor ihrer Schönheit nieder. »Meine Geliebte du! Du hast meine Geburt beschirmt, gerade als die Sonne auf der Höhe ihres Weges war. Du hast mein erstes Lachen vernommen...«

Er verstummte und küßte, wie so oft schon, ihr schönes Knie.

Am Fuße des Hymettos begannen goldfarbene Bienen auszuschwärmen.

»Es ist Zeit für mich zu gehen«, rief Sokrates, und er erhob sich vom Frühstückstisch.

»Wir gehen alle«, sagten Xanthippe und Myrto gleichzeitig.

»Ihr kommt nicht mit.«

Er erhielt keine Antwort.

Beide griffen nach ihren Brotsäckchen, die sie schon lange vorbereitet hatten. Schweigend traten sie vor ihm auf den Hof.

Xanthippe wandte sich nach Myrto um und sagte leise: »Lamprokles kommt später mit meinem Vater nach.«

»Ich bitte dich, Xanthippe, und auch dich, Myrto: Geht nicht mit, bleibt zu Hause.«

»Sokrates«, sagte Xanthippe. »Ich habe für dich Fladen mitgenommen. Es kann vielleicht lange dauern.«

Er sah das traurige Lächeln auf ihrem Gesicht. »Vor dem Sonnenuntergang bin ich wieder zurück. Denkt daran, daß ihr mich mit einem guten Abendbrot begrüßt.«

»Wenn wir dich nur mit einem guten Abendbrot begrüßen können«, erwiderte Xanthippe.

»Wovor fürchtest du dich denn?« fragte Sokrates.

»Ist das vielleicht nichts, wenn man dich des Verbrechens anklagt, du wollest die Religion abschaffen? Wie willst du da herauskommen? Schließlich weiß ich selbst am besten, daß du nicht mehr an die Götter glaubst. Du belächelst sie. Mit dieser marmornen Artemis hier sprichst du ja nur, weil sie eine Frau ist.«

Er lachte. »Also, wenn Xanthippe der Richter wäre, würde es schlimm um mich stehen, und ich wär schon bei Anaxagoras. Wie ich da herauskommen werde, fragst du? Freilich, du kannst nicht viel Gutes über mich sagen. Aber ich habe doch nicht nur Schlechtes getan. Und Athen weiß das; heute nacht habe ich es gehört.«

Sie antworteten nicht. Da meldete sich der Klopfer. Vor dem Tor standen zwei Skythen. »Der Archon Basileus schickt uns ...«

»Ja, ich weiß schon. Ich bin soweit«, brummte Sokrates.

Er trat auf die Straße, wo bereits ein Haufen Neugieriger stand. Die beiden Frauen folgten ihm. Versöhnlich sagte er zu ihnen: »Na, dann begleitet mich also ein Stück. Was trägst du denn da in deinem großen Beutel, Myrto?«

Sie entzog seiner Hand den Beutel, doch er ergriff und öffnete ihn.

»Bei allen Höllenhunden, was soll denn das bedeuten? Ein Kranz aus Rosen?« Er lächelte Myrto weich an. Dabei dachte er: Schau an, wie sie mich begrüßen will, wenn ich als freier Mann aus dem Gericht komme, einen Kranz auf meinen alten Kopf! Doch als er den Haufen Zuschauer erblickte, sagte er nur: »Das ist aber lieb von dir, daß du dich mit Rosen schmücken willst, wenn ich vom Gericht kommen werde.«

Der Demagog Anytos hatte ebenfalls die ganze Nacht kein Auge zugetan. Seine Liege stand nicht fest auf dem Mosaikfußboden; sie schaukelte auf Kufen. Doch vergebens hatte Anytos versucht, sich in den Schlaf zu wiegen. Ständig hatte er Sokrates vor Augen. Er wälzte sich auf die rechte Seite, die Liege schaukelte heftiger – doch wieder erblickte er Sokrates. Er wälzte sich auf die linke Seite – und abermals sah er vor sich Sokrates mit seinem ironischen Lächeln, mit dem er ihm auf der Agora gesagt hatte: »Ein Reicher will noch reicher werden, ein kleiner Demagog will zum mächtigsten Demagogen werden, Anytos ein Archianytos.« Welch scheußliche Sache, ihn immer so vor sich zu sehen. Ich werde noch verrückt davon!

Der Morgen war längst noch nicht angebrochen, als Anytos sich erhob, denn der dort vertrieb ihn von seiner Lagerstätte.

Anytos verspürte Widerwillen gegen die heutige Gerichtsverhandlung, ja sogar inneren Widerstand. Ob es noch ginge, sie abzusagen? Er könnte eine Krankheit oder eine wichtige Reise vorschützen. Oder sollte er sich eine Vorhersage des Orakels von Delphoi ausdenken? Nein, nein! Ich darf nicht ausweichen.

Sein Blick blieb auf der Statue der Athene haften. Auch dich hat er beleidigt, als er im Gymnasion aufzählte, was wir Athener wert sind! Richte mich doch auf und stärke mich! Heute abend werde ich dir dafür ein Opfer bringen.

Wovor fürchte ich mich eigentlich? Wenn wir ihn verurteilt haben, wird sich jedermann von ihm abwenden; nur noch das Schlechteste wird man von ihm sagen, ob Wahrheit oder Verleumdung, und aus wird es sein mit der Liebe der Athener zu ihm. Vielleicht verliere dann auch ich ihre Liebe? Aber habe ich die überhaupt schon?

»Machinos«, rief er, und als der Sklave erschien, befahl er ihm: »Einen Anislikör, einen großen!«

Apollodoros saß am Tisch vor einer Schale Milch; seine Mutter stand neben ihm. Besorgt betrachtete sie das Antlitz ihres Sohnes, über das Tränen flossen. Sie strich ihm über den Kopf.

»Weine nicht, und iß lieber«, sagte sie. »Du wirst sehen, daß alles gut ausgeht.«

Er schluchzte wie ein Kind. »Du warst nicht auf der Agora und hast dort nicht die Bekanntmachung des Archon Basileus gelesen. Da kannst du auch von alldem nichts wissen, Mütterchen.«

»Weine nicht, Söhnchen. Er wird sicher seine Unschuld beweisen, und ebenso sicher wird das Gericht ihn freisprechen.«

Der Junge schrie: »Es ist schrecklich, daß ein Mensch wie Sokrates überhaupt vor ein Gericht gezerrt wird! Er, der rechtschaffenste aller Männer!«

»Weine nicht, Junge! Wenn du weißt, daß er ein rechtschaffener Mensch ist, kann ihm doch auch nichts Böses geschehen.«

Noch immer klagend, erwiderte er: »Weiß ich denn, ob die rechtschaffen sind, die über ihn Gericht halten werden? Wer klagt ihn denn an? Dieser Schmarotzer Meletos, dieses Chamäleon Lykon und der rachsüchtige Anytos.«

»Bei Hera! Schweig doch! Weißt du nicht, wie viele Sykophanten es hier in Athen gibt? Wenn dich so einer hört, zeigt er dich an, und auch du kommst vor Gericht.«

Er beruhigte sich ein wenig und sagte: »Ach, Mütterchen, ich bin mit diesen Gedanken nicht allein; sie umgeben mich wie eine Mauer, wie kann ich mich ihrer nur erwehren? Gestern habe ich Sokrates zum erstenmal, seit ich ihn kenne, traurig blicken gesehen.«

Sokrates war mit den Seinen den Areopag bis zum Eingang für die Richter hinaufgestiegen. Unterwegs hatten die Frauen wenig geredet, ebenso das Volk um sie herum. Anfänglich hatte Sokrates heitere Episoden aus seiner Jugend erzählt; doch als niemand darüber lachte, ließ er es und ging, seine Sonnenblumenkerne knabbernd, schweigend weiter.

Oben erwarteten sie Lamprokles, Xanthippes' Vater und eine große Anzahl ihrer Freunde. Alle, die ihm nahestanden und ihm lieb waren, hatten sich hier versammelt.

Er begrüßte sie heiter: »Chaire, meine Lieben. Es ist nett

von euch, daß ihr gekommen seid, diese Stunden mit mir zu teilen.«

»Es ist eine Schande!« machte Antisthenes seiner Empörung Luft.

»O nein«, erwiderte Sokrates und legte ihm die Hand auf die Schulter. »Das Gesetz hat jeder anständige Bürger zu achten.« Dann wandte er sich den beiden Frauen zu. »Euch beide und Lamprokles vertraue ich den Freunden an. Sie werden euch dort zu dem Podest führen, von dem aus ihr gut sehen und hören könnt, es ist für die Verwandten bestimmt.«

»Nein!« schrie da Xanthippe auf. »Die Frau hat das Recht, mit ihrem Mann direkt vor dem Gericht zu stehen. Du kannst vielleicht andere, aber nicht dich selbst verteidigen. Wer soll denn für dich bitten, wenn nicht ich, falls sie dich verurteilen!«

»Wofür sollte denn jemand Sokrates verurteilen können, Xanthippe?« sagte Pheidon.

Weinen. Klagen. Bitten. Doch alles war vergebens. Sokrates gab nicht nach. »Mit mir werden nur Kriton und Platon vor Gericht treten.« Da aber begegneten seine Augen den bittenden Blicken Apollodoros'; er ergriff seine Hand und fügte hinzu: »Und du, mein Junge!«

Xanthippe begann zu schreien. »Ich will aber mit dir dorthin! Ich habe ein Recht darauf! Ich muß für dich bitten!«

Die Freunde beruhigten Xanthippe, Myrto und Lamprokles und führten sie zu dem Podest, das man den »Solonischen Tisch« nannte.

»Verabschiedest du dich nicht einmal von mir?« sagte Xanthippe.

Lächelnd küßte er beide Frauen und den Sohn. »Wir sehen uns doch noch.«

Sie entfernten sich. Xanthippe schluchzte, Myrto standen die Augen voll Tränen. Sokrates blieb mit den drei Freunden zurück.

Einer der Skythen machte ihn ehrerbietig auf einen Stein aufmerksam, auf den er sich setzen könne, bevor man ihn aufrief.

»Setz dich nur selbst, Bruder«, sagte Sokrates zu ihm. »Ich stehe gern.«

Die Menschenmassen verteilten sich auf dem Hügel. Der Platz unten war dem Dikasterion vorbehalten, einem Zehntel des fünftausendköpfigen Blutgerichtes der Heliaia. An den Toren, die in den eingezäunten Raum der Geschworenen führten, gab es das größte Durcheinander. Doch die Geschworenen drängten sich dort vergebens, denn die Tore waren noch geschlossen, und Wächter standen vor ihnen. »Bei Herakles! Ich habe mein Pinakion verloren. Macht doch Platz! Helft mir suchen, das sind doch drei Obolen.«

Endlich! Die Wächter öffneten die Tore, kontrollierten die Pinakions und ließen einen Heliasten nach dem anderen ein. Als letzte stiegen die für den Geschworenendienst ausgelosten Aristokraten und Neureichen aus ihren Sänften, womit sie kundtun wollten, daß Reiche es niemals eilig haben.

Gegenüber der untersten Reihe der Heliasten befand sich ein erhöhter Platz für das Gericht, der einen eigenen Eingang hatte. Ein großer Marmortisch für den Richter, Schreiber und Herold, rechts der Platz für den Kläger, links der für den Angeklagten.

Nun erschienen der Schreiber, der Herold und der Sekretär, der Gerichtsdiener und zwei Skythen. Nach ihnen der Gerichtsvorsitzende, der Archon Basileus, in seinem festlichen Gewand. Er setzte sich an die Mitte des Tisches, das Gesicht den Geschworenen zugewandt, und diktierte dem Schreiber die Einleitung für die heutige Verhandlung. Dann legte er sein Hämmerchen zurecht, dessen Schläge Ruhe forderten, und befahl, den Kläger herbeizuführen.

Meletos, der Hauptankläger, durfte als erster eintreten; doch er ließ Lykon, dem Älteren, der zugleich Führer der Gemeinde war, den Vortritt. Anytos trug einen blauen Mantel, Lykon einen grauen. Die größte Aufmerksamkeit jedoch wurde Meletos in seiner grasgrünen Chlamys zuteil, die an der Schulter von einer goldenen Spange gehalten wurde und mit goldenen Ornamenten verziert war.

Von den Zuschauerrängen, wo die Geschworenen saßen, ertönte eine verwunderte Stimme. »Wer ist denn der dort?«

Daraufhin stellte der Archon den Dichter und Hauptankläger Meletos vor.

»Führt den Angeklagten herein!« gebot der Archon.

Auf die Fläche des Dikasterions und die tausendköpfige Zuschauermenge ringsum senkte sich tiefe Stille. Tausende Augenpaare richteten sich auf den Gerichtseingang, den zwei Skythen öffneten.

Im Tor erschien eine Gestalt: groß, kräftig, majestätisch – Sokrates. Er kam wie immer barfuß, in seinem langsamen watschelnden Gang. Die sonnengebräunte Glatze leuchtete wie aus Kupfer. Wie immer trug er seinen abgewetzten Mantel über dem weißen Chiton.

Da geschah etwas bei Gericht sehr Ungewöhnliches: Der Großteil der Geschworenen erhob sich und begrüßte Sokrates mit brausendem Beifall.

Sokrates wurde verlegen. Er wollte es nicht glauben. Scheu wandte er sich nach Kriton um, der zusammen mit Platon und Apollodoros hinter ihm ging.

»Siehst du, wie dich deine Athener willkommen heißen?« sagte Platon.

Sokrates lächelte ihm zu. »Warte nur, mein Lieber, wie sie sich erst von mir verabschieden werden.«

Der Beifall verebbte. Die Geschworenen ließen sich nieder; der Archon selbst rückte Sokrates einen Sitz zurecht.

Dann klopfte er mit seinem Hämmerchen auf den Marmortisch und verkündete: »Ich eröffne die Gerichtsverhandlung gegen den athenischen Bürger Sokrates, den Sohn des Steinmetzen Sophroniskos aus dem Demos Alopeke. Die gegen ihn erhobene Beschuldigung lautet: Sokrates hat sich vor dem Gesetz schuldig gemacht, indem er die vom Staat anerkannten Götter leugnet und eine andere, neue Religion einführt; des weiteren dadurch, daß er die Jugend verdirbt. Hauptankläger ist Meletos.«

2

Meletos strich sein rotes Haar zurück und streckte dann beide Arme in die Höhe. »Allmächtiger Zeus! Beherrscher des Donners! Ich rufe dich hier vor all diesen Männern Athens an und erbitte deine Aufmerksamkeit für unser heutiges Tun, das dir und allen anderen olympischen Göttern die Erhabenheit und Verehrung, um die euch dieser Mann hier, Sokrates, bringen will, zurückgeben soll. Er verlacht nicht nur dich, großer Zeus, sondern auch Athene, Aphrodite, Eros und die anderen unsterblichen Götter.« Er wandte sich zur Akropolis. »Ihr alle, Götter des Olymps, der Erde, des Wassers und der Unterwelt, sollt Zeugen sein, wie dieser Mann hier, der sich so schuldig gemacht hat, heute gerichtet wird. Ich rufe euch an, unsere Beschützer, Wohltäter, Lebensspender, euch, denen unser aller Erfolg und Gewinn am Herzen liegt: Rächt euch nicht an uns, weigert euch nicht, uns die schwere Schuld zu vergeben, daß wir so lange schweigend zugesehen haben, wie das Böse immer mehr an Macht gewann. Sokrates wollte, wie von vielen Zeugen bestätigt, euch beseitigen und neue Gottheiten erheben.«

Die Menschen im Gericht und auf den Hügeln durchfuhr ein Schauer, so wie ein heftiger Windstoß vor einem Gewitter das Gras erzittern läßt. Xanthippe war zu Tode erschrocken, sie drückte ihren Sohn an sich, als wolle sie aus ihm Kraft schöpfen, um diesen Stoß abzuwehren.

Doch im Gegenteil, ihr Entsetzen wuchs, als Meletos zum Ende seiner Anklage kam. Mit erhobener Stimme sprach er die Rechtsformel: »Sokrates ist schuldig, weil er die Götter, die die Gemeinde anerkennt, nicht anerkennt, des weiteren, weil er eine neue Gottheit einführt. Schuldig gemacht hat er sich auch durch seinen verderblichen Einfluß auf unsere Jugend.«

Die Menschen verharrten reglos, es war so still geworden, daß man die Nadeln der Pinien, die längs der Mauer standen, zu Boden fallen hörte. Mit zugeschnürter Kehle brachte ein Geschworener hervor: »Er ist verloren.«

Sokrates blickte zur Sonne auf. Genau zu Mittag, in der

größten Sonnenglut, war er geboren worden. Er liebte die Sonne wie einen Bruder. Was würde heute sein, wenn sie im Zenit stand und keinen Schatten warf? Sokrates schien es, als brenne die Sonne bereits seit dem frühen Morgen heißer als sonst – sie will mich wohl stärken, sie wärmt mir die ausgetrockneten Knochen, die liebe, alte Sonne. Wie freue ich mich, daß du heute an meiner Seite bist, du mein goldenes Haupt!

Xanthippe stützte sich auf Myrto und jammerte: »Ich ertrage es nicht, das mit anzusehen und zu hören ... er ist doch ein herzensguter Mensch ... so ein Kindskopf ...«

Myrto flüsterte: »Ja, er ist ein großes, argloses Kind.«

Meletos kostete den Schrecken des Volkes bis zur Neige aus. Nur die Augen seines Wohltäters Anytos gefielen ihm in diesem Augenblick nicht. Ihm war, als sprächen daraus statt der erwarteten Zufriedenheit Ärger und Zorn. Er zwinkerte nervös mit den Augen und geriet für einen Moment ins Stocken; doch nun war es zu spät, sich mit Anytos noch einmal zu verständigen. Bei ihrem letzten Zusammentreffen hatten er und Lykon ihm eingeschärft: Klage ihn an, daß er dieses und jenes getan hat. Nun, das tat er ja auch. Und der Wirkung auf die Zuhörer nach zu urteilen, mußte er es wohl gut gemacht haben. Also nur ruhig weiter so. Er hatte ein gutes Gedächtnis und wußte, was nun zu folgen hatte. Er hob die Hand. Der goldene Armreif funkelte in der Sonne, als zuckte einer von Zeus' Blitzen.

Mit diesem Blitz begann das Spiel um das Leben eines Menschen.

»Ich werde euch Beweis um Beweis für Sokrates' Schuld erbringen. Er wird sich freilich nachher in seiner Verteidigungsrede bemühen, meine Beweise zu entkräften, und ich mache euch schon jetzt darauf aufmerksam, daß seine Verteidigung sich auf die Behauptung gründen wird, meine Anklage sei die Rache dafür, daß er öffentlich verkündet, ich sei ein schlechter Dichter.«

Ein Geschworener in der zweiten Reihe verbarg sein Gesicht mit einem Zipfel seines Himation.

»Warum lachst du?« fragte ihn leise sein Nachbar.

»Weil ich Meletos' Verse auch kenne.«

»Aber das kann mich nicht daran hindern« – Meletos sprach mit erhobener Stimme, ohne zu beachten, daß sie dadurch unangenehm schrill wurde –, »unsere erhabenen Götter vor seiner böswilligen Zunge zu schützen.«

Sokrates hatte bisher mit dem Gesicht zur Sonne gestanden. Nun wandte er sich Meletos zu. Er griff in seine Tasche und begann Sonnenblumenkerne zu knabbern und die Schalen auf den Boden zu spucken. Obgleich sich niemand an seinem Tun stieß, erschrak er plötzlich, weil er vergessen hatte, wo er dies tat. Schuldbewußt blickte er zum Archon hinüber. Der aber kannte Sokrates' kleine Schwäche und nickte ihm lächelnd zu, womit er ihm bedeutete, daß es nichts ausmache. Sokrates nickte dankend zurück und blickte wieder zu Meletos hinüber. Er erinnerte sich eines seiner geschwollenen und dabei doch geistlosen Gedichte, und er mußte lächeln. Wie alt mochte der Bursche wohl sein? Vielleicht dreißig? Nun, mit dreißig müßte der Mensch sein Handwerk eigentlich schon verstehen.

Meletos fuhr fort: »Schon als Jüngling ging Sokrates jeden Morgen mit seinem Lehrer am Ilyssos spazieren, um gierig dessen Ansichten aufzusaugen. Wer war denn dieser Lehrer, Männer Athens? Der Philosoph Anaxagoras, der später vom Athener Gericht wegen Gottesleugnung zum Tode verurteilt wurde. Nur mit Perikles' Hilfe konnte Anaxagoras vor der Urteilsvollstreckung nach Lampsakos entfliehen. Sein Buch ›Über die Götter‹ wurde auf der Agora öffentlich verbrannt, doch seine Lästerungen sind in Athen geblieben!«

Er warf Sokrates einen herausfordernden Blick zu. Der Alte spuckte eine Schale aus und sagte: »Warum sollte ich leugnen, was mir zur Ehre gereicht?«

Meletos reckte sich. »Hört ihr das? Er bekennt sich auch noch dazu. Sokrates verbreitet, wo er geht und steht, Anaxagoras' Ansichten.«

»O nein, ich verbreite meine eigenen Ansichten«, stellte Sokrates richtig.

Meletos wunderte sich, daß Sokrates ihm die Anklage so erleichterte. »Um so schlimmer für dich; denn die Meinung, die du von unseren Staatsgöttern hast, ist äußerst verdammenswert. Genauso, wie du mit deinem Liebling, diesem ungläubigen Demokritos aus Abdera, die heiligen Frösche der Göttin Leto verlacht hast, so lachst du auch jetzt über unsere Götter. Schon jahrelang ist es dir ein beliebter Spaß, die Affären des Zeus, wie du es nennst, mit den verschiedenen Göttinnen und Erdenfrauen aufzuzählen, sei es in seiner wahren Gestalt oder in der eines Stieres, eines Schwans, des Amphitryon, eines goldenen Regens und so weiter!«

»Und stimmt das etwa nicht?« erklang eine Stimme aus den Reihen der Geschworenen.

»Das ist eine Beleidigung!« rief eine andere Stimme.

»Ach wo!«

»Und doch ist es eine!«

Ein würdevoll aussehender Mann erhob sich und sagte: »O Archon Basileus, der du von der Gemeinde berufen bist, über Glaubensfragen zu entscheiden, sag du uns doch, ob das eine Beleidigung ist.«

Das Gesicht des Archons wurde vor Verlegenheit rot bis hinter die Ohren. Er fürchtete sich, Sokrates anzusehen, denn er fühlte, daß dieser spöttisch grinste. Er drehte den Hammer in seiner Hand hin und her, betrachtete ihn, als sähe er ihn zum erstenmal in seinem Leben. Da stand ein Geschworener auf. »Erlaubst du, Archon, daß ich auf diese Frage antworte?«

Obwohl der Archon nicht wußte, ob ihm der Fragesteller helfen oder ihm noch größere Ungelegenheiten bereiten wollte, nickte er; doch seine Hände zitterten, als er mit dem Hammer auf die Marmorplatte schlug.

Mit der Stimme eines Predigers begann der Mann: »Darüber zu sprechen, was für ein Verhältnis Zeus, wann auch immer, zu irgendeiner sterblichen Frau hatte, ist keine Beleidigung. Es geht ja schließlich um einen Gott, mit dem das Lager zu teilen, besonders für eine Erdenfrau, schon von jeher eine Ehre gewesen ist.«

»Wie denn, tut Zeus das immer noch oder jetzt nicht mehr?« fragte der Bäcker Merinos.

»Wer weiß – die Götter altern ja nicht«, kam es wieder von einem der Geschworenen.

»Und denkt daran«, erklärte ein anderer Mann gewichtig, »daß eine solche Beziehung fast immer die Geburt eines Halbgottes zur Folge hatte, ja sogar die eines Gottes. Sitzen nicht zwischen den höchsten olympischen Göttern die Kinder, die Zeus mit Leto zeugte, nämlich die Zwillinge Artemis und Apollon?«

Applaus belohnte den Redner. Der Archon nickte beifällig zum Zeichen dafür, daß der Geschworene genau das gesagt hatte, was er selbst dachte.

Meletos aber tat, als hätte er diesen Punkt gewonnen, und er fuhr fort: »Wie spricht Sokrates – und dazu gibt es viele Zeugen, die nur darauf warten, angehört zu werden – über unsere hehre Göttin Aphrodite? Eine wäre zu wenig, sagt er, wir müßten derer zwei haben: eine himmlische und eine irdische für die Gemeinde. Die könnte dann die Prostituierten in Peiraieus beschützen, während die himmlische die eleusischen Jungfrauen und die vornehmen Hetären Athens unter ihren Schutz nehmen müßte, wobei sie selbst ihren Gemahl Hephaistos mit dem Kriegsgott Ares zum Hahnrei macht.«

Gelächter erhob sich.

»Das weiß doch jeder. Warum sollte denn dieser Alte da nicht auch darüber sprechen?« schrie Lustratos.

Meletos lief rot an, knautschte einen Zipfel seiner Chlamys in der Faust und stotterte: »Das schon, Bürger, aber es geht doch darum, in welchem Ton Sokrates darüber spricht!«

»Kannst du uns denn beweisen, daß dies in böswilligem Ton geschah? Kannst du uns diesen Ton vielleicht einmal vorführen? Du kannst es nämlich nicht!«

»Die Zeugen«, murmelte Meletos, doch der Archon wollte auf solch dünnem Eis nicht weitergehen.

»Genug nun«, sagte Meletos. »Der nächste Beweis!« Der Menge, in der Gelächter aufkam, rief er zu: »Macht nicht solchen Lärm!«

Anytos' Augen waren blutunterlaufen. Einen schönen Quatschkopf habe ich mir da ausgesucht. Zeus' Blitz möge ihn treffen!

»Auf einem Gastmahl bei dem Großgrundbesitzer

Kallias hat Sokrates erklärt, unser mächtiger Gott Eros sei kein Gott, sondern lediglich ein Dämon.«

»Aber er ist ein Dämon! Ich pfeife darauf – und du laß dich einpökeln damit!«

»Weiter, weiter!« trieb der Archon den Redner an, denn er hatte bemerkt, daß das Interesse der Geschworenen erlahmte, die jüngeren sich wie nach einem Bremsenstich kratzten, Bissen um Bissen in ihre Mäuler stopften und hinter den Rücken ihrer Vorderleute ein paar Schlückchen Wein süffelten.

Sokrates' Freunde schöpften Hoffnung. »Laß dich einpökeln!« fuhr eine Stimme Meletos scharf an. Und er war nicht der einzige, der so dachte, die anderen wagten nur nicht, es dem Rufer gleichzutun. Xanthippe versuchte, Sokrates' Blick aufzufangen, der über die Felswände glitt. Myrto bemerkte in ihrer Aufmerksamkeit nicht einmal, daß sie ihre Nägel so heftig in den Feiertagspeplos grub, daß der Stoff riß.

Meletos ließ sich auf sein rechtes Knie nieder, hob die Arme der mächtigen Statue auf der Akropolis entgegen und rief: »Athene, du unsere Teuerste, wie wurdest du verunglimpft und beleidigt! Das Herz tut mir weh, wenn ich daran denke, wie dieser Ungläubige hier alle deine göttlichen Namen mit dem stets gleichen hämischen Lächeln aufzählt: ›Parthenos, Polias, Nike, Promachos ... zwölf Athenen haben wir, warum denn nicht gleich zwanzig? Noch eine für die Straßenkehrer, noch eine für die Mauleseltreiber ...‹ «

»Du lügst!«

»Das hat Sokrates niemals gesagt!«

»Wann? Zu wem? Wo?«

Meletos fühlte, daß nun der Augenblick gekommen war, Sokrates den Todesstoß zu versetzen. Jetzt mußte man hervorheben, was diese Göttin der Stadt und vor allem den Geschäftsleuten bedeutete, von denen hier sehr viele saßen und über deren Türen die Losung ihres Lebens geschrieben stand: »Sei gelobt und gegrüßt, Gewinn!«

»Wer hat denn die Olivenhaine für Athen angelegt? Wer schützt denn die Stadt vor Naturkatastrophen und ihren Feinden? Wer ist so tatkräftig besorgt um den Gewinn der

Athener? Wo wäret ihr, ihr Landlosen, denen die Feinde Ernte und Häuser verbrannt und die Herden weggetrieben haben, wenn nicht Athene euch mit offenen Armen aufgenommen und euch in die Stadt geführt hätte, der sie Herrin und Herrscherin ist? Wo wäre euer Besitz, Männer Athens, wenn nicht die Göttin selbst geholfen hätte, die Stadt von den spartanischen Eroberern zu befreien?«

Die Geschworenen und die Menschen auf den Hügeln schwiegen nachdenklich: Auf einen Hellenen wirken solche Worte immer.

Anytos lächelte Meletos anerkennend zu. Sokrates, der gerade beobachtete, wie eine kleine grüne Eidechse über seinen Fuß lief, sah auf.

Er erkannte die Macht des Wortes. Ohne selbst Rhetoriker zu sein, beherrschte er sie vollendet. Und er kannte seine Athener, diese Krämer, Schacherer und Halsabschneider, denen Geld über Ehre ging. Beim Höllenhund, diese Habsucht beherrschte nun schon fast fünfzig Jahre lang ihren Geist, all ihre Gedanken.

Gewinn – Besitz! Das waren die Begriffe, nach denen sie ihr ganzes Leben ausrichteten, bei denen er aber, in seinem Bemühen, die Menschen zu bessern, sich ständig den Kopf einrannte. Rätselhafte, geheimnisvolle Worte waren es, unverständlich wie die Sprüche der orientalischen Magier, die sie in den undurchdringlichen Rauch des Opferfeuers flüsterten. Doch in Athen verstanden sie viele Menschen!

Sokrates blickte auf die Geschworenen. Einige, die noch vor einer Weile lachenden Gesichts den jungen Dichter und seine Anklage augenfällig nicht ernst genommen hatten, waren plötzlich nachdenklich geworden. Es schien, als hätten sie ihre natürlichen Mienen verloren und dafür eine neue aufgesetzt, die zu einer Maske erstarrt war. Was, bei allen Höllenhunden, was wollten sie denn verschlingen? Etwas, was größeren Besitz bedeutet, als der Nachbar sein eigen nennt? Einen größeren Bissen, ein größeres Schlückchen, einen Obolos mehr, eine schönere Traube Wein, ein größeres Stück Fleisch oder vielleicht auch einen größeren Knochen?!

Gespannt folgte Sokrates Meletos' Worten, der nun zu

berichten wußte, daß der Angeklagte kürzlich den Patron der Stadt mit einem lächerlichen Tanz verunglimpft habe, und er beschuldigte Sokrates, daß er, während die größten Bildhauer der Hellenen – Pheidias, Myron, Polykleitos – mit Liebe und Verehrung Standbilder der Götter schufen, Hammer und Meißel in die Ecke geworfen habe, um sie nicht in Stein hauen zu müssen.

»Wir alle verwünschen manchmal im Gespräch die Götter, am meisten Zeus, dem doch unsere größte Hochachtung gilt. Was aber tut Sokrates? Er kennt nur den einen Fluch: ›Beim Höllenhund!‹ Wird daraus nicht offenbar, daß für ihn Zeus – ihr Götter, schützt mich – und ein Hund das gleiche sind? Ist nicht bereits dieser Ausdruck eine erschreckende Gottlosigkeit? Und weiter: Jeden Morgen erwartet Sokrates den Aufgang der Sonne, verneigt sich vor ihr und betet sie an. Doch ihr irrt, wenn ihr meint, er ehre damit den Gott Helios, der sich im goldenen Wagen auf seine Tagesreise begibt! Genau wie sein Lehrer, der Gottesleugner Anaxagoras, sieht auch Sokrates in der Sonne nur eine glühende Masse, so etwa wie die Glut in einem Schmelzofen. Wie lächerlich, wie dumm und gotteslästerlich! Sokrates bringt den Göttern nicht die geforderte Haltung entgegen, über die unser Staat wacht, im Gegenteil! Er wagt es, mit ihnen so zu sprechen, wie er dies mit Hilfe seiner Entbindungskunst auch mit den Menschen tut!«

Als Kriton, Platon und Apollodoros hörten, daß Meletos immer mehr Anschuldigungen vorbrachte, sie zu einer Schlinge knüpfte, in der er Sokrates zu erwürgen plante, scharten sie sich um ihren Lehrer, als wollten sie ihn beschützen.

»Was gibt's denn, meine Teuren?« fragte Sokrates verwundert. »Warum wollt ihr mich denn vor diesem Menschen verbergen? Hört ihr nicht, wie er mich lobpreist? Ich werde vor Stolz gleich erröten.«

Meletos lächelte siegesbewußt. »Was erwiderte Pythia auf Chairephons Frage, wer in Hellas der weiseste Mann sei? Sie sagte: ›Weise ist Sophokles, weiser ist Euripides, der Weiseste aber ist Sokrates.‹ Und wie hat Sokrates dem apollonischen Orakel für diese unermeßliche Ehre gedankt? Einer

Riesenmenge auf der Agora erklärte er, daß nur Dummköpfe sich Dinge weissagen ließen, über die der Mensch auf dem Wege der Erkenntnis selbst entscheiden könne. So schmälert er den Ruhm der Orakelsprüche, macht sie unglaubwürdig und will sich über sie erheben. Bedenkt doch, ihr Männer Athens, er will sich über eine göttliche Weissagung erheben, seinen Verstand über den eines Orakels stellen. Und dabei wagt er es noch, den Menschen, das herrlichste Geschöpf der Götter, verändern zu wollen.«

In den Reihen der Geschworenen und der etwas weiter entfernten Zuschauer wurde es unruhig. Mißtrauen Sokrates gegenüber kam auf: Will er also doch all diese Neuheiten einführen, für die ihn schon Aristophanes in seinen Komödien verlachte?

Apollodoros flüsterte Kriton zu: »Ich habe Angst um Sokrates!«

Sokrates beobachtete, wie sich Meletos aus einem Becher die Kehle mit Wasser anfeuchtete. Es roch nach Menschenschweiß und gedörrtem Fisch. Der üble Geruch lockte stechende und blutsaugende Insekten an.

Meletos sprudelte hervor: »Dieser Gotteslästerer lobt die Götter nicht, weil sie uns schützen und für uns Sorge tragen, sondern dafür, wie gut sie den Menschen schufen. Der Mensch sei so vorzüglich gestaltet, als wäre er das kunstvolle Werk eines weisen und liebenswürdigen Meisters. Also nicht Zeus, Männer Athens, nicht Athene, Apollon noch andere Götter verehrt er, wie dies Homer ehrfürchtig tat, sondern den Menschen. Und seinem Schöpfer, jenem unvergleichlichen Meister, ist Sokrates nur deshalb gnädig gestimmt, weil er den Menschen so gut geschaffen hat. Ist das etwa nicht ein neuer Götterglauben, den nur er kennt? Verschleiernd sagt er zwar von sich: ›Ich weiß, daß ich nichts weiß‹, doch wir sind es, die nichts von seinem neuen Götterglauben wissen, nur er weiß alles darüber. Ist es vielleicht jene geheimnisvolle Gottheit, mit der Sokrates in derart enger Verbindung steht, daß er mit ihr spricht wie mit seinesgleichen?«

»Das Daimonion, Sokrates' Daimonion!« erscholl es laut von allen Seiten.

»... und diese Gottheit ist eine unseren Göttern fremde Kraft. Diese neue Gottheit, Sokrates' Daimonion, ist ein schwarzer Daimon, der unseren Göttern, die unser Staat seit Menschengedenken anerkennt, feindlich gegenübersteht.«

In die drückende Stille hinein ertönte die aufgeregte Stimme eines Geschworenen: »Warte doch mal! Wem tritt denn Sokrates mit seinem Daimonion zu nahe? Derjenige möge sich melden! Seht ihr? Niemandem.«

»Niemandem, niemandem!« kam es wie ein Echo von allen Seiten.

Wütend schlug der Archon den Hammer auf den Tisch. Was für eine Frechheit! Hat es jemals schon jemand gewagt, in einer Gerichtsverhandlung derart Lärm zu schlagen?

»Ruhe! Hört auf zu lärmen! Ihr stört die Verhandlung!« schrie er, doch der Tumult legte sich nicht. Statt Ordnung herrschte nun Unruhe. Doch nicht einmal der Archon, der neugierig war, wie die Geschworenen die Verhandlung noch stören würden, griff energisch genug ein.

Ein alter, ärmlich gekleideter Mann erhob sich. »Ich fordere Gerechtigkeit für Sokrates! Deshalb bin ich hergekommen!«

»Du wirst es doch wohl erwarten können«, verwies ihn der Archon.

»Und ich rufe nach Gerechtigkeit für Athen und seine göttliche Beschützerin«, rief einer der Eupatriden. »Bürger, befreit Athen von diesem Maulwurf, der unter der Erde wühlt und alle Wurzeln anfrißt, durch die Athen Lebenskraft aus den uralten Traditionen, die es von seinen Vorfahren ererbt hat, in sich aufnimmt!«

Eindringlich sprach Meletos zu den Geschworenen: »Männer Athens, bevor ihr eure Bohnen in die Urne werft, will ich euch noch etwas sagen: Seht euch doch Sokrates genau an, dann werdet ihr etwas Eigenartiges bemerken. Ihr meint, er sei ein Mensch wie jeder andere? Ihr irrt: In ihm sind zwei verschiedene Menschen!«

Aufregung in der Menge.

»Welcher von beiden mag der richtige sein? Der, welcher an unsere Götter glaubt – doch dann dürfte er sie natürlich nicht verlachen und ablehnen –, oder jener andere, der nicht an sie glaubt? Dann allerdings dürfte er ihnen nicht öffentlich opfern! Seine Opfergabe ist freilich sehr reich: Am Altar legt er ein Sträußchen welker Heilkräuter aus seinem Garten nieder, und aus seinem ledernen Weinschlauch quetscht er ein paar Opfertropfen.« Meletos' Stimme wurde leidenschaftlich. »Fünfzig Jahre schon hat der Gotteslästerer Sokrates die heutige Anklage provoziert, dieser Schädling Athens und seiner Bürger! Gewarnt durch die Strafen, die die Philosophen Anaxagoras und Protagoras trafen, verschanzt sich der Philosoph Sokrates, ein gefährlicher Verbreiter von neuen, gottlosen Anschauungen, hinter dem Orakel von Delphoi und seinen erbärmlichen Opfergaben, die er möglichst auffällig am Altar niederlegt, jahrelang vor der gleichen Strafe.

Richter Athens, überführt Sokrates seiner Zwiespältigkeit und entscheidet gerecht, was Wahrheit ist und was nicht!«

Schwacher Beifall ertönte; der der Reichen war kräftig, der anderer mäßig, und es gab auch ganze Reihen, wo sich nicht eine Hand rührte. Der Archon blickte nach der Sonne, bemerkte, daß noch zwei weitere Ankläger sprechen wollten, und entschied, mit der Verhandlung fortzufahren.

3

Auf den Wink des Archons trat nun der hochgewachsene, knochige Lykon ans Rednerpult. Er bedeckte das schmale Gesicht mit einem Mantelzipfel und begann zu seufzen. Seine geschulte Stimme konnte sich heben und senken, konnte flüstern und donnern, aber auch gefühlvoll sich einschmeicheln, ganz wie Lykon es wollte.

»Männer Athens! Ich beginne mit Tränen, verzeiht mir meine Schwäche. Ich weine, weil mich die Pflicht dazu zwingt, diesen alten Mann vor der Gemeinde anzuklagen. Schlecht beginnen und gut enden – so müßte der menschliche Lebenslauf sich gestalten. Doch erfolgreich zu beginnen und vor dem Gericht zu enden, vor fünfhundert Geschworenen und Freunden dazustehen, mit Schande bedeckt, nackt und bloß – was für ein Elend! Welch tiefes Mitgefühl habe ich mit einem Menschen, der jetzt nicht mehr ändern kann, was er sein ganzes Leben lang an Unrechtem getan hat.«

Lykon enthüllte sein hageres Gesicht mit den wäßrigen Augen.

»Ich wiederhole: Er kann nicht mehr ändern, was er angerichtet hat, weil der Same seiner verderblichen Ideen sich bereits in junge Seelen versenkt hat, dort wurzelt, ja bereits Früchte trägt und weiteren Unkrautsamen streut. Dieser Alte hat Athen verpestet. Vielen unserer Jünglinge hat er die Seelen verdorben, und für uns wird es eine mühselige Arbeit sein, in ihnen all das Schädliche, Schlechte und Böse wieder auszurotten. Ihr seht, Männer Athens, wie ich diesen Menschen, seine Freunde, seine Frau Xanthippe und den Sohn Lamprokles aus tiefstem Herzen beklage.

Warum denn wird mir die Kehle eng vor Mitleid, wenn ich diesen Mann anklagen muß?

Deshalb, Männer Athens, weil dieser verblendete Mann in seinem Innersten eigentlich gut ist. Weil er tatsächlich das Glück will für euch und eure Söhne. Weil er wirklich glaubt, daß er euch Weisheit schenkt und den Menschen damit bessert. Ich bin sicher, Sokrates meint, er trüge durch seine unermüdlichen Gespräche mit unseren Bürgern dazu bei, daß Athen, die schönste Stadt der Welt, auch zur weisesten wird.«

Lykon legte eine kleine Pause ein und spülte den Mund mit Wasser.

Ein junger Geschworener zu seinem Nachbarn: »Hörst du das? Er soll ein gefeierter Redner sein, und nun winselt er hier herum wie ein zahnloses, altes Weib.«

Ein älterer Geschworener: »Siehst du nicht, daß alle Geschworenen wegen Sokrates gleich zu heulen anfangen?«

Der Jüngere: »Gehört sich denn das, wenn es um einen Menschen geht, der ein Verbrechen begangen hat, auf das die Todesstrafe steht? Warum quetscht das Lykon nicht ordentlich aus? Nur lauter Mitleid, lauter Lob; ich wundere mich, daß er ihm auf seinen kahlen Schädel nicht auch noch einen Lorbeerkranz setzt. Letzten Endes wird Sokrates noch mit einer mageren Geldstrafe davonkommen!«

Der Ältere: »Das wäre doch in Ordnung, eine Geldstrafe ist für diesen armen Schlucker schon mehr als genug.«

Der Jüngere: »Das wäre schade. Ich habe nämlich um zehn Drachmen gewettet, daß er zum Tode verurteilt wird, und mir läuft schon der Speichel zusammen, wenn ich daran denke, wie gut es mir, meiner Alten und den Kindern mit dem Geld gehen wird.«

Der Ältere: »Nun, dann guten Appetit! Da wollt ihr also zum Abendessen Sokrates-Fleisch fressen. Aber er ist ein kluger Mann, und ich schätze, du wirst am Sokrates-Fleisch nicht mal lecken können, du Menschenfresser!«

Ein Aufschrei des Redners fesselte plötzlich beider Aufmerksamkeit.

»Unglücklicher Sokrates! So große Augen hast du, und doch bist du blind! Wie und womit willst du denn die Athener bessern, deren Bildung, Kunstbeflissenheit und Tugendhaftigkeit doch bereits in aller Munde sind? Du hast den schlechtesten Weg dazu eingeschlagen: Du nutzt deine Beliebtheit unter der Jugend aus, um neue Gedanken einzuführen, die du, um es auf orientalische Weise zu sagen, den jungen Leuten zu Götzen machst. Du beeinflußt die Jugend auf jede nur nur mögliche Weise, vielleicht sogar durch Zauberei, um uns die eigenen Söhne zu entfremden, um ihnen das Gift deiner schändlichen Ideen über ein Bessern der Menschen in die Seelen zu träufeln und sie damit auf Irrwege zu führen!

Männer Athens! Bei Zeus, dem Höchsten, flehe ich euch an, mir zu glauben, daß ich selbst lange Zeit im Zweifel war über das, was ich euch hier darlege. Doch hinter meinen Behauptungen stehen unwiderlegliche Beweise: Alkibiades, Kritias, Charmides – alles Söhne unserer vornehmsten, ältesten Geschlechter. Ihre Väter kannten Sokrates als einen Mann, der Gewinn und Eigentum verachtete und über alles eine Tugend setzte, die sich erlernen läßt – die weitverbreitete Arete, die Anständigkeit, Gerechtigkeit, Ergebenheit gegenüber der Wahrheit und der Heimat, Mäßigung erstrebt und den Menschen dazu führt, während seines

Lebens hier auf Erden das höchste Glück zu erreichen, und die ihn mit seinen Mitmenschen, ja dem ganzen Staat verbindet.

Wer wollte nicht einem solchen Lehrer und Menschenbildner seinen Sohn anvertrauen? Wer sehnte sich nicht danach, einen so weisen und gebildeten Sohn zu haben, der es vermag, den Staat zu regieren?

Aber leider, in diesem Greis hier paart sich Bescheidenheit mit Überheblichkeit, Mäßigung mit Zügellosigkeit, Demut mit Hoffahrt und Güte mit Boshaftigkeit. Meletos hat in seiner dichterischen Intuition richtig erkannt, daß zwei Menschen in Sokrates wohnen. Nur ungern nehme ich das Messer zur Hand, um damit das Tugendhafte von Sokrates abzutrennen – was bleibt, ist ein Mensch mit verderblichem Einfluß auf unsere Jugend.

Väter sandten ihm ihre unschuldigen Jünglinge, deren Seelen noch rein waren und die die Sehnsucht im Herzen trugen, der Heimat nützlich zu sein. Doch wie gab Sokrates sie ihnen zurück? Hochmütig, eingebildet, dünkelhaft und unehrlich. Wie kommt es, daß er, der Bescheidene, sie nicht seine eigene Bescheidenheit lehrte? Er, der Mäßige, nicht die Mäßigung? Das ist doch verwunderlich, nicht wahr?«

Unter den Geschworenen begann es zu summen wie in einem Bienenstock. Lykon trank einen Schluck. Sokrates' Schüler, die neben Xanthippe und Myrto standen, unterhielten sich lebhaft. Platon blickte erwartungsvoll auf Sokrates, doch seine Miene verfinsterte sich, als er sah, daß dieser genüßlich seine Sonnenblumenkerne knabberte. Er begriff nicht, wie sich sein Lehrer so gleichgültig verhalten konnte in einem Augenblick, da sich über seinem Haupte ein schreckliches Gewitter zusammenzog.

»Sicher wißt ihr die Antwort auf meine Frage«, sagte Lykon. »Sokrates' Bescheidenheit ist nur äußerlich, in seinem Innersten sitzt Hochmut. Und damit verdirbt er die Jugend, verdirbt sie mit seinem Hohngelächter und seiner Mißachtung der Götter; das führt schließlich dazu, daß die Jünglinge ihre eigenen Väter geringschätzen. Und all dies tat er nicht mit der Mäßigung, die er stets als eine der höchsten Tugenden preist, sondern bis zum heutigen Tage mit unermüdlichem Eifer und blinder Leidenschaft. Lieber schlief und aß er nicht, nur um ohne Unterlaß seine verwerfliche Lust befriedigen zu können, bei seinen ›Unterhaltungen‹ den Samen des Bösen auszustreuen. Und so konnte es eben geschehen, daß hochbegabte Schüler, die alle Voraussetzungen mitbrachten, einmal der Stolz Athens zu werden, Athens Schande wurden.«

Sokrates' Schüler machten ihrer Empörung Luft. Kriton rief aufgebracht, aber festen Tones: »Du verdrehst ja alles, Lykon!«

Pheidon schrie wütend: »Das ist nichts als niederträchtige Sophistik! Lügnerische Verleumdung!«

Doch Lykon schenkte dem keine Beachtung und fuhr dreist mit seinen Beschuldigungen fort: »Nur durch Sokrates' Überredungskunst konnte Alkibiades, die stolze Hoffnung unseres Landes, zu einem übermütigen Schänder der heiligen Hermen werden, zu einem Prasser im Scharlachmantel und schließlich sogar zum Verräter der Heimat.

Und wozu hat Sokrates Kritias erzogen? Zu einer häßlichen Mißgeburt, zu einem Entarteten, für den sich die ganze Welt schämt.«

Antisthenes kletterte auf den obersten Platz des »Solonischen Tisches« und schrie über die Reihen hinweg Lykon zu: »Du lügst, Sophist! Kritias hatte Sokrates längst verlassen und war Schüler deines Lehrers Gorgias geworden, Lykon!«

Lykon würdigte Antisthenes' Einwurf mit keiner Antwort.

»Und was hat er denn vorzuweisen, dieser Volkserzieher? Nackte Füße, einen schäbigen Mantel, ein zerfallenes, ärmliches Haus, stets hungrige Mäuler seiner Familie. Und aus dem Munde eines solchen Mannes hören wir von Gerechtigkeit und Veredlung des Menschen! Von uns erwartet die Gemeinde, daß wir gerecht darüber urteilen, ob Sokrates nun unserer Gemeinde nützt oder schadet. Athen ruft nach starken jungen Männern, die ihm wieder zu Ruhm verhelfen sollen, zu Reichtum und Macht. Solche aber sind niemals aus Sokrates' ›Denkerklause‹ hervorgegangen, Sokrates hat Athen solche Männer nie gegeben!«

Sokrates' Freunde und Schüler gerieten mehr und mehr in Wut. Doch Lykon sprach schneller, und mit kraftvoller Stimme übertönte er das Murren und einzelne Aufschreie.

»Er hat sie seine ›Hebammenkunst‹ gelehrt, die nur schmähen, aber nicht loben kann. Dabei beschuldigt er uns Sophisten« – Lykon legte beide Hände auf die Brust –, »die wir uns doch ehrlich bemühen, unseren Jünglingen Ideale zu geben und sie aus der großen Menge herauszulösen, damit sie einmal das Volk führen und glanzvoll an dessen Spitze stehen können, der Verweichlichung der Jugend.« Lykon ließ die Hände von der Brust sinken.

Sokrates stand noch immer in der prallen Sonne, sah auf Lykon und überlegte. Gut führen sie ihre Reden gegen mich. Wie treffend sie beweisen, daß die Sophistik alles ins Gegenteil verkehrt, verdreht, mißbraucht. In welch schlechtes Licht vermag sie alles zu setzen, was ich jemals gesagt und getan habe. Ich sehe doch, wie die Geschworenen dadurch beeinflußt werden. Erst ein Dichter, und jetzt ein gewandter Redner! Ich kann allerdings nicht so mit den Worten spielen wie ein Gaukler mit seinen Bällen. Was bin ich denn gegen sie mit meiner nackten Wahrheit anderes als ein kleines Kind im kurzen Hemdchen. Wie soll ich in der knapp bemessenen Redezeit all diese Verdächtigungen richtigstellen? Und dabei hat noch nicht einmal Anytos, der Schlimmste von ihnen, gesprochen, Anytos, der mich am meisten haßt.

Vielleicht werde ich Athen nicht verlassen müssen! Beim Höllenhund! Das kann ich auch gar nicht. Ohne Athen kann ich nicht sein, und was ist Athen ohne mich? Und meine Familie? Meine Freunde?

Lykons Schlußwort unterbrach den Fluß seiner Gedanken. »Nicht ich allein, ganz Athen beschuldigt Sokrates, den Vätern das Wertvollste – die Hoffnung der Heimat – genommen zu haben. Du, Sokrates, hast unserer Stadt die Söhne geraubt. Wer wird sie uns zurückgeben?«

In der Überzeugung, der Abschluß seiner Anklage sei ihm wirkungsvoll gelungen, ging Lykon auf seinen Platz zurück und nickte wohlwollend denjenigen zu, die ihm begeistert Beifall zollten. Er tat so, als höre er nicht, was die anderen

Geschworenen ihm zuriefen: »Schande über Lykon! Schande!«

Während der Archon leise mit Anytos, dem nächsten Redner, sprach, versuchte Sokrates vergeblich, den wütenden Platon zu beruhigen.

Ganz gegen seine Gewohnheit fuhr der junge Mann Sokrates an: »Das mag wohl deine Sache sein, mein Teuerster, aber es ist auch die meine. Mit dir hat Lykon auch mich angegriffen.«

Platons weithin schallende Stimme erfüllte den Gerichtsplatz. »Warum sollte ich zu dir, Sokrates, zu Unterweisungen gehen, wenn es wahr wäre, daß du meine nahen Verwandten, Alkibiades, Kritias und Charmides, auf Abwege geführt hättest? Müßte ich da nicht blind und taub sein? Ein jeder, auch Lykon, weiß nur zu gut, daß sie nur deshalb in Schande und Elend endeten, weil sie dich, Sokrates, verlassen haben.«

Die Geschworenen, die Platons Worte vernommen hatten, wurden unruhig. »Du mein lieber Gott Zeus! Das ist ja ein schönes Durcheinander! Der Lange dort bläst uns ein, Sokrates verderbe die Jugend, und dabei geht der junge Platon, der schließlich genug Geld hat, um sich eine Menge anderer Lehrer kaufen zu können, freiwillig zu diesem alten Bartträger. Und dann ist er noch ein Verwandter dieser drei Taugenichtse – da soll sich einer auskennen. Was machen wir denn jetzt?«

»Ja, was machen wir jetzt nur?«

Von den Reihen her, in denen Seide raschelte, wurden Stimmen laut. »Daß Platon sich nicht schämt! Sich öffentlich zu solch einem Lumpen zu bekennen!«

»Wie wahr. Ein Jüngling aus edlem Geschlecht, und gibt sich mit so einem Schmutzfinken ab.«

»Da könnt ihr mal sehen, welche Macht dieser Alte hat.«

Mit leisem Lächeln wandte sich Sokrates zu Platon: »Ich danke dir, mein Lieber, daß du dich und mich verteidigst.«

»Ja«, bekannte Platon, der vor Aufregung noch am ganzen Leibe zitterte. »Ich denke nicht nur an mich, sondern auch an dich, mein teurer Lehrer. Ich habe das Gefühl, daß du gerade heute zu wenig auf dich hältst.«

»O nein«, erwiderte Sokrates. »Ich weiß schon, wer ich bin und wer ich mit aller Wahrscheinlichkeit bleiben werde.«

4

Mit dem Schritt eines Menschen, der gewohnt ist, immer an der Spitze zu gehen, trat Anytos nach vorn. Der Gestank seiner Gerberei hing ihm auch vor dem Gerichtstribunal an. Vielleicht spürte er ihn gar nicht mehr, vielleicht war er stolz darauf. Nachlässig hob er die Hand zum Gruß, dann begann er mit dreister Stimme: »O Politeia! O Bürger! Oft kommt ihr zu mir mit euren Wünschen und Forderungen. Heute aber habe ich eine Forderung an euch: Seid in der heutigen Verhandlung besonders gerecht und besonnen. Ihr werdet nämlich heute über keine unbedeutende Sache entscheiden müssen. Alles, dessen die Anklage Sokrates bisher beschuldigt hat und dessen auch ich ihn beschuldige, kann man in einem einzigen Satz zusammenfassen, und ich muß ihn aussprechen, damit ihr es sorgsam bedenkt: Sokrates hat sich des schwersten Verbrechens schuldig gemacht – er zerrüttet den Staat!«

Ausrufe der Bestürzung ertönten. Ja, einige der Geschworenen in den vordersten Reihen erhoben sich und streckten angstvoll die Arme gen Himmel, damit Anytos sie sehen und sich bei Gelegenheit an sie erinnern könne. An seinem Wohlleben war so manchem gelegen.

Sokrates beobachtete die Geschworenen, die eben noch Platon Beifall bekundet hatten, nun aber plötzlich gegenteiliger Meinung zu sein schienen, weil sie dem mächtigen Demagogen diese Szene unterwürfiger Ergebenheit vorspielten.

Sokrates überkam ein starkes Hunger- und Durstgefühl. Er schmeckte salzige Schweißtröpfchen auf der Oberlippe. Qualvoll spürte er jetzt, wie die Sonne ihm auf den Schädel brannte, wie sie ihn blendete, so daß ihm die Gesichter der Geschworenen wie eine zusammenhängende Masse rötlichen

Fleisches vorkamen. Er war verwundert, erkannte sich selbst nicht mehr; solche Gefühle hatte er bislang nie verspürt. Wie kam es, daß er sich gerade heute der Grenze seiner physischen Widerstandskraft deutlich bewußt wurde? Doch jetzt durfte er seiner Schwäche nicht nachgeben. Er hatte nicht nur seine Person, sondern auch seine Gedanken, seine Schüler und Nachfolger zu verteidigen. Sokrates bat um einen Schluck Wasser. Anytos sah er dabei nicht an; er befürchtete, daß ihn dann wieder jener Zorn packte, der ihn beim Anblick seines Gegners stets befiel.

Befriedigt stellte Anytos fest, daß er bereits bei seinem ersten scharfen Angriff die nachgiebige und versöhnlerische Haltung der Geschworenen Sokrates gegenüber erschüttert und ihn um ihr Wohlwollen gebracht hatte. Doch noch konnte er sich nicht in Sicherheit wiegen. Er wußte, daß Sokrates viele Feinde hatte, besonders unter den Bürgern, denen er die Maske der Unwissenheit vom Gesicht gerissen hatte, aber auch zahllose Freunde, die ihn als liebenswerten Ratgeber schätzten. Deren Gefühle galt es umzuwandeln. Auch Anytos kannte sich, wie sein Vorredner Lykon, in den sophistischen Wortgaukeleien recht gut aus. Aber er war vorsichtig. Er hatte schon viele Gerichtsverhandlungen mitgemacht, und er wußte, wie wandelbar die Meinung der Massen war. Eine Kleinigkeit nur, und schon kehrte sich die Stimmung der Geschworenen ins Gegenteil.

Um sich selbst sorgte Anytos sich nicht. Der Hauptankläger, der die moralischen und materiellen Folgen einer Niederlage zu tragen haben würde, war ja Meletos. Doch in diesem Fall hätte er sich nicht seinen hartnäckigsten, gefürchtetsten Gegner vom Halse geschafft. Sokrates konnte dann weiterhin das Volk gegen ihn aufhetzen, ihm die Ruhe nehmen, den Schlaf rauben. Immer weiter würde Sokrates ihm vor seinen Wählern die Haut vom Leibe ziehen. Also begann Anytos maßvoll, beinahe liebenswürdig: »Meine Freunde! Ihr alle wißt, daß Sokrates seinen Einfluß auch bei der Erziehung meines eigenen Sohnes mißbraucht hat.«

»Also auch bei ihm, einem solchen Prachtkerl!« erklang eine Stimme aus der ersten Reihe.

»Auch mich persönlich hat Sokrates' ›Sorge um die Jugend‹ betroffen. Was habe ich für Mühe, den jungen Wirrkopf wieder zur Ordnung zu rufen! Und doch schwöre ich euch hier bei allen zwölf Hauptgöttern, daß es keinerlei Zusammenhang gibt zwischen meiner Anklage gegen Sokrates und seinem unseligen Einfluß auf meinen Sohn!«

Schüchterner Applaus.

»Nun ist mein Sohn schon längere Zeit Schüler aufrechter Lehrer der Weisheit – der Sophisten.« Anytos nahm die Pose ein, in der ein Hauptdarsteller einen Monolog deklamiert. »Doch was bedeutet mir mein Sohn gegenüber dem Wohlergehen unserer Gemeinde, in deren Dienst ich mich mit ganzer Seele gestellt habe!«

Brausender Beifall. Doch da und dort auch Ausrufe des Unwillens.

»Ihr seht also, daß ich nicht aus persönlichen Gründen gegen Sokrates auftrete, und zur Bestätigung dessen will ich auch die Taten nicht unerwähnt lassen, mit denen Sokrates sich um das Vaterland verdient gemacht hat. Vorbildliche Tapferkeit bewies er in den Schlachten bei Poteidaia, Amphipolis und Delos. Ich möchte ihn nicht um das allerkleinste Verdienst bringen. Und deshalb erinnere ich daran, daß er mutig den Befehlen der Schreckensherrschaft trotzte, sich, ohne um sein Leben zu fürchten, weigerte, selbst den Befehlen des blutigen Mörders Kritias zu folgen.«

Die Geschworenen, die Sokrates wohlgesinnt waren, atmeten auf; jene, die ihm nicht zugetan waren, verneigten sich vor der Gesinnungsgröße eines Anytos, der auf so gerechte Art und Weise die Verdienste seiner Vorredner und seine eigene Anklage entschärfte. Entgegen seiner Behauptung, Sokrates zerrütte den Staat, setzte er sogar dessen Taten zum Nutzen des Staates in ein gutes Licht.

Einige von Sokrates' Freunden freuten sich, andere aber, besonders Platon, blieben äußerst mißtrauisch. Nur Platon hatte erkannt, daß in dem Moment, da Anytos Sokrates' größte Verdienste um den Staat würdigte, diese aber nicht mehr von Sokrates selbst ins Treffen geführt werden konnten. Wie aber sollte Sokrates nun seine Verteidigung aufbauen?

Platon blickte zu seinem Lehrer hinüber. Er bemerkte die Sorgenfalten auf seiner Stirn, sah, wie sich Sokrates' Miene verdüsterte, wie das sonst ständige Lächeln einen schmerzlichen Zug annahm. Ihrer beider Blicke trafen sich. Sokrates' Blick wirkte erloschen; doch als er sich mit Platons Blick kreuzte, erhellte er sich augenblicklich. Platon überwand seine Angst um seinen Lehrer und erstickte den Anfall von Hoffnungslosigkeit in sich. Aufmunternd lächelte er dem Greis zu.

Anytos rief über den Platz hinweg: »Hätte die Demokratie nicht rechtzeitig über die Tyrannei gesiegt, würde Sokrates unzweifelhaft zu den damals hingerichteten tausendfünfhundert Athener Bürgern gehören.«

Anytos verlangsamte seine Rede, als er sah, daß der Schreiber nicht nachkam. Er machte eine kleine Pause, um ihm leise seine letzten Worte zu wiederholen. Dann wandte er sich wieder an die Geschworenen und sagte: »Hätte unsere Demokratie nicht rechtzeitig gesiegt, so würde sich Sokrates schon lange nicht mehr jeden Morgen vor der Sonne verneigen, wie er dies zu tun pflegt. Und ebendieser Demokratie gegenüber, die ihm das Leben rettete, zeigt er sich undankbar!«

Anytos' lobpreisende Eröffnungsworte bewirkten, daß dieser Schlag doppelt stark kam. Niemand gab auch nur einen Laut von sich, nur das Summen von Insekten war über der todesstillen Menschenmenge zu hören.

Mit bitterer Stimme fuhr Anytos fort: »Er zeigt sich undankbar gegenüber der Demokratie, die dem Volk ein solches Maß an Freiheit gibt wie keine Regierung zuvor« – Anytos' Stimme war einschmeichelnd und honigsüß –, »undankbar gegenüber jener Demokratie, die aus der Staatskasse freigebig für alle Besitzlosen und Bedürftigen unter euch sorgt.«

Die Geschworenen, die in der prallen Sonne saßen, erfrischten sich heimlich mit einem Schluck Wein, dessen Doppelzüngigkeit den einen zu unangebrachter Heiterkeit, den anderen zum Widerspruch, den dritten zu Lärm und Geschrei anregte. »Mit diesen Bettelmünzen? Mit diesen Kupferstücken?«

Damit durchbrach er den ohnehin schon dünnen Damm der Ehrerbietung gegenüber dem Gericht.

»Wir wollen Arbeit!«

»Wir wollen zurück auf unsere Felder!«

Der Archon hatte Mühe, die Ruhe einigermaßen aufrechtzuerhalten.

»Soll er sie doch ein wenig toben lassen«, flüsterte einer der Neureichen seinem Nachbarn ins Ohr.

»Na, ich weiß nicht...«

»Wenn sie machen dürfen, was sie wollen, können wir nämlich auch machen, was wir wollen. Soll er sie nur lassen!«

Anytos donnerte los, daß die Geschworenen erschraken. »Und trotzdem gibt es unter uns einen Mann, der Tag für Tag in der Stadt umherstreicht. Wo er stehenbleibt, versammelt er die Menschen um sich und hetzt sie gegen uns Demagogen auf. Männer Athens, hört mich an! Seine aufrührerischen Gedanken gewinnen mehr und mehr an Boden und breiten sich im ganzen Lande aus.«

Anytos rührte damit an das Gewissen der Geschworenen, die auch sofort verstummten, denn wer von ihnen wollte schon vom Geschworenen plötzlich zum Angeklagten werden?

»Und er spricht zu Tausenden, sogar von der Bühne des Dionysos-Theaters herab!« donnerte Anytos weiter. »Ihr wundert euch, wie das möglich ist? Ich will es euch sagen: Seinem Freund, dem Tragödiendichter Euripides, hat er eingeredet, er müsse sich mit seinen Versen für die Sklaven einsetzen und für die Gleichberechtigung der Frau kämpfen!«

Anytos wollte verhindern, daß es von neuem in den Reihen unruhig zu werden begann, und er schloß daher seine Rede mit den strengen Worten: »Das würde ja schön aussehen in Athen, wenn wir an die Spitze der Gemeinde Frauen stellten und als freie Bürger unseren Sklaven vielleicht noch die Füße wüschen!«

Die Vorstellung, an Anytos' Stelle könne jetzt eine begehrenswerte Athener Schönheit stehen oder Anytos selbst müßte seinen Sklaven die Füße waschen, rief unter den

Habenichtsen ringsum lautes Gelächter hervor. Ausgelassen schrien sie: »Ruhm Sokrates!«

Die Sklavenhändler, die hier in stattlicher Zahl versammelt waren, begannen auf einen Wink Lykons hin, diese Beifallskundgebungen zu überschreien. »Schande über ihn! Schande!«

Anytos, angeregt von seinem Erfolg bei den Reichen, die sich gegenseitig zunickten, fuhr mit geschmeidiger Stimme fort: »Sokrates sieht einen Übelstand darin, daß die Männer, die heute an der Spitze des Staates stehen, eigene Häuser besitzen und würdige Kleider tragen. Offensichtlich verlangt er von ihnen, ebenso wie die Sklaven zu leben, barfuß zu gehen und sich wie er von Sonnenblumenkernen zu ernähren!«

Diese Stiche, die das Gelächter der Beisitzer hervorrufen sollten, waren nur teilweise von Erfolg gekrönt. Viele Geschworene vergegenwärtigten sich, welch zwielichtiges Leben Anytos führte, wie oft er seine Kleider und sein Verhalten wechselte, wie er jedesmal ein anderer war, wenn er zur Verteilung der Bettlersuppe oder in den Rat ging oder wenn er in seinem Haus Gäste empfing.

Anytos begriff, daß er hier ein für ihn gefährliches Thema aufgegriffen hatte, und er beeilte sich fortzufahren: »Sokrates sagt: ›Ich weiß, daß ich nichts weiß‹, und jeder Athener kennt dieses Sprüchlein von ihm; aber anscheinend weiß nur er genau, wie ein ordentlicher Mensch und gerechter Herrscher aussehen muß. Als einziger will er wissen, wie es in einem vollkommenen Staat zugehen muß, und darin unterweist er auch seine Schüler. Sokrates fordert, daß an der Spitze des Staates ein ›Freund des Denkens‹ stehen müsse. Vielleicht soll es auch noch ein Philosoph sein – vielleicht gar er selbst!?« Und in die anhaltende Stille hinein warf er die Frage: »Was will er euch denn bieten gegen unsere schönste Errungenschaft, unsere unbegrenzte Freiheit?« Mit weithin tönender Stimme rief er aus: »Unfreiheit, die eingeengt ist durch etwas, was Sokrates freiwillige Disziplin nennt, die angeblich jeden von geistigem Sklaventum befreit.«

Sokrates wandte sich Anytos zu und sah ihm in die

natterhaften Augen. Anytos wurde unruhig unter diesem Blick. Er versuchte, Sokrates' Blick auszuweichen, wandte die Augen von Sokrates ab und sah zu den Geschworenen hin. Doch plötzlich hatte er das bedrückende Gefühl, aus den Reihen vor ihm starrten ihn lauter Sokratesse, Hunderte Sokratesse an ...

Der Schweiß brach ihm aus. Er hatte noch vieles sagen wollen, doch er beschloß, seine Rede schnell zum Ende zu bringen.

»Männer Athens! Ihr habt Meletos', Lykons und auch meine Anklage gehört, von denen jede einzelne Sokrates seiner Schuld überführt. Alle drei beweisen sie, daß Sokrates mit seinen Gesprächen unserem Staat bedeutend mehr schadet als nutzt. Entscheidet nun selbst, ob Sokrates, wissentlich oder unwissentlich, Athen aus unserer Macht lösen und unter seinen Einfluß bringen will. Ihr habt über eine für die Gemeinde ernste Sache zu entscheiden, über einen wirklich bedeutsamen Fall.«

Einer der Angetrunkenen richtete sich kühn auf. »Verehrter Anytos! Großer Demagog!« Das anfängliche Pathos wurde zum vertraulichen Ton. »Sieh mal, Bruder, wenn das so ein schwieriger Fall ist, wie du selbst sagst, meinst du dann nicht, daß dafür drei Obolen ein bißchen wenig sind? Kannst du sie nicht auf fünf erhöhen?«

Zustimmende Rufe wurden laut: »Selbst fünf sind noch zu wenig für so eine Schinderei! Leg was zu! Leg doch was zu!«

Die Übermütigen wurden von einem Geschworenen zurechtgewiesen. »Haltet eure Klappe, sonst läßt man euch nie wieder an so eine Futterkrippe wie diese!«

Die Gerichtsdiener riefen auf ein Zeichen des Archons: »Ruhe dort!«; schließlich stiegen sie langsam zu dem Unruheherd empor.

Doch der berauschte Geschworene, der Anytos doppelt sah, reckte sich hoch und rief durch die zu einem Trichter geformten Hände: »Also, was ist, kleiner Anytos, gibst du uns mehr Obolen, oder gähnt eure Staatskasse bereits vor Leere?«

Die Stimme des Wagemutigen verlor sich im Sturm des

Gelächters und der Flüche, denen der Archon nur damit begegnen konnte, daß er drohte, jene Reihen räumen zu lassen, aus denen der ungebührliche Lärm kam.

Anytos wurde der Auftritt immer mehr zur Qual. Denn selbst in dem Geschwafel dieser Frechdachse erkannte er Sokrates' Einfluß. Es zeigte ihm, daß sich in Athen jedwede Ordnung lockerte und daß er gut daran getan hatte, sich für die heutige Gerichtsverhandlung zu entscheiden, sie nicht ausfallen zu lassen. Jetzt nur schnell zum Ende kommen!

Er hob die Hände zum Himmel. »Im Namen der olympischen Götter und der uns zuschauenden Väter klage ich Sokrates an: Er ist schuldig, weil er die von der Gemeinde anerkannten Götter nicht anerkennt, weil er eine neue Gottheit einführen will, schuldig, weil er die Jugend verdirbt und den Staat zerrüttet!«

5

Drei Ankläger hatten das Ihre gesagt und waren in den Hintergrund zurückgetreten.

Der Archon Basileus rückte sich den Myrtenkranz auf dem Kopf zurecht, stand auf, wandte sich dem Angeklagten zu und sagte: »Der Zeitpunkt für deine Verteidigung ist gekommen, Sokrates. Sprich also!« Aus der gefüllten Wasseruhr begannen die Tropfen zu fallen.

Sokrates schwieg. Er neigte den Kopf etwas zur Seite, als höre er auf etwas. In der tiefen Stille schien es, als schwiege nicht nur Sokrates, sondern der ganze Areopag, ganz Athen, der Himmel, die Erde. Sokrates stand noch immer ruhig auf seinem Platz und horchte. Die Stille dehnte sich, das Wasser in der Wasseruhr tropfte weiter – doch niemand wagte es, Sokrates' Redezeit mit auch nur einem Wörtchen des Ansporns zu verkürzen.

Solange die Ankläger gesprochen hatten, waren sie von den Geschworenen betrachtet worden, vom Archon, den Beisitzern, den Herolden, den Prytanen; kaum jemand sah auf Sokrates. Jetzt aber gab es hier nur noch ihn. Fünfhundert Augenpaare ruhten auf ihm, nahmen seine nackten Füße und kräftigen Arme wahr, verweilten auf dem weißen, leinenen Chiton, blickten in sein Antlitz mit den fest geschlossenen Lippen. Wann endlich würde er zu sprechen beginnen! Die kostbare Zeit lief ihm doch unwiederbringlich davon!

Sokrates wurde von den Geschworenen, insbesondere den neu hinzugezogenen, mit gründlicher Prüfung gemustert. Die alteingesessenen Athener verglichen die Aussagen der Anklage mit Sokrates, wie er vor ihnen stand und wie sie ihn seit Jahrzehnten kannten.

Sein Äußeres war nicht dazu angetan, bei irgend jemandem Mitleid hervorzurufen. Das war kein verkrüppelter Bettler, kein verschrecktes Alterchen, das schon durch seine Gestalt die Geschworenenhand, in der die schwarze Bohne ruhte, zurückgehalten hätte. Sokrates war mit seinen siebzig Jahren stattlich und kräftig und machte einen viel jüngeren Eindruck. Seine Haut, die mehr der Sonne als dem Schatten ausgesetzt war, hatte die Farbe der Erde seines Weingartens in Gudi. Durch den weißen Chiton wirkte sie noch dunkler, so daß Sokrates um Jahre jünger aussah. Sein Gesicht ließ sein wahres Alter unglaublich erscheinen – voll, von keiner Falte zerfurcht, eingebettet in die weißen Wellen seines Vollbarts. Von diesem markanten Antlitz konnte man weder sagen, daß es ständig lächeln würde, noch, daß es unfreundlich wäre. Willenskraft strahlte aus seinem Gesicht, fröhliche Lebensbejahung und viel Licht.

Ein berühmter Philosoph, ein etwas wunderlicher ... Was sollte man von diesem Menschen halten?

Sokrates' Hand, die den Ellenbogen des anderen Armes umfaßte, rührte sich nicht. Die Hand des Archons, die auf dem Tisch lag, zitterte. Wann endlich besann sich der Alte? Schon wollte der Archon zum Hammer greifen, da begann Sokrates breit zu lächeln und mit ruhiger Stimme zu sprechen.

»Männer Athens! In diesen Minuten des Schweigens bin ich zu der Erkenntnis gekommen, daß mir – wenn ich jetzt hier spreche – keine Gefahren drohen und mir nichts Böses geschehen kann. Eine ganze Weile habe ich gelauscht, ob sich nicht mein Daimonion melden und mich davor warnen würde, hier zu sprechen.«

Aus den Reihen der Geschworenen kamen gedämpfte, ärgerliche Rufe: »Hört ihr das? Schon mit den ersten Worten gibt er es zu!«

»Das ist ja Wahnsinn!«

»Eine Schande!«

Sokrates hob ruhegebietend die Hand.

»Ich bin mit euch schon deshalb zufrieden, weil ihr nun Essen und Trinken sein laßt und meinen Worten Aufmerksamkeit schenkt; doch es wäre mir lieb, wenn ihr eure Übertreibungen mäßigen könntet, Freunde. Ihr habt es schließlich leichter als ich. Um meinen Hals geht es, nicht um den euren, und schreie ich etwa herum? Wenn ihr noch weiter schreit, zwingt ihr auch mich dazu; und ihr werdet doch einsehen, daß sich das für mich wenig schickt.

Schlimmer jedoch ist, daß ich nicht recht weiß, was ich zu meiner Verteidigung sagen soll. Meine Ankläger haben mir nämlich, wie man so sagt, die Butter vom Brot genommen. Meletos, Lykon und Anytos haben sich viel Arbeit mit mir gemacht. Nie hätte ich mich all dieser Einzelheiten erinnert, in denen sie mein Leben geschildert haben! Doch ihre Reden beinhalteten ja nicht nur die Anklage, sondern auch die Verteidigung. Das scheint sehr edel und mir gegenüber auch höchst gerecht, und es hat auf euch, meine Richter, sicher einen guten Eindruck gemacht. Bedenkt aber, daß ich hier stehe, weil mich diese ach so edlen und gerechten Menschen vor Gericht gezerrt haben! Wenn ich mir die Anklagen so vergegenwärtige, halte ich es für unwahrscheinlich, daß der Hauptankläger, der von mir ›gejagte‹ Dichter Meletos, mich nur deshalb hierhergejagt haben soll, um meine Sorge um die Athener Bürger zu loben und um mir Kränze zu flechten, die ihm selbst nicht zuteil werden. Es will mir nicht in den Kopf, daß auch die anderen beiden Ankläger meine Verdienste um den Athener Staat nur deshalb vor euch gepriesen haben, um meinen Ruhm noch zu vergrößern, ohne mir dies aus wahrer Ehrerbietung und Zuneigung an meinem Lebensabend aufrichtig zu gönnen. Diese drei haben in ihren Anklagen meine Verteidigung gleich vorweggenommen. Sie haben getan, was eigentlich mir zustand: mich vor euch zu rechtfertigen. Damit haben sie mich für den Augenblick wehrlos gemacht.«

Sokrates' Hand hing schlaff herab.

»Sie haben mich überrascht mit ihrer hinterlistigen Tücke, ihrer rednerischen Gewandtheit, die den heutigen Sophisten kennzeichnet. Meine Zunge, die sich immer bemüht hat, die Wahrheit auszusprechen, ist nicht so beweglich und ähnelt wahrhaftig weder der eines Aals noch der einer Schlange.

Wiederholte ich jetzt, was ich für die Heimat Gutes getan habe, so käme allein dadurch, daß sie es vor mir aussprachen, meine Rede einer Anklage gegen mich selbst gleich. Denn jedes meiner Verdienste haben sie auch in den Schmutz gezerrt, weil sie wußten, daß ich mich scheuen würde, sie wieder aus dem Schmutz herauszuholen, weil sie jetzt nicht mehr sauber sind.

Mein Hauptverdienst um die Heimat, das meine kriegerischen Verdienste und auch die Tatsache, daß ich mich der Willkür der Dreißig Tyrannen entgegenstellte, noch bei weitem übertrifft, sind Gedanken, die ich in der Stadt verbreitete – das zu erwähnen, haben sie freilich völlig unterlassen. Und deshalb wende ich mich jetzt an euch, Männer Athens.

Wird nicht von Sokrates gesagt, daß er stets dort zu finden ist, wo viele Menschen beisammenstehen? Daß er dort seine Hebammenkunst ausübt und zutage fördert, was in den Menschen Gutes und Böses steckt, was schön und was häßlich, was tugendhaft und was schamlos, was gerecht und was ungerecht ist? Sagt man nicht von ihm, er sei ganz versessen auf diese Tätigkeit? Warum also hätte Sokrates nicht hierhereilen sollen, wenn er wußte, daß ihm fünftausend Menschen zuhören würden? Konnte er sich eine so seltene Gelegenheit entgehen lassen, wo er doch bereits siebzig ist und in seinem Leben so viele Erfahrungen gesammelt hat, daß er sich jetzt danach sehnt, mit guten Menschen darüber zu reden?

Versteht ihr, daß es nur natürlich ist, wenn ich auf dieses verlockende Angebot hin unverzüglich hierhergeeilt bin und nicht nach Ausflüchten gesucht habe, wie ich einer so lieben Begegnung mit euch ausweichen könnte? Ich bin Anytos und seinen Freunden Lykon und Meletos sogar dankbar für diese Einladung. Es ist bekannt, daß ich kein Schwarzseher bin. Ich sagte mir also, man kann nicht wissen, was der heutige Tag an Gutem so bescheren wird. Mir, dem Angeklagten, oder euch, den Geschworenen, Männer Athens!

Sehen wir uns also gemeinsam ein paar Kleinigkeiten an, die mir in den Reden meiner Ankläger auffielen. Sehen wir uns aber auch das an – verzeiht mir meine Aufrichtigkeit –, was sie völlig durcheinandergebracht haben.«

Sokrates trat einen Schritt an die Geschworenen heran und breitete die Arme aus. »Ich bin doch, und das kann niemand bestreiten, ein ganz gewöhnlicher Mensch, der in nichts auffällt, und es gehört sich nicht, daß mich Meletos mit einem so berühmten Mann wie Homer vergleicht. In Homers Göttern ist mehr blühendes Leben als in vielen Erdenbewohnern. Seine Götter sind voller menschlicher Regungen und Leidenschaften. Und Meletos irrt: Ich habe nicht all diese uralten Göttersagen, die von unserer Gemeinde anerkannt werden, in Verse gesetzt. Ich bin nicht der Autor jener saftigen Liebeshistörchen über sie. Ich bin lediglich ein wißbegieriger und neugieriger Mensch, der Betrachtungen darüber anstellt und sich mit den Menschen über diese Dinge unterhält, denn es ist doch ein recht interessanter Gesprächsstoff, oder nicht? Sehe ich nicht, wie ihr alle gleich auflebt, kaum daß ich ein Wörtchen darüber verloren habe? Freilich habe ich die Erdenbewohnerinnen aufgezählt, die Zeus mit seiner Gunst beglückt hat. Auch Aphrodite und Athene habe ich dabei nicht vergessen. Schon in diesem Aufzählen steckt doch eine gewisse göttliche Lust, die, den Göttern sei's geklagt, Meletos eben nicht fühlt. Ihr alle könnt ja rechnen, viele besser als ich. Und so werdet ihr auch wissen, daß ich über die von Eros heimgesuchten Götter keine endgültige Zahl nennen kann. Warum also sollte man einen Rechner verurteilen? So einer zählt und rechnet doch nur rein sachlich. Mit Verwunderung muß ich allerdings feststellen, daß Meletos nicht nur Homer kritisiert, sondern Zeus selbst, den Beherrscher des Donners, wenn er sagt, er sei nicht keusch und enthaltsam genug.«

Übermütiges Lachen von allen Seiten. Ohne darauf zu achten, fuhr Sokrates ruhig fort: »Durch mich, einen trokkenen Rechner, wirft Meletos der Göttin Athene vor, daß sie sich in so vielen verschiedenartigen Gestalten zeigt.«

Das Gelächter wurde stärker. Meletos lief vor Ärger rot an. Er schrie: »Wie kannst du hier noch spotten ...«

Sokrates unterbrach ihn: »Beim Höllenhund! Ich sollte spotten? Ich erfreue mich nur der reichen Belaubung unseres Götterstammbaumes. Meine Ankläger führten an, daß ich Demokritos, diesen fröhlichsten aller Philosophen, gern habe. So ist es. Seine Schrift ›Über den Frohsinn‹ ist meine liebste Lektüre. Wenn sich auf einem Gastmahl ein Mann zusammen mit einem Freund betrinkt und sich beim Spiel des Gauklers unterhält, so kostet es keine Mühe, guter Stimmung zu sein. Demokritos rät, und darin stimme ich mit ihm überein, daß ein Mensch sich seinen Frohsinn gerade in schweren Stunden seines Lebens bewahren sollte. Niemand von euch wird mir erzählen wollen, daß ich jetzt gerade Chioswein schlürfe und mich an gauklerischer Gewandtheit erfreue. Sicher werdet ihr auch zugeben, daß in dieser Wasseruhr hier bittere Sekunden für mich vertropfen; und falls unter euch ein paar Gaukler sein sollten, wird es ihnen wahrscheinlich nicht darum gehen, mich zu erheitern. Verzeiht mir also, daß ich nicht, wie Meletos, die Götter zu Hilfe rufe, daß ich keine Krokodilstränen vergieße wie Lykon, noch daß ich hier herrisch tobe wie Anytos.«

In den aufkommenden Tumult hinein sagte er: »Wir wollen die Tropfen nicht vergessen.«

Sokrates fühlte ein Fieber in sich aufsteigen, das in gleichem Maße wie das der Massen stieg. Die Sonnenglut begann ihm lästig zu werden. Er warf einen Blick zur Sonne, die höher und höher wanderte. Was soll das? Willst auch du mir Leid zufügen, geliebter Bruder? Sokrates trocknete sich mit der Hand die schweißnasse Stirn. Eine ganz normale Bewegung. Doch bei seinen Freunden, die so etwas bei Sokrates noch nie gesehen hatten, rief es Bestürzung hervor.

»Ich weiß, daß meine Ankläger und auch einige der Geschworenen, denen ich irgendwann einmal auf die Hühneraugen getreten bin, woraus sich nach Jahren ein nässendes Geschwür entwickelt hat, mich heute lieber in schwächerer Verfassung sehen möchten. Es wäre ihnen lieb, wenn ich mich selbst bemitleiden würde, wenn ich meine Frau mitgebracht hätte, damit sie euch mit Wehklagen und Jammern rühren könnte, und ich vor so vielen Ohren bei meinem Höllenhund schwören würde, daß ich mich niemals mehr auf der Agora, in den Gymnasien und am Markt herumtreiben und mit keinem Menschen mehr irgendeine Unterhaltung führen werde. Lieber Meletos, Lykon und Anytos, das haben vor euch schon ganz andere von mir verlangt. Seid mir nicht böse, wenn ich der Wahrheit gemäß sagen muß, daß dies die Tyrannen Kritias und Charmides waren, die sogar, weil ich ihren Befehlen nicht gehorchte, gegen mich ein Gesetz erließen, demzufolge ich nicht mehr mit der Jugend sprechen durfte und das mir ebenfalls verbot, sie in der Kunst der Rede zu unterweisen.«

Heftige Bewegung in der Menge.

Ohne Unterbrechung fuhr Sokrates fort: »Sollte die Übereinstimmung zwischen den verfluchten Mördern Athens und euch dreien Zufall sein, oder steht sie in irgendeinem tieferen Zusammenhang mit...«

»Ich protestiere!« schrie Anytos mit hochrotem Gesicht. »Es ist unzulässig, jemanden auf diese Weise zu beschuldigen. Ich fordere den Archon...«

Sokrates fiel ihm mit kräftiger Stimme ins Wort: »Ich fordere den Archon auf, Anytos nicht zu gestatten, daß er in der mir zur Verfügung stehenden Zeit spricht.« Und an Anytos gewandt: »Was für eine Beschuldigung? Ich habe mich nur einer Begebenheit aus der jüngsten Vergangenheit erinnert, die ich nach altem Brauch offen und laut vorbringe. Stört das jemanden? Und wenn ja, weshalb?«

»Ich fordere den Archon auf...«, schrie Anytos von neuem.

»Zu spät regst du dich darüber auf, Anytos, denn fünfhundert Athener haben jetzt gehört, was sie nicht hören sollten. Frag doch dich selbst, und Meletos und Lykon dazu, warum ihr so unvorsichtig wart, mich vor der Öffentlichkeit zum Sprechen zu bringen!«

Der Archon hielt Anytos, der sich schon wieder an den Tisch herandrängte, mit einer Handbewegung zurück. »Entschuldige, Anytos, aber nach dem Gesetz hat jetzt nur der Angeklagte das Recht zu sprechen.«

Wütend grub Anytos seine Zähne in die Unterlippe. Das Recht ist auf seiten dieses dämonischen Greises. Und ich selbst habe ihn hierhergezerrt! Ich Dummkopf! Aber warte nur! Das letzte Wort werde ich haben.

Sokrates fuhr fort: »Ich muß mich jetzt mit meiner Rede Meletos zuwenden. Er sagte, er sähe mich als ein zwieköpfiges Geschöpf, dessen einer Mund spricht: ›Ich glaube an die Götter‹, der andere dagegen: ›Ich glaube nicht an sie.‹

Nun, gehen wir der Reihe nach vor: Ich warf den Bildhauermeißel hin, das ist wohl wahr; doch nur ich werde am besten wissen, warum. Schon als junger Mensch war ich von dem Gedanken besessen, anstatt starren Gesteins die Seelen lebendiger Menschen zu behauen und zu bearbeiten. Ich sehnte mich mit allen Fasern meines Herzens danach, daß in der marmornen Schönheit Athens schöne, edle und gebildete Menschen lebten. Eine gefährliche Besessenheit, wie man sieht, nicht wahr? Ich Kindskopf! Hätte ich mir soviel Arbeit mit den Statuen gemacht wie mit den Menschen, ich wäre ein berühmter Bildhauer geworden, könnte zufrieden, hochgeehrt und von den Menschen geachtet leben und müßte nicht meiner Xanthippe zur Last fallen, nicht mir selbst und auch euch nicht, Männer Athens. Doch ich hatte eben dieses mich treibende Gefühl – es war, als hätte mich ein Skorpion gestochen –, daß die Hellenen, die einen Pheidias, einen Myron hatten, auch einen Sokrates brauchten.«

»Ausgezeichnet, Sokrates!« tönte es vom Versammlungsplatz her.

»Daraus kannst du ersehen, lieber Meletos, daß du nicht begriffen hast, wer Sokrates eigentlich ist und warum ihm Athen eine andere Arbeit als die eines Steinmetzen bestimmte. Du, Meletos, klagst mich an, weil ich auf der öffentlichen Opferstätte nur kleine Sträußchen von Heilkräutern niedergelegt und ein paar Tröpfchen meines roten Weines aus Gudi verspritzt habe.

Ich bezweifle, daß es mir zur Schande gereicht, wenn ich nicht mit Leichtigkeit viele Drachmen verdiene, daß ich also arm bin. Und wegen dieser Armut interessieren sich Anytos und Lykon ganz besonders für mich. Sie begreifen nämlich, daß meine Armut, obgleich stumm, den Athenern nicht nur etwas über Sokrates, sondern auch über andere sagt und, obgleich blind, jenen anderen auf die Finger sieht.«

Bewegung kam in die Reihen der Geschworenen; die einen schüttelten unwillig die Köpfe, andere nickten zustimmend.

»Du, Meletos, siehst nur, was man mit den Augen wahrnehmen kann. So ein Sträußchen Kräuter, das siehst du; doch du siehst nicht, daß ich auf der öffentlichen Opferstätte das Wertvollste niederlege, was ich besitze – mein Leben. Und wenn ich mich nicht irre, dann ist das, was ich jetzt sage, nicht nur eine dichterische Metapher.« Sokrates breitete die Arme aus. »Es ist wortwörtliche Wahrheit.«

Er sprach etwas lauter, denn ihm schien, daß seine Stimme, wenn er leiser sprach, zu zittern begann. Nun schwieg er.

Auch die Geschworenen schwiegen. Sie dachten über Sokrates' Worte nach und darüber, wozu sie hier waren. Nur gedämpftes Schluchzen aus der Ferne war zu vernehmen in dieser tödlichen, glutheißen Stille. Wäre in diesem Augenblick über Sokrates' Schuld oder Unschuld abgestimmt worden, viel mehr weiße denn schwarze Bohnen hätten sein Schicksal entschieden. Doch noch wurde nicht abgestimmt.

Die Wasseruhr ließ langsam, mit grausamer Regelmäßigkeit ihre Tropfen fallen. Sokrates fuhr fort: »Du, Meletos, hast dich auf mein Daimonion gestürzt, weil du nicht wußtest, wie du mich, den Diener seiner geliebten Stadt, angreifen sollst. Du nennst es einen schwarzen Dämon, um mir damit Schaden zuzufügen. Ich jedoch, und ich habe nie ein Geheimnis daraus gemacht, nenne es eine göttliche Stimme. Göttlich deshalb, weil es stets eine weise, besonnene und um mein Wohl besorgte Stimme ist. Sie warnt mich vor jeder Gefahr, in die ich unbedachterweise geraten könnte. ›Sokrates, und unbedacht?! Wo bleibt denn seine berühmte Mäßigung, seine Sophrosyne?‹ werdet ihr euch sagen. Seid nicht enttäuscht von mir, Männer Athens! Ich habe kein kühles Blut, ich bin kein Lauer; ich habe ein Herz, das sich entzünden läßt wie ein Haufen Stroh, wenn es um Schönheit und Güte geht. Beide Worte habe ich zu einem vereint: Kalokagathia.

Mein liebes Daimonion! Es schützt mich auch vor mir selbst. Ihr, meine Ankläger, könnt euch gerade jetzt davon überzeugen, daß niemand einem Menschen mehr Schaden zufügen kann als er sich selbst. Seid ihr drei euch darüber im klaren, inwiefern ihr euch heute, ohne solch ein gutes Daimonion, selbst geschadet habt?

Du, Meletos, sprichst von meinem Daimonion als von einem finsteren Dämon. Warum aber habe ich denn mit den Marktleuten, Schustern, Bürgern, Tagelöhnern und mit meinen Schülern so oft darüber gesprochen? Glaubt mir, ich tat es nicht, um euch einen Grund für eure Anklage zu liefern, sondern damit jeder, der sich in Übereinstimmung mit dem Guten weiß und in sich hineinhört, jene Stimme hören kann, wenn sie sich leise in ihm meldet. Dazu ist jedoch viel Geduld notwendig, die viele Menschen leider nicht aufbringen. Außerdem warnt diese Stimme den Menschen oft vor einer Tat, nach der er sich eigentlich besonders sehnt und die er nicht gern unterlassen würde. Wer weiß, ob nicht viele Menschen diese Stimme von sich weisen, ohne zu wissen, daß sie über ihr Glück wacht?

Möglich, daß auch du, Meletos, eine solche warnende Stimme hörst. Du hörst vielleicht sogar jetzt, daß sie dich warnt, Sokrates nicht zu Unrecht und verleumderisch zu beschuldigen – doch du beachtest sie nicht!«

Die Geschworenen reagierten auf das eben Gehörte mit Unruhe.

»Wohin starrst du denn so verbissen?« fragte Merinos seinen Nachbarn Lustratos.

»Nirgendwohin. Ich höre nur in mich hinein, ob ich nicht auch so eine Stimme habe.«

»Du Schafskopf! Die meldet sich doch nur vor einer wichtigen Entscheidung.«

»Das ist hier wohl keine, was? Wenn über einen Menschen gerichtet wird, ob er schuldig ist oder nicht?«

Merinos seufzte. »Ich glaube, du hast recht.«

Sokrates sprach inzwischen weiter zu Meletos: »Ich habe deiner Meinung nach also zwei Köpfe.« Er trat nahe an Meletos heran, der erschrocken zurückwich. »Du brauchst dich doch nicht vor mir zu fürchten.« Sokrates lachte, und es war zu erkennen, wie offenherzig er mit ihm sprach; vielleicht hatte er vergessen, wo und mit wem er da redete. »Keiner meiner beiden Köpfe wird dich auffressen. Schau mich mal aus der Nähe an, und du wirst feststellen, daß ich nur einen Kopf habe, freilich einen ziemlich großen, der viele Menschen damit ärgert, daß viel in ihm steckt. Aber in meinem Kopf herrscht Ordnung, weil ich täglich auf ihn achte und den Kehricht regelmäßig ausfege. Dann habe ich noch die Angewohnheit, auch noch bei anderen auszufegen. Eine gute Angewohnheit, wenn sie auch dem Nachbarn gelegentlich unangenehm ist, nicht wahr, Meletos?« Sokrates trat noch einen Schritt auf ihn zu.

Meletos hob die Hände, als wolle er ihn aufhalten. Sokrates blieb also stehen. Er lächelte. »Ständig fürchtest du dich vor mir, als wollte ich dich den Löwen zum Fraße vorwerfen, und dabei will ich dir nur klarmachen, wie verworren deine Gedanken sind. Also höre zu!« Unbewußt sprach Sokrates lauter, seine Stimme war von leidenschaftlicher Erregung gefärbt. »Was ist denn dieses Göttliche, von dem ich immer spreche? Etwas Schändliches oder Nichtswürdiges? Oder im Gegensatz dazu etwas höchst Rechtschaffenes und Weises? Glaubst du, daß das Göttliche unvereinbar ist mit dem Rechten und Weisen? Deiner Meinung nach sind also nur die Menschen gerecht und weise, die Götter jedoch nicht? So gottlos bist du?«

Sokrates' grausame Ironie, die Meletos hart traf, erheiterte zwar die Geschworenen, sie erschreckte jedoch Sokrates' Anhänger, Freunde und Schüler. Sie kannten seine enthusiastischen, feurigen Worte, mit denen er oft seine Gespräche beschloß, wenn er von etwas Schönem und Großem begeistert war. Aber hier, an diesem Ort, fürchteten sie eher seine Glut.

»Nichts ... Derartiges ... habe ich gesagt«, stotterte Meletos, doch Sokrates ließ sich nicht beirren. »Mir geht es darum, Meletos, die göttliche Vollkommenheit zu erforschen, obgleich ich weiß, daß es nichts ganz und gar Vollkommenes gibt.«

Meletos witterte eine neue Angriffsmöglichkeit. »Lästerst du schon wieder? Du selbst redest dich ins Unglück!«

Sokrates mit gespielter Verwunderung: »Ja, bin ich denn nicht in Athen, von dem es heißt, hier herrsche völlige Redefreiheit?« Er lächelte. »Ich vergaß: Eure vollkommene Freiheit geht ja so weit, daß sie auch jeden Mißstand zuläßt.« Er sah die verbitterten Gesichter seiner Ankläger und fragte: »Würde ich hier vor fünfhundert Bürgern stehen und mir eure giftigen Anschuldigungen anhören, wenn es in Athen wirkliche Freiheit gäbe? Ich glaube nicht! Und ich wünsche weder mir noch unseren Athenern eure unumschränkte Freiheit. Ein jeder, der ehrlicher ist als sein Gegner, muß hier verlieren.«

Das erregte Stimmengewirr der Geschworenen schwoll zu lautem Tumult an, in den hinein der Hammerschlag des Archons dröhnte.

Sokrates wandte sich von neuem an Meletos: »Ich verfolge nämlich nicht nur die guten Taten homerischer Götter und Heroen, sondern auch die der Menschen, um herauszufinden, woraus wirkliche Güte, Gerechtigkeit und Menschlichkeit besteht. Die Denkweise eines Verehrers der Philosophie ist gleich der eines Bildhauers. Wenn du nun behauptest, Meletos, daß ich mit dem, was ich überall an Gutem sammle, eine neue Religion einführen will, muß ich dich berichtigen: Ich würde unserer Gemeinde gern neue Bürger geben, vollkommenere und bessere, als sie es jetzt sind, aber darüber wollte ich eigentlich mit Lykon sprechen, der Tränen vergießt, weil es mir nicht gelingt. Aber, beim Höllenhund, ich möchte den Menschen sehen, dem mein Mißerfolg mehr zu Herzen geht als mir selbst! Ich verdürbe die Jugend, jammert Lykon. Nun, er mißt mir übernatürliche Kräfte bei. Ich gebe zu, nicht alle jungen Leute Athens sind so, wie wir sie uns wünschten. Wenn es um Spitzbubenstreiche geht, werden sie höchst lebendig; geht es dagegen um eine ernste Sache oder um Arbeit, schlafen sie lieber. Doch diese sind in der Minderheit, und leider ist ihnen mancher Erwachsene auch nicht immer ein gutes Vorbild. Ich muß dann auch bekennen, daß ein gar nicht geringer Teil unserer Jugend verdorbener ist als zuvor.

Wenn ich nur diese Wissenslücke schließen und erkennen könnte, warum dies so geworden ist und was die Athener so verdirbt!

Schon seit dem Augenblick, da mich Lykon für den Verfall der Sitten verantwortlich machte, zerbreche ich mir den Kopf, wieviel Schuld die Verhältnisse und die anderen daran haben und wieviel ich selbst.

Ich fürchte, Lykon, wenn auch du dir noch den Kopf darüber zerbrechen willst, daß dann dein wahrscheinlich aufrichtiges Gejammer kein Ende nehmen würde, um so mehr, als du hier in dieser Menschenmenge viele Bürger fändest, die dir sehr viel näher stehen als ich.«

Die wohlbekannte Stimme drang zu Xanthippe hinüber. Kein Wort verlor sich trotz der Entfernung, und jedes davon erschreckte sie zutiefst. »Ihr Götter, erbarmt euch seiner! Er verteidigt sich doch gar nicht, im Gegenteil, er spricht ja noch gegen sich.«

Myrto, die Xanthippe stützte, spürte deren Gewicht mehr und mehr auf sich lasten.

»Wenn sich die Väter beschweren, daß ihre Söhne mißraten sind«, fuhr Sokrates fort, »so ist es verwunderlich, daß sie einen einzigen Menschen dafür verantwortlich machen, und noch dazu gerade den, der sich stundenlang mit ihnen über Tugendhaftigkeit unterhalten und nie in seinem Leben mit der Tugend auf Kriegsfuß gestanden hat, jedoch diejenigen loben, die von Tugendhaftigkeit wohl sprechen, aber nicht danach leben.«

Der Haufe der Geschworenen, der schon seit Beginn der Verhandlung Anytos mit unverhohlenem Lärmen, Stöhnen und Lachen unterstützte, wodurch sie ihn als Führer der Anklage herausstellen wollten, duckte sich schweigend. Jene Gruppe aber, der Sokrates aus dem Herzen sprach und der

der Wein immer mehr Mut machte, krakeelte in gehobener Stimmung: »Namen! Namen!«

Anytos zitterte vor Wut.

»Ihr wollt also Namen hören, ihr guten Männer«, sagte Sokrates mit aufrichtiger Stimme. »Das dürft ihr nicht wollen! Versteht doch, daß dies nicht geht! Übrigens kennt sie jeder Bürger, warum also sollte ich Eulen nach Athen tragen?«

Von neuem erscholl Gelächter. Platon wechselte mit Kriton einen besorgten Blick. Was konnte man nur machen? Kriton nickte ihm zu, er verstand. Doch er durfte Sokrates nicht unterbrechen, auch wenn in den Augen der Geschworenen seine Verteidigungsrede immer weniger einer solchen glich.

Sanft berührte Kriton Sokrates' Arm, aber der wich zur Seite und sprach weiter: »Fremde wie auch hellenische Gelehrte beschäftigten sich schon vor Jahrhunderten mit verschiedenen Fragen des Weltalls; sie blickten dabei mehr zum Himmel als zur Erde, und obwohl selbst Mensch, wichen sie fast alle vor einer menschlichen Sache zurück – dem Menschen.

Und siehe da! Ich, der ich mich den menschlichen Angelegenheiten völlig hingab und hoffte, daß ich dafür mehr geachtet als gehaßt würde, sehe nun ein, daß ich, wenn ich in Ruhe leben wollte, ihnen gleichfalls aus dem Wege gehen sollte. Denn wenn jemand den Sternen auf den Zahn fühlt, den Atomen, dem alles Fließenden, der Zahl der Elemente und ähnlichem, so bringt er niemals solchen Kummer über sich, als wenn er den Menschen auf den Zahn fühlt.«

Ein Sturm der Zustimmung folgte Sokrates' Worten. Der gesunde Kern der Athener Geschworenen hielt zu ihm.

»Anytos hat sich einen feinen Dolch für mein Herz zurechtgeschliffen. Sicher werdet ihr meinen, daß dessen Stiche mir schwerste Wunden zugefügt haben. Ich bin nur von der Plötzlichkeit dieses Stiches, doch keineswegs von dessen Rechtmäßigkeit getroffen. Zu Unrecht will man mich verletzen, und deshalb fühle ich in meinem Herzen keinen Schmerz. Versteht ihr mich? Ich stehe hier vor Gericht, weil ich Athen liebe, und man beschuldigt mich, ich wolle sein

Verderben! Sicher habt ihr den Widerspruch in Anytos' Anklage selbst entdeckt: Mein Leben lang liebe ich die Heimat – und zerstöre, was ich so sehr liebe!«

Sokrates nahm Bekundungen des Wohlwollens und Einverständnisses entgegen: Hier leuchtete ein Augenpaar auf, von dort kam ein freundliches Nicken, ein ermunterndes Lächeln.

Zum zweiten Male hielten die Hände des überwiegenden Teils der Geschworenen die weiße Bohne bereit.

Diejenigen, die sich bei Anytos lieb Kind machen oder heute eine alte Rechnung mit Sokrates begleichen wollten, wurden unruhig und suchten bei Anytos eine Stütze für ihre schwarze Entscheidung.

Aufmerksam verfolgte Anytos die Entwicklung der Dinge. Sie gefiel ihm gar nicht. Er atmete schwer. Sokrates' geschickte Verteidigung hat unserer Anklage den größten Teil ihrer Wirkung genommen. Nur ein kleiner Teil der Geschworenen steht noch hinter uns. Das weist auf die dritte Strafbemessungsstufe hin: eine Geldstrafe, bei der gegenwärtigen Stimmung der Geschworenen vielleicht sogar Freispruch. Meletos hat es wohl zu hart angepackt, um das Schlimmste, das Todesurteil, zu erreichen. Das war zu gewagt bei Sokrates' Gewandtheit. Nun, soll es weder das eine noch das andere sein. Ich will die mittlere Strafe, die wäre am besten: Verbannung aus Athen.

Kaum hatte er den Gedanken zu Ende gedacht, grinste er befriedigt. Dort irgendwo im makedonischen Pella oder auch in Sardy, da kannst du dich mit dem Monarchen unterhalten, wie deiner Meinung nach ein Herrscher aussehen muß!

Er hielt inne: Wie konnte man nur zu diesem Mittelweg gelangen?

Sokrates' Stimme riß ihn aus seinen Überlegungen.

»Anytos hat seinen eigenen Sohn als Opfer meines schlechten Einflusses bezeichnet. Ich bestreite es nicht. An dem Sohn eines Athener Demagogen lag mir nicht allzuviel. Aber welche Erziehung hatte denn der junge Anytos, bevor ihn mir sein Vater zuführte? Viele von euch könnten darüber Auskunft geben. Er war in Wohlstand, schrankenloser

Freiheit und Völlerei aufgewachsen, in Verhältnissen, vor denen ich junge Menschen stets warne. Ich hatte mich überschätzt, als ich hoffte – wenn auch nur kurze Zeit –, ich könne diesen Jungen veredeln. Ist er erst einmal an ein solch lasterhaftes Leben gewöhnt, so will er es auch weiterführen, und den, der es ihm verleiden will, beginnt er zu hassen. Er wird ihm davonlaufen, weil er ihm weder zugetan ist noch sich seine Bescheidenheit zum Vorbild nehmen will.

Weder der junge Anytos noch andere durch ihr Wohlleben verhätschelte Jünglinge kamen zu mir, um sich in der Verachtung der Laster von mir unterweisen zu lassen. Sie kamen nur deshalb, damit sie als meine Schüler leichter hohe Ämter und Würden erreichen konnten. Doch unsere Athener haben gute Augen und Ohren und wissen längst, daß ich mit der Jugend spreche, um sie zu bessern, um sie erkennen zu lassen, was gut und was gerecht ist, und daß sie danach nicht ihre Worte, sondern ihre Taten richten, wenn sie später einmal die Gemeinde führen. Das Ziel meiner Unterweisungen war immer, daß ein jeder sein Leben auf Erden für sich selbst und die Gemeinde glücklich gestaltet. Ich gebe zu, Freunde, es ist noch nicht an der Zeit, daß die gesamte Gemeinde in Glückseligkeit leben könnte. Aber es ist bereits genügend Zeit vergangen, daß sich der Athener Tartaros geändert haben könnte. Ich hege keine überspannten Erwartungen: Zu einem Elysion wird er wohl nie werden, aber doch wenigstens zu einem Stadtteil, in dem die Menschen nicht schlimmer als Tiere leben müssen.«

Anytos folgte gespannt Sokrates' Rede. Diesem alten Zaubermeister scheint es tatsächlich zu gelingen! Uns staucht er zusammen, und ihm selbst gerät alles zum Guten. Wie er es nur versteht, die Menschen um den Finger zu wikkeln! Wie ruhig und andächtig sie ihm zuhören!

Sokrates sprach feurig weiter: »Denkt daran, daß die Athener Bürger Wähler sind, die an der Spitze der Gemeinde lieber einen bescheidenen Menschen wie mich als einen ruhmsüchtigen Angeber und egoistischen Streber sähen. Nun könntet ihr vielleicht von mir denken, ich wäre ein zweiter Sisyphos: Ich lehre und lehre, und wenn ich meine

Unterweisungen beende, ist der Schüler schlechter statt besser geworden. Also beginne ich von vorn und plage mich mit einem neuen Schüler ab. Doch nein! Nicht jedesmal ist es eine so mühselige und zwecklose Sisyphosarbeit. Wißt ihr, mit wieviel Menschen ich mich in den fünfzig Jahren meines Lebens unterhalten habe? Ich weiß es selbst nicht einmal, teure Freunde. Und meint ihr, aus ihnen sind lauter Kritiasse geworden? Da würdet ihr euch und eure Söhne schlecht beurteilen. Wir wollen doch keine Schwarzseher sein!«

Das Murren derjenigen, die sich angesprochen fühlten, wurde von zustimmenden Rufen übertönt.

»Hört ihr sie? Sie sind hier zusammen mit mir!«

Anytos lief ein Schauer über den Rücken. Hundert Sokratesse – Jetzt hörte er sie sogar schon!

»Und indem sie mich heute bei dieser Gerichtsverhandlung, wo man mir die schwersten Verfehlungen vorwirft, nicht verlassen, erbringen sie den überzeugendsten Beweis meines sittlichen Wertes.

Auch unter euch Geschworenen gibt es viele, die mich schon lange kennen, und das nicht von der schlechten Seite. Ihr seid das beste Zeugnis für das, was ich mein ganzes Leben lang getan habe. Mit euch habe ich jede Erkenntnis geteilt, so wie sich Hungernde eine Brotrinde teilen. Wer weiß denn besser als ihr, wie ich bin? Und so werdet ihr wohl auch am besten beurteilen können, ob ich Athen geschadet oder ein wenig zu seiner geistigen Stärke beigetragen habe. Ihr seid deshalb nicht nur meine Richter, sondern auch meine Zeugen.«

Die Menschen standen auf und streckten ihm die Hände entgegen. »Sehr richtig, wir sind deine Zeugen!«

Da trat aus der Gruppe um Anytos einer der Geschworenen hervor und drängte sich mühsam zu Sokrates durch. »Auch ich bin dein Zeuge, Sokrates. Mit eigenen Augen habe ich gesehen, wie du mit einem schamlosen Tanz auf der Agora Athene lächerlich gemacht und beleidigt hast! Und da sollen wir dich begnadigen und damit gar die Strafe der Göttin auf uns selbst lenken? Männer ...«

»Halt ein!« rief der Archon. »Du hast kein Recht, in die Verhandlung einzugreifen.«

Sokrates bat den Archon: »Es geht wohl von meiner Zeit ab, doch erteile ihm ruhig das Wort, Archon, sei so gütig! Er soll Beweise dafür bringen, daß mein Tanz die Göttin beleidigt hat.«

»Das werde ich auch beweisen«, rief der Mann. »Soll doch Sokrates hier auf der Stelle so tanzen wie auf der Agora vor der Statue der Göttin!«

Welch törichter Gedanke! Wogen der Entrüstung! »Vor Gericht tanzen? Das Gericht herabwürdigen?« Der Archon wies den Mann von neuem ab.

»Laß ihn doch tanzen«, forderte Meletos ihn auf.

Sokrates machte keine Anstalten, sich zu erheben. Seine Glatze und sein Gesicht glänzten vor Schweiß.

Schreie erzitterten in der Luft. »Ja! Tanzen! Tanzen! Er soll tanzen!«

Sokrates rührte sich nicht.

Der Mann aber schrie, daß ihm fast die Stimmbänder rissen. »Seht ihr? Er will nicht! Er fürchtet sich!«

Über Sokrates stand die Mittagssonne, die Sonne, unter der er vor siebzig Jahren geboren wurde.

Welch schöner Anblick, wenn es am Höhepunkt des Tages nirgends Schatten zu sehen gibt!

»Tanze, tanze!«

Schon wollte der Archon mit seinem Hammer auf den Marmortisch schlagen, als ihm Anytos' Handbewegung bedeutete, jetzt nicht einzugreifen. Im Gesicht des Archons spiegelten sich Verständnislosigkeit und Verwunderung wider, aber er legte den Hammer beiseite.

Sokrates aber fügte sich den Zurufen und machte sich zum Tanz bereit. Leise bat ihn Platon: »Ich bitte dich, mein Teurer, tanze nicht!«

Sokrates blickte ihn verständnislos an.

Xanthippe sah, daß Sokrates unter der heißen Sonne und dem wilden Geschrei litt, doch auch, daß er sich gegen beides hartnäckig zur Wehr setzte.

Verzweifelt begann sie zu schreien: »Beim glühenden Helios, erbarmt euch seiner! Quält ihn doch nicht! Sokrates, du mein Unglücklicher, gehorche ihnen nicht! Komm nach Haus, komm!«

Doch Sokrates hob bereits sein inzwischen steif gewordenes Bein zum ersten Schritt.

»Sokrates! Tanze nicht!« bat ihn nun auch Kriton.

Der aber bewegte schon die eine Hand, die andere hob den alten Mantel etwas an, und er begann in langsamem Rhythmus zu hüpfen.

Höher und höher hob er die nackten, behaarten Beine, der weiße Chiton schwang bei den Bewegungen des massigen Körpers mit, der runde Bauch hüpfte auf und nieder.

Sokrates' Gegner verschlangen gierig das Schauspiel. Erst hier, dann da, schließlich erklang von allen Seiten boshaftes Gelächter. Eine gefährliche Kraft steckte in diesem Lachen, das auch die anderen mitriß, die bisher nur herzlich gelacht hatten, ganz ohne böse Absicht, ohne zu ahnen, daß sie Sokrates damit schadeten.

Sokrates tanzte schwerfällig; er schwitzte in der Sonnenglut, tappte mit den Händen umher wie ein Betrunkener – das war doch eine bekannte Erscheinung! War das nicht dieser dickbäuchige, kahlköpfige, neunmalkluge Gefährte des Dionysos? Einer der Geschworenen sprang unbeherrscht auf und schrie kreischend: »Das ist doch der trunkene Silen, unser Väterchen Silen. Nur immer zu, Väterchen Silen!«

»Damit machst du aber Athen eine schöne Ehre!«

»Spring nur weiter, hopp, hopp!«

Die Versammelten lachten dröhnend. Nur wenige unter ihnen dachten daran, daß die Verhandlung weiterging, die Uhr weiterlief, und begriffen, welchen Tanz Sokrates hier tanzte.

Anytos grätschte die Beine, um fester zu stehen. Der Silen! Was war Anytos' scharfsinnig konstruierte Anklage gegen diesen Tanz, mit dem sich Sokrates hier vor seinen Richtern selbst anklagte. Das Gelächter übertönte Xanthippes Weinen. Sokrates wiegte sich taumelnd in den Hüften. Sein Atem ging schwer und pfeifend. Er hob den flatternden Mantel; nur noch matt drehte er sich, sprang plump hin und her unter der glühenden Sonne, die nun vom Himmelsgipfel langsam wieder hinabstieg.

Das donnernde Gelächter verebbte. Ein Geschworener

nach dem anderen erinnerte sich der Anklage Meletos', der Sokrates der Gottlosigkeit beschuldigte.

Viele standen schweigend da, den Blick auf die schreckliche Szene gerichtet; viele bedeckten sich voller Scham Augen und Gesicht mit einem Zipfel ihres Mantels.

Das Gelächter hatte nahezu völlig aufgehört. Es war still geworden. Nur auf der rechten Seite des Platzes, dort, wo ein Grüppchen Bestochener stand, die mehr auf Anytos als auf Sokrates sahen, wurde noch kreischend gelacht.

Kriton und Platon schwiegen verbittert. Apollodoros legte die Stirn auf die Erde und sagte leise: »Sokrates, mein Teurer, warum hast du das getan?«

In diesem Augenblick stand der Archon auf, ergriff die Wasseruhr und hob sie in die Höhe. »Die Wasseruhr ließ eben die letzten Tropfen fallen. Deine Verteidigung, Sokrates, ist beendet.«

Sokrates taumelte heran. Schwer atmend stützte er sich auf den Tisch. Er blickte den Archon an und sagte leise: »Aber ich – ich habe doch meine Verteidigung noch gar nicht beendet!«

6

Der Archon Basileus klopfte mit seinem Hammer so heftig auf den Marmortisch, daß ein Stück Marmor absplitterte, und als die erregten Geschworenen sich endlich beruhigt hatten, rief er sie auf, zur Abstimmung zu schreiten. Er legte ihnen ans Herz, Sokrates mit größter Gerechtigkeit und reinstem Gewissen zu richten. Es wäre nun an ihnen, beschwor er sie mit ernster Stimme, zu entscheiden, ob Sokrates schuldig oder unschuldig im Sinne der Anklage wäre.

Die Geschworenen begannen von neuem zu lärmen. Sie waren nun der Glut ausgesetzt, die vom Himmel und von den sonnendurchglühten Hügeln auf sie einströmte. Den Durst löschten sie mit Schlückchen verdünnten Weins. Kein Wunder, daß auch ihre Köpfe zu glühen begannen.

Sie kannten sich in einem solchen Gerichtsprozeß noch

nicht aus. Es gab mehrere Gruppen unter ihnen: Die eine beschloß, Sokrates als einen der Stadt Athen nützlichen Mann freizusprechen, die zweite, ihn als einen für Athen außerordentlich gefährlichen Mann zu bestrafen, die dritte schwankte in ihrer Meinung, und die vierte wollte sich zu gar nichts entschließen.

In der streitenden Menge, in der jeder seinen Nachbarn von seiner Ansicht zu überzeugen suchte, schwangen heftig gestikulierende Hände, lange Stöcke – das Zeichen gerichtlicher Macht.

Der Augenzeuge von Sokrates' Tanz vor der Göttin Athene drängte sich durch die leidenschaftlich diskutierenden Männer nach vorn und rief: »Seht ihr, das habe ich richtig bezeugt. Ich habe euch gezeigt, wie er es vor der Göttin gemacht hat.« Und leiser: »Und da hat er sich noch viel unverschämter aufgeführt.«

Ein nach Duftöl riechender Geschworener hielt ihn am Arm fest. »Wie denn, Freund?«

Der Augenzeuge öffnete seinen Chiton und streckte dem Neugierigen entgegen, was ein jeder Mann eben unterm Chiton trägt.

Prasselndes Gelächter vermischte sich mit ärgerlichen Rufen; der Augenzeuge aber glitt behende durch die Reihen der Geschworenen und gab seinen Spaß noch vielen zum besten. Die Geschworenen drehten unschlüssig die beiden Bohnen in den schweißnassen Händen.

Irgend jemand schrie einem Bekannten über zwei Reihen hinweg zu: »Gib ihm die weiße, Laridon!«

Der lärmte: »Auf keinen Fall! Dieser Großvater hat sich mit mir vor meinem Verkaufsstand auf dem Markt angelegt.«

»Sei nicht so kleinlich! Ich sage dir, gib ihm die weiße, schon für sein Tänzchen. Bei Zeus, es geht ja um seinen Kopf, und der dickbäuchige Großvater hat nicht bedacht, daß er sich damit belastet. Sag mir doch, wenn er wirklich so ein Schuft wäre, wie sie von ihm behaupten, hätte er das dann getan?«

Ein weißhaariger Greis, der Steinmetz Pantheios, ein Freund von Sokrates' verstorbenem Vater, saß in der letzten

Geschworenenreihe und beobachtete den Tumult um ihn her. Ein Knabe kletterte über die Einzäunung und setzte sich neben ihn. »Glaubst du, Großväterchen, daß Sokrates etwas Schlimmes getan hat?«

»Nein, das glaube ich nicht, mein Söhnchen.«

»Dann werden sie ihn auch freisprechen, nicht wahr?« sagte der Knabe mit fröhlicher Miene.

»Eben das glaube ich nicht«, erwiderte der Greis.

Der Knabe riß verwundert die Augen auf. »Wieso? Das verstehe ich nicht.«

»Ich verstehe es selbst nicht, Söhnchen. Vielleicht, wenn du einmal so alt sein wirst wie ich – oder nein: wenn dein Sohn so alt sein wird wie ich, dann wird man es vielleicht verstehen.«

Unter den ärmeren Geschworenen gab es auch Spekulanten, die sich sagten: Von Anytos bekommen wir eine Suppe, Obolen und wer weiß was noch. Was aber können wir von diesem armen und geschwätzigen Alten da erwarten?

»Ich unterstütze Anytos.«

»Ich auch. Und die schwarze Bohne werde ich so gut sichtbar einwerfen, daß er es spitzkriegt.«

»Ja, habt ihr denn kein Herz im Leibe? Hier geht es doch um das Schicksal eines Menschen!«

»Wenn der Hunger dein Schicksal sein wird, mein Lieber, dann wirst du schon anders sprechen.«

Die wohlhabenden Bürger dachten: Von Anytos können wir Ehrungen, ein Amt, das etwas einbringt, und noch so manches erwarten; was dagegen von diesem geschwätzigen alten Hungerleider? Und sie nahmen die schwarze Bohne in die geballte Hand.

Irgend jemand prophezeite: »So wird es kommen: Meletos wird für seine falschen Beschuldigungen keine Strafe zu zahlen brauchen, und Sokrates wird zahlen müssen.«

»Womit denn? Er ist doch arm wie ein Bettler.«

»Auch der hat genug, was er verlieren kann.«

Mit den Klängen einer Tuba forderte der Herold die Geschworenen auf, sich unverzüglich zum Gerichtstisch zu begeben und abzustimmen.

Die Bohnen, weiße und schwarze, fielen in die Urne.

Nachdem auch der letzte Mann seine Stimme abgegeben hatte, begannen die Gerichtsbeamten unter der Kontrolle des Prytanen die Bohnen auszuzählen. Zuerst ermittelten sie die Gesamtzahl der Bohnen, ob diese auch mit der Zahl der Geschworenen übereinstimmte. Die Mitglieder des Dikasterions waren heute vollzählig: fünfhundert und einer. Sie stellten fest, daß weder eine Bohne fehlte, noch eine überzählig war. Dann trennten sie die weißen Bohnen von den schwarzen.

Sokrates, umgeben von seinen Freunden, wartete inzwischen auf das Ergebnis. Er ruhte sich auf seinem Marmorsitz aus. Apollodoros hatte sich zu seinen Füßen niedergelassen und streichelte ihm die stark geäderten Waden. Kriton und Platon fragten ihn, ob er erschöpft sei, und boten ihm zur Stärkung gebackenen Fisch und gebratenes Lammfleisch an. Platon stellte sich so, daß sein Schatten auf Sokrates fiel.

Sokrates lehnte die Fleischspeisen ab. »Danke, meine Freunde, bei dieser Hitze mag ich nichts Sättigendes. Und heute brennt es ganz schön vom Himmel herab.«

Er band sein kleines Bündel auf. »Ein Fladen genügt mir schon. Er sieht nicht gerade verlockend aus, aber wenn man ihn lange genug kaut, schmeckt er süß. Und gerade heute wird er besonders gut sein. Xanthippe und Myrto haben sich angestrengt. Aber was ist denn heute mit euch los? Ihr sorgt euch um mich, wollt mich füttern; doch ein vernünftiges Wort höre ich nicht von euch. Habe ich euch irgendwie enttäuscht?«

»Nein, lieber Sokrates, das ist es nicht«, beteuerte Kriton.

Plötzlich begann Sokrates zu lachen.

»Du hast mit Anteil an meiner Schuld, Kriton. Erinnerst du dich noch, wie du mich heimlich in die Bibliothek deines Vaters geführt hast? Wie alt waren wir damals? So fünfzehn, sechzehn, nicht? Und all diese Jahre hast du mir immer gegeben, was ich brauchte und hast mich unterstützt. Wenn du nicht gewesen wärst, hätte ich mich niemals so sehr meinen Gedanken hingeben können, meinen Gedanken, wie man den Menschen verändern und ihn bessern kann – und ich würde jetzt nicht hier stehen. Und an einem für uns beide so glücklichen Tag schaust du mich sauertöpfisch an! Wink nicht ab, auch du nicht, Platon. Ich habe euch heute eben nicht gefallen.«

Kriton blickte zum Tisch, wo die Beamten die schwarzen Bohnen auszählten. Dann und wann trug der Wind die Stimme des Beamten herüber: Zweihunderteins, zweihundertzwei...

Kriton und Platon erstarrten vor Schreck.

Sokrates fuhr sich mit der Hand über die schweißnasse Stirn und lächelte ihnen zu. »Ihr lernt wohl zählen? Ausgezeichnet. Auch das muß der Mensch können. Es geht ganz schön hoch, was? Ich werde euch gleich in die Arme nehmen, wie mein Mütterchen es tat, wenn sie die Säuglinge beruhigen wollte. Ihr wundert euch, daß ich fröhlich bin? Warum sollte ich es nicht sein, da mir meine drei ach so klugen Ankläger die Möglichkeit gaben, hier so viele Dinge, an denen sich jeder anständige Mensch wie an Ziegenhörnern stößt, die sich aber auszusprechen jedermann scheut, beim richtigen Namen zu nennen. Eßt doch mit mir, meine Freunde!« Er zog einen zweiten Fladen aus seinem Bündel, brach ihn und reichte jedem ein Stück.

»Du schaust auf meine zitternde Hand, Platon? Ich werde alt, mein Lieber.«

»Sie dürfen dich nicht verurteilen!« stieß Platon erregt hervor.

»Aber ganz sicher werden sie mich verurteilen, mein Lieber. Doch denkt dabei nicht nur an mich. Es geht um etwas viel Wichtigeres. In dieser Stunde halten sich die Athener den Spiegel vors Gesicht. Das Ergebnis werden wir gleich erfahren.«

»Sie dürfen dich nicht verurteilen«, wiederholte Apollodoros mit tränenfeuchter Stimme.

Sokrates lächelte ihm zu. »Denkt meinetwegen, daß ich bereits kindisch zu werden beginne – es könnte ja sein, die Jahre dazu hätte ich –, wenn ich euch bekenne, daß alles, was sie hier mit mir machen, für mich zu Honig würde, wenn ich wüßte, daß ich auch hier wie ein guter Angler ein paar

Menschen gefangen hätte. Meine Angel ist schwerer geworden, und ich fühle, daß ein Fisch angebissen hat. Ich vermute, daß ihr nicht allein bleiben werdet. Nach diesem Gericht hier werdet ihr mehr sein.«

Platon erwiderte verwundert: »Du, Meister, hast sogar hier neue Seelen eingefangen?«

Sokrates lächelte. »Mache ich denn das nicht immer so?«

»Aber du, mein Lieber« – Platon sprach aus, was ihm unbändigen Zorn und Schrecken zugleich einflößte –, »du bist mit deinen Klägern hier umgesprungen wie in der Palaistra. Du hast ihnen Schläge versetzt, ihnen fast das Genick gebrochen, und mit welcher Leidenschaft. Du hast uns damit überrascht...«

»Waren sie vielleicht zu mir zärtlich wie zu ihrem Liebling?« fragte Sokrates.

Kriton, der sich als Sokrates' ältester Freund das meiste erlauben durfte, erklärte: »Trotzdem, du warst viel zu widerspenstig. Und die Geschworenen sind es gewohnt, daß jeder Angeklagte, der um ihr Mitleid, ihre Nachsicht, Milde und um Rücksicht auf seine Familie bittet, ein demütiges Verhalten an den Tag legt.«

»Das habt ihr von mir erwartet?« entgegnete Sokrates.

»Nein...«, sagte Platon. »Aber du bist immer für Mäßigung eingetreten. Und wo ist sie heute geblieben?«

»... zweihundertvierundvierzig, zweihundertfünfundvierzig...«, erklang es gedämpft vom Tisch her. Die schicksalhafte Hälfte nahte.

»Mäßigung in den Genüssen des Lebens, im Essen, Trinken, Lieben – dazu rate ich immer und halte mich auch selbst daran. Aber wenn es um die Wahrheit geht, mein Platon, um die Wahrheit, dann jage die Mäßigung davon wie den Wolf von der Schafherde!«

Sokrates seufzte. An seiner Schläfe trat eine klopfende, dunkelrote Ader hervor. Er atmete tief und sagte noch leidenschaftlicher: »Die Wahrheit verteidigt man nicht mit freundlichen Worten. Selbst die ausgeklügeltsten Argumente können sich nicht gegen die Wahrheit behaupten, und mögen es deren noch so viele sein. Worum geht es denn hier? Um Sokrates oder um die Wahrheit? Na, seht ihr!«

»Aber sie werden dir deinen leidenschaftlichen Auftritt nicht verzeihen, mein Teurer«, sagte Platon. »Und du solltest dich bemühen, daß du, wenn du schon nicht freigesprochen wirst, von den Strafen, die dir drohen, wenigstens die geringste erhältst.«

»Weißt du denn, welche mir als die geringste erschiene?« Sokrates lächelte. »Überlaß das nur mir, mein Junge!«

Das Auszählen der Stimmen war beendet. Der Prytane überreichte dem Archon das Zahlentäfelchen, worauf sich der Archon Basileus erhob. Sokrates und seine Freunde standen ebenfalls auf.

Apollodoros umarmte Sokrates ängstlich und drückte sein Gesicht an dessen Schulter.

Der Archon gab bekannt: »Sokrates wird für schuldig befunden!«

Apollodoros fühlte, wie Sokrates erbebte, und er begann zu weinen. »Nein, nein, nein!« schrie er schluchzend.

Sokrates redete ihm liebevoll zu: »Aber mein Junge! Warum quälst du dich denn? Das mußt du doch erwartet haben, genau wie ich.«

Als der Archon verkündete, daß zweihunderteinundachtzig Stimmen Sokrates für schuldig und zweihundertzwanzig ihn für unschuldig befunden hatten, färbte sich Sokrates' Gesicht rosig. »Das hätte ich nicht gedacht! Hört ihr das? Zweihundertzwanzig ehrliche Menschen! Fast die Hälfte. Noch einunddreißig Stimmen, und man hätte mich freigesprochen.«

»Ja«, sagte Platon traurig. »Es hat nur wenig gefehlt. Ich sehe, daß du vergnügt bist und dich freust, wahrscheinlich deshalb, weil du von heute ab mehr Freunde hast, als du annahmst.«

»Ihr solltet euch auch freuen, meine Freunde.«

Meletos' Kampfeslust war von dem Augenblick an gesunken, da die Anzahl der schwarzen Bohnen die der weißen überstieg und ihm klar wurde, daß er für Sokrates nun eine Strafe beantragen mußte. Er, ein Dichter, sollte einen Greis bestrafen, den so viele Menschen verehrten, dessen Güte so offenkundig war? Warum verließen ihn jetzt die Kräfte, deren er doch genügend besessen hatte, um dem Alten alles nur mögliche an den Kopf zu werfen?

Er ließ seinen Blick über die Reihen der Geschworenen schweifen, als könne er bei ihnen Hilfe finden, doch ihm wurde dabei nur bewußt, daß er hier von einer lebendigen Mauer umgeben war, einer Mauer, die auf ihn zuzukommen schien. In der tödlichen Stille rings um ihn war nur schweres Atmen zu vernehmen. Wollte die Mehrheit der Geschworenen das gleiche, was Anytos gestern bei der Zusammenkunft gefordert hatte? Wollte sie Sokrates beseitigen, oder fürchtete sie sich, ihn anzugreifen?

Später könnt ihr euch fürchten. Noch heute wird sich in Windeseile in Athen, morgen in ganz Hellas und auf den Inseln, ja bis übers Meer die Kunde verbreiten, daß Meletos Sokrates angeklagt und Strafe für ihn beantragt hat. Meletos erbebte: Wer war er eigentlich? Als Jüngling hatte er immer davon geträumt, einmal in die Geschichte einzugehen, als ein Alkaios oder ein Anakreon – aber auf diese Weise? Meletos spürte, daß ihn jemand von hinten umklammerte. Mit einem Ruck wandte er sich um und erblickte Anytos, der ihm einen furchterregenden Blick zuwarf, und er glaubte zu verstehen: Jetzt ja nicht nachgeben! Und ich gebe auch nicht nach!

Der Archon Basileus richtete sich auf. Unter dem Myrtenkranz, den er zum Zeichen seiner Unantastbarkeit trug, rannen ihm Schweißtropfen über Stirn und Wangen. Doch jetzt, da ihn jeder ansah, schickte es sich nicht, sich um solche Kleinigkeiten zu kümmern. Er ließ den Schweiß rinnen und rief Meletos auf, als Hauptankläger nunmehr die Strafe für Sokrates zu beantragen.

Meletos hörte, daß Anytos mit gedämpfter Stimme seinen Namen rief, aber er schaute sich nicht um, schritt nach vorn und begann mit ausgebreiteten Armen zu sprechen.

»Männer Athens! Geschworene! Mit keinem einzigen Wort hat Sokrates sein Bedauern über seine Verbrechen zum Ausdruck gebracht, im Gegenteil, er zeigte lediglich Trotz und Unnachgiebigkeit. Ihr habt der Gerechtigkeit zum Siege verholfen, habt durch die Mehrheit eurer Stimmen bestätigt, daß euch Sokrates' Verteidigung nicht von seiner Unschuld überzeugen konnte. Im Bewußtsein meiner Verantwortung schließe auch ich mich dieser Mehrheit an.

Sokrates ist schuldig, weil er die Götter, die unser Staat anerkennt, leugnet, weil er eine andere, neue Religion einführen will; er ist schuldig, weil er unsere Jugend verdirbt. Die Folge dieser Verbrechen ist, daß er den Staat zerrüttet.

Ich beantrage für Sokrates die Todesstrafe durch Gift.«

Die Versammelten durchfuhr ein kalter Schauer. Viele der Geschworenen bedeckten mit den Händen ihr Gesicht.

Sokrates sah gedankenversunken zur Akropolis auf, die vom Sonnenlicht überflutet dalag. Meine Heimatstadt! Wieder schwebt Bläue über deinem Haupt, ist Sonnengold in deinem vom Melos-Marmor weiß schimmernden Antlitz. Du Edle, Große, Schöne. Da und dort ragen Zypressen in dir auf. Auch Sokrates ist eine deiner Zypressen – eine Rute, die sich wohl biegen, aber nicht brechen läßt. Sie wollen die Gedanken vernichten, die ich an die Jugend weitergebe ...

Er wandte dem Archon den Kopf zu, welcher sagte: »Nach dem Gesetz steht dir, Sokrates, das Recht zu, nach dem Strafantrag des Hauptanklägers selbst eine Strafe vorzuschlagen, von der du meinst, daß sie dir angemessen sei.«

Die Falten auf Anytos' Stirn glätteten sich. Sokrates würde in Ordnung bringen, was Meletos verdorben hatte. Er würde zu seinen – und damit auch zu meinen – Gunsten sprechen. Sokrates liebte ja das Leben, und er würde so ergreifend sprechen, daß die Geschworenen nicht für Meletos', sondern für Sokrates' mäßigen Antrag stimmten. Daraus ergäbe sich dann eine mittlere Strafe: Verbannung, wie schon für so manchen seiner Vorgänger. Es wird menschenfreundlich aussehen, niemandem das Herz brechen, und Athen wird trotzdem Sokrates los sein.

Sokrates tappte langsam auf nackten Füßen nahe an die Geschworenen heran. »Es gereicht dem Gesetz zum Schaden, wenn ein Angeklagter sich selbst eine Strafe beantragen und sie nach eigenem Ermessen festlegen darf. Eine wahrlich nicht einfache Sache. Wie kann ich, Männer Athens, mich selbst bestrafen, wo ich mir nichts zuschulden kommen ließ?

Ich habe euch doch ausführlich erläutert, daß ich in keiner Weise schuldig bin, daß ich mich immer bemüht habe, der Gemeinde und jedem ihrer Bürger nützlich zu sein. Und wenn ich jetzt nicht verleugnen soll, was ich euch sagte und wofür ich überhaupt lebte, muß ich erklären, daß ich keine Strafe verdiene, weder eine große noch eine kleine.

Doch ich weiß, was ihr von mir wollt. Ihr glaubt, daß ich die einzelnen Strafen, die einem Gottesleugner und Ungläubigen zukommen, genau kenne.

Soll ich als einen angeblichen Verbrecher über mich urteilen, so wie man in der Mathematik mit nicht vorhandenen Zahlen spielt? Angenommen, ich halte mich für einen Verbrecher, der tatsächlich den Staat geschädigt und für den Meletos zu Recht die Todesstrafe gefordert hat.

Überlegen wir gemeinsam: Welche Strafe müßte dann erst die Männer treffen, die sich nicht um das Wohl des Staates sorgen, obwohl es ihnen ihrem Amte nach zusteht. Sie warnen vor dem Licht wie vor dem größten Übel und laufen ins Dunkel hinein, wo man Gesicht von Gesicht nicht unterscheiden kann.«

Die Geschworenen, die ihre Blicke bei Sokrates' Worten auf Anytos gerichtet hatten, wurden unruhig. Rufe der Anhänger Anytos', aber auch der seiner Gegner wurden laut.

Der Archon erschauerte. Er wußte nicht, wem er recht geben sollte. »Ich entlasse das Gericht!« rief er, doch niemand hörte auf ihn. Wetten wurden abgeschlossen: zehn Drachmen auf Sokrates, fünf auf Meletos.

Anytos versuchte, sich in diesem Trubel verständlich zu machen: »Ich fordere den Archon Basileus auf...«

»Lieber Anytos«, ertönte da hell und stark Sokrates' Stimme, »beruhige dich nur und achte nicht auf diese Ruhestörer. Ich sagte doch, daß es nur ein vorgeblicher Verbrecher ist, den Meletos hier beschuldigt hat, auch Lykon und du, Anytos. Gerade du hast dich beklagt, daß dieser Mann den Staat zerrüttet. Müßte dieser wundersame Mann nicht in irgendeiner Einrichtung des Staates sitzen, von wo aus er ihm schaden könnte? Schau mich an, einen barfüßigen Greis, der in Armut lebt, der kein Amt bekleidet – könnte ich wohl eine so große Sache, wie einen Staat zu zerrütten, überhaupt zuwege bringen? Meint ihr, Männer Athens, dies wäre zu verwirklichen, indem ich von Mensch zu Mensch gehe und ihn ermahne, sich zu bessern?

Bleiben wir also bei meinem Beispiel jener Männer, die, anstatt sich aufopferungsvoll im Dienste der Gemeinde zu mühen, nur selbst höher und höher klimmen, sich den Geldbeutel füllen, während um sie herum das Chaos wächst, die Willkür, der Verfall und die Zersetzung aller Werte ...

Wenn ihr euch dies vorstellen könnt, werdet ihr mir auch recht geben, daß ein solcher Staat, der geschwächt ist auf allen Positionen, seine Feinde direkt anlockt und schließlich zu einer leichten Beute für sie wird. Habt ihr diese schreckliche Möglichkeit bedacht, Männer Athens?«

Athen, eine Beute der Feinde? Die Männer erschraken.

»Kommen wir zu unserer Angelegenheit zurück«, fuhr Sokrates fort. »Es tut mir leid, daß ich trotz der Aufforderung des Archons nicht sagen kann, welche Strafe ich über einen solchen Verbrecher, der für uns freilich nur in Gedanken existiert, verhängen würde, denn mir scheint, daß selbst mit der Todesstrafe noch nichts getan wäre.«

Der aufkommende Lärm hinderte Sokrates am Weitersprechen. Er wartete.

Anytos warf sich in die Brust und reckte den Kopf in die Höhe; mit dieser stolzen Pose wollte er ausdrücken, daß Sokrates' Worte ihn nicht im mindesten berührten.

Als sich die Unruhe etwas gelegt hatte, sprach Sokrates so ruhig und einfach weiter, wie er dies auch auf dem Markt zu tun pflegte. »Ich finde es in Ordnung, Männer Athens, daß ihr euch empört, wenn man von seinen Herrschern in deren Abwesenheit spricht.«

Doch die Geschworenen hatten begriffen, wem Sokrates' Worte galten, und waren nicht zu beruhigen. Schreckensrufe und Schimpfworte wurden hervorgestoßen! Bei allen Göttern! Dieser Mensch sagte, was er dachte!!

Drohende, aber auch freundlich winkende Hände wurden gegen Sokrates erhoben. Ruhe heischend dröhnte die Tuba.

Sokrates fuhr fort: »Kehren wir nun zurück zu mir, der

ich mich hierher verirrt habe, die Götter allein mögen wissen, wie. Doch da ich nun einmal hier bin, müßt ihr wohl irgendwie über mich entscheiden. Ich werde euch etwas erzählen, wollt ihr? Seht, Männer Athens, da ist eine seltsame Sache geschehen. Wie man sagt und wie auch ich es hier vorbrachte, müht und sorgt sich Anytos um die Gemeinde so, damit sie bestens gedeihen möge. Aber auch ich sorge mich um unsere Gemeinde und um euch, damit ihr ein glückliches Leben führt. Das heißt also, daß ich und Anytos das gleiche wollen und daß wir eigentlich Freunde sein müßten. Nun, ich weiß nicht recht, denn ein jeder von uns will sein Ziel auf andere Weise verwirklichen. Ihm habt ihr die Macht in die Hände gelegt, ihn ehrt ihr, verneigt euch vor ihm. Ich gönne es ihm. Doch ich würde mir auch eine Kleinigkeit wünschen, denn habe ich mich nicht in den Schlachten gegen unsere Feinde, aber auch in den Schlachten gegen die Unwissenheit der Menschen ein wenig um Athen verdient gemacht? Wahrscheinlich bin ich jetzt ein wenig anspruchsvoll. Ich wünsche mir nämlich, daß meine Xanthippe im Alter mit mir keine Sorgen mehr zu haben braucht, und deshalb mache ich euch einen Vorschlag: Stimmt für mich ab, daß man mich wie jeden anderen verdienten Mann bis zum Ende meiner Tage auf Staatskosten im Prytaneion ernährt.«

Für eine Sekunde schwieg die Menge verblüfft, dann erhob sich ein lautes Getöse, von homerischem Gelächter übertönt. In den ohrenbetäubenden Lärm, in das Stampfen und Pfeifen mischten sich Rufe wie: »So eine Frechheit!« – »Ruhm dir, Sokrates!« – »Ihr Götter, welche Keckheit!« – »Schäm dich, Sokrates!«

Die Geschworenen waren außer sich; in ihrer leidenschaftlichen Erregung führten sie grobe Reden.

»Nun seht euch diesen ausgekochten Alten an!«

»Gar nicht so dumm, dieser Klugscheißer!«

»Anytos, gib ihm doch jeden Tag ein Süppchen, so wie uns!«

»Dieses Spülwasser? Das wäre gar keine schlechte Strafe!«

»Halt dein Maul, damit dich Anytos nicht hört!«

»Es ist toll. Dieser Alte ist nicht von der ängstlichen Sorte. Es geht um sein Leben, und er foppt uns auch noch. Gebt ihm doch die Ehre und laßt ihn im Prytaneion mitessen.«

»Recht hat er, er hat sich's schon längst verdient.«

»Er hat ein größeres Recht darauf als so mancher, den die Gemeinde dort ernährt.«

»Nicht Schierling, sondern Pasteten und Wein!«

Nach und nach verstummte das Gelächter. Die Geschworenen saßen erstaunt da und wurden das Gefühl nicht los, daß sich hier etwas äußerst Ungebührliches zutrug. Der Steinmetz Pantheios zog den Jungen an sich heran. Tränen rannen in des Alten weißen Bart.

»Warum weinst du denn, Großväterchen?«

»Weil ich höre, daß Sokrates sterben will.«

»Wie könnte er das wollen? Sterben will doch niemand«, gab der Junge verwundert zurück.

»Aber er will es eben. Er weiß, daß ihn seine Wahrheitsliebe vernichten kann, und dennoch bleibt er unbeirrt bei der Wahrheit.«

Der Archon hatte solch eine Verhandlung noch nie erlebt. Er zitterte vor Erregung, und er war selbst voller Zweifel. In seinem Innersten spürte er wohl, wer hier die Wahrheit verfocht, aber er mußte das Gesetz achten. Er erhob sich. »Richter Athens! Meletos hat für Sokrates die Todesstrafe beantragt; Sokrates für sich dagegen lebenslange Versorgung im Prytaneion. Schreitet nun also zur Abstimmung! Das Gesetz schreibt vor, daß ihr zuerst über Meletos' Antrag entscheidet.«

Die zweite Abstimmung war für die Geschworenen noch heikler als die erste. Die Last der Verantwortung für Sokrates' Leben oder Tod lag schwer auf ihnen. Unruhe kam auf.

»Was sollen wir denn nun anfangen?«

»Warum eigentlich die Todesstrafe? Hat er vielleicht jemanden erschlagen? Hat er die Heimat verraten? Weshalb also sollen wir ihn umbringen?«

»Aber was soll das mit dem Prytaneion? Mit eigenen Augen haben wir gesehen, wie er mit seinem Tanz unsere hehre Göttin verspottete! Und genauso verspottet er uns

Geschworene. Und dafür sollen wir ihn bis zum Ende seiner Tage bewirten?«

Sie begaben sich zur Urne. Widerwillig warfen sie ihre Bohnen hinein: eine weiße, eine weiße, eine schwarze, eine weiße, eine schwarze, eine schwarze...

Die Beamten beugten sich über die Urne, in deren Innerem es dunkel schimmerte. Nachdem sie die Bohnen ausgezählt hatten, erwies es sich, daß es diesmal noch zwanzig schwarze Bohnen mehr waren als bei der ersten Abstimmung.

Der Archon verkündete den Geschworenen: »Sokrates wird zum Tode verurteilt. Noch heute, nach Sonnenuntergang, wird ihm der Schierlingsbecher gereicht werden.«

Die Geschworenen erhoben sich und blieben reglos stehen. Durch die Büsche hinter der Mauer pfiff der Wind. Es klang, als hätte der Hügel aufgestöhnt.

Nein, das waren wohl doch menschliche Seufzer und unterdrücktes Schluchzen.

Apollodoros fiel auf die Knie und schrie verzweifelt: »Nein! Nein! Das darf nicht geschehen. Ihr dürft Sokrates nicht umbringen. Bringt mich statt seiner um! Bringt doch mich um!«

Der Schrei des Jungen durchdrang wie der eines verwundeten Vogels das Gemurmel der Geschworenen, das vor dieser schrillen, wie vom Wahnsinn befallenen Stimme verstummte.

Sokrates stand aufrecht. Ruhig hatte er sich das Urteil angehört. Dann sagte er zu Kriton und Platon: »Seht euch nur diesen Jungen da an, ich glaube, er hat mich gern.«

Kriton und Platon boten jeder dem Archon an, noch heute dreißig Mna zu hinterlegen für eine Änderung der Todesstrafe in eine Geldbuße.

Ein Großteil der Versammelten spendete stürmischen Beifall und rief: »Nimm es an, Archon, nimm es an!«

»Schütze die Ehre unserer Stadt!« rief der uralte Steinmetz.

Die drei Ankläger waren bleich geworden.

Ratlos breitete der Archon seine Hände aus. »Ich kann nicht – das Gesetz!«

Sokrates zog seine Freunde vom Tisch des Archons weg und murrte: »Was fällt euch ein? Bin ich verkäuflich wie eine Tonne Heringe?«

Der Archon trat an Sokrates heran und fragte ihn zeremoniell, ob er die Strafe annehme.

»Selbstverständlich«, entgegnete Sokrates. Der Archon fragte ihn nun noch, ob er die ihm gesetzlich zustehenden Abschlußworte sprechen wolle.

»Selbstverständlich«, antwortete Sokrates wie zuvor.

Gewöhnlich kam es nicht zu einer solchen Abschlußrede, weil nach Bekanntgabe des Urteils die Massen der Geschworenen sofort zur Kasse stürzten, um dort ihre drei Obolen in Empfang zu nehmen.

Heute jedoch blieben bis auf einige wenige erstaunlicherweise alle auf ihren Plätzen.

Sokrates wandte sich der Sonne zu; sie ließ sein Antlitz golden leuchten. Die silenischen Züge waren entspannt, er lächelte jetzt leicht. Es war, als hätte die Sonne dieses Gesicht, das Güte und Frohsinn ausstrahlte, mit einem Schlage noch verjüngt.

»Ich grüße euch, Männer Athens, euch, die ihr mir gegönnt hättet, künftig im Prytaneion zu speisen. Freilich glaube ich nicht, daß ich es verdient hätte, denn noch so viel mehr wollte ich für unser Athen tun, und so wenig ist mir gelungen. Ich sage das nur deshalb, um euch wieder heiter zu stimmen, und auch deshalb, um euch zu zeigen, daß eine Todesstrafe meiner unwürdig ist. Aber die Ehre, die ihr mir erwiesen habt, beglückt mich mehr, als mich die Tatsache bedrückt, daß es unter euch auch andere gibt, die nicht begriffen haben, auf welch klägliche Weise sie sich eines alten Mannes, der ihnen stets mit Rat und Tat zur Seite stand, entledigen. Schon seit dem Morgen habe ich euch beobachtet, und es war nicht schwer, jene herauszufinden, die mich verurteilen würden. Noch vor kurzem wart ihr von Mordleidenschaft erhitzt, jetzt sitzt ihr bleich und schlaff da, und ich fühle, daß es euch nicht leicht ums Herz ist. Und dabei seid ihr noch hier, unter Gleichgesinnten! Was aber wird erst sein, wenn ihr nach Hause zurückkehrt, wo man euch fragen wird, warum ihr diesen ungerechtfertigten Mord nicht verhindert habt? Wer von euch wird bekennen, daß er das Gericht als ein ehrenhafter Mensch betrat und es als Mörder verließ? Die geheime Abstimmung hat einen außerordentlich angenehmen Vorteil: Man kann töten, ohne öffentlich Mörder genannt zu werden.«

Leises Gemurmel ging durch die Reihen der Richter.

Anytos vermochte nicht länger in seiner stolzen Pose zu verharren.

»Im Dunkel der Nacht wird der Mörder über sich selbst Gericht halten – es wird ein geheimes, jedoch wegen seiner Verborgenheit ein um so schmerzlicheres Richten sein. Aber ich möchte euch das erleichtern, möchte euch trösten: Männer Athens! Wir sehen uns heute zum letzten Male. Doch ihr sollt wissen, daß mit dem heutigen Tag mein Prozeß wohl endet, aber auch gleichzeitig von vorn beginnt. Nichts in der Natur bleibt unbewegt, nichts erstarrt, weder das Neue noch das Alte. Auch das Gericht wird im Laufe der Zeit einem neuen Gericht weichen müssen.«

Unter den Geschworenen kam wieder Unruhe auf. Sokrates bemerkte dies jedoch nicht. Er stand mit leicht gegrätschten Beinen unter der sich neigenden Sonne. Mit seiner angenehmen, melodischen Stimme setzte er ebenso ruhig, wie er begonnen hatte, seine Abschiedsworte fort: »Männer Athens! Ihr meine Teuren, wie auch ihr weniger Teuren, denkt daran: Wenn man später einmal über diese Verhandlung hier sprechen wird, wird unser heutiges Wortgeplänkel am wenigsten zählen. Über mich wird dann ein neues und anderes Urteil gesprochen werden als heute, aber auch über euch wird man ein Urteil fällen. Ich, ihr Männer Athens, fürchte um mich nicht. Mich beglückt sogar der Gedanke, daß ich – auch wenn ich dann schon lange mit meinen Freunden in der Unterwelt Gespräche führen werde – noch immer das Gewissen der Welt aufrütteln und deshalb wieder und wieder vor Gericht erscheinen werde.

Was wird euer Urteil dereinst bedeuten? Für mich nichts, denn ich habe auch an dieser Stelle vor dem Schlimmsten, was den Menschen widerfahren kann, gewarnt – vor der Schande.

Deshalb, Männer Athens, geht von hier mit heiteren

Gedanken, und wenn es heute dunkelt, dann denkt an mich. Das wird der Zeitpunkt sein, da ich mein letztes Abendessen einnehmen und nicht nur den Göttern, sondern auch euch allen zutrinken werde, die ihr mir diesen Becher voll Schierling kredenzt habt.«

Sokrates war noch am Sprechen, als ein Bote hereingelaufen kam und völlig außer Atem dem Königsarchon seine Nachricht vortrug: »Ein günstiges Zeichen hat gesagt, daß das Staatsschiff auslaufen soll, um die Glückwunschbotschaft für die Feierlichkeiten zu Ehren Apollons nach Delos zu überbringen. Der Oberpriester des Apollon hat das Hinterdeck des Schiffes bekränzt, und die Triere ist schon ausgelaufen.«

In die Reihen der Geschworenen kam Bewegung. »Was ist da los? Was hat das zu bedeuten?«

Der Archon stand auf und hob die Hand. »Das Gesetz besagt: Solange das Schiff nicht aus Delos nach Athen zurückgekehrt ist, darf niemand aus der Gemeinde hingerichtet werden. Das Urteil an Sokrates wird also erst nach Sonnenuntergang des Tages vollstreckt werden, an dem das Schiff zurückkommt.«

Tiefe Bestürzung, als hätte aus blauem Himmel ein Blitz eingeschlagen.

Der weißbärtige Steinmetz Pantheios fand als einziger darauf Worte. Er rief: »Der Lebensspender Apollon selbst hat eingegriffen und Sokrates in seinen Schutz genommen!«

Der Lärm breitete sich unter den Versammelten wellenförmig nach allen Seiten aus; er wuchs zu einem tosenden, vielstimmigen Chor an.

Ein Wunder! Ein Wunder ist geschehen!

Phoibos Apollon, der strahlenwerfende Sonnenwagenlenker, vor dem sich Sokrates alltäglich verneigt, hat eingegriffen!

Deshalb also hat er zur Sonne aufgeblickt! Deshalb hat ihn sein Daimonion nicht gewarnt! Deshalb hat er hier so furchtlos gesprochen! Ein voller Monat Aufschub! Was konnte in dieser Zeit alles geschehen!

Meletos sank vor Schwäche auf die Treppe. Sokrates

würde also noch einen ganzen Monat leben! Was konnte da inzwischen alles geschehen?!

Anytos schüttelte es. Das hatte er nicht gewollt! Doch er hatte es geahnt – ach, dieser räudige Meletos!

Der Archon war bestürzt. Er merkte, welch Schrecken diese Nachricht bei den einen und welche Freude bei den anderen hervorrief.

Diese erhoben sich und riefen: »Phoibos Apollon will ein neues Gericht! Und auch wir wollen ein neues Gericht!«

Der völlig verwirrte Archon konnte nur noch erwidern: »Das Gericht ist beendet. Geht nach Hause!«

Niemand hörte auf ihn, niemand gehorchte ihm – und doch! Diejenigen, welche die schwarze Bohne in die Urne geworfen hatten, erhoben sich rasch und drängten zum Tor und rannten, eilten, jagten, in der Menge verborgen, in die Stadt hinein; ja, sie vergaßen sogar ihre drei Obolen. Im Laufen spürten sie die Pfeile des göttlichen Bogenschützen um ihre Köpfe schwirren und begannen vor Angst zu schreien.

Vor diesen Entsetzensschreien floh heimlich Meletos; er rannte auf die andere Seite. In der Kehle saß es ihm wie Donnerkeile, erbleichend sank er zu Boden, er raffte sich wieder auf und floh weiter. Blutrot ging die Sonne des Sokrates unter. Der Himmel über der Erde schien ein durchsichtiges Glas voll rotem Wein zu sein, in dem unheilbringende Perlen zergingen.

Auch Sokrates sah dieses Schauspiel. Für ihn war die Sonne jedoch ein goldener Kreis, der ihm kein Unglück brachte.

Xanthippe, ihr Sohn und Myrto weinten vor Freude, umarmten und küßten Sokrates, und die Freunde erdrückten ihn fast.

Sokrates streckte der Sonne die Arme entgegen. »Dank dir, für jeden Tag Leben! Meine Sonne! Ich werde dich noch lange sehen!«

Lautes Jubeln ließ den Hügel erbeben.

»Ehre Apollon!«

»Schande über Meletos!«

»Ruhm Sokrates!«

»Schande über Anytos!«

»Ruhm unserm Sokrates!«

Myrto lächelte unter Tränen und drückte ihren Kranz aus Rosen auf Sokrates' Haupt. Der ließ sie freundlich gewähren und küßte sie dann.

Auf einen Wink des Archons nahmen zwei Skythen Sokrates in ihre Mitte. Er lächelte. »Aha, die Ehrenwache! Nun, begleitet mich, wenn es anders nicht geht. Doch ihr braucht keine Angst zu haben, daß ich euch entlaufen könnte.«

Sokrates watschelte barfuß, mit rosenbekränztem Haupt, von Hunderten seiner Freunde umringt und gefeiert, wie ein Sieger zum Staatsgefängnis.

VII

1

EINE ZYKLOPENHAND MUSSTE VOR JAHRTAUSENDEN ihre Finger in die Felsen unter dem Hügel Pnyx gegraben und einen riesigen Felsblock herausgerissen haben – nur so konnte das Staatsgefängnis für die zum Tode Verurteilten entstanden sein. Diese hielten sich darin meist nur kurz auf, sie hatten kaum Zeit, sich mit den Räumlichkeiten dort bekannt zu machen: die Zelle mit dem Fensterchen, das hoch oben aus dem Felsen herausgehauen worden war, die Liege, zu hart, um darauf schlafen zu können, und auf der sich dann ihr Körper zum ewigen Frieden nach dem Schierlingsbecher strecken würde.

Sokrates trat ein, ohne das Kreischen des Riegels hinter seinem Rücken zu beachten, und blickte sich um. Nach der Hitze des Tages herrschte hier angenehme Kühle. Die untergehende Sonne spiegelte sich in einer schwarzbraunen Wasseramphora. Sie war von schöner, edler Form und glich einer Libelle mit gestutzten Flügeln. Auf dem bauchigen Teil der Amphora waren die drei tanzenden Chariten abgebildet.

Sokrates betrachtete die Zeichnung aufmerksam und lächelte. Beim Höllenhund, ich würde sagen, meine waren besser. Alle drei waren sie meine Korinna, die Freude meines ephebischen Herzens. Die Aglaia ist dem Zeichner noch am besten geraten. »Du leuchtest ja geradezu«, sagte Sokrates zu ihr; »erlaube, daß ich dich küsse.« Dann goß er sich Wasser in den Becher, trank und legte sich nieder. Wohlgefällig betrachtete er die tanzenden Mädchen auf der Amphora, denen die Götter bestimmt hatten, den Menschen das Leben zu verschönen und die Herzen zu erfreuen.

Nachdem hinter Sokrates die eiserne Tür zugefallen war,

umringten seine Freunde die beiden ohnmächtigen Frauen, führten sie aus dem Menschenhaufen heraus und begleiteten sie nach Hause. Unterwegs lasen sie die noch frischen, mit weißer Farbe angebrachten Aufschriften an den Mauern: »Warte nur, du kommst auch noch dran, Meletos, du Meuchelmörder!« – »Ruhm Sokrates!«

Solche Aufschriften gab es in ganz Athen, und solche Rufe erklangen vor dem Gefängnis. Mit zunehmender Dunkelheit fanden sich immer mehr Menschen ein, die Fackeln mit sich führten.

Von Anytos' Garten aus wirkte das Ganze wie ein Flammenmeer; auch das laute Gegröle war deutlich bis hierher zu vernehmen. Die Menschen wollten Sokrates sehen. Ihr stürmisches Aufbegehren erschütterte die Zyklopenmauern des Gefängnisses.

Der Kerkermeister blickte in die Zelle – Sokrates schlief fest.

Auf Sokrates' kleinem Hof leuchtete ein heller Haarschopf in der dunklen Nacht. Myrto konnte nicht schlafen. Sie irrte im Hof umher, tastete sich von Stein zu Stein und berührte die noch sonnenwarmen Quader, um etwas von Sokrates' Menschlichkeit, seiner Gerechtigkeitsliebe und rührenden Gutherzigkeit zu spüren.

In der Ferne summte Athen. Es klang, als schlügen die Wellen des aufgewühlten Meeres gegen Felsen. Bis hierher war sein Name zu vernehmen, den die Menschenmassen, die das Gefängnis umlagerten, schrien, ebenso wie die Menge, die sich durch die Stadt hin zur Villa Anytos' und zum Hause des Königsarchons wälzte.

»Wir wollen unseren Sokrates wiederhaben!«

Ihren Sokrates! Myrto lächelte. Meinen Sokrates! Sehnsuchtsvoll streckte sie die weißen Arme nach ihm in die Dunkelheit.

»Mein Sokrates!« kam es fest von Xanthippe, die auf der Schwelle des Häuschens stand.

»Noch ist Zeit, noch gibt es Hoffnung!« sprach Myrto sich und Xanthippe Mut zu. Xanthippe rief leidenschaftlich, als spräche sie direkt in den Schlund der Mutter Erde, die

Göttinnen der Rache an: »Ihr Erinnyen! Ihr unsterblichen Töchter des Hades, des Herrschers der Unterwelt, ich rufe euch an, laßt das Verbrechen nicht zu, das an Sokrates begangen werden soll!«

Myrto drückte sich an den Stamm einer Platane und vernahm mit Entsetzen Xanthippes Beschwörung.

»Kommt herauf aus der Unterwelt! Entfaltet eure Flügel und eilt hierher nach Athen! Zerfetzt mit euren Krallen Meletos, Lykon und Anytos!« In wildem Ton schrie sie: »Alekto, Tisiphone, Megaira! – Siehst du dort diese drei Nebelschwaden, Myrto? Das sind sie! Sie sind aus der Unterwelt emporgestiegen, um die Mörder zu verfolgen.«

Die zitternde Myrto war zu keiner Antwort fähig. »Schau nur, Myrto!« gebot ihr Xanthippe. »Wo sich der Nebel verdichtet, kann man bereits ihre schwarzen Gewänder sehen, ihr schlangenknäuelähnliches Haar und die blutunterlaufenen Augen!« Wie von Wahnsinn befallen, rief Xanthippe: »Ich grüße euch, Erinnyen! Rächt dieses schwere Verbrechen!«

Myrto war es, als schwankten die drei schreckenerregenden Erscheinungen, wie von einem Sturmwind getrieben, gegen Athen.

2

Der Nebel war in blasse Streifen zerfallen. Eine Weile zogen sie zwischen Himmel und Erde daher, bis sie sich schließlich auf die Straßen senkten.

Als die Sonne hinter dem Hymettos sichtbar wurde, sagte Myrto: »Ich gehe hin.«

»Sie werden dich nicht zu ihm lassen.«

»Und wenn schon. Ich werde trotzdem hingehen.«

»Dann geh, Myrto.«

Die verstärkte Wache stand vor dem Tor wie eine Mauer. Schon am frühen Morgen hatte sich vor dem Gefängnis wieder eine große Menschenmenge eingefunden.

»Ich möchte ...«

»Dürfte ich ...«

»Ich würde euch bitten ...«

Die Mauer der Wachhabenden war taub für Myrtos Worte, sie rührten sich nicht. Da kam der Befehlshaber der Wache. Er hörte sich an, was Myrto zu sagen hatte. Aber auch ihn rührten weder ihre Worte noch Tränen.

»Würdet ihr ihm wenigstens ausrichten ...«

Eine hübsche Frau, dachte der Befehlshaber und lächelte ihr zu.

»... daß die Liebste zu ihm gekommen sei, zu diesem Alterchen, um ihm den Morgenkuß zu geben.« Er lachte.

Zornesfalten standen auf Myrtos Stirn. »Jawohl, daß seine Liebste gekommen sei, um ihn zu küssen!«

Der Befehlshaber hörte auf zu lachen und erwiderte trocken: »Die Gefangenen zu besuchen ist verboten.«

Myrto stützte sich gegen die Felswand und wartete. Hier war sie ihm nahe. Hier war ihr besser als daheim.

Am nächsten Tage wiederholte sich alles, Myrto kam und bat. Doch vergebens – man ließ sie nicht zu ihm.

Anytos war weder gestern noch heute in seine Gerberei gegangen, um nach den Sklaven zu sehen. Heute hatte er andere Sorgen.

Er irrte in der Spitze seines Gartens, die der Stadt zugewandt war, umher, schaute hinaus und spitzte die Ohren. Seine Sykophanten erstatteten von Zeit zu Zeit bei ihm Meldung, und von allen hörte er stets das gleiche: Die Unzufriedenheit wegen Sokrates' Verurteilung wächst, das Gefängnis wird dauernd von einer großen Menschenmenge umlagert, die Sokrates sehen will.

Sehen? überlegte Anytos. Das ginge zu machen, und die Leute wären dann weniger unruhig.

Meletos trat ein. Er forderte die versprochene Belohnung, die ihm als Hauptankläger zugesichert worden war. Er hatte ein Lächeln erwartet, doch Anytos machte eine finstere Miene.

»Nichts bekommst du!« fuhr ihn Anytos wütend an. »Wofür denn? Gewonnen hat Sokrates, nicht ich. Du hörst und siehst es doch selbst. Du hast die Athener gegen mich aufgewiegelt.«

Meletos war angetrunken und verteidigte sich mutig: »Du

und Lykon, ihr habt gesagt: Sokrates muß beseitigt werden! Und das habe ich getan!«

»Du Dummkopf! Nein, so ein Dummkopf! Ihn beseitigen, ja, aber nicht ihn umbringen! Verbannung hätte auch gereicht!«

»Ihr habt gesagt: beseitigen!« beharrte Meletos. »Ich habe euch gehorcht, und du bezahl jetzt!«

Der bis zur Weißglut erzürnte Anytos rief seine Sklaven und ließ den Betrunkenen hinauswerfen.

Es verbleibt noch viel Zeit, ehe die Triere aus Delos zurückkehrt, sagte sich Anytos. Noch kann man etwas tun. Und er ließ sich beim Archon Basileus melden.

»Hast du gehört, mein Teurer, was draußen so los ist?«

»Ja, ich weiß Bescheid, Anytos.«

»Seinen Tod wollte ich nicht, sondern nur Verbannung.«

»Dann hätte die Anklage aber anders lauten müssen.«

»Daran ist Meletos schuld.«

»Und auch du, Anytos.«

»Wie könnte man das nur wieder in Ordnung bringen, damit sich das Volk beruhigt?«

Der Archon Basileus seufzte: »Du hast da eine böse Geschichte eingerührt, Anytos, und ich soll sie jetzt zusammen mit dir auslöffeln. Das Volk beruhigen – das wird eine sehr schwere Sache sein. Aber warte mal! Wie wäre es denn, wenn er aus dem Gefängnis fliehen könnte?«

Anytos lebte auf. »Dann könnte niemand uns Ankläger, die Geschworenen und auch dich, teurer Archon Basileus, seine Mörder nennen. Ich bin dir zu großem Dank verpflichtet!«

»Laß dir nur Zeit mit dem Danken, Anytos«, erwiderte der Archon trocken.

Doch Anytos war in Fahrt geraten. »Zuerst müßte man ihm Besuche bewilligen; das werden sowohl er als auch die ganze Gemeinde zu würdigen wissen, desgleichen seine Freunde, die das ja schon die ganze Zeit unentwegt versucht haben.«

Der Archon starrte gedankenverloren auf den Vorhang, der sich hinter Anytos im leichten Winde bauschte. Welch erbärmliche Sache! Und mich zieht er da schön mit hinein ...

Der Archon rief nach dem Schreibsklaven und diktierte ihm eine Anordnung an den Befehlshaber der Gefängniswache, daß Sokrates ab sofort Besuch empfangen dürfe.

Kaum hatte die Morgendämmerung den Himmelssaum versilbert, da stand Myrto schon wieder vor dem Wachbefehlshaber am Gefängnistor. Vom Scheitel bis zur Sohle in ihren Mantel gehüllt, wiederholte sie ihre tägliche Bitte. Ihr zersprang beinahe das Herz, als sie statt des grausamen: »Unmöglich!« die Worte vernahm: »Du kannst den Gefangenen besuchen.« Sie neigte zum Dank den Kopf und folgte schnell dem Wärter.

Obwohl es noch früh am Tage war, saß Sokrates bereits auf seinem Lager. Er fuhr in die Höhe, und sie warf sich in seine Arme.

»Myrto, meine Myrto!« rief er immer wieder und drückte sie zärtlich an sich. »Aber was hast du denn? Ich jubele hier, und du zitterst am ganzen Körper!«

»Nicht vor Angst, mein Teurer, sondern vor Freude, daß ich endlich bei dir sein kann.«

»Myrto, Myrto, in die Kälte dieser Zelle bist du zu mir gekommen?«

»Jeden Tag stand ich bei Sonnenaufgang vor dem Gefängnistor, doch sie ließen mich nicht zu dir, erst heute.«

»Man hat mir nicht gesagt, daß du hier warst. Sie haben mich um zwei Tage Lebensfreude gebracht. Wenn ich geahnt hätte, daß du so nahe bist!«

»Vielleicht hast du es doch geahnt?«

»Wie meinst du das, Myrto?«

»Gestern stand ich vor Sonnenaufgang eine Weile ganz allein vor dem Gefängnis; und da hörte ich dich singen.«

»Ja, ja, da habe ich tatsächlich gesungen. Ich hatte an dich, mein Liebstes, gedacht.« Er setzte sich auf sein Lager und zog Myrto neben sich. »Ich verfüge über eine ganz bestimmte Kraft, Myrto, um die ich schon seit meiner Kindheit beneidet werde.«

»Was soll denn das für eine Kraft sein, mein Sokrates?«

Er lächelte. »Weder Magie noch Mystik, sondern eine

starke Phantasie. Es ist finster, ich schließe die Augen und denke an irgendeine ferne Person – und schon steht sie wie lebendig vor mir, mit ihren Bewegungen, ihrer Stimme...«

»Das will ich dir gern glauben, daß man dich darum beneidet, auch ich tue es. Hast du denn in der Zeit, die du hier bist, auf diese Weise an jemanden gedacht?«

Er lächelte ihr nur zärtlich zu und schwieg.

Sie schmiegte ihre Wange in seine Hand. »Ich weiß, es gibt Tausende von Freuden, und eine davon fühle ich jetzt in mir.«

»Du mein Glück«, flüsterte er innig und strich ihr übers strohblonde Haar. Seine Hand ruhte auf ihrer Schulter. »Siehst du den Weg vor uns? Du sitzt auf einem Esel, ich führe ihn am Zügel, und wir entfernen uns langsam, ganz langsam; und meine Sonne umgibt uns mit ihren wärmenden Strahlen – fühlst du, wie sie uns wärmt?«

»Ja, ich fühle es«, sagte sie leise. Sie vermied jede Bewegung, um das schöne Bild nicht zu zerstören. »Wir reiten nach Gudi, dein Weingärtchen grünt, und unter den Blättern wachsen viele süße, große Trauben. Die größte Traube hast du für mich gepflückt. Wie süß der Saft ist, jetzt noch spüre ich seine Köstlichkeit im Munde.«

Sie träumten ihren Traum weiter, sich an jede Einzelheit erinnernd. »Weißt du noch? Denkst du noch daran?« Wer weiß schon, wieviel Freuden unvergeßliche Erinnerungen in sich bergen. Und so folgten sie lange den Bildern ihres Traumes – bis ihnen der Kerkermeister mitteilte, daß die Besuchszeit vorüber sei.

»Was soll ich dir das nächste Mal mitbringen?«

»Ein Messer.«

»Was denn, ein Messer? Wozu?«

Er lächelte belustigt. »Ich brauche es nicht für meine Schlagader. Ich will nicht in den Hades, solange du mich besuchen kannst. Ein Schnitzmesser soll es sein und einige Klötzchen Lindenholz dazu, die ich mir neulich bei Simon aus einem Scheit zurechtgehauen habe. Und dann noch das übrige Schnitzwerkzeug.«

»Du willst schnitzen?«

»Das Schiff ist noch nicht mal in Delos angekommen. Da

habe ich also noch eine Menge Zeit! Sag bitte auch Kriton, er möge mir die Fabeln des Aisopos mitbringen, wenn er kommt.« Sokrates lächelte. »Ich will versuchen, einige in Verse zu setzen. Auf meine alten Tage werde ich nun noch zum Dichter. Meinst du, daß es mir besser gelingt als Meletos?«

»Ich werde es Kriton sagen, heute noch.«

Sie umarmten sich, und Myrto ging rasch hinaus, weil er ihre Augen nicht sehen sollte.

3

Sie stürmten in Sokrates' Zelle. Plötzlich war sie voller Menschen. Kriton reichte Sokrates die Papyrusrolle mit den Fabeln des Aisopos. »Ich habe mich zwar ein wenig über deinen Wunsch gewundert, aber hier hast du sie.«

»Ich will versuchen, einige in Verse zu setzen. Was meinst du dazu?«

»Ein guter Einfall!« rief Kriton aus, glücklich darüber, daß sich Sokrates auf diese Weise am Leben hielt. »Mach das nur!«

Als alle Sokrates umarmt hatten, zeigte es sich, daß seine Gäste im Kreis um ihn herum saßen und er als einziger stand.

»Das haben wir aber fein gemacht«, sagte Pheidon. »Wir sitzen, und die Hauptperson muß stehen.«

»Sie ist es gewohnt zu stehen«, sagte Sokrates schmunzelnd, »und außerdem, meine Lieben, begreift endlich, daß ihr hier die Hauptpersonen seid.«

Seine Gäste überschütteten ihn nun mit den letzten Neuigkeiten.

»Die Athener sind äußerst wütend über deine Ankläger. Sie fordern Anytos' Sturz: ›Weg mit Anytos!‹ schreien sie in den Straßen und auf der Agora.«

»Der Geldwechsler Mamaon hat sich öffentlich gerühmt, die schwarze Bohne in die Urne gegeben zu haben. Die Leute haben ihn so verdroschen, daß er nach Hause getragen werden mußte.«

»Mein teurer Sokrates! Du wirst in die Freiheit entlassen werden!« rief Apollodoros enthusiastisch.

Sokrates hörte allen zu und lächelte. »Ihr lieben Kindsköpfe, was quält ihr euch denn? Es ist geschehen, was geschehen mußte.«

»Es mußte nicht!« warf Platon unbeherrscht ein. »Du hast ja die Geschworenen direkt gegen dich aufgebracht.«

»Mein lieber Platon, bei diesem Gericht waren fünfhundert Athener anwesend, und denen wollte ich wirklich nicht schmeicheln, sondern sie nachdenklich stimmen. Und sie unruhig machen mit dieser Unruhe, die auch mich bedrängt. Ich habe bei diesem Gericht mehr gewonnen, als ich selbst eingesetzt habe.«

»So wenig schätzt du dein Leben, teurer Lehrer?« fragte Platon bestürzt.

»Du«, erwiderte Sokrates, »du und Apollodoros, ihr beiden seid noch viel zu jung; und deshalb scheint es euch auch, daß von allem das schrecklichste der Tod sei. Doch für mich wäre es noch weitaus schrecklicher gewesen, wenn ich vor Gericht aus Angst anders gesprochen hätte, als ich es mein ganzes Leben lang getan habe.«

Ein alter Bewunderer von Sokrates trat ein, Kritons Nachtwächter Archedemos. Er brachte in einem Korb Speisen und Wein.

Sokrates umarmte ihn. »Mein lieber Alter, das freut mich aber, daß ich dich wiedersehe. Und ...« – er lachte schalkhaft – »jetzt ist wenigstens jemand hier, zu dem ich, selbst ein Greis, Alterchen sagen darf. Neunzig bist du, nicht wahr?«

»Noch nicht ganz, teurer Sokrates, aber bald.«

Apollodoros teilte auf, was Archedemos mitgebracht hatte: gebackenen Fisch, Heringe, Lammbraten, Honigkuchen, Gerstenbrot, Oliven, Feigen.

Beim Essen unterhielten sie sich.

Sokrates sagte: »Platon hat recht; wenn ich vor Gericht gelogen und versucht hätte, mich herauszureden, könnte ich jetzt schon wieder durch unser Athen gehen – aber nicht mehr als der Sokrates, den ihr kennt. Es wäre ein falscher Sokrates, ein Heuchler. Wie würde euch so ein Lehrer gefallen? Wenn er sich selbst verleugnet, würdet ihr euch sagen, warum sollten wir es dann nicht auch tun, um uns vor Meletos, Anytos, Lykon und all den anderen, die nach ihnen kommen werden, zu schützen?«

»Verzeih mir«, bat Platon.

Kriton füllte einen Becher mit Wein und reichte ihn Sokrates. Den anderen goß er Wasser in einen Krug, der dann von Mund zu Mund wanderte.

Sokrates nahm einen kräftigen Schluck und sagte: »Hat man Sokrates vor Gericht gerichtet? Hat man dort überhaupt einen Menschen gerichtet? Ach, woher! Die Wahrheit wurde dort zum Tode verurteilt, und eben deshalb sind die Athener so aufgebracht. Ehrliche Menschen können ohne Wahrheit einfach nicht leben; und Athen hat gezeigt, daß seine Bürger ihr Ehrgefühl bisher noch nicht verloren haben.«

Nach einem neuen Schluck fuhr er fort: »Mir einen Becher voll Gift reichen – was ist da schon dabei? Aber die Wahrheit umzubringen, wer wäre dessen fähig?«

»Du hast jetzt Hoffnung, mein Sokrates«, sagte Kriton. »Aber du mußt dich wehren und deinen Buckel nicht einfach so hinhalten.«

Sokrates winkte ab. »Ihr sprecht immer von Hoffnung für mich und schaut mich erschrocken an. Ich dagegen spreche von Hoffnung für unsere Stadt. Um sie müßte man Angst haben, weil ihr leicht ein Unglück zustoßen könnte, das schlimmste, das es überhaupt gibt: Verklavung für Jahrhunderte.«

Einer nach dem anderen rief erregt: »Sprichst du schon wieder dieses schreckliche Wort aus: ›Versklavung Athens!‹?«

»Und haben wir das nicht schon erlebt?« hielt Sokrates ihnen entgegen. »Die Schreckensherrschaft der Dreißig Tyrannen, das war Versklavung, die Beschlagnahme des Eigentums, die Hinrichtungen, die Ausrottung ganzer Geschlechter. Und das waren Hellenen, Lysandros wie auch Kritias, aber es könnten auch Fremde sein, und das für lange Zeit. Wie ihr alle wißt, riefen damals die Tyrannen aus allen Hetairien die Oligarchen zusammen – und meint ihr, daß sie heute nicht mehr in ihren Schlupfwinkeln zusammenhocken und sich die Vernichtung des demokratischen athenischen Staates schwören? Wen werden sie heute zu Hilfe rufen? Nur Sparta?

Haben wir nicht schon wieder alle möglichen Stimmen vernommen: Stimmen aus der Fremde, die wohl in der Fremde verhallen, aber doch das Gefühl von Chaos und Verwüstung in uns hinterlassen?«

Sokrates' Worte klangen noch eine Weile im Raum; sie pochten leise an die Wände wie die Flügel von Vögeln, die den Weg ins Licht suchen.

Antisthenes sagte mit düsterer Miene: »Wir sind nicht nur wirtschaftlich verarmt, sondern auch sittlich. Was von beidem ist wohl schlimmer? Ich weiß es nicht. Eines bedingt das andere. Du wirfst mir vor, Sokrates, daß ich ein Schwarzseher bin. Doch ich kann nicht verschweigen, was mich bedrückt. Ich befürchte, daß die Wunden, die Athen in letzter Zeit empfing, unheilbar sind.«

Die Schüler richteten auf ihren Lehrer fragende Blicke. Auch sie waren voll schlimmer Vorahnungen. Sokrates wandte langsam die Handflächen nach oben und beließ sie so, als hätte er etwas Schweres zu tragen. »Wie ich mich erinnern kann, ist es den Oligarchen schon zweimal gelungen, die Macht an sich zu reißen. Glaubt ihr vielleicht deshalb, sie wären stark? Nein, meine Teuren! Es konnte geschehen, weil die athenische Demokratie geschwächt war. Und wie sieht es heute aus? Wenn man aufhören wird, die Gesetze zu achten, wenn im Namen der ›uneingeschränkten Freiheit‹ der Stärkere den Schwächeren unterdrückt, wenn sich nichts bessert, dann, meine Teuren, habe ich nicht das Gefühl, daß unser Heute – wie einige behaupten – stark ist, sondern in einer ganz gefährlichen Schwächeperiode.« Sokrates streckte seinen Freunden die Hände entgegen. »Warum ergeben wir, ich und ihr alle, uns denn nicht der Sophistik, sondern stellen uns gegen sie, wo wir sie antreffen, sei es bei einem einfachen oder bei einem überaus mächtigen Menschen? Aus Freude am Diskutieren? Wegen des Genusses bei einem witzigen Dialog? Nein, meine Freunde, wir tun es doch nur deshalb, weil wir wissen, daß die Sophistik eine scharfe Waffe der Oligarchie ist, mit der wir unsere Waffen kreuzen müssen!«

»Meiner Ansicht nach«, meldete sich da Platon, »liegt die größte Gefahr, die von der Sophistik ausgeht, darin, daß sie keinerlei Werte anerkennt und im Menschen jedwede Entwicklung im Keime erstickt. Sie vermag nur zu zerstören, nicht aber aufzubauen.«

Sokrates lobte, was Antisthenes und Platon gesagt hatten. »Gut, meine Jungen! Ihr habt erkannt, was ich mir wünsche, daß ihr es erkennt – die Gefahr! Denn der Gefahr können nur die Menschen die Stirn bieten, die von ihr wissen und die ihr trotzen wollen.

Demokritos sagt, daß jeder Mensch eine kleine Welt für sich ist. Dies scheint mir eine wichtige Erkenntnis zu sein, und auch jene, daß es viel Mühe kostet, diese kleine Welt in Ordnung zu halten; denn wenn sie auch klein ist, es ist eine Welt.

Antisthenes sagte, daß die Wunden Athens unheilbar wären. Ich teile diese Ansicht nicht. Wozu seid ihr denn da, nach euch eure Schüler, und dann die Schüler eurer Schüler? Geht umher und unterweist die Menschen. Erkennt euch selbst, verändert euch, bessert euch. Übrigens« – Sokrates' Stimme wurde heiterer, gelöster, heller – »meiner Meinung nach – und so behauptet es auch die Göttin Aisa, die den Behauptungen der olympischen Götter widerspricht – gestaltet der Mensch sein Schicksal selbst. Und ebendeshalb glaube ich, daß der Mensch auch das Schicksal seines Vaterlandes gestalten kann.«

4

Sokrates lag mit geschlossenen Augen da. Aus einem Augenwinkel floß langsam eine Träne über seine Wange.

Myrto trat ein. Er schläft, dachte sie. Sie streifte die Opanken ab und näherte sich barfuß seiner Lagerstatt. Zu seinen Füßen legte sie die Gitarre nieder; den Beutel mit dem Schnitzwerkzeug und den Lindenholzklötzen stellte sie auf den Boden.

Ganz leicht, fast ohne ihn zu berühren, strich sie über seinen bloßen Arm. Er wußte wohl, daß Myrto bei ihm war, doch er wollte diesen schönen Augenblick ausdehnen und täuschte deshalb vor zu schlafen.

Leise sprach sie vor sich hin: »Ich habe auf der Welt niemanden, der mich so lieb hat wie du. Welch Glück hast du mir schon gebracht!« Sie bemerkte die Träne, die über seine Wange rann, und erschrocken sprach sie mit lauter Stimme: »Du weinst?«

Er öffnete die Augen, nahm all ihre Schönheit in sich auf, die Myrto ausstrahlte, und lächelte. »Ich bin jetzt sehr glücklich.«

»Aber warum dann diese Träne auf deiner Wange?« Sie nahm sie mit ihren schönen Lippen fort.

»Eine Träne? Davon weiß ich nichts. Schade, daß es nicht mehr sind, denn auch die müßtest du mir wegküssen.«

»Also schmerzt dich doch etwas?«

Ja, es schmerzte. Er hatte an Xenophon gedacht, der ihm viel bedeutete. Vergebens hatte er ihm geraten, zu Kyros ins Perserreich zu gehen. Doch Xenophon hörte nicht auf ihn, sondern auf das Orakel von Delphoi. Die Götter mochten wissen, wo er jetzt steckte. Und er würde ihn wohl nie wiedersehen. Nun aber lächelte er Myrto zu und sagte: »Weißt du, Mädchen, dieser steinerne Palast hier, das ist wirklich nicht unser Weingärtchen in Gudi, nicht unser kleiner Hof und auch nicht die Agora. Die Sonne fehlt hier.«

»Deshalb wohl diese Träne, nicht wahr?« Myrto lächelte verständnisvoll.

»Da sieh an! Meine Gitarre! Wie immer hast du meine geheimsten Wünsche erraten, auch wenn ich sie gar nicht ausgesprochen habe.« Er fuhr mit den Fingern über die Saiten.

Myrto reichte ihm den Beutel mit den Schnitzgeräten.

»Ein Messer?« sagte er und blickte sie an. »Du hast keine Angst mehr um mich?«

»Nein, ich komme doch jeden Tag zu dir, und du könntest es mir nicht antun, nicht auf mich zu warten.«

»Da hast du recht. In meinem heutigen Traum schien es

mir, als wäre Xenophon nach Athen zurückgekehrt. Doch mit einemmal spürte ich, daß ich nicht weiterträumen durfte, weil du zu mir gekommen bist.«

»Du hast gewußt, daß ich hier bin? Hast du vielleicht auch gewußt, was ich dir leise sagte?«

»Ja, ich hab es gehört.«

Myrto bedeckte ihre Augen mit den Händen.

»Du brauchst dich doch nicht zu schämen; was du mir zugeflüstert hast, hat mich zutiefst beglückt.« Er nahm ihr die Hände von den Augen und legte sie auf seine Wangen. »Mit dir kommt ja das Liebste und Sauberste aus Athen, was es dort überhaupt gibt.« Sie liebkoste ihn. »Ich bin dir gegenüber im Vorteil.« Er lächelte. »Ein zu Unrecht Beschuldigter zieht mehr Teilnahme auf sich als ein Mensch, der zufrieden dahinlebt.«

Myrto erwiderte erregt: »Die Athener bedauern ihre Tat. Aber etwas zu bedauern ist zu wenig. Sie hätten nicht erlauben dürfen, daß man dich ihnen wegnimmt.«

»Ich und Athen, Myrto«, sagte er heiter, »wir beide bleiben für immer eins, mag mit ihm oder mit mir geschehen, was da will. Ich habe mich Athen voll und ganz hingegeben, und dafür bekomme ich nun in meinen letzten Lebenstagen mehr Liebe zurück, als ich ihm als einzelner jemals geben konnte. Gönne mir doch meinen Frohsinn, Myrto.«

Doch Myrto blieb ernst. »Du sprichst mit mir immer so, daß mir dein Tod nicht schrecklich erscheinen möge. Ich will aber, daß er dir und deinen Freunden schrecklich erscheint! Ich will, daß du dich mit ihnen gegen ihn wehrst.«

»Ängstige dich doch nicht, Mädchen. Sie tun es schon. Antisthenes hat gegen Meletos, Lykon und Anytos eine Anklage eingereicht. Sie werden vor Gericht erscheinen müssen.«

Myrto erinnerte sich daran, wie Xanthippe die Erinnyen beschworen hatte. »Ob wir jemals wieder glücklich sein werden?«

»Warum sollten wir nicht daran glauben? Hoffen, das paßt doch wirklich besser zu uns Menschen als Verzweifeln.«

Von draußen näherten sich laut donnernde Schritte.

Myrto erbebte und begann, sich zum Aufbruch fertigzumachen.

»Chaire, mein Lieber«, verabschiedete sie sich und ging nur langsamen Schrittes auf die schwere, vergitterte Tür zu, um Sokrates bis zur letzten Sekunde zulächeln zu können.

5

Die Reisetriere, schwarz gepicht und mit Mennige rot angestrichen, näherte sich Delos. Eine steife Brise hatte ihre Segel gebauscht und die Fahrt beschleunigt, wie es auch die Ruderer taten, die in drei Reihen übereinander saßen und die langen Ruder in gleichmäßigen Schlägen bewegten.

Sokrates' Leben war also befristet. Seine berühmte »Denkschule« hatte er deshalb in die Gefängniszelle verlegt. Sie wurde hier ebenso rege besucht wie ehedem auf seinem kleinen Hof zwischen den Marmorblöcken. Freunde und Schüler taten für ihn, was sie vermochten, und er sprach mit ihnen wie einst. Auch Myrto erschien jeden Tag. Die Athener, die gekommen waren, um zumindest vor Sokrates' Gefängnis stehen zu können, hörten oft, wie aus dem hohen Fensterchen die weichen Akkorde einer Gitarre erklangen. Einige weinten, als sie dies hörten.

Der Wärter führte eine junge Frau herein, deren Gesicht ein azurblauer Seidenschleier verhüllte. Die Frau löste den Schleier, kniete nieder und wollte Sokrates' Hände küssen. Er aber hob sie hoch.

»Timandra!«

»Du erinnerst dich noch an mich, Sokrates?«

»Ach, du warst in jener Nacht damals von einer betörenden Schönheit, auf der Terrasse im mütterlichen Haus, als Alkibiades sich in dich verliebte, und ebenso schön bist du auch heute noch, Timandra. Wie lieb von dir, mich zu besuchen. Aber warum ist deine Mutter nicht mitgekommen?«

»Du hattest in allem recht, heute weiß ich es«, sagte sie und schloß die Augen. »Sie ist nicht mehr schön. Und sie will nicht, daß du sie so siehst.«

»Wie töricht ihr doch seid, ihr Frauen. Ihr glaubt immer, den Mann reize nur euer Äußeres. Theodate war von einer Schönheit, die die Zeit nicht zerstören, sondern nur vollkommener machen kann.«

»Ich danke dir in Mutters Namen, Sokrates. Sie liebt und verehrt dich immer noch.«

Sokrates mischte in den Wein, den ihm Kriton mitgebracht hatte, etwas Wasser und goß sich und Timandra ein.

Dann sprach Timandra über Sokrates' Verurteilung. »Du sollst die Jugend verdorben haben! Und die Ankläger haben meinen Alkibiades den Verdorbensten genannt und dich damit belastet.« Zorn loderte in Timandra auf. Sie umkrampfte mit ihren kleinen Händen Sokrates' Arm. »Sicher weißt du, wie das wirklich war am Hellespontos?«

Timandras duftende Haut erfüllte die Zelle mit betörendem Wohlgeruch. Ergriffen sah Sokrates in ihr traurigschönes Antlitz. Das schwarze Haar, das eine silberne Spange hielt, hob ihre Blässe noch hervor.

Sie erzählte Sokrates, wie Alkibiades durch die Dunkelheit der Nacht zu den Befehlshabern der athenischen Flotte, die so leichtsinnig vor Anker lag, geritten war. »Er hat sie wecken lassen, beschwor sie, flehte sie an, bat. Doch sie ließen ihn nicht mal aufs Schiff, ja, sie jagten ihn fort wie einen Hund. Und er wollte doch nur die Flotte seiner Vaterstadt retten; er allein hätte das geschafft.« Sie stöhnte. »Wenn die Befehlshaber seinem Rat nur gefolgt wären – nie wäre es zu diesem entsetzlichen Gemetzel am Aigos Potamoi gekommen und zu all dem Schrecklichen, was sich dann ereignete.«

»Ich höre das gern, und ich glaube dir auch«, sagte Sokrates.

Bittend richtete Timandra ihre Augen auf Sokrates. »Verzeih dem Toten. Er war ein unglücklicher Mensch, von seinen Leidenschaften gejagt und auch von seinen Feinden; aber er war auch ein edler Mensch. Schließlich hat am Ende durch deinen Einfluß, wie er mir immer wieder gestand, in ihm die Liebe zur Heimat gesiegt.«

»Ich habe ihm längst verziehen, Timandra.«

Sie erhob sich und umarmte Sokrates. »Deine Ankläger werden vor Gericht gestellt. Ich werde jetzt zum Archon Basileus gehen und mit einem heiligen Eid all das beschwören, was ich dir soeben über Alkibiades berichtet habe. Du darfst nicht zu Unrecht bestraft werden.«

»Mach es nur so, Timandra! Auch Alkibiades' gute Seiten sollen einmal genannt werden.«

Timandra sah ihn verwundert an. »Sokrates, du denkst ja mehr an den toten Alkibiades als an dich selbst.«

Die athenische Triere ankerte im Hafen von Delos, wo auf der Reede bereits zahlreiche Schiffe aus den Häfen der hellenischen Welt festgemacht hatten. Der Triere entstiegen die Tempelpriester, die schönsten Mädchen und Knaben und auch Greise, die für die Feierlichkeiten ausgewählt worden waren. Die Musikanten sammelten sich; sie würden auf ihren Gitarren spielen, auf den Lyren und Aulen. Sänger und Dichter waren mit ihren Oden und Paianen hierhergekommen.

Und schließlich entstiegen dem Schiff noch Gruppen von Musikanten, von Pfeifern und Tänzern, die durch ihre Kunst die Pracht der Apollon-Feierlichkeiten vervollkommnen sollten.

Vor das Gericht der ausgelosten Geschworenen traten der Dichter Meletos und der Redner Lykon. Noch vor kurzem hatten sie hier als Ankläger gegen Sokrates gesprochen; doch heute waren sie selbst die Angeklagten.

Anytos war nicht vor Gericht erschienen. Er war über das Meer entkommen und konnte nur in Abwesenheit verurteilt werden. Hauptankläger war ein hochgewachsener, schlanker Mann mit asketischen Gesichtszügen und einem vor Haß eisigen Blick: Antisthenes.

Die Feierlichkeiten auf Delos begannen mit einem Umzug entlang dem Heiligen Weg zum geheiligten Gebiet des Apollon. Vor dem Altar des Gottes wurde nach altem Brauch ein Blutopfer dargebracht. Das Haupt des ganz in Weiß gekleideten Oberpriesters schmückte ein Kranz mit bunten Bändern. Das Opferkalb, dessen vergoldete Hörner gleichfalls mit Bändern bekränzt waren, wurde zum Altar geführt. Über Kopf und Hals streute ihm der Priester gemahlene Gerste. Das geschorene Kopfhaar des Tieres wurde ins Feuer geworfen.

Ein Chor erklang, der Apollon pries und feierte. Tiefe Stille herrschte, als der Opferpriester mit einem langen Messer die Kehle des Tieres durchstieß und das herausschäumende Blut über die Fliesen des Altars floß. In Opferschalen wurde es aufgefangen.

Antisthenes stand am Rande der Rednertribüne. Er sprach voller Leidenschaft und Zorn: »Wer ist denn dieser Anytos, über den ihr hier Gericht haltet, Männer Athens? Habt ihr schon vergessen, daß er verurteilt werden sollte, weil die Athener durch seine Unfähigkeit als Heerführer die Schlacht bei Pylos verloren? Er sollte verurteilt werden – die Todesstrafe drohte ihm –, doch er entging dem Gesetz durch Bestechung der Geschworenen. Auch im Prozeß gegen Sokrates hat er sie bestochen, aber nicht, damit Sokrates vielleicht einem unrechten Urteil entgehen, sondern damit ihm im Gegenteil Unrecht geschehen sollte. Viele von euch haben doch gehört, wie Meletos betrunken in der Stadt grölte, Anytos wolle ihm nichts dafür bezahlen, daß er sich als Hauptankläger gegen Sokrates zur Verfügung gestellt habe. Sokrates hat sich vor Gericht nicht gewehrt, weil er keinen Grund dafür sah. Hätte er es getan, so hätte das gegen ihn gesprochen. Anytos hat das Gerichtsverfahren gegen Sokrates beileibe nicht Athen zuliebe, sondern aus eigensüchtigen Gründen geleitet. Sagt selbst, wie könnte Sokrates ruhig schlafen, wenn er zwei Gesichter hätte? Aber nicht er, sondern Anytos hat zwei Gesichter: ein süßes für das Volk, ein zweites, ebenso süßes für die Sophisten, die Feinde des Volkes. Erinnert euch nur, wen er sich als Ankläger für Sokrates ausgesucht hatte – den Sophisten Lykon! Und ist das Streben der Sophisten nach Chaos, nach Willkür bis hin zur Anarchie Athen etwa von Nutzen?«

Antisthenes stand am Rande der Rednertribüne. Zornig und voller Leidenschaft sprach er weiter...

Auf dem Altar des Apollon brieten Kalbskeulen, die mit Talg bestrichen und mit ein wenig gemischtem Wein besprengt worden waren. Gelber Rauch, der beißende Geruch des schmorenden Fleisches auf dem Altar und der Duft arabischen Weihrauchs vereinigten sich und zogen über die Menge hinweg der azurnen Bläue des Firmaments entgegen.

Die Menschen, die Gesichter nach Osten gewandt, streckten dem Himmel die Hände entgegen; sie riefen Apollon den Klarsichtigen, den Beschützer des Lebens und der göttlichen Ordnung, an, stets sorgsam über Hellas zu wachen.

Chöre erklangen, und Tanzgruppen begannen mit ihren Vorführungen, zu deren Begleitung Pfeifen und Aulen musizierten.

6

Nur mit Mühe fanden die Freunde in Sokrates' Zelle Platz. Sie brachten ihm zahlreiche Geschenke seiner Athener: Zweige, Blumen, Wein, Leckerbissen.

Kriton, der älteste der Freunde, erlaubte Apollodoros als dem jüngsten, Sokrates den Entscheid des Gerichts mitzuteilen.

Apollodoros kniete vor ihm nieder, umschlang seine Knie und verkündete: »Meletos wurde zum Tode verurteilt, Lykon und Anytos wurden verbannt, aber Anytos war aus Angst vor dem Urteil schon vorher geflohen. Du hast damit feierlich Genugtuung erhalten, Teurer! Wenn das Staatsschiff aus Delos zurückkehrt, wirst nicht du sterben, sondern der Schurke Meletos wird statt deiner daran glauben müssen.«

Sokrates blieb ernst. Diese Genugtuung tat zwar wohl, doch er sann nach, welcher Zusammenhang zwischen der tragischen Entwicklung, die Athen nach der Niederlage am Aigos Potamoi durchmachte, und den Gerichtsentscheidungen gegen ihn und Meletos bestand.

»Ich sitze hier wie eine Braut zwischen Rosen – nur der Bräutigam fehlt. Also, liebe Hochzeitsgäste, bedient euch.

Kostet doch mal, welcher Wein, den mir die Athener brachten, der beste ist, und den trinken wir dann gemeinsam.«

Sie hatten erwartet, daß Sokrates mit ihnen über seine mögliche Freilassung sprechen würde, doch er sagte: »Immer wieder habt ihr gehört, daß ich demjenigen, der in Zufriedenheit leben will, meine geliebte Sophrosyne empfohlen habe. Doch jetzt will ich euch auf die Sophrosyne als meine Leidenschaft hinweisen. Erschreckt nicht, ich weiß schon, was ich sage. Achtet nicht darauf, daß Platon so finster dreinschaut. Anhand meiner Leidenschaft will ich euch die Gründe dafür aufzeigen, warum die Menschen eigentlich ins Unglück geraten, und damit auch gleich die Ansichten eines jeden von euch dazu vervollkommnen. Haltet euch daran und lehrt die Menschen nicht Schlauheit, sondern Weisheit, die leibliche Schwester der Tugend.«

»Ich schaue bereits nicht mehr böse drein, mein Teurer«, sagte Platon.

Sokrates lächelte. »Du hast feine Umgangsformen und bist ein edler Mensch, Platon. Aber auch wenn dein Antlitz sich mir zuliebe nun aufgehellt hat, bleibe ich für dich doch nur ein ungehobelter Klotz. Mich kannst du nicht täuschen.«

Platon wollte widersprechen, doch Sokrates fuhr rasch fort: »Ich werde dir gleich beweisen, welch ungeschliffener Geselle ich bin: Antisthenes hat das Gericht veranlaßt, die Menschen zu bestrafen, die mir Schimpf und Schande angetan haben – und ich bin ihm dafür aufrichtig dankbar. Ich sehe, daß die Löcher in seinem Mantel heute noch mehr auffallen als sonst, sicher will er mir beweisen, daß er meiner Verachtung des Luxus folgt. Antisthenes, Antisthenes! Vergib meinen Augen, was sie leider sehen müssen: Aus den Löchern deines Mantels äugt lediglich dein Geltungsbedürfnis.«

Platon wurde rot vor Unwillen. Eine solche Art der Dankesbezeigung hatte er nicht erwartet.

Doch Antisthenes lächelte: »Deine Bissigkeiten können nicht beleidigen, Sokrates, im Gegenteil, sie stimmen den Menschen heiter.«

»Danke, Antisthenes«, sagte Sokrates freundlich und wies auf die Geschenke der Athener ringsum.

»Seht nur, Freunde, wie ich beschenkt wurde. Mein altes Herz freut sich wie das eines Kindes darüber. Wodurch gewinne ich immer wieder so viele Freunde, ratet mal! Vielleicht meint ihr, durch meine bescheidenen Lebensansprüche? Im Gegenteil! Ich gewinne sie durch die Leidenschaft und Ausdauer, mit der ich Tag für Tag meinen Weg gehe. – Nun, welchen Wein habt ihr gewählt? Diesen hier?« Er kostete ihn. »Gut habt ihr gewählt. Duftig, süß und blumig ist er, wie der Kuß der Geliebten.«

Sie begannen nun mit dem Umtrunk. Krug und Trinkbecher wurden weitergereicht.

Genießerisch schnalzend nahm Sokrates einen neuen Schluck. Dann begann er lächelnd zu sprechen: »Bedient euch nur kühn meiner Leidenschaft, damit ihr die inneren Tiefen der Menschen ergründen und ihnen helfen könnt, ihre Irrtümer zu erkennen und nach Besserem zu suchen. Handelt klug. Erzieht jeden, der euch begegnet, dazu, richtig zu leben.«

Er streckte seinen Freunden, die im Kreise um ihn herum saßen, die Arme entgegen.

»Richtig zu leben ist eine große Kunst, Freunde. Erst muß man mit sich selbst ins reine kommen und dann mit seinen Mitmenschen; und man muß auch verstehen, sich mit seinen Feinden zu schlagen, ohne dabei seine heitere Gesinnung zu verlieren. Ja, Demokritos' Euthymie, meine Lieben, sie gehört zu den Grundlagen der Lebenskunst...«

»Sie ist wohl auch das Schwierigste von allem«, flocht Platon ein.

»Ja, sie ist das Schwierigste. Die Sophisten lehren heute die verschiedensten Wissenschaften, doch die Unterweisungen in der Klugheit überwiegen bei weitem. Zeitweilig haben sie damit auch Erfolg. Ihr aber, meine Freunde, werdet Lehrer des Lebens, und euer Streben wird von bleibendem Erfolg gekrönt sein.«

»Ich bin Steinmetz, so wie du einer warst, Sokrates«, warf Apollodoros aufgeregt ein. »Meinst du, daß auch ich mein Handwerk aufgeben sollte? Eben habe ich begonnen, dich aus Stein zu formen, Sokrates, die Arbeit macht mir Freude...«

»Das ist eine Frage, mein lieber Apollodoros, auf die dir niemand antworten kann, auch ich, dein Lehrer, nicht. Erkenne dich selbst, mein Junge, wie das Orakel von Delphoi sagt. Schau in dich hinein, wofür die Flammen in dir höher züngeln. Manchmal geschieht es, daß sie gleich hochschlagen. Doch nur selten ist ein Mensch so tüchtig, daß er zwei Dinge gleich gut zu tun vermag.«

Platon bekannte offen: »Also, was mich anbelangt – ich habe mich entschieden. Ich werde aufhören, Verse zu machen, und mich ganz der Philosophie zuwenden. Und wenn mir die Athener für meine Lieblingsbeschäftigung nicht die entsprechende Ruhe und Sicherheit gönnen, so lasse ich mich eben woanders nieder, aber diese Sache werde ich nie mehr aufgeben.«

Sokrates griff nach einem der Lorbeerzweige, zerrieb ein Blättchen zwischen den Fingern und atmete den würzigen Duft ein.

Nach kurzem Schweigen begann er von neuem zu sprechen, in scherzhaftem Ton, als wolle er sich von den Seinen verabschieden.

»Ich hinterlasse euch auch meine Hebammenkunst, Freunde. Ihr wißt ja, was das ist. Ehe ihr aber auf halbem Wege damit stehenbleibt, übertreibt darin lieber!«

»Das verspreche ich dir«, sagte Antisthenes feierlich. »Wenn ich deine Bescheidenheit derart übertreffen werde, daß man von mir sagen wird, ich unterschiede mich von einem Bettler nur dadurch, daß ich nicht öffentlich bettle, dann werde ich wohl gleich dir auch alles andere zu übertreffen vermögen, mein Sokrates.«

»Ja, übertriff mich nur, Antisthenes. Doch du wirst nie gut in der Lebenskunst unterweisen und daher niemanden darin übertreffen können.«

Apollodoros blickte begehrlich auf den Lorbeerzweig in Sokrates' Hand. Sokrates reichte ihn ihm, blinzelte seinen Freunden schelmisch zu und sagte fröhlich: »Ich hinterlasse euch auch mein hinterhältiges Daimonion, das mir ein gutes Drittel des Schierlingsbechers eingebracht hat. Wenn ich, ein ganz gewöhnlicher Mensch, es vernehmen kann, so ist es undenkbar, daß nicht auch andere Menschen es hören können. Lauscht ihm nur immer aufmerksam und beratet euch stets zuerst mit jener Stimme, die in euch erklingt.« Er bedachte Platon mit einem ernsten Blick. »Hörst du mir zu, Platon?«

»Ja«, erwiderte dieser. »Aber warum, mein Teurer, sprichst du auch heute wieder mit uns so, als wolltest du von uns Abschied nehmen?«

Sokrates schmunzelte breit, und ebenso breit öffnete er seine Arme. »Ihr meine Lieben alle! Haben wir jemals so viele ungestörte Stunden für uns gehabt, wie sie uns hier vergönnt sind? Das müssen wir ausnützen, und ihr wißt doch, welch ausgesprochener Nutznießer ich bei solchen Gelegenheiten bin.«

Platons Stirn überzogen dichte Längsfalten. Sokrates mochte reden, wie er wollte, Platon erkannte, daß es Worte des Abschieds waren; er erkannte, daß aus Sokrates das bange Gefühl sprach, ob sie auch all das, worüber er einst mit ihnen gesprochen hatte, nicht vergessen würden.

Und er verstand Sokrates' Befürchtung. Die Art und Weise, wie er jetzt mit ihnen immer sprach, war wohl von der Ahnung getragen, daß etwas Unvorhergesehenes geschehen könnte. Er lenkte ihre Gedanken nicht nach einem genau festgelegten Plan, sondern er wollte, daß sich jeder selbst ein bestimmtes Urteil bilden sollte, und wenn sie auf dem Wege dorthin noch unsicher umhertappten, führte er sie durch Gespräche dem Ziel näher.

Schon seit Jahren beobachtete Platon, wie Sokrates jeden anleitete, sich durch zahlreiche Schichten von Unklarheiten, durch verhärtete Ansichten und allen anderen Ballast hindurchzubeißen, um so neue Erkenntnisse über sich selbst und die gesamte Gesellschaft zu gewinnen. Sokrates' Art zu überzeugen hatte es Platon angetan. Er wollte sie in seine bereits begonnenen Schriften mit übernehmen, wobei er vermeinte, alles, was er irgendwann einmal von Sokrates gehört hatte, ordnen und mit seinen eigenen Anschauungen verknüpfen zu müssen.

Genußvoll verfolgte er Sokrates' Art zu philosophieren.

Die Gedanken, die er der hellenischen und der übrigen Welt vermittelte, waren oft mit Ironie gewürzt, mit Scherzen oder kleinen Stichen, und oft geschah es, daß er, ein leidenschaftlicher Angler, seine Gedankenausbeute wie einen Fisch aufs Trockene warf.

Platon war stets etwas aufgeregt, wenn er mit Sokrates zusammentraf. Dieser alte Zauberer beunruhigte ihn, und diese Erregung trug Platon nach ihren Gesprächen noch lange mit sich herum. Bis weit in die Nacht hinein setzte er dann im Geiste seine Unterhaltungen mit ihm fort, schrieb die mit Sokrates geführten Dialoge nieder und berichtigte sie.

Platon eroberte mit seiner Begeisterung für die Dichtkunst, seinem selbständigen Denken Sokrates von Tag zu Tag mehr. Und Platon wiederum fühlte sich nicht mehr von seinem Lehrer geleitet, er glaubte im Gegenteil, ihn selbst führen zu können.

Sokrates sprach Platon weder direkt an, noch blickte er zu ihm hin, und doch beschäftigte er sich heute in seinen Gedanken am meisten mit ihm. Er schätzte ihn sehr und hatte seine Freude an diesem jungen Schüler, dem genauen Gegenteil des so unbändigen Alkibiades, der Athen mit seinen halsbrecherischen Kunststückchen oft zu höchster Bewunderung hingerissen hatte. Platon war schon von Jugend an bedachtsam, überlegend, und alles, was er sagte, schrieb oder tat, hatte seinen besonderen Reiz, seine Harmonie.

Mit ihm wird Athen einen großen Dichter und Denker bekommen, sagte sich Sokrates.

In der Zelle begann es zu dunkeln. Die Blumen und Zweige, die ohne Wasser geblieben waren, welkten und strömten einen süßlichen Geruch aus.

Sokrates unterhielt sich mit seinen Freunden über den Wert des Glücks.

»Das Glück, welches wir bei dem Gedanken verspüren, daß der Mensch sich bessert und bessere Freunde gewinnen wird« – sein Blick traf sich mit dem Platons –, »dieses Glück ist wohl das höchste von allen.«

Er schätzte den Wert Platons ein: Er vermag es, seine in

gebundener Form und in Prosa geäußerten Gedanken in ein so reizvolles Gewand zu kleiden, daß man sie begeistert aufnimmt.

Was bin dagegen ich? fragte sich Sokrates. Ich bin immer nur durch Athen gerannt, habe mit meinen Gedanken verschwenderisch um mich geworfen: diesem etwas, jenem etwas, wo und wie eine Unterhaltung auch stattfand, aber aufgeschrieben habe ich mir von meinen Bemühungen um die Menschen nichts. Mein siebzigstes Lebensjahr und der drohende Tod treffen mich mit leeren Händen an. Ich gab und gab und habe doch keine Gewähr dafür, daß etwas von meinen Erkenntnissen in der Zukunft weiterwirken wird. Als ein Teilchen bin ich wohl in hundert und aber hundert Menschen vorhanden – doch wer wird einmal wissen, wie ich als Ganzes gewesen bin? Allen habe ich ein Stück von meinem Selbst gegeben, doch niemandem mein ganzes Ich. Ob es Platon einst sein wird? Platon, der eben erst erklärt hat, er verließe Athen, falls es ihm nicht genügend Ruhe und Sicherheit gewährleiste. Verläßt er da nicht auch mich?

Sokrates wußte schon lange, daß sich Platon in sich zurückziehen konnte. Beinahe schmerzhaft kam ihm dies auch heute wieder zu Bewußtsein. Mit seinen hervorstehenden Augen blickte er auf ihn und begann, über sich nachzudenken.

Vor Gericht war ihm dies zum erstenmal passiert, nun war es schon das zweite Mal. Ich fühle mich alt und schwach. Hier vor mir steht Platon. Jung, ehrgeizig, auf dem Wege, sich einen Namen zu machen. Er erinnerte sich Platons Abneigung, ja Geringschätzung seinen Mitschülern Xenophon, Antisthenes und Simon gegenüber. Unbarmherzig stellte sich Sokrates Frage auf Frage.

Platon steht seinen Mitschülern in nichts nach; er hat nicht die geringste Veranlassung, eifersüchtig zu sein. Und doch versteht er sich nicht mit ihnen und verbirgt das auch nicht. Wenn aber Platon sich mit ihnen nicht versteht, wie kann er sich dann mit mir verstehen?

Plötzlich wurde ihm vor Augen noch dunkler, als es ohnehin schon in der Zelle war. Er hörte auf, sich Fragen zu stellen. Ihm wurde klar, daß er sie in dem Rest seines

Lebens, der ihm noch blieb, nicht mehr beantworten konnte.

Platon sah, das Sokrates' Augen wie erloschen wirkten, und er rief seinem Lehrer begeistert zu: »Wie bin ich dir dankbar, teurer Sokrates, daß du mich lehrtest, mich mit den Menschen zu beschäftigen, und das auf so vorlaute, so zudringliche Weise wie niemand jemals zuvor.« Platon wies mit einer anmutigen Handbewegung zur Akropolis. »Du, mein Teurer, hast einst der Göttinnen Anmut in Stein gehauen; doch dann schufest du all die Jahre keine Göttinnen mehr – du meißeltest an der Schönheit der menschlichen Seele.«

»Das hast du gut gesagt, Platon«, lobte Kriton.

»Aber eben nur gesagt«, wandte Sokrates ein.

»Nein, nicht nur so gesagt«, protestierte Apollodoros.

Doch Platon hatte seinen Lobgesang noch nicht beendet: »Du fandest die menschliche Seele zutiefst zerrüttet und in alten Gewohnheiten erstarrt vor, vernachlässigt und ohne jedwede Würde. Und du hast die Schönheit der menschlichen Seele auch für meine Papyrusrollen erschlossen.«

Der Wärter trat mit einer Lampe in die fast dunkle Zelle. »Es ist Zeit«, verkündete er mahnend.

Kriton erhob sich als erster. »Ja, ja, wir gehen schon.«

Sokrates, vom Schein der Lampe umflossen, legte den Arm um Platons Schulter. »Die Schönheit der Seele ist dann groß, wenn es sich um eine wahrhaft schöne Seele handelt; die Häßlichkeit häßlicher Seelen ist dafür um so abstoßender. Es gibt Menschen, die behaupten, dafür gäbe es keine Hilfe, das sei eben Schicksal, sei der Wille der Götter. Ihr aber, meine Lieben, solltet sagen: Und doch gibt es eine Hilfe, denn die Tugend läßt sich erlernen.«

7

In all den Jahren, die Xanthippe mit Sokrates zusammen gelebt hatte, wußte sie von jedem seiner Schritte, wenn er frühmorgens auf den Hof trat. Seit dem Tage aber, an dem sich hinter Sokrates das Eisentor des Gefängnisses geschlossen hatte, ging sie selbst all die kleinen Wege, die er so oft gegangen war.

Sie erfrischte sich mit kaltem Wasser, blickte zur aufgehenden Sonne und trat zur Artemis hin. Es ärgerte sie immer noch, daß ihr Mann damals dieser Artemis das Knie geküßt, besonders aber, weil er ihr anvertraut hatte, daß er es ihr nicht als das einer Göttin küßte, sondern weil es schön war. Nicht nur die Sonne, sondern angeblich auch die Schönheit müsse er jeden Tag von neuem begrüßen.

Xanthippes Gesundheit hatte sich nicht gebessert. Tagelang schlich sie zwischen den Quadern umher, hielt sich an ihnen fest; und ebenso wie ihr Mann sprach sie mit sich selbst: »Nur Gerümpel ist das hier ohne ihn. Die Steine verlieren ihren Glanz. Die Mauer bröckelt, sie müßte repariert werden. Lamprokles müßte das in die Hand nehmen. Aber ach, dieser Herumtreiber! Gleich von der Lehre beim Großvater läuft er jeden Tag mit ebensolchen Kerlchen, wie er eines ist, zur Palaistra. Er will ein Wettkämpfer werden. Nichts als Herumtreiben hat er im Kopf. Er hat sich leider nicht zu unserer Freude entwickelt – vielleicht, wenn er die Soldatenzeit hinter sich hat... Was ist denn das für ein Lärm? Kommt da jemand zu mir mit einer Nachricht von Sokrates? Nein, das ist für die Nachbarn.«

Xanthippe atmete schwer. Sie hatte sich nicht auf das Lager gelegt, das ihr Myrto hergerichtet hatte, sondern sich auf die Schwelle des Hauses gesetzt. Auf dem anderen Lager lag Myrtos weißer Festtagspeplos. Sie nahm ihn auf und fand dabei auf ihm eine schöne Bernsteinspange.

Den Peplos kenne ich, aber diese Spange hat Myrto mir noch nie gezeigt. Von wem sie sie wohl hat? Xanthippe hatte kein leichtes Leben mit Sokrates gehabt, doch es war immer noch besser gewesen als jetzt, da er nicht mehr hier war. Als ich so alt war wie Myrto, da habe ich geheiratet. Sie ist jung und schön. Sie verbirgt vor mir, daß sie Sokrates gern hat. Sie bringt Freude in unsere tägliche Mühsal, ist fleißig, hilft mir überall – aber sie macht mich reizbar. Spürte sie denn nicht, wie weh sie mir tat, als sie ihm neulich beim Abendessen die Hand streichelte? Und auch er ist immer zärtlich zu ihr. Zu mir war er nie so zärtlich. Oder habe ich es nur schon vergessen? Alles an mir siecht dahin, nur sie wird täglich schöner. Tag für Tag geht sie zu ihm ins Gefängnis und kehrt von dort schweigend zurück, als wolle sie nach dem, was er ihr sagte, nicht hören, was ich zu ihr sage.

Jemand pochte mit dem Klopfer heftig an die Tür. Xanthippe schleppte sich mühsam hin, blickte durch das kleine Guckloch und brummte beim Zurückschieben des Riegels wütend: »Sie haut drauflos, als wolle sie mir den Schädel einschlagen!«

»Verzeih, Xanthippe. Simmias und Kebes sind aus Theben gekommen«, verkündete Myrto freudig.

»Und was soll ich mit der Neuigkeit, du Wirrkopf?«

Myrto führte Xanthippe zu ihrem Lager und überredete sie, sich niederzulegen.

»Möchtest du einen Umschlag aufs Herz? Oder lieber einen Kräuterabsud, wie ihn dir der Arzt Erixymachos empfohlen hat?«

»Gar nichts will ich«, sagte Xanthippe schroff. »Mir hilft sowieso nichts mehr, und ihr wißt das auch recht gut. Erixymachos hat mich gestern so mitleidig angesehen ...«

»Die Menschen können von den schwersten Krankheiten genesen. Und auch du wirst gesund werden, Xanthippe, du wirst schon sehen.«

»Deine süßen Worte kannst du dir sparen. Melk lieber die Ziege!«

Später trank sie von der frischgemolkenen Milch und fragte: »Was hast du da vorhin von Simmias und Kebes erzählt? Sie sind oft zu uns gekommen und haben mir schöne Dinge mitgebracht: ein Kämmchen, Opanken, ein Spieglein aus glänzendem Silber.« Xanthippe lächelte gedankenversunken. »Ja, sie brachten auch Lammbraten, Pasteten, Käse und Weißbrot. Sokrates hat sie zwar jedesmal mit seinen Darlegungen über Unmäßigkeit und Völlerei genervt, aber er hat es sich trotzdem gut schmecken lassen und genießerisch mit der Zunge geschnalzt. Ja, er hätte es schon immer faustdick hinter den Ohren, mein Sokrates. Also, was ist mit ihnen?«

Myrto berichtete aufgeregt, was ihr der alte Archedemos erzählt hatte: »Die beiden kamen diesmal nicht wie sonst auf

Eseln, sondern auf Pferden, kannst du dir das vorstellen? Und sie sind gleich zu Kriton gegangen. Dort beraten sie jetzt, was zu tun ist. Die Athener wissen ja, daß Sokrates zu Unrecht die höchste Strafe erhalten hat. Deshalb wollen Simmias und Kebes erwirken, daß Sokrates die allerniedrigste Strafe bekommt. Sie bieten eine hohe Auslösung für ihn an.« Myrto jubelte: »Sie werden ihn freikaufen! Und dann kehrt er zu uns zurück!«

»Wenn das so ist«, sagte Xanthippe, »dann schau doch mal in seine Kammer. Sicher hängt da schon alles voller Spinnweben.«

»Keine einzige gibt es. Ich mache doch jeden Morgen dort sauber.«

Xanthippe zog ein ärgerliches Gesicht. »Da oben lungerst du also den ganzen Tag herum?« Aber sofort wurde sie wieder freundlicher. »Myrtchen, mach doch Wasser heiß und wasch mir die Haare, sei so lieb.«

Myrto wusch ihr das Haar, trocknete es in der Sonne, kämmte es und wand es in einen schönen Knoten. »Du hast herrliches Haar, Xanthippe.«

»Meinst du, Myrto, daß es auch heute noch schön ist?« Und träumerisch fügte sie hinzu: »Sokrates sagte immer, ich hätte das schönste Haar in ganz Athen ...«

Kebes und Simmias waren vergebens nach Athen gekommen. Auch der allergrößte Haufen Mna konnte die Entscheidung der Heliaia nicht mehr umstoßen. Und ebensowenig konnten sie erreichen, daß die Höchststrafe in die Mindeststrafe umgewandelt wurde.

Kebes und Simmias brachten nicht den Mut auf, mit dieser schlechten Nachricht vor ihren Lehrer zu treten. Statt zu ihm ins Gefängnis zu gehen, begaben sie sich zu Kriton.

»Es ist ein schrecklicher Gedanke, daß man so ohnmächtig ist«, sagte Kebes.

»Ich habe Angst um Sokrates«, sagte Simmias.

»Ich auch«, pflichtete ihm Kebes bei.

»Meine Angst, liebe Freunde«, seufzte Kriton, »ist so groß, daß ich aufgehört habe, sie überhaupt noch wahrzunehmen.«

»Was willst du jetzt tun?« fragte ihn Kebes.

»Es gibt wohl nur noch eine einzige Möglichkeit, ihn zu retten: die Flucht.«

8

Gesang und Musik auf Delos waren verklungen. Die Festlichkeiten zu Ehren Apollons waren beendet. Die Pilgertriere kehrte mit ihrer feierlichen Botschaft nach Athen zurück.

Der Tänzer Tyndareos lag mit anderen Tänzern, Musikern, Rezitatoren und Sängern unter Deck auf Matten. Nach den anstrengenden Tagen des Tanzens, der Festmähler und durchwachten Nächte war er erschöpft. Sein ganzer Körper juckte vor Schweiß, Staub und Massagesalbe.

Er hatte Arme und Beine entspannt ausgestreckt. Auf seiner rechten Hand lag der zerzauste Kopf der jungen Flötenspielerin Anaxibia. Einander völlig gleichgültig waren sie nach Delos gekommen; heim fuhren sie als Liebespaar.

Tag und Nacht wechselten gleichmäßig, doch Wachen und Schlafen nicht. Auch in dieser Nacht war das nicht anders. Mit dem Meer und den Sternen am Himmel wachten auch die Ruderer und Pilger.

Die Triere schaukelte leicht auf den flachen Wellen; das Meer spielte mit ihr.

Anaxibias warmes, gelocktes Köpfchen wiegte sich ebenfalls leicht in Tyndareos' Handfläche. Tyndareos drehte sich zur Seite und prüfte vorsichtig mit den Fingerspitzen, ob Anaxibia die Augen geschlossen hatte. Sie waren zwar von den Lidern bedeckt, doch das junge Mädchen flüsterte: »Tyndareos?«

»Du schläfst nicht?«

»Wie wundervoll du getanzt hast. Ich habe mir eben vorgestellt, daß ich mit dir tanzte. Das war so wunderschön, daß ich weder wachen noch schlafen konnte.«

Unter den ruhenden Künstlern fragte jemand halblaut:

»Denkt ihr auch daran, daß unser Schiff den Tod nach Athen trägt?«

Tyndareos erkannte an der Stimme den Sänger Diomedes. »Ich weiß, daß wir uns auf einem Todesschiff befinden«, sagte er.

»Und daß wir seine Mörder sind, das weißt du auch?«

»Ich weiß nur, daß er wegen uns, der Jugend, sterben muß, weil er uns angeblich verdorben hat. Man darf es nicht übertreiben, Diomedes. Wenn wir seine Mörder sind, dann nur deshalb, weil wir jung sind.«

Anaxibia wollte den Kopf heben, doch Tyndareos drückte ihn wieder sanft auf das Lager zurück. Diomedes sah dies und dachte dabei an die duftende, der Farbe des Sandelholzes gleichende Haut Anaxibias. »Du magst recht haben. Jung zu sein ist keine Schuld, es ist im Gegenteil etwas sehr Schönes.«

Als sehnte sich die wachende Nacht nach Gefährten, ließ sie die Pilger einfach nicht schlafen.

Tyndareos setzte sich auf und kreuzte die durch das ständige Tanztraining wohlgeformten Beine. »Er sagt, es genügt nicht, sich auf die Götter zu verlassen, weil wir ja nicht mal wissen, ob es sie überhaupt gibt. Er sagt: ›Erkenne dich selbst.‹ Das ist gut gesagt, denn wir kennen uns gar nicht besonders gut. Sollen wir da dem Unbekannten, Unsichtbaren gehorchen? Wäre das nicht, als forderte man von uns, gleich Gespenstern durch den Raum zu wanken und ohne festen Boden unter den Füßen zu leben?«

»Halt deinen losen Mund, Teuerster«, ermahnte ihn der Gitarrist, der Tyndareos immer beim Tanz begleitete. »Das riecht nach Lästerung!«

Anaxibia legte warnend ihre kleine Hand auf den Mund ihres Liebsten. Tyndareos küßte sie und fragte barsch: »Wer will da gehört haben, daß ich lästere? Ich frage ja nur. Apollon soll sich angeblich um die heranwachsende Jugend kümmern, aber ich frage mich, wen von euch er tatsächlich schon einmal gut beraten hat, wem er bereits geholfen hat.«

Aus der Gruppe dahindösender Tänzerinnen erhob sich Nephele. »So sprichst du, dem vielleicht jetzt noch die Beine schmerzen von den Tänzen, mit denen du Apollon gefeiert hast?«

Tyndareos erwiderte: »Wir haben Apollon, den Beschützer des Lebens, der Ordnung, der Gerechtigkeit, den Ursprung von Harmonie und Schönheit, gefeiert – und selbst bringen wir jetzt einen ungerechten Tod mit nach Athen. Ist das Harmonie, ist das Schönheit?«

Die Tänzerin Nephele, in der noch die Erregung der Festlichkeiten von Delos nachklang, sagte: »Er wird nicht sterben. Ich habe Apollon mit meinem Tanz angerufen und gebeten, er möge mit seinem Pfeil den Giftbecher zerschmettern, den sie Sokrates reichen wollen.« In ekstatischer Verzückung rief sie auch hier, auf dem Unterdeck des Schiffes: »Apollon, Gott des Lichtes und der Freude, erhöre mich!«

»Erhöre uns!« riefen zahlreiche andere Pilger.

Dann herrschte Stille. Es war, als warteten alle auf ein Antwortzeichen Apollons. Doch die Triere schaukelte weiter auf den Wellen, und von den Rudern tropften schwere, salzige Tränen...

»Apollon, du unfehlbarer Schütze, sende deinen Pfeil in seine Zelle und zerschmettere den Giftbecher!« rief Nephele von neuem.

Sachlich erklärte Tyndareos: »Es wäre seine göttliche Pflicht.« Plötzlich fiel ihm ein: »Apollon liebt die Sonne. Im Gefängnis ist es aber dauernd dunkel. Sag mir doch, Nephele, wird er da mit seinem Pfeil den Giftbecher treffen?«

Nephele, die mitten in ihrer Beschwörung so jäh von Tyndareos unterbrochen worden war, zischte böse: »Spotte du nur! Aber nimm dich in acht, daß auch dir die Zunge nicht zu lose im Maule sitzt. Sieh zu, daß nicht auch du von dieser giftigen Brühe trinken mußt!«

»Was fällt dir ein, liebe Nephele! Ich bin längst nicht so ehrwürdig und berühmt wie er! Das einzige, was Sokrates und ich gemein haben, ist die Jugend.«

Tyndareos legte sich Anaxibias Arm um die Hüfte und seinen um ihre. »Er lehrt die Menschen, wie sie leben sollen. Die Tugend ist erlernbar, sagt er. Er blickt weder auf zu den Sternen noch hinab in die Unterwelt. Hier auf der Erde hast du zu leben, Mensch – also kümmere dich darum, daß du hier auch glücklich lebst. Und genau das wollen wir Jungen ja schließlich auch.«

Diomedes lächelte Tyndareos freundlich zu. »Sieh an, du bist ja wie ich ein Anhänger von ihm.«

»Als er für Anytos und seinesgleichen, die die Demokratie am liebsten umkrempeln wollen, gefährlich wurde, wurde er für uns wertvoll. Er verjüngt uns, ist es nicht so? Und er würde auch für uns sterben, glaube ich.«

Jetzt, da ihm der Tod nahe war wie dieses Schiff den Ufern Attikas, dachten sie mit wachsender Besorgnis an ihn.

Der Wind blies die Segel auf, die Rudersklaven tauchten ihre schlanken Ruder gleichmäßig in die leichten Wellen und zogen sie kraftvoll durch das Wasser.

Infolge der schnellen Fahrt hörte die Triere auf zu schaukeln. Wie ein Messer durchschnitt sie die Meeresoberfläche. Doch ihr Rumpf schien dabei kaum merklich zu zittern.

Diejenigen, die auf dem Unterdeck ruhten, spürten, daß das Schiff jetzt schneller voranglitt. Anaxibia begann leise zu weinen.

»Was hast du denn, mein Mäuschen?«

»Ach, wir fahren viel zu schnell ...«

9

Sie unterhielten sich, tranken den Wein, den Platons Sklave gebracht hatte. Sokrates wußte bereits, daß Kebes und Simmias beim Archon nichts ausgerichtet hatten. Er trank in langsamen, kleinen Schlucken, damit er jeden Tropfen voll auskosten konnte.

»Ich habe euch noch nicht alles vermacht«, begann er langsam. Er zögerte eine Weile und sagte dann: »Meinen Schmerz nämlich, meine Freunde.«

Sie verstummten.

Er lächelte. »Erratet ihr nicht, welchen?«

Ihnen vor Augen stand die Todestriere, ein schwarzer

Vogel mit riesigen Flügeln und blutrot gefärbtem Rumpf, der in seinen Heimathafen zurückflog.

»Ihr wißt nicht, welcher Schmerz das sein könnte, wißt es nicht, ihr, meine engsten Freunde?« Als sie auch jetzt nicht zu antworten wußten, weil sie nicht zu verraten wagten, woran sie dachten, sagte er es ihnen selbst: »Es gibt nur einen einzigen Schmerz für einen ehrenhaften Menschen, und das ist die Erkenntnis, im Leben nicht das erreicht zu haben, was er erreichen wollte.«

»Und das sagst gerade du, Sokrates?« entgegnete Kriton voller Verwunderung. »Das kleinste deiner zahllosen Verdienste würde genügen, daß du zufrieden mit dir, ja stolz auf dich sein kannst.«

Apollodoros fügte schnell noch hinzu: »Die Jugend sagt von dir, du seist der Vater des Denkens.«

Sokrates breitete die Arme aus. »Ihr Törichten, ihr meine Herzensguten, tröstet mich nicht und weicht mir nicht aus. Nun, was wird es wohl sein, was mich so schmerzt? Eure ehrliche Meinung will ich hören!«

»Es gibt einfach nichts, was dich in dieser Stunde schmerzen könnte«, rief Apollodoros in jugendlichem Ungestüm.

»Ich war auch einmal so jung wie du, Apollodoros«, sagte Sokrates. »Und ich war es lange, sehr lange, fast bis heute. Nur immer nach vorn habe ich gesehen. Doch ihr wißt ja selbst, daß es allerhöchste Zeit war, mich auch einmal umzublicken und meine Arbeit einzuschätzen, die ich fünfzig Jahre lang getan habe. Nach welchem Maßstab soll ich sie bewerten? Damit vielleicht, was so über mich gesagt wurde? Damit, was ich selbst irgendwann einmal über mich gesagt habe? Ich bin anderen gegenüber unbarmherzig, und mich selbst sollte ich da wie ein gebrechliches Geschöpf schonen? Beim Höllenhund, so möchte ich aber doch nicht abtreten!«

Kriton legte seinem alten Freund den Arm um die Schulter.

»Womit quälst du dich und auch uns da, Bruderherz?«

»Mit der Wahrheit«, antwortete Sokrates. »Wenn nicht ich die Wahrheit über mich ausspreche, so werden es andere tun.

Und wer weiß, wie sehr man sie dann vielleicht schon entstellt hat!«

»Damit bin ich einverstanden.« Kriton zog Sokrates näher an sich heran. »Aber hab es trotzdem nicht so eilig mit deinem Vermächtnis. Warte noch ein Weilchen damit, denn jetzt müssen wir etwas Wichtiges besprechen, das noch dringender ist.«

Sokrates beachtete den Einwand nicht. Er ertrug es nicht, daß man seine Angelegenheit aufschob. »Seht mich an, meine Teuren, ihr seid doch Blut von meinem Blute – was habe ich denn wirklich erreicht? Da habe ich zum Beispiel erklärt, daß Tugend sich erlernen läßt. Ist das wirklich so? Ihr sagt: ›Ja!‹ Immer wieder habe ich erklärt: Der Mensch ist gerecht durch sein Wissen. Ist dem auch so? Wieder sagt ihr: ›Ja.‹ Schon in Perikles' Zeiten hatte ich gemeinsam mit den ersten wirklichen Sophisten Anteil daran, daß sich das Volk eine tiefere Bildung anzueignen begann. Von euch, meinen Schülern, sind inzwischen viele selbst Lehrer geworden. Ihr wie ich, wir alle haben unseren wenn auch bescheidenen Anteil daran, daß Athen die Mutter der Künste und Wissenschaften genannt wird. Ist das so?«

»Ganz gewiß«, äußerte sich Platon. »Und ich denke, daß gerade das gegen deinen Schmerz spricht.«

»Das täuscht, lieber Platon. Fünfzig Jahre! Was für Püffe und Kopfnüsse mußte ich oft auf dem Markt dafür einstekken, daß ich jemanden zu seinem Vorteil beraten hatte. Und jetzt, am Ende meines Lebens, womit kann ich mich da verabschieden?«

Sie schwiegen. Antisthenes goß seinem Lehrer den Becher voll. Als ihn Sokrates zum Munde führte, zitterte ihm die Hand, und ein paar Tropfen fielen auf seinen weißen Chiton. Er bemerkte es nicht, doch seine Freunde erschreckte der Anblick des rotbefleckten Chitons.

Sokrates fragte: »Zählt denn auch all das, was ich die vielen Jahre hindurch an Erkenntnissen gesammelt und an euch weitervermittelt habe?«

Etwas betroffen bestätigten sie es ihm.

»Ihr sagt, auch das würde zählen.« Sokrates näherte sich seinem Schmerz wieder ein Stückchen. »Eine Behauptung läßt sich aber nach Belieben billigen oder verwerfen. Ihre Richtigkeit kann nur durch die Wirklichkeit bewiesen werden. Und wie sieht diese aus? Was und wen habe ich denn wirklich zum Besseren gewendet? Sprachen wir nicht vor einigen Tagen vom sittlichen und ökonomischen Verfall Athens?«

Apollodoros starrte auf die steinerne Mauer der Zelle, die die marmorne Schönheit Athens hinter sich verbarg. Er erinnerte sich an den schaurigen Tartaros.

Kritons Arme sanken unwillkürlich und wie leblos von Sokrates' Schultern herab. Sokrates drehte Apollodoros' Gesicht zu sich. »Was ist nun mit dir, mein Junge? Du hast mir doch immer ehrlich gesagt, was ich zu erwarten habe?«

»Nein, nein, ich werde gar nichts sagen«, rief Apollodoros erschrocken, »gar nichts!«

»Meine Frage hast du doch verstanden?«

»Ja. Aber ich sage nichts, ich kann es nicht!«

»Also auch von dir werde ich es nicht zu hören bekommen?«

Apollodoros bedeckte sein Gesicht mit den Händen und bat: »Vergib mir, mein Teurer, wenn ich jetzt etwas sage, was sicher nicht wahr ist.«

»Quäl doch den Jungen nicht so!« ermahnte Kriton Sokrates. »Warum setzt du denn gerade ihm so zu?«

Da brauste Sokrates auf: »Weil ihr anderen alle so hartnäckig schweigt, er aber wenigstens redet.«

Apollodoros erbebte bei der Vorstellung, wie sich Sokrates sein Leben lang gemüht hatte, die Menschen zu bessern, der fortschreitende Verfall Athens seine Arbeit jedoch zu einem Nichts zusammenschrumpfen ließ. Hatte er demnach nicht eine völlig ergebnislose und überflüssige Arbeit getan? Und durfte er diesen Gedanken aussprechen, wenn er schon ohnmächtig dagegen war, ihn so betrübt zu sehen? »Ich werde dich lieben, solange ich lebe«, sagte er also nur.

Sokrates lächelte weich. »Nun, dann wirst du mir sicher auch jetzt deine Liebe zeigen und mir ehrlich meine Frage beantworten: Genügt dem Menschen das Wissen um Tugend und Gerechtigkeit, damit es ihm und der ganzen Gemeinde wohl ergehe?«

Nun stotterte Apollodoros doch: »Nein, es genügt nicht.«

Sokrates atmete erleichtert auf. »Sei gesegnet dafür, mein Junge. Du hast als erster den Schmerz von mir genommen, und wenn du dies fertigbrachtest...« Sokrates sah seine Freunde an.

»Dieser Schmerz ist allzu groß, für dich wie auch für uns alle, und deshalb wollten wir ihn vermeiden...«, sagte Kriton.

»Nein, gute Freunde«, erklärte Sokrates. »Vor dem Schmerz darf man nicht einfach davonlaufen, auch ihn muß man erkennen. All das, womit ich mich ein Leben lang herumgeschlagen habe, brachte nicht den Erfolg, den ich mir erhofft hatte. Zum Glück des einzelnen und der ganzen Gemeinde gehört noch etwas ganz anderes.«

»Und du, mein teurer Lehrer«, fragte Platon, »du weißt nicht, was das sein könnte?«

Sokrates war erregt, sein Antlitz rötete sich. »Ich weiß es eben nicht! Worüber bin ich denn gestrauchelt? Worin liegt denn mein Mißerfolg? Meine alte Behauptung: ›Ich weiß, daß ich nichts weiß‹, einst Aufforderung, ein jeder möge sich soviel Wissen wie möglich aneignen, erhält heute, meine Lieben, einen völlig anderen Sinn, einen so ... ich weiß nicht ... der mich belastet.«

Sie rückten näher an Sokrates heran, wußten aber nicht, wie sie ihn trösten könnten. Doch er sprach es selbst aus: »Das Gleichgewicht der Welt muß gestört sein. Und das schon lange. Und dieser Widerspruch in der Welt, früher nur ein kleiner Riß, hat sich in einen Abgrund verwandelt, der Staaten und ihre Menschen auseinanderreißt.« Seine Erregung, die die Freunde zutiefst erschreckte, wuchs immer mehr. »Der Tartaros, von dem gesagt wird, er liege tief in der Unterwelt und sei nur den schlimmsten Verbrechern zur ewigen Strafe bestimmt, befindet sich jetzt hier in unserem Athen. Und in ihm leiden lebende Menschen, Erwachsene und auch Kinder, ganz unschuldige Geschöpfe. Darf das denn sein? Habe ich dieses Geschwür durch meine Belehrungen aus dem Körper unserer herrlichen Stadt entfernen können? Können denn Menschen in diesem Tartaros so schön leben, wie ich mir das vorstelle und wie auch ihr es euch vorstellt? Können wir durch Worte verhindern, daß sich freie Bürger in ihrem Elend für schwerste Arbeiten hergeben, wofür sonst Sklaven eingesetzt werden? Und darf es umgekehrt wiederum sein, daß ein Sklave kein Mensch ist, sondern ein Werkzeug mit einer Seele, ein Ding? Erkennen wir ihn auch als Mensch an, wo ihn von uns nichts anderes trennt als seine Armut? Darf es sein, daß er nicht die Rechte eines Menschen besitzt? Daß er nicht einmal einen richtigen Familiennamen tragen darf und ihm nur Spitznamen gegeben werden? Daß ihm nicht einmal die eigenen Kinder, die er mit einer Sklavin zeugte, gehören, sondern daß sie den wachsenden Besitz des Sklavenhalters bilden – so wie beim Vieh? Das ist die eine Seite des Abgrunds, auf der anderen geht alles nach der Losung: ›Eigentum zeugt Eigentum – Geld zeugt neues Geld‹. Darf es sein, daß sich einer Tausende von Sklaven anschafft, mit ihnen Geschäfte macht und mit dem, was er aus ihnen herausschindet, in königlichem Überfluß lebt?

Darf es sein, daß eine Wand die Menschen einer Gemeinde trennt, so daß einer den anderen nicht mehr ansieht und ihn zu hassen beginnt?« Sokrates seufzte tief auf. »Die Unerträglichkeit ihres Elends verdirbt die Menschen genauso wie der Fluch des Goldes. Was kann man von einer solch großen Ungleichheit und Ungerechtigkeit schon Gutes erwarten? Hier endet meine Weisheit, und hier beginnt auch mein Schmerz, meine Qual.«

Alle empfanden Sokrates' Schmerz, als sei es der ihre. Sie verstummten, wie man angesichts des Unglücks immer verstummt.

Nur Antisthenes raffte sich zu einer Frage auf: »Du, Sokrates, sprichst mit uns immer nur darüber, was nützlich und notwendig ist. Wozu sollen wir uns mit etwas herumschlagen, was man nicht ändern kann; wozu nur, wenn es doch ewig so bleiben muß?«

Sokrates erhob sich und packte Antisthenes heftig an der Schulter. Er schüttelte ihn. »Was redest du da? Alles bliebe so, wie es jetzt ist? Nichts ließe sich verändern? Habe ich etwa deshalb mit euch darüber gesprochen, weil ich nicht an ein Verändern glaube? Wenn ich an einen besseren Menschen glaube, wie könnte ich da nicht auch an eine bessere Gemeinde glauben? Ich weiß zwar nicht, von welcher Seite aus man dieses Problem angehen muß, aber es kann wieder und wieder nur über den einzelnen Menschen zu erreichen sein. Und deshalb auch war mein Mühen um den Menschen nicht vergebens. Es war nicht nutzlos, genau wie auch eure künftige Fürsorge niemals nutzlos sein wird. Deshalb, meine Lieben, werdet auch ihr diese Schmerzen erleiden müssen, die ich euch hinterlasse. Gebt die Menschen nicht auf! Glaubt an sie, wie ich an sie glaube!«

Sokrates lockerte den Griff. Er sah Platon an. »Ihr müßt nicht traurig sein und nicht vor dem erschrecken, was ich euch eben ans Herz legte. Lange Zeit stand ich der Hydra des Bösen allein gegenüber – doch heute gibt es schon eine ganze Reihe Sokratesse. Übernehmt meine letzten Erkenntnisse, ihr Jungen, und baut auf ihnen neue auf. Zerbrecht euch die Köpfe darüber und gewinnt Helfer, soviel ihr nur auftreiben könnt. Wie sich die Welt vor uns verändert hat, wird sie sich auch nach uns verändern. Und dazu braucht man viele Händepaare, viele Köpfe. Ihr aber, Blut von meinem Blut, werdet unter denen sein, die der Welt zeigen, wie man sie in eine bessere verwandeln kann.«

Sokrates sah die kummervollen Mienen seiner Freunde. Er strich mit der Hand über die Stirn. »Was ist denn heute nur mit mir und mit uns allen los? Beim Höllenhund! Wir haben ja das Trinken vergessen. Schenk ein, Apollodoros!«

Sokrates bemerkte, daß ein jeder trank, nur Platon nicht. »Was hast du, mein Junge? Du bist ja so bleich! Tut dir etwas weh?«

Platon lehnte sich an die Zellenwand und antwortete: »Ja, dein Schmerz schmerzt auch mich.«

10

Platon fühlte sich krank. »Ich möchte Ruhe haben. Verlaßt mich alle«, befahl er den besorgten Dienstboten seines Hauses. »Dido, du bleibst hier.«

Dido ließ sich auf ein Leopardenfell nieder und wartete auf weitere Befehle. Ihr Herr lag auf seinem Ruhebett und atmete schwer. Sokrates' Schmerz war nun auch sein Schmerz; doch er war nicht so stark wie Sokrates, hatte nicht dessen Gesundheit und Zähigkeit. Athens abgrundtiefe Gegensätze, die Sokrates ihnen gezeigt hatte, standen ihm vor Augen – welch schreckliches Erbe er uns hinterläßt!

Fieber schüttelte Platon. Seine Füße waren wie Eis, die Fußsohlen und Waden wie erstarrt. Die junge Sklavin Dido stellte rings um seine Lagerstatt Becken mit glühender Holzkohle.

Doch seine Füße wurden nicht wärmer, und der Rauch drohte ihn zu ersticken. Laut hustend gebot er Dido, die Becken wieder zu entfernen.

Dido ging barfüßig. Ihre rosigen Fußsohlen glitten über die Mäander des schwarzweißen Mosaikfußbodens. Das Geräusch ihrer Schritte störte Platon nicht, doch plötzlich fiel klirrend ein Becken auf den Steinfußboden...

»Was hast du da angerichtet, Unglückselige?« stöhnte er schwach.

»Verzeih mir, Herr, aber wenn ich dich so krank daliegen sehe, werde ich selbst ganz krank und zittrig.« Sie lächelte Platon zu, doch er nahm es nicht wahr; sie näherte sich seinem Lager – er hörte es nicht. Erst als sie mit ihren Lippen den Spann seines Fußes berührte, zuckte er erschrocken zusammen und flüsterte: »Du bist lieb und gut, aber bitte laß mich jetzt in Ruhe.«

Gehorsam zog sie sich zurück, setzte sich wieder auf das Leopardenfell und betrachtete stumm den Leidenden.

Platon atmete ächzend. Etwas schien seinen Kopf zu umklammern. Er wollte es wegstoßen, doch seine Finger fühlten nur schweißnasses Haar. Etwas Schweres schien auf seiner Brust zu lasten. Er griff danach, doch er ertastete lediglich den dünnen Chiton.

Dido sah, daß er ständig etwas von sich abzuwehren versuchte, was ihm unerträgliche Qual bereiten mußte. Die Lider und das Weiße seiner Augen waren gerötet. Selbst die Augen schienen heute zu kränkeln. Wie empfindlich er ist! Sogar das Licht fügt ihm Wunden zu.

Dido erhob sich. Langsam, damit die Ringe nicht klirrten, zog sie den Vorhang zu. Im Zimmer verstreute sie Kristalle, die einen erfrischenden Geruch verbreiteten. So würde er leichter atmen können.

Platon weilte in seinen Gedanken woanders. Er befand sich nicht mehr in seinem luxuriösen Haus, sondern in Sokrates' Gefängniszelle. Dort hatte er seinem Lehrer gesagt: ›Wenn ich nicht genug Ruhe und Sicherheit in Athen finde, werde ich es verlassen.‹

Er runzelte die Stirn. Der Archon hatte Simmias' und Kebes' Geldangebot abgelehnt, ebenso die Bitte, die Todesstrafe in eine Geldbuße umzuwandeln. Es ist anzunehmen, daß nicht einmal ich selbst in Athen noch sicher bin. Ich muß mich zur Abreise rüsten. Anytos stand gegen Sokrates nicht allein. Auch andere einflußreiche Männer wollten sich ihn – gleich Anytos – vom Halse schaffen.

Wie leicht kann der tote Sokrates weitere Opfer nach sich ziehen. Und ich bin so fest mit ihm verbunden, daß es auch mich treffen könnte. Muß da nicht ich, der Lebende, mich an die Lebenden halten, und darf ich zulassen, daß ein Toter mich mit zu den Toten hinabzieht? Und danach sieht die Sache aus. Er schüttelte sich vor Angst. Wie mit spitzen Stacheln drang sie ihm ins Hirn. Er schrie auf.

»Wünschst du etwas?« meldete sich sogleich Dido.

»Ja, Dido«, sagte er müde. »Streichle mir Gesicht, Schläfen, Stirn und Haar. Nein, nicht so, nur ganz leicht, nur damit ich weiß, daß du bei mir bist, daß es deine Hände, deine Lippen sind.«

Dido, glücklich über seinen Wunsch, tat, was er erbeten hatte.

Doch Platon blieb mit seinen Gedanken nicht bei Dido. – Sizilien? Er kannte den syrakusischen Tyrannen Dionysios gut. Sollte er mit seiner Arbeit zu ihm flüchten? Oder lieber woanders hingehen?

Dido küßte Platons Stirn. Mit einem weißen Seidentuch wischte sie die kleinen Schweißperlen fort.

»Ja«, sagte er plötzlich laut.

Dido meinte, dies sei der Ausdruck seiner Zufriedenheit mit ihren Liebkosungen. Vor Freude küßte sie stürmisch seine Hand.

»Ja, Sizilien«, sagte er erleichtert. »Was ist mit dir los, du mein Wirrköpfchen, weißt du nicht mehr, wo mein Mund ist?«

Sie küßte ihn auf den Mund. »Peinige ich dich?«

Durch seinen dünnen Chiton und ihren hauchzarten Peplos spürte er die Spitzen ihrer festen Brüste auf seinem Körper.

»Nein, du tust nichts, was mir weh tun könnte.«

»Aber mache ich dich gesund?«

»Meine Krankheit ist eine Krankheit der Seele, und die muß ich selbst überwinden. Aber du milderst ihre Heftigkeit.«

»Auch meine Seele ist krank«, klagte Dido. »Bestrafe mich nicht, wenn ich dir das sage.«

»Du weißt doch, daß ich mit dir nicht wie mit einer Sklavin umgehe. Du bist meine Freundin. Meine süße Freundin.«

»Du aber, mein Teurer, beseitigst nicht meine Qual, du machst sie noch größer. Du hast mir gezeigt, was Glück ist; für mich aber bleibt es nur eine Illusion vom Glück.«

Dido erhob sich. Ihr Peplos war von der rotbraunen Farbe eines Pinienstammes. Ihr Haar schmückten grüne Schleifen. Sie trug goldene Ohrgehänge, die ebenso unruhig waren wie die Trägerin selbst. Sie ist schön, und sie scheint um ihre Schönheit zu wissen, dachte Platon, als er sagte: »Eine Illusion, sagst du? Auch Illusionen gehören zum Leben als dessen unabdingbare Bestandteile. Und sie pflegen manchmal schöner zu sein als die Wirklichkeit.«

Didos Augen funkelten in verhaltenem Groll. »Je schöner die Illusion, desto schlimmer ist das Leben dann, wenn sie schwindet.«

Platons Miene verdüsterte sich. »Solltest du bedauern, daß ich dich zu mir genommen habe?«

»Ja und nein.« Dido mußte es endlich einmal aussprechen: »Du, ein Glücklicher, schüttest mir von deinem Glück ein paar Körnchen hin wie einer Turteltaube. Ich muß ziemlich lange turteln, bis es mir glückt...«

Wieder Sokrates, dachte Platon bei sich. Wie es dieser Alte nur versteht, in die Menschen hineinzuleuchten. Platons Stimme blieb ruhig und freundlich. »Hältst du mich für böse, meine Dido?«

»Bei Aphrodite, nein!« rief sie. »Ich schwöre, daß ich das nicht denke.«

»Also glaubst du, daß ich gut bin?«

»Ja, das glaube ich.«

»Auch ein guter Mensch kann nicht immer all das tun, was anderen gut scheint. Es gibt Dinge, meine Schöne, die man ändern kann, und wieder andere, die so bleiben müssen, wie sie sind.«

Dido verstand. Ein Sklave bleibt ein Sklave, und ein Herr bleibt ein Herr. Aber er hat auch mich verstanden: Ich habe mir zuviel herausgenommen. Ich habe die schönste Illusion und bin doch nicht zufrieden. Und was erwartet mich morgen? Wie soll ich nicht daran denken dürfen, mich nicht davor fürchten?

»Es dunkelt«, sagte sie. »Möchtest du, daß ich die Lichter am Kandelaber entzünde?«

»Ja, tu es!«

Dido ging gehorsam hinaus. Sie kehrte mit einem kleinen, brennenden Kienspan zurück und entzündete damit alle Lichter auf dem Kandelaber. Sie schaute Platon an. Sein Chiton war nur um weniges weißer als sein Gesicht. Der Schmerz kam wieder. Er fuhr sich mit der Hand übers Gesicht, als wolle er ihre Küsse zu neuem Leben erwecken. Es werden wohl die letzten gewesen sein. Meine arme Dido!

11

Einen Tag auf der Liegestatt, eine Nacht dazu, in liebevoller Obhut, unter Didos zärtlicher Betreuung, und Platon ging es wieder besser. Ein Bad, eine sanfte Massage des ganzen Körpers, ein schmackhaftes Frühstück – und er konnte das Lager verlassen.

Er ging ins Peristyl hinaus, wo er sich stets erquickte. Dort setzte er sich in einen Sessel im Schatten der Säulen. Dieser Platz war ihm im ganzen Haus der liebste. Hierher ließ er sich ein Tischchen und Schreibzeug bringen, hier konnte er den Duft der Rosen einatmen, hier pflegte er seine Betrachtungen niederzuschreiben, hier verwertete er Sokrates' Ideen, formte sie nach seinem Gutdünken um und brachte sie in eine ihm genehme literarische Form.

So geschah es auch heute. Er erinnerte sich an Sokrates' Worte über seinen Schmerz und versuchte, sich zu vergegenwärtigen, welch schwer zu erfüllende Pflicht sich aus diesem Vermächtnis für ihn ergab. Es gelang ihm nicht. Aus welcher weiten Sicht Sokrates diese notwendigen Veränderungen in der Staatsordnung sah! Es schien, er stellte sich den Staat ohne Sklaven vor. Wäre so etwas überhaupt denkbar? Wer sollte dann all die schweren Arbeiten machen? Wie sich das dieser Alte nur dachte. Platon drehte die Schilfrohrfeder zwischen seinen Fingern. Oder war es ihm vielleicht doch möglich, in ferne Zeiten zu sehen? Platon lächelte und gab sich selbst die Antwort: Naivität eines alten Mannes.

Es ist kalt. Warum fröstelt mich schon wieder? Ich stehe doch nicht in seiner steinernen Zelle. Warum muß ich immer wieder an ihn denken?

Er warf über den kurzen Chiton eine lange, mit bunten Vögeln bestickte Chlaina. Nicht daran denken! Nur nicht daran denken! Solche Gedanken schmerzen mich, peinigen mich!

Er blickte auf die hochsprudelnde Fontäne. Von klein auf fühlte er sich hier wohl. Er nannte sie sein zauberhaftes Schwesterlein. Die Fontäne flüsterte, drehte sich im Wind zu einem schimmernden Schweif und benetzte die Blumen ringsum. In dem Nebelschleier, der in der Luft zerstob, spannte sich ein bunter Regenbogen.

Platon war inmitten schöner Dinge aufgewachsen. Alles im Haus, sei es zur Zierde oder zum Gebrauch, war von künstlerischem Wert. Mit ihren Formen und Farben, mit den unverwechselbaren Gestalten aus der Zauberwelt der alten Sagen hatten sie seine Phantasie geweckt, seinen Gedankenreichtum stetig anwachsen lassen.

Schon als Jüngling liebte er diese alten Sagen. Er suchte und fand einen tieferen Sinn in ihnen. Sie waren für ihn Symbol des Geheimnisses von Entstehen und Existenz der Erde und des Lebens auf ihr. Dieses Geheimnis stellten die Sagen in den Schicksalen der Götter dar, denen die Schicksale der Menschen im Gemisch von Phantasie und Wirklichkeit ähnelten.

Wohin das Auge auch blickte – auf den Vorhang, den Mosaikfußboden, die Malereien –, was immer die Hände berührten – Becher, Leuchter, Schränkchen und andere Kostbarkeiten –, stets traf es auf den geflügelten Hermes, auf Pegasus, Eros, auf Heroen, die sich mit Ungeheuern oder auch untereinander schlugen. Ein Gott, ob nun ein Waldgott, ein böser Gott wie ein Dämon oder ein Satyr, eine Nymphe, sie alle sind zugleich ein Stück menschlichen Lebens, ein Stück Komödie oder auch Tragödie, wie sie auch die Erdenbewohner durchleben.

Sokrates hat die Existenz der olympischen wie auch aller anderen Götter bestritten und diesen animalischen, oft wilden Gottheiten eine höhere Gottheit auf vollkommenerer Ebene gegenübergestellt, und seine Gottheit weckte Güte, Schönheit und Tugend in ihm.

Platon selbst, der Sokrates' Anschauungen schon als Jüngling gekannt hatte, war noch weitergegangen; er siedelte diese gottlosen Gottheiten außerhalb des menschlichen Seins an und definierte die Idee der Güte als selbständige Gottheit. Deshalb auch sah Platon trotz der herrschenden Gesetze in Sokrates, dem gütigen und gerechten Menschen, etwas höchst Göttliches.

Platon seufzte. Wie schön könnte es auf der Welt sein, wenn alles, was Leben hieß, von Harmonie durchdrungen wäre. Platon sehnte sich nach Befriedung alles Stürmischen, Wilden, Ungeordneten. Er fühlte sich in der Geborgenheit der Einsamkeit oder in erlesener Gesellschaft wohler als auf dem Markt unter lärmenden Menschen. Sokrates dagegen liebte gerade dies. Platons Vorstellungen gingen dahin, daß der Staat überall eine Atmosphäre heiterer Ruhe schaffen müsse, und er meinte, daß die Leitung eines solchen idealen Staates einem weisen Manne übertragen werden müsse – einem Philosophen. Doch bei seinem Traum vom weisen Philosophenherrscher zog er nicht in Betracht, wessen Interessen dieser wahrzunehmen haben würde. Er besaß nicht Sokrates' Weitblick, in den dieser alle Menschen um sich herum einbezog. Er teilte die Menschen in Stände ein, zu denen er alle freien Bürger zählte; doch die Sklaven schloß er als Mitglieder der Gesellschaft aus, obgleich es deren in Athen ebenso viele gab wie freie Bürger. Und dabei wußte er, daß viele Sklaven gebildeter und von edlerer Gesinnung waren als ihre Besitzer. Platon stimmte dem zu, was er von Sokrates hörte, aber die Schwelle seiner Träume vom idealen Staat überschritten die Sklaven nicht.

Und nun hielt Sokrates ihm dies plötzlich vor Augen. Platon legte seine Schilfrohrfeder zur Seite. Er konnte sich heute einfach nicht auf die Arbeit konzentrieren. Vielleicht, wenn sich die Sache mit Sokrates endlich geklärt haben wird, wenn sie so oder so erledigt sein wird – und bis er selbst irgendwo, weit weg von Athen war...

»Dido!« rief er. »Ich sehe dich! Du verbirgst dich hinter dem Oleandergebüsch und beobachtest mich. Wozu das? Komm und tanze mir etwas vor.«

Dido trat aus dem Gebüsch. Bereits mit den ersten Schritten begann sie zu tanzen. Sie sprang zwischen den Statuen und Blumen umher, drehte sich. Der offene Peplos enthüllte ihre schlanken Beine bis zu den Hüften. Ihre festen Brüste, die man durch das hauchzarte Gewebe sehen konnte, bewegten sich während des Tanzes nicht.

Platon kostete diesen Moment aus, den schwermütigen Abschied von seinem Haus, den Abschied von lebendiger und lebloser Schönheit.

Er winkte Dido heran. Sie fürchtete sich, als sie sah, daß

er einen Dolch in der Hand hielt; doch gehorsam tanzte sie heran, legte den Kopf in den Nacken und hielt ihm die bloße Kehle hin. Er küßte sie darauf. Dann schnitt er mit dem Dolch eine zarte gelbe Rose ab und steckte sie ihr ins Haar. »Dein Tanz gleicht dem Rhythmus von Versen. Ich bekränze dich dafür.«

Sie errötete. Ob sie wohl ahnt, daß heute der Tag des Abschieds ist? Wohl nicht, denn sie lächelt ja. Das ist gut. Ich mag sie nicht weinen sehen.

Der Klopfer ertönte, gleich darauf eine bekannte Stimme. Er wunderte sich, daß der Greis Kriton den Weg zu ihm gewagt hatte. Unbestimmte Angst erfaßte ihn.

Kriton trug ein reichgefaltetes Himation aus feinstem Stoff. Er eilte Platon in einem für sein hohes Alter noch immer behenden, kraftvollen Schritt entgegen.

»Chaire, mein Teurer.«

Platon ging mit offenen Armen auf ihn zu. »Chaire, verehrter Gast.«

»Ich brauche dich, mein Junge.«

Platons Ängste wuchsen. »Mich?«

»Ja, dich. Und ich freue mich, daß du nicht mehr kränkelst.«

Kriton führte Platon zu einer Marmorbank, als sei er nicht der Gast, sondern der Gastgeber. Sie setzten sich. Ihnen gegenüber spannte Eros mit einem spöttischen Lächeln auf seinem Kindergesicht den Bogen und zielte mit seinem die Herzen verwundenden Pfeil auf sie.

»Ja, die Liebe.« Kriton lächelte leise. »Sie vermag so vieles. Ich bringe dir eine geheime Nachricht.«

»Eine gute?« forschte Platon im gleichen Tonfall wie Kriton.

»Wenn wir nur wenigstens hoffen könnten«, seufzte Kriton und berichtete Platon, daß er mit den Freunden alles für Sokrates' Flucht aus dem Gefängnis vorbereitet habe. Heute nacht noch müßte es geschehen, denn die Pilgertriere wurde bereits bei Aigina gesichtet. Morgen schon würde daher Sokrates' Gefängnis von Menschen und Wachen dicht umgeben sein; an eine Flucht wäre dann nicht mehr zu denken.

»Heute nacht also geschieht es?« fragte Platon gespannt.

»Vielleicht, wir hoffen es jedenfalls. Die Wärter und Wachen haben von mir bereits eine ausreichende Belohnung dafür bekommen, daß sie ihren Dienst heute etwas nachlässiger versehen als sonst. Übrigens wird Sokrates überhaupt ziemlich harmlos bewacht, schon die ganze letzte Zeit, und das ist sicher auch nicht zufällig.«

»Das bedeutet, daß du nichts Gefährliches tust und weder dich noch andere gefährdest«, sagte Platon.

»Und ob ich damit jemand gefährde. Auch dich vermeine ich zu gefährden.«

»Du tust es aus Liebe.«

»Sokrates hat es verdient.«

»An mich habe ich eben gedacht, verehrter Freund. Wenn du willst, daß ich etwas für Sokrates' Rettung tue, so bringst du damit dein Vertrauen und deine Liebe zu mir zum Ausdruck«, sprach Platon.

Kriton freute sich über diese Worte. So sprach nur ein wirklicher Freund. Nun bat er Platon, ihm dabei behilflich zu sein, Sokrates zur Flucht zu bewegen. Platon wunderte sich, um welche Kleinigkeit, ja überflüssige Sache Kriton ihn da anging. »Das wird doch wirklich nicht notwendig sein. Er wird es begrüßen.«

»Bist du dir dessen so sicher?«

»Er hat zwei Möglichkeiten zur Wahl – warum sollte er nach der schlimmeren greifen? Er liebt doch das Leben über alles.«

»Hat er aber nicht schon bei seiner Verteidigung gezeigt, daß ihm an anderen Dingen mehr liegt als an seinem eigenen Leben?«

Eindringlich, als stünde Sokrates selbst vor ihm, sagte Platon: »Eine seiner Hauptforderungen an den einzelnen und die Gesellschaft ist die Gerechtigkeit. Mit der Flucht vollzieht sich ein Akt jener Gerechtigkeit – wenn er bliebe, unterwürfe er sich freiwillig dem Unrecht und den falschen Beschuldigungen.«

»Ich bin mir dessen bewußt, junger Freund«, erwiderte Kriton. »Gerade deshalb müssen wir uns bemühen, daß dies nicht geschieht, aus Liebe zu ihm, aber auch aus Liebe zu Athen, das sich nicht mit einem solchen Justizmord beflecken darf.«

Platon spürte, daß ihm die Kehle trocken geworden war. Das erinnerte ihn daran, welch nachlässiger Gastgeber er doch heute war. Er klatschte in die Hände, und als ein Sklave herbeigelaufen kam und sich vor den beiden Despoten verneigte, fragte er Kriton: »Welchen Wein möchtest du, mein verehrter Gast?«

»Weißen.«

Im Nu erschien der Sklave wieder mit einem Mischgefäß und zwei goldenen Bechern, auf denen tanzende Bacchantinnen einziseliert waren.

Kriton drehte den Becher in den Händen und besah sich die wilden Mädchen. »Was glaubst du, Platon, warum ich gerade zu dir gekommen bin? Du, lieber Platon, bist bereit, Athen wann auch immer zu verlassen. Ich weiß es, weil du es schon mehrmals erwähnt hast. Wenn es dir keinen größeren Schmerz bereitet, könntest du zusammen mit ihm gehen. Du besitzt doch eine Menge Freunde in ganz Hellas, an die er sich wenden kann. Und wenn er weiß, daß er sich mit dir öfters treffen kann, und sei es auch außerhalb der Heimat, sähe er in dir gewißlich dort ein Stück Athen. Vielleicht läßt er sich so leichter überreden.«

Platon brauste auf: »Athen verlassen? Das wird nicht einmal für mich ohne jeden Schmerz abgehen, teurer Kriton. Doch ich will das Schicksal des Philosophen, das eines Sokrates' würdigen Sohnes antreten, und ich werde gehen, wenn auch mit Schmerzen.«

Er wies auf sein marmornes Peristyl, auf die Statuen, die Blumen und mittendrin sein zauberhaftes Schwesterchen, die kleine Fontäne. »Sieh dir dies freundliche Haus an, es ist wie ein Teil meiner eigenen Haut; ohne sie werde ich bluten. Aber ich werde gehen, denn es ist mein Los.«

Kriton ergriff Platons Hand. »Ich sehe, daß ich mit dir gut gewählt habe. Dann laß uns jetzt zu Sokrates eilen.«

12

Er dachte an seinen Tod, bereitete sich darauf vor. Morgen würde es soweit sein – doch diese hier wollten ihn nicht gehen lassen, wollten ihn bewegen umzukehren und ihn auf den Weg ins Leben zurückschicken.

Das kam ihm zu plötzlich. Er legte sich nieder, ihm war schwindlig geworden. Sein Herz erhitzte sich bei dieser Vorstellung. Er schnappte nach Luft, konnte kaum sprechen.

Jene, die gekommen waren, um ihm mit leuchtenden Augen die Freiheit zu bringen, sahen mit Bestürzung, wie sehr ihn ihre Nachricht überwältigt hatte. Vielleicht konnte er sie nicht fassen?

Apollodoros setzte sich zu ihm aufs Lager, legte ihm den Arm um die Schultern und richtete ihn auf. Er wehrte sich nicht dagegen. Er bekam wieder Luft. Das wild klopfende Herz beruhigte sich langsam.

Kriton hatte bestimmt, daß bei diesem Gespräch nur die Schüler und Freunde anwesend sein sollten, die in die bevorstehende Flucht eingeweiht waren und dabei helfen wollten.

Nun saßen sie hier auf ihren ausgebreiteten Himatia oder standen in angespannter Erwartung an der Wand, aschgrau die Gesichter, nicht nur vom schwachen Licht der steinernen Zelle.

Sokrates merkte, daß er die Freunde erschreckt hatte. Er griff nach Apollodoros' Hand, die ihm den Rücken stützte, legte sie auf sein Knie, drückte sie fest und sagte: »Freunde! Ihr wundert euch, daß es mich fast umgeworfen hat? Ihr bringt einem Greis, für den man für morgen schon das Gift abgemessen hat, die Botschaft seiner Wiedergeburt und meint, daß er da keine Miene verziehen müßte? Du, mein Kriton, dachtest vielleicht, ich wäre so stark, und du, lieber Platon, der du geneigt bist, meine Art, Mensch zu sein, abzulehnen, wunderst dich, daß mich das so erschüttert hat?« Er drohte ihnen schalkhaft mit dem Finger. »Sagt nichts! Sagt nichts! Ihr würdet in mir gern einen der sagenhaften Titanen sehen. Unter der Jugend habt ihr ja schon alles mögliche über mich verbreitet, wie ich hörte. Und jetzt käme euch für eure Schüler, eure Aufzeichnungen eine neue Unglaubwürdigkeit zupaß: Sokrates nimmt mit Würde und Ruhe, wie sich dies für einen Philosophen ziemt, die ebenso erschreckende wie freudige Nachricht auf.« Er lächelte. »Ihr Toren, wißt ihr denn nicht, wie sehr ich das Leben liebe? Jeden Bissen Brot kaue ich mit göttlichem Genuß so lange, bis er süß schmeckt, jeden Schluck Wein liebkose ich erst im Munde, bevor ich ihn die Kehle hinabrinnen lasse. Und erst die Sonne!« Er ließ seinen Blick zu der kleinen Öffnung hoch oben in der Mauer wandern. »Sie wieder wie jeden Morgen begrüßen zu können: Chaire, du meine goldene! Die Morgensonne ist nämlich weniger stechend, wißt ihr? Sie erlaubt, daß wir uns einander in die Augen sehen ...«

»Wir hatten eigentlich erwartet, daß du dich freuen würdest«, äußerte Kriton mit leichter Enttäuschung in der Stimme.

Mit einem lauten Lachen überwand Sokrates seine Erregung ganz. »Großväterchen Sokrates vergeht beinahe vor Freude darüber, daß er von hier weggehen kann. Man hat ihm hier auch schon alles verleidet, und er will doch wieder durch die Straßen wandeln und mit jedem ein Schwätzchen machen. Es gibt keinen zweiten solchen Herumtreiber wie ihn in Athen ...«

Er hielt inne, weil er über das Wort Athen gestolpert war. Aber gleich nahm er den Faden wieder auf: »Debatten mit Marktleuten, Handwerkern, Zugewanderten, Schülern, Trainern – und das selbst noch im Schlafe, wie Xanthippe bezeugen kann.«

Er begrüßt die Rückkehr ins Leben recht ungewöhnlich, dachte Platon.

Sokrates hatte sich nun völlig beruhigt; doch den heiteren Ton, der ihm geholfen hatte, seine Ruhe zurückzugewinnen, behielt er bei: »Es gehört sich, meine Teuren, daß ich mich bei euch bedanke.« Er verneigte sich im Sitzen vor Kriton und den anderen. »Aber ihr bringt damit Mißhelligkeiten über euch, während ich mir bei Kritons Freunden in Thessalien den Mund mit Leckerbissen vollstopfen werde. Nicht einmal das Prytaneion wird mir also fehlen, wenn es auch von anderer Art sein wird. Nun, es wäre ja ganz schön, es so gut zu haben – und das bis ins hohe Alter.«

»Und gerade du hättest dir das wirklich verdient nach all dem Undank hier«, erklärte Platon.

Sokrates lächelte. »Es wäre aber doch ein Unterschied, irgendwo auf einer mit Lilienblüten übersäten Wiese zu sitzen und mit Rhadamanthys darüber zu streiten, ob ich nun ein Gläubiger oder ein Ungläubiger bin. Er wird sich mit mir auch keinen Rat wissen: In den Tartaros kann er mich wegen meiner Gottesfurcht nicht stoßen und in das Elysion wegen meiner Gottlosigkeit nicht einlassen.« Er verstummte. Wenn ich hier aus dem Gefängnis fliehen kann, erwartet mich nur ein neues, dachte er. Ich würde weder als Bürger zu Athen gehören noch zu der Gemeinde, in die Kriton mich schicken will. Doch er verscheuchte diesen Gedanken und fuhr fort: »Es wird natürlich wunderbar sein, dann die Gespräche mit Platon fortzusetzen, der mir ja versprochen hat, mich in Thessalien zu besuchen. Und sicher werden noch viele andere von euch mich zu Pferd oder Esel besuchen kommen, so daß meine ›Denkschule‹, die wir ja in der letzten Zeit hierher ins Gefängnis verlegt hatten, noch ein ganzes Stück weiterwandern müßte. Genau so stellt ihr euch das doch vor, nicht wahr, lieber Kriton, und ihr meine Lieben alle?«

Sie stimmten ihm zu, versprachen ihm, ihn niemals zu verlassen, wo immer er sich auch ansiedeln würde. Einzig Kriton reagierte anders als die Freunde. »Du machst dir's leicht, Bruderherz, du lächelst einfach. Ich merke schon, du neigst dich wieder deinem heiteren Demokritos zu. Deine gute Laune kehrt zurück.«

»Ich würde sagen, daß euer alter Lehrer noch nie so glücklich war, wie er es jetzt eben ist, denn bisher hat ihm noch niemand diesen Becher gereicht – na, ihr wißt schon, welchen.«

Er sah, welche Freude alle daran hatten, daß er so heiter gestimmt war, und mit einem leisen, ein wenig verträumten Lächeln lauschte er Kriton, der ihm eifrig schilderte, wie sorgfältig er alles durchdacht und eingerichtet habe. Der Wärter und seine Gehilfen waren bestochen, die Bediensteten des Archons ebenfalls. Niemand von ihnen würde etwas sehen und hören. Derjenige, der ihm in der Nacht das Gefängnistürchen öffnen und den man der Fluchthilfe anklagen würde, floh selbst in dieser Nacht noch. Was der Archon Basileus von Simmias und Kebes nicht für Sokrates' Befreiung für die Staatskasse angenommen hatte, das bekamen nun die kleinen Leute aus dem Volk, die noch dazu überzeugt waren, daß Sokrates' Befreiung eine gerechte Sache war.

»Das sieht tatsächlich recht verlockend aus«, sagte Sokrates. »Kein Wunder, daß es auch euch allen so scheint, selbst dir, Kriton, einem so erfahrenen Manne. Doch wir wollen nichts übereilen«, bat er den alten Freund. »Ich weiß nicht, wie vielen Menschen, falls es sich wirklich um solche handelt, das gleiche geschehen würde wie mir. Unterhalten wir uns doch ausführlicher darüber. Wir haben den ganzen Tag Zeit dazu.«

»Gern, lieber Freund«, rief Kriton aus, »über etwas anderes könnten wir heute auch gar nicht reden.«

»Nehmen wir an«, begann Sokrates, »daß alles so verläuft, wie Kriton erzählt hat, und ich tatsächlich glücklich aus dem Gefängnis entkomme. Und jetzt schließt alle eure Augen und stellt euch die heutige Nacht und mich mal vor. Ich, der ich mich mein ganzes Leben an unserem Athen wie ein Polyp festgesaugt habe, soll mich jetzt als Greis wie ein Dieb in der Nacht aus seinen Mauern schleichen? Ich höre Schritte hinter mir, verberge mich rasch hinter einer Säule... Und welche Verkleidung habt ihr euch denn für mich ausgedacht? Euer Lehrer, so heißt es, ist euer Hirte. Nun, vielleicht möchtet ihr mich als einen solchen verkleiden. Auf den Kopf drückt ihr mir einen breitkrempigen Hut, bindet ihn unterm Kinn fest, wickelt mich in einen langen Mantel, zieht mir hohe Stiefel an, in die Hand gebt ihr mir einen mächtig langen Stab... Was bleibt da noch von mir übrig? Wohl nur mein Vollbart, und den tragen viele Männer. Ihr habt mich da, so fürchte ich, zu einer schönen Vogelscheuche gemacht! Ich verschwinde dadurch sozusagen ganz und gar aus der Welt.«

»Nichts dergleichen«, wandte Kriton ein. »Gedungene

Leute werden dich in einer Sänfte wie den Arzt zum Kranken tragen.«

»Ja, einen Arzt könntet ihr jetzt brauchen, Freunde«, tadelte Sokrates. »Ihr habt vor lauter Angst um mich schon ganz rote Köpfe. Das ist kein Scherz. Gebt also Gründe an für und wider meine Flucht.«

»Meinetwegen. Das sieht dir ähnlich.« Kriton nickte, und mit scharfer Stimme fuhr er fort: »Denke doch nur daran, daß du dir dein Leben schon deiner Familie, deiner Freunde und schließlich auch Athens wegen erhalten mußt.«

Die Frau, der Sohn, Myrto, die Freunde, Athen – eine Schwäche, wie sie ihn auch schon vor Gericht überkommen hatte, benebelte ihn auch jetzt wieder, ließ ihn keinen klaren Gedanken fassen –, die Frau, der Sohn, Myrto ... Sokrates bedeckte mit beiden Händen das Gesicht und beugte sich nach vorn.

»Trink etwas«, vernahm er Platons Stimme. »Dann wirst du dich erholen.«

Er richtete sich wieder auf, die Ohnmacht schwand. »Danke, Platon. Ich lehne nicht ab.« Er ergriff das ihm gereichte Krüglein. »Wir werden jetzt alle zusammen essen und trinken. Die Sorgen nehmen dem Menschen mehr Kräfte, als wenn er Steine brechen würde.«

Man tat, was er wünschte. Er aß wenig, begnügte sich mit Käse und eingelegten Oliven.

Als er merkte, daß seine Freunde ungeduldig wurden, begann er, noch mit einer Olive im Munde, zu reden: »Die Sache, meine Freunde, die ihr mir hier anbietet, ist schön und unschön zugleich. Kriton, du hast bei deinen Erwägungen das Wichtigste vergessen: mich und meine Feinde.«

»Nun, so beziehe ich dich und deine Feinde in meine Erwägungen mit ein, wenn es dir nur deine Entscheidung erleichtert, bald und möglichst weit von hier wegzukommen«, entgegnete Kriton.

Sokrates legte seinen Arm um Apollodoros' Schultern. »Ihr bietet mir gegen den Tod das Leben an, das Schönste und Beste, was es von eurer, meiner treuen Freunde, Seite aus gesehen gibt.« Er blickte Kriton und Platon an, die nebeneinander standen, den Rücken gegen die steinerne

Wand der Zelle gelehnt. »Ich habe eine Familie. Xanthippe, Lamprokles, Myrto. Sie alle werden glücklich sein, wenn sie wissen, daß ich irgendwo auskömmlich und in Sicherheit lebe. Darf ich ihnen aber ein solches Glück wünschen? Sie wären dann die Familie eines Flüchtlings, der eine gesetzwidrige Tat begangen hat. Die Menschen würden den Umgang mit ihnen scheuen, nicht einmal Mitleid würden sie mit ihnen haben. Wenn ich aber zu Unrecht getötet werde, werden die Menschen alles für sie tun, was in ihrer Macht steht. Dann werden sie ihr Auskommen haben und in Sicherheit leben. Und geht daraus nicht hervor, daß sich nur ein Teil von uns dieser Sicherheit erfreuen kann: sie – oder ich?«

Kriton schwieg verbissen.

»Es fällt mir schwer, dir zu widersprechen, aber ich muß es tun«, brach Antisthenes das Schweigen, das eingetreten war. »Du stellst neben dein Leben Glück und Sicherheit deiner Familie. Aber das Leben ist mehr.«

»Ich glaube aber, daß der Tod in meinem Fall wertvoller sein würde als mein Leben, Antisthenes.«

Apollodoros rief leidenschaftlich aus: »Davon wirst du keinen von uns überzeugen.«

Doch Sokrates erklärte mit fester Stimme: »Ich will es trotzdem versuchen. Nicht immer steht der Tod gegen das Leben. Verhilft er dem Menschen nicht zu höherer Vollkommenheit? Ist er nicht für den Erdulder von höchstem Wert? Nun, ihr Liebhaber der Philosophie, sollte ich mich da irren?«

Keiner der Anwesenden konnte diese Tatsachen und die immer wieder bewiesene Wahrheit leugnen. Sie waren trotzdem fest entschlossen, bis zum letzten Augenblick um sein Leben zu kämpfen.

Kriton, erregt durch Sokrates' Widerstand, schrie diesen an: »Welche Logik besteht darin, wenn du, dem man zu Unrecht die höchste der Strafen zuerkannt hat, dich ihr freiwillig auslieferst?«

Lautstark stimmten die Freunde Kritons Argument einhellig zu.

Und Kriton setzte seine Rede stürmisch fort: »Nur du

selbst kannst jetzt noch die falschen Beschuldigungen beseitigen, oder wer sonst sollte es tun?«

»Mach nur weiter«, forderte Sokrates Kriton auf, »denn wie es aussieht, bist du doch noch nicht fertig, nicht wahr?«

Kriton, der jetzt erregter als Sokrates war, als ginge es um sein Leben, wußte nicht mehr, was er noch anführen könnte. »Helft mir doch, diesen alten Starrkopf zu besiegen«, rief er und schaute Platon an.

Platon wurde bleich und sagte mit gepreßter Stimme: »Die athenischen Gesetze haben jedem Bürger heilig zu sein. Er hat sie zu ehren und sich ihnen unterzuordnen. Aber es waren nicht die Gesetze, sondern Menschen, die Sokrates vernichten wollten. Und so müßte es jetzt an ihm sein und nicht an uns, aus diesem Dilemma herauszukommen.«

Kriton vernahm ein kratzendes Geräusch an der Tür. Er wunderte sich, wer jetzt zu ihnen wollte. Es war der Wärter, der die Flucht aus dem Gefängnis ermöglichen sollte. »Er will wohl nicht darauf eingehen?« fragte er Kriton flüsternd.

»Aber ja, er wird schon darauf eingehen; er überprüft nur noch alles.«

»Na so was! So ein kluger Mann.«

»Und was willst du hier?«

»Ich gebe acht. Ihr macht einen ganz schönen Lärm. Falls irgendwas sein sollte, komme ich gleich und sage Bescheid.«

In der Zelle erhob sich Sokrates' melodische Stimme, warm und eindringlich: »Ihr verstoßt gegen das Gesetz. Ihr, die Lebenden, die ihr leben wollt, dürft euch nicht dagegen auflehnen. Auch ich werde es nicht tun. Und wenn wir uns heute einigen, daß es besser ist, wenn ich mich ihm unterwerfe, dann würde gerade mein Tod die Erkenntnis bewirken, daß das Gesetz geändert werden muß, weil es so, wie es ist, ungerecht und daher unbrauchbar ist. Ich stand vor einem Schwurgericht, gegen das es keine Berufung gibt, und so kann ich mich nun nirgends mehr hinwenden. Wenn das Urteil vollstreckt sein wird, werden Richter und Rechtskenner unter dem Druck der öffentlichen Meinung die

Gesetze noch einmal genau prüfen und, wenn sich darin ein Fehler oder eine Unzulänglichkeit findet, einen Vorschlag zu seiner Vervollkommnung in der Volksversammlung einbringen. Ist das so?«

Sie widersprachen ihm nicht. Sokrates tat Platon leid. »Siehst du, siehst du, mein Junge, du selbst hast mir, und mit welchem Eifer, den Schierlingsbecher näher zum Munde gehoben.«

Platon, rot im Gesicht, ergab sich aber noch nicht. »Um die Verbesserung der Gesetze mögen sich andere kümmern, doch nicht gerade du als das Opferlamm.«

Auch die Freunde begannen nun erregt auf Sokrates einzureden: »Du darfst dich nicht opfern, Lieber, Teurer!« – »Wir bitten dich! Denke einmal an dich selbst und auch an uns!« – »Mach uns keinen Kummer – es bleibt nur noch die eine Nacht!«

»Beim Höllenhund!« rief er aufgebracht. »Ihr macht mir Kummer! Die Sykophanten haben ihre Augen und Ohren in ganz Athen! Ich fühle direkt, daß sie wie Hunde die Gefängnismauern beschnuppern. Mein Schicksal ist bereits besiegelt, eures dagegen nicht. Mein Lebensende ist das Ergebnis meines Lebens selbst. Wie dürfte es da sein, daß gerade ihr, meine engsten Freunde, mich durch eure Unüberlegtheit am Ende meines Lebens unglaubwürdig macht? Ich soll von euch Wohltaten annehmen und zulassen, daß ihr meinetwegen vor Gericht kommt? Mein ganzes Leben habe ich euch, Stück um Stück, gegeben, damit ihr mich, wiederum Stück um Stück, an andere weitergeben sollt. Seid vernünftig! Wir werden uns doch nicht gegenseitig Schaden zufügen! Denn wir sind doch Freunde und müssen uns, gerade in diesem bitteren Augenblick, unsere Freundschaft zueinander beweisen.«

Zu dem Wärter, der dicht vor der eisenbeschlagenen Tür zu Sokrates' Zelle stand, trat plötzlich Myrto.

Er sagte zu ihr: »Jetzt kann ich dich nicht zu ihm lassen.«

»Es sind ja auch andere bei ihm, ich höre doch, wie sie sich unterhalten. Will er denn nicht, daß ich ihn heute besuche?«

»Ich habe einen Befehl. Mehr darf dich nicht interessieren.«

»Werde ich später zu ihm dürfen?« Sie hielt ihm ihre wertvolle Spange hin, damit er sehen sollte, wie schön sie war. Doch er schloß ihre Hand fest darum, ohne das Schmuckstück auch nur anzusehen. »Ich nehme sie nicht! Von dir nehme ich nichts!«

»Sag mir doch wenigstens, guter Mann, wann ich zu ihm hinein darf.«

»Erst muß das dort drin zu Ende sein.«

»Worum geht es denn?«

»Ich weiß es nicht.«

»Aber du hast doch hier an der Tür gelauscht und mußt es wissen.«

»Ich werde nicht klug aus dem, was die dort drin aushandeln.« Es war eine Ausflucht und auch keine.

»So laß mich doch selbst einmal hören. Ich kenne sie alle besser als du.« Myrto wollte sich neben ihn stellen. »Ich könnte aus ihren Reden eher etwas erraten als du.«

»Weg! Weg von der Tür, sage ich!« fuhr er sie an. »Dort drüben ist eine Bank. Setz dich hin. Und wenn du mir zu nahe kommst, gehst du nach Hause!«

Myrto setzte sich, und der Wärter preßte das Ohr wieder gegen die Tür.

13

Neben Sokrates lag ein aufgeknotetes Bündel mit ein paar Oliven. Nachdenklich rollte er sie mit den Fingern hin und her. Die Oliven waren fast schwarz. Schwarze Bohnen, dachte Kriton mit finsterem Gesicht.

»Du spielst mit dem Tode«, sagte er, »und dabei lachst du noch. Hast du dich nun entschieden, uns doch noch zu folgen, um ihm zu entgehen? Spielst du vielleicht auch mit uns?«

»Nun, ein wenig, so wie auch ihr mit mir, Kriton«, erwiderte Sokrates; dabei rollte er mit den Fingern wieder die Oliven hin und her.

Die Zeit hatte sich dahingeschleppt, doch jetzt, seit der Mittagsstunde, war sie nur so verflogen. Antisthenes saß auf dem Boden auf seinem zusammengelegten Chiton und vermochte die wachsende Spannung nicht länger zu ertragen. Ungeduldig berührte er Sokrates' Hand, die mit den Oliven spielte. »Ich bin heute etwas schwer von Begriff. Erkläre mir doch noch einmal, was für ein Lebensende dir durch dein Leben selbst bestimmt ist, Sokrates.«

»Wenn du meinst, daß ich gut gelebt habe, dann dürfte auch mein Leben nicht schlecht enden. Sollte es aber anders sein, dann nur besser«, antwortete Sokrates.

»Hilf mir mehr«, drängte Antisthenes, »denn ganz begreife ich dich noch immer nicht.«

In der Zelle, in der es nach vertrocknetem Lorbeer roch, wurde es ganz still. Niemand wagte es, sich zu rühren. Nur Platons gepreßte Atemzüge waren zu hören.

»Du stellst die Fragen, Antisthenes, aber meine Antwort, besser gesagt, mein Bekenntnis wollt ihr doch alle hören.« Sokrates ließ die Oliven Oliven sein und beugte sich zu seinen Getreuen vor.

»Mein Leben begann in Athen, es soll hier auch enden.«

»Nein!« schrie Apollodoros auf.

»Störe nicht!« wies ihn Platon zurecht.

Auch Sokrates begann nun lauter zu sprechen: »Mein Prozeß wird weitergehen, und ich kann nicht einfach mittendrin von hier verschwinden. Das würde bedeuten, daß ich durch meine Schwäche meine Feinde stärke.«

»Du würdest bei Kritons Freunden sein«, wandte Antisthenes ein.

Sokrates lächelte bitter. »Durch Kritons Freunde werde ich aber meine Feinde nicht los. Mit denen muß ich allein fertig werden. Seht mal, morgen soll Meletos sterben, genau wie ich. Wäre es dazu gekommen, wenn ich inzwischen freigekommen wäre? Meletos wird als Brecher der athenischen Gesetze hingerichtet, und ich würde durch eine Flucht zum Gesetzesbrecher werden. Und weil Meletos dann nicht mehr mein Mörder wäre, wäre seine Strafe so ungerecht, wie es die meine bislang war. Die gerechtigkeitsliebenden Herzen der Athener würden seinen Tod betrauern. Damit würde dieser Gauner das Mitleid der Menschen auf sich lenken, das heute noch mir gehört. Und das würdet ihr wollen?«

»Natürlich so gesehen nicht«, erwiderte Antisthenes verdrossen.

»Es ist aber wirklich so, Freunde. Nehmen wir uns mal Anytos vor, und machen wir den gleichen Versuch mit ihm: Der reiche Besitzer einer Gerberei, so ein heuchlerischer Geldmacher, flieht vor seiner Strafe, wie wir vernommen haben, irgendwohin übers Meer. Wenn auch ich vor meiner Strafe fliehen würde, so wäre ich weiteren Mordversuchen ausgesetzt. Und wenn ihm dann der Mord an mir geglückt ist, so wird er, wo immer er auch an Land ginge, als Mörder gesteinigt werden. Der Sophist Lykon, Anytos' erbärmlicher Helfershelfer ... was ist mit dir, Antisthenes?«

Antisthenes hielt sich die Ohren zu, er schüttelte sich und rief: »Ich mag dir nicht mehr länger zuhören!«

»Jetzt müßt ihr schon durchhalten, meine Lieben.«

Platon sagte mit ruhiger Stimme: »Sprich nur weiter, Sokrates, wir wollen jetzt alles hören. Wir wollen versuchen, dich zu verstehen.«

Doch Sokrates sprach nicht weiter über Lykon, dessen Fall den beiden anderen aufs Haar glich. »Athen!« seufzte er. »Daran sollten wir lieber denken, wie mir das unser geschätzter Kriton ans Herz gelegt hat. Wir alle müssen an unser Athen denken. Und gerade du, Kriton, denkst eben nicht an Athen. Du schickst mich nach Thessalien zu deinen Freunden. Nun gut. Aber dieses Land ist doch Athen gegenüber völlig feindlich eingestellt. Glaubst du nicht, daß man dort über die Dummheit der Athener lachen würde: Ach, das sind ja die, die ihren weisesten Mann, der sie stets beriet, wie sie glücklich werden könnten, vergiften wollten – wogegen wir ihm königliche Ehren zukommen lassen und ihn fürstlich bewirten. Meinst du nicht, daß sich diese bösartigen Lästerer über unseren Staat erhaben vorkommen und klüger dünken werden als die Athener? Soll ich noch in meinem hohen Alter ein Feuer entfachen, das meine Heimat vernichten könnte?«

Sokrates konnte nicht weitersprechen. Er stützte sich mit

beiden Händen, die feucht und kalt waren, auf sein Lager, wobei er die Oliven zerdrückte.

Niedergeschlagen seufzte Kriton: »Mir scheint, lieber Sokrates, ich habe vergebens versucht, dich zu retten.«

Myrto war aufgestanden und auf den Wärter zugelaufen. »Laß mich ein, bei Zeus, laß mich hinein!«

»Du bist wohl übergeschnappt!«

»Ich muß hinein! Ich liebe ihn doch.«

Der Wärter lächelte. »Ich habe ihn auch gern.«

»Und da stehst du hier wie versteinert? Dort drin geschieht bestimmt etwas Fürchterliches, ich merke es an seiner Stimme.«

»Hast du denn etwas verstanden?«

»Ja, das hab ich. Ihm ist schwer ums Herz. Ich sollte jetzt bei ihm sein, ich liebe ihn doch ...«

»Warte!« Er schob Myrto weg und lauschte.

Sokrates wischte sich die feuchten Hände ab. Kriton ließ er ohne Antwort.

Apollodoros' Augen füllten sich mit Tränen, und er warf den Kopf nach hinten, damit sie ihm nicht über die Wangen kullerten. »Vor einem Monat noch dachte ich voller Freude, daß du zu mir kommen würdest, um dir meine Marmorbüste anzusehen. Mich verlangte so sehr danach, zu hören, was du sagen würdest. Und jetzt willst du ... du selbst ...«

Gerührt sagte Sokrates: »Gräme dich nicht, mein Junge. Was liegt daran, daß ich meine Büste sehe. Wichtiger ist, daß die anderen sehen, wie seltsam dieser Mensch aussah, der sich mit einer solch bedeutsamen Sache wie der menschlichen Seele beschäftigt hat.« Er strich über Appollodoros' Haar. »Ich hoffe, dein Meißel hat nicht gelogen. Hat er mir vielleicht eine platte Nase gemacht und Glotzaugen nach Polykleitos' Vorschrift über die Proportionen des idealen Männerkörpers?«

Apollodoros erwiderte etwas säuerlich: »Was soll mir Polykleitos' musterhafter Speerträger? Du gefällst mir so, wie du bist. Und so habe ich dich auch gestaltet.«

»Ein Scheusal also?« fragte Sokrates lächelnd.

Doch niemand lachte über seinen Scherz.

»Hörst du das?« sagte der Wärter zu Myrto. »Sokrates macht Späße und ist heiter – du wolltest mich nur nasführen. Du wirst schon sehen, alles geht gut.«

Myrto stieß hervor: »Wird er am Leben bleiben?«

»Hältst du jetzt endlich deinen Schnabel, du verrücktes Frauenzimmer! Du weißt wohl nicht, wo du bist?« zischte er ihr wütend zu, flüsterte aber dann doch einlenkend: »Er wird schon am Leben bleiben, denke ich.«

Kriton und seine Freunde waren schweigsam geworden. Sokrates hatte all ihre Gründe für eine Flucht widerlegt. Nun blieb nur noch eine Hoffnung: Platon. Er hatte ja versprochen, Kriton zu unterstützen. Warum zögerte er noch? Vielleicht hob er es absichtlich bis zum Schluß auf, so wie es die erfahrenen Redner tun, dachte Kriton. Er wandte sich ihm zu.

»Unser bester Redner hat bisher fast nur geschwiegen.«

»Ja, Platon soll sprechen!« meldeten sich die anderen. Platon hatte sich seine Worte tatsächlich bis zum Schluß aufgehoben.

»Mit eurem Lob, Freunde, habt ihr mir ein Wortgefecht mit Sokrates aufgehalst, wobei ihr selbst euch ausruhen könnt. Die Gründe, die er nannte, sind gewichtig und Athens weisesten Mannes würdig. Sie haben euch allen den Mund verschlossen. Sie verschließen ihn auch mir, und in einem solchen Moment zwingt ihr mich zu sprechen.«

Er richtete seinen Blick auf Sokrates. »Wenn du vor dem Todesbecher nicht fliehst, wird Athen und ganz Attika erschüttert sein. Dein Tod, Sokrates, wird zum Tod des Jahrhunderts werden, zur Krönung deines Lebens. Einfache Menschen und Könige werden dich bewundern, und das einfache Volk, aber auch gebildete Reiche werden sich gegen deine hinterhältigen Ankläger erheben. Sie werden es zu ihrer Ehrensache machen, dich zu verteidigen – und auch ich werde dich verteidigen.«

Sokrates fühlte ein Kribbeln am ganzen Körper. Erst nagelt er mich fest, dann spinnt er mich ein, und schließlich werden mich seine Argumente verstummen lassen.

Und Platon fuhr fort: »Es gibt da eine Sache, Sokrates, die – so meine ich – dich erkennen lassen sollte, daß dich jene Krone nicht schmücken würde: dein Schicksal, das Schicksal eines Lehrers der wahren Lebenskunst. Alle deine Begründungen verdienen unsere Achtung, doch keine von ihnen kann sich mit der Größe deines Schicksals vergleichen; alles sollte vor ihm zurückstehen. Ich frage dich, mein Teurer, wäre es nicht gut, wenn du diesem Schicksal alles andere opfertest?«

Sokrates hatte aufmerksam zugehört. Damit Apollodoros, der sich immer noch eng an ihn schmiegte, nicht merken sollte, daß er zu zittern begann, rückte er von ihm ab und stellte den Weinkrug zwischen sie beide.

»Ich berufe mich auf deine Liebe zu den Menschen«, hörte er Platon sagen, und er wandte ihm das Gesicht zu. »Ich berufe mich auch auf dein unstillbares Verlangen, die Menschen besser, tugendhafter und glücklicher zu machen. Du magst sein, wo du willst, deine Stimme wird immer bis hierher nach Athen dringen, nicht, weil sie so besonders kräftig ist, sondern weil die Kraft deiner Gedanken überzeugt.«

Apollodoros schob den Krug beiseite und stützte den Kopf auf Sokrates' Schulter. »Rette dich«, flüsterte er.

»Du wärest nicht der erste, der diese Stadt verläßt«, fuhr Platon fort. »Denk doch auch mal ein wenig an dich selbst! Warst du es nicht, der Anaxagoras zur Flucht verhalf? Widerspricht sich das nicht, wenn du unsere Hilfe jetzt ablehnst?«

»Rette dich doch«, bat Apollodoros von neuem. Und Platon fragte beharrlich weiter: »Vor nicht allzu langer Zeit war Anaxagoras noch am Leben, und immer war er der Entwicklung der Philosophie förderlich. Warum willst du dich dieser so wichtigen und schönen Aufgabe plötzlich entziehen? Du, der du doch immer zu sagen pflegst: Ich habe eben erst begonnen, den Menschen zu erforschen.« Und noch weiter drängte Platon Sokrates auf seinem Gedankenpfad vorwärts. »Der größte Teil der Erkenntnisse liegt noch vor uns, in beinah unwirklicher Ferne. Und da willst du, unser Lehrer, uns verlassen, anstatt uns weiter zu führen? Ich bin mir nicht sicher, ob wir ohne dich so fest zusammenstehen werden.«

Sokrates' Blick, der bis dahin am Munde seines Schülers gehangen hatte, hob sich zu dessen Augen. Für einen Augenblick verstummte der Wettstreit der Worte – er wurde nun mit den Augen geführt.

Platon hielt Sokrates' Blick stand. Er legte die Hand auf seine Brust. »Vor dir steht dein Schüler. Du hast mich für die Philosophie gewonnen, du hast mir ihre Schönheit und Nützlichkeit gezeigt, ihr zuliebe habe ich meine politische Laufbahn und auch die Dichtkunst aufgegeben, ihr zuliebe verlasse ich jetzt auch mein Haus, meine Zufluchtsstätte, meine zweite Haut, ohne die ich wohl werde verbluten müssen.«

Kriton nickte. Sokrates trank einen Schluck und erhob sich vorsichtig, so daß Platon verstummte und abwartend auf seinen Lehrer sah. Sokrates glättete seinen Chiton. »Irgendwie ist es schwül hier«, sagte er. »Der Lorbeer hier in der Ecke raubt uns die Luft zum Atmen.« Für Platon fand er liebe und freundliche Worte: »Es war anständig von dir, Platon, daß du nicht gegen meine Gründe, sondern für sie gesprochen hast.«

Platon war bestürzt. Die Freunde warfen ihm verzweifelte Blicke zu, um ihn zu bewegen, noch weiterzusprechen und nicht aufzugeben. Doch Platon hatte bereits alles gesagt, womit er Sokrates zu überzeugen gehofft hatte.

Sokrates erwiderte ihm freundlich: »Du, mein lieber Platon, bestreitest nicht, mein Schüler zu sein. Und für dich wie auch für mich ist die Philosophie das Höchste. Die Philosophie kann das Leben umgestalten helfen. Ein Freund der Philosophie muß aber darauf achten, daß seine Taten auch mit seiner Zuneigung übereinstimmen. Mein Schicksal ist das Schicksal eines Lehrers, ja, einverstanden. Mein Tod wird die letzte Unterweisung für euch sein.«

»Nein!« rief Apollodoros mit schmerzerfüllter Stimme. »So darfst du nicht sprechen!«

»Du, Platon, sagtest, dein Haus sei deine Zufluchtsstätte, deine Haut. Meine Zufluchtsstätte ist ganz Athen, und ohne Athen wäre ich nicht nur ohne Haut, sondern auch ohne

Augen, Ohren und Zunge. Ich wäre ein Torso meiner selbst. Du sagst, du hättest der Philosophie zuliebe die Dichtkunst und deine politische Laufbahn aufgegeben. Weder das eine noch das andere stimmt. Du hast nur dem Dichter den Philosophen und Politiker zugesellt; der Dichter aber bist du geblieben. Das ist dein Vorzug. Du sagst, daß du aus Liebe zur Philosophie Athen den Rücken kehren willst. Es ist freilich wahr: Das jetzige Athen würde dir nicht die erforderliche Ruhe für deine Arbeit sichern. Du geh weg von hier, wenn du das als notwendig empfindest. Es wäre keine gesetzwidrige Flucht wie die meine. Und wenn die Zeit gekommen ist, kannst du wieder zurückkehren. Außerdem brauchst du Athen nicht übermäßig zu fürchten. Sie werden dir vielleicht ein wenig Angst einjagen, aber nicht zu nahe treten. Dir nicht!«

Platon merkte, daß Sokrates mit ihm nicht ganz zufrieden war. Ich wünschte mir, er wäre anders, und er wünscht sich sicher auch, daß ich anders wäre. Wahrscheinlich soll ich wie er barfuß kreuz und quer durch Athen laufen.

Sokrates sah sich in der Zelle um. »Es beginnt zu dunkeln, ihr Jungen.«

Alle wandten den Blick dem kleinen Fenster der Zelle zu. Sie fühlten starke Beklemmung. Bald würden sie gehen müssen.

Sokrates sagte: »Platon, mein Lieber, eines meiner Vermächtnisse hast du nicht angenommen: die Leidenschaft gegenüber den Dingen des Lebens. In der Philosophie darf man manchmal nicht nur klügeln.«

Kriton erwartete, daß sich Platon verteidigen, eine Erklärung dazu abgeben würde – doch Platon schwieg.

»So ist es also entschieden?« fragte Kriton unglücklich. »Du willst hierbleiben?«

Sokrates hob die Hände mit den ausgestreckten Fingern. »Ich bin ein Polyp, der alles mit seinen Fangarmen umfängt, alles mit seinen Saugnäpfen in sich hineinsaugt. Ob man ihn beseitigen kann? Nein? Aber ja, man kann ihn beseitigen, doch nur, wenn man ihm den Kopf abschlägt.«

Apollodoros griff nach Sokrates' Himation, das auf der Pritsche lag, vergrub sein Gesicht darin und weinte.

Sokrates ließ die Arme herabsinken. »Ihr, meine Teuren, solltet meine Entscheidung nicht schon vorher gewußt haben? Nun, was soll's, es dunkelt.« Er lächelte. »Wir haben wieder einen nützlichen und angenehmen Tag verbracht.« Er hob den Weinkrug und fügte hinzu: »Dionysos sei Dank dafür!«

Der Gefängniswärter forderte Sokrates' Freunde auf, den Besuch zu beenden.

Nur mit größter Mühe überwand Platon ein Schwindelgefühl. In der Tür sah er sich noch einmal nach Sokrates um. Vor dem Gefängnis durchfuhr ein wilder Schmerz sein Herz. Er mußte sich an der Wand festhalten. Kriton überließ ihm seine Sänfte. Als letzter verließ Apollodoros Sokrates' Zelle.

Zwei Männer aus der Gruppe der elf Beamten, die die Ausführung der Gerichtsurteile zu besorgen hatten, traten ein und teilten Sokrates förmlich mit, was er bereits wußte: Morgen ...

Myrto wartete noch immer draußen. Die untergehende Sonne hatte die marmornen Flächen mit einem rötlichen Schein überzogen, ebenso die hohen Mauern und Felsen der Akropolis mit dem prächtig glänzenden Parthenon.

Es war schon fast finster, als sie zurückkehrte und mit der Faust an das Tor hämmerte. Der Wärter öffnete es nur einen Spalt breit. »Was willst du denn noch hier?«

»Ich will zu ihm.«

»Es ist schon spät.«

»Was haben sie gesagt? Werden sie ihn freilassen?«

»Warum sollten sie das tun?«

»Aber du hast doch gesagt ...«

»Auf mich brauchst du nichts zu geben! Hier wird nur phantasiert, aber nichts Vernünftiges geredet, mein liebes Mädchen. Komm morgen, um dich von ihm zu verabschieden.«

14

Auf den sonnendurchwärmten, von Salbei und Sträuchern bewachsenen Hängen dunkelte es. Silbernes Gezirp der Zikaden erhob sich zu den funkelnden Sternen. Auf einer Platane schlug eine Nachtigall. Der Abendtau fiel auf die Lorbeer- und Oleanderbüsche, die einen betäubenden Duft aussandten.

Die Nacht in ihrer schwarzen Hülle, voll beruhigender Geräusche und Düfte, drang auch durch das kleine Fenster in Sokrates' Zelle ein.

Der Verurteilte hatte sich auf seinem Lager ausgestreckt; er atmete voller Lust den Duft der Nacht ein und lächelte. So fiel er langsam in den Schlaf, erfüllt von dem beglückenden Gefühl: Alle sind sie mir treu geblieben, mehr denn je sind sie heute die Meinen. Unser Abschied, den die Feierlichkeiten auf Delos um einen ganzen Monat aufgeschoben haben, ist zu einem Monat gegenseitiger Liebesbeteuerungen geworden. Was brauche ich noch mehr zu meinem Glück!

Der Wärter drückte sein Ohr an die Tür. Stille! Auf der anderen Seite drüben klagte Meletos, schrie und hämmerte gegen die Tür; und hier so eine Ruhe. Vorsichtig öffnete er die Tür ein wenig und leuchtete mit der Lampe hinein: Sokrates schlief tief und ruhig.

Bei Zeus! dachte der Wärter, er weiß, daß er morgen sterben muß – und schläft wie ein Kind! Er verdeckte das Lampenlicht mit seinem Körper und ging auf Zehenspitzen hinaus.

Eine Stunde vor Sonnenaufgang erwachte Sokrates wie gewohnt.

Das Fensterchen hoch oben war von Morgennebel überzogen. Kälte drang in die Zelle. In der Nähe schrie eine Eule.

Sokrates stand auf. Er hüllte sich in seinen Mantel und beobachtete durch die Öffnung in der Wand, wie es langsam heller wurde. Bald würde es Tag sein.

Sein letzter Tag.

Was gaukelt mir da vor, daß ich dort irgendwo weiterleben werde? Diese Lüge kommt mir vor wie eine Flucht, doch sie steigert auch meine Furcht vor dem Tode. Bis jetzt habe ich ihm ruhig entgegengesehen – aber heute, am letzten Tage, fürchte ich mich vor dem Erstarren, dem Verstummen.

Das Viereck in der finsteren Zelle ließ den herangrauenden Morgen erkennen.

Sokrates hämmerte gegen die Tür. Einen Augenblick darauf war der Wärter zur Stelle und fragte den Eingekerkerten nach seinen Wünschen.

Sokrates bat, die Sonne begrüßen gehen zu dürfen, wenn sie sich über dem Horizont erheben würde.

Der Wärter atmete auf. Na endlich!

»Selbstverständlich, Sokrates«, sagte er hastig. »Komm, ich zeige dir, wohin du gehen mußt. Über den Hof erst, dann öffne ich dir die Pforte des Hügels; weiter wirst du schon selbst wissen...«

Sie traten aus der Pforte. Nirgends war auch nur ein Lebewesen zu sehen.

Unvermutet umarmte der Wärter Sokrates und küßte ihn. »So, nun lauf nur los, und die Götter mögen mit dir sein, Sokrates.« Schnell verschwand er hinter der Pforte. Der Riegel klirrte.

Sokrates blieb völlig verdutzt stehen. Warum hat er mich denn schon jetzt umarmt? Warum hat er die Pforte hinter sich wieder verriegelt? Ich werde vornherum gehen müssen. Gemächlich betrat er die Hügelplatte, von der aus man den Hymettos gut sehen konnte. Plötzlich lächelte er. Ach, du mein lieber Wohltäter! Jetzt verstehe ich dich! Was wirst du für traurige Augen machen, wenn ich zu dir zurückkehre. Beim Höllenhund! Wieviel gute Menschen gibt es doch auf dieser verrückten Welt, und wir wissen nichts von ihnen!

Im Osten, über dem Hymettos, wurde der Streifen breiter und heller, aus dem die Lichtspenderin hervortauchen würde. Sieh an, da war sie ja schon! Sokrates verschlug es ein wenig den Atem und auch die Sprache. Er verneigte sich tief, hob die Arme und sagte leise in Richtung des gleißenden Lichts: »Nun, du weißt ja doch alles...«

Rasch wandte er sich um, damit ihm die Sonne nicht in die verstörten Augen sehen konnte. Vor ihm lag nebelhaft die Stadt des weißen Marmors, des Zypressendufts unter der blauen Himmelskuppe.

Er ging den Hügel hinab, trat durch den Haupteingang ein. Dem verblüfften Wärter schenkte er ein warmes Lächeln und ging zurück in seine Zelle.

In der Morgendämmerung schnitt Myrto ihr herrliches blondes Haar ab. Xanthippe saß auf ihrem Ruhelager und beobachtete sie. Sie dachte: Das tut sie wohl zum Zeichen der Trauer; die ganze Nacht habe ich sie leise weinen hören.

Dann verhüllte Myrto Kopf und Schultern mit einem dünnen Tuch. Das abgeschnittene Haar band sie zu einem Knoten und legte es in ihren Beutel. Beim Abschied werde ich es ihm geben. Er wird dann wissen, daß ich immer bei ihm bin. Mit ihm werde ich auf dem Todeslager ruhen, mit ihm werde ich aus dem Leben gehen.

Bleich und schweigend traten heute Sokrates' Freunde ein, als erwarte sie selbst, was ihrem Lehrer heute widerfahren würde.

Sokrates begrüßte sie lebhaft und freundlich: »Kommt, kommt, meine Teuren. Ich warte schon ungeduldig auf euch.«

»Gibt es etwas Neues?« fragte Kriton.

»Wenn die Zeit vergeht, bringt sie immer etwas Neues.«

»Was hattest du für eine Nacht?« wollte Antisthenes wissen. »Mir scheint nämlich ...«

»... daß ich in besserer Verfassung bin als ihr«, vollendete Sokrates lachend den Satz. »Aber um die Wahrheit zu sagen: Ich hatte ein paar Augenblicke der Beklemmung, wie ein Alpdrücken etwa, doch es dauerte nicht lange. Kaum war die Sonne aufgegangen, war es wieder gut. Ich habe überlegt, ob ich euch, ihr meine liebsten Nächsten, wirklich alles Wichtige und Notwendige gesagt habe. Die Taschen meines Himations habe ich um und um gedreht, doch nirgends mehr gab es auch nur ein Samenkörnchen. Trotzdem habe ich etwas gefunden, und dieses ›Etwas‹ schien mir plötzlich nicht weniger wichtig zu sein als alles andere, was ich euch bisher hinterlassen habe. Ich würde es nicht gern mit mir nehmen.«

»Und was ist es?« fragte Apollodoros.

»Ein klarer Blick in die Zukunft und ein Lachen dazu, Freunde.«

Und das am Tage der Hinrichtung. Es lief ihnen kalt den Rücken hinunter. Niemand war auch nur zu einem einzigen Wort fähig.

»Platon kommt wohl heute nicht?« fragte Sokrates plötzlich.

»Er ist krank«, entgegnete Kriton. Seine Stirn war gefurcht.

»Keine Krankheit könnte mich abhalten, heute hierherzukommen. Auf allen vieren kröche ich hierher!« rief Apollodoros wütend.

»Du darfst das nicht so streng beurteilen, mein Junge. Schon gestern war ihm nicht wohl, und als er heimging, war er schweißüberströmt. Er ist sehr zartbesaitet.«

Er wandte sich den anderen zu: »Einmal werdet auch ihr verstehen, meine Teuren, daß dieser Tag ein feierlicher für mich ist und keinesfalls ein böser. Glaubt mir, daß dem so ist, und nehmt mit vollen Händen von meinem Frohsinn.«

»Wie könnten wir froh sein, da du uns erst vor einigen Tagen deinen Schmerz offenbart hast?« fragte Antisthenes traurig.

»Da seht ihr es! Ich wußte doch, daß ich das Wichtigste vergessen habe: Schmerz und Freude schließen einander nämlich nicht aus. Ernsthaftigkeit und Frohsinn – das sind die beiden Hälften des Herzens. Ohne Ernsthaftigkeit wird der Mensch launenhaft, leichtsinnig und oberflächlich, ohne Frohsinn dagegen verbittert, streng, pessimistisch, bleibt er ohne Unternehmungsgeist. Das ewige Feuer aus Zeus' Orakelstätte in Dodona zu den Olympischen Spielen nach Olympia zu tragen ist trotz aller Entfernung nicht schwer, da sich die Läufer ständig abwechseln. Das ewige Feuer von Jahrhundert zu Jahrhundert kann aber nur tragen, wer ein ausgeglichenes Herz hat. Ihr seht also, meine Jungen: Schätzt das Lachen, es kann nicht genug davon auf der Erde geben. Sagt nicht das Sprichwort: Wenn dich ein krächzender Rabe führt, kannst du nur zu einem Aas gelangen!«

Er nahm sich einen Apfel, den Apollodoros ihm mitgebracht hatte, und biß herzhaft hinein.

»Ich bin ein großer Sünder, meine Lieben. Macht keinen Heiligen aus mir. Was habe ich nicht alles verpfuscht! Aber ich bin nie vor etwas davongelaufen – und deshalb habe ich mich auch nicht der allergrößten Sünde schuldig gemacht: der Gleichgültigkeit, der Gleichgültigkeit den Menschen und dem Leben gegenüber. Und das stimmt mich froh. Was seht ihr mich so erstaunt an? Ach, ihr sagt euch wohl: Was ist doch dieser Sokrates für ein Mensch! Er scherzt sogar noch wenige Stunden vor seinem Tode. Aber ruhig? Kann ein Mensch ruhig sein, der weiß, was ihn in kürzester Zeit erwartet? Eins aber müßt ihr anerkennen, nämlich wie sehr unser Hellas seinen Verurteilten entgegenkommt. Denkt nur daran, wie in den barbarischen Ländern der Verurteilte hingerichtet wird! Mit dem Henkerbeil wird ihm der Kopf abgeschlagen, vier Ochsen zerreißen ihn in vier Teile, er wird gesteinigt, gepfählt, den Löwen zum Fraße vorgeworfen oder gar ans Kreuz genagelt – und das alles vor den Augen Tausender Menschen. Unser großmütiges Hellas aber erspart ihm dies. Im Beisein seiner nächsten Verwandten und seiner besten Freunde reicht man ihm lediglich einen schön geformten Becher, dessen Inhalt er trinkt – wollt ihr wirklich dieses hellenische Zartgefühl, diese vollendete Vornehmheit nicht anerkennen?«

Sokrates lächelte; in seinem Lächeln war nicht die Spur von Angst, die seine Freunde jetzt überkam.

»Daran brauchen wir aber vorläufig noch nicht zu denken. Bleiben wir bei mir selbst. Ihr habt euch wohl so manches Mal gesagt: ›Dieser Sokrates hat es aber ganz schön hinter den Ohren! Er hat sich ausgerechnet, daß er, wenn er jene giftigen Minuten hinter sich haben wird, das einzig Richtige für sein Athen, seine Freunde und Nachfolger, seine Familie und schließlich auch für seinen ewigen Ruhm getan hat.‹«

Niemand antwortete ihm; doch draußen vor dem Gefängnis erhoben sich Stimmen.

»Hört ihr das da draußen?« fragte Sokrates. »Alles drängt

sich um mich wie die Bienen um ihre Königin. Athen hält mich in Ehren. Und deshalb bin ich auch nicht nach Thessalien gegangen, wie du es dir, mein geliebter Kriton, gewünscht hast, und auch nicht in all diese anderen Städte, von denen ich nicht einmal weiß, daß es sie gibt, auch wenn dies die Rettung für mich sein sollte.«

Er verstummte. Die Stimmen draußen kamen näher. Der Wärter öffnete die Zellentür, und herein traten Xanthippe und Lamprokles.

Die Männer erhoben sich alle. Sokrates ging seiner Frau entgegen und führte sie zu seinem Lager, wo sich Xanthippe niedersetzte. Aufrecht saß sie da, mit eingefallenen Wangen, geröteten Augen, die schwarzglänzende Haarpracht zu einem großen Knoten geschürzt. Sie wirkte auch in ihrem Schmerz würdevoll. Etwas Beeindruckendes lag in ihrer ganzen Erscheinung.

Kriton fragte Sokrates in ihrer aller Namen, ob sie sich entfernen sollten.

»Bleibt nur hier!« Sokrates schob die sich auflösenden Wellen von Xanthippes Haar wieder in den Knoten und fügte hinzu: »Nicht wahr, mein Xanthippe-Stutchen, sie dürfen doch bleiben?«

Xanthippe erbebte unter der Berührung von Sokrates' Hand und seinen innigen Worten. Doch sie zürnte: »War denn das alles notwendig? Niemand kann das verstehen ...« Sie hielt inne in ihrer erbitterten Rede und gebot Lamprokles, sich von seinem Vater zu verabschieden und nach Hause zu gehen.

Sokrates hieß den Sohn, sich neben ihn zu setzen, und bat ihn, daß er sich um seine Mutter kümmere.

»Und sei immer lieb zur Mutter, Lamprokles. Du weißt doch wohl noch, was ich dir jüngst gesagt habe, wie sich ein anständiger Sohn seiner Mutter gegenüber zu verhalten hat?«

Lamprokles wollte einwenden, daß keine Mutter so streng sei wie die seine, doch er hielt es nicht für angebracht, hier darüber zu reden. Er nickte deshalb nur und schwieg.

Sokrates küßte seinen Sohn. »So, und nun lauf los, mein Junge, und sieh zu, daß es dir immer gut geht!«

Lamprokles überwältigte der Schmerz. »Väterchen!« stieß er verzweifelt hervor.

»Was denn, was denn.« Der Vater strich ihm übers Haar. »Mir geschieht doch nichts Böses, fürchte dich nicht. Ich bleibe bei euch, und am meisten bei dir. Je älter du sein wirst, desto mehr wirst du dich daran erinnern, was ich dir irgendwann einmal gesagt habe.«

Lamprokles hielt einen Arm vor die Augen, um sie zu verbergen, und lief hinaus. Als sich hinter ihm die Tür geschlossen hatte, begann Xanthippe zu weinen.

»Weine nicht, weine doch nicht, mein Pferdchen. Für mich ist es so besser. Und auch für dich wird es besser sein; ja, ja, du wirst schon sehen, bald wirst auch du verstehen, so wie alle anderen auch, die es jetzt noch nicht begreifen. Komm« – er half ihr aufzustehen –, »laß dich ein letztes Mal umarmen. Wir hatten uns doch immer gern. Ich weiß schon«, sagte er mit einem sanften Lächeln, »es hat dir wohlgetan, wenn du einmal mit mir brummen konntest. Doch weißt du, ich habe mir dein Gebrumm immer gern angehört ...« Er drückte seine Frau an sich und küßte sie.

»Das hättest du nicht zulassen dürfen! Alles – nur das nicht!« schluchzte sie, ihr Gesicht an Sokrates' Brust verborgen.

Sokrates strich ihr über die Wangen und scherzte: »Warte nur, wenn wir uns im Elysion treffen. Dort werde ich alles wiedergutmachen.«

»Du wirst dort nicht allzulang allein sein. Ich leide sehr ...«

»Wenn dieser Tag vorüber sein wird, wirst du dich beruhigen. Du wirst wieder gesund werden. Und vergiß nicht, mit Lamprokles unser Weingütchen in Gudi zu betreuen. Und nun, mein Liebes, geh auch du nach Hause.«

Sie zitterte. »Nein, ich bleibe bei dir, bis ...«

»Nein, nein, geh nur heim. Und weine nicht mehr. Für mich wird schon gut gesorgt. Und für dich auch, nicht wahr, Kriton? Also geh nur, es ist leichter so für uns beide. Apollodoros wird dich begleiten.«

Apollodoros nahm Xanthippe bei der Hand. Nur unter Schmerzen und Tränen fügte sie sich. Sokrates begleitete sie bis zur Tür. »Ich danke dir, ich danke dir für alles, du meine kleine Stute!«

Da riß sich Xanthippe los, wickelte aus ihrem Beutel einen sauberen Chiton und reichte ihn Sokrates. »Hier...«, flüsterte sie.

Myrto war Blumen pflücken gegangen. Der ganze Garten war ja voll davon. Doch welche würden ihn am meisten erfreuen? In der Ecke zwischen den Marmorquadern fand sie eine große, gelbe Wucherblume. Sie sah aus wie ein golden strahlendes Auge, wie eine kleine goldene Sonne.

Schon bückte sie sich, um sie abzupflücken. Doch gleich richtete sie sich wieder auf. Nein, jetzt noch nicht! Sie würde ja nur verwelken! Ich begebe mich ja erst kurz vor Sonnenuntergang zu ihm.

Du Lieber, Teurer, als letzte will ich mich von dir verabschieden.

Langsam sank die Sonne herab. Zwei Männer aus der Gruppe der elf Beamten forderten Sokrates auf, sich bereit zu machen. Dann führten sie ihn in ein Nebengelaß, damit er sich dort wasche.

Unendliches Grauen packte die Freunde. Apollodoros' Weinen drang bis zu Sokrates herüber.

Sokrates warf den alten Chiton ab und wusch sich gründlich. Warum, warum nur kam Myrto nicht? Er zitterte plötzlich vor Kälte. Rasch trocknete er sich ab, zog den sauberen Chiton über und kehrte zu den Seinen zurück.

»Seht mal, wie ich hergerichtet bin«, sagte er und wies auf den fast weißen Chiton. Eng an die Wand gedrückt, standen sie da.

In diesem Augenblick trat Myrto ein.

»Das ist lieb von dir, daß du gekommen bist, Myrto. Den ganzen Tag habe ich so auf dich gewartet.«

»Ich war in Gedanken immer bei dir.«

»Weshalb hast du deinen Kopf verhüllt? So kann ich dich nicht streicheln.«

Myrto reichte ihm ein Bündelchen.

»Was ist da drin?«

»Sieh jetzt nicht hinein; erst wenn ich gegangen bin.« Myrto nestelte aus ihrem Brustausschnitt die goldene Blume. Sokrates drehte sie zwischen den Fingern, die Augen voller Rührung. »Wie hast du nur erraten, daß ich gerade diese Blume am liebsten mag?«

»Ich weiß doch, wie gern du die Sonne hast.«

Der Wärter näherte sich Myrto. »Verabschiede dich. Es ist Zeit.«

Sokrates legte die Blume hin und nahm Myrto in die Arme. Ich darf nicht weinen, nahm sie sich fest vor; nicht die kleinste Träne darf er sehen.

Sie küßten sich lange und innig.

»Werde glücklich, meine Geliebte!«

Myrto sprach nicht. Sie ging langsam, der Tür den Rücken zugekehrt, hinaus und lächelte Sokrates ununterbrochen zu.

Die Freunde standen gleich steinernen Säulen reglos in einer Reihe und warteten, bis hinter Myrto die Tür zufiel. Dann erst drängten sie sich um Sokrates. Doch der blieb stumm. Behutsam öffnete er Myrtos Bündelchen. Ihr goldenes Haar leuchtete ihm daraus entgegen. Mit zitternden Händen trug er es zu seinem Lager. Vorsichtig, als sei es etwas Lebendiges, legte er es auf sein Kopfpolster. Dann steckte er die goldene Blume in die schmale, mit Wasser gefüllte Amphora.

Die Sonne war untergegangen. In der Zelle wurde es dämmrig.

Sokrates schritt zur Tür und rief mit plötzlicher Entschlossenheit: »Ich will das Gift jetzt haben!«

Zitternd standen die Freunde an der Mauer. Es war, als erklänge in der Zelle ein hoher Ton, zart wie Spinngewebe, das sich im Strauchwerk verfangen hat.

Der Giftmischer trat ein, stellte seine Lampe auf den Tisch und sagte: »Wenn du das Getränk zu dir genommen hast, dann gehe noch ein paarmal auf und ab, das möchte ich dir empfehlen. Wenn du eine gewisse Schwere in den Beinen fühlst, legst du dich hin. Ich werde beobachten, wie das Gift wirkt und wie deine Glieder erstarren.«

»Und wenn es bis ans Herz gedrungen ist?« fragte Sokrates.

Der Giftmischer nickte. »Ja, dann ...«

Er reichte Sokrates den Becher.

Sokrates nahm ihn, betrachtete die eingeritzte Zeichnung, lächelte, denn er hatte geahnt, daß man ihm das Gift in einem schönen Becher reichen würde. Er blickte auf die Sonnenblume, brachte andeutungsweise das Trankopfer dar und trank den Becher in einem Zuge leer. Dann ging er an seinen Freunden vorbei, die immer noch wie versteinert in einer Reihe standen.

Langsam und nur mit Mühe erreichte er sein Lager. Vorsichtig legte er sich nieder, Myrtos goldenes Haar an die Brust gedrückt. Der Giftmischer prüfte mit einem Fingerdruck, wie weit Sokrates' Glieder bereits gefühllos waren.

Leise traten die Freunde an Sokrates' Sterbelager. Dieser blickte unentwegt auf Myrtos Blume. Sie hielt ihr Krönlein Sokrates zugewandt und leuchtete golden im Schein der Lampe. Durch die Zelle ging noch immer jener hohe, spinnwebfeine Ton.

Apollodoros schluchzte in seine Handflächen. Die Männer verdeckten das Gesicht mit einem Zipfel ihres Mantels, um ihre Tränen zu verbergen. Kriton stand zu Sokrates' Häupten. Der Giftmischer sagte, daß Sokrates' Körper bereits bis zum Gürtel erkaltet sei. Kriton war totenbleich, und eine Ohnmacht schien ihn zu überwältigen. Da bemerkte er, daß Sokrates lächelte.

»Willst du uns noch etwas sagen, mein Teurer?« fragte er leise.

Sokrates wandte den Blick nicht von der goldenen Blüte.

»In jedem Menschen ist Sonne – man muß sie nur zum Leuchten bringen ...«

Anmerkungen

Achilleus – siehe Troianischer Krieg.

Agatharchos – Maler von der Insel Samos, wirkte um die Hälfte des 5. Jh. v. u. Z. in Athen.

Agora – Marktplatz der griechischen Städte, Mittelpunkt ihres wirtschaftlichen, gesellschaftlichen und politischen Lebens. Die Längsseiten waren den öffentlichen Verwaltungsgebäuden, Tempeln, Altären, Statuen und Säulengängen (Stoa) vorbehalten.

Agrai – attischer Bezirk am Oberlauf des Ilyssos.

Aigileia – kleine Insel im Südwesten der Insel Euboia.

Aigina – Insel südwestlich von Attika mit gleichnamiger Stadt. Durch die Vertreibung seiner handels- und meereskundigen Einwohner entledigte sich Athen zu Perikles' Zeiten eines gefährlichen Konkurrenten.

Aigos Potamoi – (Ziegenflüßchen) Flüßchen und Stadt auf der Dardanellenhalbinsel (Chersones). Hier wurde die letzte athenische Flotte von der spartanischen unter Lysandros vernichtet (405 v. u. Z.) und die Niederlage Athens im Peloponnesischen Krieg (431–404 v. u. Z.) besiegelt.

Aiolos – Beherrscher der Winde.

Aischylos – (525/24–456/55 v. u. Z.). Athenischer Dramatiker. Feierte in den zeitbezogenen wie auch mythologischen Themen seiner Tragödien *(Die Schutzflehenden, Die Sieben gegen Theben, Die Perser, Der gefesselte Prometheus, Orestie)* demokratische Ideale und den Sieg des Neuen und Fortschrittlichen über das Alte und Überlebte.

Aisopos – Fabeldichter im 6. Jh. v. u. Z.

Akragas – von Dorern 582 v. u. Z. gegründete Stadt im Süden Siziliens. Heute Agrigento.

Akropolis – befestigte Anhöhe in hellenischen Städten. Diente der Bevölkerung in Kriegszeiten als Zuflucht; später Kultstätte. Die Akropolis in Athen wurde unter Perikles (443–429 v. u. Z.) mit monumentalen Bauwerken ausgestattet (Parthenon, Erechtheion, Propyläen u. a.), an denen die berühmtesten Künstler jener Zeit beteiligt waren.

Alkaios – (7. Jh. v. u. Z.). Lyrischer Dichter aus Mytilene auf der Insel Lesbos. Besingt den Kampf der Aristokraten (auf deren Seite er stand) gegen die Tyrannen und schrieb Trink- und Liebeslieder.

Alkmaioniden – adliges Geschlecht in Athen. Alle Angehörigen wurden verbannt, weil der Archon Megakles die Anhänger Kylons, die nach dem gescheiterten Versuch, in Athen eine Tyrannis zu errichten (Mitte 7. Jh. v. u. Z.), in der Akropolis Zuflucht gesucht hatten, töten ließ. Zu den A. gehören u. a. Kleisthenes, Perikles und Alkibiades.

Alopeke – Bezirk im antiken Attika.

Amphipolis – athenischer Stützpunkt am Ufer des thrakischen Flusses Strymon. Gegründet 437 v. u. Z. Während des Peloponnesischen Krieges 424 v. u. Z. vom spartanischen Heerführer Brasidas erobert, der 422 v. u. Z. Perikles' Nachfolger Kleon vernichtend schlug.

Amphora – ovale, zweihenklige Gebrauchs- und Schmuckvase für Öl und Wein.

Anakreon – (2. Hälfte des 6. Jh. v. u. Z.). Lyriker der kleinasiatischen Stadt Teos. Wirkte auch in Athen. Liebes- und Trinklieder voller Humor, Selbstironie und Kritik. Beeinflußte auch die europäische Literatur.

Ananke – unumgängliche Notwendigkeit, Schicksal

Anaphlystos – Hafenstadt im gleichnamigen attischen Bezirk.

Anaxagoras – (500/497–428/27 v. u. Z.). Naturphilosoph aus Klazomenai in Kleinasien. Wirkte in Athen. Begründete die Lehre von der Veränderlichkeit und Ungleichheit der Welt, die aus unendlich vielen kleinen, ähnlichen Teilen bestehe, aus deren Ordnung die einzelnen Dinge hervorgingen. Diese Ordnung gewährleiste die Vernunft, die feinste Art der stofflichen Teilchen.

Anaximandros – (etwa 610–um 546 v. u. Z.). Naturphilosoph aus Milet. Schloß das Wirken göttlicher Kräfte aus; alles entstünde aus unbegrenzter Materie, dem Apeiron, aus dem sich das Warme, Kalte, Feste und Flüssige aussondere und in das sie auch wieder zurückkehrten. Stellte den bemerkenswerten Lehrsatz auf, daß sich die Erde frei im All bewege und daß sich der Mensch aus fischgestaltigen Lebewesen entwickelt habe.

Anaximenes – (gestorben um 528/525 v. u. Z.). Naturphilosoph aus Milet. Nahm als Urstoff die Luft an, die sich durch Verdichtung in Wasser, Sand und Stein verwandele und durch Verdünnung in Feuer. Einfallsreiche materialistische Darlegungen auf dem Gebiet der Naturwissenschaften.

Andromache – Hektors Frau (siehe Troianischer Krieg).

Antaios – mythischer Riese, der seine Kraft aus Mutter Erde saugt. Er wurde von Herakles, der ihn in die Höhe hob, in der Luft erwürgt.

Antisthenes – (etwa 455– etwa 360 v. u. Z.). Athenischer Philosoph, Begründer des Kynismus. Seine Lehrer waren neben Sokrates die Sophisten Gorgias und Hippias.

Aphrodite – Göttin der Schönheit und Liebe. Angeblich bei der Insel Kypros (Zypern, daher auch die zyprische genannt) aus Meerschaum geboren. Wurde auch als Göttin der Naturkräfte und des Frühlings verehrt.

Apollon – schöner, junger Gott des Lichtes und der Sonne (manchmal mit dem Sonnengott Helios verwechselt). Mit seinen Strahlen heilte er nicht nur Krankheiten, er schützte auch die Ordnung und bestrafte unbarmherzig die Rechtsbrecher. Durch die Vermittlung von Wahrsagerinnen (deren berühmteste die Pythia im Delphischen Orakel war) übermittelte er den Menschen den Willen seines göttlichen Vaters Zeus. Hervorragender Spieler auf der Lyra, der an der Spitze der kunstliebenden Musen die olympischen Götter erfreute. Zu seinen Ehren wurden großartige Feiern ausgerichtet (auf Delos, in Delphoi, in Milet).

Areopag – altathenischer Rat der Aristokraten, benannt nach einem Hügel südwestlich der Akropolis (115 m hoch), wo dieser tagte. Nach 461 v. u. Z. wurde seine Zuständigkeit zugunsten der Volksversammlung und des Volksgerichts (Heliaia) auf Kriminalfälle, Mord und Religionsfrevel beschränkt.

Ares – Kriegsgott, Sohn des Zeus und der Hera.

Arete – Ehrenhaftigkeit, Mäßigung, Tugendhaftigkeit.

Arethusa – vom Gott der Flüsse verfolgte Nymphe, die auf ihre Bitten hin in eine unterirdische Quelle bei Syrakus auf der Insel Ortygia verwandelt wurde.

Archidamos – (476–427 v. u. Z.). Spartanischer König und Heerführer.

Archilochos – (um die Hälfte des 7. Jh. v. u. Z.). Im Altertum hochgeehrter Schöpfer angriffsfreudiger jambischer Poesie, die gegen die persönlichen und politischen Feinde und Gegner (meist aus den Reihen der Aristokratie) gerichtet war.

Architrav – waagerechter Hauptsteinbalken, der auf den Hauptsäulen ruhte und den oberen Teil der Bauwerke (Tempel) trug.

Archon (Plural: Archonten) – Mitglied des neunköpfigen Ausschusses der athenischen Beamten, denen zur Zeit der Demokratie die administrative, gerichtliche und auch sakrale Macht übertragen war. Die Archonten wurden auf ein Jahr gewählt und waren dem Rat (Bule), der Volksversammlung (Ekklesia) und dem Volksgericht (Heliaia) verantwortlich. Der Archon Basileus war für kultische und religiöse Angelegenheiten zuständig.

Argos – Stadt in Argolis (bergige Landschaft im Südosten des Peloponnes). Beteiligte sich an der Seite Athens am sizilianischen Feldzug (451–413 v. u. Z.).

Aristeides – (5. Jh. v. u. Z.). Uneigennütziger und unbestechlicher sogenannter Gerechter; athenischer Staatsmann, gemäßigter Demokrat, Förderer der Landwirtschaft. Als Gegner des Themistokles wurde er 482 verbannt. Als Stratege leitete er zwei Schlachten gegen die Perser, bei Marathon (490) und bei Platää (479). Einer der Begründer des Attischen Seebundes.

Aristippos – (um 435–360 v. u. Z.). Begründer einer Philosophenschule in der nordafrikanischen Kolonie Kyrene. Seine Lehre (Hedonismus) betrachtet persönliches Glück als Hauptziel des Lebens.

Aristokratie – Herrschaft bestimmter Familien, die ihre Herrschaftsansprüche von ihrer Abstammung oder von Landbesitz und kultischen Vorrechten ableiteten.

Aristophanes – (um 445–um 386 v. u. Z.). Hauptvertreter der attischen (alten) Komödie. In seinen Komödien (von 44 sind 11 erhalten) geißelte er nicht nur Personen und Erscheinungen, sondern auch Mißstände in der Gemeinde. Er war überzeugter Kriegsgegner, kritisierte die Unzulänglichkeiten der Aristokratie und Demokratie und verspottete die idealisierenden Vorstellungen einer vergangenen Generation.

Arkadien – bergige Landschaft im mittleren Peloponnes, mit entwickelter Viehwirtschaft, idealisiert durch die bukolische (Hirten-) Poesie.

Artaxerxes – Name von Perserkönigen. A. der Erste (465/64–425 v. u. Z.), Sohn von Xerxes I. Nach der Schlacht bei Salamis (450 v. u. Z.) erkannte er die Selbständigkeit der griechischen Städte in Kleinasien an (Friede des Kallias, 449).

Artemis – jungfräuliche Beschützerin der Natur und der Tiere, leidenschaftliche Jägerin. Als Göttin der Fruchtbarkeit hielt sie ihre schützende Hand über die Familien. Zwillingsschwester des Licht- und Sonnengottes Apollon, deshalb auch gleichzeitig als Mondgöttin (zusammen mit Selene) verehrt.

Athen – Hauptstadt und Verwaltungszentrum Attikas. Die Ansiedlung stammt aus der jüngeren Steinzeit. Der legendäre Held und athenische König Theseus vereinte die verschiedenen Gemeinden der Umgebung zu einem Stadtstaat, in dem Wirtschaft und Kultur rasch erblühten.

Athene – jungfräuliche Stadtgöttin Athens. Göttin umsichtig geführter, siegreicher Kriege, der Waffen, der Weisheit, Beschützerin des Rechts und der Gerechtigkeit, einflußreiche Helferin der Helden. Ihr zu Ehren wurden alle vier Jahre vier Tage dauernde prunkvolle Feierlichkeiten veranstaltet: die großen Panathenaien und jährlich das zweitägige kleine Panathenaion. Nach der mythologischen Genealogie war Athene die liebste Tochter des Göttervaters Zeus, dessen Haupt sie in voller Rüstung entsprungen sein soll. Nach der Eule, die ihr, zusammen mit der Schlange, geweiht war, wurde sie auch die Eulenäugige genannt.

Attika – östliche Halbinsel des zentralen Griechenlands zwischen der Bucht von Saron und der Meerenge von Euboia.

Attischer Seebund – Föderation der Inseln und Küstenstädte der Ägäis mit Athen an der Spitze. Der Erste A. S. (gegründet 478/77 v. u. Z.). ging aus dem antipersischen Bündnis der hellenischen Städte hervor. Der Bundesrat trat auf der Insel Delos zusammen – der Bund wird daher auch manchmal Delischer Bund genannt. Nach der siegreichen Beendigung der griechisch-persischen Kriege (Frieden des Kallias, 449) wurden die Vorherrschaftsansprüche Athens immer deutlicher. Abfallversuche wurden unterdrückt. Nach der Niederlage Athens im Peloponnesischen Krieg (431–404 v. u. Z.) zerfiel der Bund.

Augiasstall – der riesige, außerordentlich verschmutzte Stall des Königs Augias von Elis, den Herakles an einem einzigen Tag reinigte, indem er das Wasser zweier nahe gelegener Flüsse hindurchleitete.

Aulos – Blechmusikinstrument, ähnlich der heutigen Oboe.

Baal – westsemitische Gottheit. Hauptsächlich als Gott des Wetters, der Sonne, der Naturkräfte, der Fruchtbarkeit und der Herden verehrt.

Bacchantinnen (Mainaden) – Frauen aus dem Gefolge des trunkenen Dionysos.

Bakchos – siehe Dionysos.

Barbar – griechische Bezeichnung für die Angehörigen anderer Völker. Ursprünglich ohne abschätzige Bedeutung.

Bithynia – Land an der nordwestlichen Schwarzmeerküste Kleinasiens.

Boiotia (Böotien) – Landwirtschaftlich reiche Landschaft im mittleren Griechenland.

Brasidas – spartanischer Heerführer.

Brauron – Städtchen an der Ostküste Attikas.

Bromios – Beiname des Weingottes Dionysos.

Bule – durch Wahl mit der Führung der Politik beauftragte Ratsversammlung der Bürger (in Athen z. B. Rat der 500).
Buleuterion – Rathaus.
Chaire! Chairete! – Sei gegrüßt! Seid gegrüßt!
Chalkidike – bergige, bewaldete Halbinsel im südlichen Mazedonien.
Chaos – nach den mythologischen Vorstellungen der Hellenen ein formloses, ungeordnetes Durcheinander, das das unendliche Weltall ausfüllt. Aus ihm entstehen stufenweise Dunkelheit und Nacht, Helle und Tag, die Erde (Gaia), die Unterwelt (Tartaros) und die Liebe (Eros). Gaia wurde durch den Himmel befruchtet (Uranos), den ersten Beherrscher der Welt, mit dem sie zwölf Titanen zeugte, dazu Berge und Meere (Pontos).
Charon – Greis, der für Geld die Seelen der Verstorbenen über den Grenzfluß zur Unterwelt (Acheron) ins Reich der Toten bringt.
Chersonesos – Halbinsel. Thrakischer Chersonesos: die Halbinsel Gallipoli.
Chiton – knielanges Hauptkleidungsstück der Männer in der Form eines Hemdes ohne Ärmel. Der leinene Festtagschiton war länger und hatte auch lange Ärmel.
Chlaina – männliche Oberbekleidung; ein rechteckiges Stück Wollstoff, das über die Schulter geworfen und vor der Brust mit einer Spange zusammengehalten wurde.
Chlamys – männliche Oberbekleidung in Form einer Pelerine.
Chus – griechisches Hohlmaß für Flüssigkeiten (3,275 Liter).

Dämon – Vermenschlichung der Naturkräfte, die im guten oder schlechten Sinne auf die Natur und das menschliche Leben einwirken. Gehörten zur Gruppe der Hauptgötter niederer Ordnung. In ihr Geschlecht gehörte auch das sagenhafte Daimonion des Sokrates.
Daktylos – dreisilbiges Versmaß mit einem langen und zwei kurzen Gliedern, Betonung auf dem ersten Glied.
Daphnis – mythischer sizilianischer Hirt, Begründer der idyllischen Hirtenpoesie (bukolische Poesie).
Dareikos – persische Goldmünze (8,4 g) mit dem Bild des Perserkönigs Darius I. (522–486 v. u. Z.), die auch in Griechenland im Umlauf war.
Dekelaia – Bergfeste nordöstlich von Athen, die auf Alkibiades' Rat von den Spartanern besetzt wurde (sogenannter Dekeleischer Krieg 413–404 v. u. Z.).
Delion – Städtchen in Boiotia.
Delos – Insel im Ägäischen Meer, die Geburtsstätte der Artemis

und des Apollon, in deren Tempel von 478–454 v. u. Z. die Kasse des Attischen Seebundes aufbewahrt wurde.
Delphoi (Delphi) – hellenische Kultstätte in Mittelgriechenland mit berühmtem Orakel der Pythia, die auf einem Dreifuß über einer Erdspalte saß, aus der betäubende Dämpfe aufstiegen.
Demagog – Führer der athenischen Volksmassen. Hatte kein eigentliches Amt inne, besaß aber großes Ansehen und bedeutenden Einfluß.
Demeter – Göttin der Fruchtbarkeit der Erde, Beschützerin des Ackerbaues.
Demokratie – eine Gesellschaftsform des Volkes im alten Griechenland. Die proklamierte Gleichberechtigung war allerdings nur eine theoretische, weil sie nur auf persönlichen, bürgerrechtlichen Freiheiten beruhte. Außerdem war die Frau aus dem öffentlichen Leben ausgeschlossen, desgleichen der besitzlose Bürger (Ämter waren unbezahlt). Die attische Demokratie erreichte ihre höchste Blüte zur Zeit des Perikles (443–429 v. u. Z.): Über alle inneren und äußeren Angelegenheiten der Gemeinde entschied die Bürgervollversammlung (Ekklesia), zu der alle Bürger Zutritt hatten, die älter als 20 Jahre waren. Das Versammlungsprogramm (einschließlich neuer Gesetzesvorlagen und Wahl der Staatsbeamten) wurde durch den Rat (Bule) vorbereitet; er hatte 500 Mitglieder, die älter als 30 Jahre sein mußten. Er war der Vermittler zwischen der Volksversammlung und den ausführenden Beamten. An der Spitze stand der Vorsitzende, der von Fall zu Fall durch das Los bestimmt wurde. Der Amtssitz hieß Buleuterion. Das höchste Gerichtsorgan war das Volksgericht (Heliaia): Es bestand aus 6000 ausgelosten Geschworenen, die älter als 30 Jahre waren.
Demokritos – (etwa 460–370 v. u. Z.). Materialistischer Philosoph und Wissenschaftler aus der thrakischen Stadt Abdera. Arbeitete das System einer Atom-Philosophie aus, deren Grundsätze auch für andere Zweige der Wissenschaft Gültigkeit erlangten. Seine ethisch-politischen Ansichten gründeten sich auf uneingeschränkter Unterstützung der Demokratie: Jeder Bürger habe sich zum Vorteil des Ganzen und für das Glück des Staates einzusetzen, im persönlichen Leben die sittlichen Grundnormen einzuhalten und sich um die Stärkung ihres seelischen Friedens (Euthymie) zu bemühen.
Demos – Wahlgebiets- und Verwaltungseinheit der griechischen Stadtstaaten.
Despot – Herr.
Dikasterion – Geschworenengericht.

Dike – jungfräuliche Göttin der Gerechtigkeit und Hüterin des Rechts. Tochter und Helferin des Göttervaters Zeus und der Göttin der gesetzlichen Ordnung Themis.

Diocharos-Tor – Tor im nordöstlichen Teil der Athener Stadtmauer.

Dionysios – (430–367 v. u. Z.). Seit 405 v. u. Z. Tyrann von Syrakus (Dionysios I.). An seinem Hof versuchte Platon 388 v. u. Z. vergebens, seine Staatsideen zu verwirklichen.

Dionysos (Bacchos) – Gott des Weines und Begründer des Weinanbaues, Personifizierung der fruchtbaren Naturkräfte. Sohn des Zeus und seiner Geliebten Semele.

Dipylon-Tor – Tor im nordwestlichen Teil der Athener Stadtmauer.

Diskobolos – diskuswerfender Athlet; Standbild, geschaffen von Myron (um die Mitte des 5. Jh. v. u. Z.).

Dithyrambos – kultisches Chorlied zur Feier des Weingottes Dionysos, von Flötenspiel begleitet.

Dodona – uraltes Orakel des Zeus inmitten des bergigen und waldigen Distrikts Epeiros, wo aus dem Rauschen der heiligen Eichen geweissagt wurde.

Drachme – silberne griechische Hauptmünze (in Athen etwa 4,3 g schwer). Teilte sich in sechs silberne Obolen und 48 Kupferstücke. 100 Drachmen bildeten eine Mna, 60 Mnen ein Talanton.

Drakonische Gesetze – Gesetze des athenischen Gesetzgebers Drakon, der um das Jahr 624 v. u. Z. das alte bisher geltende Recht verbesserte und die neue Fassung aufschrieb. Sah sehr strenge Strafen für Übertretungen vor.

Echo – geschwätzige Bergnymphe, die zur Strafe in den Widerhall verwandelt worden war.

Eileithyia – ursprünglich Göttin der Geburtshilfe, später Beiname der Göttin Artemis, wie auch der Hera, der Beschirmerin der Ehe.

Ekklesia – Athener Volksversammlung, in der alle Vollbürger stimmberechtigt waren. Wählte Beamte, kontrollierte deren Amtsführung, beschloß über Krieg und Frieden, höchstes Organ der Gesetzgebung.

Elegisches Distichon – Hexameter und Pentameter im Wechsel. Wurde für Gedichte verschiedener Längen und unterschiedlichen Inhalts verwendet.

Elysion – mythischer Ort in der Unterwelt, wo sich die Seelen guter Menschen ewig glücklich fühlen können.

Epheben – achtzehn- bis zwanzigjährige Athener Bürger, die verpflichtet waren, einen zweijährigen Heeresdienst abzuleisten.

Im ersten Jahr übten sie sich in der Kriegskunst, das zweite Jahr gehörte der Praxis in den Einheiten der verschiedenen Befestigungen.

Ephoren – jeweils fünf jährlich neu gewählte spartanische Beamte mit örtlicher Verfügungsgewalt sowie mit militärischen und Gerichtsbefugnissen. Sie konnten selbst den König absetzen.

Eos – anmutige Göttin der Morgenröte.

Eridanos – Zufluß des Kephis nordwestlich von Athen.

Eristik – die Kunst, eine beliebige Behauptung zu beweisen oder auch umzukehren, ohne Rücksicht auf ihre Richtigkeit oder Unrichtigkeit. Wurde in der Regel von den Sophisten angewendet nach dem Satz: »Was du nicht verloren hast, besitzt du. Wenn du keine Hörner verloren hast, besitzt du also welche« (Eubulides, 4. Jh. v. u. Z.).

Eros – geflügelter, kleiner Liebesgott, der mit seinen Pfeilen die Herzen der Götter wie auch der Menschen verwundet. Sohn des Kriegsgottes Ares und der Göttin der Liebe und Schönheit Aphrodite.

Euboia – Insel nordöstlich von Attika.

Eukleides – (um 450–380 v. u. Z.). Begründer der Philosophenschule in Megara. Glaubte an die Einheitlichkeit und Unveränderlichkeit des Seins, dessen richtiges Erkennen die einzig wahre Tugend sei.

Eupatriden – Bezeichnung für den grundbesitzenden Adel in Attika, der zur Zeit der Aristokratie alle politische Macht besaß.

Euripides – (etwa 480–406 v. u. Z.). Athenischer Tragiker, maßvoller Vertreter der Demokratie, stark beeinflußt vom damaligen Rationalismus, trug zur Entwicklung und Bereicherung der Persönlichkeit des einzelnen und zur Vertiefung der menschlichen Erkenntnisse bei. Stellte erstmals Frauen in den Mittelpunkt seiner Tragödien (17 von etwa 80 bis 90 sind erhalten geblieben).

Eurotas – Fluß in Lakonien, der sich in den Lakonischen Meerbusen ergießt.

Euthymie – von Demokritos gefordertes, der Meeresstille vergleichbares ruhiges Gleichmaß der Seelenstimmung.

Gaia – Göttin der Erde und der Fruchtbarkeit. Urmutter der Welt. Mit dem Himmelsgott Uranos zeugte sie die erste Generation der unsterblichen Götter (Titanen).

Ganymedes – Jüngling von unbeschreiblicher Schönheit. Bezauberte selbst den Göttervater Zeus, der ihn auf den Olymp entführte und dort als Mundschenk der Götter einsetzte.

Gordischer Knoten – Knoten in den Sielen des in der phrygischen

Stadt Gordion stehenden Streitwagens des Königs Gordion. Wer diesen Knoten lösen konnte, würde nach einer Prophezeiung Herr über ganz Asien werden. Ohne lange zu überlegen, durchschlug ihn Alexander der Große einfach mit seinem Schwert (334 v. u. Z.).
Gorgias – (etwa 483–380 v. u. Z.). Sophist und Lehrer der Beredsamkeit aus Leontinoi auf Sizilien. Wirkte auch in Athen. Betonte die äußerliche Wirksamkeit der Rede.
Gymnasion – Einrichtung für die körperliche (später auch geistige) Erziehung der griechischen Jünglinge. Um einen geräumigen Hof zogen sich Säulengänge mit Übungsräumen und Bädern. Der Wettkampfbahn waren Parks angeschlossen. Hier trainierte die Jugend Gymnastik, Ringkampf, Weitsprung, Speer- und Diskuswurf.

Hades – Gott der Unterwelt und Beherrscher des Totenreichs.
Halikarnossos – Hafenstadt an der Südwestküste Kleinasiens.
Harpyien – Göttinnen des Sturmes, später ausgesprochen scheußliche, zänkische Frauen mit Vogelflügeln und -schnäbeln.
Hekabe – Frau des Priamos.
Hekatombe – Götteropfer von 100 Rindern; später jedes Tieropfer von größerem Ausmaß.
Heliaia – das Athener Geschworenengericht (Volksgericht).
Hellas – Griechenland, nach dem thessalischen Stamm der Hellenen (in klassischer Zeit bezeichneten sich alle Griechen so).
Hellespontos (Dardanellen) – Meerenge, die Kleinasien vom thrakischen Chersonesos trennt.
Heloten – ursprüngliche Bewohner Lakoniens und Messeniens. Bearbeiteten den Boden und lieferten an Sparta den Grundzins ab. Sogenannte Staatssklaven, persönlich unfrei, ohne staatsbürgerliche Rechte. Ihre Lage trieb sie oft zu Aufständen.
Hephaistos – lahmer, unansehnlicher Gott des Feuers und der Schmiede, Waffenlieferant der Götter und Beschützer des Schmiedehandwerks, Sohn des göttlichen Herrscherpaares Zeus und Hera, Gemahl der Aphrodite.
Hera – Schwester und immer eifersüchtige Gattin des Göttervaters Zeus. Beschützerin der Ehe und Spenderin der ehelichen Fruchtbarkeit. Tochter der Titanen Kronos und Rheia.
Herakleitos (Heraklit) – (um 540–475 v. u. Z.). Naturphilosoph und Dialektiker aus Ephesos, Verfasser der fragmentarisch überlieferten Schrift »Über die Natur«. Nach ihm liegt dem dialektischen Prozeß des Kampfes der Gegensätze das ewig lebende Feuer zugrunde. Schwerverständlicher Stil.
Herakles – sagenhafter Held, der vor Kraft des Körpers und

Geistes strotzt. Sohn des Zeus und der Alkmene. Mußte 12 Aufgaben erfüllen, die ihm Eurystheus auferlegt hatte: Er erschlug den nemeischen Löwen und trug dessen Fell anstelle eines Panzers; er vernichtete die neunköpfige lernäische Hydra; fing die windschnelle Hirschkuh von Kerynaia ein; brachte den wilden erymantischen Eber zu Eurystheus; verjagte die menschenfressenden stymphalischen Vögel; reinigte den Stall von König Augias; bändigte den feuerspeienden kretischen Stier; brachte die menschenfressenden Rosse des Thrakerkönigs Diomedes nach Mykene; schaffte den Gürtel der Amazonenkönigin Hyppolyte herbei; raubte die Herden des Riesen Geryoneus; holte die Äpfel der Hesperiden im fernen Westen und entführte den Hund Kerberos aus der Unterwelt. Außerdem vollführte er noch weitere Heldentaten. Nach seinem Tode wurde er in den Olymp aufgenommen.
Hermen – marmorne oder bronzene Statuen mit dem Kopf des Götterboten Hermes, angedeuteten Geschlechtsteilen und Oberarmen, die an Straßenecken und Kreuzungen aufgestellt wurden.
Hermes – schneller Götterbote und Begleiter der Sterblichen in die Unterwelt (trägt geflügelte Schuhe, Reisehut und einen Stab). War nicht nur den Göttern, sondern auch den gewöhnlichen Menschen gegenüber verläßlich und hilfsbereit. Beschützte die Reisenden, Kaufleute, aber auch Diebe und viele andere. Als Kind erfand er die Lyra. Sein Vater war der Göttervater Zeus, seine Mutter die Titanin Maia.
Heros – sterblicher, doch mit göttlicher Kraft ausgestatteter Mensch.
Hesiodos – (8.–7. Jh. v. u. Z.). Dichter aus Böotien, der als erster das didaktische Epos schuf. Forderte zu ehrlicher Arbeit auf eigenem Grund und Boden auf, gab sittliche Belehrungen und praktische Ratschläge für die Führung einer Landwirtschaft. Gleichzeitig kritisierte er die eingeborene Aristokratie. Auf der Grundlage uralter fremder und einheimischer Traditionen stellte Hesiodos eine Genealogie der griechischen Götter zusammen.
Hestia – Göttin des häuslichen Herdfeuers, Helferin der Verfolgten und Schützerin des Staates.
Hetäre – Gefährtin, Freudenmädchen. Die antiken Moralnormen hielten deren Tätigkeit nicht für lasterhaft. Unter der Masse der einfachen Tänzerinnen u. ä. gab es nicht selten Hetären, die, im Gegensatz zum Großteil der griechischen Frauen, eine verhältnismäßig hohe Bildung hatten, besonders auf dem Gebiet der Literatur, der Philosophie und der Kunst. Einige von ihnen (z. B. Aspasia) wurden Berühmtheiten.
Hetairia – Gemeinschaft gleichgesinnter Männer, insbesondere die

gegen die Demokraten gerichtete politische Vereinigung der Oligarchen, in der der Staatsstreich von 411 v. u. Z. in Athen vorbereitet wurde.

Hexameter – Vers aus sechsfüßigen Daktylen oder Spondeen, charakteristisch für die epische Poesie.

Himation – Teil der männlichen Oberbekleidung; rechteckiges Stück Wollstoff, das in Falten um den Körper geschlungen und über die Schulter geworfen wurde.

Himera – griechische Kolonie an der Nordküste Siziliens.

Hippias – (um 400 v. u. Z.). Sophist und Kenner der Natur- und Gesellschaftswissenschaften aus Elis (Stadt an der Westküste des Peloponnes). Geschickter Handwerker. Wie die anderen sophistischen Philosophen befaßte er sich mit der Frage, ob die gesellschaftlichen Gesetze auch Naturgesetze sind und damit unveränderlich und rechtskräftig. Kam zu der Ansicht, daß die natürliche Abhängigkeit und die gesellschaftliche Übereinkunft in scharfem Gegensatz zueinander stehen.

Hippodrom – rechteckige Wettkampfbahn für Pferderennen oder Wagenrennen mit halbkreisförmigem Abschluß und einer niedrigen Wand an der Längsseite.

Hispania – altertümliche Bezeichnung für die Pyrenäenhalbinsel.

Homer – (8. Jh. v. u. Z.). Nach uralten Überlieferungen Autor zweier der berühmtesten griechischen Epen (Ilias und Odyssee); nach den neuesten Anschauungen bemerkenswert begabter Dichter, der umfangreiches episches Material, jahrhundertealte mündliche Überlieferungen und abgewandeltes Volksschrifttum benutzt hat, um diese riesigen Stoffe zu bewältigen. Die Ilias hat etwa 15000 Verse und schildert Begebenheiten aus dem letzten Jahr des Troianischen Krieges. Die Odyssee (etwa 12000 Verse) beschreibt die zehnjährige Irrfahrt des Ithakerkönigs Odysseus aus dem besiegten Troia in seine Heimat.

Hydra – sagenhaftes, vielköpfiges Ungeheuer (siehe Herakles).

Hymettos – Bergzug im Nordosten von Athen. Höchste Erhebung 1026 m.

Hypnos – geflügelter Gott des Schlafes. Sohn der Göttin der Nacht (Nyx), Zwillingsbruder des Totengottes Thanatos.

Iason – mythischer thessalischer Held, der sich als Führer der Argonauten auf den beschwerlichen Zug nach Kolchis (Schwarzmeerküste am Kaukasus) begab, um von dort das Goldene Vlies zu holen. Gewann es mit Hilfe von Medea, Tochter des kolchischen Königs, die in der Zauberkunst bewandert war; er nahm sie als seine Gattin mit in seine Heimat. Dort allerdings gelang es ihm

nicht, den Thron zu besteigen, auf den er seit seiner Kindheit Anspruch hatte. Floh nach Korinth, doch seine Machtgier ließ ihn nicht ruhen: Er beschloß, sich mit der Königstochter zu verheiraten und so die Krone zu gewinnen. Medeas leidenschaftliche, opferbereite Liebe verwandelte sich dadurch jedoch in blinden Haß, und ihre Rache war schrecklich: Sie vernichtete die Braut und deren Vater, tötete ihre beiden Kinder – Iason aber ließ sie leben, damit er bereuen und trauern könne. Sie selbst flog auf einem von Drachen gezogenen Wagen davon.
Ibykos – (6. Jh. v. u. Z.). Griechischer Lyriker, berühmt durch seine Liebeslyrik.
Ionien – mittlerer Teil der Westküste Kleinasiens, bewohnt vom Stamm der Ionier.
Ionisches Meer – Teil des Mittelmeeres zwischen Italien und Griechenland.
Ithaka – bergige Insel im Ionischen Meer, Heimat des Sagenhelden Odysseus.

Kallirhoe – Name einiger Wassernymphen; Stadtbrunnen zu Athen.
Kalokagathia – Ziel der Erziehung im antiken Griechenland: körperliche und geistige (sittliche) Schönheit und Bildung.
Karthago – Hafenstadt an der Nordküste Afrikas, bedeutendes Handelszentrum der Antike, Hauptstadt des oligarchischen Punischen Reiches.
Kassandra – Tochter des Priamos und der Hekabe.
Katane (Catania) – Stadt am Südhang des sizilianischen Vulkans Ätna.
Keos – Insel am Südkap Attikas.
Kerameikos – athenischer Wahlkreis (Demos) im nordwestlichen Teil der Stadt.
Kerberos – riesiger, schreckeneinjagender Hund mit drei Köpfen, Schlangen um den Hals und einem Drachenkopf am Schwanz; Bewacher des Eingangs zum Totenreich.
Kimon – (5. Jh. v. u. Z.). Athenischer Stratege, Aristokrat.
Kleisthenes – athenischer Staatsmann im 6. Jh. v. u. Z. Beseitigte das mit spartanischer Hilfe errichtete Terrorregime des Isagoras, reformierte den Staat auf demokratischer Grundlage.
Kolonie – Ansiedlung, die durch den Staat als überseeisches Absatzgebiet gegründet wurde.
Komödie – antikes Lustspiel verschiedenartiger Form: die *attische alte Komödie,* in der ein Musikantenensemble eine wichtige Rolle spielt und eine freche, ja obszöne Komik (volkstümliche Schwänke)

bevorzugt wird. Zeichnet sich durch phantastische Thematik, aber auch, gefördert durch die athenische Demokratie, durch ätzende, gezielte und furchtlose Kritik an den bestehenden Mißständen aus. Unter dem Einfluß der politischen Veränderungen konzentrierte sich die *athenische (mittlere und neue) Komödie* immer mehr auf einzelne persönliche Probleme und parodierte Stoffe aus der Mythologie.

Kore – Kultname der Unterweltsgöttin Persephone.

Korinth – große Handelsstadt im südöstlichen Peloponnes, Handelsgegner Athens.

Koser Seide – sehr dünne, durchscheinende Seide von der Insel Kos an der kleinasiatischen Küste.

Kratinos – (5. Jh. v. u. Z.). Repräsentant der attischen (alten) Komödie, in die er die politische Satire einführte. Gegner des Perikles.

Kronos – Einer der zwölf von Uranos mit Gaia gezeugten Titanen. Vertrieb seinen Vater und zeugte mit seiner Schwester Rheia sechs Kinder, dessen jüngstes Zeus war, der ebenfalls seinen Vater stürzte.

Kybele (die große Mutter) – kleinasiatische Göttin, die mit orgiastischem Kult verehrt wurde.

Kydathenaion – athenischer Wahlbezirk (Demos) im Nordteil der Stadt; zu ihm gehörten auch die Akropolis und der Areshügel.

Kyklopenfelsen – riesige Felsblöcke, aus denen der Sage nach drei einäugige Riesen (Söhne der Erdgöttin Gaia und des Himmelsgottes Uranos), Helfer des göttlichen Schmiedes Hephaistos (der für Zeus die Blitze schmiedete), die Athener Stadtmauer erbauten.

Kyniker – Vertreter des Kynismus, einer philosophischen Richtung, die die Tugendhaftigkeit als Grundlage des menschlichen Glücks ansieht. Die Kyniker verurteilten die bestehende Gesellschaftsordnung und riefen zur Rückkehr zu einem natürlichen Leben auf. Begründer dieser Richtung war Antisthenes.

Lakedaimon – das Staatsgebiet Spartas.

Lakonien – Landschaft im Südosten des Peloponnes.

Lampsakos – Stadt an der kleinasiatischen Seite des Hellespontos; mit Athen verbündet.

Laokoonische Schlangen – zwei Meeresschlangen, die den troianischen Fürsten Laokoon und dessen beide Söhne erwürgten, weil sie die Troianer vor dem hölzernen Pferd gewarnt hatten. Die Stadt war durch die Götter zum Untergang verurteilt, und dem durfte keiner wehren.

Larissa – thessalische Stadt am Fluß Peneios.

Ledas Schwan – Der höchste Gott Zeus hatte sich in einen Schwan

verwandelt, um durch diese List der Geliebte der schönen, doch tugendreinen Erdenbürgerin Leda werden zu können.
Lekythos – Ölkrug mit engem Hals und kelchartigem Mund.

Logograph – professioneller Verfasser von Gerichtsreden.
Lysias – (um 445–380 v. u. Z.). Bedeutender Redner aus Syrakus, der in Athen als Gegner der Demokratie auftrat. Lehrte die Beredsamkeit und verlegte sich dabei auf Gerichtsreden. Zeichnete sich dadurch aus, daß er den Charakter und den Redestil dem Redenden anpaßte. Von seinen 233 Reden sind nur 34 erhalten geblieben.

Mainaden (Mänaden) – siehe Bacchantinnen.
Mantinaia – Stadt im östlichen Arkadien.
Marathon – Ortschaft im nordöstlichen Attika, wo die Perser von den attischen Heerhaufen 490 v. u. Z. vernichtend geschlagen wurden. Symbol des attischen Volksheldentums. Den Sieg meldete ein Bote, der die rund 40 Kilometer nach Athen laufend zurücklegte und nach der Meldung starb.
Medea – siehe Iason.
Megara – wichtiges Handels- und Kulturzentrum an der Landenge zwischen Mittelgriechenland und dem Peloponnes, von den Athenern im Peloponnesischen Krieg eingenommen. Sitz der Philosophenschule des Eukleidos. Mitglied des Peloponnesischen Bundes.
Melite – athenischer Wahlkreis (Demos) im westlichen Teil der Stadt.
Melos-Marmor – Marmor von der Felseninsel Melos.
Metoikos – freier Ausländer, der sich für immer in Athen niedergelassen hatte, meistens Handwerker oder Kaufmann. Konnte aber die athenische Staatsbürgerschaft nicht erlangen, ebenso nicht die Vorteile und Rechte wahrnehmen, die sich aus dieser ergeben. Mußte eine Metoikion genannte Steuer bezahlen.
Miletos (Milet) – blühende Handelsstadt an der Küste des kleinasiatischen Karien, berühmt durch die älteste Philosophenschule (Thales von Milet, Mitte des 6. Jh. v. u. Z.).
Mna (Mine) – Zahlungseinheit: 1 Mna = 100 Drachmen. Siehe auch Drachme.
Moira (Plural: Moiren) – Schicksalsgöttin, Lebensbestimmerin jedes einzelnen Menschen.
Musen – die neun zauberhaften Göttinnen der schönen Künste (epische Dichtung, lyrische Dichtung, Liebesdichtung, Komödie, Tragödie, Tanz, Geschichte, Astronomie, Gesang). Führer der Musen war der Sonnen- und Lichtgott Apollon.

Mynichia – befestigte Halbinsel, Hafenort von Athen.
Myron – (Mitte des 5. Jh. v. u. Z.). Attischer Bildhauer, Schöpfer des Diskoswerfers.
Mytilene – Hauptstadt der Insel Lesbos, der größten Insel vor der kleinasiatischen Küste im Ägäischen Meer.

Nauarchos – Befehlshaber eines der Staatsschiffe Athens; in Sparta Flottenkommandant.
Nike – geflügelte Göttin des Sieges, Beschützerin der Krieger, Wettkämpfer und Ringer.
Nikias – (2. Hälfte des 5. Jh. v. u. Z.). Reicher athenischer Staatsmann und Heerführer, Führer der Opposition gegen die radikalen Demokraten (Kleon). Nach dem Peloponnesischen Krieg schloß er Frieden mit Sparta (Frieden des Nikias, 421: Austausch der Gefangenen, Hilfe Athens gegen die Heloten, Herstellung des Vorkriegszustandes). Während des sizilianischen Kriegszuges wurde er gefangengenommen und in Syrakus hingerichtet (413 v. u. Z.).
Nymphen – Wassernymphen (Najaden), Waldnymphen (Dryaden) und Bergnymphen (Oreaden), Töchter des Zeus; schöne, heitere und sorglose Begleiterinnen des Weingottes Dionysos, des Musenführers Apollon und der Göttin der Jagd Artemis.

Obolos – Silbermünze (1/6 Drachme).
Odeion – Gebäude für Musik- und Gesangsveranstaltungen. In der Zeit des Perikles stand das Odeion am südöstlichen Rand der Akropolis. Es hatte einen rechteckigen Grundriß und ein festes Dach.
Oligarchie – Herrschaft einiger weniger, aber mächtiger Adelsgeschlechter, z. B. der Dreißig Tyrannen unter Kritias in Athen.
Olymp – höchste Erhebung (2918 m) des Olympos-Gebirges im nordöstlichen Griechenland (zwischen Thessalien und Makedonien); in der griechischen Mythologie Wohnsitz der Götter.
Olympia – heiliger Bezirk in Elis, wo alle vier Jahre (776 v. u. Z. bis 394 u. Z.) zu Ehren des Gottes Zeus feierliche Olympische Spiele durchgeführt wurden, die von allen griechischen Stadtstaaten beschickt wurden. Es gab Wettkämpfe im Laufen, im Fünfkampf, Reiterspiele; später kamen noch musische Wettbewerbe hinzu. Die Sieger der Olympischen Spiele wurden hoch geehrt und gefeiert wie Volkshelden.
Olympiade – Zeitraum von vier Jahren zwischen den Olympischen Spielen, nach dem das Datum gerechnet wurde (das erste Jahr der Olympiade wurde zurückgerechnet auf das Jahr 776 v. u. Z.).

Olympier – Götter, die am Olymp wohnten. Unter diesen gab es 12 Hauptgötter, zu denen gewöhnlich Zeus, Hera, Poseidon, Demeter, Apollon, Artemis, Ares, Aphrodite, Hermes, Athene, Hephaistos und Hestia gezählt werden.
Opanken – gewöhnliches Laufschuhwerk: lederne Sohlen, die mit Riemen am Bein befestigt wurden.
Ostrakismos (Scherbengericht) – Form des Schutzes der athenischen Demokratie und ihrer Einrichtungen (etwa seit Beginn des 5. Jh. v. u. Z.). Auf eine Tonscherbe (ostrakon = Scherbe) schrieb der Bürger den Namen der Person, die seiner Ansicht nach die demokratischen Freiheiten bedrohte. Die Mehrheit der mindestens 6000 Stimmen in der Volksversammlung bedeutete zehnjährige Verbannung (allerdings ohne Verlust der Bürger- und Eigentumsrechte).

Pajan – Kultlied eines Männerensembles mit Tanz- und Musikbegleitung. Hauptsächlich bei Feierlichkeiten des Sonnen- und Lichtgottes Apollon vorgetragen.
Palaistra – Teil des Gymnasions; den jungen Männern vorbehalten: eine Sandübungsbahn für den Fünfkampf (Ringen, Lauf, Sprung, Wurf mit Diskus und Speer) und Boxen (Faustkampf), ringsherum mit schattenspendenden Bäumen bepflanzt, an deren Stelle später Säulen und Baulichkeiten für die Sportler traten.
Pan – Gott der Herden und Wälder mit halbtierischem Aussehen: Borsten, Ziegenhufe, Hörner, Bocksbart und Schwanz. Am liebsten tummelte er sich in den Bergen seiner Heimat Arkadien. Seine Gefährten waren die Satyrn und Nymphen; gern gesellte er sich aber auch dem Gefolge des Weingottes Dionysos zu. Er soll sich als erster aus einem Schilfrohr eine Syrinx (Hirtenflöte) angefertigt haben.
Parnassos (Parnaß) – Kalkgebirge im mittleren Griechenland, erreicht eine Höhe von 2459 m. Mythischer Sitz der Musen.
Paros-Marmor – grobkörniger, gut zu bearbeitender Marmor mit leicht transparenter Oberfläche aus den Marmorbrüchen der Insel Paros im Ägäischen Meer. Wurde für das beste Bildhauermaterial gehalten und auch in andere Länder ausgeführt.
Parthenon – monumentaler Tempel der Athene Parthenos auf der Athener Akropolis. Dieses Meisterwerk griechischer Tempelarchitektur, erbaut während der Regierungszeit des Perikles (447–432 v. u. Z.) vereinigte in seiner marmornen Pracht Elemente des dorischen und ionischen Baustils: eine dreistufige Grundfläche trägt zwei dreischiffige Räume, die durch Wände voneinander getrennt sind (70 m × 31 m), umgeben von Säulen (50 dorische

Säulen). Reliefs und anderer Bildwerkschmuck mit mythologischen Themen aus dem athenischen Kultleben.

Pasargadai – Residenz des persischen Königs Kyros des Älteren (erste Hälfte des 6. Jh. v. u. Z.) in Ostpersien.

Pausanias – (5. Jh. v. u. Z.). Spartanischer König und Heerführer in den griechisch-persischen Kriegen, Oberbefehlshaber des spartanischen Heeres in der siegreichen Schlacht bei Platää (479). Wurde des Hochverrats und der Aufwiegelung der unfreien Heloten angeklagt; flüchtete sich in den Tempel (Asyl), starb aber dort den Hungertod – die Beamten hatten den Eingang zumauern lassen (um 467).

Pegasos – sagenhaftes geflügeltes Pferd des griechischen Helden Bellerophon. Galt im Altertum noch nicht als Symbol der Dichtkunst.

Peiraieus (Piräus) – athenischer Handels- und Kriegshafen, etwa 6,5 Kilometer südwestlich von Athen gelegen. Während Perikles' Regierungszeit mit Athen und dem Hafen Phaleron verbunden. Die sogenannten Langen Mauern sicherten den ungestörten Verkehr mit Athen.

Peitho – Göttin der leichtfertigen Entschuldigungen, eine der Gefährtinnen der Göttin der Liebe und der Schönheit Aphrodite.

Peloponnes – südlicher Teil Griechenlands, mit Mittelgriechenland durch den Isthmos (Landenge) von Korinth verbunden. Bergige Regionen wechseln mit meeresnahen Ebenen und Flußtälern ab. Herrschaftsgebiet Spartas.

Peloponnesischer Bund – Bund der griechischen Stadtstaaten unter der militärischen wie politischen Führung Spartas (6. Jh. v. u. Z.). Von Wichtigkeit war er für die griechisch-persischen Kriege (1. Hälfte des 5. Jh.); seinen größten Aufschwung erreichte er aber erst nach dem siegreichen Peloponnesischen Krieg (431–404) – eine militärische Auseinandersetzung zwischen dem demokratischen Athen und dem oligarchischen Sparta, die auf wirtschaftliche und allgemeine Machtinteressen zurückzuführen war.

Pentelikon – Bergland nordöstlich von Athen (1019 m). Der Marmor aus seinen zahlreichen Brüchen wurde zumeist für den Ausbau Athens verwendet.

Peplos – weibliches Hauptkleidungsstück; ein Stück Woll- oder Leinenstoff (etwa 220 × 180 cm), im oberen Viertel zusammengelegt, so daß die Falte bis zum Gürtel reichte. An der Schulter rechts wurde er mittels einer Spange oder Schmucknadel festgesteckt, um den Leib mit einem Gürtel zusammengehalten. Manchmal waren die Seitenteile bestickt. Als Teil der Oberbekleidung trugen ihn die Frauen ähnlich wie die Männer ihr Himation.

Pergamentrolle – Form des Buches in der Antike. Ein beschrifteter Papyrus- oder Pergamentstreifen wurde auf einen Stab gewickelt. Der Leser rollte ihn mit der einen Hand ab, und während des Lesens rollte er ihn mit der anderen Hand wieder auf. Die Rolle wurde in ein Futteral gesteckt und in ein Regal gelegt.

Peristyl – Säulengang auf der Außenseite eines Gebäudes oder im Hof des Hausinneren.

Persephone – Göttin und Mitregentin des Unterweltgottes Hades, unerbittlich und mitleidslos. Ihr unfreiwilliger Abgang ins Reich der Unterwelt wird von Mysterien beschrieben.

Phaidra – zweite Gattin des legendären athenischen Königs Theseus. Seine Liebe zu ihr und ihrem Stiefsohn Hippolites endete tragisch. Euripides bezeichnete Phaidra als eine edle, schmerzgequälte Frau.

Phalanx – von Schwerbewaffneten gebildeter Kampfverband.

Phallos – aufgerichtetes männliches Glied, Zeichen der Fruchtbarkeit. Es bildete einen Teil der Kostümierung des Satyrchors in der attischen alten Komödie.

Pheidias (Phidias) – (um 495–um 430 v. u. Z.). Bedeutender athenischer Bildhauer, der die Entwicklung der Bildhauerkunst stark beeinflußte. Seine Werke, auch die mit mythischen Themen, waren Verherrlichungen der Kraft der athenischen Demokratie. Auf dem Schild der Athene Parthenos gab er dem athenischen Helden Theseus Ähnlichkeit mit Perikles, und der sagenhafte Baumeister Daidalos trägt seine Gesichtszüge. Er wurde deshalb der Gottlosigkeit beschuldigt und der Veruntreuung von Material für schuldig befunden. Er floh nach Olympia, wo er für den Tempel des Zeus eine Monumentalstatue aus Elfenbein und Gold schuf, eines der sieben Weltwunder des klassischen Altertums.

Philostratos – (2.–3. Jh. u. Z.). Griechischer Schriftsteller. Außer fiktiven Liebesbriefen hinterließ er eine Lebensbeschreibung des Apollonios von Tyana, Biographien von Sophisten und Schriften über die verschiedenen Arten des Sports, über Gemälde und Beschreibungen von Gemälden aus der Galerie von Neapel.

Phoibos (Phöbus) – der Strahlende. Beiname des Gottes Apollon.

Phoinix (Phönix) – sagenhafter Vogel, der sich nach einer bestimmten Zeit in seinem Nest selbst verbrennt und aus seiner Asche neu entsteht.

Phönizier – kulturell und handwerklich hochstehendes, Seeschiffahrt betreibendes Volk in Phönizien, einem Land an der Mittelmeerküste unterhalb des Libanongebirges.

Phrygien – Landschaft im Inneren Kleinasiens.

Phyle – attischer Wahlkreis an der böotischen Grenze mit gleichnamiger Festung.

Pinakion – Täfelchen der Athener Geschworenen mit deren Namen und der durch Buchstaben bezeichneten Zahl der Abteilung, der jeder zugeteilt war. Gegen sein Vorzeigen wurde das Geschworenenentgelt gezahlt.

Pindaros – (um 518–431 v. u. Z.). Bekanntester Vertreter der Gesangslyrik. Besang – größtenteils auf Bestellung – die Natur, Götter und Helden, später auch – obwohl selbst Aristokrat – die athenische Demokratie. Von seinen Dichtungen sind Gedichte, die den Siegern bei gymnastischen Spielen (Epinikia) gewidmet waren, erhalten.

Platon – (427–347 v. u. Z.). Bekanntester idealistischer Philosoph der Antike. Gründete in Athen eine Philosophenschule (Akademie, nach dem Heros Akademos). Stark von Sokrates' Ideen beeinflußt, von dem er auch die dialektische Methode der Gesprächsführung übernahm (Über die Tapferkeit, Über den Gottesglauben, Über die Freundschaft, Über die Dichtkunst, Über die Erziehung u. ä.). Als einziges Werk Platons hat die berühmte Verteidigungsrede des Sokrates vor dem Volksgericht nicht die Form eines Dialogs. Im Mittelpunkt seiner Lehre stehen die Ideen, die selbständig außerhalb des menschlichen Denkens existierten und gegenüber der Welt der sinnlichen Dinge das wahre Sein darstellten. Erkenntnis sei daher nur durch Vernunft möglich; um die Wahrheit zu finden, müßten Augen und Ohren verschlossen werden.

Plutarchos – (um 50–120 u. Z.). Hochgebildeter, ungewöhnlich fruchtbarer Schriftsteller aus der böotischen Stadt Chaironeia, Autor populär-philosophischer Abhandlungen (Ethika) und Parallelbiographien berühmter Griechen und Römer (unter ihnen auch Perikles und Alkibiades) mit moralisierend-belehrenden Tendenzen.

Plutokraten – Reiche, die durch die Macht und den Einfluß ihres Kapitals die Herrschaft ausüben.

Polis – Stadtstaat; charakteristische Staatsform des klassischen Griechenlands.

Polygnotos – (Mitte des 5. Jh. v. u. Z.). Maler von der nordägäischen Insel Thasos, athenischer Bürger. Beeinflußte stark die Gestaltung des Vasenschmucks.

Polykleitos – (um 460–415 v. u. Z.). Bildhauer aus Argos, der durch seine Bronzestatuen von Athleten mit vorbildgemäßen Körperproportionen Berühmtheit erlangte. Sein Doryphoros (Speerträger) wurde als künstlerischer Kanon (Festlegung der Proportionen eines harmonisch gewachsenen Menschen) gewertet.

Polykrates – (2. Hälfte des 6. Jh. v. u. Z.). Tyrann auf der Insel Samos. Während seiner Regierungszeit erlebte die Insel eine ungewöhnliche wirtschaftliche und kulturelle Blütezeit. Als gefährlicher Gegner von den Persern heimtückisch ermordet (522).

Pontos Euxeinos – gastfreundliches Meer. Antiker Name des Schwarzen Meers.

Poseidon – Gott des Meeres und der Gewässer. Sohn des Titanen Kronos und der Rheia.

Poteidaia – Stadt auf der mazedonischen Halbinsel Chalkidike.

Prometheus – Titan, Schöpfer des ersten Menschen aus Ton und Wasser. Als Zeus den Menschen das Feuer fortnahm, zur Strafe dafür, daß Prometheus im Interesse des Menschengeschlechts die Götter durch minderwertige Opfer betrügen wollte, brachte der unerschrockene Titan ihnen das Feuer aus dem Olymp zurück. Er wurde dafür an einen hohen Felsen geschmiedet, wo ihm ein Adler täglich die nachwachsende Leber fraß, bis der Held Herakles ihn befreite. Den Sterblichen aber sandte Zeus verschiedene, bis dahin unbekannte Leiden.

Propontis – das Marmarameer, zwischen dem Hellespontos und dem Bosporus gelegen.

Propyläen – monumentales Eingangstor in einen heiligen Bezirk.

Protagoras – (um 485–410 v. u. Z.). Gefeierter Sophist und Redner der athenischen Demokratie. Kam aus der Hafenstadt Abdera im Norden des thrakischen Meeres und lebte längere Zeit in Athen. Widmete sich den Staatswissenschaften, der Erziehung, der Theorie der Erkenntnis, der Grammatik und Mathematik. Der berühmte Satz: „Das Maß aller Dinge ist der Mensch, der Seienden, daß sie sind, und der Nichtseienden, daß sie nicht sind" stammt aus seiner Hauptschrift „Die Wahrheit". Für die Haupttugend des Bürgers hielt er die Bescheidenheit und Rechtlichkeit – beides wäre von Zeus allen Bürgern ohne Unterschied gegeben, und deshalb sei die Demokratie, die Regierung aller Bürger, die einzig rechtmäßige Staatsordnung. Er begründete die sophistische Überlieferung, auch schwachen Argumenten zum Siege verhelfen zu können. Wegen Gottlosigkeit (von den Göttern könne man nicht mit Bestimmtheit sagen, ob sie existierten oder nicht) wurde er aus Athen verbannt.

Prytaneion – Amtssitz der Prytanen, des geschäftsführenden Rats der 500, auf der Agora am Nordfuß der Akropolis. Außer den Beamten wurden hier Bürger, die sich ausgezeichnet hatten, kostenlos gespeist.

Psyche – göttlich schöne Erdenbürgerin, Gattin des Liebesgottes Eros.

Pylon – großes Tor; turmförmiges Bauwerk, das die beiden Seiten des Eingangstors alter ägyptischer Tempel schmückte.

Pylos – messenische Hafenstadt an der Südwestküste des Peloponnes. Während des Peloponnesischen Krieges wurde sie von den Athenern besetzt (425 v. u. Z.). Dadurch zwangen diese die Spartaner, die sich auf der gegenüberliegenden Insel Sphakteria festgesetzt hatten, zur Kapitulation.

Pythagoras – (6. Jh. v. u. Z.). Philosoph, Wissenschaftler und Politiker von der Insel Samos. Gründete um 530 v. u. Z. im unteritalischen Kroton eine politisch-religiöse Philosophenschule, welche die Interessen der einheimischen Wirtschaftsaristokratie wahrnahm. Ihre Lehrtätigkeit war zuerst geheim. Pythagoras selbst wurde von seinen Schülern wie ein göttliches Wesen verehrt: seine Aussprüche wurden mündlich weitergegeben und galten als absolute Wahrheit. Lehrte die Unsterblichkeit der Seele und deren Wanderung nach dem Tode. Ihre ersehnte Reinigung war an die Einhaltung einer besonderen Ordnung und an intellektuelle Tätigkeit gebunden. Daneben wurde Mathematik, Astronomie, Medizin und Musiktheorie gelehrt (das Wesen der Dinge war für die Pythagoreer die Zahl).

Pythia – Priesterin des Orakels zu Delphoi.

Rhadamanthys – sprichtwörtlich gerechter und kluger Sohn des Zeus und der Erdenfrau Europa. Nach seinem Tode wurde er einer der Richter im Reich der Unterwelt. Soll den Eid eingeführt haben.

Rhodos – Insel an der Südwestküste Kleinasiens.

Salamis – Stadt im Osten der Insel Zypern, vor der im Perserkrieg eine Seeschlacht stattfand. Der siegreiche Athener Heerführer Kimon fiel (450 v. u. Z.).

Samoswein – berühmter Muskatwein von der Insel Samos.

Samothrakisches Meer – nördlicher Teil des Ägäischen Meeres, rings um die Insel Samothrake.

Sappho – (7.–6. Jh. v. u. Z.). Lyrische Dichterin von der Insel Lesbos, berühmt geworden durch ihre innige Liebeslyrik und durch den Kreis von schönen Mädchen, mit denen sie durch Musik und Poesie den Musen und der Liebesgöttin Aphrodite huldigte.

Sardanapallos – wahrscheinlich griechischer Name für den assyrischen König Aschschuibanapala (668 – etwa 631 v. u. Z.). In den Überlieferungen verschmilzt seine Gestalt mit anderen assyrischen Herrschern. Wurde als weibisch und lasterhaft bezeichnet.

Sardeis – Hauptstadt des kleinasiatischen Lydien; später Sitz der persischen Satrapen.
Satrap – im persischen Reich königlicher Statthalter und Verwalter einer Region mit höchsten Verwaltungs-, Gerichts- und militärischen Machtbefugnissen. Trat bei Verhandlungen mit den Griechen als Vertreter des gesamten persischen Reiches auf.
Satyrn – übermütig-lüsterne Naturdämonen mit den Attributen von Pferden und Ziegenböcken (Ohren, Schwanz, Hufe). Lebten sorglos in den Wäldern und auf den Bergen oder begleiteten den Weingott Dionysos. Manchmal dem Dämon der Fruchtbarkeit, Silen, gleichgesetzt.
Satyrn-Chor – Chor zügelloser Naturdämonen (Satyrn) im satirischen Schauspiel (Genre der griechischen Dramatik an der Grenze zwischen Tragödie und Komödie).
Segesta – mit Athen verbündete Stadt im Nordwesten Siziliens. Grenzstreitigkeiten mit dem Reichen Selinus waren die Ursache zu militärischen Eingriffen Athens (427–424, 415–413 v. u. Z.).
Semiramis – griechischer Name für die assyrische Königin Schamuramat (9. Jh. v. u. Z.), der Frau von Schamschi-Adad V. Nach griechischem Mythos ließ sie in Babylon herrliche Gartenterrassen anlegen; eines der sieben Weltwunder.
Sestos – Stadt am europäischen Ufer des Hellespontos.
Sisyphos – schlauer mythischer Herrscher, der für die Täuschung der Götter mit einer vergeblichen, sich ständig wiederholenden Mühsal bestraft wurde: Er mußte in der Unterwelt einen Felsblock einen Berg hinaufwälzen, der aber immer wieder herunterrollte, wenn er den Gipfel fast erreicht hatte.
Skythe – Angehöriger eines der iranischen Stämme, die am nördlichen Ufer des Schwarzen Meeres, zwischen Don und Donau, saßen. Skythische Sklaven dienten in Athen als Stadtpolizei.
Solon – (7.–6. Jh. v. u. Z.). Athenischer Dichter und Staatsmann. Als Archon mit besonderen Machtbefugnissen (594/93 v. u. Z.) führte er bedeutende soziale Reformen durch: Er hob die Schuldsklaverei auf, teilte die Bürger in Eigentumsklassen ein, nach denen auch ihre Pflichten festgelegt wurden, führte das Volksgericht (Heliaia) und die Volksversammlung (Ekklesia) ein. Wegen seiner ungewöhnlichen Weisheit wurde er unter die Sieben Weisen des Altertums eingereiht.
Sophisten – Kenner und Lehrer der Weisheit, Philosophen, die sich mit der Lösung vordringlicher gesellschaftlicher Probleme beschäftigten. Bereiteten die Jugend auf politische Tätigkeit vor (Redekunst, Recht, Geschichte, Philosophie, Naturwissenschaften). Bedeutsam ist ihre Kritik an der zeitgenössischen Gesellschaft

(Antithese – Naturgesetz) und deren Anwendung auf die menschliche Gesellschaft, als sei diese ein Objekt der Erkenntnis. Unter ihnen gab es Vertreter der Demokratie wie auch der Oligarchie, Verkünder der bürgerlichen Ethik und eines ausgeprägten Individualismus. Ab 4. Jh. v. u. Z. tritt die Krise der Sophistik ein. Ihre Lehre wurde schönfärberische Lobhudelei der gerade bestehenden Staatsform (sogenannte jüngere Sophisten).

Sophokles – (497/96–406 v. u. Z.). Neben Aischylos und Euripides der gefeiertste Tragödiendichter der Antike. Hob dieses Genre zu dramatischer Vollkommenheit. Aus seinem umfangreichen Schaffen (über hundert Schauspiele) sind nur sieben Tragödien erhalten geblieben: »Aias«, »Antigone«, »König Oidipus«, »Oidipus auf Kolonos«, »Elektra«, »Die Trachinierinnen«, »Philoktetes«, deren Helden, wissentlich oder auch unwissentlich, mit den Mächten des Schicksals in Konflikt kommen und sterben müssen. Sie sind schwach und haben keine Chance gegen diese Gewalten, bleiben aber den geltenden Staatsgesetzen treu und, wenn auch dem Untergang geweiht, siegen durch sittliche Überlegenheit.

Sparta – oder Lakedaimon, Hauptstadt des gleichnamigen Staates, Regierungssitz des peloponnesischen Lakonien und Messenien. Die ursprüngliche Bevölkerung waren die Heloten. Sie bearbeiteten den Boden der eigentlichen Bürger Spartas, deren Hauptbeschäftigung es war, den Besitz zu mehren und ihre kriegerischen Fähigkeiten zu verbessern (durch kollektive Art des Lebens, harte militärische Erziehung der Mädchen und Jungen, Förderung der geistigen Kultur). Die oligarchische Staatsverwaltung unterstand einem Rat aus 28 gewählten Ältesten und zwei Königen, zu deren Machtbefugnissen die oberste militärische Führung gehörte; sie unterstanden der Kontrolle des höchsten Kontrollorgans (der Ephoren). Der Rat stellte Anträge zur Genehmigung durch die Bürgervollversammlung, die angenommen oder abgewiesen werden konnten. Mit der Landwirtschaft, dem Handwerk und den Gewerbetreibenden beschäftigte sich ein persönlich freier, aber politisch einflußloser Bürgerrat der Außengebiete (Perioiken). Als Kopf des Peloponnesischen Bundes spielte Sparta eine wichtige Rolle im Perserkrieg (1. Hälfte des 5. Jh. v. u. Z.). Gewann die durch den Attischen Seebund verlorene Vormachtstellung im Peloponnesischen Krieg (431–404 v. u. Z.) zurück.

Spondeus – absteigender oder ansteigender Versfuß mit 2 langen Silben.

Stadion – 1. rechteckige Wettkampfbahn (180 m × 30 m), gewöhnlich am Fuße eines Hügels gelegen, der für den stufenartigen Zuschauerrang geeignet war. Es pflegte ein Teil der Gymnasien zu sein und diente auch nichtsportlichen Zwecken (Versammlungen, Wettbewerben künstlerischer Art). 2. Längenmaß (zwischen 160 und 210 Metern).

Stesichoros – sizilianischer Dichter; nach antiker Überlieferung Begründer und Schöpfer der Chorlyrik (Ende des 7.–Beginn des 6. Jh. v. u. Z.). Verband Lyrik und Epik.

Stoa – Säulenhalle, in der man lustwandeln und Geschäfte tätigen konnte. In den Tempeln diente sie der Unterbringung der Besucher.

Stoa poikile – die bunte Halle, wegen ihrer Wandgemälde. Die berühmteste stand auf der Athener Agora. Die Maler Polygnotos und Mikon (5. Jh. v. u. Z.) malten sie künstlerisch aus, vor allem mit Darstellungen aus den Mythen der Amazonen und mit Szenen der Schlacht bei Marathon (490 v. u. Z.).

Stratege – hoher Beamter, dessen Befugnisse oft über die eines Militärbefehlshabers hinausgingen. Es gab immer gleichzeitig 10 Strategen. In Kriegen wechselten sie sich täglich im Oberbefehl ab. Im Frieden leiteten sie militärische Übungen.

Styx – sagenhafter Unterweltfluß, bei dem die Götter schworen. Meineid wurde mit Verlust der Unsterblichkeit bestraft.

Sunionischer Leuchtturm – Leuchtturm am Kap Sunion, dem südöstlichen Ausläufer der Halbinsel Attika.

Sykophant – Denunziant.

Symposion – gemeinsamer Umtrunk nach einem Gastmahl. Die Gäste schmückten sich mit Blumen, und den leiblichen Genüssen wurden geistige hinzugefügt (Tanz- und Gesangsdarbietungen, verschiedenartige Unterhaltungen und Diskussionen).

Syrakus – bedeutender Handelshafen und Kulturzentrum an der Ostküste Siziliens.

Syrinx – Blasinstrument der Hirten aus mehreren der Größe nach zusammengefügten Schilfrohrstücken. Der Sage nach vom Wald- und Hirtengott Pan erfunden.

Talanton – Gewichts- und Geldeinheit (6000 Drachmen).

Tartaros –. Abgrund ohne Boden und jedes Sonnenlicht, aus dem anfänglichen Chaos entstanden. Diente als Gefängnis für die Gegner der jeweils regierenden Göttergeneration.

Tetradrachme – silberne Vierdrachmenmünze.

Thanatos – Gott des Todes, Bruder des Hypnos, des Gottes des Schlafs. Pflegte das Aussehen eines Jünglings mit schwarzen Flügeln zu haben.

Thargelion – nach dem athenischen Kalender der 11. Monat (reichte von Mitte Mai bis Mitte Juni; das Jahr selbst begann Mitte Juli) des Mondjahres von zwölf synodischen Monaten (je 29 1/2

Tage). Der Beginn des Jahres und die Benennung der Monate waren von Ort zu Ort unterschiedlich.
Thasos – bergiges Eiland im nördlichen Teil des Ägäischen Meeres, berühmt durch seine Goldgruben und den Anbau von Oliven und Trauben.
Theben – blühende böotische Stadt, Gegnerin Athens, Verbündete der Perser und Spartaner.
Themistokles – (etwa 528–462 v. u. Z.). Athenischer Staatsmann und Heerführer, Führer der Demokraten. Setzte den Ausbau der Flotte durch, die dann 480 v. u. Z. die Perser bei Salamis besiegte. Weiterhin ließ er Athen und Piräus befestigen (Lange Mauern), war Mitbegründer des Attischen Seebundes. Für seine späteren antidemokratischen Regierungsmaßnahmen wurde er verbannt (471 v. u. Z.) und lebte bis zu seinem Tode in Persien.
Thessalien – östlicher Teil des nördlichen Griechenlands.
Thraker – kampffreudige Bewohner Thrakiens, einer Landschaft im nordöstlichen Teil der Balkanhalbinsel.
Thrasybulos – Parteiführer der Demokraten in Athen. Berief nach dem Sturz der Oligarchen 411 v. u. Z. Alkibiades an die Spitze der Flotte. Floh 404 v. u. Z. vor den Dreißig Tyrannen, besetzte im Jahr darauf Athen und führte 401 v. u. Z. die Demokratie wieder ein. Gefallen 389 v. u. Z.
Thurioi – griechische Kolonie am nordöstlichen Ufer Süditaliens. Unter Perikles 444/43 v. u. Z. anstelle des vernichteten Handelsplatzes Sybaris an der Tarenter Bucht erbaut.
Titanen – sagenhaftes Riesengeschlecht, gezeugt von der Erdgöttin Gaia und dem Himmelsgott Uranus. Spielten bei den Machtkämpfen der unsterblichen Götter eine bedeutende Rolle.
Triere – Kriegsschiff mit geringem Tiefgang, einer Länge von 35 bis 38 m, einer Breite von 5 m und drei Reihen von Rudern übereinander. Von den 150 bis 170 Ruderern arbeitete abwechselnd je ein Drittel.
Troianischer Krieg (Trojanischer Krieg) – mythische Auseinandersetzung der Griechen mit der kleinasiatischen Stadt Troia (Troja) (nach archäologischen Funden wurde das historische Troja um das Jahr 1200 v. u. Z. zerstört – das sogenannte Troja VII a). Der trojanische König Priamos war durch einen Traum gewarnt worden, daß sein Sohn zum Verderber der Stadt würde. Er ließ deshalb den Neugeborenen im Walde aussetzen. Der Junge wurde von einer Bärin gefunden, aufgezogen und kam zu einem Hirten, der ihn Paris nannte. Paris hütete sorglos seine Herde, bis ihn eines Tages die drei Göttinnen Hera, Athene und Aphrodite aufforderten, die Schönste durch die Übergabe eines goldenen Apfels zu

bestimmen. Als er aber Aphrodite für ihr Versprechen, ihm zur schönsten Erdenfrau zu verhelfen, den Apfel reichte (es war Helena, die Gattin des Spartanerkönigs Menelaos), machte er sich die beiden anderen Göttinnen zu unversöhnlichen Feindinnen. Aphrodite erfüllte auch ihr Versprechen, und Paris kehrte von seinem Besuch in Sparta wohl als ehrlos gewordener Gast, dafür aber mit der Frau, in die er sich auf den ersten Blick sterblich verliebt hatte, zurück. Der erzürnte Gatte Helenas aber bat seinen Bruder, den mykenischen König Agamemnon, um Hilfe, und gemeinsam zogen sie mit einem riesigen Heer gegen Troja. Die stark befestigte Stadt widerstand jedoch allen Angriffen, so daß eine mehrjährige Belagerung folgte. In diesen zehn Jahren fiel auf beiden Seiten eine große Anzahl der tapfersten Helden der damaligen Zeit, unter ihnen auch Achilleus, Sohn der Meeresgöttin Thetis, der schönste und trefflichste der Helden, der nur an der Ferse verwundbar war. Ihn traf ein vergifteter Pfeil, als er seinen von Hektor, Sohn des Königs Priamos, getöteten treuen Freund Patroklos rächen wollte. Dieser unselige Krieg, der hin und her wogte, weil ja auch die Götter selbst eingriffen (den Trojanern half vor allem Aphrodite, den Griechen Hera und Athene), wurde schließlich durch eine List beendet: Der Ithakerkönig Odysseus schlug vor, ein riesiges hölzernes Pferd zu bauen, in seinem Bauch die tapfersten der Krieger zu verbergen, es dann vor die Stadttore zu schieben und einen Abmarsch des eigenen Heeres vorzutäuschen. Die List glückte. Die Trojaner zogen das Pferd in die Stadt, wobei ein Teil der Stadtmauern niedergerissen werden mußte, und machten sich daran, das siegreiche Ende des Krieges zu feiern. In der Nacht aber sprangen die Krieger aus dem Pferdeleib, und zusammen mit dem zurückgekehrten Heer zerstörten sie die Stadt mit Feuer und Schwert. Die Frauen, soweit sie nicht getötet wurden, kamen in die Sklaverei, auch die Gattin des Königs Priamos, Hekabe. Sie starb jedoch bald darauf aus Gram über den Tod ihres Gatten und Sohnes. Ihre weissagerisch begabte Tochter Kassandra, die dem König Agamemnon zufiel, wurde zusammen mit diesem in seinem Palast ermordet. In die Sklaverei kam auch Andromache, die Gattin Hektors, des Oberbefehlshabers des trojanischen Heeres, den Achilleus getötet hatte.

Tyche – Göttin des glücklichen Zufalls.

Tyrannis – Form der griechischen Monarchie. Mit Hilfe der freien Bürger gelangte ein Alleinherrscher an die Spitze des Staates (Tyrann) und beseitigte die bisherige Regierung der Geburtsaristokraten. Diese anfangs nicht negative Erscheinung brachte einen wirtschaftlichen und kulturellen Aufschwung des Stadtstaates mit sich (7.–6. Jh. v. u. Z.). Erst die spätere Form der Tyrannis (ab 4. Jh. v. u. Z.) zeigte Elemente des zunehmenden Verfalls: Abkehr von den Volksmassen, Unterdrückung der bürgerlichen Freiheiten, Gewalt.

Tyros – wichtiger phönizischer Hafen und Handelszentrum auf der gleichnamigen Insel an der Ostküste des Mittelmeeres.

Uranos – Gott des Himmels und Beherrscher der Welt. Mit der Göttin der Erde Gaia zeugte er die 12 Titanen. Einer von ihnen, Kronos, vertrieb ihn jedoch vom Thron und bemächtigte sich der Regentschaft.

Xenophon – (um 430–etwa 355 v. u. Z.). Athener Schriftsteller, sympathisierte mit Sparta, bewunderte starke Persönlichkeiten. Schloß sich dem Heereszug des persischen Königs Kyros des Jüngeren (401 v. u. Z.) an und beschrieb in seiner »Anabasis« die Schicksale der Kämpfer. Seinem Lehrer Sokrates widmete er die »Erinnerungen an Sokrates« und »Apologie«, in der er das Verhalten von Sokrates vor Gericht schildert. Verfaßte eine Geschichte Griechenlands »Hellenika« (411–362 v. u. Z.) und beschrieb die spartanischen Bildungs- und Sporteinrichtungen. Beide Werke sind von seinen aristokratischen Ansichten beeinflußt, genau wie seine Versinnbildlichung der idealen Monarchie und eines guten Herrschers (»Von der Erziehung des Kyros«). Propagierte die Aneignung von Fachkenntnissen. Dazu trug er durch seine kleineren Arbeiten bei (z. B. »Über die Jagd«, »Über die Pferdezucht«).

Xerxes – (486–465/64 v. u. Z.). Persischer König. In der Seeschlacht bei Salamis besiegt (480 v. u. Z.).

Zankle – die Hafenstadt Messana am Westufer Siziliens (das heutige Messina).

Das goldene Zeitalter – sagenhafte Zeit der Regierung des Titanen Kronos über Götter und Menschen – eine Zeit des Friedens, der Gerechtigkeit und des Überflusses. Darauf folgten das silberne Zeitalter, das bronzene, das heroische und schließlich das eiserne.